W0395268

Du même auteur, aux éditions Bragelonne :

Anno Dracula
Anno Dracula 1918 : Le Baron rouge sang
Anno Dracula 1959 : Dracula cha cha cha

Ce livre est également disponible
au format numérique

www.bragelonne.fr

Kim Newman

Anno Dracula 1959
Dracula cha cha cha

Traduit de l'anglais (Grande-Bretagne) par Thierry Arson
Bonus : traduits de l'anglais (Grande-Bretagne) par Leslie Damant-Jeandel

Bragelonne

Collection dirigée par Stéphane Marsan et Alain Névant

Titre original : *Dracula Cha Cha Cha*
Copyright © 1995, 2012 by Kim Newman

© Bragelonne 2015, pour la présente traduction

ISBN : 978-2-35294-857-5

Bragelonne
60-62, rue d'Hauteville – 75010 Paris

E-mail : info@bragelonne.fr
Site Internet : www.bragelonne.fr

À Silja.

« J'aurais aimé tourner une scène de vampires
dans un de mes films, même si, personnellement,
je ne supporte pas la vue du sang, et encore moins de le boire...
Mais le concept du vampire est trop poussé pour la Fantasy. »
Federico FELLINI, *Moi, Fellini*

« Il est grand temps que notre culture
abandonne Dracula et passe à autre chose. »
Robin WOOD,
Burying the Undead : the Use and Obsolescence of Count Dracula

Première partie

Trois corps dans une fontaine

Annonce de fiançailles : *The Times*, Londres, 15 juillet 1959

Asa Vajda, princesse de Moldavie, doit s'unir à Vlad, comte Dracula, anciennement prince de Valachie, voïvode de Transylvanie, et Prince consort de Grande-Bretagne. Le futur marié a jadis été uni à Elisabeta de Transylvanie (1448-1462), à la Princesse Ilona Szilagy de Hongrie (1466-1476), à Marguerite Chopin de Courtempierre (1709-1711), à la reine Victoria de Grande-Bretagne (1886-1888), et à Sari Gabor de Hongrie et de Californie (1948-1949). La promise, parente éloignée de la mère de l'époux, la princesse Cneajna Musitana de Moldavie, est de la lignée de Javutich. Depuis son exil forcé de son pays natal en 1938, elle a résidé à Monaco et en Finlande. Le mariage aura lieu au palazzo Otranto, à Fregene, en Italie, le 31 octobre de cette année.

1

Le cha cha cha de Dracula

À l'avant de chacun de ses appareils de ligne, Alitalia réservait une classe spéciale aux vampires. Les hublots y étaient masqués par des rideaux noirs. Ces dispositions augmentaient sensiblement le coût du voyage. Les sang-chauds pouvaient payer un supplément et partager cet espace privilégié – aucun ne l'avait fait sur ce vol –, mais Kate n'était pas autorisée à s'installer dans le compartiment principal au prix plus bas. La compagnie estimait les non-morts bien trop riches pour se soucier de ce genre de détail, ce qui dans son cas était faux.

L'avion avait décollé de Heathrow en début d'après-midi, par temps couvert, et l'atterrissage était prévu à Rome pour le coucher du soleil. Pendant le trajet, elle avait lu une bonne partie de *Samedi soir et Dimanche matin*. Personnellement, elle ne s'offusquait pas de la devise « Ne laissez pas les suceurs de sang vous opprimer », et elle s'identifiait plus aisément à Arthur Seaton qu'aux vampires dirigeant la fabrique de cycles où il travaillait. Alan Sillitoe usait d'une métaphore sans chercher à éveiller la haine contre ses pareils. Cela dit, l'Angleterre regorgeait de secteurs où régnait une réelle intolérance : l'année précédente, elle s'était retrouvée en plein dans les émeutes sanglantes de Notting Hill, et elle en avait plus qu'assez de ces blousons noirs qui l'avaient pourchassée jusque dans une laverie en brandissant des crucifix.

Si dans les années 1920 elle avait visité Venise, puis avait servi en Sicile et dans le sud du pays pendant la reconquête alliée, elle n'était encore jamais allée à Rome. Geneviève lui avait proposé de la retrouver à l'aéroport de Fiumicino, offre qu'elle avait déclinée car elle préférait découvrir la ville seule. De plus, il valait mieux que la Française ne quitte pas Charles. Ils vivaient leurs derniers jours ensemble, et ils méritaient d'en profiter au maximum avant que Kate n'arrive pour les soulager un peu de ce fardeau et, incidemment et inévitablement, qu'elle ne tienne la chandelle.

Ce qui existait entre Geneviève et Charles l'avait toujours blessée, même en 1888, quand elle était encore une sang-chaud et que Geneviève avait été la première vampire de Charles. Kate aimait cet homme, bien sûr, ce qui la rendait parfois stupide et triste, et très vite la perdrait et l'isolerait. Elle était toujours passée en dernier quand il s'agissait de Charles Beauregard : après Pamela, son épouse ; Penelope, sa fiancée ; Victoria, sa reine ; et, plus difficile à accepter parce qu'elle serait toujours là, après l'incontournable Geneviève Dieudonné.

Kate devait souvent se rappeler qu'elle appréciait beaucoup la non-morte, et cela compliquait sans aucun doute les choses.

Vers la fin du vol, on leur présenta un amuse-gueule. Une souris blanche vivante. Kate n'aimait guère se nourrir en public, et elle refusa. L'hôtesse impeccablement sanglée dans un uniforme seyant portait une double marque bleu ciel au cou. Elle pouvait sentir l'effet de la morsure sur la jeune femme sang-chaud, et elle se demanda si celle-ci était obligée de tendre son cou aux *nosferatus* importants. Plus probablement, elle avait un petit ami non-mort qui ne se maîtrisait pas très bien.

— Puis-je prendre la vôtre également ? s'enquit un autre passager, un Ancien au visage émacié. J'ai « les crocs », ajouta-t-il finement pour s'excuser.

Il serrait déjà une souris dans sa main gauche.

Kate eut un haussement d'épaules poli qui valait acquiescement. Il se pencha dans l'allée et plongea sa main libre dans la cage présentée par l'hôtesse.

— Merci, *Signora*, dit-il en prenant sa proie.

Le vampire ouvrit une bouche digne d'un python. Les membranes rouges se déployèrent tandis que ses mâchoires se déboîtaient, révélant la double rangée de crocs aiguisés. Il laissa tomber les deux souris dans sa gueule et écrasa les petites vies. Il mâcha les rongeurs avec application, pour en extraire peu à peu le jus vital.

Il était en grande tenue : chemise blanche à jabot, nœud papillon noir, jaquette pourpre, gilet de brocart, chevalière du club Playboy, bottes à boucle, montre Patek Lioncourt, et une cape d'opéra noire doublée de soie rouge. Il ressemblait à un faucon d'Europe centrale : la chevelure noire gominée en arrière, à l'implantation en V sur le front ; le visage livide, les lèvres écarlates, les yeux rouges.

— Ou devrais-je dire *Signorina* ? demanda-t-il, la bouche toujours pleine.

— Miss, admit-elle. Katharine Reed.

L'Aîné recracha discrètement la fourrure et les os dans une serviette en papier qu'il referma et confia à l'hôtesse.

Avec une petite courbette formelle du buste, il se présenta :

— Comte Gabor Kernassy, de la lignée de Vlad Dracula, autrefois Garde Karpathe d'*il principe.*

Pendant son exil italien, on appelait Dracula *il principe*, le prince. Il était né avec ce titre, ce qui le distinguait des innombrables comtes – comme cet Ancien – qui traînaient dans son sillage. La référence discrète au manuel de Machiavel à l'usage des tyrans ne devait rien au hasard, bien sûr.

— Et voici ma « nièce », dit Kernassy en faisant référence à la vampire assise à côté de lui, près du hublot. Malenka.

Un simple coup d'œil suffisait pour comprendre quelle sorte de nièce Malenka était pour le comte. Elle était vêtue, pour son entrée dans la bonne société, d'une longue robe de soirée dont le décolleté plongeant mettait en valeur une poitrine assez phénoménale. Un sillon creusait sa poitrine entre les deux seins énormes qui retombaient presque jusqu'au nombril. Une rivière de diamants étincelait sur la naissance de ces formes rebondies. La masse de sa chevelure d'un blond clair s'accordait aux volumes de sa chair, et son sourire acéré pouvait découler de sa lignée comme des soins experts d'un dentiste suédois. Dans ses yeux marron se lisaient l'ennui, l'amusement, et peut-être un peu de dédain.

Kate s'en voulut de détester *a priori* Malenka, sur son simple physique. Elle voyait en elle une ressuscitée, une de ces toutes jeunes vampires qui s'attachent à des Anciens en vue et s'efforcent de s'incorporer à un milieu dont les membres sont de plus de trois cents ans leurs aînés.

Elle adressa un petit signe de la main à Malenka, qui répondit par un léger haussement de ses sourcils arqués.

Ils étaient les trois seuls non-morts sur ce vol. Kate supputait qu'elle finirait peut-être par apprécier cette vieille brute de comte, lequel n'était pas totalement inconscient de l'impression faite par sa « nièce ». Kernassy marqua une pause assez longue dans son résumé personnel de quelques siècles d'intrigues de cour, le temps de lui demander ce qu'elle faisait et pourquoi elle se rendait à Rome. Elle ne répondit qu'à la première question.

— Je suis journaliste. Pour le *Manchester Guardian* et le *New Statesman.*

— *Journalisti !* cracha Malenka, et ce fut le premier mot que Kate entendit de sa bouche. Des zz-animaux !

Le sourire de Malenka sous-entendait qu'elle adorait les animaux, surtout pour les tuer et les dévorer.

— Ma nièce a été harcelée par votre presse. Elle ne passe pas inaperçue, il est vrai.

Kate ne s'intéressait guère à la rubrique mondaine, mais elle pensait bien avoir déjà vu dans *The Tatler* des photographies de Malenka, l'air royalement boudeur, dans un bar de Soho, ou bien sous un chapeau en forme de champignon géant, à Ascot. Se tenir au courant de tout ce qui se publiait faisait partie de son travail. Par ailleurs, elle aimait savoir ce que les gens portaient de nos jours.

— Les compagnies cinématographiques s'intéressent à elle, poursuivit le comte. Elle est très photogénique.

Beaucoup de vampires n'impressionnaient pas la pellicule. Seuls quelques-uns, telle Garbo, étaient acteurs de cinéma ou mannequins. Monsieur Erik, le spectre à voix angélique de l'Opéra de Paris, interdisait non seulement les photographies mais aussi tout enregistrement sur gramophone.

— C'est ce qu'il m'a semblé aussi, lâcha Kate d'un ton mi-figue mi-raisin.

— Dites-moi, votre accent… Il n'est pas anglais, observa Kernassy. Seriez-vous canadienne, par hasard ?

— Irlandaise.

— On m'adore en Irlande, intervint Malenka.

— Elle s'est produite pendant toute une saison au Gate Theatre de Dublin, ajouta le comte. Elle y a remporté un très grand succès.

Kate se retint de rire en imaginant la vampire mamelue en Molly Bloom.

— Beaucoup d'Irlandais sont fous amoureux de moi, lança Malenka.

— Je n'en doute pas, répondit Kate. Et je devine pourquoi.

Un fin sourire passa sur les lèvres de Kernassy. Il aimait jouer le rôle de « l'oncle » libertin de cette créature spectaculaire mais décervelée. Kate se demanda s'il l'avait découverte alors qu'elle était encore sang-chaud et en avait fait une *nosferatu*, ou s'il avait hérité d'elle par un autre père-en-ténèbres épuisé.

— Je suis certaine que vous serez également adorée à Rome, ajouta Kate.

— Vous avez entendu, ma chère ? Notre Miss Reed vous prédit un succès formidable.

Malenka poussa sa poitrine en avant, en une sorte de révérence assise, et hocha sèchement la tête aux applaudissements fantômes.

— Elle doit tourner dans un film. Le rôle principal.

— Je serai… *Méduse*, déclara-t-elle en effleurant de ses ongles longs ses tresses qui ne ressemblaient en rien à des serpents.

— Non, *cara mia*, corrigea le comte avec bonhomie. Vous serez *Médée.*

— Où est la différence ? s'étonna Malenka en cherchant du regard un soutien auprès de Kate.

— L'une a des vipères dans la chevelure, et son regard transforme les hommes en statues de pierre, expliqua la journaliste. L'autre a aidé Jason à dérober la Toison d'or, mais elle s'est fait plaquer et a égorgé leurs enfants.

— Je crois qu'ils ont modifié la fin du scénario, fit Kernassy. La version originale n'était pas – comment m'ont-ils dit ? ah oui : – pas très bonne pour le box-office. Et puis qui oserait « plaquer » Malenka ?

— Quelle importance si c'est bon pour le box orifice, de toute façon ? répliqua la starlette avec un sourire satisfait. On ne s'intéresse qu'à *moi.*

Le comte se garda bien de répondre. Le commandant de bord annonça qu'ils approchaient de leur destination et leur enjoignit de boucler leur ceinture, *per favore.* Malenka, que sa formidable poitrine gênait quelque peu, dut recourir à Kernassy. Comprimée dans sa robe corsetée, sa taille semblait par contraste d'une extrême finesse.

— Vous venez à Rome pour le mariage ? reprit le comte.

La question prit Kate au dépourvu. Elle n'avait pas imaginé qu'on aurait pu penser cela, bien que les fiançailles royales aient été amplement commentées dans la presse, y compris dans les journaux qui l'employaient.

— Je ferai peut-être un papier…

Jusqu'à maintenant, elle ne s'était pas préoccupée du mariage. Alors qu'elle et Geneviève seraient au chevet de Charles mourant, la créature qui avait gâché leurs existences durant les soixante-dix dernières années allait prendre une nouvelle épouse lors d'une cérémonie d'un faste inégalé. Bien entendu, l'événement se parait pour l'Irlandaise de ramifications politiques et émotionnelles. En fin de compte, et en admettant qu'elle parvienne à maîtriser sa haine pour Dracula, il n'était pas impossible qu'elle rédige un article sur ce sujet.

— Nous, nous assisterons au mariage, déclara Malenka. En qualité d'invités privilégiés d'*il principe.*

Les sourcils de Kernassy formaient des V d'allure très satanique. À l'instar de nombreux Karpathes portant la cape, il ressemblait à une imitation peu réussie de son *principe.* Malenka nourrissait-elle le projet de l'abandonner au profit d'un oncle beaucoup plus célèbre ? En ce cas, il lui faudrait l'emporter sur la fiancée royale. Or, Kate avait dans l'idée qu'Asa Vajda de Moldavie – disait-on *la principe-sa ?* – n'était pas du genre à se laisser damer le pion par une aventurière.

— Peut-être avez-vous prévu d'autres occupations ? remarqua le comte avec cette intuition caractéristique des Anciens. *Mamma Roma* recèle maintes attractions éternelles, certaines douloureuses, certaines réjouissantes.

— Douloureuses ? Quel curieux attribut !

L'avion atterrit en douceur et se dirigea lentement vers le terminal.

Courtois, Kernassy laissa les deux femmes débarquer avant lui. Malenka voulut passer la première, et elle prit la pose au sommet de l'escalier mobile.

Les flashs crépitèrent, et Kate crut qu'ils étaient accueillis par une fusillade. Cela n'aurait pas été la première fois. Éblouie par les éclairs de lumière vive et froide, elle leva une main devant ses yeux, mais trop tard. Des points brillants continuaient de danser follement derrière ses paupières closes.

De façon assez incongrue pour une bienvenue, un petit orchestre entama un *Arrivederci Roma*. Des cris s'élevèrent dans les ténèbres derrière le mur de flashs :

— *La bella Malenka*... *Signorina*... Du tonnerre, bébé... *Bene, bene*... Va-va-voom !

Kernassy aida Kate à retourner dans l'avion. Elle ôta ses lunettes et frotta ses yeux meurtris. Kodak venait de lancer sur le marché une nouvelle pellicule permettant de photographier les vampires. Les flashs assortis à cette pellicule éclataient comme des explosions nucléaires.

— Partout où va Malenka, on trouve des paparazzi, soupira le comte.

À l'extérieur, on criait des questions dans plusieurs langues.

— Venez-vous chercher l'amour à Rome ?

— Que mettez-vous pour dormir ?

— Avez-vous eu recours à la chirurgie esthétique ?

— À quand le mariage ?

— Préférez-vous le sang des Italiens ?

Malenka se contentait de répondre par des sourires. Elle remuait légèrement le buste pour mettre ses avantages en valeur. Elle se pencha un peu en avant et envoya des baisers à la foule des reporters, ce qui provoqua un rugissement animal d'approbation.

Kate avait déjà participé à des conférences de presse, mais celles-ci n'avaient qu'un lointain rapport avec la scène qui se déroulait en ce moment.

— Assisterez-vous à un match de cricket, Mr Sinatra ?

— Comment trouvez-vous le climat anglais, Miss Desmond ?

— Auriez-vous la gentillesse de nous accorder quelques photos pour nos lecteurs, Mrs Roosevelt ?

Dans les allées de l'avion, les passagers chargés de bagages piétinaient en attendant de pouvoir descendre. Les hôtesses s'évertuaient à leur faire comprendre qu'ils devraient patienter encore un peu. Pour quelques secondes encore, la *bella* jouissait d'une priorité absolue.

Malenka descendit la passerelle comme elle l'aurait fait d'un grand escalier menant à la salle de bal, en ondulant de ses hanches généreuses. Des photographes s'étaient allongés sur le dos en bas des marches, pour faire des clichés, et gigotaient tels des cafards retournés. Kate laissa Malenka parvenir au sol et s'éloigner au milieu d'une nuée de reporters avant de tenter une nouvelle fois de quitter l'avion.

L'orchestre termina son *Arrivederci Roma* et les musiciens rangèrent aussitôt leurs instruments dans les étuis.

— Nous devons être accueillis par une femme de la Maison de Dracula, lui dit le comte, qui l'avait suivie. Elle s'occupera de nous conduire dans la ville. Vous joindrez-vous à nous ?

— C'est aimable, comte, mais je...

— J'insiste. Vous avez un hôtel ?

— Une *pensione*. Dans le quartier de Trastevere. Au 24 de la piazza di Santa Maria.

— Vous y serez menée en toute sécurité, Miss Reed. Vous avez la parole d'un Kernassy.

L'Ancien ne voyait certainement aucun inconvénient à massacrer les bébés des paysans afin d'étancher sa soif, mais jamais il n'aurait permis qu'une dame non accompagnée se risque dans une ville étrangère. Après tout, il était plus simple d'accepter que de chercher de vaines excuses et le froisser inutilement.

Malenka continuait son numéro. Derrière la barrière mouvante des flashs, une troupe de photographes et de journalistes reculaient en chancelant à mesure qu'elle avançait. Kate avait appris à se détourner des éclairs de magnésium. Il y avait également des cameramen et des reporters volants de la TSF. Avait-elle sauté un peu trop de pages du dernier numéro de *Cinéphile* ? Malenka était la nouvelle Marilyn Monroe, ou alors toute figurante dans une scène d'orgie méritait cet accueil à Rome.

— On a distribué quelques *tangenti* pour que nous passions rapidement les formalités de débarquement à la douane, dit le comte Kernassy en guidant Kate à l'écart de Malenka et de la foule. Restez près de moi, je vous prendrai sous ma protection.

Elle pensa un instant qu'il avait parlé sérieusement.

Parmi les passagers qui attendaient, elle remarqua une femme grande et mince, une vampire vêtue d'un ensemble seyant, veste et jupe violettes, qui se tenait immobile, une main gantée de la même couleur levée. Elle portait des lunettes à verres fumés et monture d'écaille, et un foulard à motifs asiatiques noué autour du crâne, comme quelqu'un qui cherche à se déguiser. Une double rangée de perles pendait à son cou aux courbes parfaites.

— Ce doit être notre *gallopina*, dit Kernassy. Comme vous diriez, notre combinarde.

La femme ôta ses lunettes, et ses lèvres pincées s'entrouvrirent en une mimique de surprise qui découvrit une dentition de piranha.

— *Katie Reed*, souffla-t-elle. Grand Dieu !

Kate se consola en songeant qu'évidemment Penelope faisait partie de la maisonnée d'*il principe* et se trouvait donc actuellement à Rome. Mais autant elle n'avait accordé qu'une importance très restreinte à Penny, autant elle n'avait jamais pensé que ce serait le premier visage familier qu'elle rencontrerait ici.

— Penny, s'exclama mollement Kate. Quelle bonne surprise !

— Vous n'êtes pas des inconnues l'une pour l'autre, à ce que je vois, glissa Kernassy sans trop d'à-propos.

— Comte Kernassy, permettez-moi de vous présenter Penelope Churchward. Nous nous connaissons depuis… longtemps.

L'Anglaise afficha un sourire beaucoup plus convaincant que toutes les simagrées de Malenka. Mais il fallait bien la connaître pour détecter sa fausseté.

— Je suis ravie de vous revoir, Katie, dit-elle. Vous êtes ici pour Charles, bien sûr…

Jadis, Penelope avait été fiancée à Charles. Son passage à l'état de non-morte avait scellé leur rupture. Geneviève n'était pas étrangère au déroulement de ces événements, contrairement à la pauvre Katie Reed. Cette dernière se demandait si la présence de Penny à Rome n'était pas due à Charles, au moins en partie. À l'évidence il avait le chic pour attirer les femmes vampires et les retenir. D'une manière très proche de celle d'*il principe.*

— Vous l'avez vu ? s'enquit Kate, en se détestant pour cette réaction intempestive.

— Pas récemment, non. Il est devenu invalide, vous savez… Il faut qu'il passe aux ténèbres rapidement, ou il ne survivra pas.

Kate espérait le persuader de la même chose. Que Penelope envisageât un tel choix n'était cependant pas très encourageant. Si c'était réellement son projet, Charles y était sans doute farouchement opposé. Mais ne comprendrait-il pas que c'était une sage solution, au moment où la Faucheuse aiguisait sa lame pour lui ?

Malenka faisait son show, exhibant dents et seins. Les paparazzi la suivaient pas à pas. Quelques flashs éclataient encore, ici et là. Penelope mit ses lunettes de soleil, et on la présenta enfin.

Comme l'avait promis le comte, un officier des douanes expédia les formalités. Les citoyens britanniques qui composaient la moitié des passagers du vol s'étaient alignés à la queue leu leu. Les Italiens s'étaient débrouillés pour occuper la tête de la file d'attente, et, provocateurs, ils se moquaient des étrangers qui, restés sagement dans le rang, n'essayaient pas de gagner quelques places.

Kate était encore trop ébahie par la présence de Penelope pour éprouver la moindre culpabilité à faire partie des resquilleurs. Elle connaissait l'existence des *tangenti* – les pots-de-vin – depuis la guerre, quand le marché noir et le trafic d'influence étaient les seules façons d'obtenir quoi que ce soit. La paix n'avait pas changé grand-chose en Italie.

Le comte escortait Malenka. Un sang-chaud imposant, en tenue de chauffeur – Penelope l'appelait Klove –, se chargea de leurs nombreux bagages, dont ceux de Malenka, signés Vuitton comme il se doit. La journaliste et Penelope se retrouvèrent à marcher de concert, sans trop savoir quel sujet anodin aborder.

Cela faisait des dizaines d'années…

— Merci pour le mot de condoléances, Katie. C'était très attentionné de votre part. Vous avez toujours été tellement gentille…

— J'aimais beaucoup votre mère.

Mrs Churchward était morte en *1937*. Vingt-deux ans plus tôt…

— Maman vous a toujours beaucoup appréciée, admit Penelope. Vous étiez quelqu'un de tellement posé…

— Je n'en suis pas si sûre…

— Vous avez une descendance ? demanda Penelope, avec un sourire dur.

Kate secoua la tête. Elle avait choisi de ne pas transmettre le baiser des ténèbres et perpétuer sa lignée. À moins de rencontrer quelqu'un de spécial, s'était-elle juré. Et cette personne n'avait encore jamais croisé son chemin.

— Pour ma part, j'ai eu toute une progéniture de fils et de petites-filles des ténèbres. C'est une responsabilité épouvantable, ma chère. Je suis obligée de continuer la lignée des Godalming. En souvenir de ce pauvre Art.

Arthur Holmwood, lord Godalming, était le père-en-ténèbres de Penelope, le vampire qui l'avait faite *nosferatu*. Comme Kate et Penny, il n'était encore qu'un ressuscité dans les années 1880. Et à l'instar de beaucoup de ses pairs, il n'avait pas vécu plus que sa durée de vie normale de sang-chaud. Kate aurait dû se rapprocher de Penelope. Elles étaient presque les seules survivantes de leur monde.

— Je fondrais bien ma propre maison, continuait l'Anglaise, mais j'ai des devoirs. Quoi que vous pensiez de lui, nous avons une grande dette envers *il principe*. Je sais que vous êtes de ceux qui l'ont jeté hors d'Angleterre. Mais que cela vous plaise ou non, il demeure notre chef naturel.

Elle n'appartenait pas plus à la lignée de Dracula que Kate, de sorte qu'elles avaient échappé à certaines tares qui empoisonnaient une bonne partie de leur génération.

— Vous devriez passer au palazzo Otranto, ajouta Penelope, et Kate ne put retenir un frisson. C'est un peu mouvementé en ce moment, avec tous les arrangements pour le mariage et ces ambassadeurs qui conspirent dans tous les coins. Mais je suis persuadée qu'il vous recevrait. Même Charles est invité, ainsi que cette femme. Si Dracula peut leur pardonner, il fermera les yeux sur vos petits enthousiasmes révolutionnaires d'antan.

Pendant la lutte pour déloger Dracula du trône de Grande-Bretagne, Kate avait passé sept ans dans la clandestinité. Tout en se cachant des Karpathes qui rêvaient de la soumettre au supplice du pal, elle avait édité un bulletin subversif distribué sous le manteau. Plus tard, pendant la Première Guerre mondiale, elle s'était retrouvée enterrée sous l'un des merveilleux jouets d'*il principe*, la première génération de tanks. Elle n'était pas certaine de lui pardonner aussi aisément que le monstre le pouvait à son égard. Elle en voulait aussi à Penny d'avoir insinué que le combat politique n'avait été pour elle rien de plus qu'un passe-temps fugitif, une occupation ayant pour seule justification d'employer quelques-unes de ces années ennuyeuses d'une éternité non consacrée à perpétuer sa lignée.

Elle se reprit. Penelope s'amusait avec elle, comme toujours. Mais Kate ne jouerait plus à faire tapisserie en sa présence, aussi scandalisée qu'avide des remarques acerbes de son amie plus jolie. Quand elles étaient encore sang-chauds et que Kate endossait le rôle de chaperon plus souvent qu'à son tour, Penelope montrait déjà un don enfantin pour la manipulation. Et aujourd'hui elle avait un grand nombre d'années d'expérience dans l'art de manipuler autrui.

— Voilà les voitures, annonça Penelope.

Ils avaient traversé l'aéroport et se trouvaient maintenant au-dehors, au bord de la route. Garés le long du trottoir attendaient un cabriolet rouge Ferrari à deux places et une Fiat noire aux allures de corbillard. Le bolide était réservé à Malenka, naturellement.

Quelques flashs éclatèrent encore lorsque Malenka monta dans la voiture de sport. Elle se redressa et envoya d'autres baisers à la ronde, pour la plus grande joie de la petite foule qui l'avait suivie.

Penelope eut un rire bas et secoua la tête, ce qui la fit remonter un peu dans l'estime de Kate.

Ça me fait penser à deux torpilles, Katie. En gélatine.

Oui, elles avaient été amies, jadis.

— Nous voyagerons sans être importunées par le vent, dit Penelope. Le bus est beaucoup plus spacieux que l'automobile de la laitière.

Un sang-chaud attendait près des véhicules.

— Katie, voici Tom, dit Penelope en faisant glisser ses ongles sur le revers de la veste de l'homme pour bien signifier qui le possédait. C'est un Américain égaré en Europe.

Le jeune homme était attaché à leur groupe de façon officieuse. Sa poignée de main ne révélait rien. Kate supposa qu'il était un de ces sang-chauds satellites des vampires, et elle remarqua les points rouges sur le côté de son cou. Elle le vit qui réfléchissait alors qu'il la détaillait du regard, et elle devina qu'il cherchait à estimer le coût de ses vêtements. Sa tâche actuelle était de conduire la Ferrari et de baisser la tête pour rester invisible sur les clichés de sa passagère.

Klove ouvrit la portière arrière de la Fiat et Kate grimpa à l'intérieur, suivie de Penelope. Elles s'assirent toutes deux sur une banquette en cuir moelleuse. Quelqu'un était déjà assis en face d'elles et fumait une cigarette. Serrant les pans de sa cape autour de lui, le comte Kernassy les rejoignit. Sans un mot le chauffeur referma la portière et alla se mettre au volant.

Le comte embrassa le fumeur, le gratifiant d'une bise sur chaque joue sans toucher à la cigarette.

— La *signorina* Reed, la découverte de notre vol, expliqua-t-il. Elle est de votre profession, Marcello. Journaliste. D'Irlande.

Le reporter se pencha en avant, dans la lumière. Il était d'une beauté frappante, avec cet air un peu lointain de lassitude qui rend certains hommes irrésistibles. Ses cheveux noirs ondulés étaient marqués de gris aux tempes. Comme Penny, il portait de grosses lunettes à verres fumés. Kate jugea qu'elles ne constituaient qu'une coquetterie, puisqu'il était sang-chaud.

Marcello tendit la main et prit la sienne.

L'électricité courut entre eux.

Elle devrait se surveiller avec ce journaliste romain. Son sourire désinvolte était plein de sous-entendus. Il était d'une minceur élégante, avec des rondeurs naissantes qui pouvaient se révéler délicieuses. Sous l'eau de Cologne et l'odeur du tabac, elle perçut le parfum doucereux du sang. Son cou ne portait aucune trace de morsure.

Il retint sa main quelques secondes de plus que nécessaire, puis se tourna vers le comte et se mit à discuter avec lui en italien, ignorant Kate un peu trop délibérément.

Le cœur de celle-ci battait plus fort. Elle savait que Penelope avait remarqué son attirance pour Marcello, et qu'elle ne manquerait pas d'user de cette faiblesse pour lui lancer quelques piques quand elle s'ennuierait.

Il n'en restait pas moins que Kate venait d'arriver à Rome, et qu'elle avait en face d'elle un homme très séduisant.

Le soleil était couché quand ils arrivèrent dans la ville proprement dite. Kate comprit que le comte avait l'intention de séjourner au cœur de Rome. Quant à elle, sa pension était dans le Trastevere, quartier qu'ils traversaient actuellement. Elle tenta de persuader l'Ancien de la déposer, mais il balaya sa requête sans hésitation.

— Absolument pas, *mia cara Signorina* Reed. Nous n'en avons pas encore fini avec vous. J'insiste pour que vous vous joigniez à notre soirée. Vous et la *Signorina* Churchward avez beaucoup à nous raconter. Et il faut que vous fassiez l'expérience de la via Veneto de nuit. C'est la rue la plus excitante du monde.

L'appartement que louait Kate se trouvait dans Holloway Road, qui n'était même pas la rue la plus animée du nord de Londres. Elle se laissa convaincre.

— Marcello, vous escorterez la *Signorina* Reed, ordonna le comte d'un ton suave.

— Mais bien sûr, répondit Marcello en parlant pour la première fois en anglais.

— J'ai bien peur que Marcello ne nous méprise, dit poliment Penelope. Il rassemble des éléments pour un roman qui nous remettra tous à notre place. Le sujet en est la vie nocturne désespérément vide des riches éternels.

Au léger étirement de ses lèvres, Kate sut que Marcello comprenait ce que Penny venait de dire. Il maîtrisait assez bien l'anglais, ce qui parut un signe d'espoir pour l'Irlandaise.

— Écrivez-vous toujours dans les journaux, Katie ?

— Oui.

— C'est ce que je pensais.

Penelope se renfonça dans son siège, à l'abri de l'ombre. Kate craignait de rougir.

— Allez-vous écrire une page sur Malenka ? demanda-t-elle à Marcello.

Elle ignorait pourquoi son estomac se nouait de la sorte, et si elle aurait pu trouver question plus saugrenue. Marcello réprima un sourire.

— Elle est pareille à une grosse poupée, dit-il en essayant de paraître railleur.

Kate devina aussitôt que le reporter était amoureux de la starlette, et elle éprouva un sentiment de trahison inexplicable. La ville exerçait sur elle une influence étrange. Elle se transformait en bécasse.

Et la soif de sang titillait sa gorge.

— Mais bien sûr qu'il écrira sur *mia cara*, dit Kernassy en enserrant les épaules de l'Italien d'un bras. Il faut de petites phrases à mettre en dessous des grandes photos. C'est une exigence légale.

Kate aurait aimé savoir si Marcello était irrité par le ton paternaliste du comte. Il y avait de l'acier sous le velours des manières de l'Aîné, comme s'il possédait une emprise sur le reporter. Peut-être achetait-on aussi facilement un journaliste qu'un douanier, ici.

La Fiat traversa le Tibre par le ponte Sisto et suivit la Ferrari dans les rues bondées du quartier de Campo dei Fiori, puis sur la piazza della Rotunda. Les klaxons formaient une symphonie surréaliste à la Spike Jones, ponctuée par des épitaphes grossières et des cris d'appréciation. Des couples sur des scooters se faufilaient à toute allure entre les voitures qui roulaient presque au pas, et des filles dont les cheveux étaient cachés par des écharpes souriaient aux conducteurs bloqués. Les piétons marchaient plus sur la chaussée que sur les trottoirs et se glissaient entre les véhicules tout en discutant entre eux avec animation. Kate aperçut même un petit troupeau de moutons apeurés par l'agitation générale, que menaient plusieurs gamins au regard toujours mouvant.

— Les automobiles italiennes sont faites pour la vitesse, commenta Marcello. Le problème, c'est que les villes italiennes ne sont pas adaptées à la circulation. On ne peut pas rouler plus vite qu'au pas.

Dans le largo di Torre Argentina, une partie de football battait son plein. Trois douzaines de jeunes se disputaient un ballon parmi la foule des badauds. Quand la Ferrari déboucha sur la place, le match cessa et les joueurs lancèrent des acclamations enthousiastes. Pour la Ferrari ou pour *la Malenka* ? Kate n'aurait pu le dire.

Sifflements et applaudissements fusèrent de toutes parts. La starlette se dressa dans le bolide et salua ses admirateurs de la main.

Tous désiraient un baiser de sang. Malenka l'accorda à quelques privilégiés. Puis elle lécha les traces rouges sur ses lèvres d'une langue gourmande et eut un geste qui instantanément créa un passage dans la marée humaine. Ils pouvaient continuer à rouler.

Un concert d'avertisseurs les escorta.

Les dents de Kate s'étaient effilées, et elle salivait. Un besoin aussi inconvenant qu'impérieux naissait en elle. Être un vampire revenait à vivre avec ce qui ressemblait fort à une dépendance : au sang, et à tout ce qui découlait d'une saignée. Les sang-chauds étaient dépendants de la nourriture et de la boisson, bien sûr, et aussi de l'air. Mais les besoins du non-mort étaient plus forts, plus cruels, et plus insistants.

— Pour qui travaillez-vous ? demanda-t-elle à Marcello.

Il débita des titres de publications qu'elle ne connaissait que vaguement. *Lo Specchio, Oggi, Europeo.*

— Une fois, il a vendu le même article au mot près à *Paese sera* et à l'*Osservatore romano,* dit Kernassy en riant.

— Elle ne peut pas saisir l'humour de la situation, minauda Penelope d'un ton aimable. Voyez-vous, Katie, *Paese sera* est le journal du Parti communiste italien, alors que l'*Osservatore romano* est la publication du Vatican.

Marcello ne paraissait nullement embarrassé de cette révélation.

— Les prêtres et les Rouges sont des ennemis mortels, expliqua encore Penelope.

Kate aurait aimé savoir si, dans l'hypothèse où elle tuait Penny, quelqu'un y verrait le moindre inconvénient.

Le comte avait une suite à l'hôtel *Hassler*, une bâtisse de style baroque qui rappelait la magnificence de l'ancien monde et qui dominait les escaliers de la place d'Espagne. Kernassy donna au portier un pourboire correspondant pour Kate à un mois de loyer de sa pension.

Kate, Penelope, Tom et Marcello s'assirent dans le bar bondé pendant que le comte et Malenka s'installaient à l'étage. Klove transporta plusieurs malles de la Fiat à la suite. L'Irlandaise se sentit gênée de son unique petite valise. Penny fit une observation faussement appréciative sur sa façon de voyager léger, insinuant non sans raison que la garde-robe de la reporter était des plus restreintes.

Marcello et Tom prirent des expressos, tandis que Penelope insistait pour que Kate satisfasse sa soif de vampire. Elle appela un jeune serveur de belle prestance, au visage impassible. Il portait un gilet à rayures très fines et un pantalon noir moulant. Penny commanda une mesure pour elle-même – pour faire plaisir à son amie, prétendit-elle – et une pour Kate.

Le garçon dégrafa et releva la manche de sa chemise. Un tourniquet serrait son coude, et dans une veine épaisse de son avant-bras était plantée une aiguille creuse en acier, reliée à un court tuyau de plastique transparent terminé par un minuscule robinet.

Il ouvrit ce dernier et laissa couler un bref filet de son sang dans un verre à cocktail. Penelope fit beaucoup de manières en reniflant puis en trempant ses lèvres dans le liquide écarlate, avant de l'autoriser à poursuivre. Il emplit d'une bonne dose deux verres, ajouta de la glace et une tranche de citron. Penny lui donna une poignée de lires et d'un geste le congédia. Le jeune homme ne pouvait contenter un grand nombre de consommateurs non-morts avant d'être relevé de son poste. Kate se posait bien des questions. Combien de nuits travaillait-il par semaine ? Les Italiens du Sud frappés par la pauvreté venaient-ils ici troquer leur liquide vital contre de l'argent qu'ils envoyaient à leur famille ? Ou bien tout ce monde n'obéissait-il qu'à une industrie réservée aux snobs ?

Avec un sourire qui laissa poindre ses canines, Penelope leva son verre.

— Santé, dit-elle en faisant tinter son verre contre celui de Kate, avant de boire quelques gouttes.

Kate coula un regard vers Marcello. Était-il dégoûté par cette scène ? Impossible à dire. Le reporter italien leva sa tasse de café en un toast silencieux.

Ses trois compagnons l'observèrent alors qu'elle portait le verre à ses lèvres.

La sensation fut violente, immédiate. Elle n'avait pas bu de sang humain depuis des semaines. Elle s'obligea à ne pas avaler sa boisson d'un trait. Le liquide était riche, et il l'enivrerait si elle allait trop vite. Elle savoura donc une petite gorgée poivrée, la fit tourner dans sa bouche un moment avant de déglutir en douceur.

— *Signorina* Reed, ce qu'on dit des hommes italiens est-il vrai ? s'enquit Marcello. Notre sang est-il particulièrement chaud ?

— Pas celui-là. Il y a des glaçons.

Le journaliste sourit, avec une gentillesse évidente.

— Il le fallait, intervint Tom. Sinon il vous aurait enflammée.

Kate discerna chez l'ami américain de Penelope un caractère délicat. Mais si ces manifestations publiques de vampirisme lui déplaisaient, pourquoi tournait-il autour de Penny ? Était-il jaloux qu'elle se régale du sang d'un serveur anonyme, plutôt que du sien ?

Il lui faudrait quelque temps pour chasser ces gens de son esprit, songea-t-elle. En admettant qu'elle les revoie après cette soirée. Elle éviterait avec joie Penny jusqu'à la fin de son séjour, et elle savait que Tom préférerait qu'elle soit loin de la jeune femme, mais le comte Kernassy semblait singulièrement convenable pour un Ancien. Quant à Marcello…

Malenka entra dans le bar, vêtue d'une nouvelle robe qui fit sensation.

Kate avait cru que la via Veneto serait moins sujette à l'effet Malenka. Les gens les plus en vue, les plus intelligents et les plus séduisants du monde s'y retrouvaient le soir venu. Elle eut la certitude d'apercevoir Jean-Paul Sartre à la terrasse du *Café de Paris*, recroquevillé sous l'auvent, pendant que Simone de Beauvoir battait Ernest Hemingway au bras de fer. Tendrement enlacés, Audrey Hepburn et Mel Ferrer passèrent devant eux d'un pas nonchalant. Une meute de gamins des rues les suivait à un mètre.

Mais Malenka conquit tout le monde.

Sa robe, de la Maison de Massimo Morlacchi, était un chef-d'œuvre de la couture. En velours noir bleuté, elle était coupée court, fendue haut sur l'extérieur des cuisses, avec une série d'ouvertures rondes autour de la taille. Heureusement, la starlette était de ces vampires qui ne respirent pas, car le moindre accroissement du volume thoracique aurait fait exploser l'ensemble. Une écharpe blanche ondulait sur ses larges épaules à la peau nacrée – « des épaules de lutteuse », remarqua Penny d'un ton fielleux – comme s'il y restait encore quelque trace de vie.

Le comte exhibait sa « nièce » sans vergogne. Une des mains de Malenka reposait sur son bras, une main blafarde resplendissante sous la lumière, et qui tenait l'Ancien dans l'obscurité.

Kate et Penelope, vaguement escortées par Marcello et Tom, marchaient quelques pas en arrière. Le fidèle Klove se trouvait quelque part dans les parages, prêt à intervenir en cas d'excès d'enthousiasme d'un admirateur.

Les paparazzi se déplaçaient en groupe et mitraillaient Malenka avec une frénésie insatiable. Kate savait qu'elle ne serait qu'une tache dans l'arrière-plan des clichés. Elle n'impressionnait pas très bien la pellicule.

Ils allèrent du *Rosati* au *Strega*, du *Zeppa* au *Doney*, ne s'arrêtant dans chaque établissement que le temps d'un verre. Marcello s'en tint à l'expresso, mais Tom passa à l'amaretti. Penelope convainquit sans trop de difficulté une Kate peu réticente à continuer de boire des cocktails pour vampires.

Elle commençait à se sentir nettement grisée. Il y avait peut-être du vrai dans ces histoires de sang viril chez les Italiens, après tout. Elle permit à Marcello de la soutenir, mais elle se raidissait dès qu'elle se sentait céder à la griserie ou perdre son équilibre.

Puis elle cessa de boire, et personne ne s'en rendit compte. Ce soir elle aurait pu égorger une nonne avec un couteau à pain, on ne lui aurait pas prêté plus d'attention. Elle n'existait que parce qu'elle se trouvait dans le sillage de Malenka.

À chaque étape, des jeunes offraient leur cou à Malenka. Elle refusait à certains, mordait d'autres, et en saigna presque deux ou trois. Elle devait être repue, et pourtant elle conservait un teint aussi blanc que la glace ou un os. Kate vit dans ses bras un jeune homme au bord de l'agonie, heureux, qui n'émettait pas la moindre plainte.

La musique était partout, dans chaque café, dans chaque rue, grâce à des orchestres, gramophones portables et radios sans fil. Les gens fredonnaient, reprenaient les refrains en chœur, frappaient dans leurs mains. Une chanson irritante revenait tout le temps. Quand Kate en comprit le titre, elle était encore suffisamment consciente pour en rester bouche bée.

Malenka ondulait de la croupe sur le rythme. Toutes les dix secondes elle s'arrêtait et donnait trois saccades des hanches et des coudes.

Cha-cha-cha…

— C'est pour le mariage, expliqua Penelope à Kate. C'est gênant, vraiment. La princesse Asa déteste cet air.

Drac-u-la, Drac-u-la…

Dra!… Cha-cha-cha…

Malenka dansait tout en marchant. Des badauds supposés au-dessus de cette liesse populaire se figeaient et oubliaient leur flegme pour regarder le spectacle avec perplexité. Quelques célébrités se laissèrent aller à participer en figurants à la procession de *la Malenka.* L'auteur dramatique de télévision Clare Quilty ignora ostensiblement toute cette excitation et lâcha quelques commentaires guindés sur l'exagération à sa compagne et collègue, Vivian Darkbloom, vampire elle aussi. L'acteur Edmond Purdom afficha plus d'émotion et d'intérêt qu'il n'y était jamais parvenu dans aucun de ses films. Et le loup-garou polonais Waldemar Daninski hurla à la lune et aboya follement, en une imitation assez réussie du grand méchant loup des dessins animés de Tex Avery.

Hébétée, Kate se tourna vers Marcello. Sans quitter des yeux le postérieur frémissant de Malenka, celui-ci haussa les épaules et alluma une autre cigarette. La journaliste agita la main pour attirer son attention. Il lui offrit son étui à cigarettes et elle en prit une, surtout pour effacer le goût du sang dans sa bouche. Il ouvrit son Zippo d'une saccade du poignet et elle se pencha vers la flamme. Ils se cognèrent la tête et s'excusèrent mutuellement.

Quelque chose se produisait non loin d'eux.

Elle jeta un regard alentour et vit Tom et Penelope qui traînaient en arrière. Penny parlait avec animation à l'Américain, en lui agrippant le bras. Encore une histoire à suivre.

Des paparazzi égarés, momentanément incapables d'approcher Malenka et le comte, vinrent importuner Kate et Marcello. Ce dernier leur ordonna de les laisser en paix, en précisant qu'il n'était personne, tout comme eux, mais cela ne les dissuada pas de mitrailler le couple. Kate se protégea les yeux d'une main.

— Il va falloir que je me procure des lunettes de soleil, maugréa-t-elle.

L'Italien éclata de rire.

— Tout le monde en porte, je dois bien le reconnaître. Nous nous dissimulons tous derrière. C'est une tradition, à Rome.

Penelope et Tom avaient disparu. Le comte ne pensait plus qu'à Malenka. Sa promesse d'escorter Kate dans le Trastevere s'était évanouie avec la lumière au crépuscule. Au temps pour la parole d'un Kernassy.

Peut-être Marcello veillerait-il sur elle, bien que son attention soit, comme celle de tout le monde, centrée sur Malenka. Non, il y avait quelque chose de différent chez lui. Elle discerna une distance teintée d'ironie dans son attitude. Il n'était pas impliqué dans tout ce cirque. Il observait la scène avec intérêt, pour écrire sur le sujet par la suite.

Elle avait un peu la même démarche.

Mais la starlette avait ensorcelé l'Italien, et tous les autres mâles. Ce devait être à cause de cette poitrine ridicule. Ou de cette luxuriante chevelure.

Un homme à la barbe de satyre en polo sauta d'un palmier sur la route devant Malenka, et la supplia de danser le cha-cha-cha avec lui. Klove le repoussa sans ménagement dans la foule.

Cha-cha-cha…

Soudain tout parut incroyablement drôle à la journaliste. Elle se mit à rire, et Marcello l'imita poliment.

— *Drac-u-la… Dra!… Cha-cha-cha!* haleta-t-elle en faisant des mouvements désordonnés des deux bras. *Cha-cha-cha…*

C'était vraiment trop bête.

Marcello la rattrapa avant qu'elle ne perde l'équilibre.

Le temps passa dans un tourbillon de scènes imprécises. D'autres cafés, d'autres visages célèbres, d'autres foules ravies. Une constellation de flashs. Malenka voulait visiter ce bar, être photographiée avec ce gamin des rues tellement représentatif de Rome, boire une goutte du sang d'un serveur dans une certaine trattoria à l'écart de leur itinéraire, être vue devant chaque façade connue de la ville, embrasser un prêtre rural abasourdi et lui montrer les crocs, pour rire.

Kate se demandait combien de gens dans la foule restaient là dans le seul espoir de voir enfin les coutures de la robe si moulante céder complètement. Déjà, ses trémoussements avaient ouvert de nouvelles fentes sur ses hanches, ce qui causait une grande émotion chez quelques-uns. Kate voyait dans cette robe l'équivalent vestimentaire d'une sculpture de glace, à la destinée éphémère. Avant l'aube elle serait tombée en pièces et les photographes auraient enfin droit aux clichés qu'ils attendaient pour compléter leur portfolio.

Marcello aidait Kate à supporter l'épreuve. Sans lui, elle aurait été abandonnée dans un quelconque café, comme sa valise (toujours au *Hassler*, elle s'en souvenait). Elle réfléchit à une dizaine de manières de lui demander la permission de le mordiller un peu au cou, en présentant la chose assez habilement pour suggérer qu'elle s'offrait à lui poliment plutôt qu'elle ne projetait une suite proche du viol.

Elle commençait à l'exaspérer vaguement. Chaque fois qu'il allait se rapprocher de Malenka, elle se trouvait sur son chemin. Elle sentit sa tension, s'efforça de retrouver sa sobriété mais n'y parvint pas très bien. Son expression solennelle devait être comique, car malgré lui Marcello éclata de rire.

Les cocktails n'avaient rien arrangé. La soif de sang s'était certes dissipée, mais le besoin demeurait. Le liquide vital ne suffisait pas. Il était très civilisé et à la mode de le boire dans un verre comme un tonique, mais Kate avait besoin du contact humain, de sa bouche sur une peau frémissante que ses crocs perceraient avec délice, des plaintes étouffées à ses oreilles, du corps offert dans ses bras, de ce déferlement de sensations exquises.

Elle se montrait stupide, et n'était finalement pas très éloignée de Malenka dans l'effronterie. Penelope n'avait pas à recourir à toutes ces mines pour attirer l'attention.

Ou Geneviève, qui, étant française, se contentait d'ignorer un homme cinq minutes pour le séduire à jamais.

Kate remarqua soudain combien il faisait lourd. Minuit était passé, mais la nuit restait très douce, presque tropicale. Elle avait le visage en feu, comme si elle était encore vivante. Le sang battait à ses tempes, et marcher droit relevait de l'exploit.

Comment cela s'était-il produit ? À présent la foule s'était évaporée dans l'obscurité, et leurs pas résonnaient dans les rues désertes. Malenka fredonnait toujours le cha-cha-cha de Dracula.

Kate se concentra sur une vue célèbre.

La fontaine de Trevi. Un groupe de statues représentant le roi Poséidon et ses Tritons guidant deux chevaux marins, l'un docile et l'autre rétif. Les hippocampes symbolisaient les humeurs imprévisibles de la mer, d'après ce qu'elle avait lu dans son *Baedeker.* Elle avait prévu de visiter la piazza di Trevi pendant ses « vacances romaines », et même de jeter une pièce de cinquante lires dans la fontaine pour faire un vœu.

Un chat miaula. Il marchait avec élégance sur le bord du bassin et vint frotter sa tête contre le bras charnu de Malenka. Elle prit l'animal dans ses bras et déposa un baiser sur le petit mufle rose. La fourrure blanche du chat était à l'unisson de son écharpe.

— Pauvre chéri, dit-elle. Il lui faut du lait.

C'était un ordre. Elle se tourna vers le comte Kernassy, qui regarda Marcello.

— Tout est fermé, protesta mollement l'Italien. À cette heure, même à Rome…

— Il y aura bien un établissement ouvert quelque part, déclara la starlette, péremptoire. On ne peut pas laisser une petite beauté pareille mourir de soif.

Elle émit des bruits de baiser. Le chat grimpa sur sa tête où il se lova, tel un bonnet à poils aux yeux en amande.

— Marcello, voyez cela, dit le comte d'un ton froid.

Il tendit quelques billets au journaliste, qui les empocha sans piper mot.

Kate était embarrassée. L'Italien s'éclipsa poliment, en fulminant sans doute derrière ses lunettes noires. Kate comprit qu'il était tout autant un jouet que ce chat soudainement adopté, et elle s'apitoya sur lui comme sur elle-même.

Elle ressemblait plus à Marcello qu'à ces gens.

Malenka sauta sur la margelle de la fontaine. Le chat descendit de sa tête et se nicha sans hésiter au creux de sa voluptueuse poitrine. Elle marcha sur la pointe des pieds sur la pierre du bord, puis descendit dans l'eau, qui lui arrivait aux cuisses. Le bas de sa robe s'étala en corolle, comme un nénuphar.

Le chat était effrayé. Il se mit à miauler de mécontentement et à griffer la chair molle autour de lui. Malenka le saisit, le mordit au cou et le jeta au loin avec colère. Elle essuya le sang d'un revers de main.

Kate s'assit sur un banc de pierre. Elle était étourdie, subitement.

Le traitement infligé au chat l'avait irritée. Elle sentait ses griffes prêtes à jaillir.

L'humeur de Malenka changea une fois de plus. Elle pataugea dans l'eau, et supplia le comte de la rejoindre. Elle se plaça sous une cascade et laissa le jet s'écouler sur sa chevelure, son visage, ses seins.

— Il y a plein de pièces ! Vous pouvez plonger pour nous ramener un trésor !

— C'est vous *mio tesoro, cara.*

Malenka étreignit sensuellement un cheval marin, dans une pose qui lui permettait de dresser la poitrine vers le ciel.

Un des serveurs de cocktails devait avoir la fièvre. Kate ne se sentait pas bien du tout. Des impressions diffuses traversaient brièvement et intensément son esprit. Un paysage calciné, poussiéreux, désertique. Des visages célèbres qui riaient. Une dangereuse ombre écarlate.

Elle était écroulée sur le banc, et son crâne lui paraissait sur le point d'éclater.

Une forme rapide et rouge bondit sur la piazza. Kernassy fit volte-face, et sa cape se déploya dans le mouvement. L'Aîné fut soulevé de terre et jeté dans la fontaine. Décapité. Un geyser de sang jaillissait de son cou. Son torse retomba en arrière et disparut dans les replis de la cape. La tête s'éleva dans les airs, décrivit un arc de cercle et retomba avec un bruit mat dans le bassin. Le visage se décomposa aussitôt.

Kate voulut se mettre en position assise, mais elle en était incapable.

Malenka poussa un hurlement de rage. Ses crocs et ses griffes commençaient à saillir. Elle bondit telle une lionne. Quelque chose qui avait l'éclat de l'argent la frappa au sternum, juste sous la poitrine.

Kate réussit à se lever et essaya d'avancer. Une main se referma sur sa nuque et la força à regarder. Elle avait vu la vraie mort toucher de nombreux vampires. La plupart des Anciens finissaient comme Kernassy, en se transformant presque instantanément en un tas d'os et de poussière, quand des siècles d'existence contre nature se vengeaient en quelques secondes.

Quelque chose qu'elle n'avait encore jamais vu arrivait à Malenka.

Si elle avait vieilli comme une sang-chaud, Malenka serait devenue grosse. C'était dans ses gènes, dans son corps, ce caractère charnu toujours prêt à tomber dans l'obèse. À présent des poches de graisse se formaient sous sa peau, distendaient son visage, son ventre, ses cuisses, ses bras et son torse. Elle se gonflait tel un ballon humain, et bientôt sa peau se fendilla comme une saucisse trop cuite. Une substance blanchâtre veinée de rouge jaillit des craquelures. Sa robe éclata sous la pression.

Malenka était en train de bouillir à froid. Ses joues se boursouflaient, ainsi que son front, sa gorge et ses lèvres. Ses prunelles embrasées par la panique jetaient des regards implorants dans l'étau flasque des replis de chair. Kate s'en voulut d'avoir jugé cette femme déplaisante pour des motifs somme toute futiles. Le sang sourdait de Malenka, mêlé à des masses de graisse. Ses mains étaient énormes, et la substance pâle créait des bourrelets sur leur dos et les doigts.

Kate était aussi impuissante qu'un chaton. Une main formidable s'était refermée sur sa nuque. Elle regarda sous elle. La cape du comte flottait paresseusement à la surface. Des piécettes luisaient au fond de l'eau, pareilles à autant d'yeux fixes.

Elle crispa des mains comparativement menues contre le rebord en pierre de la fontaine.

Un rire gargantuesque emplit la piazza di Trevi et monta vers la colline du Quirinal. Le tueur triomphant cédait à une hilarité monstrueuse. Pendant un moment, le bruit de la fontaine en fut anéanti.

Elle était lentement courbée en avant. Ses coudes commencèrent à fléchir dans le mauvais sens. Ses lunettes à verre épais noyées par les gouttelettes glissèrent sur son nez, brouillant un peu plus sa vision. Les canines acérées poussaient dans sa bouche, mais c'était là un mécanisme de défense instinctif plutôt qu'une réaction au sang versé. Elle ne ressentait aucune soif, seulement du dégoût et un étonnement immense.

De force, le tueur la penchait sans hâte vers la surface de l'eau, comme s'il voulait la faire boire. Peut-être la croyait-il d'une lignée sensible à l'eau courante ou, si l'on pensait à la proximité de l'église de Santa Maria in Trivio, à l'eau bénite. En ce cas, il se trompait. Elle n'était même pas catholique ; de l'eau trois fois bénite par le pape en personne n'aurait eu pour seul effet que de la mouiller.

Le crâne décharné de Kernassy lui adressait un rictus macabre du fond du bassin. Ses bottes vides gisaient parmi les pièces de monnaie. Des rubans de son vieux sang, le sang vicié de la lignée de Dracula, s'étiraient dans l'eau sans s'y dissoudre. Ils étaient aspirés puis recrachés par les jets, et retombaient alentour en une pluie mortifère.

Le visage tout près de la surface à présent, étourdie par la puanteur du sang vicié, Kate se concentra sur le reflet brouillé du tueur : un capuchon écarlate sur le crâne, un domino noir sur le haut du visage, des narines largement ouvertes, un sourire à la Burt Lancaster. Son torse nu dévoilait une musculature huilée impressionnante.

Les mains de Kate glissèrent de la pierre humide et plongèrent dans l'eau froide. Elle fut poussée en avant et sa poitrine heurta la pierre du rebord. Sous le choc, ses lunettes glissèrent et tombèrent dans la fontaine. Sans elles et à cause de l'agitation de l'eau, elle n'aperçut qu'une vague image sombre entre les vaguelettes. Son propre reflet, qu'elle n'avait vu qu'en de rares occasions. Il n'avait pas complètement disparu, au contraire de celui de certains vampires, ou été volé comme l'ombre de Peter Pan. Mais depuis son passage aux ténèbres, c'est seulement dans des circonstances exceptionnelles, par exemple l'imminence de sa mort réelle, qu'il redevenait perceptible.

Pendant un moment de folie, elle s'éclipsa de la réalité. Ainsi voilà à quoi elle ressemblait avec les cheveux courts. Pas mal. Très mode, style Jeanne d'Arc vue par les existentialistes. Depuis les années 1920, elle avait eu envie de faire couper sa longue tresse rousse. Récemment, avec la mode européenne des coupes féminines courtes, elle avait enfin osé demander à son coiffeur de tailler dans sa tignasse.

Le tueur riait toujours comme un démon. Il avait posé un genou contre sa colonne vertébrale et la clouait de tout son poids à la margelle de la fontaine. Il relâcha la prise sur la nuque de la journaliste. Elle lança une main en arrière, et ses doigts crissèrent sur une jambe musculeuse. Il portait d'épais collants.

Elle allait être assassinée par un lutteur mexicain. C'était trop ridicule pour être seulement formulé.

S'il continuait d'accentuer ainsi la pression de son genou, les côtes de Kate ne tarderaient pas à se briser. Et si un os brisé transperçait son cœur, ce qui était probable, elle mourrait. Encore. Mais cette fois, pour de bon.

Le tueur n'était pas un vampire. La force de sa poigne égalait celle de la plupart des Anciens, mais sa main était chaude, et moite. Elle sentit une pulsation régulière dans sa cuisse. C'était un sang-chaud, un homme vivant.

Les sons émis par son corps étaient pour elle plus distincts que le fracas de l'eau. Le sang battait à ses oreilles, les os craquaient dans sa poitrine. Le reflet de son visage, clair maintenant en dépit de cette vue brouillée, la considérait d'un regard de lapin terrorisé. Elle conservait l'apparence d'une jeune femme, la sotte de vingt-cinq ans qu'elle avait été en 1888. Et elle souffrait, une situation peu commune pour elle.

La pression sur son dos s'allégea quelque peu. Le rire de son agresseur cessa.

La première pensée de Kate, née de l'instinct universel du journaliste, fut non pas d'essayer de se sauver, mais de chercher à comprendre. Elle pêcha ses lunettes au fond de l'eau et les rechaussa.

Toutefois elle était toujours dans l'incapacité physique de se redresser. Même en recourbant le cou en arrière autant qu'il lui était possible, elle ne pourrait voir au-delà des limites du grand bassin. De l'autre côté de l'eau, il y avait le reflet d'un autre visage.

Une petite fille regardait par-dessus le rebord en pierre de la fontaine. Dans son reflet inversé, une bouche à la mimique boudeuse flottait au-dessus d'un œil triste. Elle avait de longs cheveux blonds, pareils à ceux de Geneviève. Les vaguelettes la faisaient frissonner, comme si elle secouait la tête avec solennité. Une larme remonta sur sa joue creuse.

Kate s'efforça de retrouver le terme italien pour « Enfuis-toi ».

Va! voulut-elle crier, mais ce ne fut qu'un souffle.

La gamine ne bougea pas. C'était un fantôme dans l'eau, paralysé dans le temps.

Le tueur ôta son genou du dos de Kate, qui aussitôt rassembla tous ses dons de vampire. Les griffes jaillirent de ses doigts avec aisance. Ses dents se transformèrent en crocs redoutables. Une force nouvelle envahit ses membres.

Elle se redressa brusquement et se retourna en déchirant l'air de ses griffes, prête à tuer… personne.

Le tueur n'était plus là, il avait disparu. Kate regarda de l'autre côté de la piazza, vers la fillette. Elle entendit le piétinement rapide de petits pas légers qui dévalaient la via della Muratte et eut juste le temps d'apercevoir une ombre fuyante, énorme sur un mur éloigné. Le grondement de la fontaine reprit ses droits et emplit ses oreilles.

Sa poussée de fureur passée, crocs et griffes disparurent. Au lieu d'une rage destructrice, elle n'éprouvait plus que de la perplexité. Elle savait qu'elle venait de rater quelque chose. Elle resta plantée là, seule au beau milieu de la piazza di Trevi, avec deux vrais morts.

Enfin Marcello revint, avec du lait. Il déposa la bouteille en verre sur le trottoir et s'approcha d'elle. Les premières lueurs de l'aube teintaient le ciel. Kate se détesta de céder à cette réaction, mais elle se jeta dans ses bras ouverts.

2

Au service secret de Sa Majesté

Elle poussa son fauteuil roulant sur le large balcon et le plaça à l'ombre. Beauregard appréciait les ténèbres qui commençaient à draper la ville comme s'il s'agissait d'une couverture moelleuse. À son âge, le rayonnement solaire direct l'aurait tué plus vite que Geneviève, et c'était une Ancienne. Elle disposa son thé à portée de main. Du *green gunpowder*. Il n'avalait quasiment que cela.

De la pénombre où il se trouvait, il observait la lumière grise qui baignait la via Eudosiana en contrebas. À cette heure matinale, la brume dense ne s'était pas encore dissipée. Pourtant il faisait déjà chaud, ce qui promettait une journée où les miches de pain plates pourraient être cuites sur les dalles de pierre brûlantes.

Une Aston Martin argent se gara devant le bâtiment où se trouvait l'appartement. La voiture de sport laissa deux gamins pantois d'émerveillement. Beauregard en déduisit que son visiteur prévu à l'aube arrivait.

Il entendit Geneviève répondre à la porte et introduire l'homme. Elle n'était pas d'accord pour que Charles ait cette entrevue.

Elle guida le visiteur sur le balcon et repassa dans l'appartement pour faire un peu de ménage bien inutile, mais bruyant. Beauregard comprenait sa position, mais il avait accepté de recevoir l'homme, par curiosité autant que par devoir. S'il devait être cuisiné pour donner des informations, il serait payé en nature. S'intéresser aux choses était pour lui une façon de se prouver qu'il faisait encore partie de ce monde.

L'espion vampire s'arrêta sur le balcon et alluma une cigarette avec un briquet Ronson. Un instant la flamme rougit son visage aux traits énergiques. Il exhala lentement la fumée et baissa les yeux sur Beauregard. Son sourire assuré découvrit la pointe d'un croc.

— Mon nom est Bond, dit-il avec un léger accent écossais. Hamish Bond.

— Bonjour, commander Bond, répondit Beauregard. Et bienvenue dans la Ville Éternelle.

Le nouveau-né survola d'un coup d'œil rapide le parco di Traiano, sans s'attarder sur les ruines de la maison dorée de Néron (un des nombreux monuments romains dédiés à la mégalomanie humaine) ni sur la silhouette déchiquetée du Colisée. Avec un peu de tristesse, Beauregard nota que Bond ne paraissait pas du tout ému par le panorama. Quel dommage que le devoir aveugle parfois le regard de celui qui l'applique ! En réalité, dans cette profession singulière il était indispensable de se montrer attentif à tout.

Bien que voyageant sous son rang d'officier de marine, Bond ne portait pas l'uniforme. En fait il était vêtu comme s'il s'apprêtait à aller jouer au baccara à Monte-Carlo. Son smoking blanc de Saville Row était parfaitement coupé, assez confortable pour suggérer à un observateur avisé la possibilité d'un holster sous l'aisselle. Beauregard savait très exactement qui était cet homme, et même ce que contenait son holster. Un Walther PPK calibre 7.65, avec un chargeur de huit balles en argent. Une arme de professionnel.

La brise jouait avec une mèche de cheveux noirs en virgule sur le front de Bond. Un fin serpent de fumée s'échappait de sa cigarette marquée de trois bandes d'or, un mélange de tabac des Balkans et de Turquie. Un détail trop caractéristique pour quelqu'un comme lui, trop aisé à mémoriser. Ce genre de singularité suggérait une certaine affectation. Voilà un vampire qui savait comment endosser une veste de smoking sans froisser le col, qui portait des chemises de coton fin et qui pouvait dégainer un pistolet avec autant d'aisance qu'il sortait son Ronson d'une poche intérieure. On aurait pu penser qu'il voulait être remarqué, qu'il désirait surtout ne pas passer inaperçu.

Charles Beauregard espérait n'avoir jamais été ainsi.

Si un serviteur de la Couronne méritait de profiter de sa vie privée durant sa retraite, Beauregard était cet homme. Et pourtant le Diogene's Club n'avait rien d'un organisme où l'on pouvait prendre sa retraite sans quelques complications. Tout d'abord, la seule notion de vie privée était très fortement déconseillée chez ses membres. Il avait servi le Club, à des postes de premier plan parfois, pendant la majeure partie du siècle écoulé.

Il contempla la vue que Bond avait négligée, et trouva dans ce spectacle la source d'une fascination infinie. Cette cité était plus vieille qu'eux tous. Une pensée réconfortante.

— Vous êtes une légende vivante, Beauregard. J'ai été entraîné par le sergent Dravot. Il a offert son sang pour mon passage aux ténèbres. C'est une bonne lignée. Il parle souvent de vous.

— Ah oui, Danny Dravot. Mon vieil ange gardien.

Beauregard discernait un écho de la personnalité de Dravot dans la voix de Bond, et même dans sa posture détendue mais toujours athlétique. Le sergent avait transmis à ses fils-en-ténèbres une partie de ses qualités. Sous le vernis, Bond semblait un élément de valeur, et de confiance dans l'action.

Devenu vampire dans les années 1880, Dravot allait rester sergent jusqu'à la fin des temps. Et il se tiendrait toujours à la disposition du Diogene's Club.

Une grande part de l'existence de Beauregard, et de ces souvenirs multiples qui l'ancraient maintenant à son lit et à ce fauteuil roulant, avait un rapport direct avec cette bâtisse anonyme de Pall Mall. Si, comme c'était de plus en plus souvent le cas, son esprit se mettait à battre la campagne, un passé d'une vivacité photographique venait se superposer au présent nébuleux. Souvent, il se retrouvait là-bas : aux Indes en 1879, à Londres en 1888, en France en 1918, à Berlin en 1938…

Les visages et les voix étaient clairs dans son esprit. Mycroft Holmes, Edwin Winthrop, lord Ruthven. Geneviève, Kate, Penelope. Lord Godalming, le Dr Stewart, le Prince consort. Le Kaiser, le Baron Rouge, Adolf Hitler. Et toujours le sergent Dravot qui ne le lâchait pas d'un pouce. Dracula qui lui glissait entre les doigts, se terrait dans une retraite pour se faire oublier, mais n'abandonnait jamais.

Il songea à sa canne-épée à la lame plaquée d'argent. Cette arme avait-elle été aussi visible que le Walther de Bond ? Probablement.

Mais en ce moment il n'était pas question de se laisser aller. Il fallait se rappeler, et c'était un exercice malheureusement beaucoup plus ardu. La tarte servie au *Simpson* dans le Strand en 1888 lui revenait immédiatement à l'esprit et le faisait saliver. Hélas, il était incapable de se remémorer le menu du souper d'hier.

— L'Agence suppose que vous avez gardé l'œil sur Dracula, lâcha Bond. Il ne serait pas correct que je vous laisse ainsi. D'autant plus qu'il est si proche.

— L'Agence ?

Le jargon amusait Beauregard. À son époque, il était différent. Avant d'être admis dans ce service très spécial, ils ne formaient pour lui que la Cabale du Diogene's Club. Puis des joueurs de cricket avaient pris l'habitude de les englober sous le surnom de Pavillon. Pendant quelque temps, ce fut le Cercle. La Cabale était constituée d'une à cinq personnes au maximum ; elles étaient trois la plupart du temps. Dans les années 1920 et durant la dernière guerre, Beauregard avait été rappelé et avait présidé aux destinées secrètes de ce groupe. À présent, c'était le jeune Winthrop – jeune… il avait quand même soixante-trois ans ! – qui occupait sa place.

— Je vous demande pardon, sir…

Il s'était encore coupé du moment présent. Il devait se concentrer. D'ailleurs il fallait qu'il règle ce problème au plus vite, sinon pour lui, du moins pour Geneviève. Quand il abusait de ses forces, elle lui en voulait.

Pourtant elle aurait dû savoir qu'il agonisait. Il approchait de la fin depuis déjà assez longtemps…

— Oui, commander Bond. Je suis toujours intéressé par ce cher Vlad Tepes. Difficile de laisser tomber, n'est-ce pas ?

— Vous êtes considéré comme une autorité pour tout ce qui le concerne.

— On essaie de flatter le vieux singe, hein ?

— Absolument pas.

— Vous voulez que je vous parle de lui ? De Dracula ?

S'il avait pu publier ses Mémoires – ce qui lui était interdit par la loi – ceux-ci auraient eu pour titre *Anni Draculae*, *Les Années Dracula*. L'exilé du palazzo Otranto était pour lui l'influence déterminante de son interminable existence. Ce qu'il regrettait le plus à propos de la mort, c'était de laisser le champ libre au comte, et de ne pas être là pour la fin définitive du Roi des Vampires.

— *Dragulya*, énonça-t-il en adoptant la prononciation qu'avait toujours affectée Churchill. Qu'aurait été ce siècle sans lui ? Avez-vous lu le roman de Bram Stoker ? Il y décrit la façon dont il aurait pu être arrêté, au tout début.

— Je n'ai pas trop le temps de lire.

Trop occupé à courir les jupons et à s'attirer des ennuis, aurait parié Beauregard.

— Une erreur de votre part, à mon avis, commander Bond. De mon côté, j'ai disposé de beaucoup de loisirs. Je les ai occupés à lire tout ce qui est paru à propos de Dracula, le réel et l'imaginaire. J'en sais plus sur lui que n'importe qui d'autre encore en vie sur cette terre.

— Avec tout le respect que je vous dois, sir, nous avons des agents infiltrés parmi les proches de Dracula, et depuis des siècles.

Une des idées fixes de Winthrop était de recruter des Anciens pour espionner leur *principe*. Ainsi le Diogene's Club avait réussi. Il y avait des taupes au sein de la Garde Karpathe.

— J'ai dit « encore en vie », rappela Beauregard.

Il émit un hoquet qui pouvait passer pour un rire, mais cette réaction réveilla la douleur et il se termina par un bruit railleur assez indistinct. Sa poitrine le brûlait.

Geneviève, qui avait développé une sensibilité presque surnaturelle à la moindre manifestation physique de souffrance chez lui, ouvrit les rideaux et passa la porte-fenêtre. Dans son polo crème sans manches et son pantalon violet de toréador, c'était une véritable beauté. Des taches roses sur ses joues d'un blanc de craie trahissaient sa colère. Elle décocha un regard glacial à Bond et s'accroupit auprès de Beauregard, en lui parlant à voix basse comme l'aurait fait une gouvernante française. Elle l'aida à porter sa tasse à ses lèvres et le força à terminer son thé.

Sans montrer le moindre embarras, Bond s'accouda à la balustrade du balcon pour finir sa cigarette. La lumière pâle faisait briller ses yeux durs. Pour entrer au service du Diogene's Club, il avait dû apprendre la cruauté. Mais peut-être avait-il toujours eu en lui ce don, qui n'attendait que l'occasion de se révéler. Recruté alors qu'il était encore sang-chaud, on l'avait fait passer aux ténèbres scientifiquement, par des transfusions dosées avec soin, puis entraîné pour devenir l'arme humaine désirée. Une autre idée de Winthrop.

— Charles chéri, vous ne pouvez pas continuer ainsi.

Geneviève n'implorait pas, ni ne tançait son compagnon. Elle savait très exactement ce qu'elle pouvait pour lui, et ce qu'elle ne pouvait pas. Un court instant elle posa la tête sur ses cuisses, pour qu'il ne voie pas les larmes roses qui naissaient dans ses yeux. Sa chevelure d'un blond doré recouvrit les mains maigres où saillaient les veines. Les doigts du vieil homme s'étirèrent sous l'envie de caresser ces cheveux si doux.

Bond s'était retourné et les observait.

Dans une de ces intuitions que Beauregard avait développées tout au long de sa carrière, augmentées par les traces d'elle-même laissées en lui par Geneviève, il devina les pensées de son visiteur. Une petite-fille respectueuse, attentionnée. Non, une arrière-petite-fille.

Et pourtant, elle était bien plus âgée que lui, mais il portait sur sa personne les années qu'elle avait repoussées. Geneviève était devenue une non-morte en 1432, à seize ans. Après cinq siècles, elle ne paraissait pas avoir plus de la vingtaine. Si vous ne regardiez pas ses yeux avec attention.

Il lui fallut quelques secondes très frustrantes pour se remémorer son propre âge. Il était né en 1853, et avait reçu un télégramme de la nouvelle reine en 1953. L'année présente était donc... Il finit par la trouver, comme toujours : 1959. Il avait cent cinq ans ; cent six dans un mois, en août, pour être très précis. Il ne les paraissait peut-être pas, un autre effet des baisers sanglants de Geneviève, il le savait, mais il était indéniablement vieux, à l'intérieur comme à l'extérieur. L'ombre de ce qu'il avait été.

Il avait presque dépassé le stade de la douleur. Dix ou vingt ans plus tôt, il avait été frappé par toutes les souffrances de l'âge, mais elles s'étaient estompées. Son corps perdait l'habitude de ressentir. Parfois il avait l'impression de n'être plus qu'un esprit qui communiquait avec le monde par l'intermédiaire d'un support physique, mais était incapable de faire passer les messages. Seule Geneviève comprenait, par une sorte de télépathie naturelle.

Il maîtrisa un nouvel accès de toux.

— Vous feriez mieux de partir, dit l'Aînée à Bond d'un ton ferme.

— Ça va, Gené. Je vais bien.

Elle leva les yeux vers lui, des yeux d'un bleu pénétrant. Avec elle, il ne fallait pas mentir. Elle savait toujours. Pamela, sa femme, avait possédé ce même don. Ce n'était pas seulement un trait de vampire.

Il fallait dire la vérité.

— Vous ne pouvez pas l'ignorer non plus, ma très chère, dit-il.

Elle détourna le regard et il caressa ses cheveux fins. L'électricité du contact le ramena à leur première nuit ensemble. Ses dents et ses ongles qui traçaient des figures compliquées sur sa peau, sa langue de chat qui titillait les blessures de l'amour…

— Notre Geneviève est la première femme à avoir mis les pieds à l'intérieur du Diogene's Club, commander Bond. La première à s'être trouvée face à la Cabale. Cela vous semble-t-il archaïque ? Médiéval, peut-être ?

— Pas vraiment.

— Vous devriez l'interroger. Elle n'a pas lâché prise non plus. Sur Dracula. Et elle est beaucoup plus apte à le contrecarrer qu'un fossile vivant tel que moi.

— Il devrait être mort, déclara-t-elle calmement. Depuis longtemps. *Vraiment* mort.

— Nombre de gens partagent cet avis, dit le ressuscité.

Geneviève se releva et contempla le visage séduisant du jeune vampire. Il portait les traces de cicatrices presque effacées.

— Beaucoup ont eu l'occasion de mettre un terme à cette nuisance. Une fois, nous… mais vous connaissez cette histoire, bien sûr. Une vieille histoire, sans doute ennuyeuse pour vous.

Beauregard comprenait l'amertume de sa compagne.

En 1943, il avait paru opportun aux Alliés de conclure un sombre arrangement. Edwin Winthrop avait négocié le traité de Croglin Grange, qui faisait entrer le Roi des Vampires dans la guerre. Dégagé de ce qu'il appelait quelquefois des « notions victoriennes », il était prêt à prendre l'entière responsabilité de la démarche à son compte, ainsi que l'opprobre qui en découlerait. En dépit de tout, Beauregard avait approuvé cette stratégie. Et même Churchill, qui détestait Dracula autant que Hitler, avait appuyé l'alliance, bien qu'il n'ait jamais accepté de serrer la main du comte. Beauregard l'avait fait, lui, en détournant son regard du sourire carnassier du *nosferatu* valaque. Sa défaite personnelle, volontairement consentie, ne l'était qu'au nom d'une victoire bien plus grande.

Il lui avait paru salutaire qu'à cette époque Geneviève se soit trouvée à Java, loin des marées de l'histoire. Présente, elle aurait essayé de déchirer la gorge de Dracula.

— Depuis cent ans, pas un instant vous n'avez compris Vlad Tepes, dit-elle. Vous avez toujours pensé qu'il pouvait être apaisé, et satisfait. Or, il n'a jamais rien eu d'un politicien, comme lord Ruthven. C'est un homme du Moyen Âge, un barbare. Son trône est bâti sur une montagne de crânes.

Les guerres de ces temps modernes étaient différentes de celles des siècles passés. En partie à cause des progrès réalisés dans l'armement, qui rendaient les conflits à l'échelle mondiale non seulement possibles, mais inévitables. Et en partie à cause de l'extension du vampirisme commencée par l'émergence de Dracula dans le monde occidental. Sans les non-morts, Beauregard était certain que les nazis n'auraient pu exister ; si Dracula avait un héritier, c'était bien Hitler. Bien que la solution finale se soit appliquée aussi bien aux Juifs qu'aux vampires de la lignée de Vlad Tepes, Hitler avait eu pour projet de passer aux ténèbres lorsque son Reich dominerait le monde, afin de régner mille ans. La création d'une race de seigneurs immortelle par la science et la sorcellerie était un projet allemand depuis la Première Guerre mondiale et, ironiquement, autant la vision de Dracula que celle de Hitler. Si les nazis n'avaient exclu sa lignée du registre de la pureté, Dracula se serait rangé à leur côté.

— Vous avez fait de lui votre allié, dit froidement Geneviève.

— Staline était également notre allié, rétorqua Bond sans s'émouvoir. Et il est devenu le Diable incarné après Yalta. La politique, ce n'est pas mon rayon, Mademoiselle. Des esprits très supérieurs au mien s'en occupent. Mon travail est de tuer ou de mourir, et j'avoue préférer la première de ces deux options.

— À l'évidence, vous êtes mort une fois.

— Bien entendu. Vous savez ce qu'on dit…

— Non, quoi donc ?

— On ne vit que deux fois.

Geneviève se tenait très droite, une main posée sur l'épaule de Charles. Il représentait son dernier lien, et en était conscient. Une fois qu'il aurait disparu, que se sentirait-elle libre de faire ?

— Pardonnez ma franchise, commander, dit-elle, mais certains d'entre nous disposent de moins de temps que vous. Qu'êtes-vous venu découvrir ici, au juste ?

L'agent secret ne pouvait répondre clairement. La pensée de Winthrop était toujours impénétrable, et son homme de main ignorait peut-être le but réel de sa mission.

— Je rédige un rapport sur les fiançailles royales.

— Vous seriez donc un éditorialiste mondain ?

Bond eut un sourire acéré. Dans cet amusement non feint, Beauregard vit que le ressuscité était sous le charme de Geneviève. Si elle le manœuvrait habilement, elle pouvait en faire une conquête.

— Grâce à Beauregard et à des gens de sa trempe, nous en savons beaucoup sur Dracula, expliqua Bond. Vous vous trompez quand vous dites que nous n'avons jamais essayé de le comprendre. C'est une personnalité très connue depuis les années 1880. Nous sommes au fait de ses desseins. Avec lui, tout a toujours été question de pouvoir. Depuis l'époque où il était encore sang-chaud, il se voit en conquérant. Il a étoffé sa lignée pour créer une véritable armée. Chacun de ses mariages n'a jamais eu qu'un seul mobile : faire avancer sa cause, et donner une assise à son pouvoir.

Beauregard entendait Winthrop à travers les lèvres de Bond. C'était exactement sa vision du monde. Beauregard avait fini par comprendre, pendant les années Hitler, Mussolini et Staline, que le comte n'était pas quelqu'un d'unique, ni même d'exceptionnel. La pire pensée qu'il ait jamais eue était que Dracula avait fini par réussir. Chaque nation sur Terre – et la Grande-Bretagne ne faisait pas exception – se conduisait comme si elle était dirigée par le Roi des Vampires.

— La personne dont nous ne savons que très peu de chose, c'est la princesse, poursuivit Bond en exhalant de la fumée à chaque syllabe. Elle apparaît et disparaît des rapports, sans laisser de trace significative. Ce que l'Agence veut savoir se résume à cette question : pourquoi Asa Vajda ? Elle est de la lignée de Javutich, qui est presque éteinte. Dracula est assez féru d'histoire pour ne pas l'ignorer. Comme toujours, ce qu'il convoite se situe à un niveau plus géographique. Il désire des terres, un trône, une place forte. Comme la plupart des Anciens, fit Bond en plongeant son regard dans celui de Geneviève, *il principe* est un déshérité de la société, un vagabond fortuné. Ceausescu ne va certainement pas accepter son retour.

Après avoir survécu aux camps de la mort nazis, des centaines de vampires transylvaniens avaient été rapatriés chez eux et rapidement éliminés, avec l'aide honteuse des Alliés, par leurs concitoyens sang-chauds. Nicolae Ceausescu poursuivait toujours une campagne d'extermination des *nosferatus* qui marquaient un attachement persistant à leur terre natale, à présent incluse dans la Roumanie moderne. Aussi terrifié que l'avaient été ses ancêtres paysans, le secrétaire du Parti communiste avait choisi le château de Dracula pour palais d'été, afin de montrer qui était le maître dans le pays.

— La princesse Asa est moldave, précisa Beauregard. Et Dracula est valaque. Environ les deux tiers des Aînés du monde entier viennent du fer à cheval des Karpathes. Si Dracula recouvrait un pouvoir temporel, c'est là qu'il devrait recommencer, dans le pays actuellement connu sous le nom de Roumanie. Avec l'âge, la terre natale prend une grande importance.

Geneviève lui pressa doucement l'épaule de la main.

— L'Agence a un raisonnement identique, Beauregard, concéda Bond. Mais ce mariage de dynasties sonne faux. En toute justice, Dracula devrait s'unir à une lignée puissante. La comtesse Élisabeth, de la maison de Bathory, est une candidate évidente.

— Le comte a parfois des lubies assez bizarres. Demandez à Mrs Harker.

—S'il ne cherche pas la lignée, Gené, je suis étonné qu'il ne soit pas venu vous courtiser.

Geneviève frissonna.

Très amusant, Charles chéri.

Bond eut une moue d'insatisfaction.

— Il prépare quelque chose. Dracula n'a jamais rien fait qui ne soit dans son intérêt exclusif, du début à la fin. Mais où se situe son intérêt, dans le cas présent ?

— L'asservissement total de tout le monde, comme d'habitude, soupira Geneviève. Pour toujours. Voilà, je viens de vous révéler son secret. Puis-je réclamer le prix de cinq cents francs ?

L'espion se fendit d'un autre sourire bref. Du regard il jaugea rapidement l'Aînée et en arriva à la conclusion qu'il serait de taille à la mater. Beauregard rit sous cape, et finit une fois de plus par tousser. C'était comme si du verre pilé roulait dans sa poitrine. Respirer devenait une torture.

— Cette entrevue est terminée, insista Geneviève.

Elle s'agenouilla à côté de lui et l'aida à boire en pressant une main contre son torse pour lui donner la volonté de survivre. Elle oublia de cacher ses yeux, et il y vit les larmes de sang.

— Très bien, fit Bond. Pourrai-je vous recontacter ? Si les autres pistes tournaient court.

Beauregard s'efforçait d'arrêter sa toux, sans y parvenir.

— Je préférerais que vous n'en fassiez rien, répondit Geneviève.

L'espion voulut répondre, mais il ne trouva pas les mots. Mieux valait la laisser décider. Pour l'instant.

— Je ne vous reconduis pas, dit-elle sans le regarder.

— Bien sûr, accepta-t-il en écrasant sa cigarette dans un cendrier. Bonne journée à tous deux. Si vous voulez me joindre, je suis descendu à l'*Inghilterra*.

Il se glissa sans bruit par la porte-fenêtre et sortit de l'appartement.

Beauregard attendit que la quinte cesse d'elle-même. Une mousse blanchâtre marquait les coins de sa bouche. Geneviève lui essuya le visage, avec les gestes attentionnés d'une infirmière.

La douleur s'éteignit rapidement. Son ouïe et sa vue demeuraient encore très bonnes, mais il n'avait pratiquement plus le goût ni l'odorat. Il ne lui en restait que des souvenirs.

Pauvre chéri, murmura Geneviève.

Elle reconduisit le fauteuil roulant à l'intérieur.

Bien qu'il ne vive dans la *via* Eudosiana que depuis dix ans, l'appartement était encombré d'une centaine d'acquisitions. Les étagères surchargées de livres couraient le long des murs, du sol au plafond. Un grand nombre d'objets bizarres glanés dans toutes les régions du globe occupaient les coins et les recoins des pièces. Souvent Geneviève trouvait un masque africain ou une statuette en jade de Chine dans une boîte, ou dans un tiroir, et elle s'extasiait sur sa qualité artistique, sans songer à son prix, probablement astronomique. En cachette il avait dressé un inventaire – il savait que ce genre de liste irritait sa compagne – et avait réfléchi à qui léguer ceci ou cela. La bibliothèque irait à Edwin Winthrop.

Geneviève l'aida à sortir de son fauteuil roulant et à s'installer sur la banquette-lit dans son bureau. Il était devenu si léger que même une femme sang-chaud aurait pu le soulever comme un bébé. Elle le laissait accomplir tout ce dont il était capable de ses propres forces. Rassemblant le peu qu'il lui restait de puissance musculaire, il se leva du fauteuil, prit appui sur le bras offert par la vampire pour assurer son équilibre, puis s'écroula plus ou moins sur la banquette. Il la laissa arranger la couverture autour de ses jambes.

Elle lui souriait avec douceur. C'était comme une aiguille enfoncée dans son cœur. Cette sensibilité-là ne s'était pas atténuée.

Parfois il l'appelait Pamela, et elle ne disait rien. La femme de Beauregard était morte après deux années de mariage, près de quatre-vingts ans plus tôt. La chaleur faisait ressembler Rome à cette contrée de collines aux Indes, où il avait vécu avec Pam et s'était adonné à ce que Kipling avait baptisé « le Grand Jeu », cette partie d'échecs entre les services de renseignements de la Russie et de la Grande-Bretagne pour disposer du sous-continent. La première guerre froide. Tout ce temps, Pam avait répété que rien de bon n'en sortirait, et constamment elle avait remis en cause sa notion du devoir, en le forçant à se demander où ce devoir était précisément. Geneviève était sans aucun doute le dernier et le plus long de ses amours, mais il avait un sens plus net de la brève période de temps passée avec Pam, des joies et des peines partagées.

La culpabilité renforçait encore son amour pour Geneviève.

Il saisit sa main et la serra.

Elle déposa un baiser sur son front.

Le tableau devait être grotesque, une jeune fille en compagnie d'un vieillard. Une chanson de la jeunesse de Beauregard s'appelait *Un oiseau dans une cage dorée*. Mais Geneviève n'avait que l'apparence de la jeunesse. Tout être dépassant les cent ans se parait d'une qualité indéfinissable qui niait la nature. Un âge pour les arbres et les tortues, pas pour les humains.

— J'ai besoin de vous, Charles, souffla-t-elle.

Ce n'était pas un mensonge, seulement sa vérité à elle, exprimée d'une façon qu'il ne pouvait refuser.

Elle monta sur la couche et s'installa à côté de lui. Quand ils gisaient ainsi, ensemble, il était toujours le plus grand. Si elle avait la tête au même niveau que celle de l'homme, ses pieds arrivaient à peine plus bas que les genoux de Beauregard.

Elle embrassa sa joue et son menton, lisse car elle l'avait rasé une heure auparavant. Il avait encore un peu de cheveux, blancs et épais, mais il ne portait plus la moustache. C'est à elle qu'il devait sa chevelure, ainsi probablement que sa vue et la majorité de ses dents.

Elle écarta les pans de son peignoir pour lui dégager le cou et déboutonna le haut de sa veste de pyjama. Ses lèvres caressèrent le creux de sa gorge, à la recherche des vieilles blessures.

Il était calme. Les spasmes avaient disparu. Dans son cœur, il était excité, et son sang courait plus vite dans ses veines. D'une façon qui l'aurait abasourdi quand il était jeune homme, cette sensation lui suffisait.

— C'est absurde, Gené, murmura-t-il. Vous êtes…

— Assez âgée pour être dix fois votre arrière-grand-mère. Vous êtes le jeune amant et moi la vieille maîtresse. Souvenez-vous-en.

Les crocs de la vampire glissèrent sur les plaies constellant son épaule, loin de la veine. Il n'avait jamais pu définir si ce contact était comparable à des aiguilles de feu ou de glace.

Il frémit de délice. La langue de Geneviève ondulait sur sa peau. Il sentit le corps de la vampire se tendre contre le sien et sut que son goût se déversait en elle.

Naguère elle aurait bu. À présent elle ne s'autorisait que quelques gouttes. Elle savourait le nectar de vie.

Il savait ce qu'elle était en train de faire. Pendant des années, elle n'avait pas accepté son sang. Elle rouvrait ses plaies, plaçait ses lèvres dessus, se mordait l'intérieur de la bouche et déposait sur la blessure un peu de son liquide vital. Certes elle détenait le pouvoir de le forcer à boire son sang, pour en faire un fils-en-ténèbres, un membre de sa lignée. Mais ce n'était pas dans son caractère.

Tout au long de son existence, il avait connu trois femmes vampires, chacune d'une lignée différente. Geneviève, comme Kate Reed, se refusait simplement à profiter ainsi de ses amants. Elle devait laisser quelque chose d'elle derrière, dans le corps et l'esprit de l'homme. Tous ceux qu'elle touchait étaient changés par elle, affectés.

La dernière avait déchiré son cou et s'était abreuvée à la blessure avec autant de désir que de mépris. Quand il repensait à elle, c'était avec pitié.

Combien d'années devait-il à Geneviève ?

Son sang l'avait gardé jeune, sans qu'il s'en rende compte. Parce qu'il n'avait pas voulu voir la vérité en face. Maintenant il comprenait qu'elle le conservait en vie. Les hommes de sa famille n'étaient pas portés sur la longévité. Un oncle avait atteint quatre-vingt-dix ans, et un neveu était toujours vivant à quatre-vingt-un ans. Mais son père était mort d'une fièvre à Bombay, à quarante-huit ans, et ses deux grands-pères étaient déjà décédés à sa naissance. Pour lui, cent cinq ans n'était pas un âge naturel.

Dans leur communion Geneviève sanglotait sans bruit, mais son chagrin irradiait jusqu'au cœur de l'homme.

— Non, ma chérie, lui dit-il pour la réconforter.

Il voulait lever ses mains, lui caresser le visage, effacer ses larmes, mais il s'enfonçait insensiblement dans une sorte de brouillard. Si son esprit fonctionnait toujours avec vivacité, ses membres étaient alourdis par une étrange inertie.

— Peu importe, souffla-t-elle.

Aujourd'hui serait un bon moment, songea-t-il. La chaleur de Geneviève l'habitait, et il l'emporterait. Il s'imagina se recroquevillant dans son corps usé, avec des spirales de lumière et d'obscurité tourbillonnant autour de lui. Son visage afficha un sourire incertain.

Soudain Geneviève s'écarta de son cou. Il sentit l'air sur sa peau humide.

Non, dit-elle d'un ton ferme, presque brusque.

À travers son sang, elle avait détecté les pensées de Beauregard.

—Non, répéta-t-elle d'un ton implorant. Pas encore. S'il vous plaît.

Il retrouva l'usage de ses bras, qui enserrèrent Geneviève. Il consentait à vivre encore.

—Cet homme nous a menti, Charles, dit-elle, et il acquiesça. Il n'est pas là pour rédiger un rapport. Ce n'est pas son genre. Il agit selon les rapports, il ne les écrit pas.

—Bonne fille, murmura-t-il.

Alors qu'il glissait dans une douce somnolence rythmée par les battements de son cœur, il perçut la sonnerie du téléphone.

—Mieux vaudrait... répondre, marmonna-t-il.

3

Giallo Polizia

L'inspecteur Silvestri débitait un italien musical et haut perché à ses subordonnés en uniforme, et les dirigeait sur la piazza di Trevi. Quand il s'adressa en anglais à Kate, sa voix devint complètement différente, plus grave, monocorde comme celle d'un mauvais acteur.

— Vous avez vu l'assassin ? questionna-t-il. *Il Boia Scarlatto ?*

Il Boia Scarlatto. Le Bourreau Écarlate.

L'image du tueur dans l'eau de la fontaine demeurait présente à l'esprit de la journaliste.

— Seulement son reflet, avoua-t-elle.

Silvestri griffonna quelques mots sur son calepin. En dépit de l'été romain, il portait l'uniforme européen officieux de l'inspecteur, un imper blanc cassé, à la Maigret. C'était un homme solide, dans la force de l'âge.

— Il avait donc un reflet ?

— Oui. Ce n'était pas un vampire, inspecteur.

Deux policiers soulevèrent la cape de Kernassy hors de l'eau en la tenant comme un hamac, pour conserver dans le vêtement les fragiles restes de l'Ancien. Les assistants du service médico-légal s'affairaient avec des filets à papillons pour ramasser ce qui avait été Malenka.

La robe de chez Morlacchi avait disparu, volée à l'évidence, ce qui irritait fort Silvestri. Mieux valait qu'une épouse ou une fiancée d'un policier ne pose pas de question sur la provenance de son cadeau d'anniversaire. Kate espérait que le vêtement serait nettoyé et recousu avant d'être offert.

Un soleil implacable inondait la piazza. Elle ne s'était pas attendue à une telle chaleur. Elle ne transpirait pas – un des attributs de sa chimie corporelle de non-morte – mais n'en ressentait que plus l'inconfort de la situation dès que la température dépassait la norme anglaise. Elle avait évolué en une créature de la nuit.

Une foule de curieux était tenue en arrière par des cordes tirées pour délimiter un périmètre. Les paparazzi qui avaient traqué Malenka avaient laissé la place à des reporters moins frénétiques, les spécialistes des affaires criminelles. Sur la via San Vincenzo, on klaxonnait avec colère dans l'embouteillage. Malgré les barrières, un adolescent sur une Lambretta traversa la place en trombe, poursuivi par des carabinieri de mauvaise humeur.

L'ombre où s'était réfugiée Kate, à un coin de la fontaine, rétrécissait peu à peu. La luminosité excessive blessait ses yeux. Elle sentait la brûlure du soleil sur son visage et ses mains, et elle savait qu'elle en ressortirait empourprée. Les lésions d'origine solaire mettaient parfois des décennies pour guérir totalement. Elle avait prévu de passer ses journées à l'intérieur, à l'instar de tout vampire qui se respecte, et de ne sortir qu'au crépuscule.

Du regard elle chercha Marcello. En toute décontraction, il bavardait avec deux policiers en uniforme et des hommes en civil que Kate supposa être des reporters. Ils fumaient des cigarettes en riant doucement. Elle reconnut l'insensibilité professionnelle de ceux qui sont confrontés à trop d'horreurs, membres de la presse comme de la police. Elle-même était rompue à l'art d'échanger des propos anodins en fumant une cigarette près d'un mur hachuré par des impacts de balles et taché de sang.

Qu'avait dit Marcello à Silvestri ? Visiblement, ils se connaissaient. Dès son arrivée sur les lieux, l'inspecteur avait pris l'Italien à part pour écouter une longue explication rehaussée d'une gestuelle éloquente.

Un des hommes du médico-légal étouffa une exclamation dégoûtée et sortit de l'eau le corps gonflé du chat mort. Tout le monde exprima sa sympathie pour la pauvre bête. Cette réaction donnait une indication éclairante sur la façon dont étaient considérés les vampires à Rome. Dispersés dans la foule tels des corbeaux, des nonnes et des prêtres fusillaient Kate de regards sévères. L'Église catholique ne se montrerait jamais aimable avec ceux de son espèce.

Elle était sans doute la première suspecte. Marcello était revenu sur la piazza et l'avait découverte seule, auprès des restes macabres du comte Kernassy et de Malenka. Il n'avait pas vu le tueur, ni même entendu son rire tonitruant.

À trois reprises déjà elle avait raconté les faits, et donné une description à un artiste de la police. Il avait esquissé un portrait qui ressemblait curieusement à un méchant de bande dessinée, agrémenté d'un rictus de dément. La prochaine fois, elle s'assurerait de ne se faire presque tuer que par un agresseur dans les normes.

—Avez-vous retrouvé la petite fille ? demanda-t-elle à Silvestri. Elle avait l'air triste, effrayé. Elle a vu le meurtrier.

—Ah oui, fit-il en affectant de rechercher dans ses notes, la fillette qui pleurait…

—Il ne pouvait pas y avoir beaucoup d'enfants dans les rues, c'était presque l'aube.

—Il y a toujours des enfants dans les rues, *Signorina*. Nous sommes à Rome.

—Mais elle ne paraissait pas…

Que cherchait-elle à expliquer ? Elle n'avait fait qu'apercevoir le visage de la gamine. Non, le reflet de son visage, inversé. Elle n'aurait pu dire comment elle était habillée, mais elle avait eu l'impression que la fillette n'était pas une enfant des rues, et même qu'elle était issue d'un milieu aisé. D'une vieille famille fortunée. Pourquoi pensait-elle cela ?

—Ses cheveux, dit-elle en pensant à haute voix. Ils étaient longs, propres, bien peignés. Soignés. Ils retombaient sur un œil, comme la coiffure de Veronica Lake.

Silvestri gardait la bouche serrée, mais il souriait avec les yeux.

—Vous êtes observatrice, commenta-t-il.

—Je suis journaliste. Ça fait partie de mon métier.

Le timbre de sa voix changea quand il se tourna vers son assistant, le sergent Ginko. Kate saisit quelques mots. *Ragazza*, fille. *Lunghi capelli*, cheveux longs. *Veronica Lake, hubba-hubba.*

Ils la prenaient au sérieux, à présent. Une bonne chose.

—Qu'avez-vous remarqué d'autre, que vous puissiez nous dire ?

Ce visage inversé. Les mèches blondes, la bouche de clown triste, les larmes. Le tueur, habillé en bourreau. Le masque, le torse nu, les collants. L'éclat d'une lame d'argent, le rouge du sang. Le crâne de Kernassy, les yeux de Malenka.

Qu'est-ce qui clochait dans cette scène ?

—Allez-y, l'encouragea Silvestri. N'importe quoi, même si vous n'êtes pas très sûre…

—C'est comme les pièces d'un puzzle, dit-elle. J'essaie de les placer ensemble, mais l'une d'elles ne va pas, et je ne sais pas laquelle. Je suis désolée. C'est aussi frustrant pour moi que pour vous. Je sens une… inexactitude. Un petit détail, quelque chose que j'ai vu, mais je n'arrive pas à mettre le doigt dessus.

L'inspecteur ne semblait pas déçu. Il griffonna son numéro de téléphone sur une page de son carnet qu'il déchira et lui donna.

— Si vous retrouvez la pièce, vous voudrez bien m'appeler ?

Elle prit le morceau de papier.

— Oui, bien sûr.

Silvestri referma son calepin d'un mouvement sec du poignet.

Vous pouvez partir, *Signorina* Katharine Reed.

Elle ne cacha pas son étonnement.

— Vous ne voulez pas m'arrêter ? Je ne suis pas considérée comme suspecte ?

Silvestri eut un rire bref.

— Non. Vous avez mal compris. Vous êtes arrivée à Rome hier soir seulement, par le même vol qu'*il conte* et sa « nièce ». Alitalia nous l'a confirmé. Or, ce ne sont pas les premiers meurtres de ce genre à se produire ici.

Malgré le soleil romain, Kate frissonna.

— Rome n'est pas une ville sûre pour les *vampiri*, continua Silvestri. Ils se prennent pour des chasseurs d'hommes, mais il y a ici un homme qui se prend pour un chasseur de vampires. Ce *Boia Scarlatto* en a tué d'autres. Depuis la guerre. Rien que de ceux que vous appelez Anciens, ou Aînés.

— Mais Malenka était une jeune ressuscitée, non ? Elle paraissait tellement… moderne.

— Non, elle avait quelques siècles d'existence.

Seulement des Anciens. Pourquoi tuer Kernassy et Malenka, mais pas Kate Reed ?

Il n'y avait pas un âge limite au-delà duquel on acquérait le rang d'Aîné. Kate supposait qu'il fallait dépasser son espérance de vie de sang-chaud, puis passer la durée d'au moins une autre existence normale. Après deux siècles, vous aviez droit au titre d'Ancien. Dracula était un Ancien, de même que lord Ruthven et Geneviève. Kate n'avait que quatre-vingt-seize ans. Restée sang-chaud, elle serait peut-être encore en vie.

Charles, son aîné de dix ans, l'était toujours.

La fillette avait-elle effrayé le Bourreau Écarlate ? C'était peu probable.

Silvestri ordonna à ses hommes de poser sur le sol la cape de Kernassy, afin d'examiner le cadavre. Les reporters de presse photographièrent la scène, avec en arrière-plan flou la célèbre fontaine. L'inspecteur affichait une expression de grand sérieux. Comme Malenka, il offrait différents angles pour les clichés, et des regards variés : pensif, déterminé, concentré.

Les journalistes l'écoutèrent avec grande attention quand il annonça *« I corpi presentano tracte di violenza supernaturale »* et entreprit de débiter une déclaration que tous recopièrent en hâte.

Son italien scolaire mâtiné d'un peu de sicilien appris pendant la guerre permit à Kate de saisir le sens général de ce petit discours. Elle n'avait pas besoin de comprendre chaque mot prononcé par le policier, car ce genre de déclaration sur le lieu d'un crime était identique n'importe où dans le monde : tous les efforts seraient faits, chaque piste serait étudiée avec le plus grand soin. Une arrestation était déjà pressentie dans un futur peu lointain mais qui demeurait imprécis. Kate avait déjà entendu cette chanson sur le site d'un des meurtres de Jack l'Éventreur, entonnée par l'artiste qui l'avait rendu célèbre, l'inspecteur Lestrade, de Scotland Yard.

Et bien entendu, Jack n'avait jamais été arrêté.

Kate hésitait à informer Marcello que la police la croyait innocente. Il avait été frappé par le moment de la découverte et, sous ses paupières lourdes de charmeur patenté, le soupçon et le choc luisaient dans ses prunelles. Elle savait que l'impression serait difficile à effacer. Pour lui, elle risquait fort de demeurer à jamais un monstre assoiffé de sang.

Diable, il y avait toujours un petit quelque chose qui n'allait pas.

Quelle idiote elle faisait ! Deux Aînés avaient été détruits et elle était en train de s'inquiéter de l'opinion d'un sang-chaud qui, elle en était certaine, la trouvait à peu près aussi attirante qu'un poisson mort.

Elle avait jugé Gabor Kernassy plutôt plaisant et, après réflexion, Malenka plus ridicule qu'autre chose. Ils s'étaient peut-être montrés superficiels, mais aussi plus aimables envers elle que les conventions ne le requéraient. Et même la starlette possédait un côté amusant. Kate avait eu l'intention d'écrire un article sur le cirque dont elle s'entourait. Ils lui auraient fait gagner de l'argent.

Ils avaient été massacrés devant ses yeux.

Un couteau à longue lame en argent avait décapité Kernassy et transpercé le cœur de Malenka. La police avait retrouvé l'arme dans le bassin, nettoyée par l'eau. Silvestri s'était assuré qu'elle ne disparaisse pas comme la robe de Malenka.

Kate savait qu'elle n'abandonnerait pas cette affaire. Elle avait beaucoup d'occupations prévues dans cette ville, et des tâches qui attendaient depuis longtemps d'être terminées. Mais ces deux meurtres la concernaient au premier chef, à présent.

Quelqu'un prononça son nom.

Un instant elle crut que c'était Marcello. Mais la voix était celle d'une femme.

Geneviève.

Elle se trouvait derrière la barrière de corde. Elle portait un chapeau de paille blanc et des lunettes de soleil. Elle fit un signe à Kate avec un autre chapeau.

— Ils ne veulent pas me laisser passer, lança-t-elle en souriant.

Elle semblait tellement *jeune…*

Sa chevelure blonde brillait au soleil. Son sourire était presque celui d'une petite fille, et ses yeux marqués par le temps demeuraient invisibles. Elle était sincèrement contente de voir Kate.

Elle avait donné son numéro de téléphone à la police. Silvestri avait dû envoyer un de ses hommes l'appeler. Très prévenant de sa part.

— On vient de me dire que j'étais libre, annonça Kate. Je suis innocente.

— J'en doute, Kate.

Elle parlait l'anglais avec à peine une pointe d'accent français.

Elles s'embrassèrent par-dessus la corde, bien que ce ne soit pas très pratique, comme s'il y avait quelqu'un entre eux.

Charles, évidemment.

Elles n'étaient amies qu'à travers cette relation centrée sur Charles, et peut-être *il principe.* Tant de complications les reliaient les uns aux autres. Edwin Winthrop avait également sa place dans le tableau. Et Penelope.

— Je vous ai apporté un chapeau, dit Geneviève. Je me doutais que vous ne vous attendriez pas à un soleil aussi féroce. Les Anglais n'y pensent jamais, et pour ce sujet j'ai pensé que les Irlandais réagissaient de la même façon.

La corde fut soulevée par un policier. Kate passa en dessous et prit le chapeau. Il abritait bien son visage. Elle contempla le dos rougi de ses mains et grimaça.

— Il faut vous montrer plus prudente, disait Geneviève, ou vous exploserez comme une fusée de feu d'artifice. Sous ce climat si doux, les cas de combustion spontanée ne sont pas rares…

4

Les mystères d'Otranto

Le palazzo Otranto aurait tout aussi bien pu avoir poussé hors de terre qu'avoir été bâti. Il était net comme une coquille d'escargot, ou un cœur humain : une spirale architecturale. Le couloir principal commençait en forme de saillie à l'intérieur de la tour la plus haute, et descendait dans la bâtisse pour desservir des pièces de plus en plus spacieuses à mesure qu'on approchait du rez-de-chaussée, avant de terminer en un large couloir encerclant les sous-sols caverneux. Pas d'escalier, seulement une pente constante. Une torture pour les genoux.

Le palazzo se trouvait à Fregene, sur la côte, à quelques kilomètres de Rome, parmi les pins et les inévitables ruines. Il y avait un temple dédié à Pan sur la propriété. La Maison de Dracula célébrait des Saturnales perpétuelles, une fête nébuleuse et interminable qui attirait les invités comme des mouches.

Tom était là depuis le printemps, et il hésitait à rester plus longtemps. D'un autre côté, il n'avait aucune raison particulière de motiver son départ, et ne désirait certainement pas retrouver la juridiction du New York Police Department. Il avait quitté les États-Unis, surtout pour éviter des questions gênantes à propos d'une combine assez légère que d'aucuns auraient baptisée escroquerie, même si ce petit système n'avait pas duré assez longtemps pour lui rapporter un billet. Pas de chance. La compagnie exclusive des non-morts accroissait ce sentiment d'ennui coutumier chez lui. Et quelqu'un de dangereux risquait de sentir l'irritation qu'il s'efforçait de dissimuler sous une façade désintéressée très à la mode. Les vampires étaient des clowns, soit, mais aussi des tueurs.

C'était pourtant la vie de luxe et de raffinement qu'il avait toujours imaginé lui convenir parfaitement. De belles peintures décoraient l'endroit, la plupart de vieilles écoles dont il n'appréciait guère le style.

Au mur de sa chambre, dans la tour, était accrochée une toile représentant un cheval en colère, avec des yeux cauchemardesques. Des croûtes de la Renaissance ornaient la salle de bal, des scènes bibliques alourdies par des nuages d'orage rouge sang et des nus grossiers.

Les *nosferatus* s'attachaient aux styles en vogue quand ils étaient encore sang-chauds. *Il principe* faisait pourtant exception. Son enthousiasme prématuré pour Van Gogh, dont il avait été le seul acheteur du vivant du peintre, lui avait permis de supporter ses périodes d'exil. Des œuvres sans valeur au moment de leur achat assuraient aujourd'hui des prêts qui maintenaient la Maison de Dracula parmi les plus fortunées d'Europe. Ces croûtes, que Tom aurait aimé contempler, étaient enfermées dans les appartements privés de Dracula, au fond des sous-sols.

Dans ce monde sens dessus dessous, les quartiers les plus luxueux et les plus recherchés étaient souterrains, au plus près de l'Enfer, et ressemblaient à des tombeaux ou des cryptes. Les appartements de grand standing qui auraient convenu à des millionnaires américains étaient donnés à des serviteurs à demi vivants et à des donneurs de sang retenus en esclavage.

Durant les mois passés ici, Tom n'avait vu *il principe* qu'en une occasion, avec Penelope. Il quittait rarement ses appartements pour rendre visite à ces gens dont il était pourtant l'hôte généreux. Il ressemblait à n'importe quel Ancien, avec ses longues moustaches blanches et ses lunettes noires qui évoquaient les élytres d'un scarabée géant. Malgré tout, Tom l'admirait, pour sa passion à l'égard de Van Gogh, au moins. Il révélait par là un goût pour la nouveauté qui bousculait l'ordre établi chez les non-morts. De plus, Dracula pouvait toujours se montrer dangereux, il restait un prédateur. Oui, Tom le respectait, et il prenait soin de laisser tranquille *il principe*, en espérant que le vampire ferait de même avec lui.

Le matin, avant que le reste de la maisonnée ne se réveille, Tom profitait du calme pour s'installer dans le Salon de Cristal, une serre au rez-de-chaussée, et il se perdait dans la contemplation des jardins à travers les murs de verre hauts de douze mètres. Avant midi, cet endroit se transformait en un kaléidoscope géant de lumière, et il y était rarement dérangé par des non-morts.

Il s'asseyait toujours dans le même fauteuil pour lire l'*International Herald Tribune* en sirotant d'innombrables tasses d'expresso fort et amer. Les serviteurs sang-chauds de l'équipe de jour, dont bien peu survivaient très longtemps, s'empressaient de satisfaire tous ses désirs. Sans être d'un naturel cruel, il ne dédaignait pas un peu de déférence à son égard.

Il estimait avoir mérité ces moments de confort et de plaisir. Pour arriver dans ce palais, il lui avait fallu déployer des trésors d'ingéniosité.

Le soleil dansait autour de lui et se reflétait en éclairs multicolores sur les panneaux qui tapissaient le plafond de la serre et qui semblaient alors des écailles de dragon, révélant des volutes tourbillonnantes de poussière en suspension, créant des motifs angulaires sur le vieux tapis. Tom sentait la chaleur détendre son visage et il fut tenté de se laisser aller à la somnolence. Il n'avait peut-être pas besoin de passer la journée dans un cercueil enfoncé dans de la terre importée de Boston, mais il n'en était pas moins resté éveillé toute la nuit dernière. Même le café pourtant très fort ne pourrait l'empêcher de céder à la fatigue. Il avait pris l'habitude de faire une sieste l'après-midi et en début de soirée, pour être à l'écart quand les non-morts se levaient.

Son dégoût n'était-il dû qu'à un préjugé typiquement américain ? Il y avait peu de *nosferatus* aux États-Unis. Dans les années 1920, la Prohibition ne les avait pas tous chassés, mais ils se limitaient à une présence souterraine, contrairement à l'expansion triomphante qu'ils étalaient en Europe. Les restrictions légales de leurs pratiques s'étaient encore durcies. Tom aimait à se considérer affranchi de la plupart des conventions sociales ; cependant quelque chose chez ces créatures l'emplissait d'un malaise diffus.

Il ouvrit son peignoir à la gorge et déboutonna le col de sa chemise Aston Chang. La chemise de Dickie, à l'origine. Il espérait bronzer un peu. Un hâle méditerranéen effacerait un peu les marques de morsures. Et il ne voulait pas être confondu avec un de ces non-morts. Il les fréquentait tellement qu'un mur se dressait autour de lui et le séparait des sang-chauds.

La tête farcie des histoires de sa tante sur les monstres suceurs de sang embusqués à chaque coin de rue, ce n'est qu'après son arrivée en Europe qu'il avait appris quelque chose sur les vampires. Ils n'étaient pas si redoutables.

Et à sa façon, lui aussi était un prédateur pour les *nosferatus*.

Ayant débarqué en Grèce sans raison bien précise, Tom avait croisé par hasard la route de Richard Fountain, un jeune ressuscité. Ils avaient fait connaissance lors d'une partie de campagne dans les Hamptons à laquelle Tom n'avait pas été réellement invité. Dickie, qui avait fui une petite amie insupportable et la rigueur des études à Cambridge, fut heureux de sa compagnie et le ramena dans sa maison en bord de mer, sur Chypre. Curieusement, l'Anglais avait l'impression que Tom descendait d'une famille riche, et qu'il vivait à l'étranger entretenu par ses parents. De son côté Tom ne parvint jamais à comprendre pourquoi la vie en

Angleterre était devenue insupportable à Dickie. Mais tel était bien le cas, ce qui l'avait poussé vers le sud-est, à la poursuite de quelque chimère indéfinissable. Sa quête l'avait mené à un paysan non-mort nommé Chriseis, qui lui avait donné le baiser des ténèbres lors de leur première nuit, avant de le laisser tomber.

Ensemble, Tom et Dickie avaient bourlingué un peu, passant d'une île à une autre, avec le lot habituel d'aventures communes dans ce genre de situation. Passionné d'expériences nouvelles, Dickie était obsédé par les vampires de Grèce. Il fouilla partout pour trouver des traces de la lignée de Chriseis, qu'il supposait remonter aux *vorvolukas* des temps modernes et aux *lamiae* de l'Antiquité. C'était relativement ennuyeux mais rien qu'on ne puisse endurer. Après tout, s'ennuyer était mieux que croupir dans une cellule. Or, Tom s'était juré de ne jamais aller en prison. Il détestait l'idée de la promiscuité forcée, se retrouver cloîtré dans un espace restreint avec un ou plusieurs hommes qu'il n'aurait pas choisis.

Par l'intermédiaire de Dickie, Tom comprit un point très important concernant les non-morts. Quand ils avaient planté leurs crocs dans votre gorge et que votre sang inondait leur organisme, ils n'étaient pas en position de remarquer que vous leur faisiez les poches.

Dans son ignorance, Tom avait cru que les vampires avaient besoin de sang pour survivre, un peu comme les vivants ne peuvent se passer d'eau. C'était faux. Le liquide vital pouvait être comme une drogue, ou comme l'alcool, le sexe, le café ou le sucre. N'importe quoi entre une simple faiblesse et une dépendance féroce. Quand ils étaient sous l'emprise de la soif écarlate, leurs fameux pouvoirs d'intuition et de persuasion perdaient toute force.

Au début, Dickie se culpabilisait de saigner Tom, et il se montrait extrêmement reconnaissant ensuite. Il ignorait tout des ficelles inhérentes à sa situation. Il répétait « excuse-moi », « s'il te plaît » et « merci » chaque fois qu'il mordait quelque pauvre idiot complaisant. Peu à peu pourtant il adopta une attitude de plus en plus arrogante, comme s'il avait fait de Tom son esclave. À la longue, Dickie se mit à débiter des monologues sans fin quand arrivait l'aube, où il parlait du péché, du Mal et de la satisfaction de ses pulsions profondes, du besoin de dépasser le sentiment de culpabilité pour embrasser toute l'ampleur du potentiel humain. Des mots tels que « péché », « Mal » et « culpabilité » ne signifiaient rien pour Tom. Il les avait souvent entendus à l'école et leur sens l'avait fasciné, mais seulement d'un point de vue purement intellectuel, comme si ce n'étaient que des théories scientifiques discréditées depuis des siècles. Le miracle étant que Dickie voyait encore quelque chose dans ce fatras.

Très vite il devint évident pour Tom que leur arrangement ne pourrait durer indéfiniment. Il faudrait qu'il trouve un moyen de s'en sortir sans problème.

Quelques goulées de sang suffisaient à enivrer Dickie, et dans cet état il devenait étrangement influençable. Environ un mois après cette communion, le non-mort ne remarquait même plus que Tom lui empruntait des effets de façon permanente. Il aimait porter les chemises anglaises de Dickie, d'une qualité qu'il appréciait. Par chance, tous deux étaient à peu de chose près de la même taille.

En acceptant le baiser des ténèbres, Richard Fountain avait gâché sa vie. Que Tom la reprenne n'avait donc rien que de très normal. Après tout, c'était lui le mieux placé pour la goûter.

Avec le temps pourtant, cette situation devint très lassante. La fiancée folle de Dickie les traqua jusqu'à Chypre. Elle formula des accusations que Tom jugea blessantes et plutôt affligeantes. Pour régler la question, Tom et Dickie partirent une nuit en bateau, et l'Américain planta une rame brisée dans la poitrine du vampire. Bien que n'étant pas non-mort depuis assez longtemps pour se transformer en poussière, Dickie avait quitté la scène sous forme de viande avariée. Tom avait fait basculer le corps par-dessus bord et l'avait regardé couler, sans remords excessifs.

Il arrangea les détails de manière que Dickie semble être parti sur un coup de tête pour une île grecque incertaine, à la recherche de la source de la lignée de Chriseis, en confiant une petite rente à Tom, pour « l'entretien de la maison ». Plus important, Dickie laissait des instructions écrites donnant à Tom l'usufruit de sa garde-robe de voyage. Personne ne s'en trouva très satisfait, en particulier la fiancée du défunt et sa famille. La police vint fouiner un peu, mais enquêtes et insinuations ne donnèrent rien.

Dickie était déjà légalement mort, aussi ne pouvait-on ouvrir une enquête pour meurtre. La Grèce était un de ces pays qui n'avaient jamais modifié leurs lois afin de les accommoder aux situations nouvelles posées par les vampires. À la rigueur, si l'on avait voulu poursuivre quelqu'un pour homicide, ç'aurait été Chriseis. D'autre part, les autorités n'avaient aucune directive leur enjoignant de rechercher un corps que son état de décomposition rendrait de toute façon impossible à identifier, selon toute probabilité.

L'argent permit à Tom de se rendre en Italie et, malgré sa réticence à fréquenter de nouveau des non-morts, il finit par se retrouver au palazzo Otranto.

C'est là qu'il rencontra Penelope.

Elle était morte depuis longtemps. D'elle, Dickie aurait dit qu'elle connaissait « toutes les ficelles de son état ». De près, vous pouviez deviner son âge. Sa peau était blanche, mais avec des reflets évanescents et bleuâtres de corruption. Qu'elle soit écorchée avec une lame en argent, et ses blessures s'ouvriraient aussitôt, purulentes. De visage et de corps, elle était parfaite, mais elle portait maintes cicatrices, de petits cercles rouges, sur ses seins et son estomac, pareils à des traces de balles.

Sur Malte il avait été approché par un officier subalterne qui l'avait pris pour Dickie, à cause de ses vêtements, avec qui il avait subi le fouet à l'école. Le jeune officier portait un paquet sorti discrètement d'Angleterre, dont le contenu paierait un service rendu. Il devait être transmis à un exilé vivant à Rome. Il offrit à Tom l'usage d'une chambre déjà louée au Rinascimento, sur le campo dei Fiori, à la condition qu'il accepte de livrer le colis. L'Américain ayant de toute façon l'intention de se rendre à Rome, c'était là une manière d'y arriver qui ne manquait pas d'intérêt pour lui.

Évidemment, il eut la tentation de jeter un œil à l'intérieur du paquet, lequel était de dimensions réduites et pouvait contenir un stylo à plume, ou une seringue hypodermique. D'après cette méthode de livraison plutôt détournée, il supputa qu'il s'agissait d'un objet de prix en route pour son nouveau propriétaire, sans forcément l'agrément du précédent.

La destinataire était Penelope Churchward. Ils se rencontrèrent à l'hôtel de Tom et il lui remit le paquet, dont elle lui affirma qu'il contenait un cadeau de mariage. Puis elle lui fit une invitation qu'il fut heureux d'accepter quelques jours plus tard. Dès le premier instant, il avait deviné son envie de le saigner. C'était une expérience encore relativement nouvelle pour lui, mais il s'y habituait assez bien. Était-il de ces gens qui ont le don d'attirer les non-morts ?

Mais Penny s'intéressait à Tom pour d'autres raisons. La position qu'elle tenait dans la résidence d'*il principe* demeurait assez floue. Elle accomplissait certaines tâches qui auraient été normalement dévolues à une maîtresse de maison, ou à une maîtresse tout court. Il y avait toujours des corvées dont Tom pouvait s'acquitter, par exemple servir de chauffeur à cette grosse vache morte de Malenka quand la starlette voulait prendre un bain de foule, ou bien aller faire des courses pendant la journée. Il ne renâclait jamais. Il voyait très clairement les avantages qu'il y avait à compter dans l'entourage d'*il principe* tout en restant sang-chaud.

Lorsqu'elle le saignait, elle était aussi désemparée que Dickie, et tout autant chavirée. Mais elle se montrait plus exigeante, plus assoiffée. Ses baisers l'exténuaient. Il se demandait combien de temps elle pourrait vivre. Parfois, elle était assez amusante. Avant de recevoir le baiser des ténèbres, elle avait fréquenté Whistler et Wilde, même si elle n'avait pas compris grand-chose à leurs œuvres respectives.

Ses plaies le démangeaient. Il referma le col de son peignoir sur elles. Tom n'avait pas encore décidé de l'utilité de Penny. Quelque chose lui viendrait bien à l'esprit le moment venu.

Il devait être midi passé. Le soleil n'était plus à la verticale, et les ombres s'amoncelaient en tentures grises dans le Salon de Cristal.

Des mains de vampire glissèrent autour de son cou. Tom n'eut même pas à deviner à qui elles appartenaient.

Penelope était de mauvaise humeur, il s'en rendit compte immédiatement. Feignant mal l'insouciance, elle se percha en une pose crispée sur un accoudoir et balança une jambe avec la fausse nonchalance d'une gamine de quatorze ans qui joue à la femme. Son pied oscillait avec la régularité sèche d'un métronome. Il devina qu'elle aurait bien aimé en donner un coup à quelqu'un.

Elle portait un pantalon fendu sur l'extérieur des mollets et des chaussons de danse. Sa veste à la Nehru était d'un bleu sombre, brodée de fils d'or. Elle avait coiffé ses cheveux en chignon sous un béret de marin trop grand, orné d'un pompon rouge vif.

Comme souvent, elle mordillait la branche d'une paire de lunettes de soleil. Il lui arrivait de les briser par inadvertance.

— Il faut me distraire, Tom, décréta-t-elle. J'ai besoin d'être distraite. Désespérément besoin.

Tout cela parce que l'Ancien de l'autre nuit et sa « nièce » bovine avaient croisé le chemin du meurtrier local. Penelope aurait pu les tuer tous deux avec une joie certaine, mais le bruit fait autour de cette atrocité colorée l'exaspérait.

Les journaux romains du matin montraient des clichés des victimes du Bourreau Écarlate. Malenka était partout, son sourire lumineux ou sa moue étudiée contrastant violemment avec les photos nettement moins *glamour* des inspecteurs sur les lieux du crime.

— Malenka était venue à Rome pour être une star, observa Tom. Et elle a été exaucée.

Penelope eut un hoquet de mépris, puis un rire aigre.

— Vous ne croyez pas que cette petite sorcière va réapparaître saine et sauve, n'est-ce pas ? dit-elle. Que tout ça ne serait qu'un coup publicitaire ? Le corps n'est pas réellement identifiable, d'après les journaux. Et même sa robe a disparu.

— Le comte Kernassy a été formellement identifié.

— Elle aurait tué pour avoir les gros titres.

Penelope s'assit jambes croisées sur le fauteuil, dans une posture de yoga, puis se souleva sur les bras et fit osciller son corps d'avant en arrière, un peu comme ces chiens qui hochent la tête sur la lunette arrière des automobiles, pour le plus grand prestige des gens dénués de bon goût.

— Votre amie anglaise a été témoin de toute la scène, remarqua Tom.

— Irlandaise. Katie est irlandaise.

— Elle a donné une description circonstanciée de leur mort. Et de leur assassin, le Bourreau Écarlate. Bien sûr, elle pourrait avoir ses raisons pour mentir…

Penelope eut un sourire venimeux en imaginant que son amie puisse être complice d'un double assassinat.

— Non, elle ne peut pas être impliquée. Elle a fait la connaissance de Kernassy dans l'avion.

— C'est du moins ce qu'elle prétend.

Tom ne croyait pas une seconde à ce qu'il insinuait. Il se contentait d'inventer une histoire afin de délasser Penelope. Elle adorait penser pis que pendre d'autrui. Sauf de lui, ce qui ne laissait pas d'éveiller sa perplexité.

— Ce n'est pas Katie Reed, Tom, dit-elle après avoir réfléchi un moment. Vous ne la connaissez pas.

— Jusqu'à quel point connaît-on qui que ce soit ?

— Je suis un vampire, espèce de balourd d'Américain. Je peux voir dans l'esprit et le cœur des hommes, et les saigner à blanc.

Elle se leva et en un éclair elle fut auprès de lui, si vite qu'il ne put suivre le mouvement du regard. Une petite démonstration de sa vélocité létale, censée clouer la victime sur place.

Elle posa les mains sur ses épaules et se pencha en avant. Ses lunettes pendaient toujours par une branche de sa bouche, et ce fut un semblant de baiser furtif, non sanglant.

Tom éprouva un frisson de répulsion au contact de cette femme morte. Il la laissa faire.

Une seconde plus tard elle s'était éloignée à l'autre bout du Salon de Cristal, et s'appuyait contre le côté de la cheminée. Puis elle revint s'asseoir dans son fauteuil, dans une attitude très sage cette fois, genoux serrés.

— Je ne sais pas ce que nous allons raconter à la princesse Asa, dit-elle. Elle va sans doute piquer une crise.

Penelope pouvait en vouloir au comte Kernassy et à Malenka, sa cible véritable restait la princesse Asa Vajda, la fiancée royale. Ce n'était pas de la simple jalousie, Tom le savait, car jamais elle n'aurait osé s'imaginer en favorite d'*il principe*. Bien qu'elle ait pris en charge la bonne marche de la maisonnée, il était clair qu'elle n'appartenait pas au harem de Dracula. Tom avait vu ces femmes ici et là, des non-mortes décervelées qui erraient un peu partout, vêtues de suaires, et qui représentaient une menace constante pour n'importe quel sang-chaud à leur portée.

Parfois Tom pensait que Penelope détestait le monde entier, et qu'elle était simplement trop bien élevée pour l'admettre.

Certes elle avait un passé, mais Tom le devinait trop fade pour s'y intéresser. Il lui semblait être entré dans un cinéma pendant la dernière bobine d'un mélodrame compliqué mais pas vraiment passionnant. La meilleure solution était d'ignorer le tout, à l'occasion de lâcher un commentaire spirituel ou aimable, et de laisser les non-morts débrouiller leurs affaires entre eux.

— Voyez plutôt les choses sous cet angle, Penny : il vous reste deux places libres dans la chapelle pour la cérémonie. Vous pourriez faire grimper quelques pauvres relations dans la hiérarchie des lieux.

L'une des dernières tâches incombant à l'Anglaise consistait à rassembler un maximum de membres de la lignée de Dracula pour le mariage. *Il principe* s'était montré très prolifique au long des siècles. Il avait distribué le baiser des ténèbres à nombre de ses maîtresses et de ses officiers, et avait disséminé son sang comme un chien marque le pied des arbres.

— Vous n'avez pas idée du poids de la superstition chez ces barbares européens de l'Est, soupira-t-elle. Ils rechignent à poser leur postérieur sur un siège jadis occupé par un vampire définitivement détruit. Certains allument encore des cierges noirs pour le Diable, durant la nuit de Walpurgis.

Pour le mariage, Tom voulait en avoir fini avec les *nosferatus*. La cérémonie se déroulerait dans la chapelle du palais, probablement parce que le pape interdirait à Dracula d'utiliser la basilique Saint-Pierre. Otranto pullulerait de créatures non-mortes.

Les portes du Salon de Cristal s'ouvrirent à la volée, et la princesse Asa fit son entrée.

Elle était chaussée d'escarpins à hauts talons de quinze centimètres et portait un bikini noir. Cette tenue n'avait rien d'exceptionnel chez elle. Maintenues en place par un chapeau noir à bord flottant, les couches superposées d'un suaire diaphane enroulé autour de sa tête retombaient jusqu'au sol. Sa chevelure qui lui caressait les reins avait la noirceur proverbiale du plumage des corbeaux. À travers la dentelle, ses immenses yeux trop ronds brillaient tels des néons rouges. Ses pommettes semblaient taillées dans la glace, sa lèvre inférieure avait été qualifiée de « plus sensuelle d'Europe », et son ventre était aussi plat qu'un tambour.

En laisse elle tenait deux mastiffs de la taille de poneys.

— *Signorina* Churchward, s'écria-t-elle, on ne peut donc vous faire confiance pour mener à bien la plus simple des tâches ? Vous n'êtes même pas capable d'aller chercher un ami cher à l'aéroport sans le perdre dans la foule ?

Penelope se mit debout en affectant un désintérêt total.

— Devons-nous tous être retrouvés dans nos cercueils, détruits, comme dans les anciens temps ? Vous autres modernes ne vous rappelez rien des persécutions que nous avons endurées. Pourquoi aucune précaution n'a-t-elle été prise ? Pourquoi avoir laissé se perpétrer une telle atrocité ?

Tout en parlant d'une voix venimeuse, la princesse faisait voleter ses voiles autour d'elle, à travers une gestuelle qui n'était pas sans évoquer la corolle d'une méduse. Elle arpentait la pièce et les talons pointus trouaient le vieux tapis tandis que les flots de dentelle ondulaient rageusement derrière elle.

Penelope restait de marbre.

— *Il principe* sera très mécontent ! s'écria Asa.

Tom n'était pas certain que la princesse ait seulement déjà rencontré son futur époux. Leur union était affaire d'alliance plus que de cœur, et tous les détails avaient été âprement négociés au préalable. Néanmoins elle semblait s'estimer en droit de parler pour lui à tout propos. Il serait sans doute piquant de découvrir quelle autorité réelle elle aurait par la suite.

Un des chiens grogna en se tournant vers Tom. Les animaux ne l'aimaient guère, ce qu'il regrettait.

La princesse Asa pivota sur ses talons pour lui faire face. Ses paupières s'alourdirent sur un regard dédaigneux. Ses dents pointues apparurent entre les lèvres.

— Je devrais vous enlever votre jouet, dit-elle en s'adressant à Penelope. Pour vous punir.

Le masque mortuaire de son visage se pencha vers lui, dévoré par ces yeux immenses. Tom perçut un vague relent de cercueil.

— Mais une telle mesure ne servirait à rien avec vous, reprit la princesse. Vous n'êtes qu'une femme stupide et insensible. Vous ne vous souciez de rien ni de personne.

— Si vous le dites, princesse.

Asa Vajda saisit un pot à plante plus ancien qu'elle et le lança sur le sol où il se brisa en mille éclats.

— À genoux, l'Anglaise !

Le visage de Penelope se durcit imperceptiblement.

La princesse se dressa de toute sa hauteur et toisa Penelope avec un mépris qu'elle voulait abyssal. Un tyran médiéval dans le corps d'une femme soumise, une lady victorienne à la colonne vertébrale gainée d'acier.

Elle leva une main griffue en signe de commandement. Les ongles épais et effilés piquèrent les voiles diaphanes.

Penelope mit un genou à terre, mais sans courber l'échine.

— À genoux comme il sied devant moi, femelle !

— Si vous le dites.

Penelope baissa brièvement les yeux vers le tapis, puis se releva et épousseta ses genoux.

— Satisfaite ? dit-elle à la princesse Asa.

— Éminemment.

— Bien. À présent, si vous voulez bien m'excuser, j'ai des courses à faire… (Elle jeta un regard rapide à la porcelaine brisée.) Je trouverai un serviteur pour nettoyer ce gâchis. C'était un vase de la dynastie Tang, à propos. Du IXe siècle. Un présent fait au prince Dracula par le Kah du temple de Ping Kuei. Le Grand Prêtre ne pensait sans doute pas que son cadeau servirait de pot de fleurs. Un objet assez laid, c'est ce que j'ai toujours pensé, mais d'une valeur inestimable.

Penelope se retira avec une étrange dignité. Tom était fier d'elle.

Il se retrouvait seul avec la fiancée royale.

Elle gronda à son adresse, comme l'aurait fait un de ses chiens. Il se détendit un peu. Il arrivait à la princesse Asa de faire étalage de sa colère, mais c'était une créature bien moins dangereuse que Penelope Churchward. Pour Tom, elle était quelqu'un de simple, au point d'en être décevante.

Il réajusta son col, et sentit les morsures toujours à vif. Un peu de sang macula le bout de ses doigts, qu'il frotta ensemble.

Saisie par la soif, la princesse Asa regardait fixement ses mains. Feignant de ne remarquer son intérêt qu'à cet instant, Tom s'excusa et chercha un mouchoir dans sa poche. Puis, timidement, comme se reprenant, il tendit sa main, doigts offerts.

Asa Vajda hésita et regarda autour d'eux pour vérifier que personne ne les observait. Alors elle rassembla ses voiles, les fit passer au-dessus de son visage et les rejeta sur ses épaules. Sa peau avait le reflet blafard des os polis.

Elle se déplaça aussi rapidement que Penelope, baissa la tête, lécha ses doigts et recula aussitôt en essuyant sa bouche avec un voile.

Il vit l'effet qu'avait sur elle le goût de son sang. Sa cage thoracique efflanquée se souleva et se rabaissa. Elle frissonnait de plaisir.

Jamais plus elle ne lui accorderait une pensée.

5

Gelati

Un peu nerveuse, Kate examina la Vespa de Geneviève. Le petit scooter blanc était doté d'un carénage aérodynamique à l'américaine, bordé de rouge. Adepte convaincue de la bicyclette dans ses jeunes années, la journaliste avait connu par la suite maints déboires avec les véhicules motorisés. De son expérience, ces merveilleuses inventions technologiques avaient la désagréable habitude de tenter de la tuer.

— C'est le seul moyen de transport viable ici, expliqua Geneviève. Avec ça, je peux me faufiler entre les voitures arrêtées dans les embouteillages.

— Je parierais qu'on vous klaxonne beaucoup.

— Eh bien, oui.

Geneviève sourit, comme si l'Irlandaise était en ville uniquement pour tester la vie nocturne et visiter les ruines antiques.

Elles n'avaient pas vraiment discuté. À propos de Charles.

L'Aînée s'assit sur l'avant du siège et indiqua à Kate de grimper derrière elle et de s'accrocher. Le trajet fut rapide et assez excitant, grâce au plaisir de la brise et à quelques petites frayeurs. Geneviève connaissait parfaitement sa route et empruntait sans hésiter ruelles, cours intérieures et piazzas. Elle conduisait le scooter avec une maîtrise tranquille. Filant devant des voitures à l'arrêt, elle adressa un geste de la main aux conducteurs qui jouaient de l'avertisseur sans retenue.

Agrippée au dos de Geneviève, sa chevelure blonde dans le visage, Kate se rendit compte qu'elle était sur le point de se laisser séduire. Quand elle retournerait à Londres, il n'était pas impossible qu'elle achète l'un de ces petits engins si maniables. Elle ferait sensation en passant Highbury Corner sur un deux-roues de rêve semblable à celui-là. Le long d'Old Compton Street, elle était assurée de s'attirer des regards appréciateurs dans les cafés. Et elle pourrait éviter sans problème cette bande de blousons noirs qui s'amusaient un peu trop souvent à lui bloquer le passage quand elle se rendait à la laverie automatique.

En zigzaguant, elles quittèrent la piazza di Trevi et foncèrent en direction de la place d'Espagne, puis remontèrent une rue pentue. Kate gardait une main plaquée sur son chapeau. Geneviève la ramenait au *Hassler*.

Dans le hall d'entrée de l'hôtel, elle réclama sa valise à un employé impérial en uniforme. Elle se demanda si la direction avait évacué la suite du comte Kernassy.

Le sergent Ginko, l'assistant de Silvestri, interrogeait des femmes de chambre. L'enquête suivait la procédure habituelle, et la police cherchait à découvrir dans le passé du comte un indice qui pourrait mener au tueur. Le procédé avait peu de chances de réussir : pour Kate, Kernassy avait été assassiné en raison de ce qu'il était, et non pour quelque chose qu'il aurait fait.

Les nouvelles étaient-elles arrivées jusqu'à Penelope ? Étaient-elles imprimées dans les journaux du jour ? À n'en pas douter, Marcello avait dû vendre l'histoire aux reporters. C'est ce que Kate aurait fait si elle s'était trouvée à Londres.

Geneviève releva ses lunettes de soleil pour contempler le marbre et les dorures de l'endroit. Des gens visiblement riches, avec des bagages de prix traversaient tranquillement le hall d'entrée.

— Vous êtes venue ici directement de Fiumicino ? Vous devez aimer la grande vie, Kate.

Celle-ci secoua la tête. Elle se sentait très mal à l'aise ici, à peu près autant à sa place qu'une souris à un banquet.

— J'ai suivi le mouvement parce que c'était plus simple. Et comme d'habitude, cette faiblesse m'a mise dans le pétrin.

Elle se remémora l'escouade de chasseurs derrière Malenka, qui imploraient Klove de leur confier les bagages de la starlette. Une demi-journée plus tôt seulement.

— On dit qu'ici les serveurs sont absolument délicieux, fit Geneviève, jetant un coup d'œil dans la salle de bar vide où régnait une pénombre attirante.

— Ils le sont, approuva Kate.

L'Aînée lui décocha un regard presque admiratif.

— Vous êtes incomparable pour les surprises. Je crois que vous êtes une petite coquine, dit-elle avec gentillesse. Charles aurait dû me mettre en garde.

C'était la première fois que Geneviève faisait allusion à Beauregard. Il faudrait qu'elles parlent. Et bientôt.

Geneviève l'avait compris, elle aussi, et elle lui proposa de savourer une glace. La journaliste accepta. Elles quittèrent le hall d'entrée de l'hôtel, Kate avec sa valise. La Vespa choquait, devant le *Hassler* et si près des escaliers de la place d'Espagne. Geneviève gratifia la machine d'une petite tape affectueuse sur le guidon et donna un pourboire au portier pour qu'il veille dessus.

Elles descendirent les marches à la rencontre du flot humain. Des sang-chauds en tenue d'été les frôlaient nonchalamment. Les quelques non-morts parmi eux portaient des tenues enveloppantes et ressemblaient à des cheiks arabes tout droit sortis du désert. Tout le monde avait adopté chapeau et lunettes de soleil. Kate repéra quelques accoutrements qui seraient du dernier cri à Londres, mais pour Noël.

Au bas des marches, une lignée de jeunes artistes, tous en béret et barbus comme si c'était la parade, assis sur des tabourets, exécutaient des portraits approximatifs de touristes. Kate ne pouvait pas passer devant un tel groupe sans céder à la tentation. Après soixante-dix années sans voir son reflet, elle nourrissait une curiosité constante et récurrente à propos de son aspect. Elle se rappela l'ombre qu'elle avait entraperçue dans les eaux de la fontaine de Trevi et fut prise d'un bref frisson.

Geneviève connaissait un café situé en face de la maison où John Keats était mort. De façon assez surprenante, il était très négligé par les touristes qui fréquentaient le musée Keats-Shelley.

— C'est un endroit pour les vampires, expliqua-t-elle. Très animé la nuit venue.

On leur donna une table sous un auvent noir. La fraîcheur de l'ombre y était délicieuse. Kate palpa son visage encore tiède de l'exposition récente au soleil. L'Aînée appela un serveur, et on leur apporta deux grands verres emplis d'une glace à l'eau écarlate très douce. Avec la cuillère à long manche qu'on lui avait donnée, Kate pêcha la cerise au sommet de son verre.

— Le patron affirme qu'il fait venir des vierges d'Abyssinie, mais en réalité ils servent du sang de mouton.

La journaliste avait dégusté de ces glaces auparavant. Plus craquantes que fondantes, c'étaient des mets qui mêlaient de manière frustrante goût et sensation. Celle-là était différente.

— C'est bon, admit-elle.

— Cette ville est vouée au plaisir des sens, dit Geneviève. Un endroit pour le cœur, pas pour la tête. Si vous voulez penser, vous allez à Paris ; si vous voulez ressentir, vous allez à Rome. Après quelque temps, l'ambiance ici vous rendra folle. Je ne sais pas encore combien de temps je la supporterai, après…

À dessein, elle laissa la phrase en suspens.

— Comment va-t-il ? demanda Kate sans ambages.

L'Aînée pencha un peu la tête de côté et fronça légèrement les sourcils. Elle remonta ses lunettes de soleil sur ses cheveux, comme un bandeau. Kate vit le chagrin dans ses yeux.

— De jour en jour, il décline. Il n'y a pas de maladie, seulement l'âge. Les choses qui le retenaient ici passent.

— Est-il trop tard ? Pour qu'il reçoive le baiser des ténèbres ?

Geneviève mit un temps à répondre, et l'Irlandaise comprit qu'elle avait déjà envisagé la question. Pourquoi ne l'avait-elle pas fait ? Pourquoi n'avoir pris aucune décision ?

— L'Église reconnaît les conversions sur le lit de mort. Je ne vois pas pourquoi ce ne serait pas possible dans ce cas précis. Après tout, pour devenir vampire, il suffit d'être près de la fin.

— Vous n'avez pas de lignée ? (L'Aînée secoua la tête négativement.) Pendant tous ces siècles, vous n'avez donné le baiser des ténèbres à personne ? insista Kate, un peu incrédule.

Geneviève eut une petite moue triste.

— Pendant les quatre cents premières années, j'ai dû me cacher. C'était différent pour nous à cette époque. Avant l'arrivée de Dracula à Londres et l'explosion de la population des non-morts, beaucoup de vampires avaient le sentiment que le passage aux ténèbres équivalait à une malédiction, et non à une grâce. Ils croyaient avoir péché si horriblement que le Paradis leur était interdit. Maintenant encore, je ne suis pas certaine que toutes ces métamorphoses aient été pour le mieux.

— Vous ne pouvez pas penser cela, Geneviève.

— Vous êtes encore jeune, Kate.

Cette dernière ressentit le picotement de la colère. La Française se conduisait en Ancienne, sans nuances. Elle avait tout vu, tout fait, elle savait tout. Et tout dans sa vie l'ennuyait… à mourir.

— Vous n'avez pas d'enfant-en-ténèbres non plus.

— Je ne suis pas sûre de ma lignée, répondit Kate. De tous ceux choisis par mon père-en-ténèbres, je suis la seule survivante.

La majorité des sang-chauds qui accédaient au vampirisme n'arrivaient pas au bout de leur durée de vie normale, et encore moins à celle d'un Aîné. Les ressuscités de lignées au sang vicié ne vieillissaient pas normalement. Quand un sang-chaud recevait le baiser des ténèbres, il passait par une période de malléabilité liquide. À ce stade, il fallait posséder un esprit bien trempé pour ne pas perdre pied. Nombreux étaient ceux qui se condamnaient à une brève errance dans le gouffre de la folie.

— Charles est en vie à cause de nous, Kate. Vous et moi, nous avons bu son sang. Touché sa vie. Nous ne l'avons pas initié aux ténèbres, mais nous l'avons changé. Il fait partie de nous et nous faisons partie de lui. Parfois il nous confond en esprit. Il me regarde, et c'est vous qu'il voit.

— Et Pamela ?

À présent Geneviève paraissait véritablement peinée. Toutes deux expertes à lire les émotions chez autrui, elles pouvaient tenir une conversation par de simples expressions.

Kate regretta son accès de colère. Elle n'aurait pas dû sous-estimer la profondeur des sentiments que cette femme avait pour Charles. Ce qui distinguait Geneviève Dieudonné de la plupart des Aînés était sa capacité à aimer, sincèrement. Beaucoup d'Anciens étaient incapables de seulement s'aimer eux-mêmes.

— Oui, admit Geneviève. De plus en plus, il y a Pamela.

— Vous ne l'avez jamais connue.

Pamela Churchward, la cousine de Penelope, avait été plus âgée que Kate de quelques années. Elle avait su ce que l'Irlandaise, alors une sang-chaud adolescente, éprouvait pour Charles, et s'était toujours efforcée à la gentillesse avec elle. Pam était morte jeune, aux Indes, d'une fausse couche de l'enfant de Beauregard. Cette terrible épreuve avait profondément affecté Charles, qui s'était alors concentré sur son devoir de serviteur de la Couronne, pour ne pas penser à lui.

La liaison de Charles avec Penelope n'avait été qu'une vaine tentative de retrouver Pamela, et une expérience assez injuste pour Penny. Kate pensait que le fait de ne pouvoir remplacer Pam avait poussé Penny vers lord Godalming et le baiser des ténèbres.

— Pamela vous ressemblait plus qu'elle ne ressemblait à Penelope, dit Kate.

— Et plus à vous qu'à moi, répliqua Geneviève.

— Seulement parce que je voulais être comme elle. Penny aussi, et même Mina Murray. Pam était l'original, et nous toutes de pâles copies.

— Allons donc ! Vous avez eu quatre-vingts ans pour devenir une véritable femme, Kate. Pamela n'a disposé que de quelques printemps d'une perfection apparente. Charles lui-même sait que si elle avait survécu, elle aurait été comme nous autres. Pas une sainte : une combattante.

Dans un geste inattendu, l'Aînée prit la main de Kate.

— L'une de nous doit le faire passer aux ténèbres, dit-elle, et des larmes de sang luisaient dans ses yeux. Nous ne pouvons le laisser partir.

— Même si c'est ce qu'il désire le plus au monde ? Retrouver Pamela, et non…

— Non moi ? Ou vous, Kate.

Quand Charles mourrait, ce serait la fin du monde des sang-chauds pour elle. Il était le seul survivant de sa jeunesse. Mais c'était à l'homme qu'elle voulait se raccrocher, pas au gentleman de l'époque victorienne, au bien-pensant, à l'honorable citoyen, au pieux chevalier de la reine et de la patrie.

Ce siècle était un tel fatras…

— Après la vraie mort, y a-t-il quelque chose ? demanda Kate.

Geneviève lâcha brusquement sa main, comme si elle venait de lui transmettre une décharge électrique.

— Comment le saurais-je ?

— Toutes vos années. Vous êtes un être surnaturel.

— Nous sommes tous des êtres surnaturels, les sang-chauds tout autant que les non-morts. Quand j'étais enfant, je ne pouvais séparer la religion de l'Église. C'était une institution temporelle, vouée à la perpétuation de sa propre puissance. Quand j'ai épousé les ténèbres, nous étions encore persécutés. Ceux qui nous traquaient et nous détruisaient agissaient au nom de Dieu. De nos jours, nous sommes tous des objets d'étude pour les scientifiques, et nos mystères sont disséqués. Ceux qui ont essayé de nous détruire l'ont fait au nom de la science, dans un effort calculé pour éliminer une espèce qui constituait une rivalité dans l'évolution. C'est pareil.

Les nazis avaient tenté de purger la plupart des lignées de vampires. Encore maintenant, Kate entendait des gens murmurer que Hitler avait eu raison sur ce sujet.

Depuis qu'elle avait été capable de penser par elle-même, Kate avait été agnostique. À présent elle s'interrogeait sur l'immortalité de l'âme.

— Il y a des vampires, Geneviève. Il y a des loups-garous. Y a-t-il des fantômes ?

— Je le pense, bien que je n'en aie jamais vu.

— Gamine, j'ai imaginé en voir des dizaines. Je suis passée par une période de spiritualisme effréné, avec la moitié des gens d'alors. Ectoplasme, tables tournantes. Tout cela était très « scientifique », vous savez. Nous autres enfants de l'ère victorienne voulions dessiner la carte de l'après-vie comme nous avions dessiné celle de l'Afrique. Nous désirions croire que la mort était un changement d'état, pas une fin. Bien sûr, c'est exactement ce qui s'est produit pour certains d'entre nous, pour moi par exemple.

Après avoir été initiée aux ténèbres, je me suis désintéressée du sujet. Ce n'est que récemment que je me suis rendu compte que l'énigme n'était pas résolue, seulement abandonnée. Dans un premier temps, être un vampire me donnait l'impression de l'immortalité. Puis j'ai vu combien peu d'entre nous vivent longtemps. La nuit dernière, j'ai assisté à la mort quasi instantanée de deux Anciens, comme n'importe qui d'autre. Nous finirons toutes deux un jour, Geneviève. Et ensuite ?

Elles avaient terminé leurs *gelati*.

— C'est peut-être une conversation trop sérieuse pour un tel endroit et un tel moment, dit Geneviève. Rome est une ville de vie et de mort. Ces grandes questions devront se poser sans nous. Nous sommes juste deux vieilles dames…

— Mais pas deux « vieilles » grands-mères.

— Nous devrions prendre de jeunes amants et les pousser à nous acheter toute une garde-robe ultrachic.

Kate pensa à Marcello et rougit. Geneviève allait remarquer sa réaction et comprendre… La journaliste se détourna et laissa l'ombre de son chapeau masquer son visage.

— Kate ?

D'une main, Geneviève releva le bord du couvre-chef de son amie. Elle essuya ses larmes en riant.

— Allons, vous êtes ici depuis à peine un jour… (L'Aînée était étonnée, mais pas de façon déplaisante. Elle riait de bon cœur, gentiment.) Kate Reed, vous avez vraiment l'art des surprises. Pas de doute.

6

Bons baisers de Moldavie

À la tombée de la nuit, son sang se mit à bouillir. Ses yeux s'ouvrirent dans l'obscurité. Il avait dormi d'un sommeil de mort pendant tout l'après-midi, dans sa chambre aux volets clos de l'hôtel *Inghilterra*.

Hamish Bond regrettait ces périodes de somnolence qu'il avait tant appréciées sang-chaud quand, après un repas fin, une journée d'exercices et des ébats amoureux avec une femme, il cédait avec délice au lent départ de la conscience vers les limbes. Devenu vampire, il lui suffisait de désirer se reposer pour s'endormir d'un coup, comme on éteint une lampe. Son esprit s'arrêtait en même temps que son cœur. Par compensation, il n'avait besoin que de trois ou quatre heures de sommeil – « le temps du cercueil », ainsi appelait-on ce repos nécessaire – par mois.

Immédiatement, il sut qu'il n'était pas seul.

Il avait scellé porte et fenêtre, bien sûr, et il se serait réveillé si l'une ou l'autre avait été fracturée.

— Inutile de garder l'immobilité du sommeil, commander Bond, minauda une voix féline. Je vous ai vu ouvrir les yeux.

La pièce était plongée dans le noir. Son visiteur était comme lui, un *nosferatu*.

Jouant la décontraction, il s'assit sur le lit et sa main se referma sur la crosse du Walther PPK glissé sous le drap. Il avait dormi dans un kimono japonais serré à la taille.

Lui aussi voyait dans les ténèbres.

Elle se trouvait à l'autre bout de la chambre et soufflait de la fumée à travers ses larges narines au dessin élégant. Une des cigarettes de Bond pendait tel un scalpel entre ses longs doigts fins.

Elle était assise nue dans un fauteuil, un genou négligemment posé sur l'autre. Bien qu'elle eût une gorge faite pour les colliers et des lobes d'oreilles parfaits pour des diamants, elle ne portait aucun bijou. Sa chevelure d'un noir de jais, à l'implantation en pointe sur le front, était rejetée en arrière, cascadant sur ses larges épaules et sa poitrine fièrement dressée.

Son visage large, de type slave, presque mongol, éclairé par des yeux d'un violet fluorescent, était le masque hiératique d'une idole païenne, et ses lèvres pulpeuses s'étirèrent pour découvrir des crocs de fauve.

Une Aînée.

Ses jambes croisées paraissaient interminablement longues. Il apprécia le velouté des muscles de la hanche jusqu'au genou. À la moitié de son tibia, chair et os s'amenuisaient pour se transformer en une volute de vapeur blanche.

Il avait entendu parler de ce tour de force, sans jamais y avoir assisté. Par sa seule volonté, elle s'était métamorphosée en un brouillard vivant, avait flotté sous la porte close puis s'était rematérialisée dans le fauteuil.

Ce qui restait de brume se solidifia en deux pieds blancs dignes d'une statue.

— Bravo, la complimenta-t-il.

— Je ne sais pas pourquoi j'ai pris cette peine, lâcha la vampire d'une voix où subsistait la trace d'un vieil accent indéterminé. Une robe de chez Balmain qui a coûté une fortune gît en tas dans le couloir, avec une paire de boucles d'oreilles ornées d'émeraudes qui sera volée dans la minute.

D'une pichenette elle se débarrassa de la cigarette et se leva, dans une posture délicieusement impudique. Elle alla ouvrir fenêtre et volets. Les derniers feux du coucher de soleil parèrent sa peau de reflets très séduisants. La brise venue du dehors dérangea les contours de sa crinière. Ses cheveux formaient une masse lourde et s'incurvaient à leur extrémité, comme une rangée de petits hameçons.

— Anibas, se présenta-t-elle en pivotant vers lui, la main droite posée sur le cœur. Vous savez qui je suis.

Il le savait.

— Mon arrière-grand-tante est la princesse Asa Vajda, la fiancée royale. Je dois lui servir de demoiselle d'honneur. Si vous pouviez voir l'abomination qu'ils veulent me faire porter pour la cérémonie…

Il se détendit quelque peu, car la situation lui apparaissait maintenant très claire. Avec une créature sauvage de cet acabit, jamais il n'oublierait de se tenir sur ses gardes.

Et soudain elle fut sur le lit, où elle avança à quatre pattes comme une panthère. La main de Bond se referma sur… le vide.

— On cherche ça ?

Elle leva une main. Entre son pouce et son index, elle tenait le Walther.

— Vous êtes très rapide.

— Et vous très chanceux, rétorqua-t-elle avec un ricanement mauvais.

Elle lança le pistolet au loin dans la pièce et lui effleura le visage des doigts.

— Votre Mr Winthrop a dit qu'il m'envoyait un… présent. Pensez-vous qu'il me plaise ?

— Vous pouvez toujours me rejeter à la mer.

— Je pense que non… Je crois que je vais garder mon petit cadeau.

Ses ongles aussi aiguisés que des rasoirs glissèrent sur le visage de Bond, pressant la peau à la limite de l'entaille.

Même une femme sang-chaud ayant le physique d'Anibas aurait pu être une adversaire coriace. Elle avait des jambes de coureuse et les mains d'une experte en karaté. C'était une Ancienne, son aînée de plusieurs siècles. Elle jouait avec lui. Si elle l'avait voulu, elle lui aurait arraché le cœur pendant son sommeil.

Il avait dit à Beauregard que Winthrop disposait d'espions parmi les proches de Dracula. C'était un peu exagéré. Les nombreux vampires de la maison d'*il principe* qui informaient le Diogene's Club étaient probablement des agents doubles, qui ne laissaient transpirer que ce que voulait leur maître. Mais les choses allaient peut-être changer.

Il était venu à Rome pour voir cette femme, justement. Anibas traça des zigzags sur son torse et ses ongles écartèrent les pans du kimono.

Avec ce mariage, la Maison de Vajda serait absorbée par celle de Dracula. Une hiérarchie stable des siècles durant s'en trouverait bouleversée. Des mécontentements durables étaient nés à l'approche de cette union, qui pouvaient tourner à l'avantage de l'Angleterre.

— Mon arrière-grand-tante est une femme horriblement ennuyeuse, murmura Anibas. Elle ne vous plairait pas du tout.

— Sait-elle où vous êtes ?

— Indubitablement. Elle est soupçonneuse depuis toujours, et elle voit partout des conspirations contre elle. Elle pense que tout nouveau visage est celui d'un jésuite qui a juré de planter des broches en fer dans ses yeux. Elle me fait honte.

Bien évidemment, Anibas rêvait de prendre la place de la princesse. La longévité des Aînés constituait un obstacle sérieux pour leurs malheureux proches qui attendaient d'hériter des terres, des titres et de la position.

— Je me suis enregistrée à l'hôtel sous un nom d'emprunt. Sabina. Malin, hein ? C'est mon nom lu dans un miroir. Sabina. Anibas.

Pourquoi les vampires étaient-ils aussi friands des palindromes ? Quelqu'un avait-il jamais été trompé par un pseudonyme tel que « Alucard » ? S'il signait le registre d'un hôtel « Dr Nob », personne ne serait leurré. Était-ce une excentricité propre aux Anciens, qu'il viendrait à apprécier avec le temps ?

— Vous et moi, dit-elle en approchant son visage à quelques centimètres du sien, nous sommes ici pour comploter, n'est-ce pas ? Pour imaginer un plan diabolique, et provoquer la ruine de la princesse Asa et l'abandon de cette union si peu judicieuse. Quel besoin les Vajda ont-ils du sang anémié de Vlad Tepes ? Nous étions déjà des Anciens honorés alors qu'il se battait encore contre les Turcs à coups de bâton. En toute logique, il devrait ramper devant nous.

Winthrop lui avait fortement conseillé de se méfier d'Anibas. Pour l'instant elle paraissait faire cause commune avec eux. Mais qui pouvait prédire comment tourneraient les choses ? Et il y avait d'autres adversaires dans l'arène.

Elle s'était hissée sur lui à présent, et sa chevelure retombait sur le visage de Bond, tandis que ses seins lourds pesaient sur sa poitrine. Elle passa une langue gourmande sur ses lèvres sensuelles.

Il comprenait très bien à quel jeu il fallait maintenant jouer.

Il saisit Anibas par les épaules et la bascula de côté sur le matelas. Puis il roula sur elle et l'immobilisa de tout son poids.

Elle poussa de petits cris en feignant d'être prise au piège, et claqua de la langue à son adresse. Sa gorge blanche s'arqua.

Il mordit sauvagement le cou offert, et but le sang de l'Aînée.

Quand il ressortit de la salle de bains en frictionnant ses cheveux mouillés avec une serviette, il la trouva qui offrait son corps au clair de lune. La porte-fenêtre donnant sur le balcon était grande ouverte, et la brise nocturne rafraîchissait l'atmosphère de la chambre. Les plaies sur le cou et les seins d'Anibas s'effaçaient sous les yeux de Bond.

Lui garderait des cicatrices pendant des semaines, peut-être plus longtemps.

Elle avait récupéré sa robe de soirée. Le vêtement sans bretelles, avec son dos nu, était à peine plus décent que la nudité. Ses boucles d'oreilles étaient des bijoux lourds où nichaient des émeraudes. À l'Est, la taille et la complexité de l'objet comptaient plus que le raffinement.

Il était plein de vie. Littéralement.

Bien sûr, il avait déjà bu du sang de vampire auparavant. C'est ainsi qu'il était passé aux ténèbres, dans une clinique privée près de Marble

Arch, avec une quantité mesurée du sang vampirique du sergent Dravot, en échange de l'équivalent du sien. Depuis, en mission, il avait tué des ennemis non-morts et s'était délecté de leur sang. Ils le rendaient plus fort, le médecin chinois et le maître vaudou de Jamaïque. Des souvenirs leur appartenant l'effleuraient encore comme s'il perpétuait à son insu leur lignée.

Mais il n'avait jamais goûté au sang d'une Aînée.

C'était comparable à une drogue qui sublimait ses sens et les transposait sur un plan entièrement différent. L'esprit d'Anibas faillit presque submerger le sien. Il en savait maintenant beaucoup plus sur elle que ce qu'elle avait bien voulu lui révéler. Des impressions de sa longue existence envahissaient Bond. Le palais glacial où elle était née, avec ses dallages crasseux et ses tapisseries sans prix. Il sentit la bouche de son père-en-ténèbres – un Ancien engagé par les Vajda pour dynamiser la lignée – à la gorge d'Anibas, et les mains du vampire sous ses jupes. Il partagea la panique de la fuite de leur pays natal, avec ces hordes de paysans farouches qui poursuivaient leur attelage en agitant des torches, ces prêtres orthodoxes à la barbe pointue armés de faux à lame argentée, et les échafauds qui brûlaient dans la nuit moldave.

Il était tendu alors qu'il aurait dû se sentir décontracté.

Toutes les impressions n'appartenaient pas à la lointaine histoire d'Anibas. Gavée de plaisir, elle s'apprêtait à le tuer. Son arrangement avec le Diogene's Club n'avait aucun caractère exclusif. Elle avait offert les mêmes services à Moscou et décidé que le Kremlin serait davantage en mesure de l'aider à prendre le contrôle de la maison des Vajda : les terres ancestrales de la famille étaient situées de l'autre côté du rideau de fer.

Elle eut un moment de regret. Elle avait apprécié leur corps à corps. Il le savait.

Elle se retourna devant la fenêtre, et son joli visage s'allongea. Sa bouche s'agrandit et des crocs déformèrent ses gencives.

Il laissa tomber la serviette et tira sur elle avec le pistolet qu'il y avait dissimulé.

Anibas fut presque plus rapide que la balle. Il avait eu l'intention de lui loger un projectile blindé en argent dans le cœur, mais il la toucha à l'épaule. Il venait probablement de signer son arrêt de mort.

Cent douze livres de fureur animale le percutèrent de plein fouet. Le choc le fit tomber à la renverse. Anibas le traîna dans la salle de bains.

Elle était méconnaissable.

Un mufle sombre se pencha sur sa gorge. Des yeux de loup accrochèrent son regard. Des pattes griffues s'enfoncèrent dans sa poitrine. L'arrière-train de la créature gratta le sol dallé.

Il avait réussi à plaquer une main sous la mâchoire d'Anibas. Une fourrure rêche grattait sa paume. De toute la force disponible dans son bras, il cherchait à repousser les crocs mortels de son cou.

Du sang coulait toujours de la blessure à l'épaule. Une peau couverte de poils drus se refermait sur la plaie pour se dissoudre aussitôt, incapable de se former sur le projectile en argent.

Il redressa le museau du pistolet et tenta de le diriger vers l'œil d'Anibas. Elle mordit le canon de l'arme, et ses canines crissèrent sur l'acier. Il lâcha prise, heureux de sauver ses doigts.

Elle reprit visage humain.

— Comment avez-vous pu ? Après tout ce que nous avons été l'un pour l'autre ?

Elle exagérait le ton chagriné, et une ironie malveillante éraillait sa voix.

Elle se retransforma en animal, cette fois plus proche de l'ours que du loup. Son corps écrasait Bond, et la robe de chez Balmain n'était plus que lambeaux. Elle portait toujours les boucles d'oreilles. Il en saisit une et tira. Le lobe se déchira.

Anibas poussa un hurlement de rage et de douleur.

Chez les Anciens, c'était une vanité courante que de porter des bijoux en argent, afin d'exhiber leur prétendue invulnérabilité au métal mortel pour les vampires. Il essaya d'enfoncer la boucle dans l'œil de la créature.

Il ne réussit qu'à décupler la fureur d'Anibas.

Soudain il y eut une succession de mouvements trop rapides pour être captés derrière la vampire, et son poids fut soulevé de Bond. Il faillit soupirer de soulagement. Les larges mâchoires animales claquèrent sur son torse, juste sous son aisselle gauche. Les crocs s'enfoncèrent dans les chairs comme des esses de boucher.

Elle allait lui déchirer la cage thoracique et dévorer son cœur.

Et c'en serait fini de Hamish Bond.

L'étau de la morsure se desserra et un geyser de sang l'inonda. Une puanteur abominable le frappa, aussi violente qu'un coup de poing. Une seconde, il crut qu'il était mort. Non, il pouvait s'asseoir, ce qu'il fit par réflexe.

La bouche d'Anibas se détacha de son flanc et roula sur ses cuisses. Elle avait été proprement décapitée. En un éclair sa tête passa du mufle de loup à celui de la femme, et sa chevelure s'étala sur les genoux de Bond. Puis elle se dissipa en une brume laiteuse qui flotta paresseusement au loin. Un brouillard d'un centimètre d'épaisseur ondulait doucement sur le carrelage.

La créature était morte. Définitivement.

Il sentit sa poitrine se serrer de nouveau.

Sur le seuil de la salle de bains, il vit des jambes. Celles d'un hercule, enserrées dans un collant rouge. Dans ses mains il tenait une longueur de corde à piano, qui luisait sous le vermillon du sang.

Un rire insane emplit la pièce.

Bond leva les yeux vers le visage de son sauveur. Quelque chose attira l'homme en rouge dans la chambre, où il disparut.

Le vampire était trop exténué pour se lever et suivre l'inconnu.

Le rire de dément s'amplifia encore.

Avant de perdre connaissance, Bond eut vaguement conscience de coups frappés à la porte, et d'une voix qui criait son nom.

7

Le vivant

Elles montèrent par l'ascenseur, dont la cabine était un assemblage de cuivre poli et de panneaux de bois à claire-voie. Devant la porte de l'appartement, Geneviève hésita. Les clés dans la main, elle regarda Kate en se demandant comment formuler ses craintes.

— Cela fait bien longtemps, n'est-ce pas ? finit-elle par dire.

— Charles approchait de la centaine d'années la dernière fois que je l'ai vu, répondit Kate. Il était déjà âgé. Je ne devrais donc pas être choquée, ou attristée.

Geneviève n'en était pas aussi sûre.

Les sang-chauds vieillissaient et mouraient. Pas elle. Bien qu'elle ait eu des siècles pour s'y accoutumer, cet état de fait la laissait encore souvent ébahie, à refouler des larmes subites. Une existence entière ne pouvait s'écouler aussi vite. Ce n'était pas juste.

Carmilla Karnstein, une vampire que Geneviève avait connue au XVIIIe siècle, avait pleuré ses amis disparus comme si les sang-chauds étaient des animaux de compagnie, prématurément vieillis pendant ses années de jeunesse. Carmilla n'était plus. Elle avait été traquée, et détruite. Apparemment il ne lui était jamais venu à l'esprit que ses proches ne seraient pas morts si elle ne les avait aimés au point de leur prendre autant de sang. En fin de compte, cela avait signé son propre trépas.

Traiter les sang-chauds à la manière d'animaux de compagnie, voire de bétail, était une façon pour les Anciens de supporter leur étrangeté à la durée de vie humaine. Durant ce siècle, avec tous ces *nosferatus* partout, les choses auraient dû changer. Mais Geneviève craignait de ne plus pouvoir changer. L'évolution appartiendrait à ses successeurs. Des vampires tels que Kate Reed devraient se préoccuper de ce sujet.

— Il a plus de cent ans, Kate.

— Je n'en suis pas si loin, moi non plus.

— Vous savez que c'est différent pour nous.

— Oui, je suis désolée. C'était idiot de dire cela.

Geneviève ouvrit la double porte de bois sombre, haute de près de trois mètres et plus indiquée dans un château que dans un appartement. Mais les Romains aimaient les entrées impressionnantes.

— Entrez, entrez, pressa-t-elle son amie.

La journaliste franchit le paillasson marqué « Bienvenue » et posa sa valise sur le sol. Elle engloba le vestibule d'un regard rapide, et remarqua les bibliothèques et les appliques en cuivre.

— Tout à fait dans le style victorien, commenta-t-elle. Et dans celui de Charles.

Geneviève avait disposé des bols emplis de pétales de rose séchés ici et là, pour parfumer discrètement l'atmosphère.

— Venez, dit-elle en précédant Kate dans le couloir menant au bureau.

L'appartement était spacieux, mais les couloirs – ainsi que la cuisine et la salle de bains – étaient très étroits, coincés entre deux grandes chambres, le bureau et la salle à manger.

Les portes-fenêtres ouvertes laissaient entrer une brise légère qui agitait les rideaux. Le soleil couchant drapait la ville d'un voile orangé.

— Il aime s'asseoir sur le balcon, expliqua l'Aînée.

Il y eut quelques bruits au-dehors.

— Charles chéri, annonça Geneviève d'une voix forte, Kate est là.

Elle laissa l'Irlandaise et passa sur le balcon. Charles avait réussi à faire pivoter le fauteuil roulant avec ses pieds chaussés de pantoufles, mais il ne parvenait pas à agripper le bord des roues pour avancer. Il se sentait frustré par la trahison de ses mains, mais s'en amusait plus qu'il ne s'en irritait. Il acceptait sa faiblesse comme il avait toujours accepté la force, par pragmatisme.

Sans attendre qu'il le lui demande, elle poussa Charles à l'intérieur. Kate attendait, les yeux humides derrière les verres épais de ses lunettes, ses doigts jouant nerveusement avec l'ourlet de sa jupe écossaise. Il sourit, et ses rides s'épanouirent. Il paraissait étrangement enfantin, presque un bébé.

Kate se précipita vers lui et s'agenouilla. Elle lui prit les mains dans les siennes, et il grimaça sous la puissance mal contrôlée de cette poigne de vampire. Elle posa sa tête sur les cuisses de l'homme.

— Charles, soupira-t-elle. Charles…

Beauregard réussit à rire en toussotant un peu.

— Relevez-vous, que je puisse vous admirer, ordonna-t-il.

Geneviève alluma l'éclairage électrique. Même après des dizaines d'années, elle cherchait parfois une bougie pour passer la flamme aux autres, et il lui arrivait de vouloir tourner l'interrupteur comme s'il s'agissait de la molette de réglage d'une lampe à pétrole.

— Je ne suis pas certain que cette coiffure soit très seyante, plaisanta Charles, et les mains de Kate s'envolèrent vers sa nuque dégagée. Ça ressemble plus à une coupe militaire.

Kate rougit, et ses taches de rousseur s'assombrirent sur ses joues. Elle ne savait trop sur quel pied danser et refusait de croire que sous une certaine lumière elle pouvait être séduisante. À l'époque victorienne régnait encore un *a priori* négatif envers les gens roux, aussi avait-elle appris à avoir honte de son physique. À présent les goûts avaient changé et elle pouvait passer pour un type à la mode. Elle était assez menue pour correspondre aux canons du New Look. Même les lunettes n'étaient plus considérées comme un accessoire défigurant.

— J'avais les cheveux courts quand j'étais sang-chaud, intervint Geneviève. C'était à la mode. C'est Jeanne d'Arc qui l'avait lancée.

Charles réfléchit un moment à cette indication.

— Vous étiez une de ces filles qui se font passer pour un garçon afin de prendre la mer et de devenir pirate. Kate appartient à une profession nettement plus respectable.

— Beaucoup de gens ne seraient pas d'accord sur ce point, mon chéri.

La journaliste se releva et déposa un baiser sur les lèvres du vieillard.

Geneviève eut un pincement au cœur. Ses ongles se recourbèrent en un début de griffes.

En y repensant, elle savait toutefois que Kate avait mérité son baiser. Elle avait été là quand Geneviève demeurait absente. Alors que l'Ancienne s'était protégée du XXe siècle, Kate y avait joué un rôle actif et était restée auprès de Beauregard pendant ces années de cauchemar.

Kate tamponna ses yeux humides avec un mouchoir.

— Voyez ça, je pleure. Vous allez me prendre pour une idiote.

— Pas du tout, dit gentiment Charles.

— Kate se trouve déjà impliquée dans un meurtre, annonça Geneviève.

— C'est ce que j'ai lu.

Il indiqua les dernières éditions d'*Il Quotidiano* et de *Paese sera* posées sur une table basse en forme de haricot, le meuble le plus moderne de la pièce.

— J'ai dû la sauver de la police.

— Qui mène cette enquête ?

L'Aînée tourna un regard interrogateur vers Kate.

— Un certain inspecteur Silvestri. Vous le connaissez ?

— J'ai entendu parler de lui. Il a bonne réputation. L'année dernière il a arrêté ce couple qui laissait des broches ensanglantées en forme de papillon sur le corps de ses victimes. Bien sûr, il n'a pas encore réussi à faire cesser ces meurtres. D'après vos confrères, vous avez donc vu le Bourreau Écarlate ?

— Seulement son reflet, en fait.

— Une précision qui a son importance.

Charles était plus animé qu'il ne l'avait été depuis des semaines, plus encore que lors de la visite de l'espion britannique. Geneviève ignorait qu'il s'intéressait aux assassinats d'Anciens, mais elle n'en fut pas surprise. S'inquiétait-il pour elle ? De temps à autre il se montrait plein de prévenance, mais elle avait mis cette attitude sur le compte d'une toquade due à l'âge. Elle l'avait sous-estimé. Une fois de plus.

— En comptant celui de la nuit dernière, il y a eu dix-sept meurtres depuis la Libération, dit Charles à Kate. Tous des Anciens, tous à Rome, et souvent dans des endroits publics. Le professeur Adelsberg a eu le cœur transpercé au Castel Sant'Angelo. Ce lieutenant de Dracula qu'on surnommait Radu le Repoussant a été décapité sur les marches du musée Borghèse. Et la duchesse Marguerite De Grand, réputée pour sa beauté, a été détruite à l'ombre des statues de Castor et Pollux sur la place du Quirinal.

— Cet Adelsberg me dit quelque chose, fit Kate d'un ton pensif. N'était-ce pas un criminel de guerre ? Un des médecins vampires de Hitler ?

— Il est possible qu'il n'ait pas été victime du Bourreau Écarlate. Les autres étaient de vrais Aînés, âgés de quatre ou cinq siècles, pour la plupart de la lignée de Dracula, avec des titres et des décorations pour le prouver. Le professeur avait à peine cent ans. Les Israéliens ont peut-être envoyé des agents à eux pour le liquider. Ou bien il a été tué sur des principes généraux, par quelqu'un qui estimait agir au nom de la bonne cause. Comme vous le savez, cela arrive quand ces assassins sont en fuite. D'autres crimes leur sont imputés. Il devient aisé de glisser à leur tableau de chasse macabre un meurtre sans rapport avec les autres. C'est un peu comme cacher un galet sur une plage.

— Pour un Ancien, le comte Kernassy n'avait pas trop l'air d'un monstre.

Geneviève n'aurait pas été aussi affirmative. Kate n'avait connu le comte que pendant quelques heures, après quatre siècles d'existence. Kernassy était l'un des Karpathes d'*il principe,* et ceux-ci marquaient une fâcheuse tendance à la brutalité. Il se pouvait néanmoins qu'il ait eu des manières un peu plus policées, dans ses derniers temps.

— Il n'empêche, c'est assez bizarre que vous vous retrouviez mêlée à tout cela, dit Charles.

— Elle a rencontré quelqu'un à l'aéroport et s'est laissée entraîner, expliqua Geneviève. Penelope.

Une ombre passa sur le visage de Charles.

— Pauvre Penny, dit-il simplement.

Il se culpabilisait toujours exagérément de ce qui était arrivé à Penelope Churchward, de ce qu'elle s'était infligé à elle-même.

— Elle s'embarque souvent dans des situations dangereuses, nota Kate. Penny, je veux dire. Que cherche-t-elle auprès de Dracula ?

Charles voulut hausser les épaules, mais n'y parvint pas.

On ne savait toujours pas vraiment si Geneviève avait volé Beauregard à Penelope, ou si Penny l'avait abandonné pour lui préférer son père-en-ténèbres, lord Godalming. La Française n'accordait entièrement crédit à aucune de ces deux hypothèses. Charles avait laissé Penny se débrouiller parce qu'il se sentait pris par un devoir plus important, et il s'était trouvé que Geneviève coïncidait avec ce devoir. S'il en avait été autrement, elle savait qu'il aurait honoré la promesse faite à Penelope, aussi malheureux qu'ils en aient été tous deux par la suite.

Par bien des aspects, c'était un homme insupportable.

— La voyez-vous ? demanda Kate aux deux autres.

— Elle a téléphoné, admit Geneviève. Assez peu souvent.

— Je n'en suis pas surprise.

— C'était il y a longtemps, dit Charles, perdu dans ses souvenirs.

Pas pour Geneviève. Ni pour Penelope, elle le soupçonnait. Ou pour elle-même.

Au crépuscule de sa vie, Charles pardonnait.

Kate et Charles avaient bien connu Penelope quand elle était encore sang-chaud, bien sûr. Geneviève n'avait d'abord vu en elle qu'une de ces jeunes ressuscitées qui ne comprennent rien. Juste après son passage aux ténèbres, Penelope avait bu du sang vicié et s'était rendue invalide pendant près de dix ans. Un charlatan qui la traitait avec des sangsues n'avait rien arrangé. C'est Geneviève, qui travaillait alors comme médecin, qui avait sauvé la vie de Penelope. Tel avait été son devoir, qu'elle avait accompli. Sur ce point, elle ne s'estimait pas très différente de Charles.

— Elle a été la première à me conseiller de passer aux ténèbres, dit Charles. Elle désirait que nous devenions vampires ensemble. À l'époque cela semblait la chose à faire, si l'on voulait se placer dans la société.

Kate lança un regard inquiet à Geneviève. Il anticipait leur discussion soigneusement préparée.

— Gené, Kate, fit-il en les regardant comme si elles étaient ses petits-enfants honteux, je sais que vous n'y pensez pas de la même façon qu'elle, mais vous me demandez la même chose. Celle à laquelle je ne peux souscrire.

Kate plaqua les mains sur son visage pour cacher ses larmes.

— Je suis désolé, dit Charles en lui effleurant le coude. Ça n'a rien à voir avec vous. Ni avec vous, Gené. C'est moi.

En dépit de la puissance de ses sentiments, il déclinait devant elles. Chaque jour, peut-être chaque heure, il s'affaiblissait, devenait une présence plus vague, perdait de la substance.

— Vous n'êtes pas trop âgé, Charles, plaida Geneviève. Vous pouvez épouser les ténèbres. J'en ai la certitude.

Il secoua la tête d'un air buté.

— Vous pourriez redevenir jeune, argumenta Kate.

— *Lui* est redevenu jeune, corrigea Charles. Le comte Dracula. Je doute qu'il ait trouvé beaucoup de plaisir dans cette nouvelle jeunesse. Il m'a toujours semblé être une personnalité fondamentalement triste. Quand il est passé aux ténèbres, il a perdu quelque chose. C'est le cas chez une majorité de vampires. Chez vous aussi, mes chères immortelles.

Il paraissait serein, mais Geneviève décelait son excitation derrière ce ton calme. Son cœur battait plus vite. Un peu de transpiration luisait à son front. Sa voix était proche de se briser.

Suis-je donc si égoïste ? s'enquit-il. *De vouloir partir à mon heure ?*

Plus tard, après la tombée de la nuit, ils s'assirent et bavardèrent du passé, en s'efforçant d'éviter le présent et l'avenir. Kate poussa Charles à raconter à Geneviève maintes anecdotes qu'elle avait ratées pendant cette période où elle s'était trouvée loin de lui, durant ce siècle.

Elle s'était rendu compte combien Kate et Charles étaient devenus proches pendant la Première Guerre mondiale. À présent elle comprenait pourquoi ils avaient placé tant d'espoirs en Edwin Winthrop, du Diogene's Club, qu'elle n'avait jamais rencontré mais qu'elle pouvait fort bien imaginer d'après leurs descriptions. Elle regrettait presque de ne pas avoir été là, dans la boue ensanglantée de France, au cœur d'une intrigue aussi absurde que terrifiante.

Elle était une créature d'un âge plus lent, où le temps se mesurait en saisons, et non par la trotteuse d'une montre. Elle ne s'était jamais accoutumée à ce siècle de jets et de spoutniks, de CinemaScope et de rock'n'roll. Charles avait traversé plus de choses qu'elle ne le ferait jamais, et il en avait été plus transformé qu'elle ne le serait. Elle reconnaissait dans la distance qu'elle mettait entre elle et ce qui l'entourait une faiblesse.

Kate la remplaça. Elle parla de la Seconde Guerre mondiale, qu'elle avait vue sur le terrain alors que Charles la vivait par cartes d'état-major et dépêches interposées. Ses engagements étaient altruistes, avec pour seul objectif d'améliorer ce monde. Sa passion brûlait d'un feu féroce que Geneviève savait ne jamais pouvoir égaler. S'il y avait un Dieu, Kate était sans doute plus proche de Lui.

Charles se fatiguait, mais il insista pour rester avec « les filles ». Il acquiesçait tandis qu'elles conversaient, somnolait par moments.

— Il semble que lord Ruthven ne soit plus Premier ministre après la prochaine élection, disait Kate. Il ne s'est jamais vraiment remis de la crise de Suez. Mais nous l'avons déjà cru fini par le passé. Quand Winston a pris les commandes pendant la guerre, j'étais persuadée qu'on n'entendrait plus parler de lui. Et pourtant il est revenu au premier plan. C'est une engeance dont je me passerais aisément, ces politiciens dont la carrière n'a pas de fin. Mais Ruthven est un tel caméléon… Il ne cesse de quitter la scène publique pour reparaître sous une autre personnalité.

Geneviève questionna Kate sur les nouveaux films, les pièces de théâtre, les livres, la musique. Comment Londres avait-il changé ? Qui avait-elle vu récemment ? Qui était célèbre ?

— Il y a peu, le *Daily Mirror* a effectué un sondage d'opinion sur les vampires, dans lequel il demandait qui était le non-mort le plus admiré, le plus déplaisant, et ainsi de suite. Cela avait un rapport avec le renouvellement de certaines statues en cire du musée de Madame Tussaud. Eh bien, qui d'après vous est le *nosferatu* le plus admiré en ce moment, en Grande-Bretagne ?

Geneviève n'avait guère d'idées.

— Edmund Hillary ? proposa-t-elle.

— Non. Cliff Richard.

— Qui ?

— Un chanteur pop. La chanson *Living Doll*, ça ne vous dit rien ?

La Française l'avait entendue, en effet.

— Pensez à ça, Geneviève : il ne vieillira pas, et il ne perdra jamais sa voix. Y aurait-il eu un Caruso si Farinelli avait toujours été là ? Wagner aurait-il pu se mesurer au génie d'un Mozart centenaire ? Dans quarante ans, quand des chanteurs qui ne sont pas encore nés auront la possibilité de se faire connaître, Cliff Richard sera toujours présent.

— Il paraît que peu de vampires se distinguent dans le domaine artistique, remarqua Geneviève.

— Il y a eu des exceptions. Croyez-moi, Mr Richard n'en fait pas partie.

Kate essaya de fredonner la chanson dont elle avait parlé. Geneviève eut un petit rire sans méchanceté.

— L'histoire se transforme en hit-parade, dit Kate. Et nous dansons le cha-cha-cha de Dracula depuis trop longtemps.

Une clochette tinta.

Sans bruit, Geneviève alla répondre à la porte. C'était un valet de pied en livrée qui venait apporter un message. Elle le prit et renvoya le domestique, puis elle ouvrit l'enveloppe d'un ongle aiguisé. Trois cartes à bords dorés glissèrent dans sa main. Elle retourna dans la pièce principale, où Charles attendait avec curiosité, ainsi que Kate.

— Nous sommes invités, annonça-t-elle. Par le prince Dracula et sa promise, la princesse Asa Vajda. Voyez-vous cela !

Deuxième partie

La *Dolce Morte*

Extrait du rapport parlementaire, *The Times*, Londres, le 30 juillet 1959 :

« … Le député Hamer Radshaw (travailliste) a demandé : “Avez-vous reçu une invitation au mariage de Vlad Dracula, anciennement Prince consort, et si oui, assisterez-vous aux noces de cet individu pour le moins dérangeant et de sa fiancée aux mains tachées de sang ?” Le Premier ministre, lord Ruthven (conservateur), a répondu : “Si une telle invitation venait à nous être délivrée, des représentants du gouvernement de sa Majesté et, certainement, la loyale opposition à Sa Majesté accorderaient la plus grande considération à une réponse appropriée.” Mr Radshaw a alors demandé : “S'attend-on également à ce que Sa Majesté se traîne en Italie pour voir une ancienne relation par mariage créer une autre union dynastique ?” À quoi le Premier ministre a répondu : “Je n'ai pas eu l'occasion de discuter de ce sujet avec Sa Majesté, mais je suis certain qu'elle désirerait transmettre ses chaleureuses félicitations à son estimé allié et ancien compatriote, le comte Dracula.” Un brouhaha subit a empêché la poursuite des débats. »

1

Journalisme

La chambre de Kate, guère plus grande qu'un placard, était située au dernier étage de la *pensione*, côté cour. Une fenêtre haute et étroite donnait sur une ruelle au-dessus de laquelle était tendu un réseau anarchique de cordes à linge. Draps et chemises s'agitaient mollement dans le vent chaud. Cette pièce était celle réservée aux vampires. À la place du lit, un cercueil en bois grossier garni d'une couverture pliée était posé sur deux tréteaux bas. Des taches moins délavées sur le papier peint indiquaient les endroits d'où on avait ôté un crucifix et un miroir. Pas trace de Bible non plus.

Elle imaginait qu'à l'hôtel *Hassler* les chambres étaient arrangées différemment pour les clients non-morts.

Arrivée dans le Trastevere juste après l'aube et une nuit blanche passée à discuter en compagnie de Geneviève et Charles, elle se glissa dans le cercueil avec la ferme intention de dormir toute la journée. Pour une fois, sa minceur était un avantage. Sur le point de sombrer dans le sommeil, elle repensa à la scène sur la piazza di Trevi. Elle ne voulait pas revivre ce qu'elle y avait vu, mais un détail la tracassait toujours.

Le comte Kernassy, Malenka, le Bourreau Écarlate… la fillette.

Cette dernière avait-elle vu autre chose ? Kate aurait aimé la retrouver et lui parler.

Marcello, avec une bouteille de lait.

Elle sourit et céda à la fatigue.

Tout d'abord on lui annonça que le téléphone dans l'entrée était exclusivement réservé à l'usage de la propriétaire et de sa famille. Après avoir glissé cinq cents lires au fils de ladite propriétaire, la situation lui fut expliquée plus en détail. Il apparut qu'en cas d'urgence elle était autorisée à passer des coups de fil. Il lui suffit de se séparer d'un autre demi-millier de lires pour convaincre son interlocuteur qu'elle se trouvait effectivement dans un état d'urgence qui risquait de durer le temps de son séjour. Un dernier billet conclut sa tirade avec bonheur.

— Comme vous voudrez, *Signorina*, dit le fils de la propriétaire.

C'était un vieux garçon d'une cinquantaine d'années, qui portait un tricot de corps en coton à grosses mailles à travers lesquelles sortaient les poils grisâtres couvrant sa poitrine. Les bretelles pressaient son ventre replet. Une victime de la cuisine maternelle.

Il empocha l'argent et la laissa seule.

Utiliser le téléphone constituait une sorte de défi, car son italien était des plus rudimentaires. À Londres elle abattait une bonne part de son travail par ce moyen. Elle devrait se débrouiller quand même.

Elle contacta d'abord l'inspecteur Silvestri. Il était sorti, mais elle eut son bras droit, le sergent Ginko, qui se souvenait d'elle. Elle apprit qu'il n'y avait pas de développements officiels concernant le double meurtre de la piazza di Trevi et, si elle en jugeait par sa façon détachée de parler, rien d'officieux non plus. Silvestri était parti pour l'hôtel *Inghilterra*, où s'était produit « un incident ». Le sergent s'interrompit en pleine phrase et changea de sujet. L'hôtel *Inghilterra*. Mentalement, elle prit note du nom. Il y avait peut-être un développement officieux, après tout.

Avec sa voix la plus désemparée de petite fille étrangère, elle raconta à Ginko qu'elle devait rencontrer Marcello mais qu'elle avait oublié les détails du rendez-vous. Le policier connaissait-il le numéro de son journal ? Ginko voyait de qui elle voulait parler. Le reporter travaillait en free-lance, sans bureau, lui dit-il, mais il lui suggéra d'aller jeter un coup d'œil au *Café Strega*. Lequel se trouvait dans la via Veneto, comme de bien entendu. Elle le remercia et raccrocha.

Ensuite elle téléphona à Geneviève. Charles dormait encore. Au ton de l'Ancienne, Kate comprit qu'elle avait eu une journée plutôt désagréable. Sa visite avait-elle été trop fatigante ? Elle était là pour aider, pas pour importuner ses amis. Intuitivement Geneviève sentit les scrupules de son interlocutrice et fit de son mieux pour la rassurer. Entre elles, les choses sérieuses étaient souvent passées sous silence. Mais le téléphone n'était pas un bon moyen de communication dans pareilles circonstances. En tant que vampires, elles étaient toutes deux trop habituées à sonder les esprits, à déchiffrer les visages et les attitudes. Devoir se contenter de paroles déformées par le combiné était un peu comme se voir réduit à utiliser un sémaphore.

Elle songea à appeler Penelope, mais ne le fit pas.

Le *Café Strega*. Le Café de la Sorcière. Ce nom fit naître une image dans son esprit : de la crème et des tritons avec cela, *Signora* ? Elle essaya de se remémorer sur quelle place pavée se trouvait l'établissement.

De façon inhabituelle chez elle, Kate hésita sur la tenue à adopter. Une robe était tout indiquée, naturellement, et elle n'en avait emporté que trois, une blanche, élégante (un modèle de chez Christian Dior, dégriffé), une noire et simple (Coco Chanel, à en croire le marchand à l'étal de Portobello Market), et une brun foncé et pratique (Marks & Sparks). Elle serait sans doute avisée de garder la tenue élégante pour le bal des fiançailles au palazzo Otranto, ce qui la poussait à préférer la simple à la pratique. Problème : la simple la faisait ressembler à une écolière. Or, elle avait près de cent ans, et elle ne voulait pas vraiment que de vieux messieurs lui offrent des sucettes. Tant pis, elle irait avec l'élégante. La robe était assez stylée pour Audrey Hepburn.

Et pour le bal, eh bien, elle en achèterait une. Geneviève saurait où aller musarder. Elle était rompue à cet exercice de shopping dans la haute couture. Kate avait déjà une petite idée, un modèle spectaculaire de Piero Gherardi.

Quand elle fut enfin prête à quitter la *pensione*, la nuit était tombée. Elle trouva un taxi dans la viale Glorioso, devant le ministero della Pubblica Istruzione, mais dut en descendre peu après la traversée du fleuve. Comme elle l'avait déjà découvert, Rome n'était pas une ville faite pour des moyens de transport rapides autres que les deux-roues. La meilleure manière d'apprendre à connaître la cité était d'aller à pied, de toute façon. Elle régla la course au chauffeur indifférent et se mit en route. La via Veneto n'était pas très éloignée, mais l'itinéraire ne manquait pas de complications.

Un moment elle regretta de ne pas avoir opté pour une robe pratique ou plus simple. Dans sa tenue élégante, elle se sentait trop bien vêtue. Sur la piazza Barberini, quelques sang-chauds désœuvrés la sifflèrent. Elle savait qu'elle rougissait. Des invitations furent lancées à la *gentile signorina*, qu'elle ne comprit pas, heureusement ou malheureusement. En fait, décida-t-elle, peu lui importait. On la sifflait rarement. Et ces hommes réservaient sans doute le même traitement à toute femme qui passait près d'eux. Ce n'était pas un compliment particulier, ni une insulte, et pour l'instant aucun Italien ne lui avait pincé les fesses. Peut-être parce qu'ils avaient peur d'elle.

Quelques jeunes ressuscités étaient déjà dehors. Sur la piazza, face aux sang-chauds, se trouvait un groupe équivalent de jeunes séducteurs *nosferatus*, le port énergique et la mise en rapport, avec leurs visages pâles de cheiks et leurs adorables petits crocs. Ils avaient adopté le style en vogue durant l'après-guerre : des costumes blancs Nino Cerruti, les omniprésentes lunettes de soleil, des chemises cintrées Casa Lemi, au col ouvert pour laisser voir des chaînes en or. Les *vitelloni* laissèrent passer Kate sans faire de commentaire, mais ils abaissèrent leurs lunettes à l'unisson pour observer une jeune sang-chaud qui arrivait, et visiblement pour combiner leur pouvoir de fascination vampirique.

Kate étouffa un petit rire. Mais la manœuvre fonctionnerait certainement. La fille s'arrêta net. Un des ressuscités exécuta les gestes lents d'un ensorcellement impérieux, l'attirant de ses doigts et projetant un message du genre « Vous êtes en mon pouvoir » à son esprit. Telle une marionnette suspendue à des fils invisibles, elle pivota lentement vers le groupe de vampires, son joli visage dénué de toute expression. Des sourires aigus naquirent chez les jeunes ressuscités. Le grand hypnotiseur savourait tranquillement son triomphe.

La fille leur éclata de rire au nez et s'éloigna d'un pas alerte. Elle sauta dans une Maserati blanche et se lova contre un sang-chaud d'une soixantaine d'années à la calvitie marquée et au cigare monumental. La voiture de sport démarra en douceur.

L'hypnotiseur était déconfit. Ses compagnons moquèrent son manque d'expérience. Une autre jeune femme approchait, celle-là avec les formes plus généreuses d'Elsa Martinelli. Le vampire recouvrit sa confiance momentanément ébranlée et se remit à exercer son influence.

Kate continua son chemin.

Deux nuits après les faits, le meurtre de Malenka ne semblait pas du tout avoir modifié l'ambiance qui régnait dans la via Veneto. Les cafés étaient toujours bondés, les paparazzi à l'affût de visages célèbres à mitrailler. Kate dut enjamber Hemingway écroulé sur le sol, qui lui grommela quelque chose d'incompréhensible. Elle n'avait aucune envie de lui rappeler qu'ils s'étaient rencontrés pendant la Première Guerre mondiale, à l'époque où il était presque un bon écrivain, avant qu'il ne devienne vieux et alcoolique.

Marcello ne se trouvait pas au *Café Strega*, mais elle dénicha une table où trois journalistes se disputaient à propos de la note. Ils prétendirent ne la comprendre ni en italien ni en anglais, aussi paya-t-elle l'addition pour accaparer leur attention. Après des excuses alambiquées, un reporter français au nez boutonneux et à la houppe dressée sur le haut du front admit connaître la personne qu'elle cherchait et la dirigea vers un autre café, le *Zeppa*.

Une silhouette musculeuse descendait lentement au milieu de la rue. Kate sursauta. Les larges épaules et la poitrine bombée lui rappelaient le Bourreau Écarlate. L'individu portait une barbe bouclée. Il était vêtu d'un péplum, la tunique à ceinture classique de l'Antiquité, et chaussé de cothurnes. Peut-être s'agissait-il d'un acteur resté en costume après une rude journée de tournage passée à combattre des serpents en carton-pâte et des starlettes à la poitrine généreuse, à Cinecittà.

— C'est Maciste, commenta une vieille femme ridée, en anglais. Le grand héros de Rome. Lorsque la cité a besoin de lui, il apparaît. Il est le messager des dieux.

Kate croyait que ce rôle était tenu par Hermès.

Maciste continuait d'avancer d'une démarche héroïque. Les muscles de son dos et de ses cuisses se tendaient et se décontractaient à chaque mouvement.

Elle se souvint des doigts d'acier qui s'étaient refermés sur sa nuque. Le Bourreau Écarlate aurait très bien pu lui arracher la tête.

Marcello était attablé à la terrasse du *Zeppa*, en compagnie d'un prêtre en robe de bure et au visage austère qu'il lui présenta comme étant le père Lankester Merrin.

— Et mon père, voici… Je suis désolé, je ne me rappelle plus…

— Kate Reed, dit-elle, secrètement vexée.

— Oh oui : la *Signorina* Reed.

Bien qu'aucune invitation ne vienne, elle prit une chaise à la table voisine et s'assit avec eux.

— J'ai lu votre ouvrage sur la religion en Afrique, mentit-elle. Très provocateur.

Le prêtre eut un sourire aussi mince que le fil d'un rasoir et la fixa d'un regard extraordinairement perçant. Elle ne se risquerait pas à un autre mensonge avec lui.

Un serveur lui apporta un verre de sang de lézard frappé.

— C'est donc vous l'autre journaliste qui se trouvait sur les lieux au moment de la destruction des deux Anciens, le comte Kernassy et Malenka ? s'enquit Merrin.

— En effet.

— Marcello me demandait conseil sur un sujet en relation avec cette affaire, et voilà que vous arrivez. La Providence sait arranger ces coïncidences, Miss Reed.

— Appelez-moi Kate, fit-elle.

Merci, Kate. Vous pouvez m'appeler père Merrin.

Elle n'aurait pu dire si c'était un trait d'humour.

D'après les critiques sur son livre, elle n'arrivait pas à se rappeler dans quel camp se rangeait le père Merrin dans le débat sur les vampires.

Il aurait été inconvenant de lui demander tout à trac s'il pensait qu'elle était un être doté ou non d'une âme.

— Marcello était sur le point de m'accuser poliment de prendre part à une croisade secrète contre votre espèce, Miss Reed.

L'Italien adopta une expression dégagée pour signifier que la suggestion était infondée.

— À Rome, tout le monde croit à ces croisades secrètes, poursuivit Merrin. Si le Vatican n'est pas derrière tout ça, alors on y voit la main de la Mafia, ou du Si-Fan, ou de la CIA, ou du Diogene's Club, ou des Illuminati.

— Vous y croyez, mon père ?

— La croyance est chose relative. Rome est d'une éternelle complexité.

Marcello coinça une cigarette entre ses lèvres et l'alluma d'un geste à la nonchalance calculée. Il avait un don certain pour peaufiner ce genre d'attitudes.

Le défunt pape Pie XII – qui avait illustré l'avènement de Savonarole ou de Torquemada, selon les avis – avait fait paraître une bulle réaffirmant la position traditionnelle du Vatican sur le vampirisme. Après la mort, l'âme s'envolait vers sa récompense divine et les restes du défunt devaient être enterrés décemment. Les *nosferatus* étaient des corps sans locataire, des imitations démoniaques de ceux qui les avaient naguère habités. Si la cloche, le livre saint et le cierge n'avaient pas d'effet, le traitement recommandé était le feu, l'argent et le pieu. Quoiqu'en principe il n'y ait pas besoin d'avoir recours à ces mesures, passer aux ténèbres revenait à encourir une excommunication automatique. Mais c'était aussi le cas si l'on votait communiste, or le parti de Palmiro Togliatti raflait régulièrement un quart de l'électorat populaire en Italie.

Nombre de non-morts étaient également des catholiques d'une extrême dévotion. Ironiquement, c'est parmi eux que se trouvaient le plus de sujets qui étaient brûlés lorsqu'on les arrosait d'eau bénite, qui vomissaient du sang lorsqu'ils avalaient l'hostie et qui se ratatinaient de terreur devant le signe de croix. Depuis une centaine d'années, les théologiens débattaient de la question vampirique. Un courant de pensée croissant dans la nébuleuse catholique estimait que les *nosferatus* étaient possédés de leur âme originale, et donc qu'ils appartenaient à l'Église. La rumeur courait que le nouveau souverain pontife, Jean XXIII, souhaitait modérer l'expansion de cette doctrine en se l'appropriant, et qu'il avait bien failli reconnaître l'ordination de prêtres vampires, mais que jusqu'alors il en avait été dissuadé par son secrétaire d'État, le très conservateur monsignor Tardini.

— Quels sont ces bruits à propos du Bourreau Écarlate à l'hôtel *Inghilterra* ? hasarda Kate.

Marcello dissimula mal sa surprise. La question de l'Irlandaise lui prouvait qu'elle profitait de sources bien informées.

— Quelqu'un vêtu comme le meurtrier a été vu en train d'escalader la façade de l'hôtel. Pareil à une grosse araignée rouge.

— Et un crime a-t-il été commis ?

— Difficile à dire, répondit Marcello. Il y a eu un incident dans la chambre occupée par un officier de marine britannique. Lui affirme que ce n'était qu'une liaison avec une femme qui aurait mal tourné, après qu'elle eut un peu trop bu. Une employée de l'établissement a confié que cette liaison était sans doute très spéciale, et pas aussi anodine. Il y a eu du sang, un coup de feu. Cet Anglais est un vampire. Oh, et tout le monde sait que c'est un de vos espions. Son automobile est beaucoup trop voyante pour un marin.

— Pas un de « mes » espions. Je ne suis pas britannique.

Marcello eut une autre mimique languide, ce qui donna envie à Kate de lui briser ses lunettes de soleil.

— Un Ancien était impliqué ?

— C'est la question. Une des clientes de l'hôtel a disparu comme si elle s'était évaporée. Elle s'est enregistrée sous un faux nom, mais c'était sans doute possible lady Anibas Vajda. Un membre de la famille de la princesse Asa, la fiancée royale. Une Aînée.

Kate avait vaguement entendu parler d'elle. Rien de très positif.

— On ne l'a pas retrouvée assassinée ?

— Pas encore. Mais il se murmure que les plus âgés parmi les Anciens ne laissent pas de restes à proprement parler. Les médecins légistes sont indignés par cette possibilité.

— J'ai cru comprendre que l'inspecteur Silvestri avait été appelé à l'hôtel ?

— C'est exact, reconnut Marcello. C'est lui qui a hérité du dossier sur le Bourreau Écarlate. Trois autres inspecteurs ont été dessaisis et rétrogradés pour leur échec. Silvestri devra se montrer prudent. L'année dernière, un de ses collègues de la Sûreté parisienne qui avait une réputation d'as des as a été mandé à grand bruit. Avec un accent bizarre, il a juré que le meurtrier serait appréhendé dans le mois, et après avoir été ridiculisé par le tueur à plusieurs reprises il a été renvoyé dans la capitale française et muté à la circulation dans un quartier mal famé.

— Voilà qui est fascinant, dit le père Merrin en se levant. Mais je dois vous quitter maintenant. Je suis sûr que vous amènerez cette énigme à une conclusion aussi excitante que satisfaisante. Après tout, les réponses à de tels mystères se trouvent souvent sous la semelle de nos chaussures.

Par politesse, Marcello et Kate se mirent debout à leur tour et le prêtre partit dans un grand déploiement de sa robe. Elle le regarda qui fendait la foule, un ascétique isolé parmi des jouisseurs. Sous cet esprit logique et acéré, elle avait cru détecter une âme qui ne manquait pas de compréhension. Mais il avait intelligemment éludé la question sur les croisades secrètes.

Elle se rassit et, après un instant d'hésitation, Marcello l'imita. Il demeurait mal à l'aise en sa compagnie. Était-ce parce qu'il l'avait vue agenouillée près des corps de Kernassy et de Malenka ? Ou avait-il eu cette réserve auparavant ? À l'aéroport, il s'était trouvé avec des vampires, il était donc peu probable qu'il souffre d'une phobie des non-morts.

Non, il ne s'agissait que de son habituelle malédiction, se dit-elle. Dès qu'elle rencontrait un homme qui lui plaisait, elle se trahissait. Elle diffusait un signal inconnu qui rendait le sujet de son intérêt inconscient de son désir et, dans le même temps, qui la rendait vaguement repoussante pour lui. Elle avait essayé d'être décontractée, amicale, spirituelle, et même effrontée. Hélas, aucune approche ne modifiait la première impression.

Elle faisait peur aux hommes, c'était aussi simple que cela.

À cause de ces maudites lunettes de soleil, elle était incapable de deviner ce que pensait Marcello. Geneviève n'aurait eu aucune difficulté à percer ces filtres teintés et à sonder l'âme du journaliste jusqu'à ses tréfonds. Kate craignait qu'il ne cherche une excuse pour prendre congé au plus tôt.

— Avez-vous écrit sur les assassinats ? demanda-t-elle.

Avec une inclination de la tête, il avoua la transmission de détails à plusieurs rédactions. Elle ne pouvait croire qu'il soit aussi las qu'il feignait de l'être. Aucun journaliste ne pouvait arriver sur les lieux d'un double meurtre et manquer de sentir un titre accrocheur et un gros chèque. De plus il avait pris la peine de consulter le père Merrin. Non, il trichait. Il simulait un désintérêt pratiquement total qu'en toute logique il ne pouvait éprouver.

— J'ai songé à rédiger un article sur le Bourreau Écarlate, reprit-elle. En Grande-Bretagne, il est inconnu, et j'ai la chance de me trouver au cœur de l'action. Mais j'ai besoin de plus que de l'avoir échappé belle. Il me faut de la matière, et rester sur l'affaire. Nous devrions travailler ensemble.

Elle était trop directe. Il allait se sauver en hurlant.

— Peut-être parviendrons-nous à le démasquer avant Silvestri, appuya-t-elle.

Les lèvres de Marcello se serrèrent sous la réflexion. Ses sourcils se rapprochèrent du bord de ses lunettes. Il exhala un filet de fumée.

— Peut-être, lâcha-t-il.

« Peut-être ». C'était presque aussi bien que « D'accord ». En tout cas beaucoup mieux que « Non », ou « Pas question ».

— Alors, on fait équipe ? risqua-t-elle en tendant la main.

Il écrasa sa cigarette posément, en alluma une autre, inspira une bouffée qu'il ressouffla lentement, s'accorda encore quelques secondes pour réfléchir, puis lui prit la main, sans la serrer ni la secouer.

— On fait équipe, confirma-t-il.

2

Vivre et laisser mourir

Il se savait suivi. Trois d'entre eux, deux costauds, le dernier menu. Bond allait à pied ce jour-là, et il saisit l'occasion pour aller flâner dans le parco di Traiano, où il comptait les débusquer.

Tout autour de lui se dressaient des témoignages des temps anciens qui méritaient le coup d'œil d'un touriste. Chaque fois qu'il lisait sans hâte une inscription sur une plaque ou qu'il faisait halte pour admirer à loisir une statue brisée, il s'amusait de sentir de plus en plus mal à l'aise le trio derrière lui. Chaque arrêt les rendait plus voyants. De fait ils étaient à peu près aussi discrets qu'un lutteur coréen dans un club anglais. Il se demandait d'ailleurs pourquoi ils prenaient la peine de le filer. Le tout était de se fondre dans l'environnement, on le lui avait assez souvent répété, et non de s'en démarquer. Bond lui-même ne dédaignait pas un peu d'ostentation. Il était rare qu'on ne remarque pas son Aston Martin, par exemple. Et sa seule autre voiture était une Bentley.

Il les supposait de l'Autre Bord, ceux avec qui Anibas avait fricoté. Ils ne devaient pas être très heureux d'avoir perdu une créature de la valeur de cette Aînée, et ils risquaient d'être enclins à lui imputer sa disparition. C'était injuste, mais qu'attendre de pareils adversaires ? Une autre possibilité était que le plus imposant des trois soit le Bourreau Écarlate en personne, à qui il devait la vie mais dont il n'était pas du tout pressé de croiser le chemin à nouveau. Après tout, le tueur de vampires pouvait décider de ne pas limiter ses exécutions aux seuls Anciens. La situation à Rome était complexe, selon la litote adoptée par Winthrop. Il fallait qu'il consulte le vieil homme une fois de plus.

D'où il se trouvait dans le parc, il apercevait Beauregard dans son fauteuil roulant, sur le balcon. Il hochait la tête de temps en temps, peut-être sous l'effet de la somnolence, à moins qu'il n'observe les alentours.

Au Diogene's Club, l'homme était une légende vivante. Les plus jeunes recrues qui s'étaient illustrées pendant la dernière guerre tendaient à s'irriter quand des fossiles de la génération d'Edwin Winthrop rabâchaient les exploits incroyables de Charles Beauregard, l'homme qui avait affronté Dracula dans son propre repaire et avait survécu pour en parler. Après l'avoir rencontré, Bond commençait à comprendre les raisons de cette admiration.

Il s'arrêta net et alluma une cigarette. Mentalement, il localisa ses suiveurs.

Le plus imposant était un géant de plus de deux mètres vingt, chaussé de ces lourdes bottes utilisées par les ouvriers qui étalent l'asphalte sur les routes. Il avait un teint gris-vert, qui ne signalait certainement pas une très bonne santé. L'énorme chapeau melon posé sur son front bas laissait dans l'ombre des yeux larmoyants, aux paupières lourdes. Ses dents, que Bond avait entrevues quand ses lèvres minces et sombres s'étaient ouvertes sur un sourire hésitant, luisaient de l'éclat de l'acier. Le col de son duffle-coat noir paraissait gonflé autour du cou, comme s'il couvrait des protubérances inconnues. Il se déplaçait lentement, en traînant le pas, et ses longues mains zébrées de cicatrices semblaient maigres en comparaison du reste de son corps, mais on sentait qu'elles recélaient une grande force. Il ne serait pas facile à éliminer.

L'autre costaud – Bond pensait qu'il était humain – était plus large d'épaules et de torse, engoncé dans un imperméable taché d'argile, ses jambes aussi lourdes et raides que des troncs, son visage terreux de la couleur de la boue fraîchement remuée. Sur sa tête en forme de pudding était posé un étrange couvre-chef, quelque chose entre un calot de groom et un pot de fleurs retourné. Une étoile de David pendait à son cou, peut-être pour repousser les vampires.

Ces deux-là n'étaient pas des non-morts dans le sens où il l'entendait, mais il était persuadé que ce n'étaient pas complètement des sang-chauds.

En tout cas ils étaient assez balourds pour se faire repérer aussi aisément. Ils l'avaient pris en filature à quelques rues de l'*Inghilterra* et avaient patiemment déambulé derrière lui pendant tout l'après-midi et ce début de soirée, sans jamais réussir à paraître naturels dès qu'il ralentissait.

Le dernier membre du trio était le plus intéressant : une ballerine à long cou, au visage blafard de poupée et aux bras nus couleur de porcelaine. Elle glissait sur la pointe de ses pieds comme une enfant perdue d'une troupe de la commedia dell'arte. Sa robe était quelque peu débraillée. Au départ, il n'avait pas été sûr qu'elle était avec les deux autres, mais à présent il n'en doutait plus.

Une équipe de trois signifiait que l'affaire était sérieuse. S'il s'était uniquement agi de le filer, on aurait fait appel à des agents plus discrets. Et si on visait à le supprimer, un tireur d'élite et une balle en argent auraient suffi. Songeant au nombre de fois où l'Autre Bord avait décrété qu'il devait être définitivement effacé de la scène, il était d'ailleurs assez surpris qu'ils n'aient pas utilisé les talents d'une championne de tir d'Allemagne de l'Est pour lui régler son compte. Se rabattre sur des solutions telles que des araignées venimeuses placées sous votre oreiller ou des gorilles aux allures bizarres constituait toujours une ineptie. Comme aujourd'hui.

Il sortit du parc et leva les yeux vers le balcon de Beauregard. Le vieil homme le remarqua aussitôt et lui lança quelque chose par-dessus la balustrade. Bond saisit l'objet d'un geste vif. Des clés. Il était invité à monter.

Il en déduisit immédiatement l'absence de la compagne vampire de Beauregard. C'était aussi bien. La femme Dieudonné ne l'appréciait pas à l'excès. Dommage pour elle, car elle ne manquait pas d'un certain charme, avec son regard saisissant et cette grâce électrique dans ses mouvements. Un esprit ardent dans un corps félin… Ce serait un défi tentant que de plier cette Aînée à sa volonté, et de libérer la passion contenue durant des siècles pour qu'ils unissent leurs pulsions.

Sur le seuil de l'immeuble, il fit une pause et regarda alentour. Son trio de suiveurs convergeait vers lui, l'air plus ou moins absent.

Dans le holster sous son aisselle, le poids du Walther était rassurant. Qui que soient ces guignols, un ou deux projectiles en argent dans la tête ou en plein cœur résoudraient le problème. Il espérait ne pas devoir en arriver à ces extrémités. La détention d'un permis de tuer constituait certes un atout non négligeable, mais chaque fois qu'il l'utilisait, il devait ensuite remplir des formulaires en trois exemplaires. Même en connaissant des gens bien placés, y compris quiconque dirigeait légalement l'Italie cette semaine, les autorités en place voyaient d'un mauvais œil qu'un agent des services secrets britanniques supprime un ennemi chez eux.

Il bâilla avec ostentation, exposant ses crocs à l'air nocturne et goûtant la brise. Il était toujours surexcité par le sang d'Anibas. Parfois il sentait la peur d'un ennemi sur le bout de sa langue, ou bien il parvenait à détecter la sueur trahissant la décision prise de passer à l'action. En ce moment, il distinguait une foultitude de sensations typiquement romaines, mais rien des trois camarades.

Rien du tout.

Rien de non-mort. Rien de sang-chaud.

Il pénétra dans la grande entrée ténébreuse de l'immeuble, se glissa dans l'ascenseur et appuya sur le bouton de l'étage correspondant à l'appartement de Beauregard. Avec de plaisants grincements de chaînes, la cabine s'éleva jusqu'au niveau choisi.

Il poussa la porte de chez Beauregard et entra dans l'appartement. Le vieil homme l'invita à passer dans le bureau. Bond trouva son hôte qui revenait du balcon en utilisant son fauteuil roulant, non sans peine.

— Vous voudrez bien me pardonner, commander Bond. Gené est sortie pour se trouver une tenue digne d'un événement tout à fait particulier.

— Un mariage, peut-être ?

— Oui, mais sa mise devra convenir également pour des funérailles. Notre Bourreau Écarlate n'a-t-il pas détruit lady Anibas ?

Le manque de réaction de Bond ne surprit nullement Beauregard. Il possédait toujours des sources d'information fiables.

— Vous êtes venu à Rome pour la voir, je suppose ? Pour la retourner, en fait. Une des petites opérations d'Edwin. Mais comme on pouvait s'en douter, elle n'était pas prête à changer de camp. Que s'est-il passé ? Les Russes lui auraient-ils fait une offre plus alléchante ?

Il ne put que confirmer les suppositions de Beauregard.

Ce dernier secoua la tête, d'un air de connivence. Il était très fragile, à l'évidence, mais aussi tendu. Qu'il soit toujours sang-chaud, cela ne faisait aucun doute, cependant il avait acquis le don de saper l'énergie d'autrui. Un tour appris auprès de sa maîtresse vampire ?

— Leur chef de section pour Rome est quelqu'un de très capable, dit Beauregard. Vous avez été briefé sur lui.

— Gregor Brastov.

— Le comte Gregor Brastov, oui. Du moins, c'est le rang qu'il a eu. Un Karpathe pur sang, si je puis me permettre ce jeu de mots. Il y a peu de ses semblables dans Smert Spionam. Avec les siècles, il a développé les talents nécessaires pour échapper aux différentes purges. Ils l'appellent l'Homme-Chat. Parce qu'il retombe toujours sur ses pattes.

Smert Spionam – « Mort aux Espions ! », en russe – était le service de renseignements soviétique de Lavrenti Pavlovitch Beria. Pour l'Autre Bord, l'équivalent du Diogene's Club. Bond avait eu affaire à leurs taupes auparavant, et il devait s'avouer fasciné par la prédilection affichée par Beria pour des agents excentriques.

— Winthrop affirme que Brastov est une des créatures les plus dangereuses en Europe.

— Parfaitement vu de sa part, approuva Beauregard. Brastov se trouve très isolé à Rome. Mario Balato, une huile du Parti communiste local, est un ennemi des vampires de la plus belle eau. Il n'arrête pas de citer Marx pour justifier ses préjugés. « Les *nosferatus* sont tous des aristocrates qui pompent les forces vives d'une paysannerie pleine de noblesse », ce genre de discours. À leur manière quelquefois simpliste, nos cousins américains pensent que Moscou dirige tous les partis communistes dans le monde d'une poigne de fer. Khrouchtchev aimerait certainement que cela soit vrai, autant que Staline le souhaitait. Mais les Rouges italiens sont trop remuants pour suivre le Komintern plus de la moitié du temps. Aussi Brastov a-t-il fait venir ici des gens à lui, et il y a eu quelques frictions avec les fidèles de Balato. Meurtres entre factions rivales, planques dynamitées, vous connaissez la musique. Une théorie voudrait que le Bourreau Écarlate soit un communiste tueur de vampires qui agirait sous les ordres de Balato.

— En ce sens, la liquidation d'Anibas était un coup porté autant à Brastov qu'à la Maison de Vajda. Elle représentait un prix. Trois personnages plutôt bizarres m'ont filé tout l'après-midi, ce qui laisse à penser que Smert Spionam est sur les dents.

Les mains du vieil homme s'agitèrent tels des oiseaux, pour repousser cette théorie.

— Le Bourreau Écarlate remplit son office de façon trop théâtrale pour appartenir aux sbires de Balato. En toute franchise, je dois dire que sa manière de procéder me paraît plus concorder avec *notre* ligne de conduite.

Bond avait déjà envisagé cette possibilité, bien entendu. L'assassin lui avait sauvé la vie en éliminant une créature sur le point de le tuer. Winthrop pouvait fort bien avoir envoyé un autre agent à Rome sans l'en avertir. Cette sorte de double jeu n'aurait rien eu de surprenant de la part du Diogene's Club.

Beauregard fit reculer son fauteuil roulant jusqu'à une table basse et proposa un cognac.

Bond accepta.

— Je dois surveiller mes doses, admit Beauregard, mais j'ai appris à retirer indirectement du plaisir à contempler celui des autres.

Le Courvoisier était très honnête, sans atteindre l'excellence. Bond le laissa développer son arôme sur sa langue un moment. Depuis le passage aux ténèbres, son palais avait développé une finesse extraordinaire. Il craignait de ne plus apprécier que le meilleur.

Beauregard prit un havane d'une boîte et accepta le feu de Bond. Il tira sur le cigare, toussota un peu et se rembrunit.

— J'ai perdu très peu pour mon âge, dit-il avec une fierté tranquille. Mais le sens du goût commence à me faire défaut.

Bien que vampire, Bond savait ses chances d'atteindre l'âge de Charles Beauregard pour le moins réduites. Il n'était pas du genre à se hisser dans la hiérarchie, comme Winthrop l'avait fait, et Beauregard avant lui, jusqu'à présider la Cabale. Peu d'agents dépassaient la quarantaine. C'était une question de nerfs, pas de volonté. Certes, sa qualité de non-mort pouvait lui octroyer quelques dizaines d'années de plus qu'un sang-chaud, quoiqu'il risque, pour reprendre l'expression imagée d'un collègue de la CIA, de « voir son sang tourner ». Un des facteurs les moins agréables du passage aux ténèbres était l'incertitude de l'évolution du sujet.

— Avez-vous vu le Bourreau Écarlate ? questionna Beauregard.

— Seulement ses mains. Elles étaient rouges.

— Ensanglantées ?

— Non. Enfin, oui, il y avait du sang, il tenait une corde à piano poisseuse de sang. Mais ses mains elles-mêmes étaient rouges. Une teinture, ou un colorant quelconque.

— Les témoins parlent d'un visage rouge. Pas seulement le masque, bien qu'il porte toujours un domino et un capuchon. Il fut un temps où c'était une sorte de mode parmi les criminels les plus originaux de Paris. Fantômas, Irma Vep, Flambeau. Aujourd'hui, la tendance s'est répandue dans toute l'Europe. Kriminal, Diabolik, Satanik, Killing. Des surnoms absurdes, un collant, un masque. Un peu comme nous, je suppose. Ces gens-là n'ont jamais grandi, et ils continuent de se déguiser et de jouer aux pirates.

— Il ne jouait pas.

— Oui, oui, bien sûr. Lui est d'une tout autre trempe. Ce n'est pas un voleur. Il ne prend aucun souvenir de ses victimes. Je ne pense pas qu'il travaille selon un schéma personnel, comme la plupart des meurtriers. À mon avis, c'est un tueur professionnel, le bras armé d'une faction, ou d'un individu. Il tue sur ordre, et il épargne certaines personnes, comme vous ou ma chère amie Kate Reed, parce que leur mort ne fait pas partie d'un plan mûrement réfléchi.

Qui voyez-vous derrière lui ?

Beauregard eut un sourire sibyllin.

— Voilà bien la question, commander Bond. Si ce n'est pas Smert Spionam, si ce n'est pas nous, qui reste-t-il ? La tentation serait forte d'accuser Dracula, n'est-ce pas ?

— Les victimes sont ses amis.

— Des amis ? Je doute qu'il en ait jamais eu. Mais c'est une question pour un autre soir. C'est vrai, les Anciens victimes sont ses contemporains, parfois ses partisans, des proches, des serviteurs. Mais n'oublions pas qu'*il principe* est capricieux. Il a propagé le vampirisme dans le monde entier, jusqu'à ce que les non-morts puissent y vivre sans se cacher. Peut-être a-t-il changé d'optique, et veut-il replonger les *nosferatus* dans les ténèbres.

—Anibas l'aurait trahi.

—Comme tous les autres Aînés assassinés. Dans sa lignée, la loyauté au père-en-ténèbres ne dure jamais longtemps. Dracula a toujours commandé par la peur, pas par l'amour ou l'attachement. Il soupçonne la trahison à chaque instant, au point de croire que quelque chose ne va pas quand il n'a aucune raison de se méfier. Les Anciens ont de la volonté, pas de la personnalité.

—Mais, et…

—Geneviève ? Elle est unique. Vous n'aviez pas remarqué ?

—Si, bien sûr.

—Il existe d'autres joueurs potentiels dans la partie, continua Beauregard, qui attendent à l'écart et s'agitent dans l'ombre. Littéralement, des dizaines de factions politiques ou religieuses. Des ligues de tueurs de vampires, secrètes ou semi-publiques. Des Églises, des banques, des fanatiques. Le pape de Rome et la Mère des Larmes. Les victimes sont toutes des Anciens. Or, il y a d'autres Anciens de par le monde, et des institutions qui prisent hautement les connaissances qu'ils ont acquises. Peut-être que certains d'entre eux sont jaloux et désirent qu'aucun n'égale leur longévité. Pour l'instant, les Aînés ne sont encore qu'une poignée, mais bientôt ils seront beaucoup plus nombreux, quand les ressuscités des années 1880-1890 atteindront la maturité. Ils représenteront alors une force réelle. Ils seront peut-être ceux qui décideront du cours de l'histoire humaine pendant le millénaire à venir. Nous avons toujours redouté que les non-morts ne dirigent le monde.

Il avala une gorgée de brandy, l'air pensif.

Il y eut un bruit sourd dans le vestibule. La porte d'entrée explosa à l'intérieur.

Bond dégaina le Walther PPK de son holster en un éclair et s'accroupit telle une panthère en alerte. Beauregard fit reculer son fauteuil roulant dans l'ombre. L'agent secret devrait protéger le vieil homme. *Ils* pouvaient s'en servir comme otage.

Un pas lourd approcha dans le couloir et la carrure monstrueuse de Face-d'argile bloqua toute la largeur de la porte. Il n'avait d'autres armes que ses énormes mains aux doigts épais, mais ces battoirs pouvaient être mortels. Bond logea deux balles dans la masse de son visage. Les projectiles en argent touchèrent leur cible avec le même bruit mat de galets lancés dans la boue, et eurent à peu près autant d'effet. Les trous marquant les impacts se refermèrent. L'Anglais tira alors au cœur, sans plus de résultat.

— L'étoile de David ! cria Beauregard.

Bond visa l'amulette mais quelque chose de très rapide frappa son bras et le renversa. Un pied écrasa sa main et il lâcha son arme. La pointe aiguë d'un chausson le heurta sur le côté du crâne.

La ballerine était passée par le balcon, pour l'attaquer à revers.

Elle le frappa, en une rafale de coups de pied. Elle effectuait une danse étrange, frénétique mais très précise. Il ressentit une douleur réelle quand une sorte de rasoir tailla ses vêtements et sa peau.

Il roula sur lui-même et agrippa une cheville. C'était froid comme de la porcelaine. La pointe du chausson se terminait par une lame en argent de cinq centimètres, enduite d'ail pilé.

Le couteau approchait de son visage. Il rassembla toutes ses forces pour le maintenir à distance.

Il leva les yeux et vit son joli visage inexpressif. Des pastilles de rouge sur les joues d'une blancheur d'os, des yeux qui clignaient lentement, mécaniquement, des boucles en tortillon qui tressautaient. Une automate.

Cette poupée si frêle d'apparence était habitée par une force inhumaine.

Il pliait peu à peu les bras. L'argent de la lame allait toucher son œil.

Ils devaient posséder un dossier détaillé sur lui. Il était d'une lignée sensible à l'ail.

— Mes excuses, Miss, dit Beauregard.

Le vieil homme avait ramassé le Walther et fait rouler son fauteuil vers eux. Il tapota la jambe tendue de la ballerine avec le canon de l'arme, puis la pointa sur son genou.

L'expression de la poupée ne changea en rien.

Beauregard pressa sur la détente. La détonation fut assourdissante, et le recul du tir plaqua le vieil homme contre le dossier de son siège.

Le genou de la ballerine explosa. Des échardes de porcelaine fusèrent dans toutes les directions. À l'intérieur de la blessure, des câbles luisants montaient et descendaient. De petits engrenages tombèrent sur le sol. La partie inférieure de sa jambe se détacha.

Elle sautilla en arrière, en conservant un équilibre parfait. Des filins se déroulèrent de son membre sectionné, agrippèrent la cuisse et tirèrent la partie inférieure hors de portée de Bond. Une huile claire souillait le tapis.

Leurs trois agresseurs étaient artificiels, d'une façon ou d'une autre.

Bond se remit aussitôt debout. Chez lui, l'instinct avait pris les commandes. Ses crocs saillaient de sa bouche et la soif de sang l'embrasait. Il venait d'échapper à la mort et devait se nourrir rapidement. Après son passage aux ténèbres et pendant toute la durée de son entraînement, il avait été programmé pour désirer le sang juste après le danger.

Endommagée mais incapable de ressentir la moindre souffrance, la ballerine demeurait dangereuse. Le troisième assassin enjamba la balustrade du balcon, un rictus féroce sur le visage.

Le fauteuil de Beauregard était immobilisé par les plis du tapis. Le centenaire était hors jeu, grisé par la détonation et la soudaineté des événements.

Face-d'argile entra dans la pièce et bloqua la porte.

Une carrure d'hercule ne garantissait pas une résistance supérieure aux coups. Bond s'élança dans les airs et planta ses griffes dans la masse qui tenait lieu de cou à son adversaire. Ses genoux enserrèrent le large torse, il ouvrit la bouche en se déboîtant les mâchoires et enfonça ses crocs dans la chair épaisse. Il était impatient de sentir le flot de sang envahir sa gorge.

Une substance sale et boueuse coula dans sa bouche. Ce n'était pas du sang.

Des bras puissants se refermèrent sur lui, dans une étreinte impossible à briser. Il sentit une pression terrible s'exercer sur ses reins. L'autre allait le casser en deux.

Le visage de son adversaire était tout près de lui. Il vit que la bouche n'était qu'une entaille tracée dans la boue, les yeux des pierres polies qui luisaient dans des trous. Il y avait de la vie dans la créature, mais rien dont il puisse se nourrir ou qu'il puisse vaincre. Sachant que peu d'hommes pouvaient surpasser Bond au combat, Brastov lui avait envoyé des tueurs inhumains.

Beauregard cria quelque chose.

Les oreilles de l'agent secret carillonnaient sous la pression du sang dans sa tête. La pulsion était comparable à la ligne la plus basse d'une guitare électrique, une mélodie sinistre et pourtant entraînante, le son du danger et de la mort.

Il n'arrivait pas à comprendre ce que le vieil homme lui répétait.

L'étoile de David pendait devant son nez. L'épaule de son agresseur était déchiquetée, et portait les indentations sauvages de ses crocs. À l'intérieur de la plaie béante, la chair ressemblait à de la terre humide qui ondulait pour combler le trou et effacer la blessure.

Plusieurs des côtes de Bond se brisèrent. Une souffrance fulgurante traversa son corps.

— L'étoile de David ! hurla encore Beauregard.

En dessous de la taille, Bond ne sentait plus rien. Ses côtes se ressoudèrent grâce aux pouvoirs accélérés de guérison propres aux vampires, mais se cassèrent de nouveau et se réassemblèrent de travers. La douleur lui fouaillait le cœur et les poumons.

Il cracha pour vider sa bouche, et mordit dans l'amulette. Sa sensibilité moyenne aux objets consacrés picota sa langue et son palais. L'étreinte de Face-d'argile se figea. Bond tira la tête en arrière. L'étoile de David se décrocha.

Tout semblant de vie quitta son adversaire. Face-d'argile était devenu une simple statue.

Bond fut relâché. Il cracha l'amulette et inspira à fond, pour emplir ses poumons d'air et développer sa cage thoracique. Il espérait que ses os se remettraient en place.

La ballerine continuait de sautiller dans la pièce, et le troisième assassin, l'homme au front bas, avançait vers lui. Il ôta son chapeau melon de sa tête.

Bond se releva et fit deux pas de côté.

Le couvre-chef traversa l'air de la pièce tel un disque. Le rictus de Front-bas découvrait de l'acier. Le chapeau frappa la statue d'argile et se ficha dans sa poitrine. Le bord avait dû en être renforcé avec une bande d'acier.

Bond arracha le melon du torse de la statue et le lança à son tour. Avec un grognement irrité, son adversaire écarta le projectile d'un geste avant d'avancer d'une démarche simiesque dans la pièce, bras tendus. Sous l'impact de ses bottes, le plancher tremblait.

Beauregard devait avoir des voisins imperturbables. L'assassin s'arrêta près du vieil homme et baissa le regard sur lui. Visiblement, il réfléchissait. Il était le seul des trois à posséder une étincelle d'intelligence animale indépendante, à être capable de dévier du plan initial pour prendre en compte des facteurs imprévus. Sans Beauregard, chacun des deux autres tueurs aurait déjà eu raison de Bond.

Front-bas leva le poing et s'apprêta à porter un coup mortel.

Calmement, le vieillard jeta le reste de brandy au visage verdâtre de la créature. Celle-ci secoua la tête comme un chien qui s'ébroue, en crachant et en clignant des yeux. Beauregard tira sur son cigare puis le lança à la face du tueur.

Une bouffée de flammes enveloppa la tête de la créature, réduisant instantanément sa chevelure à un chaume calciné. Il griffa le feu de ses mains aux ongles noirs en rugissant tel un ours blessé. La panique le fit tituber au hasard.

D'une bourrade, Bond renversa la statue qui se fracassa sur le plancher verni du vestibule, puis il marcha dans les fragments d'argile vers la porte d'entrée démolie.

Il sortait à peine de l'appartement quand quelque chose atterrit sur son dos et s'y agrippa. Une jambe lui entoura la taille et comprima ses côtes récemment brisées.

Des doigts raides et froids saisirent sa tête et la secouèrent de côté et d'autre, comme pour tenter de l'arracher à son corps.

La ballerine chantait tout en essayant de le tuer. C'était un hululement modulé, qui s'accordait au rythme de son sang, produisant une mélodie exotique, menaçante, pleine de promesses sombres. Un voile rose descendit devant ses yeux.

Il se jeta en arrière contre le mur du palier, pour tenter de se débarrasser de ce jouet mortel.

Front-bas sortit de l'appartement. Son visage était noirci, et ses dents d'acier produisaient un bruit de castagnettes de mauvais augure.

Bond partit une fois de plus à la renverse et heurta la porte à barreaux de la cage d'ascenseur.

Le tueur avait-il éliminé Beauregard avant de venir pour s'occuper de lui ? Le vieil homme était le meilleur dans la profession. Il avait immédiatement compris ce qu'il affrontait, et comment réagir. Si Bond vivait jusqu'à cent ans, jamais il ne l'égalerait.

Mais il était peu probable qu'il profite d'une telle longévité. Dix ongles aussi pointus que des dagues s'enfonçaient dans son œsophage. Il était sur les genoux, le corps tiré en arrière.

De ses mains libres, il tâtonna derrière lui aussi loin que possible. Ses doigts effleurèrent les barreaux de fer. Il réussit à écarter les panneaux métalliques. Poussant des épaules, il pencha la ballerine dans la cage d'ascenseur. Elle ôta une main de sa gorge et saisit un barreau. Malgré ses efforts, Bond n'arrivait pas à la basculer complètement dans le vide.

Front-bas observait la scène avec intérêt, et une lueur venimeuse tournoyait dans ses yeux brûlés.

Un grincement s'éleva dans la cage d'ascenseur. Quelqu'un montait.

3

La nuit, tous les chats sont gris

D'une main distraite, Geneviève pressa le bouton correspondant à son palier tandis que de l'autre elle cherchait ses clés dans son sac. Quoique n'appartenant pas à une lignée qui craignait le soleil, elle avait tout fait en retard aujourd'hui, et était arrivée après la fermeture de la banque. Le monde pouvait bien changer, les maîtres de l'argent n'allaient pas modifier leurs horaires pour plaire aux noctambules.

Elle vivait de placements qui rapportaient assez pour couvrir ses dépenses. Normalement, elle aurait dû se familiariser avec les biens de Charles, puisque bientôt sans doute elle en hériterait. Elle lui avait fait jurer de ne pas tout lui laisser. Une espèce particulièrement écœurante de vampires envoûtait des mortels malchanceux et les forçait à lui léguer tous leurs biens. Les non-morts attendaient l'inévitable, encaissaient puis cherchaient une autre proie. Elle ne désirait pas que le monde garde de Charles Beauregard le souvenir d'un homme dupé par elle.

L'ascenseur montait dans son concert habituel de cliquetis et de grincements. Au moment où ses doigts se refermaient sur le trousseau de clés, quelque chose dans l'atmosphère éveilla son attention.

Une odeur de sang versé. La sensation d'une récente débauche d'énergie. Le vague parfum de la cordite.

Malédiction ! Ça recommençait ! Elle ne pouvait donc pas laisser Charles seul un après-midi ?

Juste avant d'arriver à son étage, la cabine s'arrêta en crissant. Les chaînes se tendirent et l'ascenseur se hissa, centimètre par centimètre. Le métal et autre chose hurlèrent.

À travers la porte de la cabine, elle vit une robe qui pendait. La jambe cassée d'un mannequin blanc tressautait.

Il y avait des gens sur le palier. Hamish Bond, et un monstre au front bas qu'elle ne reconnut pas.

La panique lui serra le cœur.

Charles était-il blessé ? Ou pire ?

Elle n'était pas prête. Malgré sa lente et irrémédiable agonie, elle n'était pas prête à le perdre. Encore quelques semaines. Quelques jours, même. Certaines choses devaient encore être réglées. Si c'était cela l'amour, alors l'amour était horrible.

Un corps écrasé gigotait faiblement devant l'ascenseur, coincé au niveau du cou entre les portes entrouvertes du palier et la grille rétractable de la cabine elle-même, la tête pendant dans le vide.

Le cri était musical.

Le cou céda et la créature dans la robe tomba dans une cascade de rouages minuscules.

Bond cracha un peu de sang. Son smoking blanc naguère immaculé était lacéré aux flancs.

Front-bas se tenait au-dessus de l'espion britannique, et ses mains énormes se tendaient vers sa victime.

Il fallait qu'elle arrête cela.

Ouvrant brutalement la porte de l'ascenseur, elle sortit sur le palier et fixa l'assassin droit dans les yeux. La créature était une brute, mais elle avait une cervelle. On pouvait donc la plier à sa volonté par la force de l'esprit. Avec l'automate, il en aurait été tout autrement. Geneviève serra les poings et se concentra.

Front-bas vacilla sur place. Il eut un sourire féroce, bardé d'acier.

La porte de l'appartement était défoncée. Elle en voyait des morceaux dans le vestibule. Les réparations s'annonçaient coûteuses, et une colère froide monta en elle à cette pensée.

— Commander Bond, veuillez m'expliquer ce que cela signifie.

L'agent secret ne pouvait cesser de tousser. Dans sa gorge, des trous étaient en train de se résorber.

— Il vaudrait mieux que je prenne cette initiative, fit une voix inconnue.

Elle n'avait détecté aucune autre présence. Il devait donc s'agir de quelqu'un de très vieux, doué de grands pouvoirs.

— Je m'appelle Brastov.

Ce nom lui était vaguement familier. Un homme de grande taille et large d'épaules se tenait dans les ombres du palier. Sa barbe à deux pointes donnait à son visage une forme reconnaissable entre toutes. Niché au creux de ses bras, un gros chat blanc luisait dans un rai de lune tombant d'une fenêtre placée haut dans le mur. Les yeux fendus de l'animal étaient d'un rouge grenat. Brastov portait une veste en coton mauve de style chinois et un pantalon de moujik.

— Pour l'instant, je ne désire qu'une entrevue, dit-il.

Geneviève se rendit compte qu'elle avait jugé un peu vite cette créature. Elle se demanda si Bond lui aussi s'était laissé leurrer. Charles avait mentionné ce Brastov, elle s'en souvenait maintenant. Surnommé l'Homme-Chat. Un maître-espion soviétique.

— Vous êtes Geneviève Dieudonné, une Aînée, reprit l'Homme-Chat. Innocente en ce qui concerne nos affaires, peut-être, mais impliquée, nonobstant. Je vais vous prier d'accompagner Mr Bond.

Elle fit jaillir les griffes à ses doigts.

— Si vous ne cherchez pas d'affrontement, nous laisserons Charles Beauregard tel qu'il est et nous ne lui imposerons pas l'ennui de devoir nous suivre.

Ses griffes se rétractèrent.

— Il est surexcité, mais indemne. Vous avez ma parole qu'il n'était nullement question de lui faire du mal. Il jouit d'une certaine réputation dans notre profession. Il serait mal venu de lui manquer de respect.

La voix du Russe était aussi hypnotique que le regard d'un serpent. Les doigts épais caressaient la fourrure du chat au niveau de la gorge.

— Ce vieil homme a ridiculisé trois de vos meilleurs éléments, cracha Bond.

— C'est exact, ronronna Brastov sans se départir de son calme. Les leçons doivent être apprises. Une voiture attend en bas. Vous viendrez avec nous.

Geneviève se raidit.

— Vous pouvez aller vous assurer que Mr Beauregard n'a rien, Mademoiselle. Je ne suis pas totalement insensible. Mais seulement un moment.

Elle remercia d'un hochement de tête.

Front-bas bloquait toujours le passage de la porte brisée.

— Si vous voulez bien récupérer la tête d'Olympia, lui ordonna Brastov. Il serait réellement dommage de perdre une mécanique aussi ingénieuse. On peut la réparer.

Avec un grognement soumis, Front-bas s'écarta du seuil de l'appartement, alla chercher dans la cage d'ascenseur et y décrocha ce qu'il y trouva. Les yeux de l'automate clignèrent.

Geneviève entra dans l'appartement. Le vestibule était jonché d'argile humide.

Elle trouva Charles dans le bureau, très droit dans son fauteuil roulant, la respiration lourde. Il semblait étourdi. Elle vit une marque sur sa joue, qui virait déjà au bleu.

Elle aplanit le tapis qui parfois bloquait les roues de son siège et lui prit le pouls. Il entrouvrit les yeux, preuve qu'il n'était pas inconscient.

Êtes-vous rassurée quant à sa santé, à présent ?

Brastov l'avait suivie et les observait du seuil de la pièce.

— Frapper un homme de cet âge…, gronda-t-elle, outrée.

— Mon associé sera puni pour cela. À sa décharge, il faut comprendre qu'il n'aime pas le feu.

Charles eut un sourire trop fin pour être aperçu de la porte. Geneviève arrangea le plaid sur ses cuisses et passa en dessous pour trouver ses mains. Elle toucha un objet à la froideur métallique. L'arme de Bond. Charles lui serra la main dessus. Prestement elle sortit le Walther et le glissa dans son sac, sous un pan de son châle.

Charles lui tapota doucement le dos de la main. Elle déposa un baiser sur son front.

— Très touchant, commenta Brastov. Et maintenant, si vous voulez bien avoir l'amabilité de venir. Mr Bond a eu une soirée assez éprouvante.

Les yeux bandés, Geneviève et Bond furent poussés dans une Daimler. L'auto roula sur une courte distance, puis on les en fit sortir et ils franchirent une grille qui crissa sur le gravier.

— Bien sûr, vous allez mémoriser les bruits et les odeurs, pour repérer le trajet, dit Brastov. À l'occasion, je me suis moi aussi adonné à ce petit jeu. C'est sans importance. Je serais très étonné que votre Diogene's Club ne connaisse pas cette adresse.

On leur ôta leurs bandeaux. Ils se trouvaient dans un vaste jardin jonché de ruines anonymes. L'homme au chat se tenait devant l'entrée d'un tunnel qui s'enfonçait sous terre. Il ouvrit la marche. Geneviève et Bond suivirent, escortés par Front-bas.

Le passage était étroit, et bas. On les emmenait dans les catacombes. Front-bas ne cessait de se cogner le crâne à la roche irrégulière du plafond. Des alcôves dans les parois contenaient des corps recroquevillés ou des sacs emplis d'ossements. Certains visages étaient déformés par la souffrance, comme s'ils avaient été enterrés vivants.

— « Pour l'amour de Dieu, Mon trésor », cita Geneviève.

— Très juste, dit Brastov, amusé. Vous connaissez Mr Poe ? Il est à Rome, actuellement. On le voit beaucoup dans les soirées, à observer les gens dans son coin. De Laurentiis l'a pris sous contrat. Il travaille sur le scénario de l'un de ces films à grand spectacle produits par Cinecittà. *Gli Argonauti.*

Le passage s'élargit et déboucha dans une salle aux murs faits de crânes sans mâchoire inférieure entassés telles des briques macabres. Front-bas glissa deux doigts épais dans les orbites vides de l'un d'eux, exerça une traction sèche, et le mur pivota sur lui-même, ouvrant sur un autre espace enténébré.

— Bienvenus dans mon antre, fit Brastov.

L'homme au chat avança dans l'obscurité. Des lumières se mirent automatiquement en marche. Sans devoir y être incités, Geneviève et Bond le suivirent. Ils se retrouvèrent sur une plate-forme qui descendait à la façon d'un ascenseur de mine dans une vaste caverne creusée à même le roc. Des étrésillons d'acier renforçaient l'endroit.

Des bancs d'équipements électroniques étaient disposés parmi des colonnes classiques brisées et des statues sans bras ou sans tête. Aux plus grosses stalactites étaient fixés de grands écrans de télévision. Des symboles se déplaçaient lentement sur les cartes animées de divers continents. Des appareillages ayant la taille et l'aspect de réfrigérateurs, avec dans leur devanture vitrée d'énormes bobines de bandes enregistreuses qui tournaient au ralenti, étaient alignés entre des bassins rocheux. Des ordinateurs dernier modèle.

De jolies jeunes filles en combinaison de saut taillée sur mesure s'affairaient, envoyaient et recevaient des messages, ou pianotaient des informations codées. Mitraillette nonchalamment passée à la bretelle, des hommes basanés en uniforme orange les surveillaient.

Le quatuor traversa le centre d'opérations et les deux captifs furent conduits dans des vestiaires. Bond eut le droit de prendre une douche et on lui fournit un costume propre. Geneviève refusa la robe de soirée qui lui fut présentée, car elle préférait conserver sa tenue présente, plus pratique. De plus elle ne voulait pas poser à terre son sac à main, par crainte de perdre le pistolet.

Pendant que Bond chantonnait un calypso sous la douche, Geneviève regarda la matrone au visage dur chargée de veiller sur eux. C'était une ressuscitée aux traits typiquement slaves. Dans le repaire de Brastov, peu de gens étaient visiblement des Russes ou même des Européens de l'Est, bien que l'opération menée par l'Homme-Chat soit strictement soviétique, souvent opposée au Parti communiste italien et même aux organisations criminelles locales.

Bond sortit de son vestiaire. Sa mise était impeccable. Il portait un costume d'été anthracite, avec une cravate bleue. Il s'attendait qu'elle le complimente sur son aspect, mais elle n'en fit rien. Elle s'inquiétait trop pour Charles, seul à l'appartement, peut-être blessé.

Leur surveillante les guida jusqu'à une salle luxueusement meublée. Le célèbre portrait de lord Ruthven mystérieusement volé trônait derrière un bureau de la taille d'un porte-avions. Un groupe de mannequins de taille humaine pendait à un cadre suspendu et offrait un tableau étrange. Geneviève repéra un vide et devina que c'était la place occupée auparavant par Olympia. Le plus impressionnant des automates restants était une Kali dansante à huit bras.

Brastov s'assit derrière le bureau, et une fois de plus son visage fut masqué par la pénombre. Un spot tombait sur la fourrure blanche du chat qui s'abandonnait avec délice à la caresse de l'homme, comme s'il se chauffait au soleil.

— Puis-je vous offrir à boire ? dit le Russe. Nous avons une cave très bien garnie. Il y a toujours des sang-chauds à disposition. Vous pouvez en tuer un si vous le désirez, Mr Bond. Après les fatigues de la journée, vous devez avoir soif de sang...

Geneviève se doutait que Brastov n'hésitait pas à ramasser des drogués ou des syphilitiques au stade terminal de leur maladie. Elle déclina l'offre. Après un moment de réflexion, Bond jugea plus prudent de l'imiter.

— Très bien. Venons-en à nos affaires, alors.

Le chat s'étira et se laissa rouler sur le bureau. Il avait la taille d'un chien-loup, et ses crocs étaient aussi effilés que des aiguilles. Dorloté, mais à l'évidence une terreur pour ses proies.

— Nous avons été très peinés par la perte d'Anibas Vajda.

Il y avait la dureté de l'acier derrière le ton convenu employé pour formuler cette phrase tout aussi convenue.

— Nous de même, dit Bond.

— J'en doute. Sa loyauté avait tendance à fluctuer. Au moment de son décès, elle penchait plutôt de votre côté. Franchement, nous nous sommes demandé si vous ne l'aviez pas éliminée vous-même.

— Il se trouve que non. Bien que ce ne soit pas faute d'avoir essayé, je vous le concède.

— C'est ce que nous pensions, Mt Bond. Cette affaire entre nous, entre l'Est et l'Ouest, peut sembler incompréhensible pour des étrangers à nos intrigues comme Mlle Dieudonné, mais nous comprenons les ressorts du jeu, et nous en connaissons les règles. Dans ce cas précis, nous jouions pour un prix minime la possibilité d'exercer une influence relative sur la Maison de Vajda et, ainsi, nous rapprocher du prince Dracula. Il a encore de nombreux partisans dans notre sphère d'influence, et il se montre capricieux quant à sa façon de s'en servir. Il pourrait être utile ou nuisible à l'un ou l'autre d'entre nous. Depuis la guerre, il est resté reclus dans son palazzo, à l'écart du monde. Il a déjà eu de telles périodes par le passé. Elles ne durent pas.

Malgré elle, Geneviève était intéressée.

De ce qui venait de précéder, elle déduisit que les Russes étaient aussi peu au fait des intentions d'*il principe* que les autres partis.

— Ce Bourreau Écarlate est l'instrument d'une troisième force, déclara l'Homme-Chat. Un joueur de premier plan, peut-être, mais qui n'intervient pas dans la partie honnêtement. Nous parlons de quelqu'un qui se cache dans les ombres.

Geneviève faillit éclater de rire.

— On pourrait penser qu'un cerveau chinois d'une ère antérieure ait décidé de reprendre ses activités. (Elle savait à qui il faisait allusion.) Ou un des autres. Herr Doktor Mabuse. Mr Anthony Zenith. Ou même le Professeur d'astronomie. Tous, nous les avons crus retirés des affaires ou morts, mais ces états sont rarement permanents avec de tels individus. Durant la seconde moitié de ce siècle, la nature des rois de l'ombre eux-mêmes a changé. Les sociétés secrètes pullulent, et elles sont devenues pareilles à des sociétés commerciales. Vous avez vu le merveilleux équipement dans la salle précédente, avec ces machineries conçues pour additionner, réfléchir, ou tuer. Où sont les aubes, les rites et les incantations de jadis ? Vous savez, Mr Bond, tout cela me manque quelque peu. Dans mon organisation, j'ai autant de comptables que d'assassins.

— Espérons qu'ils sont plus doués, dit Bond en s'appuyant du coude sur un des bras supérieurs de Kali. Ou bien je craindrais même pour les budgets secrets du Kremlin.

— Nous sommes loin de ce stade, mon cher ami. (Les yeux de Kali s'ouvrirent. Bond ne marqua aucun étonnement.) C'est plus qu'une simple machine, expliqua Brastov. C'est une œuvre d'art, le jouet sophistiqué d'un ancien despote. On ne peut qu'admirer le talent qui a donné la vie à une beauté aussi irréelle. Son étreinte est mortelle, mais ses victimes succombent dans une extase ineffable. Vraiment. Des médiums ont interrogé leurs esprits dans l'autre monde pour le confirmer.

— J'ai profité de trop d'étreintes mortelles ces derniers jours.

Le chat ouvrit la gueule dans un bâillement moqueur.

— Certes, Mr Bond, certes. Vous êtes allé voir Charles Beauregard pour l'interroger à propos du Bourreau Écarlate ?

C'est aussi ce qu'avait supputé Geneviève. Elle réprima une colère naissante tout à fait déplacée. Plus tard, s'ils survivaient, elle clarifierait les choses avec l'espion britannique. Il avait mis en danger la vie d'un mourant, sans raison. À l'instar de Brastov, il était tellement concentré sur son « jeu » qu'il n'accordait aucune pensée aux dégâts humains qui risquaient d'en découler.

— J'imagine qu'il pense à peu près la même chose que moi. C'est un homme de qualité.

— Il a évoqué la possibilité que des amis à vous soient impliqués, risqua Bond. Les crétins aux ordres de Mario Balato.

Brastov eut un rire sifflant.

— Il l'a peut-être évoquée, cela ne signifie pas qu'il y ait souscrit. Nos enfants indisciplinés sont une véritable plaie, je le reconnais. Ils croient trop à leurs idéaux, et méconnaissent les règles du jeu. Un autre trait regrettable de ce XXe siècle. Mais cela n'est pas leur genre. Non, il nous faut scruter un peu plus avant les faits, soulever les pierres du chemin. La réponse à cette énigme est vieille, aussi vieille peut-être que Rome.

Bond eut une moue désabusée.

— Mademoiselle, dit Brastov, avez-vous entendu parler de la *Mater Lachrymarum* ?

— Si je ne me trompe, c'est une des Trois Mères, répondit Geneviève. Des sorcières, ou des déesses, ou des démons supérieurs. *Mater Suspiriorum*, la Mère des Soupirs ; *Mater Tenebrarum*, la Mère des Ténèbres ; et *Mater Lachrymarum,* la Mère des Larmes. Les Gardiennes de l'âme malade de l'Europe, ou quelque chose d'approchant. Thomas de Quincey a écrit un essai à leur sujet.

— Vous m'impressionnez. Je n'en attendais pas moins de vous. Officiellement, je n'ai pas de temps à consacrer à ces âneries d'arcanes. Cela sent l'alchimie et les chapeaux pointus. Moscou juge ces choses antisocialistes. Mais j'ai beaucoup de sources qui se recoupent. *Mater Lachrymarum,* la Mère des Larmes, est la plus ancienne des trois, et sa légende est inextricablement liée à l'histoire de Rome. Elle était là avant Romulus et Remus, dit-on. De façon invisible, elle a présidé au développement de la cité à travers les âges. Caligula faisait des sacrifices en son honneur et Rodrigo Borgia fut son amant avant de devenir Saint Père. Mythes, rumeurs ou contes de fées, en leur sein réside une parcelle de vérité qui nous concerne tous. On murmure que la Mère des Larmes est plus qu'une légende, et que ce Bourreau Écarlate est son esclave.

Geneviève comprit alors qu'on les avait amenés ici non pour les questionner mais pour leur donner une réponse. Toute cette mise en scène pour proférer un seul nom. *Mater Lachrymarum.*

L'entrevue était arrivée à son terme. Brastov en avait fini. L'un d'eux serait libéré, pour utiliser le renseignement à sa guise. L'autre serait tué, afin de souligner le sérieux de l'affaire.

— Peut-être accepteriez-vous une danse avec Kali ? dit Brastov.

Les bras d'araignée de l'automate se refermèrent et manquèrent de peu la poitrine de Bond.

L'Homme-Chat partit d'un grand rire.

Geneviève sortit le Walther de son sac à main et le lança à Bond. C'était lui l'expert en tir.

Il s'avança, visa posément et tira sur l'homme assis derrière le bureau. En pleine poitrine, par deux fois. L'Homme-Chat tressaillit dans son siège puis s'affaissa lentement, face en avant.

Elle n'arrivait pas à croire que le Britannique ait commis une erreur aussi grossière.

— Un acte miséricordieux, railla Brastov. Les Russes sont si difficiles à entraîner…

Bond était hébété. Geneviève, exaspérée.

— Pas l'homme, idiot ! s'écria-t-elle. *Le chat !*

Brastov traversa le bureau comme un éclair à fourrure, dans le silence ouaté de ses pattes. Un instant il reprit une forme un peu plus humaine. Ses pattes arrière s'allongèrent, et ses griffes s'étirèrent en doigts comme des ongles.

Bond tira à nouveau, mais ne fit qu'effleurer la queue de Brastov.

Un volet s'ouvrit dans le mur et le bien nommé Homme-Chat s'y engouffra en une fraction de seconde.

L'agent secret de la Couronne était complètement désemparé. Geneviève maîtrisa à grand-peine son irritation.

— Je vous sortirai d'ici vivant, grinça-t-elle en empêchant griffes et crocs d'apparaître. Mais rien de plus. Ensuite, vous vous débrouillerez seul. Ma patience pour ce « jeu » ridicule est épuisée.

4

La morte qui dansait

Penelope était la proie d'un vif émoi, et elle s'agitait comme une petite chauve-souris. Tom n'était pas le seul à le remarquer. Il surprit un des serveurs qui l'appelait *Signorina Pipistrella*. Peut-être donnaient-ils ce sobriquet à toutes les femmes non-mortes dans leur dos. En ce cas, c'était très risqué, car comme des chauves-souris, les *nosferatus* possédaient une ouïe développée à l'extrême. Et il savait que Penelope pouvait passer d'une gaieté désespérée à une rage homicide en un clin d'œil.

Ils se trouvaient sous les bains de Caracalla, à la recherche d'un nouveau cabaret. Penelope avait entendu des commentaires dithyrambiques à propos d'un groupe de chanteurs de couleur venu d'Amérique, les Kool-Tones. Elle faisait partie de ces Européennes qui apprécient les Américains exportés pour leur vitalité, voire leur fougue. Tom la soupçonnait de le ranger dans cette catégorie lui aussi, même s'il se contrefichait d'être apprécié pour sa vitalité, voire sa fougue. La dernière chose dont il rêvait était bien de sillonner une ville plus vieille que New York de quelques milliers d'années à la recherche de Nègres spécialistes du blues qui ne pouvaient se trouver un concert payant à Harlem.

Le *Kit Kat Klub* était un établissement souterrain, et son entrée s'ouvrait parmi les ruines. Un néon orange pétillait au sein des restes d'une frise antique. Tout le monde était conscient de la vulgarité du contraste, et chacun prenait soigneusement ses distances par des commentaires ironiques.

— C'est comme transformer le Taj Mahal en music-hall, lâcha Penelope.

Bien qu'il ne l'ait jamais vu, Tom estimait le Taj Mahal déjà assez vulgaire sans avoir besoin de serveuses vêtues comme des bonnes françaises, ou de contorsionnistes. Le goût était soit populaire, soit bon, jamais les deux. Il avait entendu des lèvres d'une créature affreusement âgée que la Rome classique n'était qu'un capharnaüm hideux, avec des marbres recouverts de couleurs criardes. Des bustes qui à présent semblaient l'essence même d'une blanche sérénité avaient à l'origine ressemblé à des masques de démonstration pour du maquillage de cirque.

Assis à une bonne table, près de la scène, ils parlaient et riaient assez fort pour couvrir les Kool-Tones qui s'acharnaient à massacrer *Blue Moon*. Penelope bavardait avec tout le monde sauf Tom, même si sous sa pèlerine sa main enserrait le coude de l'Américain. Elle donnait l'impression de s'accrocher à lui pour se soutenir, ou pour se rappeler qu'un jouet au moins était encore tout à elle, et à elle seulement. Était-elle assez âgée pour se dissoudre complètement si on lui enfonçait un poignard en argent dans le cœur ? se demandait-il. Probablement pas. C'était une de ces *nosferatus* ressuscitées à l'époque victorienne. Elle se transformerait en un squelette décharné, avec quelques mèches de cheveux blancs collées au crâne. Et des asticots dans les orbites.

Depuis le sermon de la princesse Asa, Penelope avait oscillé au bord de la crise d'hystérie, et s'obligeait à être terriblement amusante et moderne. Elle avait rassemblé ce groupe de seconds couteaux et de parasites au palazzo et dans divers trous de toute la ville, et elle avait emmené tout son monde dans une énième expédition. « Damnés à l'aube » était sa devise du moment.

Tom était le seul sang-chaud à la table, à l'exception d'un autre Américain, un quarterback taillé en hercule nommé Kent. Chez lui, au Kansas, il avait remporté un concours de culturisme organisé par la coopérative du maïs, et on l'avait fait venir à Rome pour jouer le rôle d'Ercole dans le film de Dino de Laurentiis, *Les Argonautes*. On venait juste d'annoncer que Sylvia Koscina allait remplacer Malenka dans le rôle de Médée. Les cheveux de Kent étaient teints d'un noir bleuté qui sur la pellicule semblerait lustré. Son visage carré de héros était adouci par des lunettes de vue qui ne masquaient pas un regard très aiguisé.

Parmi les amis non-morts de Penelope, on trouvait le poète mineur Roger Penderel, dont l'inspiration se limitait toujours à la désillusion désespérée qu'il avait éprouvée lors de la Première Guerre mondiale ; Irena Dubrovna, une Serbe frêle qui ne cessait de griffer la nappe et de se confondre en excuses ; le peintre anglais d'avant-garde Anthony Aloysius St. John Hancock, avec son béret et son fume-cigarette long de trente centimètres ; Nico Otzak, une blonde allemande étrange, à la voix feutrée, qui était soit complètement perdue soit droguée jusqu'aux yeux ; un comte de sept cents ans prodigieusement ennuyeux ; et un petit bossu obscène qui ne communiquait que par des grognements d'homme de Neandertal.

D'on ne sait où, Penelope avait sorti un couple de jeunes ressuscités américains aux yeux brillants, les Addams. Ils exagéraient un peu, avec leurs copies en prêt-à-porter de tenues mises à la mode par les écrivains Clare Quilty et Vivian Darkbloom, le mari dans un costume à rayures voyant et la femme dans un suaire en soie cintré. Leurs visages étaient blanchis, leurs cheveux teints en noir. Mr Addams avait fait fortune dans les chemins de fer et les munitions, et avec son épouse il était passé aux ténèbres pour fêter sa retraite. Elle portait de jolies petites boucles d'oreilles en forme de chauves-souris.

Après que les Kool-Tones en eurent fini avec *Flying Saucers Rock'n'Roll*, le *Kit Kat Klub* offrit à ses clients le duo exceptionnel (et heureusement, songea Tom) formé par l'imposante Bianca Castafiore, le « Rossignol milanais », et le « poète beat » Max Brock, un Yankee affublé d'une fausse barbe. Le rimailleur se mit à débiter des associations libres de mots, qui, réunis, n'avaient ni queue ni tête, tandis que la diva hululait derrière lui.

— Voici mon hymne à l'Europe, annonça Brock.

» Une sérénade sinistre de sollicitude sisyphéenne,

» Étranglant l'étrange séraphin d'une bouillie honteuse

» Gargouillant dans le caniveau grouillant de graisse galopante

» Se gorgeant de gros guppys issus de la gadoue grecque,

» Humiliant Henry Harry Herman Herbert Hoover.

» Haruspice de l'horrible, héros de l'holocauste humain, tandis que le glacier sonne l'heure des enfants…

La voix de la Castafiore grimpa dans les aigus, avec pour résultat de faire réagir les non-morts comme des chiens à un ultrason. Ils grincèrent des crocs et enfoncèrent des serviettes de table dans leurs oreilles. Tom se rendit compte que finalement il appréciait assez ce numéro.

— J'ai passé mon anniversaire dans une cabine téléphonique,

» À ranger ton cadeau de roches en fusion cataclysmiques…

Max Brock s'interrompit, éberlué d'avoir débité deux vers qui rimaient, et l'air soudain furieux il se mit à arpenter la scène d'un pas lourd, en lançant à la cantonade des questions pour le moins absconses :

— Quel est le goût du pourpre ? Quand est la couleur en février ? Qu'est-ce qui vient en second ? Pourquoi la chauve-souris est-elle passée devant la lune ? Quelles sont les trente-neuf marches ? Qui est la Mère des Larmes ?

Quelqu'un émit un sifflement de serpent.

Brock tourna le dos au public. La Castafiore poussa un trille suraigu. Des verres explosèrent dans tout le club. Éclats de verre et sang plurent sur les tables.

— Très frais ! lança quelqu'un. Tout droit sorti du frigo !

Irena rit finement et Nico la contempla comme si la fille était son prochain repas. Déjà bien éméché, Penderel s'embrouilla dans une explication tarabiscotée sur l'hexamètre, et salua en Max Brock le plus grand poète d'une époque qui ne pouvait, sous aucune définition, produire un seul bon poète.

— Vous dites qu'il est grand, mais pas bon ? s'étonna Mr Addams en jouant des sourcils comme Groucho Marx. Cela semble quelque peu contradictoire, non ?

— Je dis qu'il est grand, et absolument épouvantable. Nous sommes entrés dans l'ère de l'épouvante. Vous n'êtes pas d'accord, Mr Hancock ?

— Pas le moins du monde, répondit le peintre anglais qui était en train d'ôter les serviettes tire-bouchonnées dans ses oreilles et n'avait peut-être même pas entendu la question. Je prendrais bien du cacao. Ce type a un sacré toupet.

— J'aime cela chez un homme, susurra Mrs Addams en creusant ses joues pour faire de sa bouche un arc noir.

— Quel est votre poète préféré, Mr Kent ? demanda Penelope avec cruauté.

— Walt Whitman, répondit-il.

— Très herculéen, fit-elle platement, dépitée.

Tom admirait les romantiques et les décadents, mais il se reconnaissait une tendance puritaine très américaine à s'attrister des modernes qui osaient se croire romantiques ou décadents. Comme ce qu'il subissait en ce moment.

— Eddy Poe, le scénariste sur *Les Argonautes*, prétend qu'il n'a plus écrit de poésie depuis son passage aux ténèbres, dit Kent. Il affirme que la créativité s'assèche quand vous devenez un vampire.

— Dans mon cas, ce n'est pas vrai, rétorqua Penderel. J'étais un versificateur médiocre quand j'étais sang-chaud.

— Mon génie est immortel, déclara Hancock d'un ton rogue. Je suis AB négatif, vous savez. C'est tout ce que je peux boire.

— Je ne voulais pas vous choquer, dit Kent. Mais j'ai rencontré si peu d'entre vous, les vampires.

— Oscar Wilde a écrit *La Ballade de la geôle de Reading* après être devenu *nosferatu*, dit Mrs Addams. Et vous devez bien admettre que c'est une réussite.

Les yeux de Penelope s'étrécirent. Elle n'aimait pas qu'on parle de Wilde. Même deux fois mort, il demeurait un sujet embarrassant pour elle.

— Dalí est un vampire, intervint Nico.

— Je ne l'ai jamais aimé, gémit Hancock. Tous ces chapeaux melons…

— Mais Picasso est un sang-chaud, contra Kent. Tout comme T.S. Eliot, Thomas Mann, Chostakovitch, Joe DiMaggio, Wittgenstein, William Faulkner. Aucun d'entre eux n'a reçu le baiser des ténèbres. Et pourtant ils sont les meilleurs de ce siècle.

— Leur carrière est finie, ou finira bientôt, certifia Mrs Addams. Devenir *nosferatu*, c'est changer, embrasser ses ténèbres intérieures. Ce doit être un aiguillon pour la créativité. Depuis que je suis vampire, j'ai beaucoup plus d'aisance dans mon expression.

Elle était ce qu'on appelait une « gargouillardine ». Sortie de la tombe, elle était déterminée à jouer son rôle avec éclat. Presque invisible sur sa chevelure de nuit, un voile noir en dentelle était alourdi par des perles également noires. Sa robe longue décolletée avait des traînes pareilles à des tentacules de pieuvre. Sa pâleur était artificiellement rehaussée, avec des taches d'ombre violette stratégiquement étalées.

Kent, qui avait de l'esprit sous tous ces muscles, réfléchissait à un problème personnel.

— Il est possible qu'il existe de meilleures façons d'atteindre l'immortalité. Par le travail, peut-être ? Ou en ayant des enfants ?

Penelope était sur le point d'arracher le bras de Tom.

— Je prendrai l'immortalité de n'importe quelle façon, mon vieux, dit Penderel en faisant signe à une serveuse de venir verser un peu de son sang dans sa chope de bière. Parfois, elle ne dure pas si longtemps.

Kent haussa les épaules, et ses muscles tendirent le tissu fin de son costume bleu. Il aurait pu paraître classique, n'était sa cravate rouge et jaune peinte à la main.

— Et les existentialistes ? demanda Mrs Addams. Certainement leur homme moderne idéal est un vampire ? Un être dépourvu d'hypocrisie et de conventions ? Une créature seule dans la nuit ? Des appétits et des désirs libérés de l'histoire ?

— L'histoire est tout ce qui reste à certains d'entre nous, dit d'un ton lugubre le Karpathe Oblensky.

Tom avait lu Camus et Sartre, et il ne voyait pas pourquoi on en faisait un tel battage. Des livres peu épais, sur des histoires encore plus minces.

— L'histoire pourrait s'arrêter à n'importe quel moment, intervint Nico en mimant de la main une explosion dans l'air. Le grand boom !

— Ah oui, songea Penderel tout haut. La bombe…

Un orchestre se mit à jouer. Penelope coupa court à ces divagations pseudo-philosophiques en entraînant tout le groupe sur la piste. Elle garda Tom pour elle, et mit Kent dans les bras de Mrs Addams, Penderel avec Nico, Hancock avec Irena, et Mr Addams avec le bossu, qui se montra étonnamment enthousiaste et léger. Le comte Oblensky saisit une sang-chaud dans la foule et mordilla sa gorge sans vergogne.

Éduquée à ne pas regarder son cavalier dans les yeux, Penelope se tenait très droite et tendait son joli cou aux regards concupiscents des vampires alentour.

Les non-morts transformaient toute escapade dans un dancing en une aventure risquée. Ils s'étaient arrêtés aux modes de leur vie de sang-chaud, tout en s'efforçant de coller à la modernité. Penelope avait appris la danse quand la valse était incontournable, mais des Anciens ne connaissaient que la gavotte ou des gymnastiques russes grossières. Les jeunes ressuscités incorporaient dans leur gestuelle des éléments du charleston ou du jitterbug.

L'orchestre se cantonnait à des morceaux relativement neutres. Un crooner maigrichon chanta *Volare* avec plus de conviction que de talent. Sur la piste, chacun se débrouillait comme il pouvait. Par chance, il faisait sombre.

Penelope réfléchissait furieusement. Tom savait que cet état la rendait dangereuse.

La main de la vampire remonta le long du dos du sang-chaud, et les doigts se refermèrent sur sa nuque. Elle tourna la tête et le dévisagea. Ses crocs étaient sortis.

— Mon beau Tom au visage vide, dit-elle. Je me demande ce qui se passe derrière. Mais je me demande aussi ce qui se passe ici.

De sa main libre, elle se toucha le front, puis la poitrine.

— Est-ce que je ressens vraiment quelque chose ?

Tom commençait à se sentir mal à l'aise. Désirait-elle qu'il la rassure sur son humanité, ou qu'il lui confirme cette étrangeté qui la mettait à part, dans une élite à l'écart des vivants ?

— Ou ne s'agit-il que d'imitations de sentiments ? Des instincts animaux décorés pour un cerveau compliqué ? Je n'étais préparée à rien de tout cela, Tom. J'allais être une épouse, et une mère. Une hôtesse, une dame d'un certain standing.

Sa langue pointa entre ses crocs.

— Suis-je seulement une femme ?

Tom aurait nettement préféré répondre à n'importe laquelle des questions tordues de Max Brock.

— Je suis morte, Tom, murmura-t-elle piteusement. Serrez-moi dans vos bras.

— Vous êtes dans mes bras, Penny.

— Oui.

Ils continuaient à danser, en rythme.

Tom savait qu'il devait se montrer très prudent. Il était assez proche d'elle pour voir combien Penelope était instable, en réalité. Elle était capable de prendre la pose, de feindre plaisir et amusement afin de ne pas dévoiler l'autre versant de son caractère. Mais parfois il y avait des fissures dans le masque. Et par ces fissures, on apercevait l'abîme.

Asa Vajda était en partie la cause de ce déséquilibre. Pour une enfant de la période victorienne, être traitée en vassale par un tyran médiéval au féminin représentait une humiliation insupportable. Mais la princesse n'était que sa dernière source d'exaspération. Les problèmes de Penelope remontaient à plus loin dans le temps, à l'époque de Wilde et de la Grande Terreur en Angleterre.

En fin de compte, on en revenait toujours à Dracula. Et peut-être à l'éphémère fiancé de Penelope, ce Charles. Tom savait que les deux étaient proches, mais distants de Penelope. Était-elle venue à Rome à cause d'eux ?

— Je suis désolée, Tom, dit-elle en l'étreignant un peu plus. Je me comporte de façon injuste.

Il se détendit. Elle pensait à lui, et non à elle, au moins pour un moment. Excellent.

— Je suis également désolée pour ça, mais…

Elle mordit son cou, plus profondément qu'à l'accoutumée, et rouvrit de vieilles cicatrices. La douleur fut brutale, un véritable choc. Elle enfonça ses doigts dans les côtes de son cavalier et aspira avec férocité.

Ils dansaient toujours. D'autres saignaient ou étaient saignés. Personne n'y prêtait attention.

Pour la première fois, Tom sentit la panique le gagner. Les non-morts étaient dangereux. Réellement dangereux.

Elle le déposa en douceur sur un siège, où il s'affaissa mollement. Il ne pouvait bouger ni les bras ni les jambes, et il avait du mal à tenir sa tête relevée. Alors qu'il glissait dans le brouillard de l'épuisement, il la vit qui tamponnait ses lèvres avec une serviette.

Elle avait l'air d'avoir pris une décision.

5

Les âmes mortes

Ce soir, il y avait plus de monde sur la piazza di Trevi. Il n'était pas encore minuit. Des couples – d'autres couples, se corrigea Kate – contemplaient la fontaine, jetaient des pièces dans le bassin et faisaient des vœux. Un policier de faction déambulait lentement.

— La fillette se tenait là, dit Kate en désignant un point de la place. Là où est la femme.

— Soyez prudente, *Signorina* Reed.

— Kate, insista-t-elle.

— Kate. Il n'est pas conseillé d'attirer l'attention. Surtout de telles créatures.

La femme était assise seule sur le bord de la fontaine, jambes pendantes comme un enfant, et elle tirait sur une cigarette. Son visage menu rappela celui de la gamine à Kate, mais les cheveux blonds de l'inconnue étaient coupés court. Elle portait un gilet en fourrure, un pull à rayures horizontales et une jupe courte et serrée.

Par quelques ellipses malhabiles, Marcello essaya de lui faire comprendre que cette femme était une prostituée.

— Marcello, ne soyez pas ridicule. Vous pensez que je ne sais pas reconnaître une pute quand j'en vois une ?

En général, Kate s'entendait bien avec les prostituées. Elle en avait interviewé des dizaines, à l'époque où Jack l'Éventreur sévissait dans le quartier de Whitechapel. Parfois, quand celui des animaux ne lui suffisait plus, elle avait acheté leur sang. Pour l'instant, elle préférait ne pas y penser.

Elle se concentra sur Marcello. Il était contrarié.

La petite prostituée remarqua l'intérêt qu'ils lui portaient. Elle écrasa sa cigarette et vint vers eux d'une démarche savamment ondulante, en affichant un sourire calculé qui ne s'accordait pas à la candeur de ses grands yeux. C'était une sang-chaud, les traces de morsures à son cou le prouvaient. Sa pâleur suggérait qu'elle s'offrait à trop de vampires.

— *Ciao*, glapit-elle. Je suis Cabiria, ce qui signifie « née du feu ».

Elle parlait anglais avec un fort accent. Cabiria était le nom de l'héroïne dans un film italien que Kate avait vu avant la Première Guerre mondiale. À l'évidence, son souvenir subsistait. Depuis sa sortie, l'Italie avait produit assez de feu pour donner naissance à bien des héroïnes.

Marcello voulut chasser la prostituée, mais Kate le fit taire.

— Vous venez souvent ici ? demanda-t-elle.

Cabiria parut abasourdie par la question.

— Je suis désolée, dit Kate en riant, mais c'est exactement ce que je veux dire : êtes-vous souvent présente sur la piazza di Trevi ?

— Ça m'arrive, dit Cabiria. C'est un bon endroit. Beaucoup de touristes y passent. Des hommes gentils, et généreux.

— Je cherche une petite fille. *Ragazza.* Je l'ai vue ici.

La prostituée sembla choquée et recula d'un pas. Kate comprit que l'Italienne la prenait pour une de ces vampires amateurs de sang juvénile. Parfois être non-mort induisait chez autrui une mauvaise interprétation de vos propos.

— Non, dit-elle en effleurant de la main le bras de Cabiria. Je ne le disais pas dans le sens que vous croyez. Elle était perdue, je pense. Je voudrais lui parler. Elle a vu quelque chose. Vous avez entendu parler des meurtres, du Bourreau Écarlate ?

La prostituée se signa et cracha par terre.

Kate avait cru qu'elle n'était guère plus qu'une adolescente. Elle était menue, son visage sans rides et ouvert, presque un visage de clown. Mais elle devait avoir dépassé la trentaine. Elle était un peu usée, comme ses vêtements. Kate devina qu'elle avait souvent été frappée.

— Peut-être que vous devriez voir la diseuse de bonne aventure, suggéra Cabiria.

Marcello grogna. Il essaya de partir en entraînant Kate, mais celle-ci résista. Cette proposition l'intéressait.

— Je peux vous emmener auprès d'elle. Ce n'est pas très loin. Près de chez moi.

— Nous sommes en voiture, dit Kate.

À présent Marcello était furieux, et il ne le cachait pas. Il ne voulait pas d'une prostituée dans sa précieuse Ferrari rouge. En fait le bolide ne lui appartenait pas, puisque c'est Penelope qui lui en laissait l'usage pour des raisons que Kate ne pouvait discerner et qui d'ailleurs l'inquiétaient quelque peu. Cela décida la journaliste. Une petite leçon ferait le plus grand bien à l'Italien.

— La *Signora* Santona est la plus grande diseuse de bonne aventure de tout mon quartier.

— Où habitez-vous ?

— I Cessati Spiriti, déclara Cabiria.

« Les Âmes mortes ». La vampire sentit la peur soudaine de Marcello.

— C'est impossible, dit-il. Kate, vous ne savez pas à quoi ressemble ce coin.

Durant la plus grande partie de sa vie, des hommes avaient affirmé à la journaliste que certaines choses étaient impossibles, que certains endroits étaient terribles et interdits aux gens bien. En général, ils voulaient dire par là que des gens pauvres peuplaient ces lieux, dans des conditions honteuses qu'il serait désespérant d'apprendre dans un article. Si Marcello l'avait mieux connue, il aurait su qu'il venait d'adopter la meilleure attitude pour qu'elle désire se rendre dans le quartier des Âmes mortes.

— J'ai déjà visité des endroits effroyables, Marcello, déclara-t-elle avec calme. Pires que ce que vous pouvez imaginer.

— Peut-être. Mais vous n'êtes jamais allée à I Cessati Spiriti.

— Le nom est fabuleux.

— Ce n'est pas si terrible, dit Cabiria. Les morts ne sont pas aussi rapides que vous autres *vampiri*. Ils sont *morti viventi*, lents. Il suffit de regarder par-dessus son épaule de temps en temps.

Kate les précéda jusqu'à la voiture de sport. Émerveillée, Cabiria traita la Ferrari avec la révérence due à un objet religieux. Elle répétait sans cesse le nom de la marque et caressait la carrosserie polie d'une main timide. C'était certes un beau bolide, mais Kate avait du mal à saisir qu'il déclenche une réaction d'adoration aussi intense.

Se caser à trois dans les deux sièges représenta un petit exploit, mais Kate et Cabiria étaient plus minces que la moyenne. La prostituée se coiffa d'un petit chapeau cloche. Kate craignait un peu pour sa robe Dior. Marcello desserra le frein à main et libéra le monstre mécanique qui dormait sous le capot. Pour la première fois depuis que Kate l'avait rencontré, il arborait un sourire naturel à la place de ces rictus polis qui dissimulaient son désabusement. Au volant, il était pareil à un gamin avec un jouet flambant neuf. La Ferrari filait dans les rues étroites à une vitesse déconseillée. Pendant le trajet à travers la ville, Cabiria en révéla un peu plus sur I Cessati Spiriti, et Marcello ajouta quelques commentaires sinistres. Ce quartier jadis prospère avait été durement bombardé par les

Alliés, avant d'être le théâtre d'affrontements acharnés entre partisans et Allemands. Les nazis y avaient exécuté un prêtre renommé pour sa bonté quand Rome était ville ouverte, ce qui avait déclenché un petit soulèvement. Après la guerre, I Cessati Spiriti était devenu un bidonville, le foyer des déshérités, d'une dizaine de variétés de réfugiés, dont beaucoup préféraient éviter les autorités en temps de paix, et des pauvres traditionnels. Cette communauté non prévue s'était agrandie et effondrée sur elle-même à plusieurs reprises.

Dix ans plus tôt, le gouvernement De Gaspero avait initié un vaste programme de réhabilitation pour abattre ces taudis et reconstruire I Cessati Spiriti, mais les fonds alloués à cette opération avaient fini dans les coffres de la Mafia. Une bonne part des constructions réalisées était de si mauvaise qualité que des immeubles s'écroulèrent à peine bâtis. La population du quartier s'accroissait toujours, augmentée du flot d'évadés venus du Sud du pays ravagé par la sécheresse. Avec eux arriva un groupe atteint d'une épidémie, des morts-vivants au cerveau calciné par la fièvre, qui poussèrent la majorité des sang-chauds à quitter le quartier. Une minorité endurcie demeura dans les ruines et apprit à vivre au contact de ces *morti viventi.* Cabiria habitait ici depuis la guerre, et semblait s'y plaire. Il apparut que Marcello n'y avait encore jamais mis les pieds.

Alors qu'elle glissait sur les terrains vagues sans chemins, et louvoyait entre les gravats et les monceaux d'ordures, la Ferrari devait ressembler à un vaisseau spatial. Ce spectacle rappelait à Kate les tranchées en France pendant l'offensive allemande de 1918. Des amas de planches brûlaient ici et là, tels des feux d'alarme tribaux.

Non loin, un groupe de *morti viventi* était cerné par des gamins sang-chauds qui les tourmentaient à l'aide de torches enflammées. À cette distance, les morts-vivants avaient l'allure de clochards estropiés, aisément battus par les enfants vifs et vicieux. Une créature s'approcha trop du feu et s'enflamma comme une chandelle romaine. Il s'écroula dans le brasier et deux de ses jeunes tortionnaires lui écrasèrent la tête à coups de barres de fer.

Cabiria les dirigea vers une rue bordée par les carcasses d'immeubles bombardés. Il n'y avait pas de réverbères, mais les braseros éclairaient d'une lumière dansante les murs vérolés par les impacts de balles. Il était difficile de croire qu'on se trouvait dans la même ville qui contenait la via Veneto, mais il était tout aussi difficile de croire que Whitechapel appartenait à la même cité que le palais de Kensington.

Elle était attristée de constater l'existence dans le monde de tant d'endroits pareils à I Cessati Spiriti, alors qu'ils n'auraient même pas dû exister.

— J'habite là, dit Cabiria en désignant un immeuble d'appartements à demi détruit, avec l'espoir évident que l'un ou l'autre proposerait d'y passer pour une « visite ». Et la *Signora* Santona vit là-bas.

Kate avait l'intention de payer la prostituée pour son aide, mais elle n'entendait pas profiter de ses services. Quant à Marcello, la question ne se posait même pas. Il gara la voiture devant le deuxième bâtiment, jadis une église. Le toit avait disparu et été remplacé par des plaques de polyéthylène.

Certaines fenêtres conservaient encore des fragments de vitraux enchâssés dans l'ensemble de boîtes de conserve martelées et les morceaux de carton.

— Je vais rester pour garder la voiture, annonça Marcello.

Kate ne discuta pas le bien-fondé de cette décision.

Peut-être se ferait-il attaquer par des monstres, et elle devrait voler à son secours. Cela pourrait l'impressionner. D'un autre côté il risquerait ensuite de lui en vouloir parce qu'elle l'avait mis dans une situation périlleuse. Les hommes sont toujours déraisonnables. Marcello tourna le rétroviseur extérieur selon un angle qui lui permettait de surveiller le plus large champ de vision possible.

Kate et Cabiria descendirent. Immobile sur le trottoir pendant un moment, la petite prostituée écouta le vent. Des cris étouffés leur parvenaient. Elle se mit en marche.

La porte principale de l'ancienne église était condamnée par des planches clouées en travers, mais une porte basse un peu plus loin ouvrait sur un escalier qui s'enfonçait dans les ténèbres.

— Tout est souterrain, dit-elle. Attention à vos chaussures.

Au bas des marches s'étendait un long couloir spacieux. La seule lumière provenait d'une lampe à pétrole, quelque part. Deux centimètres d'eau stagnante recouvraient un tapis épais. Des planches posées sur des briques formaient un passage à sec, et d'autres posées latéralement desservaient les pièces sur les côtés. Des couvertures clouées au linteau des chambranles tombaient jusqu'au sol, et leur extrémité trempait dans l'eau.

On s'affairait dans certaines des pièces.

Un gramophone au son aigrelet ralentissait progressivement sa musique. La valse s'arrêta decrescendo.

Bras à l'horizontale, Cabiria avançait sur les planches avec la grâce d'une équilibriste. Kate portait des chaussures à talons, et elle oscillait un peu derrière la prostituée.

D'une pièce leur parvinrent un grognement et un bruit de mastication. Derrière la mince couverture un feu révélait le tissage lâche.

Quelque chose éclaboussa la couverture et coula lentement vers le sol. Des filets d'un liquide rouge se mêlèrent à l'eau croupissante.

Cabiria fit signe à Kate de ne pas s'attarder.

— Nous arrivons aux appartements de la *Signora*, dit-elle.

Cette fois, elles s'arrêtèrent devant une vraie porte. Peinte en bleu, elle était décorée de croissants dorés et d'étoiles couleur argent. Cabiria y frappa et un trou apparut dans un œil dessiné.

— Nous venons voir la diseuse de bonne aventure, expliqua la prostituée.

La porte s'ouvrit et elles furent autorisées à entrer.

Le serviteur de la diseuse de bonne aventure appartenait aux *morti viventi*, et c'était le premier que Kate voyait de près. Une muselière était rivée dans ses pommettes, au-dessus d'une mâchoire qui ne cessait de grincer. La chair du visage partait en lambeaux. Le regard fixe ne dénotait aucun signe d'intelligence. Kate comprit qu'il s'agissait là d'une race vampirique qui se nourrissait en extrayant le sang de la viande par mastication et non en le buvant à une veine. La plupart des gens les prenaient pour des zombies. Peut-être qu'ainsi on avait une excuse pour ne pas le traiter en être humain. D'après cette brève rencontre, elle n'était pas prête à s'opposer à cette théorie.

Le serviteur portait un costume de bonne fabrique devenu une loque. Il n'avait ni chaussures ni chaussettes. Ses pieds étaient noirs et écorchés.

Il n'essaya pas de dévorer Kate ou Cabiria, et les précéda simplement dans un labyrinthe. Les appartements de la diseuse de bonne aventure occupaient une vaste surface et étaient encombrés d'objets peut-être acceptés en paiement de ses services. Des meubles, des tas de livres, des piles de bicyclettes cassées, des pots en verre contenant des spécimens flottant dans la saumure, plusieurs bois de lit, un nombre surprenant d'appareillages scientifiques divers, des cadres dorés vides, quelques fusils. Derrière les couvertures, dans d'autres pièces, des *morti viventi* accomplissaient des tâches que Kate préférait ne pas imaginer.

Santona était assise en tailleur sur un lit à baldaquin, et avait enveloppé son corps en forme de barrique dans des châles multicolores. Son cou et ses poignets étaient alourdis par tout un étalage de bijouterie. C'était une vieille femme, malgré l'absence de rides sur son visage et le noir juvénile de ses anglaises huilées.

Deux autres *morti viventi* l'assistaient.

— C'étaient des *'ndrangheta*, expliqua Santona. Venus de Calabre. Des criminels. Ils ont voulu aller vers le Nord, mais ils ont apporté cette souillure avec eux. La plupart ne tiennent pas très longtemps, mais j'ai entraîné ceux-ci et ils me servent.

— Je suis Katharine Reed. D'Irlande.

La journaliste tendit la main, que Santona ignora.

— Je sais, dit-elle. Vous êtes dans cette ville pour les mourants.

Cabiria se signa.

— On peut voir les choses sous cet angle, répondit Kate. Pour l'instant, je cherche une fillette que j'ai aperçue sur la piazza di Trevi. Elle a été témoin d'un crime.

— L'homme au capuchon rouge. Il est comme ces *'ndrangheta*, ce n'est qu'un serviteur. Un outil. Il n'y avait pas de fillette.

— Je n'ai pourtant pas rêvé.

— Vous ne l'avez pas vue. Vous n'avez vu que son reflet.

La diseuse de bonne aventure devait avoir sondé son esprit. Certaines femmes sang-chauds possédaient ce sens vampirique, jusqu'à un degré assez élevé parfois.

— Les reflets sont parfois trompeurs.

Kate avait pensé à cela. Quelque chose la tracassait encore dans cette scène qu'elle avait vécue. L'avait-elle mal interprétée ?

— Était-ce une naine ? demanda-t-elle.

Santona rit et secoua la tête négativement. Puis elle ouvrit une main, paume vers le ciel.

Kate exhiba cinq cents lires, qui disparurent. Santona les avait prises avec une rapidité stupéfiante.

— Tout ne peut pas être révélé.

C'était ce qu'elle attendait d'une professionnelle de l'escroquerie. Une imposture et de l'argent qui disparaissait.

— Vous ne devriez pas chercher la fillette. C'est elle qui vous trouvera.

— Elle me cherche ?

— Vous avez partagé quelque chose. (Kate frémit.) Vous avez troublé la Mère. C'est important.

— La mère de la fillette ?

Santona secoua encore la tête avec insistance.

— Non. Celle de Rome. La *Mater Lachrymarum.* Elle a toujours été là, sous et autour de nous.

— La Mère des Larmes ? dit Kate, qui se souvenait de ses cours de latin.

Les *'ndrangheta* étaient perturbés : des filets d'un liquide rouge-orange coulaient de sous leurs muselières et formaient une tache de plus sur leurs revers.

— Les larmes sont partout, ajouta la diseuse de bonne aventure. Les pierres de cette cité pleurent.

— Qu'est-ce que cela signifie ?

— Assez. C'est terminé. Vous avez été mise en garde.

Un peu plus d'argent fut demandé pour clore l'entretien dans les règles. Kate le donna, avec l'espoir bien douteux que Cabiria en toucherait une partie.

Santona ferma les yeux et se renversa contre les coussins empilés derrière elle. Un des *'ndrangheta* entreprit de masser son front et ses tempes de ses doigts maigres.

Cabiria tira sur la manche de Kate. Il était temps de partir.

Une petite foule de morts-vivants s'était agglutinée autour de la Ferrari. Marcello les gardait à distance avec des pages de l'*Osservatore romano* qu'il roulait et enflammait en guise de torche. Quand l'une était consumée, il en allumait une autre.

Les *morti viventi* étaient sortis de leurs trous. Ceux-là n'étaient pas sous le charme de Santona, ni muselés. Bouche rougie et poitrine creuse, ils étaient visiblement affamés. Beaucoup semblaient très affaiblis et un simple coup de poing ou de pied aurait suffi à les casser en deux. Mais quelques-uns avaient réussi à prospérer, et ils conservaient de la force dans leurs membres et leurs mâchoires. Ils demeuraient dangereux.

Marcello fut soulagé de la voir revenir.

— Ils ont pris un petit garçon la nuit dernière, dit Cabiria. Un orphelin. Il prétendait que son père était américain. Il était vif, mais il s'est fatigué, à la longue. Ils lui ont dévoré le ventre.

Kate se demanda pourquoi la petite prostituée leur racontait cela.

— Il s'est relevé cette nuit. C'est lui. Dondi.

Parmi les *morti viventi* se trouvait un gamin aux shorts larges, coiffé d'une casquette de soldat américain trop grande. Comme s'il avait entendu son nom, il se tourna vers le trio. Ses yeux vert olive brillaient, mais seulement d'humidité. Son tee-shirt était déchiré sur un ventre absent, et sa bouche mâchonnait continuellement.

— Ils commencent par essayer de se dévorer eux-mêmes, dit Cabiria.

Kate refoula une nausée subite.

Alors qu'elle marchait dans la foule indécise, les *morti viventi* reculaient devant elle. Quoi qu'ils aient envie de manger, cela ne courait pas dans ses veines.

Une créature femme renifla au passage de Cabiria, qui poussa un petit cri de peur. Kate saisit la *morta vivente* par la mâchoire inférieure, qui se détacha d'un coup. Une langue semblable à celle d'un chien pendit du trou béant. Gênée par ce qu'elle avait fait, Kate lui tendit sa mâchoire.

On ne pouvait rien pour ces revenants.

Étaient-ce vraiment des âmes mortes ? Toute raison, toute humanité avait-elle déserté ces carcasses réanimées ? Ou aurait-elle dû éprouver de la pitié pour l'étincelle de vie qui perdurait peut-être en elles ?

Peut-être qu'à la fin tous les non-morts finissaient ainsi.

Restait-elle la même personne que celle qu'elle était sang-chaud ? Ou s'était-elle leurrée sur ce qu'elle avait été ? Katharine Reed s'était-elle envolée vers le Paradis, ou ailleurs, laissant derrière elle une coquille vide qui pouvait se tromper elle-même en prétendant continuer à vivre ?

Non.

Elle regarda droit dans les yeux le zombie Dondi et sut qu'elle était différente de lui. Kate sentait toujours, et elle continuait à se battre. S'il existait entre eux une parenté, elle était d'une nature plus tragique. Les *morti viventi* possédaient peut-être une conscience distante de leur condition. Kate était faible, avec un amour inutile, une sorte d'empathie pour quelque chose qui ne ressentait que la faim et la douleur.

— On peut les tuer facilement, dit Marcello. Il suffit de leur écraser la tête. Si leur cerveau est atteint, ils arrêtent de bouger.

— Ce n'est pas pareil qu'être mort.

— Bah, fit-il en allumant une autre page de journal.

— S'il vous plaît, fit Cabiria. C'était mon ami. Quand j'étais malade… il a volé pour m'aider.

— Elle veut que vous le tuiez ? supputa Marcello.

— Comme un chien malade. Pour abréger ses souffrances.

Kate pleurait. Elle espérait que ses larmes n'étaient pas de sang.

Cabiria étreignit Dondi, qui était à peine plus petit qu'elle, et voulut bercer sa tête. Il ouvrit largement la bouche dans l'intention de mordre les petits seins proches.

Kate l'arracha à la prostituée et fit pivoter la tête d'une brusque secousse. Celle-ci se retrouva à l'envers, et malgré la colonne vertébrale brisée, cela ne suffit pas. Dondi rampa vers eux en claquant des mâchoires. Il était attiré par la chair vivante, comme une abeille par le pollen. Son cerveau avait été purgé de tout ce qui l'avait rendu humain auparavant, mais les instincts subsistaient.

En sanglotant, Kate ramassa une pierre et réduisit le crâne du gamin en bouillie. Le corps tressauta, puis s'immobilisa.

Il fallut un moment à la journaliste pour se maîtriser.

— Nous devons partir, Cabiria, dit-elle. Tu ne cours pas de danger ?

La petite prostituée sourit en tordant sa bouche de côté et resserra son gilet en fourrure sur son torse.

Je n'habite pas loin d'ici. C'est chez moi.

Kate lui donna plus d'argent qu'il n'était raisonnable. Cabiria considéra les billets avec tristesse.

— Rendez-moi comme vous, demanda-t-elle. Si je passe aux ténèbres, je ne serai jamais une zombie. Je veux continuer à avoir des sentiments. À être Cabiria, pas un chien déguisé en femme. Pas comme Dondi.

Kate se mordillait la lèvre inférieure.

— Je ne peux pas, répondit-elle enfin.

Pourquoi se réservait-elle ? Elle avait estimé que la virginité était un inconvénient ridicule, et avait perdu la sienne deux fois (quand elle était devenue vampire, son hymen s'était reformé). Elle avait bu le sang d'enfants, avait tué quand elle le devait, et peut-être quand elle n'y était pas obligée, et elle avait aimé cela, à maintes reprises.

Pourquoi n'avait-elle jamais donné le baiser des ténèbres ?

Elle aurait offert son sang à Charles avec joie, elle avait d'ailleurs proposé d'ouvrir ses veines pour lui. Pourquoi pas pour cette orpheline sang-chaud ?

Ce n'était pas une malédiction. C'était une occasion. Elle n'était pas perdue pour Dieu, ni pour elle. Ce n'était pas la mort, c'était la vie. Ce serait simple.

Mais elle ne pouvait pas.

Et elle était incapable de l'expliquer.

Cabiria eut le même sourire triste et frotta la fourrure de son col contre les marques de morsures.

— Ce n'est pas grave.

— *Ciao*, Cabiria.

— Au revoir, Kate.

Kate embrassa la petite prostituée et monta dans la Ferrari. Marcello démarra aussitôt. La journaliste ne voulait pas se retourner pour regarder la silhouette brisée qui s'éloignait lentement des *morti viventi à* la recherche de la chaleur d'un feu. Elle ne le voulait pas, pourtant elle le fit.

6

Amours anciennes

Geneviève savait prendre soin d'elle, et Bond avait suivi un entraînement dans cette intention. Beauregard se répétait qu'il n'y avait pas de raison de s'inquiéter pour eux. Ce n'était certainement pas dans l'intérêt de Brastov de les « liquider », comme on disait maintenant dans le jargon. En ce cas, Winthrop insisterait au moins pour lancer des représailles, probablement en assassinant leur chef de réseau à Londres, et c'est de la sorte que les guerres froides se réchauffaient inutilement. À moins que quelqu'un ne commette quelque acte stupide, ils seraient tous deux de retour avant l'aube.

Bien sûr, il y avait toujours place pour une conduite stupide.

Il se rappelait comment Geneviève l'avait traîné hors du palais de Buckingham en 1888, après qu'ils eurent passé à la reine l'instrument qu'elle utiliserait pour se libérer de Dracula, le scalpel d'argent de Jack l'Éventreur. Le prince des vampires avait été gravement blessé, et ils s'étaient retrouvés entourés des créatures les plus dangereuses de toute l'Europe. Certes ils avaient bénéficié d'aides, à l'intérieur et à l'extérieur du palais, mais au bout du compte ils n'avaient réussi à fuir que de justesse.

Il avait bien cru qu'il allait mourir. À trente-cinq ans, il était alors mieux préparé à cette extrémité que maintenant.

— Charles, je peux vous sauver, lui avait-elle murmuré avant de se mordre le poignet et de faire jaillir le sang riche. Charles, chéri, buvez… Passez aux ténèbres, et vivez.

C'est le moment où il avait été le plus près de céder. Le sang de Geneviève avait mouillé ses lèvres. Ce seul contact lui avait sans doute offert vingt années de plus de vie. Il aurait été si facile de boire. Il ne savait même pas pourquoi il ne l'avait pas fait.

— Vous n'avez pas à être comme *lui*, avait-elle ajouté en parlant de Dracula. Vous n'avez pas à être comme *moi*. Il vous suffit de vivre…

Il avait gargouillé un adieu.

— Je vous aimerai pour l'éternité.

— Pour l'éternité ? avait-elle répété.

Ensuite, par contraste avec ces instants dramatiques, il s'était remis. Il n'était pas mort pour revenir en vampire, non, il avait simplement survécu à ses blessures. Il avait accompli sa tâche et bouté Dracula hors de Grande-Bretagne, puis il avait gravi les échelons dans sa profession, mené d'autres batailles, vieilli, connu la lassitude, et finalement il était venu à Rome…

Pourquoi ?

À cause de lui. Dracula.

Il était de son devoir de rester près de Dracula, et de tout faire pour éviter son retour au pouvoir. Quand il mourrait, d'autres – Winthrop, à coup sûr, et peut-être Geneviève – reprendraient le flambeau. Peut-être parviendraient-ils à interdire la scène mondiale à *il principe* pour l'éternité.

Pour l'éternité ?

Y avait-il une chose qui durât l'éternité ?

En 1888, il aimait Geneviève ; il l'aimait toujours maintenant, en 1959. Cela ressemblait à une éternité. Et pourtant il n'avait jamais cessé d'aimer Pamela. L'amour pour une morte n'empêchait pas celui pour une vivante. Ou une non-morte.

Si près de la fin, il apprenait encore. Par la raison et l'émotion, il était parvenu à résoudre un vieux dilemme. Quelle que soit la règle qui s'appliquait pour la plupart des vampires, Geneviève était vivante dans tous les serfs qui avaient de l'importance. Et elle n'était pas la seule. Kate également pouvait grandir et devenir ce genre d'Aînée.

Il n'abandonnerait pas le monde à des morts-vivants.

Pendant des années, Geneviève l'avait saigné, passionnément au début, avec précaution ces derniers temps, sans jamais plus lui proposer son sang. Une fois, comme la Française s'était offerte à lui, il s'était offert à Kate. Durant la Première Guerre mondiale, alors qu'elle était saignée à blanc, il lui avait tendu son poignet et avait dit : « Allez-y, jolie créature. Buvez… »

Alors, en 1918, Geneviève était de l'autre côté de la planète. En partie au moins, il avait laissé Kate boire son sang parce que la sensation lui manquait, cette union particulière. Il l'admettait, à présent. Cet acte ne lui semblait plus déloyal envers Geneviève.

La communion, renouvelée à certaines occasions, lui avait donné des forces, de même qu'à Kate. C'est à elle qu'il devait le plus, car elle avait toujours joué des coudes pour obtenir une place dans sa vie, sans jamais parvenir au premier plan. S'il n'y avait eu… Lui et Kate auraient peut-être…

Tout autant que la reine, Kate avait besoin d'être libérée. D'être libérée de lui, de sa présence gênante. Sans lui, elle grandirait. Était-elle la seule personnalité réellement héroïque de leur petit groupe, parce que tout lui était difficile ?

La créature aux bras épais l'avait frappé au visage, sans doute pas plus qu'un soufflet. Il n'avait même pas mal. Mais le cerveau en avait été sérieusement ébranlé. La lumière s'amenuisait.

Et ces pensées surgies du passé…

C'était cela mourir, sentir l'approche de la mort.

Enfin.

— Je suppose que je suis la dernière femme que vous vous attendiez à voir, Charles.

— Pamela ?

Il ouvrit les yeux et découvrit qu'il était toujours dans son corps, dans son fauteuil, dans son appartement.

— Cette Française est visiblement une maîtresse de maison peu soigneuse.

Elle se tenait sur le seuil du bureau et contemplait d'un regard critique les bibliothèques renversées, les fragments éparpillés du golem et les meubles en désordre.

Ce n'était pas Pamela.

— Penelope. Penny.

Chaque fois qu'il la voyait, il ressentait un choc. Très lentement, elle avait perdu son aspect de jeune fille, pour se découpler et se durcir jusqu'à épouser l'image de sa cousine, Pamela. Il comprenait pourquoi il avait failli se marier avec Penelope, et pourquoi de sa part cette union aurait été d'une grande cruauté.

Elle s'était nourrie récemment. Il le décelait à la couleur sur ses joues et ses lèvres.

Sa négligence, autant que le sang de Godalming, l'avait-elle transformée en prédateur ?

Elle entra dans la pièce et releva une chaise.

— Vous êtes très vieux, Charles. J'aurais dû m'en douter.

Elle ramassa la bibliothèque et la redressa. Ensuite, avec cette vivacité propre aux non-morts, elle remit les livres sur les rayonnages, au hasard, simplement pour les ramasser et mettre un peu d'ordre. Il faudrait qu'il les range, plus tard.

Non.

Il ne le ferait pas.

— Je suis en train de mourir, Penny.

Elle se figea et le considéra un moment.

— Et la faute à qui, Charles ? Personne n'est obligé de mourir.

— Je suis en train de mourir, *maintenant.*

Ses émotions mal contenues détruisirent la mine composée de Penelope. Avec ce regard effrayé, elle ressemblait de nouveau à une petite fille alignant ses poupées, parce que la propreté c'est la sécurité, qu'il faut éviter le chaos qui blesse et déstabilise.

— Je suis désolée, Charles.

Elle était comme une institutrice, qui sympathise pour satisfaire aux conventions avec un élève à sa charge dont les larmes ne sont dues qu'à lui-même et qui devra apprendre à dormir dans le lit qu'il s'est préparé.

— Je suis vraiment désolée, continua-t-elle, en fait agitée. Ce n'est pas ce que je voulais dire. Il m'est difficile d'exprimer ma pensée avec exactitude. Cela semble absurde. Ça l'est. Je ne suis pas un monstre. J'ai essayé de le devenir, mais je n'en suis pas un. Je compatis. Autant que je le peux.

Il aurait voulu la toucher, pour la réconforter. Mais il était incapable de bouger le bras.

Penelope se trouvait au milieu de la pièce, loin des murs, isolée. Elle leva les mains devant ses yeux. Les livres lui échappèrent, très lentement. Il ne les entendit pas tomber sur le tapis.

Elle découvrit son visage. Ses yeux étaient rouges, ses crocs saillaient. Elle semblait à la fois diabolique et triste, une gamine qui joue aux démones.

— Je ne sais pas quand j'ai cessé de vouloir vous initier aux ténèbres, dit-elle.

À l'époque de leurs fiançailles, elle était encore sang-chaud et désirait désespérément qu'ils deviennent tous deux des vampires, afin de s'élever dans le monde que Dracula modelait. Elle considérait cette métamorphose avec une froide logique, sans passion aucune. Elle n'était pas excitée par l'immortalité ou par le fait de boire du sang, ni par les sens qui se développaient avec le processus. Le retour de chez les morts lui garantirait simplement ses entrées dans les meilleures maisons, et provoquerait l'envie de ses amis et admirateurs.

De tous les vampires qu'il avait connus sang-chauds puis non-morts, c'est elle qui avait le plus changé. Elle s'était adressée à Arthur Holmwood, lord Godalming, et avait pris son sang pour se transformer. Ensuite elle avait appris vite, et s'était purgée de ses ambitions comme de ses limitations. Beauregard se souvenait quand elle avait découvert quel monstre son père-en-ténèbres avait été, et combien elle avait souhaité suivre son exemple.

Pendant quelque temps, elle avait adopté une attitude de vampire médiéval, et s'était rassasiée de sang volé. Elle avait elle-même donné le baiser des ténèbres à des hommes et à des femmes, se créant ainsi une sorte d'assemblée de sorcières à sa dévotion.

— Ils ont tous disparu, dit-elle. Ceux de ma lignée. J'ai échangé le sang avec mes amants, mais la faiblesse de caractère qui les rendait vulnérables à mon magnétisme en a fait de piètres vampires. J'étais une petite fille pendant l'ère victorienne, et j'ai appris à attacher beaucoup de prix à la force de caractère. Mais tout ce que j'ai accompli, ce fut à travers la faiblesse.

Beauregard voulut la contredire, mais l'effort était trop grand.

— Vous voulez parler et vous ne le pouvez pas, dit-elle, désolée et triomphante en même temps. Comme j'aurais adoré cela chez un mari, à une époque maudite. C'était moi, alors. Et vous le saviez.

Il ne pouvait le nier.

Penelope avait été sa troisième amante vampire. Peu avant le début du siècle, juste après la fin de la Terreur et alors que la reconstruction du pays en était encore à ses premiers balbutiements, il avait été accosté par une nuit brumeuse dans Chelsea, attiré dans un endroit sombre entre deux maisons, et mordu. *Violé par le sang serait une expression plus exacte*, songea-t-il. Il se rappelait ces dents pointues qui avaient sauvagement rouvert les plaies causées en douceur par Geneviève, et il avait alors cru qu'il était complètement exsangue et qu'il allait mourir. Durant cette période, il traînait encore dans les rues de Londres des vampires de cet acabit, choqués par la déroute de leur Roi-Empereur, qui chassaient le badaud trop peu méfiant.

— J'avais eu pour plan de vous mener aux portes de la mort et de vous proposer le baiser des ténèbres. Je vous imaginais m'implorant de vous donner le sang de vie, puis devenant mon esclave. En vous initiant, j'aurais pu vous faire mien, vous posséder. Mais vous ne prenez pas seulement du sang quand vous en buvez, vous prenez toutes sortes d'autres choses. Avec le goût de vous sur ma langue, j'ai su que vous auriez refusé. Comme vous avez refusé à d'autres. Vous vous seriez laissé mourir.

Il s'était remis. Jamais il n'avait fait part à Geneviève des soupçons qu'il entretenait sur l'identité de son agresseur.

La morsure des vampires était plus qu'une simple plaie. Certains appelaient ces marques distinctives le Sceau de Dracula. Les crocs n'étaient pas des fléchettes, mais des hameçons. Des fils invisibles vous reliaient ensuite au non-mort. Et le courant passait dans les deux sens.

Penelope approcha, lui prit les mains et le dévisagea. Elle luttait pour rester maîtresse d'elle-même.

— Katie n'a jamais été dans la course, dit-elle. Et j'aurais pu battre la Française. Vous ne le pensez pas, mais j'en ai la certitude. Ce n'est pas une déesse. C'est Pamela. Sans elle, nous aurions été ensemble. Vous ne m'avez jamais vue pour ce que je suis. Si vous ne m'avez jamais aimée, c'est parce que j'étais ressuscitée, revenue du tombeau. Toutes vos femmes sont mortes et vous sont revenues.

Il essaya de dire qu'il était désolé. Il savait depuis longtemps qu'elle souffrait, et il n'avait rien fait pour la soulager.

— Savez-vous pourquoi je suis allée vers Art ? Pour lui demander le baiser des ténèbres ?

Il réussit à secouer la tête.

— Parce que c'était l'être le plus proche de Dracula que je pouvais atteindre. Je voulais m'offrir au vampire que vous détestiez le plus. Je serais devenue une des maîtresses décervelées du Prince consort avec joie. Si vous ne vouliez pas diriger ma vie, alors lui le ferait. Il aurait pu être comme vous. Il vous ressemble plus que vous ne le pensez.

Leurs existences entières n'avaient été qu'une danse létale avec Dracula. Comment Kate l'avait-elle appelée, le cha-cha-cha de Dracula ?

— Du moins ai-je satisfait aux ambitions mises en moi par ma mère, Charles. Je me suis rendue utile. Je fais partie de la maison royale. Cette position comporte des aspects effrayants, et ce mariage est un cauchemar. La princesse Asa est une sorcière. Dracula va reprendre son ascension vers les sommets. Tout recommencera. La conquête du pouvoir. Et j'en ferai partie. Vous ne l'avez pas arrêté pour l'éternité, vous lui avez seulement imposé un retard d'un siècle.

C'était ce qu'il craignait. Se montrait-elle sincère, ou cruelle ?

— Le monde a besoin de vous, Charles.

Pendant les quinze dernières années, c'est la menace potentielle représentée par le monstre qui l'avait gardé alerte. Quand Dracula avait reçu un palais en bord de mer pour le remercier de ses services durant la guerre, Beauregard l'avait suivi en Italie. Il avait espéré qu'ils étaient tous deux en retraite permanente, une lente glissade vers l'éternité, sans plus de heurt.

— J'ai besoin de vous, moi aussi, mais c'est un autre sujet. Je me suis nourrie ce soir. Un jeune homme, un Américain. Il se croit intelligent, mais ce n'est qu'un amusement.

Elle déboutonna son chemisier. En dessous, elle portait un soutien-gorge noir. Sa poitrine blanche montrait encore les marques circulaires laissées par les sangsues, bien des années auparavant.

— Je vais terminer ce que j'ai commencé, Charles.

Elle passa un ongle sur le galbe d'un sein. Une ligne de sang apparut, d'un rouge luisant, à l'odeur cuivrée.

Il valait peut-être mieux ne pas avoir le choix. Être forcé à vivre encore. Il ne pouvait lutter. Il était à peine capable de bouger. Penelope lui insufflerait une vie nouvelle.

— Penny ? dit quelqu'un à l'autre bout de la pièce.

Rougissant d'embarras, l'Anglaise referma son chemisier d'un geste vif.

Il sentit que l'opportunité s'éloignait, et il ne le regretta pas.

Kate. Il imaginait combien elle devait être excédée, sur des plans différents, d'assister à cette scène.

— Penelope Churchward, lâcha Kate d'un ton glacial, qu'est-ce que vous croyez faire, exactement ?

Penelope se tenait très droite. Elle était déterminée à affronter la situation avec hauteur. Le sang tachait le fin tissu de son chemisier. Elle se tourna vers l'arrivante, les yeux étincelants, les crocs saillants.

— Vous savez très exactement ce que je fais, Katie. C'est ce que vous, ou cette autre personne, auriez dû faire il y a longtemps. Parfait : puisque votre conscience vous torture pour sauver une vie, je vais prendre le relais. Je n'ai pas de tels scrupules, moi. Nous pourrons toutes discuter de la harpie monstrueuse que je suis après que j'aurai donné à Charles ce dont il a besoin pour vivre.

Seigneur, elle en venait à s'exprimer comme Pamela, à présent.

Beauregard se souvint enfin de Pamela, qui avait ordonné au médecin de la laisser mourir pour sauver le bébé. S'il n'avait pas hésité et exigé de ce boucher incompétent qu'il sauve les deux, son fils aurait pu survivre, sa vue aurait redonné de la volonté à Pam, l'aurait forcée à se battre, à étrangler la mort. Peut-être.

— Penny, je sais ce que vous ressentez, disait Kate, les yeux humides. Mais vous ne pouvez pas…

Elle fit un pas en avant. Ses crocs s'étaient développés eux aussi.

— Très chère, fit Penelope en imitant ce ton ironique qu'elle avait employé pour railler son amie quand elles étaient enfants. Si je le dois, je vous affronterai. J'admets que vous n'êtes pas l'empotée de jadis, mais j'étais déjà plus forte que vous à la crèche, et aujourd'hui je peux vous détruire.

Beauregard voulut protester. En vain.

Elles se faisaient face en sifflant comme des serpents.

— Oui, dit encore Penelope. Je peux vous battre.

Du seuil de la pièce, Geneviève lança :

— Et qu'en est-il de moi, jeune ressuscitée ? Vous estimez-vous de taille à me battre ?

Penelope pivota sur ses talons en grondant.

7

Plaqué à l'italienne

Tom se demandait s'il n'était pas mort. Ou pire, passé aux ténèbres. Il avait très froid, et à cause du manque de sang un picotement engourdissait ses doigts et ses orteils. Il avait perdu connaissance dans un fauteuil, près du porte-manteau. Ses jambes s'étaient dérobées sous lui, et à son réveil il était recroquevillé derrière les manteaux et frissonnait de tout son corps.

À quoi avait pensé Penelope ?

À dire vrai, il ne le savait que trop bien. Elle avait cessé de voir en lui une personne et commençait à ne plus considérer que les avantages qu'il lui procurait. La plupart du temps, les gens traitaient autrui de cette façon. Et lui ne faisait certainement pas exception.

Il avait craint qu'elle ne lui aspire l'esprit.

Si elle était au courant pour Dickie Fountain, elle risquait de le tuer par principe, sur l'hypothèse qu'il avait l'intention de lui faire subir le même sort. Cela n'aurait pas été juste, pourtant. Penelope était différente, en conséquence elle méritait un traitement différent. Tom restait avec elle pour ce qu'elle pouvait lui apporter, il l'admettait volontiers. Il n'avait pas nécessairement dans l'idée de la détruire.

Quoique…

Il se leva en chancelant. Il devait être aussi livide qu'un spectre.

Il y avait toujours de la musique. *Papaverie Papare.* Quelques membres du groupe avec lequel il était venu traînaient encore dans l'établissement. Irena Dubrovna ne rencontrait pas un très grand succès dans son entreprise de séduction lancée sur Kent. Tom scruta la salle, mais n'aperçut pas Penelope.

Un serveur lui proposa un remontant, une boisson épaisse aux fruits, avec une bonne dose de vitamines et de fer. Un Vimto.

Il l'avala sans se soucier du goût, et en commanda un autre, qu'il obtint aussitôt.

Il fallait un certain génie pour repérer une brèche dans le marché et la combler, il le reconnaissait. Bien que n'ayant jamais été publiquement promotionné sous cet angle, le Vimto était ce que les amants sang-chauds de vampires buvaient pour récupérer après une saignée.

Il ignorait si c'était réellement efficace.

Le serveur lui apprit que la *Signora* avait commandé la boisson pour lui avant de partir.

Une preuve d'attention, quand même.

Ses plaies le démangeaient et il fit appel à toute sa volonté pour ne pas se gratter. Il avait l'impression d'avoir perdu de la substance, que ses vêtements pendaient sur lui, qu'il avait maigri. Un bourdonnement d'insecte emplissait ses oreilles.

Un troisième Vimto finit par le requinquer un peu. Et maintenant ?

Dans la rue, parmi les ruines, Tom laissa la fraîcheur de la nuit lui éclaircir les idées. Cette agréable température ne durerait pas. Il fuma une cigarette et s'efforça d'ignorer les bruits de succion et autres qui s'élevaient tout autour de lui dans l'obscurité. Mr et Mrs Addams avaient plaqué Max Brock contre une colonne et buvaient goulûment le sang à son cou. Mrs Addams calmait le poète en le menaçant doucement de lui sucer tout son talent. Max Brock contemplait les étoiles, et pour l'instant les mots semblaient lui manquer, ce qui avait tout d'une bénédiction. Tom espérait que les Addams avaient eu la bonne idée de tuer la diva en premier. Il convenait de respecter les priorités.

— *Ciao*, Tom. Vous avez échappé à Penelope, on dirait ?

C'était Marcello, le reporter italien qui errait toujours dans les parages, celui qui s'était trouvé à l'aéroport quand le Kernassy et cette starlette étaient arrivés, celui qui avait rejoint cette vampire irlandaise peu après qu'elle eut vu le comte se faire assassiner.

Marcello paraissait très fatigué lui aussi, mais sans marque de morsure visible. Ses joues s'étaient creusées. Les verres miroirs de ses lunettes ressemblaient aux orbites vides d'un crâne.

— Mauvaise soirée pour vous, il semble, dit Tom.

— Pour vous aussi. Non ?

— Je ne dirai pas le contraire. Satanées sangsues…

Marcello prit une cigarette et l'alluma. Il souffla la fumée avec une colère froide.

— Je reviens de l'Enfer, maugréa l'Italien.

— Et moi j'y suis encore.

Marcello rit avec aigreur.

— J'échangerais volontiers votre *Signorina* Churchward contre la *Signorina* Reed.

— Le petit cadavre irlandais ?

Il fallut un moment à Marcello pour comprendre.

— *Si.* Le petit cadavre irlandais. Une femme à poigne, croyez-moi. Quand elle a quelque chose dans la tête, pas moyen de la faire changer d'idée. Nous sommes allés dans I Cessati Spiriti.

Tom poussa un petit sifflement.

— Je suppose qu'aucun de vous deux ne pourrait m'aider, dit une voix profonde et harassée.

C'était un non-mort, vêtu d'un costume qui avait souffert. Visiblement, il avait été mêlé à une bagarre. Ou à plusieurs. Des trous dans sa veste provenaient peut-être de balles, et une de ses manches était râpée jusqu'à la doublure.

— Je crois que nous avons quelque chose en commun. Je reviens de l'Enfer, et moi aussi j'ai été plaqué par une vampire.

Il fit quelques pas, sortit de l'obscurité, et s'écroula. Marcello regarda Tom et haussa les épaules.

8

Lever de soleil

Elle était prête à arracher la tête de Penelope et à la lui enfoncer dans le thorax. Après s'être frayé un chemin hors du repaire de Brastov, en traînant Bond derrière elle, et après avoir enduré le long trajet de retour jusqu'à la via Eudosiana, Geneviève n'était pas d'humeur à se montrer conciliante avec une *nosferatu* prétentieuse telle que Miss Churchward.

Kate hésita, puis recula, laissant les deux femmes s'affronter. L'Anglaise était furieuse, ses crocs saillaient et ses yeux étaient écarquillés. Elle aurait pu effrayer une gamine qui n'a jamais vu sa mère lui faire les gros yeux, et elle était probablement assez résolue pour plier à sa volonté sa proie sang-chaud. Mais elle n'avait pas la fougue nécessaire pour dompter une Ancienne.

Geneviève ne fit sortir ni crocs ni griffes.

Elle s'était assez battue pendant la nuit, et elle avait saigné plusieurs Russes. Elle ne céderait pas à la colère, elle conserverait tout son calme.

Penelope avança d'un pas, mais Kate posa une main sur son épaule pour la retenir. L'Irlandaise eut un léger mouvement de tête pour désigner Charles, toujours dans son fauteuil roulant, à peine vivant.

Les premières lueurs roses de l'aube s'immiscèrent dans la pièce.

En découvrant le visage de son compagnon, Geneviève comprit que c'était son dernier jour. Un poignard de glace lui transperça le cœur.

Elle se remémora sa première vision de lui, dans une salle bondée, en 1888, lors d'une enquête publique. Il avait paru imperméable à la misère et à la violence autour de lui, et être le seul homme dans tout Londres disposé à agir, même à un coût extrême, pour améliorer la situation. Plus tard elle avait appris que ce n'était pas un héros de roman-feuilleton, mais quelqu'un qui s'efforçait de faire ce qui convenait, même quand rien ne convenait.

Si des hommes tels que lui étaient restés au premier plan – s'ils l'avaient jamais été –, ce siècle aurait été plus heureux. Charles avait refusé d'accepter Dracula pour seigneur et maître, et jamais il n'avait cédé à la facilité de devenir comme son ennemi dans sa lutte contre le Roi des Vampires. Ses successeurs, Edwin Winthrop et Hamish Bond, s'étaient trop bien adaptés à leur adversaire. Ils avaient trop de Dracula en eux.

Du sang tachait le chemisier de Penelope. Le sien.

— Elle essayait…, commença à expliquer Kate.

— Je sais ce qu'elle essayait de faire.

La rage qui étincelait dans les prunelles de Penelope s'atténua, puis disparut. À présent elle était seulement désemparée et effrayée, comme tout le monde dans cette pièce. Pendant un court instant, l'Aînée eut envie de la serrer dans ses bras, et non de la tuer.

Mais l'idiote fit tout capoter.

— Il doit passer aux ténèbres. Il est trop faible pour s'y opposer. L'une d'entre nous doit devenir sa mère-en-ténèbres.

Geneviève marcha droit sur Charles, s'agenouilla devant lui et l'examina. Il avait toujours les yeux ouverts. Elle sentait son flux vital qui s'épuisait. Mais il pensait toujours, et n'avait rien perdu de sa détermination.

Rassemblant ses forces, il leva la main, lui effleura le visage et les cheveux. Elle baisa sa paume, et ses dents glissèrent sur lui. Elle avait son goût sur la bouche, mais elle n'incisa pas la peau.

Même maintenant, il était trop tard.

Et même maintenant, il n'avait pas peur de partir.

Souvent il avait répété n'avoir rien contre les vampires, mais simplement ne pas désirer en devenir un. Bien qu'elle ait cessé depuis longtemps de se culpabiliser pour ce qu'elle était, elle comprenait sa position.

Geneviève en voulait à la première femme de sa vie qui était morte, et n'était pas revenue du tombeau. Pamela. Elle formula l'offre en pensée.

Voulez-vous que je le fasse ?

Un léger mouvement de la tête de Charles lui répondit. *Non.*

Des larmes de sang emplirent les yeux de la non-morte.

Penelope et Kate approchèrent. Leur colère s'était évanouie, elles étaient redevenues des enfants. Au moins il n'y aurait pas de querelle entre elles.

Geneviève ravala le ressentiment qu'elle éprouvait pour leur intrusion. Avec Charles, elle avait toujours dû partager, que ce soit le devoir, les souvenirs, ou d'autres femmes qui manifestaient des prétentions plus péremptoires.

Elle avait vécu pendant quatre siècles sans Charles. Pendant tout ce temps, personne n'avait touché autant de son cœur, ni son père-en-ténèbres, ni ceux qu'elle avait saignés. Elle vivrait peut-être quatre siècles encore, ou plus, après Charles.

La lumière du soleil se déversait sur le tapis et progressait vers eux. Elle devrait prévenir Penelope, qui était sensible à l'astre du jour.

Geneviève déposa un baiser sur les lèvres de l'agonisant.

Elle ne pouvait accuser personne de sa mort, pas plus Penelope que Bond, le sbire de Brastov, Edwin Winthrop ou le prince Dracula. S'ils avaient troublé ses derniers jours, alors sa faute à elle était de les avoir laissés faire, et celle de Charles de n'avoir pas été capable de se concentrer sur sa propre vie en excluant le reste du monde.

Elle avait échoué à le persuader d'accepter le baiser des ténèbres. Mais il lui avait fait comprendre qu'elle n'avait pas échoué avec lui.

Le sang de cet homme chantait en elle.

— Je vous aime pour l'éternité, murmura-t-il, trop bas pour que les deux autres femmes entendent.

— Pour l'éternité ?

— Pour l'éternité, confirma-t-il.

Le soleil les inondait à présent de sa douce chaleur. Quand il devint insupportable, Charles était mort.

Geneviève arrangea le plaid autour de ses jambes, lui mit les mains sur les cuisses, repoussa ses cheveux en arrière et lui ferma les paupières. C'était comme jouer avec une poupée. Ce qui avait été Charles Beauregard dans ce corps l'avait déserté.

Elle se releva, se retourna et gifla Penelope à la volée. Sa main laissa une marque rouge sur la joue de l'Anglaise.

— Pour ce que vous avez fait en 1899.

Penelope ne protesta pas, ni ne feignit de répliquer. Quelque chose en elle avait disparu.

L'une d'entre elles devait pleurer, afin que les autres puissent la réconforter, qu'elles épanchent ensemble leur peine. Geneviève avait pensé que ce serait Kate, mais ce fut elle. Du plus profond de son être montèrent des sanglots qui lui déchirèrent la poitrine. Après une seconde d'hésitation, Penelope fit un pas en avant et la prit dans ses bras pour lui chuchoter des propos rassurants et incohérents. Elles s'étreignirent et versèrent des larmes ensemble, puis s'écartèrent et tendirent les bras à Kate, qui était plus déroutée que perdue.

Elle les rejoignit et donna libre cours elle aussi à son chagrin. Plus tard elles se serrèrent sur le canapé, leur visage strié de larmes et de sang, pleurant non pour ce qu'elles avaient perdu, mais pour ce qui devait rester. La pièce était maintenant baignée d'une lumière qui transformait en lucioles minuscules les grains de poussière en suspension dans l'air.

Troisième partie

L'Eclisse

Avis de décès : *The Times*, Londres, 1er août 1959 :
« Charles Pennington Beauregard, cent cinq ans, est décédé paisiblement hier à Rome, nous écrit Katharine Reed. Diplomate distingué dont les services rendus à son pays furent rarement reconnus de son vivant, Beauregard fut, durant une longue carrière, affecté à l'Indian Civil Service, au Foreign Office et à la Royal Air Force ; il fit également partie de la cellule de réflexion créée par lord Ruthven au sein du gouvernement d'Union nationale pendant la guerre. Il était membre à vie du Diogene's Club de Pall Mall, où il tint parfois des postes officiels. Cette institution privée demeure le cercle de prédilection de maints hauts fonctionnaires.
» Né aux Indes en 1853, fils du major Marcus Aurelius Beauregard, du quatrième d'Infanterie de Bombay, et de Miss Sophie Pennington de Locksley Barrett, Charles Beauregard a fait ses études au Dulwich College et au Merton College d'Oxford. Marié pendant une courte période (de 1882 à 1883) à Miss Pamela Churchward, de Chelsea, il n'a pas de descendance. À deux reprises, il refusa l'anoblissement. Ses quelques publications incluent deux livres de poésie, *La Matière de l'Angleterre* et *L'Angleterre de la matière*. Il sera inhumé lors d'obsèques privées au cimetière protestant de Rome, dernière demeure de Keats et de Shelley. »

1

Kate amoureuse

Depuis les funérailles, Kate était ivre de sang. Elle était retournée à sa *pensione* par deux fois pendant la semaine écoulée, mais sans parvenir à dormir. Même après s'être nourrie et avoir fait l'amour, elle ne trouvait pas le sommeil, tourmentée qu'elle était par des pensées incessantes et des souvenirs persistants. Marcello s'écroulait dès la fin de la saignée et glissait dans une torpeur plus profonde que n'importe quelle fatigue de vampire. Quand ils étaient au lit, il retirait ses lunettes noires mais gardait ses chaussettes. Très romantique, jugeait-elle. Peut-être était-ce ainsi que les Italiens avaient gagné leur réputation d'amants fougueux.

Ils restaient la plupart du temps dans son appartement flambant neuf, au cœur d'une banlieue constituée de bunkers de béton et de verre plantés au milieu d'espaces verts informes. À ses limites, Rome était aussi distincte de la campagne qu'une falaise l'est de la mer.

L'appartement était très peu décoré, une attitude très à la mode, avec les quelques meubles indispensables et aucun de ces ouvrages de référence auxquels elle s'attendait. Il n'y avait pas non plus de revues empilées, comme elle l'avait imaginé. Sa propre chambre était menacée d'étouffement par les papiers qui s'y entassaient. Marcello ne possédait même pas une machine à écrire. Il dictait tous ses articles, ou se contentait de confier ses notes à des employés chargés de les transcrire en une prose lisible. Une pièce ne contenait rien d'autre qu'un téléphone blanc à cadran – ce fameux *telefono bianco* naguère signe de luxe en Italie – posé sur le sol et dont le long cordon doré serpentait sur le plancher nu.

Si elle connaissait le corps et l'âme de son amant, au plus profond, Kate ignorait encore beaucoup de détails de sa vie. Elle avait découvert son nom de famille, mais pour l'instant il lui échappait. D'où était-il ? Ses parents vivaient-ils toujours ? Mais après tout, rien de cela ne comptait réellement. Il n'était qu'un personnage ponctuel de son existence, un homme qui ne se conjuguait qu'au présent, parfait pour le sens de l'éphémère qui régnait sur cet âge de l'atome. Il en savait aussi peu sur elle, mais il s'était entièrement livré à son emprise.

Elle gisait nue à côté de lui, qui ronflait doucement, et elle sentait le gonflement de son visage. Elle avait l'impression de porter un masque de chair traversé de pulsations régulières. Gavée de sang, elle craignait de se laisser aller à un manque de prudence envers son amant, dont elle tirait beaucoup trop.

L'applique au-dessus du lit oscillait telle une potence. Bougeait-elle vraiment, ou était-ce sa tête ? Peu importait. Mais non. Elle n'était pas sotte au point de croire que rien n'avait d'importance. Simplement, rien n'en avait pour l'instant. Rien du tout. Charles était mort et enterré. Et elle devait rester dans ce monde.

Le fait de sa mort avait supplanté toute autre considération dans son esprit. Elle avait eu l'intention d'aider Geneviève pour les préparatifs des funérailles et de possibles complications légales, et au lieu de cela elle s'était enfuie pour retrouver Marcello qu'elle avait sciemment envoûté afin qu'il la distraie.

Au moment de l'enterrement, elle planait dans un brouillard de sang.

Edwin Winthrop était-il venu d'Angleterre ? Elle le pensait, mais elle n'avait pu reconnaître chez le vieil homme aimable à la moustache blanche bien taillée le maniaque qu'elle avait rencontré pendant la Première Guerre mondiale.

Peu de personnes avaient assisté à la cérémonie. Marcello l'avait soutenue, et elle lui avait fait l'amour un peu plus loin, près des cendres de Shelley. À part son cœur, la dépouille du poète était ensevelie à Rome. C'est ainsi qu'elle se sentait, elle aussi.

Au début, Marcello se montra choqué, réticent, mais elle entreprit de l'asservir et, à son grand étonnement, y parvint sans difficulté. Sans l'influence tempérante de Charles, elle risquait fort de devenir un véritable vampire, un monstre de la vieille école.

Marcello fut soulagé d'apprendre qu'elle ne s'occupait plus du Bourreau Écarlate. Il n'y avait pas eu d'autres expéditions dans I Cessati Spiriti, plus de questions posées à des personnages suspects dans des endroits mal famés. Plus elle se concentrait sur lui et moins les grands mystères de l'actualité l'intéressaient. D'ailleurs il n'y avait plus eu de meurtres, et pas d'indices nouveaux. Les paparazzi avaient pris des dizaines de photos de Sylvia Koscina en Médée, et les dossiers sur Malenka étaient destinés à un oubli rapide. D'autres talents à sensation passionnaient déjà le public.

La plénitude de son état la fit frissonner. Son cœur s'emballa. Des couleurs et des formes imprécises flottaient devant ses yeux. Sa peau lui semblait tendue au maximum, sur le point de craquer. Elle avait tant bu pour calmer sa soif de sang que le liquide vital s'animait en elle et la poussait à l'action. Ses crocs poussèrent dans sa bouche, et leur tranchant incisa les gencives. Une douleur délicieuse.

Elle avait envie, de nouveau.

Avec un grognement, Marcello se tourna sur le dos. Des marques en croissant sur son cou et sa poitrine, et en d'autres endroits de son corps sous le drap, suintaient légèrement. Elle l'avait couvert de morsures. Sous son hâle, il avait pâli.

C'était peut-être de l'amour. Ils avaient partagé tant de choses.

(Et Charles parti, elle était libre d'aimer…)

Elle s'était synchronisée sur les battements de cœur de Marcello, sur son esprit qui rêvait doucement, et son corps épuisé par l'amour. Elle avait percé son masque d'indifférence et touché la personnalité réelle en dessous. Il y avait de la bonté derrière ce maquillage, de la passion sous le cynisme affiché, des blessures secrètes qu'elle pouvait soigner, et une force chaude qui la stimulait.

Il voulait écrire des livres, elle le savait. Des romans, des livres sur l'histoire, la philosophie. Il admirait profondément Lankester Merrin, non seulement pour sa sagesse mais encore pour sa prose. Elle l'encouragerait à lâcher ce journalisme à la petite semaine pour le pousser en douceur à s'atteler à une véritable œuvre de créateur. Elle lui achèterait une machine à écrire, elle tiendrait les autres à l'écart pendant qu'il travaillerait, et elle accepterait avec modestie la dédicace de son premier succès : « À Kate, sans qui… »

Mon Dieu, oui.

Sous les paupières, les yeux bougèrent. Il rêvait.

Il portait toujours ses lunettes noires, jusqu'au dernier moment possible, et il l'embrassait sans les retirer. Leur monture s'accrochait à celle des lunettes de Kate. Quand il n'y avait rien d'autre entre eux, il lui ôtait ses lunettes, puis les siennes, et les posait près de la statue de la Madone, sur la table de chevet.

Lorsqu'ils faisaient l'amour, le corps nu de Marcello n'était pour Kate qu'une forme floue. C'était une des étrangetés de son état personnel. Généralement, devenir un vampire améliorait notablement l'acuité des sens, mais elle avait conservé une vue aussi mauvaise que quand elle était sang-chaud.

Elle aurait été incapable de dire de quelle couleur étaient ses yeux. Mais elle sentait ce qu'il y avait derrière, c'était là l'essentiel.

Se coulant sous le drap, elle se colla contre son corps. Son ventre et ses seins frais entrèrent en contact avec la peau tiède de l'homme, comme s'ils étaient deux pièces complémentaires dans un puzzle. Elle n'était pas très bien dans cette position, aussi se glissa-t-elle par-dessus sa hanche, en allongeant une jambe entre les siennes, tandis qu'elle passait une main sous son épaule.

Dans son sommeil, il s'étira.

Le rythme cardiaque de Marcello résonnait en un tempo régulier dans l'esprit de Kate. Telle une droguée pathétique, elle avait besoin de compléter le circuit, de ne faire plus qu'une avec son amant. Elle ouvrit grand la bouche et trouva une des morsures les plus récentes, sous le mamelon entouré de quelques poils. Ses canines acérées s'enfoncèrent aisément dans les plaies qu'elle agrandit de la langue jusqu'à ce que le sang coule.

Elle goûta la ruée de sensations qui déferlait en elle. Pendant qu'elle buvait, Marcello émergea du sommeil et laissa courir ses mains sur le dos de sa compagne. Il lui caressa la taille, puis les fesses. Elle se redressa un peu et il la pénétra.

Elle conduisit leurs ébats de sa bouche et de ses hanches, suçant le sang et faisant monter la semence avec acharnement. Après toutes ces années, elle ne se rappelait pas à quoi ressemblait l'amour quand elle était sang-chaud. Il est vrai qu'elle ne l'avait connu qu'une fois, avec son père-en-ténèbres, Mr Harris. Mais le passage aux ténèbres accroissait grandement l'éventail des plaisirs qu'elle pouvait donner et recevoir.

Marcello cria et tout son corps s'arc-bouta. Un moment elle pensa l'avoir tué, mais le sang qui se déversait dans sa bouche était riche et vivant.

Il s'affaissa sous elle et retomba dans l'inconscience. Elle voulait plus de lui, et elle mordit sa poitrine jusqu'à l'os.

Si elle continuait ainsi, elle oublierait vraiment.

2

Geneviève en deuil

Elle ignorait combien de temps elle devrait encore demeurer à Rome. Il y avait le problème des affaires de Charles à régler, s'assurer qu'elles seraient bien distribuées selon ses dernières volontés. En tant qu'exécutrice testamentaire, il lui faudrait se rendre à Londres d'ici peu, bien qu'elle n'ait pas l'intention d'y séjourner très longtemps non plus. Une fois ses devoirs remplis, elle pensait plutôt aller dans un pays qu'elle n'associait pas avec le disparu. Il restait encore quelques coins dans le monde qu'elle n'avait pas visités. Samoa, la Terre de Feu. Le nord-ouest du Pacifique. Swansea, dans le pays de Galles.

L'appartement était vide. Il régnait un silence subit dans son esprit, où avait si longtemps prévalu un murmure constant. Pour la première fois depuis des années, elle se retrouvait seule. Les larmes n'avaient duré que quelques jours. Ensuite était venu le froid. Cette fois, le chagrin l'avait piégée.

Kate ne lui était d'aucune aide. Complètement effondrée, la pauvre fille avait fui pour se réfugier dans les bras d'un sang-chaud italien. De façon assez surprenante, Penelope se montrait attentionnée. Elle avait passé toute une série de coups de fil qui avaient simplifié un peu l'aspect pratique de l'inhumation. Elle avait également pris sur elle d'envoyer des télégrammes au neveu survivant de Charles, lui-même trop âgé pour se rendre aux funérailles, et à son protégé de jadis, Edwin Winthrop, qui avait traversé l'Europe avec sa compagne, Miss Catriona Kaye, pour rendre un dernier hommage à son vieil ami.

Winthrop déclara que, d'après lui, Charles aurait dû être enterré à l'abbaye de Westminster, avec tous les honneurs officiels qui lui étaient dus. D'après ce que lui avait dit Kate, Geneviève avait l'impression que Winthrop était un expert en manipulation, successeur retors de Charles, et peut-être celui qui l'avait trahi. Elle n'était pas préparée à rencontrer le vieillard portant beau qui vénérait son ami disparu comme un héros et restait abattu de sa mort pourtant prévisible.

L'enterrement se résuma à une cérémonie de peu d'ampleur. Charles avait survécu à la plupart des sang-chauds de sa génération. Toutefois, des télégrammes affluèrent du monde entier, parmi lesquels des hommages apparemment sincères de la Maison royale – qui avait la mémoire longue – et de sir Winston Churchill. Un messager apporta un carton de condoléances très conventionnel, signé à la plume d'un D. épais.

Elle tria télégrammes et cartes. Elles iraient dans le dernier des nombreux paquets de papiers qu'elle confierait à Winthrop pour les archives secrètes du Diogene's Club. Parmi ces documents figurait la transcription du journal phonographique du Dr Seward couvrant la période de 1885 à 1888. Elle frissonna en se remémorant la découverte de ces cylindres de cire, la course dans le brouillard, jusqu'à une petite pièce badigeonnée de sang. Les papiers de Seward resteraient sous scellés pendant des siècles. La présence patente d'êtres à la longévité décuplée dans ce monde signifiait que certains dossiers, au lieu d'être rendus publics après une centaine d'années, demeureraient inconsultables pendant beaucoup plus longtemps, à jamais peut-être.

Charles avait été méticuleux. Tout était en ordre. Elle n'avait donc pas de véritable raison pour fouiller dans ses archives, mais c'était tout ce qui restait de lui. Et elle voulait en conserver quelque chose, ne fût-ce que le souvenir.

Quelques pages, à l'évidence les seuls fragments intacts d'un manuscrit de livre, contenaient des paragraphes exaltants sur le devoir et le sacrifice, le besoin de consacrer l'individualité d'un humain au service de l'humanité. Si le texte n'avait été rédigé en allemand, elle aurait cru qu'il était de la main de Charles. Plus loin elle trouva la relation d'une bataille aérienne et en déduisit que ces feuillets provenaient d'une autobiographie écrite par un professionnel de la plume sur Manfred, Freiherr von Richthofen, vampire et as de la chasse allemande pendant la Première Guerre mondiale. Elle se demanda qui était l'auteur de ce texte, et pourquoi il avait intéressé Charles. Winthrop avait été impliqué dans la destruction de celui qu'on avait surnommé le Baron Rouge sang, elle le savait. Sans aucun doute les archivistes du Diogene's Club sauraient dans quel puzzle placer ces pièces singulières.

Il y avait beaucoup plus, dont des documents ultrasecrets qui révélaient bien des aspects de l'histoire souterraine de ce XXe siècle. Elle découvrit des notes manuscrites de Charles pour le discours d'abdication d'Édouard VIII, qui avait provoqué une crise constitutionnelle majeure.

Depuis la mort du roi Victor en 1922, aucun vampire ne s'était assis sur le trône de Grande-Bretagne, sinon la fiancée d'Édouard, Mrs Wallis Simpson, avec l'idée qu'ils devaient tous deux recevoir le baiser des ténèbres afin de régner à perpétuité. Bien évidemment, c'est Charles qui avait informé le roi que, s'il devenait un vampire, il serait déclaré légalement mort, ce qui entraînerait automatiquement l'invocation de la règle de succession.

Cela constitua un précédent important au Royaume-Uni. En ce qui concernait les problèmes d'héritage, devenir *nosferatu* équivalait à être mort. Lord Ruthven, Premier ministre alors comme maintenant, avait dû renoncer à son titre et le racheter à prix d'or à un descendant collatéral dans la gêne pécuniaire. Les Anciens qui aimaient à se faire appeler « comte » ou « baron » étaient tranquillement rabaissés au qualificatif de « sir » dès leur arrivée à Douvres ou Heathrow. Édouard et Wallis, tous deux vampires, régnaient sur leur propriété dans les Bermudes, et une femme sang-chaud occupait le trône de Grande-Bretagne.

Elle aurait pu continuer à lire et à découvrir des parcelles de la face cachée de l'Histoire, mais elle en avait assez. Chaque note de la main de Charles qu'elle trouvait ressemblait à un message ironique. C'était comme s'il lui avait échappé.

Il y a une semaine, elle était prête à tuer Penelope pour l'empêcher de forcer Charles à accepter le baiser des ténèbres. À présent elle avait envie de s'arracher le cœur de ses propres mains pour avoir échoué à le convaincre. Elle reconnaissait dans cette réaction une attitude égoïste. Mais était-il condamnable de vouloir que celui que vous aimiez vive pour l'éternité ?

Charles n'avait pas voulu mourir. Mais il avait accepté la mort.

Avait-elle eu assez de l'existence ? À sa naissance, peu de femmes pouvaient espérer atteindre l'âge de trente ans. Elle portait un tel passé en elle… Combien d'avenir pourrait-elle endurer encore ?

Depuis le Spoutnik, beaucoup d'enfants rêvaient de devenir cosmonautes quand ils seraient adultes. Si la Terre survivait aux cent prochaines années sans auto-immolation atomique, il était probable que l'humanité se lancerait à la conquête des étoiles. Une option envisageable pour elle : un voyage jusqu'à Jupiter, ou au-delà. Elle avait lu un article d'Arthur C. Clarke dans *Time Magazine* où l'écrivain suggérait que des vampires comme elle, des Aînés assez âgés pour avoir un état physique stabilisé, feraient des candidats idéaux pour les longs voyages spatiaux, parce que plus résistants et dotés d'une longévité inhumaine. Il y avait même des moyens de contourner le problème de l'alimentation.

Elle se mit à rire. Elle avait commencé par se demander si elle partirait de Rome au plus tôt pour échapper à ses souvenirs, et maintenant elle réfléchissait sérieusement à la possibilité de quitter le système solaire. Quel air aurait-elle dans une de ces tenues dessinées par Dale Arden qu'on voyait dans les revues, avec un casque en forme de bocal à poisson et un collant transparent ? Les vraies combinaisons spatiales ressemblaient nettement moins à des tenues de harem.

Même centenaire, Charles s'était intéressé à la possibilité du voyage dans l'espace. À sa mort, il y avait sur son bureau un rapport du directeur de l'Agence spatiale britannique, au texte modifié en de multiples endroits par le disparu. Tous deux s'évertuaient à garder au projet lunaire un fondement scientifique plutôt que militaire. Combien d'autres causes souffriraient parce qu'elles ne bénéficieraient plus de la prescience et de l'influence de Charles ? Elle avait décidé d'envoyer une contribution à l'ASB.

Se servir du fauteuil roulant de Charles lui aurait paru indécent – il faudrait qu'elle trouve un hôpital ou une maison de retraite où le donner –, aussi dut-elle se percher sur un tabouret de cuisine pour travailler à son bureau, le seul endroit pratique pour le tri qu'elle allait opérer. Après quelques heures, son dos et ses épaules commencèrent à être douloureux.

Elle avait promis à Winthrop de ranger dans des cartons tous les documents revenant au Diogene's Club, et ce avant la fin de la semaine. Ensuite ils rejoindraient Londres par la valise diplomatique. La valeur des documents amassés par Charles Beauregard justifiait une escorte personnelle, quoique sa proposition quelque peu malicieuse de confier l'ensemble à Hamish Bond ait été refusée avec une mauvaise humeur mal dissimulée. L'espion avait assisté aux funérailles, mais il avait évité de croiser son regard.

Elle descendit du tabouret et traversa le bureau, en marchant là où Charles était mort, puis alla jusqu'à un mur masqué par des rayonnages. Charles avait eu la manie d'annoter les ouvrages qu'il lisait, et certains d'entre eux auraient leur place dans ses archives. De fait sa bibliothèque était un legs implicite à Winthrop, et non au Club. Elle estimait pouvoir faire confiance à Edwin pour transmettre tout document semblant d'intérêt national à qui de droit.

Un livre dépassait légèrement de sa rangée. *Dracula*, de Bram Stoker. La première édition officielle, datant de 1912. Avec un avant-propos de l'auteur et une introduction par nulle autre que Miss Katharine Reed. Geneviève avait déjà lu l'ouvrage, terminé vers l'année 1897, en édition pirate, une des nombreuses qui circulaient sous le manteau à l'époque, pendant la Terreur. Le manuscrit avait été sauvé d'un camp de concentration dans le Sussex où le Prince consort Dracula reléguait ses opposants, et Kate – alors une héroïne de la résistance clandestine – s'était débrouillée pour que de larges extraits du texte d'origine paraissent dans la *Pall Mall Gazette.* Ces communications avaient constitué un point de ralliement pour la résistance pendant les rudes années qui avaient suivi la mort de la reine Victoria, lorsque Dracula avait tenté de s'arroger le trône de Grande-Bretagne avec une brutalité bestiale qui, évidemment, avait déclenché un mouvement populaire de rébellion tout aussi virulent.

C'était un curieux roman, avait alors pensé Geneviève. Stoker avait imaginé un monde dans lequel Dracula ne prenait pas le pouvoir en Angleterre, mais était défait par les ennemis que dans la réalité il avait battus, le professeur Van Helsing et ses partisans. Connaissant quelques détails de ce qui s'était vraiment passé, Geneviève avait été touchée par ses portraits de Mina Harker, du Dr Seward et d'Arthur Holmwood tels qu'ils auraient pu être s'ils avaient trouvé la force de résister. Présenté sous la forme d'une collection de documents et de témoignages – certains authentiques, comme le journal de Jonathan Harker relatant son voyage en Transylvanie et les souvenirs de Mina Harker sur Lucy Westenra –, le livre était construit de manière à donner l'impression d'un ouvrage d'histoire, la relation de faits qui étaient arrivés plutôt que des événements qui auraient dû se produire.

L'usage de « l'histoire imaginaire » en littérature remontait au moins au *Napoléon et la conquête du monde* de Louis Geoffroy, un roman qu'elle avait lu en 1836 et qui décrivait un Bonaparte triomphant à Waterloo. Mais c'est Stoker, fonctionnaire devenu révolutionnaire, qui avait popularisé la fiction fondée sur le « Si les choses avaient été différentes… ». Depuis *Dracula*, les livres sur ce thème avaient fait florès : *1984* de George Orwell, description d'une Angleterre grise et lugubre dans un monde où le régime communiste accédait au pouvoir en 1917 ; *The Sound of his Horn*, de Sarban, sur la victoire des nazis lors de la Seconde Guerre mondiale ; et *Je suis une légende*, de Richard Matheson, dans lequel Dracula choisissait d'émigrer de l'autre côté de l'Atlantique et créait en Amérique un monde où le dernier sang-chaud était traqué par une population entière de non-morts. Le plus subtil de ces romans était *A Dance to the Music of Time*, une saga en plusieurs volumes d'Anthony Powell. Ce n'est qu'au milieu du quatrième, *At Lady Molly's*, que Geneviève avait compris le changement que Powell avait apporté dans son monde imaginaire. Il avait créé une histoire du XXe siècle telle qu'elle aurait pu être sans les vampires.

Elle ouvrit l'exemplaire de *Dracula.* Il était dédicacé à Charles, de la main de Kate. Comment allait celle-ci ? Elle était mal en point lors des funérailles, gonflée de sang et grisée par le chagrin.

Stoker était mort avant que son livre ne puisse être publié au grand jour. Il y avait eu une brouille entre Kate et sa veuve, Florence. Cette édition, avec l'introduction jamais réimprimée de la journaliste, était une curiosité de valeur, mais elle avait aussi une autre signification.

Elle décida de conserver le livre. Elle savait que Charles n'y verrait aucune objection.

Le volume s'ouvrit tout seul. Une carte rectangulaire et une feuille pliée avaient été laissées entre ses pages. Le bristol était une invitation au bal de fiançailles de Dracula, qui se tiendrait dans deux nuits. Le feuillet, une note écrite par Charles dans les deux jours précédant sa mort, peut-être la veille.

> « Une alliance, cimentée par le mariage entre la Maison de Dracula et la Maison de Vajda, établira, pour la première fois de ce siècle, une norme sous laquelle tous les Anciens peuvent se rassembler, probablement pour atteindre à un pouvoir politique temporel. Déjà, beaucoup de grandes fortunes de l'Europe sont aux mains de non-morts. Si Dracula retourne en triomphateur en Transylvanie, un empire naîtra de nouveau. La princesse Asa Vajda est un tyran manqué, dont les ambitions évidentes sont de devenir l'égale *nosferatu* d'Eva Perón. Le facteur inconnu dans cette alliance reste, comme toujours, Dracula en personne. Après une étude approfondie, Edwin, je dirais que notre comte a… »

La note s'arrêtait là. Elle ne contenait rien que Winthrop ignorât. Toutefois, puisqu'elle lui était destinée, Geneviève la lui communiquerait. Il était déjà reparti pour Londres, mais Bond était toujours à Rome et pouvait probablement être persuadé de jouer les facteurs, ne serait-ce que par gratitude pour sa vie sauve.

Elle s'interrogea sur l'observation que Charles avait pensée mais pas couchée sur le papier.

Elle tapota ses dents avec le bord du bristol. Devait-elle s'y rendre ? La dernière fois qu'elle avait été invitée – avec Charles – par Dracula dans un palais, un empire s'était écroulé et il y avait eu des flammes, du sang versé et un beau désordre. Bien sûr, cette invitation avait moins de chances d'être intéressante.

Elle avait déjà la robe. Une tenue aussi adéquate pour les funérailles que pour les mariages. Et portée une seule fois.

3

Fregene

En dehors de la ville, Kate encouragea Marcello à débrider la Ferrari. Le trajet n'était pas très long, mais les routes s'élargissaient assez pour permettre au bolide de donner la pleine mesure de sa puissance. Elle voulait rouler vite, sentir le vent lui gifler le visage et presser ses chairs gonflées.

Ses idées ne s'éclaircirent pas pour autant. Elle lui dit d'accélérer, et il obéit, en esclave attentionné qu'il était. Devant eux, des moutons s'égaillèrent en hâte. C'était très amusant. Les imprécations du berger se perdirent dans le vrombissement du moteur.

Ils négocièrent un large virage. Le palazzo Otranto se dressait sur le bord d'un promontoire et semblait convenablement ancien et sinistre. Pour le bal des fiançailles, Dracula avait déclaré un jour férié. La ville était pareille à un carnaval, grouillante de personnes pâles dans leurs costumes élaborés.

Elle ordonna à Marcello de longer le bord de mer à vitesse réduite. On n'était pas à Brighton ou Blackpool.

Les femmes vampires exposaient leurs corps d'un blanc cadavérique dans des maillots de bain qui ne seraient jamais mouillés. Des serviteurs les accompagnaient en brandissant au-dessus d'elles des parasols immenses, pour conserver un cercle d'ombre sur leurs maîtresses. On écoutait de la musique, on dansait, on se nourrissait et on buvait. Kate était une d'elles, une louve non-morte avec son toutou sang-chaud, qui marchait de travers sur la plage, en claquant des mâchoires et en laissant derrière elle une trace sanglante. Tous les visages étaient des crânes, pommettes saillantes et dents luisantes, yeux vides. Toutes les voix étaient aiguës, et les rires des crissements cruels. Le soleil réduisait l'univers à la couleur du sable.

Marcello avait peur d'elle, et il n'osait plus rien lui refuser. Cela changeait tout. Habituellement, Kate était la personne qui cédait toujours à autrui, et qui se retrouvait vidée quand on l'abandonnait. Pour une fois, elle était libre de ne penser qu'à elle, à ses désirs et à ses rêves. Elle pouvait enfin se mêler au reste du monde.

Elle sauta hors de la Ferrari avec la souplesse que lui donnait tout le sang ingurgité, et toucha le sol aussi légèrement qu'un chat. Elle avait déniché une robe noire et courte de chez Piero Gherardi, qui lui avait coûté la majeure partie de ses économies. Elle la portait avec des écharpes écarlates accordées à sa chevelure.

Sur la plage, des gens la remarquèrent. Quelques garçons qui tiraient une créature marine hors des vagues se retournèrent et sifflèrent. Elle prit la pose à la façon de Malenka, et le vent agita ses écharpes tels les tentacules d'une pieuvre. Elle avait envie de rugir comme une panthère. Les jeunes gens étaient gorgés de sang frais. S'ils s'approchaient d'elle, elle les déchiquetterait vifs.

Marcello gara la voiture et la rejoignit, une main en coupe autour de sa cigarette. Il se montra impatient et la pressa, en lui recommandant lourdement de ne pas prêter attention aux garçons. Il se comportait comme son père.

Elle le gifla, pour lui apprendre à tenir sa place. Furieux, il lâcha un « Eh bien, si c'est comme ça… », mais sa révolte n'alla pas plus loin. La gifle était une erreur, trop évidente.

Elle exerçait son contrôle sur lui, elle le commandait par le sang, transformait ses artères en fils de marionnette. Elle l'attira à lui et lui infligea un baiser fougueux. Il se rendit à son désir, ce qui énerva un peu plus la vampire.

Elle se lassait de lui. Ou plutôt, de cette situation. La tête lui tournait, depuis déjà des jours. Des semaines ?

Elle ne voulait pas penser à ce qu'elle avait perdu. Elle plaqua sa bouche sur le cou de Marcello et sa langue râpa une des morsures les plus récentes. Le nectar vital lui fit tout voir sous un angle meilleur, pour un temps.

Les jeunes gens manifestèrent leur approbation par des exclamations joyeuses. Marcello réussit à sourire et à leur faire un petit signe de la main.

Kate monopolisait toute son attention. Pourtant, elle le sentait, il lui cachait quelque chose. Il se soumettait physiquement, mais une gangue d'acier entourait son cœur. Elle savait ce qu'il pensait, rarement ce qu'il éprouvait. Il devait l'aimer. Par ses actes et ses paroles, elle en était sûre. Son amour était une protection. Elle n'en avait peut-être ni le besoin ni l'envie, mais il existait.

Les garçons tirèrent hors de l'eau le monstre marin, le traînèrent sur la plage et vinrent le déposer aux pieds de la vampire, à la manière d'un tribut. C'était une raie encore vivante, avec sa longue queue barbelée. Un œil unique, rond, sans cil, la regardait fixement. Peu à peu il se voilait. Que voyait cette créature agonisante ?

Elle s'agenouilla sur le sable et toucha du bout des doigts la peau froide et squameuse. L'animal vivait ses derniers moments. Sa conscience qui s'évanouissait par spasmes irrita Kate. Elle la frôla en prenant son essor. Tout mouvement maintenant ne serait que mécanique.

— Elle est morte, dit un des garçons. Ça se voit à son œil.

Celui-ci était d'un blanc de marbre.

Un effroi subit s'abattit sur l'esprit de Kate. Il manquait quelque chose d'important.

Ce n'était pas cela qu'elle était venue chercher. Elle était au bord de la mer, en vacances. Elle désirait les rochers de Brighton, les thés avec un nuage de crème, chercher des fossiles, des messages dans des bouteilles, des morceaux de bois flottant taillés par le ressac en des formes exotiques. Elle voulait redevenir cette fille, à Lyme Regis, qui se demandait ce que son père ne lui avait pas dit sur cette femme émaciée, très belle, immobile au bout de la jetée, perdue dans la contemplation de la mer. Toutes ces années plus tard, elle savait très précisément ce que cette femme sans nom avait ressenti. L'amour, et la perte de l'être cher.

Des véhicules traversaient la ville en une sombre procession. Leurs passagers étaient les invités les plus illustres d'*il principe* et de sa fiancée, les plus connus, ou les plus féroces.

Le palazzo étendait son ombre sur la mer. Kate leva les yeux en les abritant d'une main du soleil couchant. C'est dans cette bâtisse lugubre que résidait le Diable, depuis peu.

Il était crucial qu'elle voie son hôte en face. Depuis toutes ces années, dans ce siècle du cha-cha-cha de Dracula, elle ne l'avait jamais rencontré, jamais vu de ses yeux. Pendant une période, il avait mis sa tête à prix et l'avait déclarée ennemie de l'État. Mais ensuite il avait été assailli par un flot déferlant d'ennemis bien plus puissants, et il l'avait oubliée. Du moins l'espérait-elle. Elle avait senti son contact, pourtant : dans l'égratignure laissée par une épée à lame d'argent tenue par un Garde karpathe, durant la Terreur, et dans les chenilles d'acier du tank allemand qui lui avait roulé dessus, dans les tranchées. Charles parti, elle se retrouvait seule au monde, avec Dracula. Il fallait qu'ils se rencontrent. Peut-être, si la situation était maintenant arrangée entre eux, peut-être pourraient-ils tous deux se sentir libres. Tout serait fini, alors.

Les incertitudes de l'avenir effrayaient Kate. Quand l'orchestre cesserait de jouer, et que le cha-cha-cha serait terminé, qu'adviendrait-il ?

Le sang ne brûlait plus aussi fort en elle. Des taches de couleurs vives continuaient certes de recouvrir tout, et la pénombre formait un halo autour des êtres vivants ou des objets en mouvement. Mais son esprit redescendait vers la terre, avec lourdeur.

— Emmène-moi là-haut, dit-elle.

Marcello exécuta une petite courbette aigrement servile et lui offrit son bras.

4

La soirée

Elle portait du velours noir. La robe de soirée laissait nues les épaules mais descendait jusqu'au sol et s'y étalait comme une traîne. Elle était lourde, mais Geneviève pouvait supporter ce poids. Un avantage inappréciable de l'état vampirique était la capacité à se vêtir de façon spectaculaire en restant à l'aise dans des tenues qui auraient serré, comprimé, asphyxié une femme sang-chaud. Elle ne portait pas le chapeau à voilette qui allait avec la robe et qui avait été nécessaire pour les funérailles.

Depuis l'enterrement, elle n'était pas sortie de l'appartement plus d'une heure. En le quittant, elle ramassa l'invitation de Charles en plus de la sienne. Il pourrait être amusant de la donner à des étrangers, au hasard, et de les laisser goûter à l'hospitalité d'*il principe.* Cependant, en certaines occasions l'accueil de Dracula s'était révélé fatal pour ses invités. Il y avait fort à parier qu'il s'était débarrassé de cette manie de faire clouer les chapeaux au crâne de ses invités, ou d'empaler ses lieutenants s'ils se plaignaient de la puanteur des cadavres en décomposition. Mais… aucune certitude n'existait.

L'invitation spécifiait qu'un système de transport pour Fregene lui serait offert si elle se présentait sur la place du Quirinal entre 18 et 22 heures. Une flotte de limousines ferait l'aller et retour entre cet endroit et le palazzo Otranto pour convoyer les invités qui n'avaient pas décidé de venir par leurs propres moyens.

Elle partageait une Daimler avec des gens qu'elle ne connaissait pas. Jeremy Prokosch, un producteur d'Hollywood aux lunettes à verres cramoisis, qui griffonnait ses idées dans un petit calepin à couverture rouge ; Dorian Gray, l'actrice italienne, et non le libertin anglais ; le Dr Hichcock, un des médecins personnels d'*il principe,* en compagnie de son épouse silencieuse, une de ces femmes de la mode qui avaient tout fait pour ressembler le plus possible à la princesse Asa ; et un homme à l'air mécontent et aux joues creuses nommé Collins.

Geneviève aurait aimé discuter avec ce dernier, car c'était un des rares vampires de nationalité américaine, mais Prokosch les abreuva d'un monologue pompeux sur le show-biz. Apparemment, il avait raté de peu la limousine précédente, où avaient pris place Orson Welles, qui jouait Argo dans le film *Les Argonautes*, et John Huston, qu'il désirait engager pour tourner un film d'après *Je suis une légende*, avec Charlton Heston en vedette. Elle n'avait vu aucun film produit par Jeremy Prokosch. La plupart avaient pour sujet des orgies, fondées sur des sources classiques, donc exemptes de droits d'auteur à verser.

— La meilleure façon de limiter les frais dans un film en costumes, c'est de diminuer les dépenses liées aux costumes, pontifiait Prokosch.

Collins fournit un effort remarquable pour sourire à Geneviève.

— Avez-vous déjà travaillé comme mannequin ? lui demanda le producteur.

— Pas ces derniers temps, non.

Quand la voiture s'arrêta devant la façade du palazzo Otranto, la nuit était tombée. Geneviève avait l'impression d'avoir été frappée au sommet du crâne avec un numéro roulé de *Variety*. Il fallut encore attendre pour échapper au piège de la Daimler car devant eux les laquais chargés d'ouvrir les portières s'échinaient à extraire Orson Welles de la limousine précédente. L'acteur, barbu et énorme, était secoué d'un fou rire irrépressible tandis qu'il se tortillait afin de se décoincer du cadre de la portière. Finalement John Huston planta le bout incandescent de son cigare dans le postérieur éléphantesque de Welles, et le génie sphérique fut éjecté comme un boulet d'un canon.

Prokosch tira un script de sous sa ceinture de smoking et trottina à la poursuite de Huston. Geneviève lui souhaita de réussir au box-office et sortit à son tour de la Daimler. Elle leva les yeux et contempla le palazzo. Très joli. Plus baroque que gothique. Des colonnes torsadées et beaucoup de lierre.

— On dirait un gros oignon, soliloqua-t-elle.

Elle se joignit au flot humain qui avançait vers les énormes doubles portes. Devant les battants une escouade de guerriers, l'armure bordée de fourrure et les dents agressives, vérifiait les invitations et laissait passer les gens un à un. Les paparazzi étaient massés près de l'entrée, mais les Karpathes les empêchaient de bloquer le passage. Appareils photo brisés, reporters aux os également brisés jonchaient les abords. Elle vit l'un d'entre eux projeté contre un mur en pierre.

Son invitation fut naturellement acceptée et elle pénétra dans le palais. Après un large corridor, elle entra dans une salle de bal de la taille d'une cathédrale. Un orchestre totalement féminin jouait des morceaux de Nino Rota sous la direction d'un individu aussi décharné qu'un squelette et dont le visage était un masque dénué de toute expression. Un buffet dressé sur un alignement de tables dépassant les deux cents mètres offrait viandes froides et salades pour les mortels ordinaires, et une sélection d'animaux vivants pour les vampires. Les serveurs et les serveuses, des sang-chauds en pleine santé, paradaient avec le cou et le poignet dénudés, de petits robinets déjà insérés dans leurs veines. Elle accepta une mesure de sang humain qu'elle sirota.

En survolant la salle du regard, elle identifia nombre d'invités : la princesse Margaret et Anthony Armstrong-Jones, qui représentaient la reine ; John et Valerie Profumo, pour lord Ruthven ; le sénateur John Kennedy et l'ambassadrice Clare Boothe Luce, qui se détestaient cordialement ; Carlo Ponti et Sophia Loren ; Alberto Moravia, l'écrivain ; Gina Lollobrigida et le libérateur de Rome, le général Mark Clark ; Frank Sinatra et Dean Martin ; le poète Pier Paolo Pasolini ; Jonas Cord, l'avionneur milliardaire ; Rita Hayworth et l'Aga Khan ; Toto, le clown italien ; Moira Shearer et Ludovic Kennedy ; Enrico Mattei, chef des affaires pétrolières de l'État ; Palmiro Togliatti, chef du Parti communiste ; plusieurs acteurs ayant interprété Tarzan à l'écran, et le véritable lord Greystoke ; Zé do Caixao, le Brésilien embaumeur des célébrités ; Magda Lupescu, une vampire jadis célèbre pour avoir été la maîtresse du roi de Roumanie ; Mrs Honoria Cornelius et le colonel Maxim Pyat ; Salvador Dalí qui exhibait de longs crocs incurvés doublant ses fameuses moustaches ; Edgar Poe, le scénariste de cinéma ; le Dr Orlof, chirurgien plastique controversé ; Yves Montand et Simone Signoret ; Lemmy Caution, l'aventurier américain ; Gore Vidal, dont elle admirait l'œuvre ; Amintore Fanfani, du gouvernement précédent ; Michael Corleone, le roi de l'huile d'olive ; le prince Junio Valerio Borghese, un ex-fasciste plein d'ambition ; et, pour représenter le Vatican aussi discrètement que possible, l'évêque Albino Luciani.

Et les Aînés : Saint-Germain, l'énigmatique célébrité ; Karol Lavud, revenu de Mexico ; Armand de Paris, le directeur de théâtre ; Gilles de Rais, aussi connu sous le surnom de Barbe Bleue ; le baron Meinster, le flagorneur aux cheveux dorés ; Sebastian de Villanueva, alchimiste tombé en disgrâce du Manhattan Project ; Élisabeth Bathory ; Drago Robles ; Innocente Farnese ; Faethor Ferenczy ; Don Simon Ysidro. Il y avait même un groupe d'Anciens qui se tenaient à l'écart des autres, comme une espèce entièrement différente : Edward Weyland, Joshua York, Miriam Blaylock, Hugh Farnham. Un métamorphosiste octopoïde alla si loin pour se dissocier de l'humanité qu'il affirma être natif de la planète Mars. Si une des sociétés secrètes vouées à poursuivre la tâche d'Abraham Van Helsing avait préparé un attentat terroriste, elle aurait pratiquement l'occasion d'exterminer la race.

Son répugnant contemporain Gilles de Rais, héros de France quand elle était sang-chaud, lui rappela qu'elle était d'un âge propre à se faire appeler Ancienne ou Aînée, si elle le choisissait. Pour le reste, elle éveilla peu d'intérêt parmi tant de visages connus.

Je suis la seule personne ici dont je n'ai jamais entendu parler, se dit-elle.

Bien sûr, un visage célèbre restait pour l'instant invisible.

La princesse Asa Vajda fit son entrée, sur un palanquin porté par six jeunes membres de la jeunesse dorée, un éventail en forme d'aile de chauve-souris planté dans sa volumineuse coiffure. Mais son fiancé n'avait pas encore daigné apparaître.

Geneviève attendrait.

Elle aperçut Penelope au sein de la foule. L'Anglaise était ravissante dans une robe d'une élégante simplicité, avec ses cheveux ramenés en une coiffure haute et sobre.

Mais elle affichait une expression d'ennui exaspéré. Leurs regards se croisèrent. La princesse Asa fondit sur elle tel un faucon déguisé en perroquet et l'abreuva d'une série d'exigences diverses. Penny dut se concentrer pour rester calme et prendre sur elle. Geneviève se souvenait de sa tendance à la tyrannie domestique, et elle se demanda si elle payait ses excès passés ici, à Otranto, car elle endurait exactement les mêmes tourments qu'elle avait infligés à tant de domestiques.

Orson Welles et Cagliostro s'affrontaient au centre d'un cercle de curieux en un duel de magie. L'illusionniste sang-chaud surclassait le sorcier *nosferatu* grâce à son art de la mise en scène, et il souriait largement en usant de supercheries pour accomplir ses tours de force alors que le comte suait du sang en peinant pour exposer une magie sincère mais sans effets. Cagliostro avait fait confiance à ses dons surnaturels depuis si longtemps qu'il était perdu dans ce siècle de miracles quotidiens. Une jolie fille pouffa quand Welles sortit une souris de son décolleté. Les spectateurs coinçaient leurs flûtes à long pied au creux de leur bras pour applaudir.

Geneviève avait largement entamé sa deuxième boisson – la serveuse avait affirmé être une vierge issue d'une famille catholique de renom, mais son sang avait une saveur qui la contredisait – quand elle contourna un pilier et aperçut Hamish Bond, dans un smoking blanc immaculé, entouré de filles sous le charme, qui fumait avec nonchalance une de ses cigarettes spéciales, en commandant à une serveuse un cocktail de son sang additionné de vermouth et d'une olive.

— Secoué, mais pas mélangé, fit-il d'une voix veloutée.

— Quelle façon ridicule de se comporter, dit Geneviève.

Bond leva un sourcil en la regardant.

— Mademoiselle, la salua-t-il.

Les filles, des candidates potentielles aux concours de beauté et des extras familières des orgies, s'estompèrent. Geneviève apprécia l'effet.

— Je suppose que je ne devrais pas être étonné de votre présence ici, déclara l'espion. Vous êtes du genre qu'on voit à toutes les grandes réunions de la bonne société.

— Les mariages et les enterrements, répondit-elle. Et les fuites *in extremis.*

— Je ne vous ai pas encore remerciée comme il se doit.

— Inutile d'y penser. Avez-vous aperçu notre ami à moustaches ? Brastov ne peut rater l'occasion. Penelope aura prévu une assiette de lait au sang pour lui.

Le visage de Bond s'assombrit. Il n'aimait pas qu'on lui rappelle ses échecs.

— Tout le monde est ici, éluda-t-il.

— J'ai repéré Villanueva, dit-elle. Le transfuge. Vous ne devriez pas le kidnapper ? Quand il est passé de l'autre côté du rideau de fer, il a laissé la responsabilité à ces époux Rosenberg. Ce doit être sa première vision de l'Ouest en cinq ans.

— C'est le problème des Américains. Et puis, on est un peu en semi-vacances, ici. Otranto ressemble assez à la prison de Spandau. Territoire neutre, avec des représentants de toutes les parties. Quand ils ont renouvelé le traité de Croglin Grange à Yalta, ils se sont mis d'accord pour laisser Dracula tranquille, tout en gardant l'œil sur lui. Le palazzo est infesté d'espions depuis 1944. Je ne serais pas étonné que chaque invité soit en fait un agent double. Excepté moi. Et vous.

— Merci du compliment.

— Pas de quoi. Vous êtes vous-même, et c'est amplement suffisant.

Elle éprouva un petit serrement de cœur. Elle comprenait ce qu'il voulait dire. Charles absent à jamais, elle n'avait d'autre loyauté qu'envers ses propres élans.

Il but une gorgée de son Martini sanglant.

Le sortir du repaire de Brastov avait été une entreprise sanglante. Elle avait régressé jusqu'à un état de bête sauvage pour se frayer un passage parmi les sbires de Smert Spionam, dans un carnage terrible, sans se soucier des balles. Ce n'était pas quelque chose qu'elle aimait faire souvent, car cela la troublait de se rappeler combien il était aisé de se métamorphoser, non corporellement, mais en esprit, de concentrer son intellect sur la seule survie, en rejetant toute humanité.

Cette scène avec Penelope et Kate auprès de Charles l'avait également perturbée. Elle ne s'était pas totalement remise, et avait dû affronter un tourbillon d'émotions à la fugacité dérangeante.

Bond avait complètement récupéré. Elle avait laissé un survivant épuisé, en loques, et il s'était remis comme Vil Coyote, revêtant son armure suave pour cacher sa brutalité sous un smoking de Savile Row. Il était prêt à d'autres batailles inutiles contre ces hordes sans visage qu'elle s'obstinait à considérer comme des individus gênants, et qui saignaient.

Penelope passa près d'eux en sermonnant d'importance un jeune sang-chaud au visage livide.

— J'ai rencontré ce type après que vous m'avez quitté, l'informa Bond en parlant du compagnon de Penelope. L'ami américain de notre hôtesse. Tom quelque chose. Il y a un truc qui ne va pas chez lui, vous savez. Non, pire que ça. Il lui manque quelque chose.

— Comme à nous tous, lâcha-t-elle.

— Vous êtes d'humeur sombre, ce soir.

— L'homme que j'aimais depuis 1888 est mort cette semaine. Cela tend à réduire ma bonne humeur.

Bond en resta interdit. Il ne pouvait imaginer que quelqu'un prenne la mort au sérieux. Elle occupait une trop grande place dans son quotidien. Charles ne s'était jamais laissé aller à ce comportement. La retraite derrière une ironie insensible n'était même pas propre aux vampires ; plutôt au XXe siècle.

Soudain elle ne ressentit que de la tristesse pour l'espion.

— Vous tomberez amoureux, vous aussi, affirma-t-elle. Et elle mourra.

Bond tenta de prendre un air dégagé sans y parvenir. Elle savait qu'elle avait raison. Cela était arrivé à l'espion auparavant, et cela se reproduirait.

— Je suis désolée, dit-elle. C'était inutilement cruel de ma part. Vous avez raison, ce sont des semi-vacances. Nous sommes tous en tenue de soirée, et nous avons la permission de minuit. Cette nuit est faite pour simuler, pas pour une honnêteté embarrassante.

Il la dévisagea.

— Vous êtes une femme remarquablement belle, Geneviève.

Elle lui rit au nez, mais elle était flattée.

— Tout à l'heure, un producteur m'a demandé si j'avais été mannequin.

— Impossible. Il y a trop de personnalité dans votre visage.

— Trop de dangerosité, surtout, rétorqua-t-elle en claquant de ses dents aiguës.

5

Operazione Paura

Franchir les portes du palazzo Otranto, c'était comme se risquer dans la gueule du dragon. Kate sentit les lois de l'univers qui se gauchissaient. Il en était toujours ainsi, en la Présence royale.

Marcello remarqua son hésitation. Ils retenaient la circulation. Derrière eux, à l'extérieur, les gens se massaient, telles les bulles sous le bouchon de champagne.

Le bouchon sauta.

Les invités se déversèrent dans les couloirs du palazzo, et convergèrent vers le centre. La salle de bal au plafond en voûte était immense, et déjà bondée.

Elle était saisie par la soif de sang. Ici tout le monde, vivants et *nosferatus*, était un sac de sang. Marcello ne pouvait plus la contenter, et elle tombait dans la manie. Elle avait vu d'autres vampires dans cet état, mais n'y avait encore jamais succombé.

Ce n'était pas si désagréable.

Ses yeux magnifiés par les verres de lunettes devaient luire d'un éclat écarlate. Ses dents étaient des dagues, ses ongles des serres. Elle était une sorte de dragon, à sa manière.

L'orchestre jouait le cha-cha-cha de Dracula. Les sujets de Sa Majesté dansaient, traînes noires et velours rouge sur la mosaïque du sol. Des plumes d'autruche tressautaient comme des antennes d'insectes au-dessus de coiffures complexes. Des joyaux rouges lançaient des éclairs, les visages pâles formaient des taches plus claires dans la pénombre.

— Dansons, dit-elle à Marcello en le prenant par le bras.

Il était facile de s'abandonner à la musique. Son cavalier l'accompagnait avec un savoir-faire certain, mais sans entrain. Derrière les lunettes noires, son regard était vide. Elle le possédait totalement. Elle avait fait de lui son esclave, comme ce pauvre fou dont Jack Seward s'était occupé en 1885. Renfield.

Il a commencé à nourrir des araignées avec des mouches, puis des oiseaux avec ces araignées, et un chat avec les oiseaux…

La danse devenait une nourriture, la musique une boisson. Tout autour d'eux, dans la foule, des créatures semblables à elle se déhanchaient. Des museaux couverts d'une toison rêche, des pattes de bête sortant des poignets en dentelle, des crocs puants ornés d'or, des ailes membraneuses laissées libres grâce à des robes à dos nu, des yeux rouges soulignés d'une ombre bleue.

Les invités de Dracula.

Le prince en personne n'avait pas besoin de se trouver dans la salle. Il devait demeurer sous eux, dans la terre, et lors de l'apogée de la soirée, il monterait pour honorer ses sujets de sa présence.

En tournoyant, ils côtoyaient des gens qu'elle connaissait. Geneviève était dans un coin, et écoutait d'un air las un vampire britannique très séduisant qu'elle avait remarqué aux funérailles de Charles. Penelope fumait nerveusement une cigarette, et semblait aussi tendue qu'une nounou quand les bambins se déchaînent. Kate trouva cela amusant : souvent elle avait dû s'occuper de la petite Penny, la mignonne terreur. La seule façon dont son amie pouvait grandir était que tous les autres redeviennent des enfants.

Orson Welles coupait en deux une blonde Tchécoslovaque à l'aide d'une épée, sans cesser de parler. L'inspecteur Silvestri et le sergent Ginko, vêtus en serveurs, gardaient un œil sur toute menace envers les Anciens. Deux policiers sang-chauds pour protéger le groupe de gens le plus dangereux au monde…

Elle saisit enfin le rythme.

Drac-u-la, Drac-u-la, Dra!… cha-cha-cha…

Le père Merrin, dans une simple robe de bure ornée d'une énorme croix qui pendait sur sa poitrine, observait la foule avec dans les yeux plus de pitié que de désapprobation. Et, Seigneur, il y avait ce gredin de Sebastian Villanueva. Il était censé se trouver à la Cité des Étoiles, occupé à inventer de nouveaux missiles de guerre. Sa présence, même provisoire, à l'Ouest constituait déjà un scoop. Elle aurait dû se ruer sur le téléphone le plus proche pour appeler son rédacteur en chef.

Non, elle était en train de danser.

Drac-u-la, Drac-u-la…

Ce soir, elle se contrefichait de son métier.

Dra!… cha-cha-cha…

Elle se trémoussait tout près de Marcello ; les coudes sur ses épaules elle enfouissait ses doigts dans les cheveux gominés de l'Italien.

Drac-u-la, Drac-u-la, Dra!... cha-cha-cha...

Elle humecta ses lèvres pleines, puis toucha le bout de son nez avec la pointe de sa langue. Dans leurs jeunes années, cet exploit ravissait parfois assez Penelope pour qu'elle oublie le tour qu'elle voulait lui jouer. L'Anglaise avait aimé se moquer de la pauvre Kate toujours si pondérée. Marcello ébaucha à peine un sourire. Pour lui, la danse était chose sérieuse.

Drac-u-la, Drac-u-la, Dra!... cha-cha-cha...

Elle tourbillonna sur place, ses hanches ponctuant le rythme de balancements brusques, et tira la langue en direction de Penelope, qui dans un geste de mauvaise humeur écrasa sa cigarette sur la main d'un serveur. Kate éclata de rire. D'un bras secourable Marcello l'empêcha de perdre l'équilibre, et elle se laissa emporter par la musique.

Elle ne se souvenait pas d'avoir jamais vu Charles danser. Cependant elle l'avait vu tirer l'épée. Il avait le pied léger et ne manquait pas d'imagination. Il aurait fait un très bon cavalier. Peut-être n'avait-il jamais dansé avec elle, voilà tout.

Elle rata un pas et étouffa un juron. Toujours il fallait que les fantômes viennent la troubler. Quelle absurdité ! Un vampire était plus fort qu'un fantôme, assurément.

Parmi tous ces regards hypnotiques d'Aînés, elle repéra des yeux d'un bleu doux emplis de sagesse. Merrin. Il l'observait et compatissait. Il n'en avait aucun droit. Elle était un monstre. Elle n'avait besoin d'aucune sympathie.

De l'ongle de son pouce transformé en griffe, elle entailla le cou de Marcello. Elle se hissa sur la pointe des pieds pour coller ses lèvres au jet de sang. Le goût électrique chassa ces pensées et les craintes qu'elles généraient.

Marcello ne dansait plus. Il tremblait entre les bras de Kate. Trop de sang se vidait de ses veines déjà anémiées.

Discrètement, des valets de pied apparurent sur la piste et le lui prirent. L'un des deux colla un large bandage adhésif sur la plaie et dit quelque chose en italien à propos du Vimto. Ils l'emmenèrent comme on enlève un jouet cassé à un enfant turbulent, en prenant soin de ne rien montrer de leur mécontentement. Mais il était clair qu'ils lui reprochaient son étourderie.

Un des domestiques indiqua son menton. Il fallut un moment à Kate pour comprendre ce qu'il voulait dire. Elle prit un mouchoir et essuya le petit filet de sang.

Marcello fut escorté vers une alcôve. Quand un des valets de pied ouvrit le rideau, Kate aperçut une rangée de lits flanqués de supports pour perfusion. Des infirmières s'affairaient autour de patients. Elle n'était pas la seule à s'être laissée aller à l'excès sous l'emprise du cha-cha-cha.

Dépourvue de partenaire, elle éveillait maintenant les convoitises. Le général Iorga, un Ancien replet, qui avait commandé la Garde Karpathe quand la tête de Kate était mise à prix, voulut l'entraîner dans une gavotte. Il la perdit au profit d'un beatnik coiffé d'un béret et portant le bouc qui la remit dans l'ambiance du cha-cha-cha. Une amulette au bout d'une longue chaîne tressautait entre eux, rebondissant contre le pull-over noir de l'homme et le décolleté de la vampire.

Elle fut arrachée à son cavalier par une Aînée qui prit avantage d'un ralentissement momentané de la mélodie pour l'embrasser à pleine bouche. Alors qu'une langue inconnue s'introduisait entre ses lèvres pour lécher ce qui restait du sang de Marcello, Kate se rendit compte que c'était le plus étrange de tous les Anciens, Casanova. Depuis son passage aux ténèbres, il s'était transformé de façon permanente en une femme, ce qui par ailleurs n'avait eu aucun effet sur ses pulsions masculines.

Puis elle fut soustraite au célèbre amant et à ses lèvres par un sang-chaud ravagé qu'elle reconnut malgré son triste état : Errol Flynn. L'ancienne idole de l'écran avait un petit robinet serti dans son cou. Kate ne put résister à la tentation de goûter au sang de Robin des Bois. C'était plus de la vodka que du sang, mais il était riche d'épices exotiques et de poudre à canon.

Enivrée de maintes façons, elle délaissa Flynn et fendit la foule en titubant.

Une large poitrine lui bloqua soudain la vue. Elle leva la tête pour regarder le visage, mais ne vit qu'une face floue et rouge. L'homme portait des collants qui révélaient des cuisses et des mollets de lutteur.

Un voile glacé tomba sur l'esprit de Kate.

Où étaient Silvestri et Ginko ? Et les Gardes Karpathes ? L'effroi la tétanisa.

Sa vue s'ajusta. Elle s'était trompée. Ce n'était pas le Bourreau Écarlate. Un visage avenant, carré, avec des lunettes, était penché vers elle. Celui de l'acteur, Kent. Elle avait vu des films de lui en Hercule.

Il n'était même pas habillé en rouge. Ses collants étaient bleus.

— Vous allez bien, Miss ? s'enquit-il.

Elle l'écarta d'un geste, en s'efforçant de se composer une expression digne qui la ferait passer pour raisonnablement sobre. Il ne fut pas convaincu, mais estima qu'elle s'était assez reprise.

Derrière l'Américain musculeux, elle entrevit une silhouette menue. Une femme de petite taille, ou une fillette. Des cheveux blonds qui en retombant masquaient un œil. Elle s'était trompée sur le Bourreau Écarlate, mais c'était bien là la gamine aperçue sur la piazza di Trevi.

— Excusez-moi, dit-elle à Kent en le poussant de côté.

La fillette avait disparu.

À présent Kate avait envie de pleurer. Elle se savait dans un état nébuleux, insensible. Or, elle désirait être affûtée comme une lame. Elle voulait redevenir elle-même. Elle avait besoin de retrouver sa personnalité réelle, et tout de suite.

Une balle rouge rebondit sur le sol et roula jusqu'à ses pieds. Elle se baissa pour la ramasser, mais dans le geste avança d'un pas et frappa dedans de la pointe du pied. Le ballon s'envola, heurta la tête du première classe Elvis Presley, puis la poitrine d'Edgar Poe, renversant son verre, avant de glisser entre Gina Lollobrigida et un Aîné que Kate ne connaissait pas. On eût dit que la balle essayait de s'échapper. Sans la quitter des yeux, Kate la suivit.

6

Crêpage de chignon

Une personne de petite taille effleura Geneviève.

— J'aurais cru que l'heure du coucher était largement dépassée pour les fillettes, commenta Bond.

Elle regarda autour d'elle, mais ne vit aucune enfant.

— Petite diablesse, fit l'espion d'un ton songeur.

— Ici, vous ne devriez pas vous fonder sur l'apparence pour deviner l'âge, commander Bond. Melissa, ma grand-mère-en-ténèbres, est une de ces fillettes perpétuelles. Elle est devenue *nosferatu* à six ans. Pendant un millier d'années, on la saluait avec crainte, en faisant un signe de croix.

Elle se demanda si Melissa d'Acques était présente. Geneviève n'avait pas eu de nouvelles d'elle depuis plus d'un siècle. Jadis cela aurait signifié que l'Aînée avait été détruite. Aujourd'hui, cela suggérait qu'elle faisait partie de ce cercle qui détestait le penchant théâtral de Dracula. Certains vampires s'étaient tant accoutumés à vivre dans l'ombre que jamais ils ne pardonneraient à *il principe* de s'être révélé au grand jour et d'avoir définitivement brisé la spécificité des vampires.

On se mit à murmurer que Dracula allait bientôt faire son apparition.

Penelope écoutait les ordres de la princesse Asa, qui avait changé deux fois de tenue depuis le début de la soirée. Deux cents ans n'avaient en rien altéré ses airs impérieux. La création étrange qu'elle portait à présent aurait aussi bien convenu en Mongolie qu'en Moldavie.

Asa possédait un visage aux traits durs, presque asiates. En ce moment, il était encadré par une collerette faite d'une matière rappelant la peau de serpent et qui était la naissance d'une longue traîne en satin turquoise soutenue à ses extrémités par deux nains déguisés en Nègres enturbannés. Sous la cape elle portait un pectoral digne d'une Walkyrie et une jupe courte en mailles métalliques sur du cuir. Les talons aiguilles de ses cuissardes ajoutaient autant à sa taille que la topiaire de sa coiffure. La princesse tenait un fouet court, du même modèle que le knout avec lequel elle avait l'habitude de frapper ses serfs, à la bonne vieille époque.

Bond se sentit aussitôt attiré par la fiancée royale. Geneviève, quant à elle, trouvait la mise de la princesse assez ridicule, mais dans une telle assemblée il fallait en rajouter pour se faire remarquer. Et Asa Vajda n'avait pas voulu rater son effet.

Penelope acquiesçait brièvement à chaque oukase royal. Il y aurait des trompettes, des torches et une canonnade tirée du haut des remparts. Penny fit remarquer qu'il serait sans doute plus habile que les canons soient pointés sur la mer, et non sur la ville.

— Une pluie de boulets est un pauvre substitut aux confettis, princesse, dit-elle.

— Peuh ! fit Asa. Nous nous soucierions de quelques mortels ? Ils devraient nous être reconnaissants de saigner et de mourir pour saluer mon bonheur. Si nous tirons en direction de la mer, que se passera-t-il ? Seuls les poissons mourront.

Penelope semblait à cran. Geneviève céda à une impulsion subite et vint au secours de l'Anglaise :

— Pour Dracula, il est de tradition de tirer sur la mer. Pour se venger de l'inondation de 1469, qui isola l'ennemi alors qu'il battait en retraite et empêcha les armées de Vlad de tailler en pièces les Turcomans.

Turcomans, voilà qui était bien choisi. Très XVe siècle. Asa roula de ses énormes yeux.

— La fille Dieudonné, dit-elle. La petite amie de Carmilla Karnstein…

— Je suis ravie de vous revoir, Asa.

Trois cents ans plus tôt, Melissa d'Acques avait convoqué une réunion d'Aînées dans la Forêt-Noire. Elles étaient supposées débattre de certains points obscurs relatifs au protocole entre *nosferatus* que personne ne pouvait comprendre, mais Geneviève seule s'était rendu compte que la seule raison de cette rencontre était que sa grand-mère n'avait personne avec qui jouer. Elles avaient passé un mois à se déguiser et à traquer les chasseurs dans les bois. La princesse Asa n'aimait pas Geneviève alors, et elle n'était pas décidée à changer d'opinion maintenant.

— Chut, fit Asa, et cela pouvait être un terme de bienvenue moldave comme une insulte mortelle.

— Chut à vous aussi.

— Cette inondation de 1469… ?

Elle l'avait inventée de toutes pièces, bien entendu.

— Une réprimande de Poséidon. *Il principe* sera honoré.

— Très bien, déclara la princesse. L'Anglaise, vous ferez bombarder les vagues.

Penelope était soulagée.

Un ballon rouge rebondit sur la piste de danse. Asa lui lança le regard qu'elle aurait eu pour un intrus.

— Et crevez-moi cette balle.

Le secret de la tyrannie tenait dans l'aptitude à se montrer totalement arbitraire. Asa avait probablement lu Machiavel, et elle s'efforçait de dépasser son modèle. Parfois il convenait de donner des ordres ineptes pour voir avec quelle célérité ils étaient exécutés.

Kate Reed émergea en titubant de la foule des invités, apparemment à la poursuite du ballon. Elle était dans un état second, les yeux écarquillés et rougis, du sang barbouillant sa bouche et sa robe. Elle semblait tellement concentrée sur le ballon qu'elle trébucha.

Geneviève la rattrapa de justesse. Kate se débattit un peu avant de la reconnaître.

— Si ce n'est pas Mademoiselle Parfaite ! railla-t-elle aigrement.

Geneviève se garda bien de s'offusquer. La journaliste était en proie à la folie du sang.

— Savez-vous comment faire pour que nous autres nous puissions éprouver des émotions ? Vous, la dame aînée, la vampire sainte, l'aventurière de marbre ? Seize ans et pure comme le lait à l'extérieur, avec tout ce génie et cette générosité de caractère enfermés en vous ?

Geneviève regarda Penelope, puis Asa. Aucune ne réagit.

— Je suis comme vous, Kate, dit-elle. Je ne suis pas spéciale.

L'Irlandaise eut un rire amer, au bord des larmes.

— Pas étonnant que vous l'ayez gagné, dit-elle. Aucune de nous n'avait la moindre chance. Vous êtes pareille à une statue. Comparées à vous, nous ne sommes que des gamines agitées. Nous changeons, nous nous ridons, nous mourons, alors que vous restez toujours la même, toujours parfaite, toujours triomphante avec modestie. Nous ne sommes que des détritus laissés derrière vous.

— Je crois que vous avez assez bu pour ce soir, Katie, dit Penelope.

— Oui, je sais… Je vous présente mes excuses, Geneviève. Vous avez raison. Je ne suis pas moi-même, en ce moment.

Malgré sa griserie, Kate pouvait toujours réfléchir. Peut-être l'excès de boisson l'avait-il libérée, lui permettant de dire enfin ce qu'elle avait toujours gardé pour elle. Ou bien la présence de Geneviève lui était insupportable. En fin de compte, tous les gens qu'elle connaissait souffraient.

Elle essaya de trouver l'amour dans son cœur, ce qui la rendait différente d'une Asa Vajda ou d'un Dracula, cette pulsation constante qu'elle avait ressentie pour Charles, et à travers lui pour le monde des sang-chauds. À cet instant elle eut l'impression que cette vibration si humaine n'était plus là.

— Je vous ai blessée, dit-elle en essuyant du bout d'un doigt une larme sur la joue de Geneviève. Je suis désolée. Je me trompais. Vous êtes toujours vivante.

Kate aussi pleurait. Penelope la serra dans ses bras. Une nouvelle fois, elles partagèrent les larmes.

— Personne ne doit pleurnicher à ma soirée, décréta Asa. C'est un ordre. Tout le monde doit sourire, tout le monde doit être heureux. Sous peine d'être empalé.

— Mes excuses, princesse, commença Penelope. Mon amie ne voulait aucunement…

D'un geste sec, Asa déploya la lanière du knout. Le cuir gifla l'Anglaise en travers du visage.

Le claquement du fouet retentit avec la force d'une détonation.

Bond glissa une main sous le pan de son smoking, puis se ravisa et se détendit. C'était une histoire entre femmes. Il pouvait profiter du spectacle sans s'en mêler.

Kate paraissait soudain dégrisée. Elle plaça Penelope, choquée et le visage orné d'une large marque rouge, dans un fauteuil, puis se campa face à Asa Vajda, qui était plus grande qu'elle d'au moins quarante centimètres.

— Espèce de vieille peau de vache ! cracha-t-elle avant de frapper la princesse à la gorge.

Asa tituba sous le coup et vacilla sur ses hauts talons. Ses laquais nains tirèrent sur la traîne qui se décrocha de ses épaules quand le fermoir céda. La princesse émergea de son linceul de satin et fit claquer son fouet.

Kate saisit la lanière de cuir qui s'enroula plusieurs fois autour de son avant-bras, et la tira violemment en avant, déséquilibrant un peu plus Asa. Les deux femmes portaient des talons hauts, mais Kate pouvait se débarrasser de ses escarpins Perugia d'une secousse du pied, ce qu'elle fit. Du coup, elle perdit encore sept centimètres.

Les pommettes et les joues du visage de la princesse Asa se distendaient, comme si les crocs poussaient le long de ses yeux et à l'intérieur de ses mâchoires.

— Mauvaise idée de cogner la fiancée, dit Bond. Pourquoi ne pas vous embrasser et vous réconcilier, les filles ?

Kate exerça une traction brutale sur le knout, qui attira Asa vers elle, à portée de son autre main armée de griffes acérées. Ses doigts s'enfoncèrent dans la chevelure de la princesse et ruinèrent sa coiffure sophistiquée. Des mèches retombèrent sur le visage d'Asa. Des entailles rouges strièrent ses joues, mais guérirent aussitôt.

Avec la férocité d'un fox-terrier, Kate souleva Asa du sol et l'envoya percuter une colonne à plusieurs reprises. La tête de la princesse cognait le marbre et elle sifflait de rage. Kate la lâcha et recula de deux pas, pour la laisser se reprendre.

Asa frappa d'un pied botté et toucha Kate derrière les genoux, en un balayage parfait. L'Irlandaise chuta lourdement sur le dos, et la royale fiancée plaqua le talon de sa botte sur le front de son adversaire.

— Rends-toi. Reconnais ta défaite.

Bien sûr, tous les invités avaient fait cercle pour observer la scène. Des flashs crépitaient. Kate gisait immobile, pareille à un poisson échoué sur la plage, toute combativité envolée.

Geneviève sentit d'autres larmes couler sur ses joues.

— Cela suffit, Asa, dit-elle.

— Elle doit s'avouer vaincue, répliqua la princesse. Pour cela, je la récompenserai d'une mort rapide et miséricordieuse.

— Vous ne pouvez plus agir de la sorte, Asa. Vous n'avez pas été capable de faire cela depuis des années. Vous ne possédez plus de serfs. Vous n'avez pas le droit de prendre la vie.

Asa la toisa de longues secondes. Ce n'était pas une barbare stupide, et c'est justement ce qui effrayait Geneviève. Rien n'était pire qu'une barbare intelligente.

— Vous avez raison, Geneviève de la lignée d'Acques. Durant ce siècle, nous avons laissé la situation se détériorer. À présent les paysans osent frapper leurs maîtres…

— Je ne suis pas une paysanne, gargouilla Kate. Je suis journaliste. De la bourgeoisie, je l'admets. Souvenez-vous de la bourgeoisie, princesse. Nous avons supplanté les seigneurs féodaux au XVIIIe siècle.

Asa fit glisser son talon dans la bouche de Kate pour l'empêcher de poursuivre.

— C'est ici et maintenant que tout va rentrer dans l'ordre, décréta la princesse. Les choses vont redevenir telles qu'elles n'auraient jamais dû cesser d'être.

Geneviève savait qu'elle tuerait Asa avant que celle-ci ne puisse blesser Kate. Ensuite elle serait mise en lambeaux elle-même, et Dracula arriverait à cette soirée juste à temps pour tremper ses doigts dans son sang.

Il s'était produit la même chose lors du rassemblement décidé par Melissa. Mettez plusieurs Anciennes dans une pièce, et elles ne tarderont pas à se battre comme des chattes en furie.

Asa Vajda tendit un bras.

— Vous, là, le gros homme barbu.

Si Orson Welles fut surpris d'être ainsi distingué, il ne s'en formalisa pas.

— J'ai besoin de votre épée.

Il lui tendit ce qui ressemblait à un sabre de cavalerie plaqué d'argent, à la lame déjà tachée de sang.

— Qu'on se le dise ! cria la princesse en prenant l'arme des mains de Welles. Comme en Moldavie, j'agirai en tant que mon propre bourreau !

Elle ôta son pied du visage de Kate et brandit le sabre.

— Ainsi périt quiconque ose défier la princesse Asa Dracula !

La lame traça un arc d'argent fulgurant en s'abattant sur le cou de Kate.

7

L'épée enchantée

Elle ne pouvait pas s'arrêter de rire. Sa gorge s'était gonflée, et du sang remontait dans sa bouche.

— Quelle imbécile ! Mais quelle imbécile ! bredouilla Kate.

Elle tâta son cou. Il n'était même pas brisé.

La princesse Asa Vajda regardait l'épée dans sa main comme si c'était un serpent. Sa lame paraissait pourtant solide, aiguisée et plaquée d'argent. Un liquide rouge dégouttait de son tranchant. De la confiture de fraise.

— C'est une épée *magique*, dit Kate en s'asseyant.

Orson Welles ne plastronnait plus. Asa plongea le sabre dans son torse énorme sans que le génie du septième art en souffre le moins du monde.

— Pas votre sorte de magie, princesse, précisa Kate. Ce n'est pas de la nécromancie, ni de la sorcellerie. Juste un tour, de la prestidigitation.

Asa Vajda était rose de colère et de honte. La journaliste n'était pas la seule à rire. Penelope essayait désespérément de conserver une expression de sympathie, ou au moins de calme, mais elle ne pouvait contenir son ravissement devant l'humiliation de la fiancée royale.

— Essayez donc de prononcer le mot « prestidigitation » dans l'état où je me trouve, appuya Kate.

— Quelle sorte d'épée est-ce là ? fit la princesse à l'adresse de Welles.

— Un illusionniste ne révèle jamais ses secrets, répondit-il.

Asa Vajda avait commis une grossière erreur en s'attribuant le nom auquel elle n'avait pas encore droit. Une seconde l'ombre de la terreur passa sur son visage dur. Dracula serait mis au courant de son impertinence, s'il n'en était déjà averti.

Des Karpathes saisirent Kate et la mirent debout. Geneviève posa la main sur l'épaule d'un d'entre eux, affirmant calmement sa puissance et sa beauté. La princesse hocha la tête quand le garde la consulta du regard. L'Irlandaise fut relâchée.

Penelope lui tendit ses chaussures. Des larmes coulaient sur son visage tant elle avait du mal à retenir son hilarité. La marque laissée par le fouet d'Asa avait déjà disparu.

— Je pense que vous feriez mieux de partir, Katie, dit-elle en se mordant l'intérieur des joues pour ne pas éclater de rire.

— Je crois que vous avez raison. (Elles s'étreignirent.) C'était un plaisir de vous revoir, comme toujours, Penny, assura-t-elle en enlaçant son amie dans un élan de sincérité. Et vous aussi, Geneviève. Je retire les propos aberrants que j'ai tenus tout à l'heure. Vous êtes la meilleure amie qu'on puisse rêver.

Geneviève l'embrassa à son tour.

Asa marmonna quelque chose à propos des terres et des îles barbares de l'Ouest. L'Irlande, l'Angleterre et la France étaient bien loin de la Moldavie, et perpétuaient des coutumes absurdes.

— Bonne nuit, princesse, dit Kate. Je vous souhaite de goûter au mieux le reste de ce siècle démocratique.

— Hors d'ici ! hurla de rage Asa.

La reporter prit congé.

Elle était déjà sortie du palazzo quand elle se rendit compte que Marcello se trouvait toujours dans la salle de bal, sans doute occupé à ingurgiter du Vimto en maudissant les appétits de la vampire. Devait-elle l'attendre, ou trouver une voiture pour revenir seule à Rome ?

La musique filtrait à travers les barreaux des fenêtres ouvertes et planait sur la ville. Kate s'assit devant l'entrée et remit ses chaussures. Elle était encore ivre, mais elle se maîtrisait. Le danger était passé, sa fureur sanglante avait disparu. Cette nuit, elle n'attaquerait personne d'autre. À moins qu'elle ne croise le chemin d'une créature terrifiante.

Elle pouvait certes en rire, mais son affrontement avec Asa Vajda lui avait fait courir un risque réel. Si la princesse avait trouvé une épée plus fiable, Kate serait à présent plus petite d'une tête, et réellement morte. Détruite. Même si elle avait réussi à éviter la lame et qu'elle avait déchiré la gorge de l'Aînée, elle aurait fini par en mourir. Seul un moment de pure comédie lui avait sauvé la vie.

Quelque chose de rouge roula dans l'allée : le ballon qu'elle avait suivi à l'intérieur. On eût dit qu'il l'attendait. En dépit de ses pensées encore confuses, elle songea que les jouets n'étaient pas supposés posséder une telle indépendance de mouvement.

Du haut des remparts, un canon tonna. Quelque chose fusa vers la mer, puis explosa, éparpillant des éclats vengeurs sur les vagues. Elle détecta l'odeur de la poudre et résista au réflexe de se jeter à plat ventre sur le sol. Elle avait vu trop de guerres.

Dans l'éclair du tir, elle aperçut une petite silhouette au bord de la falaise. Elle s'efforça de percer l'obscurité aussitôt revenue, mais ne put distinguer la fillette.

Aucun doute, elle avait été là.

Un brouillard de sang roula dans son cerveau, annonçant une migraine spectaculaire. Elle avait envie de se pelotonner à même le sol et de dormir sous la garde des lions de pierre qui flanquaient l'entrée du palais de Dracula.

L'enfant avait imprimé sa silhouette dans l'esprit de Kate. Elle ôta ses lunettes et se frotta les yeux. Dans les ténèbres rougies, la fillette se détachait.

Elle eut la vision fugitive du visage triste aperçu dans les eaux de la fontaine de Trevi. Cette expression que l'Irlandaise savait fausse. Elle était sur le point de comprendre ce qui n'allait pas dans cette interprétation, mais…

La balle se trouvait au bord de la falaise. Kate se releva, quitta l'allée et traversa d'un pas décidé l'espace herbu qui descendait en pente douce jusqu'au vide. Sous les remparts, l'à-pic était impressionnant. Les vagues s'écrasaient au pied de la falaise dans un fracas d'enfer, et l'érodaient lentement.

Un jour, le palazzo Otranto s'effondrerait, comme la Maison Usher de Mr Poe.

Le ballon rouge était coincé dans les branches d'un arbuste qui avait poussé à l'extrême bord de la falaise. Kate se baissa pour le libérer, et soudain elle fut saisie d'un étourdissement. Au pire moment possible, son attention était captivée par la frange d'écume qui allait et venait trente mètres plus bas. Les vagues montèrent vers elles, puis se retirèrent. Une illusion créée par le vertige.

Elle ne tomba pas.

Où était passée la fillette ?

Elle regarda le long du flanc du palais, là où l'espace de verdure se rétrécissait car la falaise s'était écroulée. Après quelques mètres, le haut mur et la falaise ne faisaient plus qu'un, sans aucun passage. Impossible de contourner le bâtiment par là.

Un élan de culpabilité la saisit. Avait-elle apeuré la gamine au point de la faire tomber ?

Kate s'assit, les pieds dans le vide. Les embruns formaient un nuage de gouttelettes en suspension dans l'air, comme un crachin très fin.

La fraîcheur dissipa les vapeurs de son ivresse. Elle apprécia l'eau salée sur son visage.

Un autre coup de canon résonna.

Cette fois, elle regardait vers le bas quand le tir eut lieu, et l'éclair illumina tout pendant une fraction de seconde. Le pan de la falaise passa du noir au blanc, et une petite silhouette s'y dessina clairement.

Bougeait-elle, agitait-elle les bras ? Ou restait-elle immobile, et seule la lumière brève lui donnait l'illusion du mouvement ?

— Petite fille ! la héla Kate. *Ragazza !*

Sa voix se perdit dans le rugissement des vagues.

Elle attendit, mais le coup de canon suivant mit longtemps à venir. Elle craignait que la fillette n'ait chuté. À cause de la poursuite de Kate, ou du choc de la détonation ? Courait-elle après le ballon et avait-elle perdu l'équilibre, pour basculer sur un affleurement rocheux ?

À l'évidence, l'enfant ne passait pas dans l'existence de Kate par hasard. Elle s'était trouvée sur la piazza di Trevi quand le Bourreau Écarlate avait frappé, et maintenant elle était là, au palazzo Otranto, au moment où l'Irlandaise avait affronté la princesse. D'une façon inexplicable, elle était devenue l'ange de violence de Kate.

Le ballon bascula par-dessus la roche et tomba à la mer.

La journaliste comprit ce qui lui restait à faire. Il fallait qu'elle ôte ses chaussures de nouveau. Tant pis, ses bas n'y résisteraient pas, ni sa robe. Mais la soirée était terminée pour elle, de toute manière.

Elle se tint au bord de la falaise, bras écartés telle une plongeuse, pour jauger la force du vent et des embruns. Supportable, heureusement. Elle s'accroupit alors, se pencha dans le vide, et de la main chercha un appui en contrebas.

Elle s'accrocha à la roche en pesant des épaules et des hanches, et descendit en restant collée à la paroi. Elle redoutait de perdre ses lunettes. Ses genoux et ses coudes frottaient contre la roche, mais ses doigts et ses orteils trouvèrent des prises.

Elle progressait à la manière d'une grosse mouche, tout en scrutant les ténèbres sous elle. Si la gamine était toujours là, elle ne parvenait pas à la repérer.

Lentement, elle avançait. Sa robe trempée collait à ses fesses et à son dos. Certains vampires avaient la capacité de développer des ailes et de voler. Elle en était réduite à ramper à la verticale.

Un autre coup de canon.

Kate repéra l'enfant qui levait la tête vers elle. Le petit visage était étrangement près, toujours à moitié masqué par la belle chevelure dorée.

Une larme unique coulait sous son œil exposé. Et elle souriait comme le chat du Cheshire.

Quand l'éclair s'éteignit, l'obscurité revint.

Kate savait subitement ce qui l'avait intriguée sur la piazza di Trevi. C'était la bouche, ce croissant tourné vers le bas qui exprimait la tristesse. Elle avait vu en fait le reflet inversé d'un sourire. Au spectacle du Bourreau Écarlate qui assassinait Kernassy et Malenka, la fillette n'avait pas été choquée, mais possédée d'une joie malsaine.

Dans ce visage innocent vivait le Mal.

Kate tendit la main vers l'endroit où se trouvait l'enfant, et sans rien toucher. Il n'y avait pas eu de cri. La gamine n'était pas tombée.

Elle se pencha en avant et fit encore quelques mètres. Ses pieds trouvèrent une saillie. Un trou s'ouvrait dans la roche. Pas une grotte, mais un passage créé par la main de l'homme. Elle s'agrippa aux rebords de l'entrée.

À l'intérieur du boyau, la fillette courait.

8

L'abîme sanglant de l'horreur

Elle se dit qu'elle devrait chercher Kate. Il n'y avait plus rien qui la concerne dans cette soirée.

Un moment, Geneviève se laissa distraire par Orson Welles. Il était tellement imposant. Sa cravate aurait pu servir de serviette à des gens normaux. Il retirait des poches des invités les choses les plus diverses. Des oiseaux, des souris, des cocktails, des pièces de monnaie.

Personne ne se lassait donc de ce genre de spectacle ? Si, au moins une personne, elle le devinait. Lui. Le prince Dracula. Il n'était pas encore arrivé, mais il était en chemin. L'accrochage de Kate avec la princesse Asa avait retardé les choses. Ce qui prouvait combien les plans les mieux établis peuvent se révéler incertains.

Que ferait Dracula quand il entrerait ici ?

Il était capable d'ordonner qu'on verrouille les issues et d'incendier le palais, en restant jusqu'au dernier moment pour suivre ses invités en Enfer. Ou bien il se montrerait le plus agréable des hôtes et offrirait un chef-d'œuvre de la Renaissance à chacune des personnes présentes, pour la remercier d'être venue.

Elle se souvenait de la dernière fois. En 1888, quand elle s'était tenue avec Charles au pied du trône, dans la porcherie que Dracula avait faite de Buckingham Palace, entouré de monstres et de victimes.

Depuis, le Prince avait pris quelques coups.

Geneviève regarda alentour. En dehors de Welles, elle les avait perdus de vue : Kate, le journaliste qui l'escortait, Penelope et son Tom, Asa, Bond. Il n'y avait plus que les figurantes dans leurs robes extravagantes.

La musique d'ambiance se changea en une marche pompeuse. Les grandes tentures s'écartèrent. Des serviteurs les maintenaient ouvertes. Sur une estrade étaient disposés deux trônes vides. Geneviève en reconnut un, qui avait été volé à Buckingham Palace. Celui de Victoria, avec les armes de Vajda ajoutées sur le lion et la licorne. L'autre siège, plus haut, était un objet sombre et médiéval, un trône au dossier découpé comme une cathédrale gothique, pour le règne de l'Empaleur.

Des colonnes de flammes bleutées s'élevèrent, menaçant les rideaux, et des trompettes entonnèrent une fanfare criarde.

— Il monte de sa crypte, dit Welles. Quel effet ! C'est comme un croisement d'Ivan le Terrible et du Magicien d'Oz.

— Lui aussi aime l'illusion, commenta Geneviève.

Les flammes se tortillèrent et prirent la forme d'ailes de dragon.

— C'est l'effet que je voulais pour mon *César.*

Les monarques sang-chauds aimaient les tours, leurs pairs non-morts préféraient les tanières souterraines. Un roi mortel serait sans doute descendu parmi ses sujets, mais le Roi des Vampires se devait de monter des tréfonds de la terre.

Un souffle vertical sentant le tombeau fit frissonner les dragons de feu et les rideaux. Une section du sol s'ouvrit et quelques invités imprudents furent précipités dans l'abîme.

À présent voilée, la princesse Asa avança jusqu'au bord du gouffre et s'agenouilla. Elle se pencha et toucha le sol du front. Elle ferait tout pour effacer l'insolence qu'elle avait eue en s'attribuant le nom de Dracula avant la cérémonie.

— On dit que ce sera leur première rencontre, murmura Welles. Ce soir, Dracula découvrira le visage de sa promise. Vieux jeu, vous ne trouvez pas ?

Geneviève n'était pas surprise. Il s'agissait d'une union dynastique.

Un grondement s'éleva des entrailles du palais, celui de lourdes chaînes de fer. Une plate-forme était hissée grâce aux efforts joints de dizaines de serviteurs. Pendant une fraction de seconde, le mouvement d'un rideau révéla à Geneviève des hommes aux torses nus baignés de sueur et d'énormes chaînes noires.

Du sol montait une tête.

Elle reconnut Dracula. Ses épaisses lèvres écarlates, sa moustache et ses sourcils pareils à des cordes, la chevelure huilée, d'un noir de jais, le nez aquilin, les narines dilatées, les pommettes hautes et dures, les crocs saillants. Et ces yeux rouges, noyés dans le sang. Il y avait également du sang autour de sa bouche. Le visage du Prince était un masque figé.

La plate-forme arriva au niveau du sol et s'immobilisa.

La tête de Dracula surmontait une cape noire qui lui enveloppait tout le corps sans en révéler les contours. Il était beaucoup plus mince que dans le souvenir de Geneviève.

La fanfare conclut en une dernière stridence. Les flammes bleues décrurent pour être remplacées par des flammèches orange. Les applaudissements crépitèrent crescendo. Les femmes soupiraient et restaient prostrées, captivées par le musc de Dracula. Les hommes le regardaient avec haine, jalousie, amour ou excitation. Les Aînés mirent un genou à terre. Geneviève refusait de seulement baisser la tête devant ce monstre. Il n'était pas son roi, ni son supérieur.

Ce n'était qu'un Ancien parmi tant d'autres.

— Mon Dieu, murmura Welles, jamais je n'aurais imaginé cela. Une telle présence, un tel pouvoir... C'est un Dieu noir, un prince de l'Enfer, un avatar de l'Apocalypse.

Elle ne voyait pas l'Empaleur sous ce jour, mais elle était sans doute la seule.

Welles souffla quand il se mit à genoux, comme un éléphant bien dressé. À part elle, personne n'osait plus regarder Dracula en face. C'est pourquoi elle seule se rendit compte que quelque chose n'allait pas.

Le Roi des Vampires était-il frappé de cécité ? Ses yeux ressemblaient à deux morceaux de marbre rouge poli.

La musique s'était tue, et les applaudissements décrurent avant de s'arrêter. Une femme qui sanglotait se reprit. Silence. Quelqu'un toussota. *Il principe* ne dit rien. Il gardait la tête droite. Un filet de sang coula d'un croc découvert, descendit le long de la moustache, goutta sur la cape et disparut dans ses plis.

La princesse Asa redressa la tête et releva son voile. Dracula ne lui accorda aucune attention.

— Mon prince..., commença-t-elle.

Geneviève s'avança. Elle redoutait l'attirance qu'elle éprouverait lorsqu'elle entrerait dans la zone de fascination de Dracula, l'agression qu'elle devrait repousser quand il chercherait à prendre le contrôle de son esprit. Mais rien ne se produisit.

Elle fendit la foule et marcha vers lui.

Un murmure, de nouveau. Était-ce une statue de cire ?

Elle contourna la princesse, qui affichait une incompréhension timide. Elle étudia le visage de Dracula. Il aurait aussi bien pu s'agir d'une citrouille d'Halloween, avec le sourire creusé dans la chair. La flamme de la bougie à l'intérieur vacilla, et les yeux se concentrèrent sur elle, dans un spasme.

Geneviève tendit la main et saisit un repli de la cape. Elle l'arracha et la jeta dans la salle, sur le sol. Le volumineux habit s'affaissa en une masse informe, révélant les drains écarlates qui remplaçaient le cou.

Quelqu'un – la princesse – se mit à hurler.

La tête de Dracula était fichée sur un pieu en bois. Il avait été grossièrement décapité.

Quelques minutes plus tard, elle courait dans un couloir. Les murs plâtrés cédèrent bientôt la place à la pierre brute. Des serviteurs la suivaient, et les flammes de leurs torches brandies léchaient le plafond bas.

Klove l'intendant la guidait dans la tanière de Dracula.

La princesse sous le choc répétait sans cesse que les meurtriers devaient être passés au fil de l'épée. La Garde karpathe avait bouclé le palazzo. La moitié des extras engagés pour la soirée étaient en fait des policiers, et l'inspecteur Silvestri, en charge du dossier du Bourreau Écarlate, trottinait au côté de Geneviève.

D'abord prononcé dans un murmure, le nom était maintenant crié du haut des remparts : le Bourreau Écarlate !

Si c'était son œuvre, alors il venait de commettre l'acte le plus intrépide de tous les temps. Abraham Van Helsing en personne n'avait pas réussi à couper la tête de Vlad Tepes. Dracula était mort auparavant, bien sûr – et il avait même certainement été décapité, elle l'aurait parié –, mais il s'agissait là de sa vraie fin, sa destruction irrémédiable.

Cet éclat dans les yeux qui l'avaient fixée une seconde représentait le dernier sursaut de son esprit tenace, avant de déserter la chair et de disparaître dans le néant. Tout autre Aîné de son âge se serait transformé en poussière, mais la terrible volonté de Dracula conjurait la dissolution corporelle.

On avait déjà offert d'acheter la tête. L'inspecteur l'avait laissée à la garde d'Edgar Poe. Des charlatans célèbres – les Drs Hichcock, Schuler et Genessier – avaient proposé leurs services pour l'autopsie. Zé do Caixao avait déjà essayé de se rapprocher de la princesse Asa afin de se placer pour les funérailles.

Orson Welles était avec eux, et il conservait l'allure de façon surprenante pour quelqu'un de sa corpulence. Il avait pris le fil d'Ariane de cette histoire et désirait le suivre jusqu'à son extrémité.

Des rideaux d'une finesse de toile d'araignée furent écartés et le petit groupe entra dans la tombe.

Le corps gisait de travers sur un magnifique catafalque, et du sang coulait encore abondamment du cou sectionné. Dracula avait revêtu un costume noir. Une fleur rouge était fixée à sa poitrine avec une longue épingle en argent.

Les murs et le plafond peints de la tombe, qui pouvait remonter à la Rome antique, étaient redécorés avec des motifs modernes de taches de sang. Le prince en avait ingurgité un océan durant sa non-mort, qui maintenant était refoulé à flots en un horrible torrent. Il régnait dans la crypte une puanteur indescriptible.

L'attention de Geneviève fut attirée par le couteau en argent planté dans le cœur d'*il principe.* C'était un objet familier, qu'elle avait cru égaré depuis longtemps. Le scalpel en argent de Jack l'Éventreur. Charles Beauregard l'avait introduit dans Buckingham Palace, pour libérer la reine Victoria de ses chaînes. Et aujourd'hui il avait servi à terminer la vie d'un autre vampire royal. La fleur rouge était en fait une tache du sang coagulé jailli du cœur de Dracula.

— Quelqu'un est encore ici, dit Silvestri.

Geneviève entendit des gémissements, sentit un mouvement. Elle regarda le visage gris de Welles qui semblait flotter dans la pénombre. Klove écarta un rideau. Un courant d'air froid envahit la tombe.

Une femme exténuée émergea du tunnel en titubant. Elle était couverte de sang, de la tête aux pieds. Les lunettes de Kate étaient peintes en rouge, et sa chevelure était plaquée à son crâne par le liquide vital.

Quatrième partie

Rites funéraires

Rubrique nécrologique : *The Times*, Londres, 9 août 1959 :
Comte Dracula

« On annonce la mort véritable du comte Dracula, anciennement prince de Valachie, voïvode de Transylvanie et Prince consort de Grande-Bretagne. Né en 1431, devenu vampire en 1476, il fut pendant sa vie de sang-chaud le dirigeant de son pays natal et défenseur de la chrétienté contre les Turcs. En qualité d'Aîné, Dracula a été un personnage central des temps modernes. En épousant la reine Victoria en 1886 et en disséminant sa lignée dans toute la Grande-Bretagne, il s'est établi non seulement comme homme d'État et figure internationale mais aussi comme père-en-ténèbres de nouvelles générations de vampires. Avant lui, les non-morts étaient des créatures qui se cachaient, et que beaucoup qualifiaient d'êtres légendaires. Sa présence à Londres a rendu publique l'existence des *nosferatus*.

Bien qu'il ait été destitué du trône en 1897 et qu'il ait perdu tout pouvoir en Allemagne après la défaite du Kaiser en 1918, Dracula a survécu aux remous de ce siècle turbulent bien plus longtemps que ses critiques ne l'avaient prédit. Après avoir signé le traité de Croglin Grange avec les Alliés en 1943, il a rallié un mouvement secret d'Anciens et de jeunes ressuscités dans le sud-est de l'Europe, pour aider à la conquête de la Grèce et des nations situées dans les Karpathes. Sans son influence, la victoire aurait sans doute coûté beaucoup plus cher et se serait fait attendre. Depuis la fin de la guerre, Dracula vivait dans une modeste retraite près de Rome. Toutefois l'annonce récente de ses fiançailles avec la princesse Asa Vajda avait nourri les spéculations quant à son retour imminent sur la scène politique internationale. Les condoléances ont afflué de la part de tous les ex-dirigeants en temps de guerre encore vivants : lord

Ruthven, le président Eisenhower, le maréchal Zhukov et le général de Gaulle. Seul parmi ses pairs, Winston Churchill a refusé de rendre hommage à la mort du Roi des Vampires. C'est devenu un lieu commun ces dernières années chez les ressuscités des années 1880-1890, abasourdis par la cascade de bouleversements qui accompagne l'ère atomique, d'exprimer de la nostalgie pour les certitudes et les valeurs du règne comparativement bref de Dracula en Grande-Bretagne. L'image de lui en monstre tyrannique a été sauvegardée par le *Dracula* de Bram Stoker (1897) et le chapitre de conclusion des *Grandes Figures de l'ère victorienne* de Lytton Strachey (1918). Ce portrait traditionnel est pour le moins contesté dans des biographies sympathiques à son endroit, telles *Dracula : ses parents et amis* de Matagu Summers (1928) et *L'Empaleur* de Colin Wilson (1957), même si l'ancienne attitude est renforcée avec conviction par *Les Monstres* d'Alan Clark (1958) et *Le Règne du pal : 1885-1918,* d'Asa Briggs (1959). Dans son ouvrage très controversé *Vlad l'Imposteur* (1959), Daniel Farson avance la théorie que le vampire comte Dracula n'était pas l'ancien Vlad Tepes, mais un Transylvanien non encore identifié qui aurait usurpé le nom et le titre. Farson relève de nombreuses contradictions entre ce que dit Dracula de lui-même et ce qui a été établi sur Vlad, mais avec sa disparition il y a peu de chances que cette question soit résolue. Dans la mort comme dans la vie, Dracula aura pris beaucoup de peine pour maintenir une aura de mystère autour de sa personne.

À Rome, un suspect a été placé en garde à vue, en relation avec le meurtre, mais aucune annonce n'a été faite d'une arrestation ou d'une inculpation. Le chef de la police Francesco Polito a déclaré que tous les efforts seraient faits pour traîner l'assassin devant la justice. On pense que la destruction du plus célèbre des Aînés est la dernière d'une série d'atrocités perpétrées par un tueur de vampires connu sous le surnom de Bourreau Écarlate. Des couronnes de fleurs noires ont été envoyées par des admirateurs inconnus à Buckingham Palace, ce qui a créé quelque embarras au sein de la Maison royale qui aurait peut-être préféré qu'on ne lui rappelle pas que Dracula a jadis été Prince consort. Il reste encore à décider de ce qu'il adviendra des avoirs et des propriétés du disparu ; il apparaît qu'après avoir défié la mort pendant cinq siècles, le comte est décédé sans avoir rédigé de testament. La dépouille mortelle a été confiée à la police de Rome, mais les pressions s'accroissent pour qu'il soit enseveli. Nicolae Ceausescu, président de Roumanie, a refusé la permission de l'enterrement des restes dans le tombeau d'origine, dans le monastère de Snagov, et lord Ruthven, le Premier ministre anglais, a déclaré qu'une place dans l'abbaye de Westminster était "malheureusement hors de question".

Voir aussi (dans notre édition spéciale de fin de semaine) :

— "Dracula, tel qu'en mon souvenir", par le Premier ministre, lord Ruthven.

— "La Fin d'une ère : la disparition du premier parmi les Vampires", par Dennis Wheatley.

— "Les Crimes non résolus : les cinq siècles de carrière de Vlad Tepes", par Catriona Kaye.

— "Dracula : homme d'État, général, héros", par Enoch Powell.

— "… Et bon vent aux ordures !" par John Osborne. »

1

Cadaveri eccelenti

Elle était détenue dans une cellule souterraine, comme la tombe de Dracula. Kate supposait que Silvestri avait voulu lui rappeler l'abîme sanglant. Cette stratégie n'avait rien donné. Elle se remémorait le sourire diabolique de la fillette, et d'avoir été tirée d'une mare de sang par Geneviève, mais tout ce qui s'était passé entre ces deux instants demeurait plongé dans une brume rouge. Elle essayait bien de se rappeler, mais une migraine assassine anéantissait son esprit. Si c'était aussi douloureux, elle préférait ne pas se souvenir.

Elle avait subi plusieurs interrogatoires. Quelqu'un était censé entrer en contact avec l'ambassade d'Irlande, mais pour l'instant elle passait la majeure partie de son temps seule, avec pour recommandation de réfléchir.

Pour l'instant, elle était un témoin. Pas un suspect.

Quand ils lui avaient appris la mort de Dracula, elle n'avait pu s'empêcher de lancer un cri de joie. Cette réaction n'avait pas vraiment fait bonne impression, d'autant qu'elle était inondée du sang coagulé du décédé. Maintenant encore, des parcelles en restaient collées à ses cheveux et sous ses ongles.

Elle ne savait même pas si elle était ou non coupable.

Objectivement, force lui était de reconnaître qu'elle représentait l'assassin rêvé : idéaliste, frustrée, victime de troubles obsessionnels compulsifs, sujette à des crises émotionnelles, équipée pour la violence. La nuit du meurtre, des centaines de témoins l'avaient vue se battre avec la fiancée du mort. Elle avait une longue histoire d'inimitié avec la Maison de Dracula. En tant que journaliste, elle se serait retenue elle-même comme le meurtrier le plus plausible.

Mais elle s'en serait souvenue, si elle l'avait fait. Non ?

On ne lui transmettait aucune information, toutefois elle imaginait les réactions dans le monde. Ceux qui la croyaient coupable seraient nettement divisés : d'un côté les partisans de Dracula qui réclameraient son empalement public et retransmis à la télévision, de l'autre les ennemis du vampire, qui verraient en elle une héroïne doublée d'une sainte. Geneviève aurait mieux convenu à la situation.

Pourquoi Silvestri ne l'inculpait-il pas ? Les élancements de la migraine n'annihilaient pas en totalité son intuition. L'inspecteur ne la pensait pas coupable. Marcello lui avait dit que le policier s'était fait une spécialité de ces affaires de meurtres très italiennes où les apparences étaient trompeuses, et où des combinaisons étonnantes de suspects aux mobiles tordus perpétraient des atrocités incroyables. Ses proies habituelles étaient des tueurs portant gants et cagoule, qui tuaient des mannequins ou des hôtesses de boîtes de nuit au rasoir ou avec une corde à piano, pour faire croire à des motivations purement sexuelles alors qu'ils cherchaient à s'approprier un héritage, une indemnité double auprès d'une assurance ou préserver la réputation d'amis encore moins recommandables. Pour Silvestri, la pire ennemie de la victime retrouvée sur les lieux du crime couverte du sang du tué et avec le portefeuille de celui-ci dans sa poche était à l'évidence une fausse piste.

Elle s'efforça de revoir la scène.

Elle ne gardait qu'un souvenir très nébuleux de la tombe de Dracula, mais de plus en plus elle remontait davantage dans le temps. La réponse était là, quelque part.

En 1943, elle avait traversé à pied une bonne partie de la Sicile derrière les blindés du général Patton. L'« Opération Husky » avait rencontré peu de résistance de la part des troupes italiennes présentes sur l'île – le roi Victor Emmanuel venait de destituer Mussolini, et Pietro Badoglio était en train de négocier le changement d'alliance de l'Italie.

Seuls quarante mille soldats allemands avaient lutté avec l'énergie du désespoir.

La presse suivait le mouvement avec la deuxième ou troisième vague de libérateurs. Le haut commandement refusait à Kate le droit de se rendre au front, alors qu'il l'avait permis à Ernie Pyle. Où qu'elle arrivât, l'endroit était supposé pacifié, et convenait à des articles sur la victoire propres à remonter le moral de n'importe quel défaitiste. Elle était encouragée à écrire des historiettes sur les GI's américains d'origine sicilienne rendant visite à des parents au pays, et accueillis en sauveurs, avec fêtes paysannes à la clé.

En réalité, elle avait surtout vu le désordre bureaucratique engendré par le passage des autorités fascistes au gouvernement militaire allié de transition, puis à quiconque serait le mieux placé pour exploiter la situation. La plupart des partisans qui aidèrent les Alliés se révélèrent des *soldati* de la Mafia qui n'avaient qu'un but, récupérer les territoires qu'*il Duce* leur avait confisqués. Afin de rendre cette campagne rapide et victorieuse, les Alliés n'avaient pas hésité à utiliser les services de gens tels que le bandit Salvatore Giuliano ou le gangster Charles « Lucky » Luciano. Kate vit des villageois siciliens au visage fermé, obligés sous la menace des armes d'agiter des drapeaux pour accueillir le « fils exilé » Luciano, et elle avait pleuré de ne pas assister à une libération, mais à un simple changement d'oppresseurs.

— Vous les avez *ramenés !* avait craché une vieille femme.

Kate n'avait jamais oublié cette paysanne au visage buriné par le labeur, au dos voûté, dont les fils et les petits-fils étaient morts des deux côtés des belligérants. Pour elle, les Allemands, qui ne s'étaient montrés hostiles que lors des derniers temps, étaient des créatures étrangères, aussi imprévisibles et implacables que le temps. La Mafia, qu'elle devait maintenant accueillir, avait rôdé alentour toute sa vie. C'étaient des gens qu'elle pouvait haïr, parce qu'ils se montraient arrogants, adeptes de violences soudaines, et qu'ils demandaient toujours un tribut plus lourd.

Un officier américain avait confié à Kate qu'il n'arrivait pas à comprendre les Siciliens.

— Ils sont libres. Que veulent-ils de plus ? Du sang ?

En se rendant compte de ce qu'il venait de dire, il avait fait de son mieux pour s'excuser. Deux nuits plus tard, elle le saignait à blanc quand même, bien qu'elle n'ait jamais dormi avec lui.

L'incrédulité et le dégoût de la vieille femme ne s'étaient jamais effacés en elle.

Dans les Balkans, la transition avait dû être encore pire. Là-bas, les Alliés avaient installé non pas des *capi* de la Mafia, mais des Anciens, des rustres sortis de leurs cryptes pour réclamer leurs châteaux et se nourrir des petits-enfants des villageois qu'ils avaient massacrés des années plus tôt.

— Vous les avez ramenés.

Cette phrase la faisait toujours frissonner.

— Avez-vous retrouvé la fillette ?

L'inspecteur Silvestri avait déjà entendu cette question.

— C'était la gamine de la piazza di Trevi. Elle doit faire partie de toute cette affaire. Je pense qu'elle a un rapport avec le Bourreau Écarlate.

Le policier soupira.

— *Il principe* Dracula n'a pas été tué par *il Boia Scarlatto.*

C'était une affirmation. Kate ne cacha pas son étonnement.

— La nuit de la réception, celle où Dracula est mort, *il Boia Scarlatto* a été vu à plus de douze reprises dans Rome. Il était saisi d'une véritable frénésie de meurtres. Sept *vampiri* Aînés, tous en chemin pour Fregene ou qui en revenaient, ont péri de sa main. Et il s'est enhardi. La plupart ont été tués en public. L'assassin et un Ancien nommé Anton Voytek se sont battus comme des lutteurs en pleine piazza dei Cinquecento, devant la gare, et ont provoqué beaucoup de dégâts. Voytek a fini le cœur arraché et jeté aux chiens. Les autres victimes sont *il conte* Mitterhouse, Webb Fallon, Richmond Reed, *il conte* Oblensky, lady Luna Mora et Mrs Cassandra. Il y en a peut-être d'autres. L'identification d'un tas de cendres n'est pas des plus aisées. Le point important est que tous ces Aînés sont morts à Rome, et non au palazzo Otranto.

— Comme c'est commode !

— En effet. Nous avons envisagé l'existence d'une armée d'assassins identiques. Dans ce cas, qui est leur *generale* ? Cette enfant perdue dont vous parlez ?

— Ce n'était pas une vampire.

Et pourtant elle n'était pas sang-chaud non plus, du moins pas dans le sens où Kate l'entendait.

— Il arrive que le Diable prenne l'aspect d'une fillette, lâcha-t-elle.

Silvestri leva les mains au ciel.

— Vous ne pouvez pas espérer que j'arrête *il diavolo* ! D'ailleurs il a déjà été inculpé et condamné. On ne peut mettre en cause l'autorité de la chose jugée.

— Très bien, j'avoue. C'est moi le cerveau. J'ai décrété la mise à mort de tous les Anciens dans Rome. J'ai personnellement détruit le Roi des Vampires. À présent je suis la Reine des Chats et je régnerai sur la nuit éternelle.

Silvestri pouffa.

— Mais vous êtes innocente, *Signorina* Reed !

— Prouvez-le donc !

— Montrez-moi vos mains.

Interloquée, Kate les posa sur le bureau, entre eux. L'inspecteur les retourna et étudia les paumes.

— Un scalpel en argent a été planté dans le cœur de Dracula. *Argento.* C'est ce qui l'a tué. La décapitation n'était qu'un effet de mise en scène. Il a été tué par un autre *vampiro* – ce qui exclut aussi *il Boia Scarlatto* – et vos mains ne portent pas de cicatrice. L'argent est pareil à un fer rouge pour la chair des non-morts.

— J'aurais pu mettre des gants.

— Et avoir quand même les mains trempées de sang ? Au point d'en avoir jusque sous les ongles ?

Embarrassée, Kate serra les poings, y enfermant les pouces de Silvestri. Elle aurait pu les arracher si elle en avait eu envie. Elle le relâcha.

— Il y avait également de la peau sur le scalpel. Un résidu.

— Je guéris très vite. Même d'un contact avec l'argent.

— Vous n'aviez aucune marque sur votre paume quand nous vous avons trouvée cette nuit-là. Je suis observateur, moi aussi.

— J'en déduis que vous avez demandé à voir les mains de tous les gens présents à Fregene ?

— Beaucoup de *vampiri* étaient présents pour le bal de fiançailles. Peu ont choisi de rester en Italie pour les funérailles. Qui leur en voudrait ? *Il Boia Scarlatto* est le nouvel Éventreur au sabre d'argent. À propos, êtes-vous une Aînée ?

— Je pense que non. Je n'ai même pas cent ans.

— Mille pardons, *Signorina.* Mais la question devait être posée. Je ne voudrais pas vous mettre en danger en vous libérant.

— Vous me libérez ?

— Discrètement. Votre nom n'a pas été mentionné dans la presse.

Kate lui en fut reconnaissante. Elle devinait le pandémonium que serait devenue sa vie si son rôle dans cette affaire avait été connu. Ses collègues du quatrième pouvoir auraient senti le sang et se seraient jetés sur elle pour la submerger de questions insidieuses.

— Merci, inspecteur. Vous êtes un homme avisé, et bon.

— Peut-être. Je suis aussi destiné à régler la circulation sur l'île de Lampedusa dans un avenir proche, si ces crimes ne sont pas élucidés.

Il lui ouvrit la porte de la salle d'interrogatoire.

Quelqu'un – Marcello ? Geneviève ? Oui, Geneviève – avait pris quelques-unes de ses affaires à la *pensione* et les avait envoyées au poste de police de la piazza Venezia, de sorte qu'elle n'eut pas à remettre sa robe de soirée en lambeaux avant de sortir.

Il était tôt dans la soirée, et le ciel rougeoyait encore. Sur les marches du poste de police, elle inspira profondément. Elle avait attendu avec impatience de goûter une atmosphère autre que celle, confinée, de sa cellule.

Un cri monta de l'autre côté de la piazza. Une horde de reporters qui traînaient près du monument de Victor-Emmanuel se précipita vers elle. Ils saisissaient en hâte appareils photo, microphones et calepins. Les flashs crépitèrent, les questions s'entrecroisèrent en plusieurs langues. Le bruit et la lumière l'assaillirent. Des mains, elle se couvrit les yeux.

2

Flanqués à la porte

Asa Vajda était à genoux au pied de son lit, visage pressé dans l'édredon, cheveux en bataille. Le dessus-de-lit était zébré de ses larmes ensanglantées.

Prudemment, Tom tenta encore une fois d'attirer son attention. La dernière fois qu'on l'avait envoyé quérir la princesse, elle lui avait lancé à la tête un œuf de Fabergé de la taille d'une grenade à main. La porte était entaillée et la babiole gisait abandonnée sur l'épais tapis, la croix inversée qui la surmontait tordue. C'était un objet sans prix, et d'un goût hideux.

— Princesse, dit-il.

Le dos d'Asa tremblait sous les sanglots. Elle était pareille à une sombre Ophélie, éperdue de chagrin.

— Princesse, insista-t-il.

Elle releva la tête. Des mèches de cheveux retombaient sur son visage comme des algues. Des taches de sang marquaient ses joues. Elle s'était mordu la lèvre inférieure. Il y avait même un peu d'eau dans ses larmes.

— Penelope… Miss Churchward se demandait si vous aimeriez descendre prendre le thé. La police est repartie.

Par délicatesse, l'inspecteur Silvestri avait renoncé à interroger la princesse pour l'instant. Mais ses hommes revenaient à Fregene chaque jour et ils n'avaient pas encore terminé leur enquête sur les lieux du crime. Plusieurs endroits dans le palazzo Otranto étaient interdits par des cordes tendues à hauteur de taille, et gardés.

Les mains d'Asa rampèrent sur le lit telles des araignées blanches. Tom se tendit, au cas où elle chercherait un autre projectile. Elle portait la même tenue blanche depuis des jours, sa robe de mariage.

Dans la pièce planait l'odeur forte de la mort. Un bol empli de violettes fanées était posé près du lit.

Elle fit courir ses doigts dans sa chevelure emmêlée. Elle n'était pas prête à apparaître en société.

La *nosferatu* fixa un regard étincelant sur Tom. Mais il était immunisé contre son pouvoir de fascination. Penelope l'avait totalement subjugué, et s'il ne possédait pas la force de résister à une Aînée telle qu'Asa, il n'avait plus aucune volonté personnelle qu'on puisse dominer ou briser.

Asa abandonna sa tentative.

— Le thé sera servi dans une heure, précisa-t-il. Votre présence est espérée.

Ce qu'il éprouvait pour Penelope était-il de l'amour ? Possible. Longtemps il s'était cru incapable d'éprouver ce sentiment, et en toute franchise il avait douté que l'émotion dont tout le monde parlait existe réellement. À présent il dépendait entièrement de quelqu'un d'autre, et d'une non-morte qui plus est. Sa sérénité et sa satisfaction étaient directement fonction des humeurs de la vampire. S'il ne s'était trouvé aussi affaibli par les saignées, il aurait été effaré par son égarement. Maintenant il comprenait pourquoi on parlait de « tomber » amoureux plutôt que de « s'élever » amoureux. Il était en pleine dégringolade.

Elle était assise devant un bureau surchargé de papiers, dans le Salon de Cristal. En fin d'après-midi, le soleil n'entrait plus dans cette pièce, cependant elle portait toujours un chapeau à large bord et des lunettes à verres fumés. L'assassinat d'*il principe* avait plongé le reste de la maisonnée dans la panique, alors que Penelope montrait un sang-froid très britannique. Elle s'occupait de tout, de l'avalanche de cartes de condoléances à la facilitation des relations entre la police et la Garde karpathe.

— J'ai prévenu la princesse, pour le thé, dit-il.

— Viendra-t-elle ?

— Je l'ignore.

Penelope serra les lèvres.

— Bon. Approchez, voulez-vous, Tom ?

Cette fois, il n'obéirait pas. Il y était déterminé. Mais il se retrouva devant le bureau, un élève convoqué par son professeur.

Elle quitta son siège, releva le bord de son chapeau et colla sa bouche sur le cou de Tom. Le choc électrique de la succion le traversa, et un peu plus de lui s'écoula en elle. La vampire déglutit, s'essuya les lèvres avec un mouchoir et se rassit pour se replonger aussitôt dans l'étude de l'épais dossier ouvert devant elle.

Tom vacilla légèrement. Il avait du mal à garder l'équilibre. Il ne savait pas si l'attitude de Penelope signifiait son congé.

Bien qu'elle le saignât avec la même régularité qu'auparavant, elle agissait avec de plus en plus de distance. Elle mordait sans passion, plus comme s'il était un animal ou un serviteur. Elle était préoccupée par bien trop d'autres choses pour perdre du temps en cajoleries superflues. D'ailleurs il n'y voyait rien à redire. Tant qu'il pouvait rester auprès d'elle.

— Je pense avoir découvert pourquoi feu le prince était tellement attirant pour la Maison de Vajda, dit Penelope en pointant un index sur une colonne de chiffres. Pour dire les choses telles qu'elles sont, Asa est fauchée comme les blés, et cela depuis deux siècles. Avec le titre, elle a hérité une fortune, mais elle l'a dilapidée peu à peu. Elle n'a jamais eu aucun revenu, à part celui des pillages, et n'a jamais effectué aucun placement. Sans l'or de Dracula, cette pauvre chère princesse sera à la merci de ses créanciers. Ou bien il lui faudra se trouver un autre fiancé fortuné.

Penelope parlait sur un ton qui insinuait que cette découverte ne lui plaisait guère. Elle semblait exprimer une sympathie sincère envers la princesse.

— C'est le problème avec les Aînés, continua-t-elle. Ils vivent éternellement et ne se rendent pas compte que les biens matériels s'usent et se déprécient. Ils sont nés à des époques où les intendants géraient leur maison, et ils n'ont jamais appris à équilibrer leurs comptes.

Un peu du sang de Tom maculait la commissure droite de ses lèvres. Elle ne l'enleva pas.

— La banqueroute d'Asa ne représente néanmoins qu'un inconvénient mineur. Puisque aucun lien n'a été établi dans les faits avec la Maison de Dracula, elle peut sans danger être renvoyée dans ses foyers avec une aide substantielle. Le vrai cauchemar débutera lorsque nous mettrons de l'ordre dans les affaires du comte. Et les invités attendus pour le thé vont encore tout compliquer un peu plus. J'avais espéré les tenir à distance jusqu'à ce que la police ait clos le dossier, mais ils montrent une impatience croissante.

Penelope avait pris la situation en main parce que quelqu'un devait le faire. Quand on avait appris les autres meurtres d'Anciens pendant la nuit où avait péri Dracula, les Aînés rassemblés à l'occasion du bal s'étaient enfuis d'Italie pour s'égailler aux quatre coins du monde. Sans leur Prince, la plupart des Gardes karpathes ne se sentaient pas le devoir de rester au palazzo, et des non-morts qui des siècles durant avaient tenu leur poste sans faillir disparurent du jour au lendemain. Certains se suicidèrent en s'exposant au soleil qui les désagrégea, parce qu'ils ne pouvaient survivre à la honte de n'avoir pas su protéger leur maître. Moins travaillés par le sentiment de l'honneur, d'autres désertèrent simplement, en emportant avec eux tous les objets de valeur qui tombaient entre leurs griffes. Nombre de domestiques s'éclipsèrent également du palais en toute hâte. Les serviteurs restants n'avaient peut-être nulle part où aller, tout bonnement.

Le désordre était total. Penelope avait retroussé ses manches et entrepris de s'y attaquer.

Klove ouvrit la porte et cinq personnes entrèrent dans le salon.

— Bienvenue, dit l'Anglaise en jouant la parfaite hôtesse.

Les distingués visiteurs étaient Clare Boothe Luce, l'ambassadrice américaine, John Profumo, ministre britannique de la Guerre, le général Giovanni di Lorenzo, directeur de la police secrète italienne, Andreï Gromyko, ministre des Affaires étrangères de l'Union soviétique, et le général de Gaulle, président de la République française. Ce dernier s'était peut-être déplacé en personne pour s'assurer de ses propres yeux que Dracula était bien mort.

Les doubles portes furent ouvertes et une file de domestiques poussa dans la pièce une série de dessertes roulantes chargées de tout le nécessaire à thé.

— Puis-je vous servir ? demanda Penelope. C'est une tradition dans cette maison.

Elle se comportait comme la veuve. Alors qu'elle prenait une théière ventrue et se penchait pour emplir les tasses, Profumo glissa un regard brillant dans son décolleté.

De Gaulle se racla la gorge pour montrer son désaccord devant cette attitude qu'il devait juger typiquement britannique. Penelope lui signala la présence d'une carafe de cognac, ce qui à l'évidence le rassura. Mrs Luce, qui hélas rappelait beaucoup sa tante à Tom, paraissait nerveuse. Elle était aussi mal à l'aise de se voir servie par une non-morte que d'être en présence d'un communiste patenté. Gromyko sirota son thé au lait le petit doigt dressé, comme un étudiant bien élevé.

— Merci, gracieuse dame, dit le Russe.

— Je vous en prie.

— Si nous pouvions en venir aux choses sérieuses, Andreï, lâcha Mrs Luce en prononçant le prénom du Russe à la manière d'une insulte.

— Bien sûr, *Clare*, répondit-il avec un petit haussement d'épaules à l'adresse de son hôtesse, en manière d'excuse.

— Qui est cette personne ? s'enquit Di Lorenzo en parlant de Tom.

— Mon bras droit, dit Penelope, et un de vos compatriotes, madame l'ambassadeur.

— Miss Churchward, fit Profumo, êtes-vous investie de l'autorité adéquate pour parler au nom de la Maison de Dracula ?

— C'est ce qu'il semble, admit Penelope. Je n'ai aucune position officielle, certes, cependant j'ai vécu assez longtemps au sein de cette maison pour être familiarisée avec les affaires qui la concernent. En l'absence de tout exécuteur testamentaire officiellement désigné, j'ai pris les choses en main. Jusqu'alors, personne ne s'y est opposé.

Profumo approuva d'un hochement de tête.

— Vous êtes au courant des termes qui ont régi la résidence d'*il principe* au palazzo Otranto ? demanda l'Italien.

— Pas dans leur totalité. Je sais qu'un traité a été conclu entre Dracula et les Alliés pendant la dernière guerre. Je suppose que c'est la raison de la diversité qui préside dans cette réunion ?

— Dracula a habité ce palais par tolérance des forces alliées, expliqua Mrs Luce. Un des termes du traité de Croglin Grange spécifiait qu'il ne devait en aucun cas tenter de partir d'ici.

Penelope acquiesça. Tom s'était déjà demandé si Dracula n'était pas une sorte de prisonnier privilégié.

— Nous étions très vigilants quant au respect de son engagement, chère madame, dit Gromyko. L'endroit où allaient résider les fiancés n'avait jamais été clairement défini, et nous nous inquiétions de la possibilité qu'ils quittent ce palais, et donc que Dracula viole sa promesse.

Mrs Luce décocha un regard fielleux au Russe. Anticommuniste forcenée et partisane bruyante du sénateur Joseph McCarthy, elle était aussi réputée pour son aversion envers les non-morts. Elle avait inventé le slogan « Jamais non-mort ni communiste », popularisé par le magazine de son mari Henry, *Life*.

— Malheureusement, cette inquiétude n'a plus lieu d'être, dit Penelope.

— En effet, en effet, reconnut Profumo d'un ton conciliant.

— Plus de Dracula, plus de traité de Croglin Grange, résuma Di Lorenzo.

Tom ne comprenait plus.

— Très bien, reprit Penelope. Si je pouvais être autorisée à rester le temps de tout mettre en ordre…

— Bien sûr, bien sûr, répondit Profumo. À moins que quelqu'un s'y oppose ?

De Gaulle leva le nez de son verre de cognac.

— Non, lâcha-t-il.

Tom comprit alors qu'ils étaient expulsés, tout bonnement. Les Italiens voulaient récupérer le palais. Il n'y avait jamais pensé, mais bien sûr le palazzo Otranto n'avait jamais été la propriété de Dracula.

Cette réunion ne pouvait avoir pour seul objectif de mettre à la porte ce qui restait de la Maison de Dracula. Il devait exister d'autres problèmes à régler, de portée internationale.

— Très chère madame, fit le Russe, nous sommes préoccupés par la façon dont on disposera des papiers de feu le Prince.

— Il y a une grande masse de documents, précisa Penelope. Rédigés dans diverses langues dont je ne connais que quelques-unes. La plupart doivent posséder une importance historique. J'espère qu'il sera désigné un lieu permanent où entreposer les archives de Dracula.

Ses visiteurs échangèrent des regards méfiants. Il était clair que chacun désirait être laissé seul pour examiner ces papiers et chercher ceux qui constitueraient une gêne pour son camp ou ses ennemis. Aucun n'avait de doute sur les motivations des autres, qui exploiteraient ces documents pour leur propre compte, et ils étaient tous dans le vrai. Tous étaient venus ici pour tenter de récupérer ce qu'ils pourraient.

— La bibliothèque du British Museum se propose d'accepter cette charge, suggéra Profumo en acceptant une autre tasse de thé.

— Non, dit simplement De Gaulle.

Personne d'autre n'osa se mettre en avant. Ce serait pour plus tard.

Des bruits s'élevèrent à l'extérieur de la pièce.

— Je crois que la princesse Asa va se joindre à nous, annonça Penelope.

Klove, qui visiblement désapprouvait l'arrivée de sa maîtresse, ouvrit de nouveau la porte. La princesse avança dans le salon. Elle portait toujours sa robe de mariée. Des fleurs étaient fichées dans la masse de sa chevelure, et du rouge étalé maladroitement sur ses pommettes. Elle se retenait de ne pas sangloter.

— Ma chère, puis-je vous offrir un rafraîchissement ?

Penelope tenait une souris blanche par la queue. Elle avait pris l'animal dans un bocal à poissons plein de ces rongeurs. Les restes de la soirée.

Asa accepta le petit animal dont elle sectionna le corps en deux d'un coup de mâchoires. Du sang éclaboussa son décolleté.

Penelope la couvait d'un regard de sympathie triomphante. Elle partagea cette expression avec ses invités, en se permettant une petite mimique qui signifiait : « Que puis-je y faire ? »

Asa avala sa bouchée et s'accrocha à l'Anglaise comme une enfant perdue. Penelope ôta des fleurs mortes des cheveux de la Moldave et coiffa les mèches rebelles.

— Elle est encore en état de choc, la pauvre, expliqua Penelope assez gratuitement, mais elle redeviendra elle-même d'ici quelques années. N'est-ce pas, ma très chère Asa ?

Elle acquiesça et la princesse l'imita docilement.

3

Mr West et le Dr Pretorius

Les restes avaient été apportés au niveau inférieur de la morgue centrale. D'après des fragments préservés de fresques murales, Geneviève supputa que le bâtiment avait été érigé sur les fondations d'un établissement romain datant de l'Antiquité. Peut-être était-ce ici qu'ils amenaient les gladiateurs étripés pour se livrer à des expériences d'anatomie. Plus probablement, le lieu avait été un bordel, comme la plupart des édifices importants.

Elle traversa des salles où les tiroirs contenant des cadavres étaient ouverts, puis d'autres où les corps étaient éparpillés au hasard sur des chariots. Des victimes de l'âge, de la maladie, de la violence ou d'accidents gisaient ici, reléguées en fin de queue par les vampires assassinés. Bien qu'elle ne les ait connus que de très loin, la destruction de sept Aînés – huit, en comptant Dracula – la faisait réfléchir à sa propre mortalité. Si elle avait quitté la soirée plus tôt, elle aurait peut-être croisé le chemin sanglant du Bourreau Écarlate. Tous ces Anciens étaient assez âgés pour avoir survécu à des générations de tueurs de vampires sans peur, et s'être tirés de maintes tentatives de meurtre. Elle n'avait aucune raison de croire qu'elle aurait été plus chanceuse si l'homme en rouge était venu la trouver armé d'une hache en argent.

L'acoustique particulière des lieux renvoyait les échos mêlés de murmures constants. Les voix des médecins et des coroners, des policiers et des parents endeuillés circulaient dans tout le bâtiment en un chuchotement lugubre qui évoquait la complainte assourdie de tous les morts présents ici. Née à une époque où toute délicatesse exagérée était inconnue – son père humain était un chirurgien qui travaillait sur les champs de bataille, et elle avait été son assistante – et ayant vécu au long de siècles trop souvent marqués par l'épouvante, Geneviève ne se laissait pas aisément affecter par la présence de cadavres ou l'idée d'esprits furieux.

Pourtant cet endroit lui donnait la chair de poule.

La curiosité autant que le sens du devoir l'avaient poussée à répondre favorablement à la requête de la police transmise par l'intermédiaire du consul de France. Après l'exode soudain des Aînés de Rome, elle semblait être la seule personne disponible qui pouvait légitimement identifier le corps. Qu'elle l'ait déjà fait sur les lieux du crime rendait la chose redondante, mais des formulaires devaient être remplis et l'identification exécutée en présence de témoins officiels.

Le sergent Ginko la guida à travers le labyrinthe de la morgue. Il grommelait en sourdine que si les pressions n'étaient pas venues de très haut pour que tant de policiers soient présents au palazzo Otranto, alors le Bourreau Écarlate n'aurait pas eu autant de facilité à accomplir son œuvre sinistre en pleine ville. Pour sa part, elle doutait qu'un surcroît d'effectif déployé dans tout Rome ait pu empêcher les meurtres, mais elle n'en dit rien.

D'après son uniforme bleu à ceinture et casquette blanches, elle savait que le sergent appartenait à la *polizia*, la police nationale. Ils s'occupaient des crimes de sang, mais entretenaient une rivalité ouverte avec les *carabinieri*, la police militaire en pantalon rouge qui avait tendance à affirmer que l'hécatombe ne se serait pas produite si elle avait été en charge de la sécurité. La *polizia* et les *carabinieri* raillaient les *vigili urbani*, les policiers municipaux, vêtus de blanc en été, de bleu en hiver, et dont la tâche principale consistait à régler la circulation aux carrefours.

Ils pénétrèrent dans une salle grande comme une piscine couverte et éclairée *a giorno.* Des rangées de lampes étaient fixées au-dessus de longues tables de dissection. Deux hommes travaillaient parmi les cadavres. Geneviève comprit qu'on avait fait appel à des spécialistes pour l'autopsie.

Ginko la présenta à Mr Herbert West, de l'université de Miskatonic, et au Dr Septimus Pretorius, qui n'était attaché à aucune institution. L'un et l'autre se contentèrent d'un hochement de tête pour la saluer. Ils étaient absorbés dans l'examen d'une traînée de cendres terminée par une perruque de longs cheveux noirs et parsemée ici et là de dents et de petits fragments d'os.

West était un Américain de petite taille, fragile d'allure, avec un visage d'enfant aux yeux larmoyants. Une éclaboussure rouge luisait sur un verre de ses lunettes et s'étalait plus haut, dans sa chevelure bien ordonnée.

— Si l'on versait assez de sang sur ces cendres, déclara-t-il, je pense que Luna Mora retrouverait son unité corporelle et reviendrait à la vie.

Il subsiste des nodosités au niveau microscopique qui pourraient s'unir et recréer son corps. Bien sûr, la conscience est partie à jamais. Nous pourrions seulement reconstituer et réanimer quelque chose qui aurait l'apparence de Luna Mora, mais sans sa personnalité. Pour cela il nous faudrait disposer physiquement de son cerveau, le siège de la raison.

Le Dr Pretorius émit le grognement qu'aurait poussé une douairière devant une nièce qui se sert de la mauvaise fourchette. Il avait le visage d'un gnome bougon, couronné par un nid de cheveux neigeux. Sa blouse était immaculée.

— West, vous êtes un bouffon, décréta-t-il. (L'autre s'étrangla, rougit, mais ne répondit pas.) C'est de la poussière, rien de plus, décida-t-il en en ôtant un peu de ses doigts. Mélangée en bonne partie à la saleté de la rue ramassée en même temps. Notre dame Aînée serait-elle ravie d'être ranimée avec en elle des traces de crottes de chien et de flaques d'essence ? Je ne le pense pas.

— Vous déformez mes propos, protesta West.

— Nous avons ici une Aînée, dit Pretorius en gratifiant Geneviève d'un sourire tout en dents jaunies. Ferons-nous appel à son expertise, West ? Lui demanderons-nous si elle serait heureuse d'être rappelée de la nuit éternelle pour retrouver des grains de pavé incrustés dans son corps telles des tumeurs malignes ? Ou nous contenterons-nous de clore le chapitre en admettant que vous êtes un imbécile incompétent ?

West se détourna. Pretorius se permit un petit rictus de triomphe.

Le sergent Ginko s'avança :

— Mlle Dieudonné est ici pour…

— Identifier le corps du comte Dracula, je sais, coupa le médecin. Bonjour, madame. Un peu de gin ?

Il agita une bouteille sans étiquette à demi pleine d'un liquide transparent.

— C'est ma seule faiblesse, ajouta-t-il avant d'en avaler une gorgée au goulot.

— Non, merci.

— Dommage. Très bon pour vous, le gin. Vous autres vampires ne buvez pas assez, voyez-vous. Vous vous fiez trop à la valeur nutritive pourtant assez pauvre du sang. Vous devriez prendre au moins une pinte de gin par mois. Et du thé léger. Sinon vous vous déshydraterez lentement de l'intérieur. Comme des grenouilles tenues à l'écart de l'eau. Pas très joli à voir.

West releva ses lunettes sur son front. Ses yeux embués la dévisagèrent et il s'approcha pour mieux l'examiner. Du doigt, il tâta sa peau.

— Remarquable, remarquable, marmonna-t-il. La lividité, la souplesse, l'évidente…

— Laissez-la tranquille, West, siffla Pretorius avec humeur. Cessez de jouer avec les invités.

— Je maintiens que…

— Personne ne se soucie de ce que vous maintenez, pauvre fou. Excusez-moi, Mademoiselle. Mr West poursuit ses propres théories ineptes depuis de nombreuses années. Il oublie souvent qu'elles ont été discréditées avant la guerre, et il se conduit comme si quelque chose de sensé pouvait en sortir.

Pretorius désigna la salle d'un geste ample.

— Comme si ce qui est sensé n'était rien d'autre qu'une vue de l'esprit rassurante.

Geneviève ne savait que penser du Dr Pretorius. À l'instar de la plupart des scientifiques spécialistes de la théorie et de la pratique vampiriques, il n'était pas lui-même non-mort. Cependant il avait un âge peu naturel. Elle se souvenait d'avoir lu ses articles au moins un siècle plus tôt, et elle avait dans l'idée qu'à l'époque il était déjà vieux. Alors que Charles avait conservé l'apparence d'une certaine jeunesse pendant de nombreuses années, Pretorius avait l'air décrépit. Ses mains n'étaient plus que des serres déformées par l'arthrite, et ses yeux bleu clair étaient enfoncés dans un entrelacs de ridules. Mais le feu qui l'habitait suggérait une vitalité très éloignée de l'épuisement. Devenir un vampire n'était après tout que la manière la plus commune d'atteindre une longévité surnaturelle. D'un criminel chinois que Charles avait rencontré une ou deux fois, on disait qu'il utilisait un élixir conçu pour son unique physiologie. Et il courait des histoires sur d'autres sortes d'Anciens qui continuaient d'arpenter le sol de la planète.

West frisait l'apoplexie.

— Tout est mécanique ! s'écria-t-il, et Pretorius grimaça d'ennui devant cet éclat. Si nous ne comprenons pas encore le processus, c'est parce que nous n'avons pas su percevoir les lois qui gouvernent son développement. Les morts peuvent marcher. C'est un fait. Il n'y a rien de magique là-dedans. Un virus encore non identifié mais d'une très grande longévité, peut-être découlant d'une mutation enclenchée par les dépôts de radium dans les Karpathes, est sans aucun doute possible à la racine du phénomène. Si l'on parvient à l'exploiter, alors il sera possible à tous de survivre à la mort sans frais.

— Depuis combien de temps, West ? railla Pretorius avec un sourire paternaliste. Depuis combien d'années recherchez-vous votre virus ? L'idée n'est même pas de lui, Mademoiselle. Il était le mignon d'un certain Dr Moreau, qui a établi les bases de ces recherches inutiles. Et Moreau était un collaborateur de Henry Jekyll.

— Je suis au courant, dit-elle pour interrompre cette tirade.

Elle avait eu l'occasion de rencontrer le Dr Jekyll et le Dr Moreau.

— Oui, bien sûr, vous savez. Avant Jekyll, il y a eu Van Helsing. Et d'autres encore : Alexander Fleming, Peter Blood, Edmund Cordery. Tous l'œil rivé à leur microscope, à observer le ballet de ces petites cellules rouges en espérant y trouver une réponse.

— Mademoiselle Dieudonné, commença West, vous estimez-vous un être naturel ?

— Ni plus ni moins que quand j'étais sang-chaud.

— Voyez-vous, West, vous êtes sur la mauvaise piste, intervint Pretorius. Ce n'est pas que nous ne comprenons pas comment vivent les vampires. Nous ne comprenons pas comment les *humains* vivent. Oh, nous sommes capables d'une approximation de la formule vitale. Nous réussissons à créer la vie dans des bocaux en verre, à réanimer des tissus morts. Nous pouvons toujours essayer de vendre notre âme au Diable, pour tout le bien que cela nous fera. Nous pouvons tout obtenir, sauf une réponse qui ait réellement un sens.

— Je refuse d'accepter cela.

— Refusez tout ce que vous voudrez, West. Je me suis attelé à la question depuis beaucoup plus longtemps que vous. Il y a de cela bien des années, j'ai appris que toute tentative d'explication relevait de la plus pure futilité. Plus vous creusez, moins il y a de sens, et plus les contradictions surgissent.

— Vous r-r-régressez à l'alchimie, bafouilla West. Et ensuite, la s-s-sorcellerie ?

Pretorius lui adressa un sourire de gargouille.

— Si telle est la route que nous devons emprunter… Mais la sorcellerie elle-même n'est qu'une manière de systématiser l'inconnaissable. Peut-être nous faut-il accepter que les choses n'aient pas de sens. L'univers est d'une inconsistance sauvage, il change à chaque instant, il passe sans cesse du chaos à la création.

— Einstein maintenait que tout pouvait être compris…

— Pas dans ses derniers temps. À la fin, personne ne prétend comprendre. Parlez tout votre soûl de virus et de dépôts de radium, ou adressez-vous aux démons et aux farfadets, le fait demeure qu'il existe des créatures qui ne projettent aucun reflet dans un miroir. Cela ne peut être expliqué. Dans les quatre-vingts dernières années où le monde a été obligé d'accepter l'existence de créatures telles que les vampires, cette question a vaincu maints esprits plus grands que vous, Herbert West. Que faites-vous des lois de l'optique et de la réfraction ? Ou de toute autre loi scientifique avérée ? Rien. Des choses qui ne peuvent être sont. Si les dieux existent, ils sont fous ou idiots. Cette dame ici présente défie toutes vos tentatives de mesure, de calcul, de catégorisation, de définition. Alors, qu'allez-vous faire, mon lamentable ami ?

— Vous vous trompez, affirma West avec plus de calme.

— J'en doute, répondit le médecin.

Geneviève avait le vertige. Quelque chose dans la ferveur de Pretorius l'effrayait. Redoutait-elle vraiment qu'il ait raison ? Elle avait développé une terreur enfantine à l'idée qu'elle était peut-être une âme damnée. Mais si elle n'était pas une créature de la science, qu'était-elle ? Que restait-il ?

— Au néant, dit Pretorius en brandissant la bouteille de gin pour porter un toast. Au chaos que nous devons apprendre à aimer.

— Mlle Dieudonné est ici pour effectuer une identification, rappela Ginko, qui jusqu'alors avait attendu sans marquer d'impatience.

Pretorius passa la main sous une couverture noire et la ressortit avec un objet. C'était la tête de Dracula, toujours protégée de la putréfaction, avec ses yeux furieux.

— Est-ce lui ?

Geneviève acquiesça.

— Vous devez le dire à haute et intelligible voix, lui remémora le médecin. Pour que ce soit officiel.

— C'est bien Dracula, déclara-t-elle.

— Quelle surprise ! fit Pretorius en penchant la tête de côté. Je ne voudrais pas me lancer dans la spéculation sans consulter pleinement mon estimé collègue West, mais je crois ne pas m'avancer en affirmant que ce vieux salopard est vraiment mort. Y a-t-il autre chose ?

Geneviève consulta le sergent du regard. Ginko eut une moue négative.

— Alors je crois que vous pouvez me laisser travailler, conclut Pretorius. Vous aurez mon rapport d'autopsie dans le courant de la semaine prochaine. Je doute qu'il vous soit de quelque utilité, à vous ou à quiconque. Je vous souhaite une bonne journée.

Il leur était enjoint de prendre congé.

4

Profondo rosso

Pendant d'interminables secondes, ce fut un cauchemar. Ayant appris l'art de la chasse au sein de la meute, elle n'en était pas une proie plus heureuse. Elle eut toutes ces réactions stupides qu'elle avait vues chez les gens agressés par les reporters. Elle se cacha le visage dans les mains, baissa les yeux vers ses chaussures, et essaya de marcher sur une ligne droite invisible à travers l'essaim des journalistes. Et bien sûr elle bredouilla des « Sans commentaire ! » en réponse à l'avalanche de questions de plus en plus directes et crues qu'on lui lançait. Elle avait dû sembler aussi coupable que Judas.

Kate revint à la *pensione* juste à temps pour en être expulsée. La presse y était déjà passée et avait bénéficié auprès de la propriétaire d'une moisson de détails sur la traînée étrangère suspecte qu'était l'Irlandaise. Elle n'avait dormi que deux fois dans le Trastevere depuis son arrivée à Rome, puisqu'elle avait passé la majeure partie de son temps à l'appartement de Marcello, avec Charles et Geneviève, dans la rue ou en prison. Et pourtant elle dut s'acquitter d'une facture royale pour récupérer sa valise.

Elle voulut appeler Marcello chez lui, mais n'obtint pas de réponse. Elle sillonna la via Veneto à plusieurs reprises, sans réussir à le dénicher dans un de ses repaires habituels.

Bien sûr, elle avait compris que l'Italien avait parlé d'elle aux autres reporters. C'est ainsi qu'ils l'avaient guettée à la sortie du poste de police. Et c'est sans doute aussi pourquoi lui n'avait pas été présent. En dehors de ce qui avait pu exister entre eux, elle représentait la matière d'un article et il aurait dû être là pour faire son métier. Au moins il avait eu assez de bon sens pour ne pas venir.

Elle avait toujours l'intention de s'en prendre à lui.

Pendant son séjour en prison, l'humeur de la ville s'était modifiée. La via Veneto était presque déserte, le *Café Strega* pratiquement vide. Les Aînés étaient partis, et les jeunes ressuscités se faisaient rares. Si le Bourreau Écarlate avait voulu chasser les vampires de la ville, il triomphait.

Elle s'assit dans le café et sirota une consommation au sang. À son grand soulagement, personne ne vint l'importuner. La frénésie de curiosité sur son histoire était passée, et quelqu'un d'autre devait déjà avoir sur les talons les limiers de la presse. La police avait déclaré qu'elle n'était pas suspecte dans la mort du prince Dracula, ce qui laissait les journalistes libres de spéculer sur les conspirations les plus bizarres. Elle aimait assez celle du Garde Karpathe ayant subi un lavage de cerveau de la part des communistes chinois pour être transformé en tueur de vampires, bien qu'elle juge plus acceptable la théorie du complot jésuite.

Charles n'était plus, et maintenant Dracula quittait lui aussi la scène. Son passé s'en trouvait démantelé. Elle avait aimé le premier, haï le second, mais tous deux avaient défini un monde qu'elle comprenait, où elle avait une place à tenir, une cause à défendre, des devoirs à accomplir. Les ficelles qui la maintenaient dans l'univers venaient d'être soudainement coupées.

Était-ce ainsi que les Aînés finissaient par se sentir ? Avec le temps, tout ce dont ils se souvenaient de leur vie de sang-chaud disparaissait. Eux seuls subsistaient, enfermés dans leur crâne, perdus dans un monde de toasters électriques et de réclames télévisées.

Elle se sentait très petite, et plus encore, effrayée.

« Les réponses à de tels mystères se trouvent souvent sous la semelle de nos chaussures. »

Le commentaire du père Merrin lui revint à l'esprit. Il avait mis une emphase subtile dans cette phrase. Il voulait qu'elle s'en souvienne, qu'elle y réfléchisse.

Qu'y avait-il sous la semelle de ses chaussures ?

Des dalles. Pas très propres.

Et en dessous ?

Tout en bas, la terre, la roche et le magma.

Entre les deux, les catacombes, des ruines, des grottes, des sous-sols, des cellules. Et même des night-clubs. On n'arrêtait pas de l'entraîner sous la surface. Rome était pareille à un iceberg. Seule une fraction de la ville était visible au-dessus du sol.

Qu'est-ce qui vivait sous Rome ?

Ou plutôt : *qui* y vivait ?

« Il y a des larmes partout, avait dit Santona. *Les pierres de cette cité pleurent. »*

Elle se rappelait la diseuse de bonne aventure aussi, et ce qu'elle avait raconté à propos de la *Mater Lachrymarum*, la Mère des Larmes. Elle impliquait un lien entre cette personne mystérieuse et la fillette qui avait guidé Kate jusqu'à la crypte de Dracula. Le visage de l'enfant, joli et maléfique, restait gravé dans sa mémoire. Tout pouvait mourir ici, à Rome, la gamine survivrait. Kate avait l'intuition que c'était une créature très ancienne ; pas une vampire, mais une élémentale, une entité éternelle et redoutable.

Une mère devait avoir une fille. Kate en revenait toujours là. Santona avait dit que la *Mater Lachrymarum* n'était pas la mère de la fillette, mais celle de la ville.

Comment Rome pouvait-elle avoir une mère ? Selon les professeurs qui avaient enseigné l'histoire classique à l'Irlandaise, la cité possédait deux pères fondateurs, Romulus et Remus. Aucune mère n'était mentionnée, à moins qu'il ne s'agisse de la louve qui avait allaité les jumeaux.

Quelque chose s'éveillait dans son cœur. Pas simplement la terreur, mais une curiosité farouche, un besoin vital de savoir, de comprendre. C'était une chanson qu'elle avait déjà entendue par le passé, depuis qu'elle n'était plus sang-chaud. Peut-être la mélodie de la prépondérance de la vie.

La disparition de Charles l'avait anéantie. Mais la gifle de la mort de Dracula venait de la ranimer et de la remettre en selle. Il existait dans cet événement quelque chose de nouveau, un ton qu'elle n'avait jamais entendu jusqu'alors. D'une certaine façon, elle ne voulait pas s'en soucier. À présent elle était libre. Sans Dracula, le monde pouvait mener sa destinée comme bon lui semblerait. Et sans Charles, Kate pouvait faire de même.

Elle essuya des larmes brûlantes.

Elle n'était pas encore prête à une telle liberté, à cette solitude. C'était comme quitter l'école, le foyer parental, les amis. N'avoir plus ni règles ni mesure, rien d'autre que soi.

Ses larmes cessèrent.

— Kate, dit quelqu'un en posant ses mains sur les siennes et en s'attablant en face d'elle.

Elle aurait cru que c'était Marcello. Malgré le ressentiment qu'elle nourrissait à son encontre, son cœur s'emballa.

C'était Geneviève. Kate s'efforça de ne rien trahir de sa déception.

— Kate, comment allez-vous ? J'ignorais qu'ils vous avaient libérée.

— Je vais bien, marmonna la journaliste en retirant ses mains de la table.

— Vous ne me croiriez pas si je vous racontais la journée que je viens de vivre, dit Geneviève en adressant un signe au serveur. Ils m'ont demandé d'identifier la tête de Dracula.

Kate grimaça.

— Aucun signe de putréfaction, ajouta Geneviève. C'est ce qui étonne tout le monde. Chez les Aînés, l'accumulation des années est supposée se manifester dès la mort. La plupart des victimes du Bourreau Écarlate ne sont plus que des tas de cendres colorées. Mais Dracula reste intact.

— Ils vont dire que c'est un saint, vous verrez. Certains résistent à la corruption des chairs, à ce qu'il paraît.

— Tout ce qu'on pouvait dire sur Dracula l'a déjà été. Vous auriez dû voir les journaux.

— J'ai rattrapé le temps perdu. Incroyable comment une mort violente peut ennoblir certaines personnes. Tous ces gens qui bouillaient de haine il y a encore une semaine sont prêts à rendre sincèrement hommage à un grand homme d'État et un personnage significatif dans l'histoire du XXe siècle. Mais quelque part il y a bien quelqu'un qui a réagi à la nouvelle en chantant « Ding-dong, la Sorcière est morte » et en se coiffant d'un abat-jour.

La consommation de Geneviève lui fut apportée et elle commanda la même chose pour Kate.

Leurs regards se croisèrent. Ni l'une ni l'autre n'était très sûre de la meilleure manière de formuler ce qu'elles éprouvaient toutes deux.

Il me manque, admit finalement Geneviève.

Kate acquiesça.

— Oui, à moi aussi.

Elles ne parlaient pas de Dracula.

— J'ignorais à quoi cela ressemblerait, enchaîna Geneviève. Ce n'est pas comme si je n'étais pas accoutumée à voir les gens mourir autour de moi. C'est juste que Charles était tellement présent, si vous voyez ce que je veux dire.

— Je comprends.

Par chance, la journaliste n'avait plus de larmes à verser.

— Il reste encore bien trop de mystères, Kate. Charles aurait détesté cela. Le Bourreau Écarlate et votre fillette. Et Dracula. Qui a tué Dracula ?

— Ce n'était pas moi.

— Je le sais.

— J'aurais dû, pourtant. D'une certaine façon, je regrette de ne pas l'avoir tué. J'aurais aimé trancher dans toutes ces positions de compromis, et décider que cette créature ne méritait pas de vivre plus longtemps, puis je lui aurais transpercé le cœur et je l'aurais décapité. Je me vois le faire, mais je sais que je ne l'ai pas fait. Et j'oscille entre la culpabilité de ne pas l'avoir sauvé ou au contraire de ne pas l'avoir tué. Je sens toujours son sang en moi, sous ma peau.

— Si je peux vous aider, Kate, je le ferai.

Elle prit la main de Geneviève.

— Il y a quelqu'un à qui je veux rendre visite et parler. M'accompagnerez-vous ?

— Bien sûr.

— Cela implique de nous rendre dans un endroit où nous ne sommes pas les bienvenues.

Geneviève resta perplexe quelques secondes, puis elle comprit.

5

L'esorcista

L'idée qu'un vampire ne pouvait fouler un sol consacré relevait de la superstition la plus outrancière. Chaque centimètre carré de terre avait été consacré par une foi ou une autre au long des âges. Si les vampires n'avaient pu marcher sur la terre ferme, ils auraient donc dû naviguer à jamais sur les océans, et en dehors des eaux territoriales, bien entendu. Durant ses siècles d'existence, Geneviève était entrée dans une multitude de cimetières, de lieux saints, d'églises, de cathédrales, de mosquées et de temples. Toujours elle éprouvait un frisson particulier quand elle franchissait le seuil du lieu, mais rien de plus. Toutefois, aujourd'hui elle allait connaître une expérience d'une tout autre envergure. Kate et elle se tenaient sur la viale Vaticano, devant une église qui était également une ville.

Les gardes suisses étaient en poste devant les grandes portes. Le soir était tombé, et les musées du Vatican avaient fermé. Les touristes partis, l'endroit grouillait encore de prêtres et de religieuses. Bien que consciente de l'inanité de cette réaction, Geneviève se sentait mal à l'aise. Elle avait pourtant suffisamment traversé l'histoire pour savoir que le Vatican n'était qu'une institution temporelle, qui n'avait admis l'infamie de l'Inquisition espagnole que pour atténuer le souvenir de l'Inquisition romaine, encore plus atroce. Autant de meurtriers, de scélérats et de dégénérés avaient occupé le trône de Saint-Pierre que toute autre charge d'importance.

Mais c'était l'Église.

Elle était née avant la Réforme. À son époque, il n'y avait qu'une seule Église. Tout autre mouvement religieux était dangereux et qualifié d'hérésie. Juste après son passage aux ténèbres, elle avait été excommuniée, alors même qu'il n'était pas certain qu'elle soit un être humain avec une âme, puisque femme.

— Allez, Gené, l'encouragea Kate.

L'Irlandaise était protestante, bien sûr. De plus elle se prétendait agnostique.

Son amie la prit par le bras et elles traversèrent la route.

Née dans la foi et s'en étant écartée depuis longtemps, Geneviève était-elle plus susceptible de subir un phénomène de combustion spontanée qu'une païenne comme Kate Reed, quand elles mettraient le pied sur le territoire du Vatican ? Il devait exister une ligne invisible sur la route. À un moment, elle la franchit.

Elle n'explosa pas.

Quelque part, des cloches se mirent à sonner. Elle n'y vit pas l'indice d'un miracle.

Les gardes suisses baissèrent leurs piques d'un air menaçant. Kate leur expliqua qu'elles avaient rendez-vous avec le père Merrin.

Geneviève nota qu'un des gardes était un vampire. Sans Dracula, nombre de Karpathes se retrouvaient sans emploi. Ces temps-ci, les forces constituées de mercenaires tels que les gardes suisses ou la Légion étrangère recevaient des recrues inattendues.

Elles furent admises à gravir le célèbre escalier hélicoïdal dessiné par Giuseppe Momo qui menait du niveau de la rue au musée et à la bibliothèque. Un bruit de pas légers retentit un peu plus haut et une petite femme blonde vint à leur rencontre. Ce n'était pas une religieuse mais une profane travaillant au Vatican. Elle avait la tête modestement couverte d'un voile et gardait le regard baissé. Quelque chose chez elle donna la chair de poule à Geneviève. Elle dit s'appeler Viridiana et proposa de les conduire auprès du père Merrin.

Elles s'enfoncèrent dans les couloirs du palais du Belvédère, au cœur du Vatican lui-même. Elles se hâtèrent pour traverser la cour octogonale et s'écartèrent du circuit tracé pour les touristes, passant du dallage en marbre à celui en pierre. Geneviève restait accrochée au bras de Kate. Des prêtres au visage ascétique et des cardinaux vêtus de pourpre les croisaient, aussi silencieux que des spectres, mais en lançant des regards perçants à ces deux intruses *nosferatus*.

Historiquement, l'Église avait toujours honni leur espèce. La communion par l'échange des sangs était qualifiée de parodie blasphématoire du rite de la messe. Geneviève fut frappée de comprendre que la vraie raison de l'inimitié entre l'Église et les vampires tenait au fait qu'ils étaient concurrents. Si le Dr Pretorius ne se trompait pas et qu'effectivement le vampirisme résistait à toute explication rationnelle, alors elle était possédée par des pouvoirs miraculeux beaucoup plus visibles que ceux de n'importe quel curé, qui affirmait transformer le vin en sang. Et une institution dont l'atout principal demeurait l'exploitation d'une immortalité à venir devait être très embarrassée par la réalité d'une immortalité aisément obtenue ici, sur terre.

Viridiana les entraîna dans un sous-sol qui était un véritable labyrinthe de vitrines cadenassées emplies de volumes d'aspect vénérable. Ce n'était pas la bibliothèque du Vatican, mais une des nombreuses salles contenant les archives privées de l'Église. Geneviève eut presque envie de demander si on entreposait là les publications pornographiques. La profane les guida sans hésiter dans ce dédale, en actionnant un interrupteur tous les trente pas. Des ampoules pendues au plafond dispensaient un éclairage anémique sur les allées entre les bibliothèques, jusqu'au prochain interrupteur, et s'éteignaient automatiquement au bout de cinq secondes, de sorte que le trio devait se hâter pour éviter l'obscurité.

Elles arrivèrent dans un petit espace dégagé. Viridiana indiqua une rangée.

— Le père Merrin est là-bas, dit-elle en marquant une curieuse réticence à aller plus loin. Il vous attend.

Kate remercia la jeune fille, et les deux non-mortes s'engagèrent entre les hautes bibliothèques. Kate se chargeait d'actionner les interrupteurs. Des livres aussi vieux qu'elle attiraient le regard de Geneviève, avec leurs reliures à bandes de cuivre et leurs pages couleur peau tannée.

Kate lui avait expliqué que le père Lankester Merrin était à la fois prêtre, érudit et anthropologue. C'était un collègue d'études de l'évolutionniste catholique controversé Pierre Teilhard de Chardin, et aussi, à en croire la rumeur, un des derniers chasseurs de vampires de l'Église. Apparemment il avait accompli des rituels d'exorcisme en Afrique et banni certains prédateurs locaux dans les ténèbres extérieures. Il était présent lors de l'assassinat de Dracula.

Il se trouvait dans une zone éclairée, à l'intersection de plusieurs allées. Assis à un bureau, il prenait des notes. C'était un homme mince, mais vigoureux. À leur arrivée, il se leva poliment.

— Miss Reed, fit-il à Kate.

— Père Merrin, je vous présente Geneviève Dieudonné.

— Je suis ravi de vous rencontrer, affirma le prêtre en tendant la main.

L'Ancienne hésita.

— Je ne pense pas que mon contact vous brûlera, ajouta-t-il.

Ils se serrèrent la main.

— Je ne suis même pas roussie, dit Geneviève en lui montrant sa paume.

Il ne sembla pas sourire, mais ses yeux d'un bleu vif pétillaient d'humour. Quelle que soit l'opinion qu'elle avait de l'Église, elle savait reconnaître un vrai homme de foi.

— Merci d'avoir accepté de nous recevoir, dit Kate.

Merrin accepta la formule sans déprécier la faveur qu'on lui avait demandée. Ces archives n'étaient pas ouvertes aux personnes extérieures à l'Église, même sur rendez-vous spécial. Qu'il détienne le pouvoir de les inviter ici révélait l'importance de son statut.

— Que savez-vous de la Mère des Larmes ? dit Kate.

Il hocha la tête, comme s'il s'était attendu à cette question. C'est Geneviève qui était choquée. Quand Brastov avait mentionné les Trois Mères, elle avait compris qu'il essayait de lancer une piste de réflexion, mais tout ce qui s'était produit depuis avait eu pour seul résultat de les faire dévier de cette piste. À présent elle se remémorait son intuition dans le repaire de Brastov, lorsqu'elle avait songé que le maître-espion s'était donné beaucoup de mal pour simplement prononcer un nom.

— Vous vous intéressez à la Mère de Rome ? répondit Merrin. La Femme éternelle de la Ville éternelle. *Mater Lachrymarum.*

— Le nom ne cesse de surgir ici et là.

— Cela ne m'étonne pas.

Geneviève sentit un léger courant d'air. Des pages tournèrent seules. Une bâtisse aussi vaste devait posséder son propre climat interne.

— Elle a de nombreux aspects, dit le prêtre. Certains hérétiques l'appellent la Vierge Noire, la mère de l'Antéchrist. De façon plus classique, on l'identifie à Circé, à Médée ou à Méduse. Elle est l'impératrice secrète de Rome. Officiellement, l'Église la traite de sorcière, comme ses deux sœurs, disparues et oubliées depuis longtemps.

— Et vous, que croyez-vous ? insista Kate.

— Croire est un processus d'une infinie complexité. Je n'ai effectué aucune étude particulière sur la *Mater Lachrymarum.* Ces dernières années, quelques érudits ont proposé des recherches sur elle, mais ils n'ont reçu aucun soutien de notre hiérarchie. J'ai le sentiment que le Vatican et la Mère des Larmes se méfient l'un de l'autre et qu'ils ont choisi d'éviter l'affrontement direct. Nos centres de pouvoir se situent sur les rives opposées du Tibre. Les quelques ouvrages qui font mention de cette créature ne me sont même pas accessibles.

— Quel est l'aspect de la Mère des Larmes ?

— Selon la tradition, elle apparaît sous quatre formes. Une enfant, une jeune fille, une femme adulte et une vieille femme. Des quatre, l'enfant est la plus terrible, car c'est une innocente qui a le caractère impitoyable du jeune âge. Sous certaines circonstances, elle est aussi le Diable. La jeune fille est une sainte, la femme adulte une courtisane et la vieille femme une prophétesse. L'enfant est à moitié aveugle, mais la vieille femme voit tout. La sainte dit toujours la vérité, la courtisane ment systématiquement.

Kate acquiesça, en prenant note de ce qu'elle apprenait.

Geneviève rattrapait son retard. Cette fillette aperçue par Kate sur la piazza di Trevi puis aux abords du palazzo Otranto était une sorte de créature inhumaine, mais pas une vampire. Il existait de multiples variétés de monstres de par le monde.

— Elle est plus puissante qu'un Aîné, poursuivit Merrin. Plus forte que tous les Aînés. Elle est éternelle mais non sans âge. Dans ses quatre aspects, elle représente un cycle complet, une vie entière. Les vampires sont à part du monde, de ses changements et de ses soubresauts, alors que la Mère des Larmes les embrasse, les concrétise. Vous êtes froides, elle est chaude. Vos cœurs sont figés ; le sien bat au rythme de la cité.

— Quel est son but ? demanda Kate.

Merrin eut un haussement d'épaules expressif.

— Continuer ? proposa-t-il.

Les pages d'un cahier de notes à spirale tournèrent. Il y avait un courant d'air, pas de doute. La brise sacrée du Vatican caressa le visage de Geneviève et passa des doigts invisibles dans ses cheveux. Elle sentit une main glacée pénétrer sa poitrine.

Dans l'obscurité, au-delà du cercle de lumière, des ailes battirent. Kate paraissait inquiète. Un bec acéré apparut soudain, qui vola au-dessus des bibliothèques pour piquer droit sur le prêtre.

Geneviève frappa à la vitesse de l'éclair, mais rata l'oiseau.

La pointe du bec entailla le front de Merrin juste au-dessus de ses lunettes. Geneviève bondit sur le volatile. Il avait la taille d'un aigle et la couleur d'un corbeau. Ses yeux jaunes étaient cerclés de rouge. Elle saisit son bec et le maintint fermé.

Les ailes battirent furieusement, martelant sa poitrine de coups qui auraient brisé les os d'une simple mortelle. L'horrible oiseau réussit à se libérer et s'éleva dans l'air où il parut planer. Kate s'était jetée sur le père Merrin pour le protéger de son corps.

Geneviève ne prit pas la peine de s'interroger sur la présence de cette créature ici. Elle pria pour qu'il disparaisse. Et il disparut.

L'effet fut pareil à un coup au cœur. La vampire ne put s'empêcher de penser qu'elle avait été victime d'un tour de magie, d'un stratagème très ancien destiné à réaffirmer la primauté de la foi par l'imposition puis la disparition d'une adversité violente.

Kate releva Merrin et examina son front. Elle mouilla son mouchoir d'un peu de salive et nettoya la blessure du peu de sang qui en sourdait.

Le prêtre ne broncha pas. Geneviève comprit que son amie avait l'odeur du sang dans les narines et qu'elle luttait certainement contre l'envie de coller sa bouche à la plaie.

— Vous devez être prudentes, dit le prêtre. Toutes les deux.

— Qu'était-ce ? s'enquit Geneviève.

— Un avertissement pour l'Église, et pour moi. Nous devons nous tenir à l'écart de tout cela. C'est entre vous, je veux dire les vampires, et *elle*, la Mère des Larmes.

— C'était un autre aspect d'elle ? dit Kate.

— Seulement une illusion. Une petite démonstration de sa puissance. Elle aime ses poupées, ses jouets. Ce Bourreau Écarlate est probablement un homme tombé sous sa coupe qui exécute ses ordres.

— C'est ce que je pensais, approuva Kate. Sur la piazza di Trevi, c'était elle. La fillette. Elle a tué Kernassy et Malenka en se servant du Bourreau Écarlate comme d'une arme.

Mais à Otranto ? songea Geneviève. Le Bourreau Écarlate se trouvait à Rome, où il massacrait des Aînés. Quand Dracula avait été tué dans sa crypte, il avait donc dû succomber à une autre poupée, une autre arme.

Elle éprouva subitement un sombre pressentiment pour Kate.

Son amie s'était-elle rendu compte de la possibilité ? Certainement, pour être devenue aussi déterminée dans ses actes.

— Peut-on les libérer de son emprise ? demanda-t-elle. Les jouets de la Mère des Larmes ?

— Seulement par la mort, répondit Merrin d'un ton lugubre.

Le visage de la journaliste demeurait impénétrable.

Il ne semblait guère judicieux de laisser seul le prêtre, mais il insista en répétant qu'il ne courait aucun danger immédiat. L'attaque n'avait été qu'une démonstration, non une tentative d'assassinat, dirigée autant contre les vampires que contre lui.

— Viridiana nous raccompagnera-t-elle ? dit Kate.

— Viridiana ? répéta Merrin, perplexe.

— La profane ? La jeune fille ?

Les mots de Kate moururent sur ses lèvres. Geneviève tenta de se remémorer le joli visage de celle qui les avait conduites ici, mais n'y parvint pas.

— Même ici…, murmura le prêtre avec un sourire triste, avant de s'adresser à ses visiteuses. Elle est effrontée. J'espère avec ferveur que vous pourrez trouver un arrangement avec elle, car personne ne l'a jamais vaincue.

Elles le quittèrent et rebroussèrent chemin sans se soucier d'utiliser l'éclairage. Elles avaient besoin de se souvenir qu'elles étaient vampires, et maîtresses des ténèbres.

— Si c'est moi, Gené, dit Kate, vous devrez me tuer. Coupez-moi la tête et emplissez ma bouche d'ail. Vous êtes la seule en qui j'ai assez confiance pour être sûre que vous le ferez. S'il vous plaît, promettez-le-moi.

— Je vous le promets, ma chère Kate.

— Merci, dit Kate avant de l'embrasser.

6

Quoi de neuf, Pussy Cat ?

Tout était fini. Dracula était mort, définitivement. Il n'épouserait pas Asa Vajda, et ne redeviendrait pas une force avec laquelle compter dans les Balkans. Bond avait l'impression que le nœud de tension qui l'habitait depuis le début de sa mission venait d'être tranché net.

— La princesse n'est pas encore très à l'aise avec les visiteurs, je le crains, l'informa Miss Churchward. Elle a subi un grand choc, comme vous pouvez l'imaginer.

Il laissa son regard errer sur la salle de bal désertée. Les draperies posées pour la soirée avaient été laissées en place, ainsi que les bannières frappées d'armoiries. Les souris du buffet, largement boudées par les vampires qui préféraient le sang humain, s'étaient échappées de leurs bols et se régalaient avec frénésie des canapés abandonnés. Des générations de ces rongeurs allaient sans doute prendre possession du palazzo Otranto.

Quelques serviteurs en livrée s'escrimaient futilement à nettoyer.

— On nous a signifié notre congé, commander Bond, expliqua Miss Churchward. Je pense que vous le saviez déjà, puisque vous êtes un espion.

Il ne nia pas. Tout le monde à Rome était au courant de son métier. Il était plutôt en vue. Le Diogene's Club préparait ses remplaçants, des fonctionnaires portant lunettes et impers Marks & Spencer. La tenue stricte et les lunettes à verres réfléchissants de Miss Churchward ne masquaient pas entièrement son charme. Lors du bal, sa coiffure était plus seyante qu'aujourd'hui. C'était peut-être bien une tigresse.

Ce type américain qu'il avait rencontré à l'extérieur du *Kit Kat Klub,* celui qui avait été saigné à blanc, faisait partie de la Maison. Il imagina Miss Churchward, ses lèvres rougies, qui plongeait ses dents dans la peau.

Il lui tendit sa carte.

— Lorsque vous retournerez à Londres, peut-être nous reverrons-nous ?

Elle lut le bristol, puis ses yeux se fixèrent sur lui, par-dessus ses lunettes.

Il la gratifia d'un sourire mesuré, qu'elle parut accepter. Il y avait une promesse muette, teintée de défi, dans cette vampire. Sous le masque sévère de la femme victorienne il devinait une créature sensuelle, passionnée, affamée.

— Je ne pense pas, lâcha-t-elle en lui rendant sa carte.

L'eût-elle giflé, il n'aurait pas été plus surpris.

— Commander Bond, vous êtes indubitablement un homme très séduisant, et je ne doute pas de vos nombreux succès auprès de la gent féminine. Mais vous êtes un jeune ressuscité. Vous ne possédez pas encore le pouvoir de fascination.

Il conserva une expression imperturbable.

— Vous ne comprenez pas, n'est-ce pas ? dit-elle. Alors voyez.

Elle ôta ses lunettes et le fixa d'un regard rouge. Il ne pouvait plus bouger. Ses genoux étaient pris dans un étau. Miss Churchward le possédait. Il mourrait sans hésiter, sur un mot d'elle. Il se jetterait dans les flammes à sa demande.

Du bout de l'index, Miss Churchward se toucha les lèvres, puis elle effleura la bouche de Bond du doigt. Une décharge électrique le parcourut, qui brûla chaque nerf. Ce moment parut durer une éternité. Il vacilla.

— Et ce n'est qu'un aperçu, conclut-elle avec un petit sourire.

Bond se reprit. Les soleils qui tournoyaient dans son crâne s'estompèrent. À l'autre bout de la salle, il vit Tom qui se déplaçait à pas précautionneux, comme un vieillard. Il était aussi blanc qu'un fantôme et d'une minceur effrayante. Miss Churchward avait consumé presque toute sa force vitale.

— Je ne vous raccompagne pas, dit-elle. J'ai beaucoup à faire.

Il ne trouva rien à lui répondre.

À l'extérieur, Bond flâna un peu auprès de son Aston Martin et tout en fumant une cigarette il prit le temps d'observer le soleil qui se couchait derrière le palazzo. Ses membres étaient encore engourdis. Il avait l'impression d'avoir été envoûté par la Grande Catherine, puis torturé une semaine durant dans ses cachots.

Il en savait très peu sur cette Miss Churchward, mais Winthrop avait dit que quand elle était sang-chaud – dans les années 1880 – elle avait été brièvement fiancée avec le vieil homme. De la démonstration dont il venait de faire les frais, Bond jugeait utile d'ajouter une note à son rapport. Penelope deviendrait sous peu une des Aînées les plus puissantes de toute l'Europe. Et elle était sujet britannique.

Dracula disparu, sa place restait à prendre. Quelqu'un devait être Roi des Vampires. Ou Reine.

Bond estimait révolue l'époque des rois et des empereurs. Les prochains seigneurs de la nuit seraient des reines et des impératrices.

Il laissa tomber sa cigarette sur le gravier et se glissa dans la voiture de sport. Il n'avait pas à revenir à Londres avant quelques jours encore, et il pensait s'offrir un peu de bon temps à Rome.

Il avait parcouru la moitié du trajet de retour vers la Ville éternelle quand il s'aperçut qu'il était suivi. Une sensation familière. Une Mercedes noire avait calqué sa vitesse sur la sienne. Mais il y avait plus, et Bond s'en rendit compte très vite. La voiture derrière lui agissait en coordination avec deux motards qui se trouvaient *devant* lui. Il était coincé entre eux.

Il chassa les dernières brumes de son esprit et changea de vitesse.

Cette situation était nettement plus dans ses cordes.

Le bolide anglais bondit en avant et rattrapa les motos. Juste pour leur montrer qu'il était dans la course. Il les regarda à tour de rôle. Deux motardes jumelles, des vampires. De longs cheveux blonds voletaient en dessous du casque. Elles portaient des blousons de cuir noir sur des collants roses.

Les filles lui envoyèrent des baisers et foncèrent à l'unisson, le laissant sur place. La route se rétrécissait et serpentait le long de la côte rocheuse. Il aurait pu percuter les motardes, mais il ne désirait pas endommager sa voiture.

La Mercedes se rapprochait. Dans le rétroviseur, Bond pouvait maintenant distinguer le visage du conducteur. C'était le tueur affronté chez Beauregard, Front-bas, avec ses lèvres noires crispées sur un rictus cruel et ses yeux aux lourdes paupières fixés sur sa proie.

Ainsi Brastov avait décidé de faire le ménage.

S'il n'était pas impossible que Smert Spionam ait tué Dracula, cette hypothèse demeurait quand même très improbable. Les Russes étaient rarement partisans d'assassinats voyants. Une disparition discrète convenait plus à leur style.

Non, il s'agissait d'une affaire personnelle.

À côté de Front-bas, rehaussé grâce à un coussin, se trouvait l'Homme-Chat en personne. Il avait adopté une forme un peu plus humaine, bien que son visage soit couvert d'une fourrure blanche. Ses moustaches frémissaient.

L'Aston Martin possédait une tenue de route remarquable. Les motardes devaient se pencher à l'intérieur de chaque virage, et leurs genoux effleuraient l'asphalte, alors que la voiture négociait les courbes sans effort. Beaucoup plus lourde, la Mercedes blindée faisait crisser ses pneus et plusieurs fois elle frôla de l'arrière le rail de sécurité ou la paroi rocheuse.

Brastov baissa la vitre de sa portière et se pencha à demi au-dehors. Il portait un smoking et ses pattes avant s'allongèrent pour se métamorphoser en bras humains. Dans ses griffes, il tenait une mitraillette.

L'arme chanta. Les balles sifflèrent autour de l'Aston Martin. Heureusement qu'elle était blindée avec un alliage d'acier spécial deux fois plus léger que la normale et d'une densité double. Le verre de la lunette arrière se craquela, mais ne céda pas.

La route côtière rejoignait un axe plus important. Devant eux, Rome. En ville, il pourrait semer ces moucherons sans problème.

Du regard, il apprécia les rondeurs fermes des postérieurs vampires tandis que les motardes zigzaguaient devant lui. Ce devait être les nouveaux gardes du corps de Brastov, puisque l'ancienne équipe avait été mise hors de combat.

La circulation commençait à compliquer la poursuite. Un prêtre au visage lunaire tomba de sa bicyclette quand ils le dépassèrent en trombe. D'un coup d'œil dans le rétroviseur, Bond vit la Mercedes rouler sur le vélo mais épargner le curé qui brandissait le poing et jurait comme un charretier. Les véhicules qui arrivaient dans l'autre sens eurent la bonne idée de s'écarter.

Un troupeau de moutons traversait la route. Les filles plongèrent dans la masse des animaux sans hésiter et renversèrent certains des infortunés bestiaux. La Mercedes était trop proche de lui pour qu'il freine, aussi Bond écrasa-t-il la pédale de l'accélérateur. Percutés de plein fouet, des moutons rebondirent sur le capot, y laissant des traces sanglantes qui seraient difficiles à enlever. Une pluie d'animaux blessés retomba sur la voiture de Brastov, ce qui obligea Front-bas à zigzaguer lourdement.

Bond éclata de rire.

Un berger courut vers la Mercedes en hurlant. L'Homme-Chat l'abattit à bout portant d'une rafale.

Pas très sport, jugea Bond. Tuer des civils innocents n'était pas dans les règles. Pour cela, il ne se contenterait pas d'échapper au chef de Smert Spionam, il lui infligerait une bonne leçon. Mort aux espions ? D'accord.

Les filles le conduisaient comme on le fait d'un taureau, en touchant à peine le capot de l'Aston Martin avant de s'écarter quand il faisait mine de les renverser. De temps à autre, elles lui décochaient des sourires moqueurs ou lui envoyaient des baisers. Elles avaient du rouge à lèvres rose et du fard à paupières bleu pâle. Il se demanda quel pouvait être leur âge réel.

Ils avaient pénétré dans une zone de quartiers misérables, avec maintes ruines datant de la guerre. Des zombies décervelés erraient au hasard entre les braseros qui diffusaient des halos rouges. Des catins en pulls miteux et jupes serrées frissonnaient près des feux et montraient leurs seins aux automobilistes passant à proximité.

Ce devait être I Cessati Spiriti.

Dans ces terrains vagues, il y avait assez d'espace pour ouvrir les gaz et effectuer quelques évolutions spectaculaires. Il était temps de montrer aux jumelles de quoi était capable une Aston Martin. Bond n'avait plus envie de jouer le rôle du taureau en leur laissant celui du toreador. Ici il n'y avait rien qui craigne d'être endommagé, et les habitants étaient trop occupés à survivre ou trop proches de la mort pour poser un problème. Il allait se transformer en requin, et s'occuper de ces filles qui n'étaient que menu fretin.

Un mur de flammes partageait un terrain en deux. Il fonça au travers.

Les motardes s'élancèrent derrière lui. Quand elles jaillirent des flammes, leur joli minois était noirci et leurs blousons fumaient.

La Mercedes franchit le brasier en rugissant et s'arrêta dans une grande flaque de boue.

L'Aston Martin fit un tête-à-queue impeccable et entraîna les filles dans un double S. Les crocs de Bond pressaient contre ses gencives. Il commençait à avoir faim.

Il freina et s'immobilisa en douceur.

Les jumelles suivaient toujours.

Le Walther au poing, il descendit de voiture.

Les motos dérapèrent et firent volte-face. Les filles coupèrent les gaz et descendirent de leurs machines. Elles retirèrent leur casque et secouèrent leur chevelure blonde. Elles lui souriaient toujours, mais d'un air beaucoup moins aguicheur.

Il se dit que leur tirer dessus n'aurait aucun effet. Mais par simple courtoisie… Il toucha l'une à l'épaule, l'autre au genou. Elles ricanèrent et avancèrent vers lui d'un pas dansant d'acrobate.

Il y eut une explosion. Le réservoir de la Mercedes. La boule de feu révélait la haute stature de Front-bas et celle plus petite de Brastov. Ils s'en étaient sortis.

— Bonsoir, Mr Bond, ronronna le maître-espion.

— Si vous le dites, répondit-il.

— Que pensez-vous de Marie-France et de Pony ? Mes petits chatons ?

Le Russe s'était placé entre les jumelles et avait passé les bras autour de leur taille. Sa tête arrivait à peine à hauteur de leurs épaules, déjà petites. Il portait des bottes de cavalier comme le chat de Dick Whittington, et marchait redressé, plus à la manière d'un primate que d'un félin ou d'un humain. Il fumait une cigarette fichée dans un long porte-cigarettes, et un monocle à verre rouge était coincé devant son œil gauche.

— Très jolies, commenta Bond.

— Elles ont des griffes, susurra Brastov.

— J'avais remarqué.

— Je prendrai plaisir à voir mes chatons jouer avec vous.

Bond se rappelait les effets du simple toucher de Miss Churchward. Si ces créatures possédaient une fraction de son pouvoir, il mourrait. D'une façon non dénuée d'intérêt, certes, mais cela ne le consolait guère.

Des gens s'attroupaient pour observer la scène. Les prostituées et les zombies, et les autres habitants d'I Cessati Spiriti. C'était l'arène moderne, décombres et braseros. Des yeux éteints luisaient dans l'obscurité.

Il était temps de leur offrir un bon spectacle.

Pony frappa la première. Elle virevolta dans les airs tel un Ancien chinois. Elle avait des griffes aux mains et aux pieds, qui s'enfoncèrent dans son manteau court, éraflant sa peau. Elle cracha quand sa bouche approcha de son cou.

Il lui plaqua une main sur la face et la repoussa violemment.

Elle bondit en arrière mais retomba sur ses pieds. Sa sœur avait déjà pris la relève. Ses jambes se refermèrent en étau sur la taille de Bond et elle lui lacéra le visage.

Marie-France avait une prise plus solide, mais il s'en débarrassa également.

Il savait avoir affaire à des ressuscitées relativement récentes. Elles ne seraient pas faciles à vaincre, mais il se sentait de taille. Il décocha un coup de pied au visage de Marie-France et un direct dans l'estomac de Pony.

Celle-ci tenta de le mordre à l'entrejambe. Par réflexe, il recula. Les mâchoires claquèrent sur le vide, et il retint un soupir de soulagement. Il frappa rageusement la fille à la tempe, puis la saisit comme un ballot et la lança sur sa jumelle qui arrivait.

Elles roulèrent sur le sol en crachant et en sifflant.

Le manteau de son maître sur l'avant-bras, Front-bas se tenait docilement près de lui. Après les filles, Bond devrait affronter cette chose morte-vivante.

C'est alors que quelqu'un d'autre fit son entrée dans l'arène.

Un homme masqué, en collant rouge, bondit à travers le mur de flammes et se jeta dans la bataille. Il repoussa les spectateurs et étreignit Front-bas par-derrière. C'était une prise de lutteur, et la créature de Brastov gargouilla tandis que l'autre lui tordait le dos en arrière. Le désespoir se peignit sur sa face grisâtre.

C'était le Bourreau Écarlate, l'homme qui avait tué Anibas et tous les autres.

— Marie-France, Pony ! cria le Russe. Ici !

Les filles se relevèrent. Le Bourreau souleva Front-bas dont il venait de briser la colonne vertébrale au-dessus de sa tête, dans un mouvement d'haltérophile parfait. Les muscles de ses bras et de ses jambes se gonflèrent sous l'effort. Sa bouche était crispée sur un rictus cruel qui découvrait ses dents, et ses yeux fous brillaient dans son masque.

Front-bas fut projeté à distance et s'écrasa sur le sol en grognant.

Les jumelles avançaient vers leur nouvel adversaire. Le Bourreau les regarda et éclata d'un rire tonitruant. Elles s'arrêtèrent et crachèrent.

Les moustaches de Brastov frémirent. Il était aussi furieux que terrifié.

Bond avait toutes les raisons de se féliciter de n'être qu'un ressuscité. Ce type ne tuait que les Aînés.

Sans cesser de rire, le Bourreau Écarlate saisit l'Homme-Chat par le col et le souleva. Le Russe décocha des coups de pied bottés dans le vide. Ses protestations étranglées ressemblaient plus à des miaulements qu'à des implorations.

Bond regarda les visages dans la foule. Les *morti viventi*, les lèvres rongées découvrant des sourires permanents, concentraient ce qui leur restait d'intelligence sur la scène.

Parmi les prostituées se trouvait une femme imposante, ni obèse ni géante, mais large de corps et de posture. Il y avait quelque chose d'étrange dans ses yeux. Elle fit le geste classique, bras tendu à l'horizontale, poing fermé, pouce vers le bas.

— Ainsi décide Mamma Roma, déclara-t-elle.

— Mamma Roma… Mamma Roma…, psalmodièrent les prostituées.

Le Bourreau Écarlate acquiesça.

Il fit la démonstration d'une des manières proverbiales d'écorcher un chat. Tout d'abord il arracha le visage de Brastov comme s'il se fût agi d'un masque, puis il fit une incision verticale le long de son torse, comme on déboutonne une chemise. Glissant une main à l'intérieur il entreprit d'extraire le squelette enrobé de rouge de la fourrure. Il lança celle-ci au loin, et deux femmes zombies la déchirèrent en se la disputant. Chacune s'accrocha à son morceau qu'elle frotta avec délice contre son visage sans nez.

Sans sa peau de chat, Brastov était un peu plus humain. Il parut grandir et reprendre la taille d'un homme adulte. Le sang, les os et les organes tombaient de sa carcasse et s'écrasaient autour des bottes de son tortionnaire.

Bond vit une peur folle dans les yeux étrécis de Brastov.

Le Bourreau Écarlate démembra l'Aîné et laissa tomber ses restes. Les zombies se jetèrent sur cette manne qu'ils se mirent à mâcher. Le Bourreau brandit le cœur de Brastov dans son poing, puis serra jusqu'à ce que l'organe cesse de battre.

— Vous, dit Mamma Roma en pointant l'index vers Bond.

— Madame.

— Venez ici.

Il regarda les *morti viventi*, qui se chamaillaient pour les restes de ce qu'avait été Brastov. Marie-France et Pony aidaient Front-bas à se remettre debout.

Le visage de Mamma Roma était implacable. Sa jeunesse s'était enfuie. Ses larges hanches avaient porté d'innombrables bébés. Ses seins rebondis avaient allaité enfants et adultes.

Son nom lui allait fort bien. Elle était Rome.

Elle ouvrit les bras. Sa bouche béait.

Il alla vers Mamma.

7

Cinema Inferno

Kate s'attendait qu'elles doivent mendier et implorer pour pénétrer dans Cinecittà, et elle avait préparé ses crédits journalistiques pour suggérer une bonne raison d'être dans les studios de cinéma. Mais en se mêlant à une bande de filles bavardes comme des pies qui devaient être assistantes au maquillage ou figurantes pour une scène de massacre quelconque, elles purent entrer sans encombre. Relique de l'ère fasciste pas encore reniée dans l'Italie moderne, l'Hollywood-sur-Tibre de Mussolini était un chaos surpeuplé.

— Comment allons-nous trouver les Argonautes ? interrogea Geneviève.

Kate observa les différentes files de gens qui se dirigeaient vers l'un ou l'autre plateau. Une troupe de cavaliers français, en uniforme de 1812, avançait au trot et deux par deux vers des portes de neuf mètres de haut. Leurs fusils et leurs sacs d'ordonnance tressautaient au rythme de leurs montures. Un éléphant de cirque se laissait conduire par un homme en pantalon rayé cachant des échasses et par une femme en collants étoilés.

— Je pense que nous devrions suivre ce groupe, Gené.

Elle parlait d'une peau de mouton de la taille d'une voile que portaient avec précaution quatre machinistes. La peinture dorée n'était pas encore sèche. La Toison d'or était destinée au Teatro 6. Sur un tableau près de la porte était inscrit *« Gli Argonauti »*. Une dizaine d'hommes en haillons et fausse barbe, supposés être des Grecs anciens, patientaient près du plateau en fumant des cigarettes et en se vantant en italien de leurs prouesses sexuelles.

Elles approchèrent du bâtiment qui ressemblait à un immense entrepôt. Les Argonautes leur adressèrent les sifflets, les gestes et les commentaires obligatoires, en appelant Geneviève « eh, blondie » et Kate *« arance rosse »*. Jus d'orange sanguine. Très flatteur.

Elles pénétrèrent sur le plateau.

Il était très vaste, et occupé par une foule aussi ordonnée qu'une émeute. L'expérience de Kate en matière de films tournés en studio se limitait à des conférences de presse à Ealing ou Merton Park, agrémentées d'agréables visites commentées par des attachées de presse attentionnées, et toujours prêtes pour la pause thé. Sur le Teatro 6, elle était abasourdie par le bruit. Plusieurs films étaient tournés ici. Différents orchestres jouaient des morceaux sans rapport entre eux, une symphonie stridente et martiale se mêlait à la canonnade de *La Retraite de Napoléon* en cours sur le plateau voisin. Tout le monde criait sans écouter autrui.

Geneviève repéra Orson Welles, en hauteur, qui s'accrochait à la proue de l'*Argo* – laquelle ne pouvait être filmée que d'un côté, n'ayant été construite qu'à moitié – et levait les yeux vers la toile peinte représentant les cieux.

Cet Argo était un navigateur aveugle, et des cataractes laiteuses couvraient ses yeux. Des larmes de souffrance coulaient dans le maquillage de Welles et formaient de grosses gouttes sur les replis d'un faux nez monumental. Selon la rumeur, son vrai nez semblait toujours absurde à l'écran, une petite chose perdue dans un visage en CinemaScope, aussi le cachait-on sous des masses de mastic.

Un torrent se déclencha. La pluie drue venue d'arroseurs en surplomb était balayée par d'énormes ventilateurs. L'eau giflait le visage du constructeur naval et trempait son costume. Il s'agrippait désespérément au bateau et maudissait les dieux.

Welles jurait en anglais. Les dieux lui répondirent en italien, en allemand et en français.

Des acteurs de plusieurs nationalités, tous vedettes dans leur pays respectif, avaient été engagés tout exprès pour conférer à *Gli Argonauti* une « dimension internationale ».

Dans les scènes dialoguées, ils comptaient lentement jusqu'à cent dans leur langue natale, et chaque chiffre correspondait à une émotion différente qu'ils affichaient. Les véritables répliques seraient enregistrées plus tard, souvent par d'autres acteurs. Même Welles risquait de perdre sa voix rocailleuse inimitable et de se retrouver affublé du timbre de Mickey Mouse.

Une horde de techniciens tenait à bout de bras un grand baldaquin d'un bleu scintillant qui clapotait contre le flanc du navire. Ils le levaient et l'abaissaient alternativement pour figurer le mouvement des vagues. L'eau formait des flaques dans les replis de la toile et s'écoulait par les coutures pour arroser ces pauvres hommes de peine.

À la proue, Argo fut rejoint par Jason. Kirk Douglas offrit la fossette de son menton au vent artificiel et posa une main sur l'épaule de Welles.

— Si nous ne trouvons pas ce tapis, mon gros, dit-il avec conviction, je te botte le cul !

— Je me le frotte contre ton nez quand tu veux, jeune premier, répondit Argo.

Sur le papier, Eddy Poe était le dialoguiste, et cet échange ne paraissait pas dans son style. Des phrases plus héroïques seraient plaquées sur les images plus tard.

Les Argonautes tiraient sur les rames qui frappaient la toile bleue de la mer et renversaient quelques techniciens au passage. Des jurons et des exclamations de douleur montaient de sous la mer factice. Une voix amplifiée venue des cieux ordonna à l'équipage de continuer à souquer ferme. Dans un anglais déformé par un fort accent autrichien, Dieu commanda aux figurants oisifs d'aller aider les techniciens. Des déités mineures traduisirent ces directives en différentes langues.

Le torrent était maintenant un véritable déluge. Certains arroseurs se décrochèrent de leurs supports et tombèrent des hauteurs du studio. Des longueurs de tuyau se tortillèrent sur le plateau, ballottées par les ventilateurs géants. Douglas soutenait Welles tandis que l'eau cascadait sur eux. Que la proue de l'*Argo* ne se soit pas encore écroulée tenait du miracle.

Un mufle de carnaval surgit du baldaquin près du bateau et se redressa grâce à un système de câbles, en déversant un peu plus d'eau de sa gueule et de ses narines.

Kate supposa que c'était là Poséidon, ou un de ses représentants à face de poisson. Cela ressemblait à une gigantesque marionnette à gaine, avec des oreilles en forme de nageoire et des antennes de homard hérissées au-dessus de gros yeux qui roulaient.

La mâchoire inférieure du monstre mécanique accrocha la toile et en déchira une section. L'eau accumulée sur le baldaquin se déversa sur le sol par la déchirure et une dizaine de pieds glissèrent. La mer s'effondra autour de l'*Argo*, échappa aux rames et dévoila l'échafaudage qui maintenait en place le demi-navire.

Toby Dammit, l'acteur anglais jouant Thésée, fut soudain révélé, alors qu'il fumait une cigarette sous la toile. Lui ressemblait vraiment à une créature venue des tréfonds de la mer, avec son teint pâle maladif, ses pupilles qui se rétractaient sous la lumière soudaine et ses joues gonflées. Kate avait dans l'idée qu'il n'inhalait pas que du tabac.

— Coupez ! tonna la voix céleste.

Soudain, tout bruit cessa. Même le ruissellement léger de l'eau s'estompa.

Geneviève tapota l'épaule de Kate et lui désigna les hauteurs. Un siège sur une grue descendait d'une plate-forme où était montée une caméra. Un vieil homme en bottes de cavalier et chemise ouverte l'occupait. Un des verres de ses lunettes était noirci. Il tenait à la main un mégaphone de la taille d'une poubelle.

— Qui a laissé mouiller la mer ? gronda Dieu-Fritz Lang. Vi-ré !

De surprise, Geneviève éclata d'un rire qui résonna dans le silence du plateau.

— Et celle qui rit est virée aussi ! s'emporta Dieu.

Un chef de régie se hâta de rejoindre Lang. Mains dans les poches, il plaida longuement, avec des mouvements d'épaules très expressifs. Le réalisateur remonta de six mètres pour réfléchir tranquillement. Après un temps, il empoigna le mégaphone.

— Pause de quinze minutes, annonça-t-il du ton d'un juge décrétant une suspension d'audience. Le temps que la mer soit réparée. Personne ne quitte le plateau.

Le siège reprit son ascension vers le toit du studio. Tout le monde se mit à parler en même temps, dans un brouhaha infernal. Certaines personnes commencèrent même à travailler. Une équipe de couturières apparut et entreprit de raccommoder la toile de la mer. Elles employaient ce genre de grosse aiguille utilisée par les marins pour remailler leurs filets. Kate se promit de chercher les coutures de la mer quand elle irait voir *Les Argonautes* au cinéma.

Avec un énorme soupir, Welles s'assit dans un siège qui gémit sous son poids et retira la pellicule de maquillage blanc de ses yeux. Ils avaient trouvé un café voisin du plateau, et l'acteur qui se souvenait d'elles au palazzo Otranto avait accepté de venir bavarder.

L'établissement était sans doute un ancien studio reconverti. Le bâtiment était assez grand pour accueillir un zeppelin, avec une véritable rue qui serpentait à l'intérieur entre des constructions plus petites, comme des navires dans l'estomac d'une baleine géante. Plusieurs cafés en enfilade semblaient faire des affaires en or, car la plupart des tables étaient occupées par de jeunes gens affairés. Un transistor au son grêle diffusait le cha-cha-cha de Dracula, une chanson que Kate n'associait pas à de bons souvenirs. À deux tables d'eux, un vampire à tête de taureau fanfaronnait devant deux jeunes figurantes. L'Irlandaise imaginait sans peine quel rôle était dévolu au non-mort adepte de métamorphose.

Son costume dégouttait sur le béton, mais Welles était de ces hommes à l'aise en toutes circonstances.

Kate était moins certaine du bien-fondé de son idée que lorsqu'elle l'avait eue. Après tout, c'était un acteur, pas un vrai voyant. Mais il avait été présent lors de la mort de Dracula, et il maîtrisait assez l'illusionnisme pour percer à jour la plupart des tours.

Ce qu'elle craignait, elle devait bien l'admettre, était qu'il lui explique comment elle avait assassiné le Roi des Vampires. Entre sa descente de la falaise et le moment où Geneviève l'avait retrouvée couverte du sang d'*il principe*, elle ne se remémorait rien d'autre qu'un brouillard rouge. Quelqu'un – cette *Mater Lachrymarum* ? – pouvait très bien avoir pris le contrôle de son esprit et utilisé son corps.

La seule chose qui allait à l'encontre de cette hypothèse était la preuve. Le scalpel d'argent, avec ses traces de peau vampirique brûlée. Et les paumes intactes de Kate. Si Welles pouvait comprendre l'intrigue de Mr Arkadin, ne serait-il pas également capable de formuler une histoire qui ferait d'elle une meurtrière téléguidée ?

Le café bourdonnait comme une ruche, mais personne ne vint prendre leur commande.

— Deux charmantes ladies vampires qui veulent me voir, dit Welles en les fixant du regard. C'est un honneur rare dans la vie du vieux Prospero.

Sous le maquillage et les chairs flasques, son visage était illuminé par un sourire de gamin malicieux.

— Mr Welles, nous voudrions vous questionner sur le bal au palazzo Otranto, dit Kate. À propos du meurtre.

L'acteur se frotta les mains.

— Vous faites appel à mes capacités de détective. J'ai été Sherlock Holmes dans un film, et aussi le Fantôme.

Aujourd'hui au moins, il n'avait rien de très spectral.

Kate avait rencontré le vrai Sherlock Holmes, pendant la Terreur. Et au cours de la Première Guerre mondiale elle avait croisé la route d'un aviateur qui plus tard avait très bien pu endosser le déguisement du justicier qu'ils appelaient le Fantôme. S'il existait un rôle sur mesure pour Welles dans le domaine du crime et des enquêtes, c'était sans conteste celui du frère de Sherlock, le regretté Mycroft Holmes. Il serait bien capable de remplir le large siège réservé à ce gentleman dans le fumoir du Diogene's Club.

— Nous faisons plutôt appel à vos qualités en tant que témoin, dit Geneviève.

— Je suis ici en ma qualité de suspecte, précisa Kate sur le ton de la plaisanterie, bien que parler ainsi d'elle-même lui serre le cœur.

Welles fronça les sourcils, et une fine ride verticale apparut entre ses yeux quand le haut de son faux nez se décolla.

— Oh, fit-il, déçu. En ce cas, j'ai bien peur de ne pouvoir ajouter grand-chose à ce que j'ai déclaré à la police.

Geneviève l'avait abordé de la mauvaise manière. Kate devina que la franchise et l'honnêteté de son amie étaient un trait commun aux gens nés avant la Renaissance.

Welles était un génie, un prince, un magicien. Il avait besoin de se sentir courtisé, flatté, cajolé. Pour lui, une chose dénuée de complication n'offrait aucun intérêt.

— En tant que maître de la méthode holmésienne, quelle impression vous êtes-vous formée de l'auteur de l'atrocité perpétrée au palazzo Otranto ?

Le susceptible génie haussa un sourcil théâtral et décida qu'il aimait bien Kate. Elle saisit aussitôt cet atout et arbora un petit sourire de minaudière dont Penelope aurait été fière.

Welles gonfla les joues en inspirant, pour donner tous les signes d'une intense cogitation. Tout spectateur aurait remarqué les lignes creusées sur son visage par la concentration. Son faux nez commençait à dangereusement se détacher.

— Ma première déduction serait que le meurtrier est forcément un de mes pairs.

— Un Américain ? voulut savoir Geneviève.

— Non, ma chère, un metteur en scène. Vous devez reconnaître que c'était une idée très théâtrale que d'arranger la tête de Dracula de cette façon, avec la cape figurant le corps, et les effets de lumière. Ce fut un moment de révélation. Dans lequel vous avez joué un rôle important, d'ailleurs. Le tout semblait moins préparé comme un meurtre que comme un coup de théâtre.

— C'est le genre de spectacle qui vous a rendu célèbre, commenta Kate.

— Justement, justement. J'aurais cru que la police apporterait plus d'attention à cet aspect de l'assassinat, et qu'elle me soupçonnerait. À mon avis, le meurtrier – ou la meurtrière – visait ce but. Je devais être le faux coupable idéal. J'ai déjà dirigé *Dracula*, du moins j'y ai réfléchi. J'aurais pu mettre en scène sa mort aussi. En 1940, j'avais le projet d'adapter le livre de Stoker à l'écran. Avant de tourner *Citizen Kane*. Mais les studios se sont montrés très frileux. Je voulais que tout soit filmé du point de vue de Jonathan Harker. Que la caméra soit ses yeux. J'avais fait une adaptation similaire pour la radio, avec le Mercury Theatre, où je jouais Harker et le Comte.

— D'autres invités présents au palazzo ce soir-là mériteraient également d'être qualifiés de « théâtraux » : John Huston, Cagliostro, Elvis Presley, Samuel Beckett…

D'un geste de la main, Welles repoussa tous ces noms.

— Dans cette assemblée, il aurait été difficile de trouver quelqu'un qui ne soit pas adepte du coup d'éclat. Dracula en personne était avant tout un metteur en scène de génie. Pensez à sa prédilection pour les exécutions publiques de masse. Et ses soudaines entrées de nulle part, quand il jaillissait d'une trappe quelconque. Sans parler de ses nombreux mariages, dont le seul objectif était la publicité ou un atout politique. Rien d'étonnant à ce que lui et Hitler n'aient pu accepter l'idée de se partager un continent. Ils étaient trop semblables.

— Vous avez dit que c'était votre première déduction, rappela Kate. Ce qui sous-entend que vous en avez une deuxième, voire une troisième ?

Welles partit d'un rire gargantuesque.

— Vous êtes fine mouche, Miss Reed. Une qualité rare, de nos jours. Avez-vous jamais joué la comédie ? Vous feriez une très bonne Mistress Quickly…

Merci beaucoup, songea-t-elle.

— Non, je me trompe. Vous devriez être le Prince Hal. Mon Falstaff n'a jamais trouvé de partenaire à sa hauteur. Vous avez en vous la capacité à jouer le garçon, à devenir l'homme. Une inversion de la tradition shakespearienne. Les femmes peuvent jouer les hommes. Sarah Bernhardt a fait un Hamlet unijambiste. J'espère commencer le tournage l'année prochaine, ou celle d'après, quand j'aurai réuni les fonds. Toutes mes grandes vedettes sont irlandaises.

— Votre deuxième pensée ? lui rappela Geneviève.

Welles revint au sujet instantanément.

— Comme je l'ai dit, le plus grand metteur de scène présent, hormis moi, était la victime et non le meurtrier. Dracula a tout manigancé lui-même.

— Un suicide ? souffla Kate, incrédule.

— J'en doute. Non, c'était imprévu. Notre assassin est intervenu dans le cours d'un spectacle déjà commencé, et en a changé le scénario. Seule la tête de la star a été autorisée à faire une apparition remarquée. D'une certaine façon, c'était un acte de comédie. L'intention était de ruiner l'entrée de Dracula, de tuer sa réputation autant que sa personne, de briser le charme qu'il étendait sur le monde depuis un siècle. Je pense donc que notre tueur n'est pas un metteur en scène, mais plutôt un *critique*.

Il se laissa aller contre le dossier de son siège qui craqua sourdement, et attendit les applaudissements.

Un critique était une sorte de journaliste. Kate avait écrit des articles sur les livres parus et les nouvelles pièces de théâtre. Et elle avait indubitablement œuvré avec acharnement à faire tomber le rideau sur le prince Dracula.

— Un nom vous vient à l'esprit ? demanda Geneviève.

— Les détails m'ennuient, déclara Welles. Il devrait être assez simple de remplir les blancs qui persistent. Je crains de m'intéresser déjà à d'autres sujets. Mais usez de ma théorie comme il vous plaira, je vous en prie.

Un assistant à la réalisation s'approcha de la table.

— Chères ladies, dit l'acteur en remarquant l'homme, si vous voulez bien m'excuser. Je devrais bientôt voir la Colchide.

Il leur fit un baisemain et prit congé. La plupart des hommes de sa corpulence marchaient comme des canards, lui avançait à pas décidés. L'assistant devait trotter pour rester à son niveau. Il réprimanda Welles pour son faux nez décollé.

Geneviève regarda Kate. Visiblement, elle pensait que cette démarche était une perte de temps complète. Kate n'en était pas si sûre. Welles l'avait fait réfléchir, et pas à la possibilité de jouer dans *Henry V.* Dans le labyrinthe de son esprit, des idées s'agitaient, certaines éveillées par lui, d'autres qu'elle avait elle-même initiées.

— Nous ne suivons pas un fil, déclara-t-elle avec conviction. On nous tire, comme le poisson au bout de la ligne. Les gens ne cessent de nous dire des choses, comme si on leur avait donné des messages à nous communiquer. Et il y a ces avertissements, comme la créature ailée dans la bibliothèque, qui nous poussent à nous détourner de certains endroits pour nous concentrer sur d'autres. Il a raison. C'est comme si nous étions *dirigées.*

— Le service dans ce café est abominable, fit Geneviève.

Leur table était encombrée de tasses et de verres à moitié vides. Personne n'était venu débarrasser ou leur demander ce qu'elles désiraient.

Kate prit un verre de sang et le renifla.

— Vous n'allez pas boire ça ? s'offusqua Geneviève.

— C'est du thé froid, teint en rouge avec du sirop.

Elles s'intéressèrent soudain à leur entourage immédiat. Aucun des gens assis aux tables voisines ne mangeait ou ne buvait réellement. Ils se contentaient de lever leur verre à leurs lèvres. Ils bavardaient et riaient, mais leurs conversations n'avaient aucun sens. Le minotaure était bien réel, et pourtant on avait collé sur son mufle du papier journal peint pour lui donner l'air faux.

La devanture du café, qui semblait contenu dans le studio, était en fait une simple façade étayée par de longues perches, de l'autre côté. À quelques kilomètres de l'original, la via Veneto avait été recréée à l'identique, jusqu'au moindre détail. Kate se demandait bien pourquoi.

Une caméra montée sur rails avançait lentement entre les tables. Un preneur de vue et un réalisateur italien accompagnaient l'engin qui se rapprochait d'un couple attablé. L'homme et la femme semblaient plus visibles que tous les autres consommateurs, sans doute à cause du projecteur discret braqué sur eux.

Lui portait des lunettes à verres fumés et fumait avec des gestes nonchalants. Elle, une rousse à la coupe de cheveux peu flatteuse, se penchait en avant et paraissait se plaindre. Elle pointait vers lui un index accusateur. Kate songea qu'elle aurait pu être en train de s'observer en compagnie de Marcello. L'homme ressemblait beaucoup au journaliste italien, et la femme aurait pu être une caricature assez injuste d'elle.

La caméra glissa à côté de leur table, de plus en plus près.

— Ne regardez pas maintenant, murmura Geneviève, mais je crois que nous sommes filmées.

8

Penelope réussit son coup

L'heure du départ était venue. La Maison faisait ses bagages. L'hôte était définitivement mort et les autres invités s'étaient dispersés dans la nature. Tom hésita à prendre les Van Gogh, mais ils étaient trop encombrants et connus pour constituer des souvenirs monnayables de son été passé au palazzo Otranto.

Mois après mois, il avait accumulé une petite collection. Les non-morts éparpillaient leurs trésors partout. Comme il travaillait durant la journée, quand les Aînés se réfugiaient dans leur cercueil et que les ressuscités somnolaient encore, anesthésiés par tout le sang bu la veille, il avait pris le temps d'opérer une sélection d'objets aisément transportables. Une statuette d'oiseau de proie, très laide mais très chère aussi, à n'en pas douter ; un scarabée égyptien en rubis ; une petite main momifiée, qui pouvait être celle d'un enfant ou d'un chimpanzé ; une réplique miniature de la tour Eiffel, en or massif ; un adorable petit Corot, à peine plus grand qu'une icône. Un type énorme que Tom connaissait à Amsterdam serait peut-être intéressé par l'ensemble ; il était collectionneur et aussi revendeur d'objets rares, et ne se souciait pas de leur provenance.

Bien entendu, il ne dissimula pas son butin dans sa chambre, le risque était trop grand. Il avait repéré une latte de plancher descellée dans un grenier jamais visité, et avait aménagé sa cache dans le vide en dessous. Si elle était découverte, les serviteurs seraient accusés. Depuis son arrivée, un majordome et deux bonnes avaient été renvoyés pour chapardage. La princesse avait insisté pour qu'ils soient marqués au fer rouge sur le front. Une cicatrice sur le visage qui signifiait « voleur » en moldave annulait-elle toute chance de trouver un emploi en Europe ?

À présent, Asa Vajda avait sombré dans la folie. Elle avait toujours souffert d'un certain déséquilibre, jugeait-il, mais celui-ci s'était accentué.

Du coup, elle n'était plus le monstre impérieux d'antan. Elle portait continuellement sa robe de mariage ruinée et semblait prendre un an chaque jour qu'elle s'abstenait de boire du sang. Pour couronner le tout, à la fin du mois elle devrait se dénicher un autre logis à hanter.

Midi approchait. Il était en train d'accomplir un dernier tour d'inspection. Certains des vampires partis précipitamment avaient commis la négligence de laisser derrière eux quelques objets de valeur. Dans la chambre souterraine semblable à une crypte qu'avait occupée le général Iorga, il mit la main sur une dague en argent. Une arme de tueur, ancienne, sans aucun rapport avec le simple scalpel qui avait transpercé le cœur de Dracula, d'une finition remarquable, au fil de la lame aiguisé.

Il était toujours frappé par cette bizarrerie qui poussait tant de non-morts à posséder des babioles de ce métal si dangereux pour eux. Il y voyait un défi à la mort, ou bien le besoin d'avoir des armes à utiliser contre leur propre espèce. Avec la disparition de Dracula, les guerres de succession secrètes se préparaient. Penelope lui en avait parlé, en insinuant non sans plaisir que la moitié au moins des Aînés survivants périraient dans ces luttes de pouvoir. Une bonne chose, avait-elle ajouté : il était temps que ces barbares moyenâgeux cèdent leur place à la nouvelle génération. Il empocha la dague en se demandant s'il ne devrait pas la garder toujours sur lui. Il y avait de plus en plus de non-morts. Et Penelope Churchward avait peut-être le bras long.

Il monta au grenier avec une valise vide prise dans une des chambres d'amis. Elle avait la bonne taille. Avec soin, il emballa ses souvenirs dans des écharpes. Il eût été vulgaire de mettre un prix sur ces objets, mais il estimait qu'il tirerait assez de l'ensemble pour vivre confortablement quelques années. Il pensait à la France. Il était temps qu'il s'établisse.

En sifflotant, il transporta en bas la valise, qui était lourde, mais pas trop pour lui. Il prendrait la Ferrari jusqu'à la Stazione Centrale, pas plus loin. La voiture était beaucoup trop voyante.

Au deuxième étage, la valise lui sembla peser plus. Il voulut changer de main et lâcha la poignée. Tom prit alors conscience de son état de faiblesse. Les plaies à son cou, gonflées et rougies, palpitaient comme des piqûres de moustique géant. Il serra les poings et plia les bras, pour combattre le picotement dans ses veines à moitié taries. Les articulations de ses coudes et de ses genoux avaient du mal à lui obéir.

La valise glissa jusqu'au palier inférieur. Tom la rejoignit en vacillant. Il ne restait plus qu'un étage jusqu'au hall d'entrée, ensuite la porte, et la liberté. Il saisit la poignée, mais ne put soulever le bagage.

Il envisagea de se débarrasser d'un des objets les plus lourds – le faucon, peut-être ? –, mais trouva aussitôt cette idée absurde. C'était son pécule.

Il se baissa, prit la valise dans ses bras et se redressa en la tenant serrée contre sa poitrine. Il avait l'impression de lever une ancre à mains nues. Le poids le fit osciller au bord de l'escalier. Sa vision se brouilla. Un étourdissement sournois l'envahissait. Il eut soudain envie de basculer en avant et de se briser seul son cou d'imbécile.

Sa hanche heurta la rampe et son fardeau tomba à plat sur la rambarde. Tom sourit. Il pouvait la faire glisser sans difficulté sur cet appui en descendant.

Il méritait ce butin, et la vie qu'il pourrait s'offrir grâce à lui.

Concentré sur le bon fonctionnement de ses pieds et de ses chevilles, il alla marche par marche, lentement. La valise glissait idéalement sur la rambarde.

La porte d'entrée franchie, il ne regarderait pas en arrière, et jamais plus il ne laisserait une vampire l'approcher.

— Où croyez-vous aller, monsieur l'Américain ?

Penelope n'avait pas élevé la voix, mais les mots résonnèrent dans le crâne de Tom.

Il se retourna automatiquement, sans comprendre ce qui se passait. La valise lui échappa et dévala la rambarde comme un gamin téméraire, avant de tomber dans le hall et de s'ouvrir. Ses trésors brillèrent.

Les genoux de Tom se dérobèrent sous lui, et il dut agripper la rampe. Il était incapable de lever les yeux vers Penelope. Il sentit qu'elle le toisait.

— Vous n'avez pas eu la permission, dit-elle.

Son menton heurta une marche et il perdit prise. Il roula dans l'escalier et se retrouva sur le dos, à regarder un plafond lointain et brumeux. L'idée le traversa qu'il offrait sa gorge à la *nosferatu*.

Le visage de Penelope apparut dans son champ de vision, à l'envers du sien.

Il ne lui restait plus qu'une chance de s'échapper. Le trésor qu'il n'avait pas mis dans la valise.

La non-morte s'agenouilla auprès de lui et lui caressa les cheveux de la main, dans un geste d'affection qui aurait aussi bien convenu à un chien. Elle se pencha pour baiser – pour mordre – son cou.

Tom enfonça la dague qu'il avait empochée dans le flanc de la non-morte. Mais son flanc n'était pas là où il l'avait cru.

Elle évita facilement la lame d'argent. Du pouce et de l'index elle lui pinça le poignet, assez fort pour envoyer une décharge douloureuse dans tout son bras et pour l'engourdir.

La dague tomba de sa main.

Les portes s'ouvrirent et des gens entrèrent dans le hall. Leurs bottes martelèrent le marbre.

— Inspecteur Silvestri, dit Penelope, bonjour.

L'esprit de Tom était confus.

— Il ne faut pas être trop intelligent, Tom chéri, murmura-t-elle.

Elle déposa un baiser tendre sur sa joue. Sa langue rêche comme du papier de verre le lécha du menton au sourcil. Puis elle l'aida à se relever.

Silvestri était resté sur le seuil du hall, tandis que le sergent Ginko et un policier en uniforme examinaient déjà le contenu de la valise en sifflant d'étonnement.

— Ramassez cette horreur, voulez-vous ? ordonna Penelope à l'omniprésent Klove. C'est un autre de ces couteaux en argent.

L'incompréhension se dissipa en un tableau qui déplut fortement à Tom.

Klove ramassa la dague.

— *Signor*, dit Silvestri à l'Américain, tout cela ne semble pas très bon pour vous.

Était-ce à propos de Dickie ?

La vampire le confia aux deux policiers. Ils le saisirent par les bras, ce qui l'empêcha de s'effondrer à nouveau. Il s'efforçait de comprendre ce qui se passait, et comment il s'était mis dans une situation aussi fâcheuse.

— Vous êtes arrivé à temps, inspecteur, disait Penelope d'une voix tremblante qui déguisait sa colère. Je crains d'avoir échappé de peu à un sort funeste. Jamais je n'aurais imaginé que nous abritions ici un de ces fanatiques. Un tueur de vampires.

Silvestri prit le couteau en argent à Klove.

D'autres personnes se trouvaient sur le palier, au-dessus de Penelope. Des serviteurs, et un spectre blanc.

— Se pourrait-il que ce soit cette main qui ait porté le coup fatal au comte ? supputa l'Anglaise.

Pourquoi à part lui personne ne voyait qu'elle jouait un rôle ? Étaient-ils tous aveuglés par son pouvoir de fascination ?

Ses plaies le démangeaient. Il avait envie qu'elle colle sa bouche sur son cou, que sa langue fouaille les blessures.

— Il sera apporté une réponse à cette question, assura l'inspecteur. Pour l'instant, nous allons l'arrêter pour agression à main armée et vol.

Nos enquêtes ont révélé d'autres affaires louches, à New York et en Grèce. Scotland Yard enquête. L'autre affaire nécessite des recherches complémentaires.

L'autre affaire ? Tom n'arrivait pas à saisir le sens caché de cette phrase. Que voulaient-ils dire ?

Le fantôme blanc fonça sur lui dans un mélange de dentelle lacérée, de crocs et de griffes. En sifflant elle essaya de lui crever les yeux et de lui déchirer la gorge.

— Assassin ! hurla Asa. Régicide !

Penelope arrêta la princesse en douceur et la fit reculer. Le visage de la Moldave restait toutefois dangereusement proche de celui de Tom, et dans ses yeux écarquillés brillait l'éclat de la folie.

— Vous avez tué Dracula ! Vous mourrez !

Seule Asa trahissait une émotion. Penelope et les policiers assistaient à la scène comme s'il s'agissait d'un simple badinage.

L'Anglaise la calma en chuchotant à son oreille.

— Elle a beaucoup souffert, expliqua-t-elle à Silvestri.

— Nous comprenons, répondit-il.

Tom fut conduit vers les portes. À l'extérieur, sous un soleil de plomb, une voiture de police attendait. Il ne conduirait plus jamais la Ferrari.

— Puis-je avoir un moment ? s'enquit Penelope en confiant la princesse à un serviteur.

Les policiers lâchèrent Tom. Il était si faible qu'il avait du mal à se tenir debout sans aide. Elle vint se camper face à lui, et c'est d'une voix calme qu'elle déclara :

— Tom, Tom, je ne saurais dire combien je suis désolée que c'en soit arrivé là. Vous n'êtes pas aussi mauvais que tous le disent, et certainement pas pire que n'importe qui ici. Pour ce que cela vaut, je ne crois pas, moi, que vous ayez tué Dracula. Vous n'aviez rien à y gagner, et vous n'assassinez pas sans y être obligé, selon vos propres critères. Mais vous ferez un coupable tellement idéal quand l'histoire de votre aventure grecque sera connue, je crains que rien de ce que vous pourrez raconter ne les fasse changer d'avis. C'est une affaire publique, et quelqu'un doit endosser le rôle du méchant. Consolez-vous en vous disant que le monde se souviendra de votre nom, et que j'aurai toujours une pensée émue pour vous. Pas pour le Tom devenu le célèbre tueur de vampires, pas celui que vous vous êtes évertué à nous montrer, l'Américain affable, discret, sincère – mais l'homme dur et froid qu'il y a en vous, derrière le masque. Je sais que vous ne l'appréciez pas beaucoup, mais votre véritable personnalité me plaît vraiment. En d'autres circonstances, j'aurais été honorée de faire de vous mon fils-en-ténèbres.

Elle l'embrassa sur les lèvres. Pas de crocs, pas de langue. Quand elle brisa le contact, une perle rouge brillait à son œil. Elle l'essuya d'un doigt.

Le cœur de Tom était un bloc de glace. Le piège s'était refermé sur lui.

— Vous pouvez l'emmener, maintenant, décida Penelope.

Les policiers l'accompagnèrent hors du palazzo. Le soleil d'été tomba sur son visage. Il plissa les yeux et frissonna.

9

Peur bleue

Geneviève songeait que la chance l'avait désertée. Pendant cinq siècles, elle avait cru que le comte Dracula était la pire créature au monde. L'incarnation de tout ce qui était mal, méprisable, de tout ce qui était aux antipodes de sa propre personnalité. À présent, avec la mort de Vlad Tepes – ou quiconque ait usurpé son identité –, elle découvrait en Europe quelqu'un de plus ancien, de plus dangereux et de pire que le Roi des Vampires.

Mater Lachrymarum, la Mère des Larmes. Coincé parmi les livres de Charles se trouvait l'ouvrage d'un alchimiste – Fulcanelli ? Varelli ? – en partie consacré aux Trois Mères. Elle pensa un moment le rechercher, mais finit par renoncer.

Cette fois, il n'était pas réellement nécessaire de découvrir qui se tenait derrière le rideau. Charles était mort. Dracula aussi. Geneviève n'était ni un détective ni un ange de la vengeance. Kate ne serait pas accusée. Peu lui importait qui avait tué le comte. Personne ne se souciait vraiment de le savoir.

Elle n'allait pas rester dans cette ville très longtemps encore. En dehors de tout le reste, il y planait la menace du Bourreau Écarlate.

Elle s'assit dans la pénombre de l'appartement, au milieu des caisses et des malles. Il avait été d'une facilité embarrassante de mettre de côté tout ce qui avait fait la vie de Charles. Il n'avait laissé que des objets derrière lui. Il était parti à jamais.

Définitivement mort. À quoi cela pouvait-il ressembler ?

Le suicide ne la tentait nullement. Mais chaque année écoulée ajoutait un poids à son cœur. Combien de siècles survivrait-elle ? Elle avait lu des romans et des essais sur l'apocalypse nucléaire. Qu'il n'y ait plus de siècles à venir pour personne constituait une perspective effrayante mais plausible. Au niveau du sol, sang-chauds et *nosferatus* seraient pareillement vaporisés. Dracula lui-même n'avait pas imaginé la bombe à hydrogène. Elle redoutait ce que de telles armes auraient signifié dans l'arsenal des chefs qu'elle avait connus dans sa vie de mortelle.

Kate était partie à la recherche de son amant italien. L'Irlandaise était toujours sous l'emprise de son besoin de réponses, mais elle finirait par apprendre. Geneviève n'avait pas été différente à son âge. Il fallait le temps d'une vie normale pour accepter le miraculeux. Ensuite vous commenciez à le mettre en question, à vous demander quelle était sa finalité, sa signification. Qui détenait les réponses pour Kate ? Une diseuse de bonne aventure, un prêtre, une fillette, un Italien sang-chaud, un génie boursouflé ?

Pour le bien de Kate, elle resterait encore un peu à Rome. Jusqu'à ce que certains mystères mineurs aient été éclaircis. C'était bien le moins qu'elle puisse faire.

Le goût de Charles s'affadissait dans sa bouche. Cette trace faiblissante était tout ce qui demeurait de lui. Ces dernières années, il avait murmuré à son esprit. Son absence avait amené le silence.

Elle déambula jusqu'au balcon. Le fauteuil de Charles n'y était plus. Elle glissa jusqu'à l'endroit où il aimait à se tenir et contempla la rue comme il l'avait fait.

Un homme grand et mince se tenait immobile de l'autre côté de la rue, sous un réverbère. Il leva vers elle son regard bleu clair. C'était le père Merrin.

Le prêtre traversa et elle retourna dans l'appartement pour lui ouvrir. Un verrou de fortune remplaçait celui brisé par les sbires de Brastov.

— Merci d'être venu, mon père. Je sais qu'on vous a mis en garde contre moi. J'apprécie votre courage.

Il ôta son chapeau noir à large bord. La plaie à son front était couverte d'un petit bandage.

— Pas contre vous, dit-il. Contre votre amie, Miss Reed.

Geneviève lui proposa un thé. Il y avait un paquet de Lipton dans la cuisine. Chaque mois, Edwin Winthrop avait envoyé un colis à Charles : marmelade de chez Fortnum & Mason, chocolats Cadbury, confiture faite maison par sa secrétaire.

Pendant qu'elle s'affairait à préparer la boisson, le prêtre examina en silence les affaires empaquetées et les dommages occasionnés par les assassins de Brastov.

— Ce n'est pas à cause de la Mère des Larmes, lâcha-t-il enfin.

— Non. Enfin, je le suppose.

— Vous avez subi la perte d'un être cher. Veuillez accepter mes condoléances.

Il ne dit rien sur Dieu ou le Ciel, et elle lui en fut reconnaissante. Elle voulait parler de Charles à cet homme.

Dans son expérience, de ses années de sang-chaud et de toutes celles qui avaient suivi, les hommes d'Église tels que Merrin étaient aussi rares qu'un croc dans le bec d'un aigle. Elle n'avait aucune querelle personnelle avec Jésus de Galilée, mais un coupable – saint Pierre ou l'empereur Constantin – avait déformé Son ministère. Une foi pour les enfants et les esclaves était devenue une nation temporelle, aussi riche et pourrie que n'importe quelle autre.

Dieu avait peut-être un message pour l'homme, mais les églises lui semblaient les endroits les moins propices pour le recevoir. Deux fois l'Inquisition l'avait soumise à la question. Le visage des hommes saints était tendu par le plaisir tandis qu'ils la torturaient. Pires encore étaient ceux qui croyaient sincèrement tuer et voler au nom de l'amour divin. Elle avait également été traquée par des chasseurs de sorcières puritains en Nouvelle-Angleterre, et lapidée par les mollahs de La Mecque. Pendant le dernier siècle, elle avait cherché refuge dans une lamaserie tibétaine, pour y découvrir un nid d'intrigues mesquines et de chancres spirituels.

Le père Merrin était d'une tout autre trempe. Elle avait rencontré peu d'hommes vraiment bons. Il n'était pas faible, ni docile. À l'époque où elle fuyait l'Église, elle n'aurait pas choisi de l'affronter. Qu'il ait ses entrées au Vatican prouvait que tout le bien n'avait pas déserté ce monde avec Charles Beauregard.

Pour la première fois depuis des siècles, Geneviève Sandrine de l'Isle Dieudonné éprouva un besoin qu'elle contrôlait depuis l'enfance. Elle s'imagina que Dieu était dans cette pièce, et qu'il avait les traits de Merrin.

— Mon père, accepterez-vous de m'entendre en confession ?

Il y consentit d'un sobre hochement de tête et posa sa tasse. Ils étaient tous deux maladroits. Devaient-ils s'agenouiller ? Elle le fit, sur le plancher nu. Merrin trouva un coussin et l'imita.

— Mon père, pardonnez-moi…, commença-t-elle dans sa langue natale avec un accent qu'un Français moderne n'aurait pu comprendre.

Elle hésita.

— Je comprends, la rassura-t-il. Continuez.

— Mon père, pardonnez-moi car j'ai péché…

À mesure que les mots se formaient sur ses lèvres, son cœur s'ouvrait et tout sortit en un flot de paroles. Après le départ de Merrin, elle se sentit différente. Elle lui avait révélé bien des détails de son existence qu'aucun vivant ne connaissait, mais elle avait surtout parlé de Charles. Et de Dracula. Elle lui avait raconté leur histoire, avec franchise. Et elle lui avait appris l'identité réelle de Jack l'Éventreur. Elle avait admis son amour, et son échec. Elle avait pleuré. Et en se confiant à un prêtre, elle avait prié.

Elle n'était pas réconciliée avec l'Église, pas encore convaincue qu'il y ait un au-delà, non, car elle était encore influencée par les commentaires froids du Dr Pretorius, et la sagesse tranquille du père Merrin ne suffisait pas à modifier des habitudes qui duraient depuis si longtemps.

C'est simplement que maintenant, à ce moment précis, cela l'aidait.

Son cœur se mit à battre plus fort. L'organe était figé dans la poitrine de maints vampires, rien de plus qu'un souvenir qui attendait d'être transpercé. En elle, la pompe vitale fonctionnait. Et avec ses battements vinrent les sentiments.

Charles était toujours là, à l'intérieur. Sa voix murmurait. Son goût subsistait. Elle n'avait pas perdu à jamais le sens de Charles. Elle l'avait seulement égaré.

Elle ne pleurait plus.

Elle leva la tête, sa rêverie interrompue. Elle avait un autre visiteur. Il se tenait sur le seuil de la pièce, dans un smoking noir, posant avec son Walther. De son index il lui faisait signe d'approcher, et un sourire à l'ironie calculée retroussa ses lèvres sur les crocs.

Il glissa l'arme dans son holster.

— Venez avec moi, Gené, dit-il. Il reste un dernier monstre à affronter.

Sa confiance était irrésistible. Pour lui, cette agonie était frivole. Il avait un boulot à faire, et il réussirait ou mourrait. Il ne pouvait pas être vraiment blessé. Il était dangereux de se trouver près de quelqu'un de semblable.

Mais elle n'avait rien de mieux à faire.

— Je peux le retrouver, dit-il. Le Bourreau Écarlate.

Elle se leva et sortit avec lui.

10

Lachrymae

L'ancienne villa au cœur de la cité s'était affaissée sur elle-même. Les fenêtres du rez-de-chaussée dépassaient à moitié du niveau de la rue. Kate songea qu'elles étaient peut-être en vitraux, car la lumière intérieure éveillait de vives taches rouges, turquoise et ambre.

Elle vérifia l'adresse une nouvelle fois. Le rédacteur en chef de Marcello lui avait donné une description précise de l'endroit : la Maison aux Fenêtres qui Pleurent. Elle contempla la façade. Juste sous le toit, une rangée de pignons en forme d'yeux étaient dessinés de manière à suggérer l'affliction. De l'eau tombait des dégorgeoirs de gouttières disposées pour figurer les conduits lacrymaux. La brique était striée de vert après des années de chagrin.

L'effet était saisissant. Elle s'étonna que cet édifice ne soit signalé dans aucun guide touristique.

Derrière les yeux, la lumière passa du rouge au vert. Elle traversa la piazza déserte.

Elle avait presque renoncé à renouer le contact avec Marcello, cependant elle s'obligeait à passer régulièrement des coups de téléphone à son appartement, ses repaires et les différents journaux pour lesquels il travaillait. Finalement un de ses employeurs lui annonça que Marcello avait laissé des instructions pour elle. Il séjournait à une certaine adresse en ville, et la recevrait là.

Bien qu'elle en sache toujours peu sur lui, elle supposa qu'il ne résidait pas dans sa maison familiale. Elle avait dans l'idée qu'il n'était pas natif de Rome. Sous le vernis de la sophistication, elle détectait la rustrerie de la campagne. Et il n'était pas issu d'un milieu aisé.

La bâtisse était impressionnante.

Kate gravit les marches de ce qui à l'origine avait dû conduire au balcon et s'arrêta devant la porte. Elle était peinte d'un bleu vif et décorée de croissants dorés, d'étoiles argentées et d'étranges visages d'anges. L'impression de déjà-vu la fit frissonner, mais elle frappa au battant sans hésiter. Un trou s'ouvrit au centre d'un œil peint.

Pendant un moment, on la dévisagea. Bras levés, elle effectua un tour complet sur elle-même.

La porte s'ouvrit. Le couloir était vide. Un effet un peu téléphoné.

Elle avança à l'intérieur. Disposés symétriquement entre les portes, des miroirs renvoyaient le reflet de portraits placés en face d'eux. Des feuilles mortes parsemaient le tapis d'un rouge profond. Toutes les portes étaient closes.

Derrière elle, la porte se referma. Elle perçut le bruit de la serrure.

Il lui vint à l'esprit la possibilité que Marcello n'ait en fait laissé aucun message. Elle avait vu un battant semblable à celui de l'entrée auparavant, dans l'appartement de Santona, au cœur d'I Cessati Spiriti. Quel était le lien avec la Maison aux Fenêtres qui Pleurent ?

Puisqu'elle n'avait pas le choix, elle continua. Dans les premiers miroirs, elle ne suscita aucun reflet, mais en approchant de l'extrémité du couloir elle remarqua une ombre qui se formait dans les miroirs, jusqu'à ce qu'elle ait une image claire d'elle-même, la plus précise qu'elle ait observée depuis son passage aux ténèbres.

Elle contempla son propre visage.

Durant sa vie de sang-chaud, on l'avait jugée ordinaire. Les cheveux roux, les lunettes et les taches de rousseur n'étaient pas des attributs conventionnels de la beauté à la fin de l'ère victorienne. Mais en un siècle les critères esthétiques avaient évolué et ces derniers temps on lui avait assuré qu'elle n'était pas aussi dépourvue de charme qu'elle l'avait cru.

Pour sa part, elle se trouvait toujours quelconque, au mieux. Peut-être demeurerait-elle à jamais une fille de l'ère victorienne. Toutefois cette coupe courte lui semblait assez seyante. Et des lunettes différentes arrangeraient encore un peu les choses…

Derrière elle, dans le miroir, elle vit le visage blanc de la fillette, avec ces cheveux qui cachaient un œil. Son expression passa d'un air de désolation à un sourire de triomphe venimeux.

Kate fit volte-face et se retrouva devant un portrait.

Il était ancien. Du XVIe siècle, estima-t-elle d'après les vêtements et la façon de la toile. Le visage était impossible à ne pas reconnaître, néanmoins. Kate s'interrogea sur le tour qui avait permis de modifier son expression. Était-ce un de ces ingénieux puzzles tant prisés par les mécènes de la Renaissance ?

Elle s'était trop intéressée aux miroirs et à sa propre personne pour prêter beaucoup attention aux peintures. À présent elle prenait le temps de les examiner. Le même visage apparaissait sur tous, dans différents styles et robes. Une femme vue à quatre âges de sa vie. Le père Merrin avait dit que la *Mater Lachrymarum* revêtait quatre aspects, une enfant, une jeune fille, une femme adulte et une vieille femme... Un cycle complet.

La jeune fille n'était autre que Viridiana, la profane vue par Kate au Vatican, et la vieille femme était Santona, la diseuse de bonne aventure. La fillette – « la plus terrible, car elle est innocente et possède la nature impitoyable de cet âge » –, jamais elle ne pourrait l'oublier. Seule la femme adulte, d'une certaine façon débraillée et trop mûre, ne lui était pas familière, même si elle devinait dans la matrone les dernières traces de Viridiana et les prémices de ce que serait Santona.

Une porte s'ouvrit. Kate commençait à se lasser de jouer au chat et à la souris. Si c'était là une démonstration de pouvoirs surnaturels, ils étaient bien pauvres. Orson Welles aurait pu les produire grâce à quelques leviers et poulies.

Un rire résonna au sommet de l'escalier. Celui, sonore, d'une femme. Et de la musique, très forte. Une chorale chantant trop vite un morceau de musique sacrée pour un événement qui n'avait rien de sacré. Elle ne put s'empêcher d'y voir un truc de plus. Les murs tremblaient sous l'assaut de la cacophonie.

Résignée, elle monta les marches.

Le palier était enténébré, mais l'éclairage se déclencha dès qu'elle y posa le pied. Sans doute y avait-il des senseurs disposés sous l'épais tapis. Elle parcourut l'espace devant elle, en réalité une mezzanine donnant sur une grande salle de bal. Le sol en contrebas était un lac d'obscurité. Derrière la musique elle entendit des murmures, comme si chaque mot prononcé dans cette maison y était resté emprisonné.

Une porte devant elle béait. Au-delà des lumières se déplaçaient.

Kate franchit le seuil et pénétra dans le palais d'une prostituée. La pièce était dominée par un lit à baldaquin, tendu sur les côtés de rideaux à glands. Des dessins pornographiques couvraient les murs. Des relents de parfum passé planaient dans l'air. Ici l'éclairage était d'un rouge violent.

Les rideaux s'ouvrirent, et elle vit Marcello dans les bras d'une géante. L'Italien avait le visage enfoui dans sa poitrine volumineuse. La femme rit, sa bouche immense emplie de nourriture, du rouge à lèvres étalé jusque sur son menton. C'était le dernier aspect de la *Mater Lachrymarum*, la prostituée, la menteuse.

— Bienvenue dans le boudoir de Mamma Roma ! lança-t-elle.

Le cœur de Kate n'était plus qu'une pierre.

Peu lui importaient le Bourreau Écarlate ou les massacres de vampires. Elle était écrasée par la constatation que Marcello l'avait trahie pour cette créature répugnante.

Le rire de Mamma Roma redoubla et elle étreignit Marcello si près de sa montagne de chair qu'il aurait pu suffoquer. Kate n'en aurait pas été forcément attristée. Comme tous les hommes, la seule femme à laquelle il pouvait vraiment se livrer était la Mamma. Il ne s'intéressait qu'au sein, pas au cœur.

Pleurait-elle ? Une fois de plus ?

Elle tourna les talons pour fuir, mais trébucha sur le tapis plissé et s'étala sur le palier. Quelque chose la maintint clouée au sol.

Elle dut entendre leurs ébats, les gloussements rauques, les rots et les pets, les éclats de rire, les grognements de plaisir et de douleur. Ses propres sanglots n'amoindrissaient en rien l'épreuve. Elle se recroquevillait sur elle-même. Arrivée à un certain point, elle souhaita ne plus être que ce qui montait en elle, un appétit armé de crocs.

Dans les jours qui avaient suivi son passage aux ténèbres, Penelope avait appris cette leçon que Kate avait méconnue jusqu'à maintenant.

Pour la première fois en soixante-dix ans, Katharine Reed se sentit entièrement l'âme d'une vampire.

Bientôt elle se dresserait et chasserait.

Des chevilles fines et nues attirèrent son regard. Elle leva les yeux. Viridiana se tenait devant elle, le visage radieux, vêtue d'une robe très simple. La jeune fille paraissait presque triste.

Elle aida Kate à se mettre debout et réajusta ses lunettes.

L'Irlandaise était plus grande qu'elle et pouvait lui déchirer la gorge, boire son sang…

Non. Viridiana n'était que le quart d'une créature. Si Kate attaquait, elle devrait affronter la femme tout entière, la Mère des Larmes, le Monstre de Rome.

— Pourquoi ? dit Kate. Pourquoi tout cela ?

— Je ne peux dire que la vérité, répondit Viridiana. Je ne peux l'expliquer. Venez.

Elle mena Kate dans une autre pièce.

Le temps d'ouvrir la porte, et elle avait disparu.

Dans son boudoir, Santona l'attendait.

— Pourquoi ? répéta Kate.

— Les cités peuvent mourir, Katharine Reed venue d'Irlande. Et cette cité est mon foyer, mon empire. Rome est grande puis décadente, par séquences, mais elle reste toujours vivante. Ceux qui sont vieux, bien que moins vieux que moi, représentent un danger pour le cœur et l'âme de Rome. Des créatures telles que vous ralentissent le cycle de la vie. Comme le sang qui s'est figé dans leurs veines, ils fragilisent la ville. Avec le temps, trop d'Aînés vampires finiront par épuiser Roma, et ils la transformeront en un désert pareil à I Cessati Spiriti, avec des habitants zombies qui se dévorent eux-mêmes. Je suis âgée, plus que vous ne pouvez l'imaginer, mais je conserve un reflet, un cœur, une vie. Tout ce que j'ai fait, je l'ai fait pour Rome.

— Le Bourreau Écarlate est votre tueur ?

— Un acteur, que je dirige. Oui.

Kate comprenait cette femme. Au fond d'elle-même, elle sentait naître l'Aînée qu'elle deviendrait.

— Vous êtes comme nous, l'accusa-t-elle. Vous ne laissez pas de répit à l'esprit des hommes, vous en faites des pantins. Vous exigez du sang, comme nous. Vous exigez l'amour et l'adoration.

Santona acquiesça.

— Mais je peux aussi *donner*, Katharine. Pouvez-vous en dire autant ?

Elle avait aimé Charles. Et elle aimait Marcello.

Non. Elle avait aimé Marcello. Et elle aimait Charles. La vie et la mort n'avaient pas d'importance.

— Oui, affirma-t-elle, je suis capable d'amour.

Santona réfléchit à cette affirmation.

— Si vous dites la vérité. Mais vous êtes en pleine mutation. Finalement, vous changez tous. Vous êtes morte. Pour vous, les sentiments sont une habitude dont vous vous détachez peu à peu.

— Et cela rendrait nos assassinats légitimes ? Si nous ne pouvions aimer, vous auriez le droit de nous détruire ?

— Si vous ne pouviez aimer, désireriez-vous durer ?

— Durer ? C'est tout ce qu'il vous reste, Mère des Larmes. Vous ne vivez que pour durer.

— Peut-être.

— Est-ce déjà fini ? Tous les Aînés sont-ils déjà détruits ? Êtes-vous maintenant sans égal dans votre règne sur ces terres baignées de sang ?

— Il y a encore une Aînée dans Rome. Elle sera morte à l'aube. Définitivement morte.

Kate se retourna pour quitter cette pièce, cette maison, cette ville.

Marcello se tenait sur le seuil.

— Kate, balbutia-t-il, je suis désolé.

Il ôta ses lunettes de soleil. Des larmes coulaient sur son visage.

— J'étais un fou, admit-il. Vous êtes la première femme au premier jour de la création. Vous êtes la mère, la sœur, l'amante, l'amie, l'ange, le Diable, la terre, le foyer. Je vous aime dans l'absolu. Je me suis laissé égarer par ce monstre. Vous êtes tout ce qui compte pour moi.

Elle ne put résister.

Elle se jeta dans ses bras et il la couvrit de baisers. Le soulagement la submergea. La sorcière s'était trompée. Kate Reed était capable d'aimer et d'être aimée. Cela faisait d'elle plus qu'un zombie, et lui donnait un droit à la vie.

Les bras de Marcello étaient le monde pour elle. Elle se nicha contre sa poitrine. Ses larmes étaient chaudes, des larmes de joie.

« Il y a encore une Aînée dans Rome. Elle sera morte à l'aube. Définitivement. »

— Reste avec moi, mon amour, mon amour, murmurait Marcello. Pour toujours, reste avec moi.

C'est alors que son cœur mourut vraiment.

— Je ne le peux pas, dit-elle en le repoussant.

Cinquième partie

Revue de presse

The Times, Londres, 15 août 1959.

« *Rome.* Il a été procédé à une arrestation en rapport avec l'assassinat du comte Dracula. L'inspecteur Silvestri, en charge de l'enquête, a indiqué qu'un ressortissant américain allait être inculpé de vol et de tentative de meurtre. Le suspect est également recherché par Interpol au sujet de la disparition de Richard Fountain, un vampire anglais.
Les restes du comte Dracula seront remis aux soins de son exécutrice testamentaire, Miss Penelope Churchward. Les dispositions prises pour les funérailles n'ont pas été communiquées. »

« *Hollywood.* Jeremy Prokosch, un producteur très actif en Europe, annonce le début du tournage d'un film en trois parties en forme de biographie du comte Dracula. Le scénario sera écrit par Gore Vidal, Clare Quilty et Christopher Fry, et tourné en Espagne et en Yougoslavie. Trois réalisateurs devraient prendre chacun une période cruciale de l'histoire de Dracula : Ricardo Freda s'occuperait de la vie de sang-chaud de Vlad et de sa renaissance à l'état de vampire, Terence Fisher de l'ascension et de la chute de Dracula dans la Grande-Bretagne victorienne, et Michael Powell de son exil et de sa fin tragique. Parmi les acteurs pressentis pour le rôle, on note les noms de Jack Palance, Francis Lederer, Alexander d'Arcy et David Niven. »

« *Londres.* Dans une interview accordée à l'émission télévisée de la BBC *Panorama*, lord Ruthven, le Premier ministre, a condamné comme étant "d'un extrême mauvais goût" la floraison d'objets supposés en relation avec Dracula en vente partout. Il a expliqué qu'il ne jugeait pas compatibles

les portraits du comte ou la reproduction de ses armoiries comme décoration pour “les services à thé, les chopes, les puzzles, les pinces à cravate, les montres de gousset ou les serviettes de plage”. Cependant, la poste mettra en circulation une série de timbres commémoratifs à l’effigie de Dracula pour la période des fêtes de fin d’année. »

« *Borgo Pass, Transylvanie.* Le baron Meinster, un Aîné qui affirme être le premier fils-en-ténèbres de Dracula, a tenu une conférence de presse impromptue devant une foule composée en majorité de *nosferatus*, durant laquelle il s’est autoproclamé nouveau Roi des Vampires. Il a ajouté que la Transylvanie devait devenir la patrie indépendante des non-morts. La réunion a été interrompue par les forces de la *Securitate* roumaine. Le président Nicolae Ceausescu a qualifié Meinster de “vermine hors la loi” et a en conséquence ordonné son arrestation, mais le baron a réussi à échapper à la police. Meinster n’est que le dernier en date d’une succession de ses semblables qui se sont fait appeler “Alucard” et dont chacun se prétend unique héritier légitime de Dracula. »

1

Le jugement des larmes

C'était très précisément ce dont Geneviève avait besoin : affronter un monstre plutôt qu'elle-même.

Bond lui apprit que Brastov était mort, écorché vif et étripé par le Bourreau Écarlate. Le Russe était au courant de l'existence de la Mère des Larmes, et avait tenté de les pousser à combattre cette créature pour son propre compte, aussi aurait-il dû prendre garde à ne pas se frotter à elle. L'Homme-Chat avait essayé de les dresser, elle et Bond, contre l'ennemi qu'il redoutait le plus, mais d'autres affaires – Charles et Dracula – les avaient distraits. Une guerre sournoise avait eu lieu, qui n'était pas dans ses cordes. En fin de compte, elle s'y était retrouvée impliquée. C'était inévitable.

Un autre Aîné détruit, après des centaines d'années d'existence. La plupart étaient des êtres vils, mais Geneviève s'était habituée à partager le monde avec eux. Avant la grande entrée de Dracula, les Anciens avaient passé les siècles à voyager, et quand leurs chemins se croisaient, en général ils faisaient preuve d'une courtoisie méfiante. Parfois même, il était arrivé qu'ils se réunissent et forment une communauté pendant quelque temps.

Depuis Carmilla Karnstein, Geneviève n'avait jamais compté un autre Aîné parmi ses amis. La majorité d'entre eux n'étaient en fait que des désaxés assoiffés de sang. Carmilla aussi, d'ailleurs.

À l'extérieur de l'appartement, ils s'arrêtèrent devant l'Aston Martin de Bond. La carrosserie était ornée de quelques impacts de balles récents.

— Inutile d'y aller en voiture, dit-il. C'est juste à côté.

Quand elle y réfléchissait, c'était évident. Il n'y avait qu'un seul endroit à Rome qui pouvait servir de cadre au dernier acte. Charles avait remarqué l'habitude du Bourreau Écarlate de mettre en scène ses exécutions dans des lieux publics célèbres.

Bond la mena le long de la route.

Le Colisée se dressait dans la nuit romaine, tranché en son milieu comme un gâteau de mariage coupé par un sabre.

L'amphithéâtre avait été construit en 72 après Jésus-Christ par Vespasien, à la place d'un lac artificiel dédié à Néron, et il faisait alors partie d'un plan de restructuration urbaine destiné surtout à effacer toute trace de l'Empereur criminel. Vespasien n'avait pas vécu assez longtemps pour voir le sable de l'arène rougi par le sang des premiers gladiateurs. Ces combats avaient duré jusqu'à ce qu'Honorius interdise les luttes à mort entre hommes, en 405. Pendant encore un siècle et demi, on organisa des rencontres entre animaux sauvages, un spectacle toujours très prisé par les spectateurs. Geneviève savait que plusieurs empereurs avaient essayé d'introduire des joutes d'athlètes calquées sur le modèle grec, sans mort, mais le public boudant ces innovations, on les avait vite abandonnées. Seul le sang pouvait satisfaire le peuple de Rome. Elle supposait qu'elle n'était pas dans une position où elle pouvait se permettre de se montrer trop critique sur le sujet.

Pendant des siècles, les Romains avaient dérobé des pierres du Colisée pour d'autres constructions. Des blocs noircis par le sang étaient maintenant incorporés au palazzo Venezia, à la Cancelleria, à Saint-Pierre et à nombre d'autres bâtiments plus humbles. Ce pillage n'avait cessé qu'au milieu du XVIIIe siècle, quand le pape Benoît XIV avait proclamé l'édifice site sacré, en se fondant sur la pieuse fiction que c'était là qu'avaient péri de nombreux martyrs de la Foi. Le bobard selon lequel des chrétiens auraient été livrés en pâture aux lions ne résistait pas à l'analyse, pour la simple raison que ce n'aurait pas été distrayant. En fait les partisans de Jésus étaient empalés sur des pieux et brûlés vifs dans une sorte d'éclairage public primitif, ou bien simplement crucifiés comme fauteurs de troubles. L'arène était réservée à ceux assez doués pour offrir un spectacle en combattant à mort. Un millier d'années avant Dracula, Gilles de Rais ou Élisabeth Bathory, le goût du public pour le sang était déjà bien affirmé.

Au cours du XIXe siècle, alors que Geneviève effectuait un court séjour à Rome, le Colisée était une jungle, et ses pierres disparaissaient sous toutes sortes de mauvaises herbes. Elle avait vu dans l'envahissement du marbre par une vie irrépressible un signe d'espoir, mais à présent toute végétation avait été éradiquée du monument. Les trois étages d'arches qui formaient la façade originelle étaient toujours là, le dernier surmonté de la moitié des ajouts – qui remplaçaient un niveau en bois frappé par la foudre en 217. Les gradins semblaient attendre le retour des foules, mais le sol de l'arène, la scène des tueries, avait disparu, exposant le labyrinthe de tunnels et de chambres qui s'étendait en dessous.

— Je l'ai suivi jusqu'ici, dit Bond. Il est passé devant votre appartement. J'y ai vu un signe.

— Le Colisée est une attraction touristique, répondit Geneviève. À cette heure, il sera fermé.

— Je doute que notre homme se soucie beaucoup de ce détail.

— Vous avez probablement raison.

Le docteur de l'Église Bède le Vénérable avait écrit : « Tant que se dressera le Colisée, Rome vivra, et quand le Colisée tombera, Rome mourra ; mais lorsque Rome mourra, le monde arrivera à sa fin. » Elle ne parvenait pas à décider si c'était là une prophétie menaçante ou réconfortante. Une ville, à plus forte raison un monde symbolisé par cet horrible monument ne méritait pas de perdurer.

Ils traversèrent la piazza di Colosseo. Geneviève se demanda si c'était le chemin qu'empruntaient jadis les gladiateurs. Non, ils devaient être enchaînés dans les sous-sols de l'arène, et délivrés uniquement lorsque la foule avait empli les gradins.

Des vampires étaient-ils morts dans l'arène ? Il y avait des *nosferatus* dans la Rome antique. Ils auraient fait sensation. Elle imagina Caligula – mort avant la construction du monument – opposant un loup-garou à un vampire capable de métamorphose, après avoir garni leurs griffes de lames en argent, et abaissant le pouce pour sceller le sort du vaincu.

Elle supposait que les choses changeaient. Lentement. Mais Caligula n'avait pas pensé à la Bombe, lui non plus.

Ils franchirent l'entrée principale. Elle était trop grande pour être condamnée.

L'effluve lointain du sang montait encore des pierres. Elle le décelait dans l'air.

— Regardez, dit Bond.

Elle se trompait. Le sang était frais, et c'était celui d'un vampire. La pensée que celui des gladiateurs imbiberait encore les lieux apparaissait absurde, à la réflexion.

Le chemin passait sous la grande arche et débouchait dans l'arène.

— Commander Bond, que ferons-nous quand nous aurons trouvé le Bourreau Écarlate ?

Il ne répondit pas. Il avait disparu.

Elle savait que quelque chose n'allait pas. Bond n'était pas non-mort depuis assez longtemps pour pouvoir s'éclipser sans bruit pendant qu'elle avait le dos tourné. Elle aurait senti le déplacement d'air de ses mouvements, et perçu les bruits légers qu'il aurait forcément produits.

Était-ce lui ? Ou quelqu'un ayant pris ses traits ?

Elle n'avait pu être trompée. L'homme qui l'avait amenée ici était bien celui qu'elle avait rencontré auparavant. Mais il y avait quelque chose de différent en lui. Il était le genre d'individu à toujours sembler jouer un rôle, or cette fois son personnage était plus grossier, moins convaincant. Il s'était moins exprimé avec ses sourcils. Son accent écossais s'était estompé.

Elle se trouvait à présent dans une vaste artère, flanquée de piliers. Le sang menait dans le labyrinthe. Une piste trop évidente.

Les fins poils sur ses bras se dressèrent. Elle fit volte-face et aperçut une forme rouge qui se cachait derrière un pilier. Ses griffes jaillirent.

Cela devait arriver, songea-t-elle.

Elle était certainement la dernière Aînée dans tout Rome. Elle serait l'ultime victime du Bourreau Écarlate. Mais pas sans combattre.

Kate était toujours bouleversée. Quand elle avait quitté Marcello, elle avait eu l'impression qu'elle s'ôtait d'un coup une immense épine du cœur et qu'elle la jetait au loin. Elle ne pouvait encore nommer les choses qu'elle lui avait préférées, mais elle brûlait de la certitude qu'elle avait choisi le salut plutôt que l'imposture, l'amour plutôt que l'égoïsme. Pourtant ce n'en était pas plus simple, ou facile. Et si elle se trompait, si elle s'en remettait à des possibilités qui étaient mortes en Charles et Dracula, alors qu'elle aurait pu les trouver dans la vie commune avec l'Italien ?

Elle ignorait comment elle était sortie de la Maison aux Fenêtres qui Pleurent pour reprendre ses sens dans le parco de Traiano. Mais c'est là qu'elle devait être, où Charles avait vécu, où se trouvaient les réponses, et le bout du chemin.

Il y avait du sang de vampire dans la rue. Une voiture de sport était garée en face de l'appartement, le coffre arrière ponctué d'impacts de balles. Peu de gens se trouvaient dans les environs, ce qui lui parut étrange. Elle s'était habituée à la foule romaine. Quand les rues se vidaient, quelque chose de mauvais se préparait.

Une femme sortit de l'immeuble de Charles. Geneviève ? Non, celle-là était brune. Penelope. Elle portait un manteau Gherardi mi-long, des bas assortis et des escarpins noirs. Ses cheveux étaient relevés sous un joli chapeau noir.

— Katie, dit l'Anglaise en l'apercevant, j'ai de mauvaises nouvelles.

— Moi aussi.

Penelope renifla l'air, pinça les narines et observa le sol.

— Du sang, constata-t-elle.

Kate sentait la panique monter en elle.

— Nous avons été amies autrefois. Vous devez m'aider. Le Bourreau Écarlate en a après Geneviève.

— De quoi parlez-vous ? répliqua Penelope avec une pointe d'exaspération.

— Le tueur de vampires.

— Vous ne comprenez pas, répondit alors l'Anglaise d'une voix suave, comme si tout allait pour le mieux dans le meilleur des mondes. L'assassin de Dracula est sous les verrous. Vous êtes libre de quitter la ville.

La journaliste devait absolument lui faire comprendre.

— Il y a un autre assassin. Peut-être une armée de meurtriers. Sous les ordres de quelqu'un de plus vieux que n'importe quel Aîné. Quelqu'un de réellement monstrueux, de vraiment épouvantable. Croyez-moi, je l'ai rencontrée. Cette créature ne vous plairait pas. Pas du tout.

Penelope contempla un moment les traînées sanglantes sur le sol. Ses yeux rougirent un peu.

— N'est-ce pas un peu… trop facile ?

Devant l'air d'incompréhension de Kate, elle expliqua :

— C'est comme si on avait peint des flèches sur la chaussée. On nous mène par le bout du nez, vers le Colisée.

— Geneviève est en danger.

— La Française ?

Kate se souvint alors que Penelope n'avait jamais beaucoup aimé Geneviève, bien que son inimitié se soit estompée dans le deuil qu'elles partageaient depuis la mort de Charles. Pendant qu'elle se laissait aller dans les bras de Marcello, Penelope et Geneviève ne s'étaient donc pas réconciliées ?

— D'accord, Katie, je vais vous accompagner. Il y a quelque chose qui ne va pas du tout. Ne le voyez-vous pas ? Quelqu'un a tiré sur cette Aston Martin. Vous ne sentez pas ? Pas le sang, les relents de cordite.

Charles aurait examiné la chaussée et, d'après les empreintes de pas, il aurait déduit si Geneviève était seule, si elle poursuivait ou était poursuivie, et à quelle allure. C'était un art qu'il avait appris des plus grands maîtres en la matière.

Penelope avait raison. La piste était trop visible. Mais elles n'avaient pas le choix.

— Allons-y, lambine, dit l'Anglaise en se mettant en marche.

Les antiques gradins du Colisée n'étaient pas vides. Tout en se concentrant pour conserver toujours les piliers de pierre entre elle et le géant en rouge, elle prit conscience des ombres humaines qui emplissaient les rangées et s'asseyaient pour assister au spectacle. Elle se demanda à quel prix était l'entrée, puis se souvint qu'en règle générale les frais des jeux étaient réglés par l'Empereur, une façon habile d'offrir un cadeau pacificateur au peuple de Rome. Du pain et des jeux.

Bond était en bas, dans le labyrinthe, mais elle ne pouvait pas compter sur lui. Il était passé à l'ennemi ; pas du côté de Brastov, mais de quelqu'un de plus âgé et de plus puissant, la Mère des Larmes.

Elle ôta ses chaussures et se mit à marcher sur la pointe des pieds, slalomant au pas de course entre les piliers, comme entre des arbres dans une forêt. Crocs et griffes sortis, elle craignait pourtant qu'ils ne soient surpassés par des épées plaquées d'argent et des lances en bois.

Elle était perturbée de n'avoir pu qu'entrapercevoir le Bourreau Écarlate par deux fois. C'était un sang-chaud, elle aurait dû être capable de le sentir, de savoir à tout instant où il se trouvait et à quelle distance d'elle. C'était elle la chasseresse de la nuit, la vampire âgée de plusieurs siècles, la survivante aguerrie. Elle aurait dû être la favorite.

Mais le Bourreau Écarlate avait tué des Aînés.

Anton Voytek et Anibas Vajda étaient plus dangereux qu'elle, et cela ne leur avait été d'aucun secours. Certains des Aînés massacrés par le Bourreau Écarlate étaient doués du pouvoir de métamorphose. Ils pouvaient se transformer en chauve-souris monstrueuse ou en une brume blanche vivante. Comparés à ces capacités surnaturelles, ses pauvres crocs et griffes paraissaient des atouts bien faibles.

Les gradins étaient encore peu occupés. Étaient-ce des gens, ou de simples ombres ? Elle détectait l'odeur du sang là-bas, mais aussi la présence de créatures anciennes.

Il y eut une détonation, et une balle en argent frappa la pierre à quelques centimètres de son visage. Des éclats fusèrent devant ses yeux. Elle ne devait pas oublier Hamish Bond. Lui aussi participait au jeu.

On actionna un gros interrupteur et un flot de lumière se déversa sur les lieux.

Clignant des paupières pour chasser les larmes de douleur qui avaient instantanément empli ses yeux, Geneviève regarda en haut. Des rangées de lampes à arc – semblables à celles qu'elle avait vues dans les studios de Cinecittà – avaient été installées le long du troisième niveau de gradins. Elles s'allumaient une par une et inondaient l'arène, la transformant en un univers d'ombres dures et noires et d'espaces d'un blanc aveuglant.

Elle se glissa dans une zone d'ombre. Un spotlight la rattrapa.

Des étoiles scintillantes dansaient devant ses prunelles. Si elle était habituée à la clarté du jour, et aimait à s'en penser immunisée, cette lumière l'agressait. Dans les faisceaux éblouissants la poussière et la fumée dansaient. Des mouches y décrivaient des figures aériennes compliquées.

Les gradins restaient dans l'obscurité. Des yeux y luisaient, mais Geneviève ne parvenait pas à distinguer les visages. Pivotant sur ses talons en sifflant telle une panthère, elle se tourna vers la loge impériale. Entre les colonnes de flammes se tenait la maîtresse de ces jeux, une fillette blonde dont les cheveux retombaient sur un œil. C'était l'apparition dont avait parlé Kate, l'enfant que seule l'Irlandaise – et Bond, elle s'en souvenait – avait affirmé avoir vue.

Geneviève leva le poing en guise de salut.

Qu'avaient pensé les gladiateurs de l'empereur, à cet instant ?

Immobile, elle attendit ses tueurs. Inutile de chercher à fuir.

La tache de lumière l'emprisonnant s'agrandit. À son pourtour elle dévoila une paire de bottes rouges. Tandis que le faisceau s'élargissait, apparurent les collants rouges, puis la ceinture, le torse nu mais peint, la capuche et le domino, les dents retroussées sur un sourire figé, et enfin les yeux fous.

Le Bourreau Écarlate avança d'un pas chaloupé et nonchalant vers elle, en ouvrant et en refermant les mains. Une puanteur assaillit les narines de Geneviève et elle se rendit compte que la peinture sur son poitrail et son visage était en fait du sang. Elle grimaça.

Elle se déplaça telle une danseuse autour de lui. Soudain elle parut se casser en deux au niveau de la taille, et son pied fusa comme l'éclair en un grand écart vertical. Les orteils armés de véritables serres volèrent vers la pomme d'Adam du Bourreau.

Le coup de pied aurait dû le décapiter.

Mais il s'écarta subitement. Les griffes de Geneviève lui labourèrent l'épaule. Il referma ses mains sur la cheville exposée et elle se retrouva soulevée du sol. Le Bourreau la fit tournoyer à l'horizontale autour de lui comme un chat saisi par la queue.

Ses cheveux défaits frôlèrent la pierre. Au prochain passage, sa tête heurterait un pilier qui se dressait là depuis vingt siècles. Cela ne la tuerait pas, mais briserait son crâne en des dizaines de morceaux. Elle vivrait pendant les cent prochaines années avec une tête de travers. En admettant qu'elle survive aux cent secondes qui allaient venir.

La foule rugit et siffla.

Elle amena ses bras au-dessus de sa tête et les étendit afin que les paumes de ses mains encaissent la force du choc.

Le pilier était sur son chemin.

Elle sentit l'impact dans ses poignets et ses coudes. Ses bras fléchirent et son visage cogna la pierre, assez violemment pour que le sang jaillisse de son nez.

Le Bourreau Écarlate la lâcha.

Elle serra le pilier dans ses bras et se laissa glisser au sol. Pour une fois, le goût du sang dans sa bouche était le sien.

La fureur rouge montait de nouveau en elle. Elle la maîtrisa. Ce n'était pas un adversaire qu'on pouvait vaincre en rassemblant ses instincts de fauve, et qui serait tellement terrorisé à la vue d'une vampire enragée que ses genoux se déroberaient sous lui.

Elle resta recroquevillée contre le pied du pilier.

Le Bourreau Écarlate se pencha et la releva en saisissant ses cheveux. Ses yeux brillants avaient un effet hypnotique quand il approcha son visage de celui de la *nosferatu*.

Dans les gradins, mille pouces se tournèrent vers le bas. Le spectacle n'avait pas été très réussi.

Le Bourreau pressa un doigt contre sa gorge, pour lui écraser la jugulaire. Le sang battait sous la pression, mais il était bloqué. Son cœur s'enfla, son cerveau se tarit. Il pouvait la décapiter comme on décapsule une bouteille.

Elle lui laboura les flancs. Ses griffes s'enfonçaient sans relâche dans les couches de muscles, jusqu'aux os.

Il se mit à rire, imité par les spectateurs.

Les crocs de Geneviève s'allongèrent et forcèrent sa bouche à s'ouvrir. Ils entaillèrent sa lèvre inférieure. Mais elle ne pouvait pas bouger la tête. Elle ne pouvait que mordre l'air nocturne.

Elle saisit son poignet, épais comme le bras d'un homme normal, et y planta ses griffes. Elle déchiqueta les chairs et les tendons, en espérant trancher un nerf ou une veine.

Le Bourreau Écarlate ne ressentait aucune douleur.

Ce n'était même pas lui son véritable meurtrier. Il n'était qu'une des marionnettes de la fillette installée dans la loge impériale. Un rire lugubre et creux sortait de sa bouche ouverte sur un rictus dément.

Des lumières rouges explosèrent dans le crâne de Geneviève.

— Mais qui sont ces gens ? demanda Penelope.

— Le public ? proposa Kate. Le sénat et la populace de Rome ?

— Oh, *eux !* cracha Penny.

L'Irlandaise nota à quel point la foule qui occupait les gradins était disparate. Les zombies s'étaient placés derrière, leur visage à moitié rongé. Les bourgeois étaient isolés et profitaient des meilleures places. La populace, massée près de l'arène, tendait le cou et frémissait de plaisir en reniflant l'odeur du sang. Il y avait sans doute là des gens qu'elle connaissait, mais elle n'en identifia aucun.

À l'exception de la fillette assise sur le siège de Néron.

En revanche, elle reconnut immédiatement qui se tenait dans le cercle lumineux des projecteurs. Exactement ce qu'elle avait craint. Penny était à la fois dégoûtée et fascinée par le spectacle.

— Est-ce une sorte de renouveau païen ?

— Je crois que c'est plus que cela, répondit Kate. Cette créature règne en secret sur Rome. Elle a pris à son compte les devoirs des empereurs. Peut-être lui ont-ils toujours incombé, et qu'elle a laissé les empereurs lui usurper le pouvoir pendant quelques siècles. Ce sont *ses* jeux, à la fois un cadeau et une démonstration de sa puissance.

Penelope ne perdait pas une de ses paroles, mais Kate ne pouvait espérer lui expliquer tout dans le peu de temps dont elles disposaient. Le combat qu'elles découvraient en était presque à son terme. Le Bourreau Écarlate brandit Geneviève à la manière d'un tribut à la *Mater Lachrymarum*, et attendit le verdict impérial.

— Satanés étrangers, grommela Penny, avec leurs corridas barbares…

Kate n'était pas d'humeur à parler chasse au renard.

Les encouragements du public faiblirent, puis cessèrent. Le Bourreau lui-même ne riait plus. L'enfant-monstre médita sur sa décision.

L'Irlandaise sauta souplement par-dessus une barrière et se reçut sur le sol de l'arène. Penelope descendit plus tranquillement, puis épousseta son joli manteau.

— Vous, ordonna-t-elle, lâchez cette femme.

La tête du Géant se tourna vers elles dans un mouvement mécanique d'automate.

Son rire retentit à nouveau. Le son était horriblement familier aux oreilles de Kate.

Elle sentit une pression sur son esprit. Si la Mère des Larmes avait fait d'elle une marionnette pour détruire Dracula, elle pouvait la reprendre sous son contrôle maintenant. Alors qu'elle s'était précipitée ici pour porter secours à Geneviève, elle risquait d'être forcée à maîtriser Penelope pendant que le Bourreau Écarlate exécutait son amie.

Non. Elle n'était pas une marionnette.

Le vampire britannique que Kate savait être un espion sortit de derrière un pilier et pointa un pistolet sur elle et Penny.

— Commander Bond ? fit cette dernière d'un ton presque mondain.

C'était lui la marionnette, ici. Il avait toujours eu un caractère trop faible, trop aisément porté à adopter un stéréotype. C'est ce qui le rendait vulnérable. Il était le genre d'homme qui avait toujours besoin de sa mère, pour s'y accrocher et nettoyer derrière elle.

Pour la première fois, Kate se demanda qui était réellement le Bourreau Écarlate. Un hercule de foire ? Un acteur de cinéma ?

Bond ajusta sa visée entre Penelope et Kate.

Cette dernière se mut alors avec une vélocité incroyable, plus vite que la journaliste n'aurait pu l'imaginer possible, et arracha l'arme au ressuscité. Elle serra le Walther dans ses doigts, et le pistolet éclata en composants métalliques.

Désarmé, Bond n'était plus qu'un enfant privé de son jouet préféré. Un ordre passé de l'esprit de la fillette au sien et il tenta d'étrangler Penny. Elle le saisit par les poignets et le projeta à une dizaine de mètres. Il exécuta un arc de cercle dans l'air et retomba lourdement. Malgré ses os brisés, il se mit à ramper vers elle. Maître de ses gestes, il aurait pris le temps d'attendre que son squelette se ressoude, mais en tant que marionnette il n'était pas autorisé à se soucier de ses blessures.

Une partie de la foule accueillit bruyamment ce nouveau centre d'intérêt.

Penelope salua les gradins d'un petit geste gracieux digne d'un membre de la famille royale arrivant dans un aéroport du Commonwealth.

Kate fit face au Bourreau Écarlate.

Les yeux de Geneviève étaient injectés de sang. Le regard qu'elle lui lança implorait son amie de ne pas risquer inutilement sa vie.

La Mère des Larmes ne pouvait être vaincue. Elle était aussi éternelle que la ville. Elle était la Mort Véritable, qui emporte toute créature vivante avec le temps, la maîtresse d'un million de marionnettes. Elle était, et Kate l'admettait maintenant, *un être surnaturel.*

Le géant leva le bras et laissa pendre Geneviève. Il serra un peu plus. La vampire lâcha son poignet, ses mains ensanglantées retombèrent mollement le long de ses cuisses. Il pivota lentement sur lui-même, de trois cent soixante degrés, pour montrer à tous les spectateurs du Colisée l'Aînée qu'il avait vaincue. Puis il s'arrêta face à la fillette-impératrice.

L'enfant étendit un bras devant elle, main ouverte à plat, pouce sorti.

Le public réclama la mort.

La main hésita. Puis se ferma en poing, et le pouce s'abaissa vers le sol.

La foule rugit son approbation.

Kate vit les muscles qui saillaient sur l'avant-bras du Bourreau tandis que le message était lentement transmis à son corps : l'ordre d'arracher la tête de Geneviève.

La *Mater Lachrymarum* était invincible, au-dessus et au-delà de toute compréhension humaine. Mais le géant n'était qu'un homme devenu son esclave.

Sous son charme, Bond n'avait pas été libre de s'occuper de lui-même, alors qu'il aurait été beaucoup plus utile à sa maîtresse avec les os ressoudés.

Il y avait là une faiblesse.

Quand on combat une marionnette, le truc est de couper ses fils.

Penelope bondit. Ses crocs s'enfoncèrent dans l'avant-bras de l'homme et déchirèrent les muscles. Il conserva le même rictus et ne relâcha pas sa prise sur le cou de Geneviève. Penny lui enfonça le pouce dans l'œil et fit jaillir le globe hors de l'orbite.

L'assistance poussa une exclamation d'effroi, par sympathie pour le Bourreau. Ils assistaient avec plaisir à des décapitations et à des éventrations, mais un œil énucléé leur donnait la nausée.

Kate attaqua à mi-hauteur. De l'épaule elle percuta le géant à l'estomac et lui souleva les jambes. Avec trois femmes vampires accrochées à lui, il perdit l'équilibre et tomba à la renverse d'un bloc, à la façon d'un colosse de pierre qu'on abat. Le sol trembla sous sa masse. Non loin, une colonne s'écroula.

Penelope continuait à déchiqueter le bras, le cou et le visage de l'homme, mais il ne lâchait pas la nuque de Geneviève.

Kate rampa sur le torse du Bourreau et repoussa Penelope. Elle plongea son regard dans l'œil restant, pénétra dans sa folie sanglante pour essayer d'atteindre l'individualité qu'il avait dû être naguère.

Il n'y avait qu'un moyen.

Penelope s'acharnait toujours sur le poignet de l'homme, sans parvenir à libérer Geneviève. Ses mains et le bas de son visage étaient couverts de sang.

Sur les genoux, Kate alla se placer de façon à se trouver au niveau de la tête du Bourreau Écarlate, pour regarder à l'envers – à l'envers, comme le reflet dans la fontaine de Trevi – son visage et l'horrible plaie à son cou. Du sang coulait de la blessure, plus lentement que la normale. Il était probablement en train d'agoniser, mais sa maîtresse ne le relâcherait pas tant que le dernier vampire Aîné ne serait pas mort.

Elle ouvrit son col et plongea la griffe de son pouce dans son propre cou. De l'entaille, du sang coula sur le visage du géant. Elle disloqua sa colonne vertébrale et pressa sa blessure sur les lèvres du Bourreau tout en refermant ses crocs sur le cou déchiqueté.

Elle aspira le sang de l'homme et laissa le sien couler en lui, Il y eut une connexion brutale, pareille à une décharge électrique.

Elle sentit qui il avait été. Un acteur. Elle aurait pu le deviner.

L'esprit de l'homme était encore présent, et le sang de Kate l'atteignit. Si elle ne brisait pas le contact, il serait bientôt son fils-en-ténèbres, une responsabilité pour des siècles peut-être. Elle l'arrachait à sa maîtresse. Elle sentit qu'il refermait ses lèvres sur son cou. Il suça le sang de la vampire.

Les fils étaient rompus. De nouveaux se formaient, les liens vampiriques entre Kate et lui.

— Il l'a lâchée, annonça Penelope.

Elle entendit Geneviève tousser.

Le liquide dans sa gorge était fort et doux. Elle en avala et en désira plus. Elle-même se déversait en lui, dans sa conquête.

Elle était venue à Rome pour l'amour. Et l'avait trouvé.

— Il va passer aux ténèbres, la mit en garde Penelope.

Cela n'avait pas d'importance. Avec un fils-en-ténèbres tel que le Bourreau Écarlate, elle pouvait battre la Mère des Larmes, et se couronner Reine-Impératrice de la Nuit. Elle pensa à Charles, et rompit le lien.

Elle se releva et de la main referma la plaie à son cou. Son chemisier était empesé de sang. Irrécupérable.

Penelope aidait Geneviève à se remettre debout. Le cou écrasé de la vampire française guérissait déjà.

— Vive *la vampira!* cria quelqu'un.

L'acclamation fut reprise en un chœur enthousiaste.

Le Bourreau Écarlate – quel qu'il ait été – tressaillait dans les spasmes de l'agonie. Le sang de Kate lui emplissait la bouche, mais il ne l'avala pas. Il s'étrangla et recracha. La Mère des Larmes avait perdu son jouet, mais elle n'allait pas l'abandonner à quelqu'un d'autre.

Un homme mourait. Jadis, il avait eu un nom. Une vie.

Alors qu'il s'éteignait, la foule commença à quitter les gradins. Épuisée, Kate s'affaissa à côté de lui et lui prit la main qui déjà refroidissait. Geneviève était encore incapable de parler, mais elle hoquetait sa gratitude. Penelope, toujours élégante en dépit de son visage barbouillé de sang, demeurait déroutée par le drame dans lequel l'Irlandaise l'avait entraînée à jouer un rôle.

Les habitants de Rome retournaient à leurs rêves. Kate aperçut l'inspecteur Silvestri et Diabolik, Cabiria et Marcello, Pier Paolo Pasolini et Palmiro Togliatti, le serveur du *Hassler* et Elsa Martinelli. Et des centaines d'autres, de toutes conditions sociales. Tous ceux qu'elle avait rencontrés depuis son arrivée dans la ville, et ceux qui y avaient été sans qu'elle les remarque. Une parade de cirque et un cortège funèbre, une émeute et une orgie, une communion et une communauté.

Étaient-ils seulement là physiquement, ou la fillette-sorcière avait-elle volé leurs fantasmes pour les incorporer dans son délire personnel ? Ce spectacle était sans rapport avec la vie quotidienne de la ville, mais on ne pouvait l'en dissocier. La cité était un énorme cœur qui battait, et tout cœur a besoin de sang, comme les vampires. La *Mater Lachrymarum* donnait aux esprits nocturnes de sa population les jeux, mais leurs souvenirs ne survivraient pas à l'aube. Cependant le sang versé conservait Rome en vie.

À quelle fréquence se produisaient ces spectacles ?

Kate sentit la mort quand le sang dans sa bouche devint rance. Elle le recracha et essuya ses lèvres d'un revers de main. Le Bourreau Écarlate n'était plus.

Penelope lui confia Geneviève. Elles s'embrassèrent, avec la férocité des survivantes.

Une fois de plus, les trois femmes vampires pleuraient.

— Merci, coassa Geneviève.

— Mais de rien, ma chère, répondit Kate. C'était bien le moins que nous puissions faire pour vous.

Elles rompirent l'étreinte.

La Mère des Larmes était parmi elles. À présent, c'était Viridiana, l'adolescente au visage radieux. Sa pureté était dure, et n'éveillait aucune sympathie. D'après le père Merrin, elle ne disait que la vérité. En toute autre circonstance Kate aurait préféré se trouver face à Mamma Roma, qui ne racontait que des mensonges.

— Aînée, dit-elle en s'adressant à Geneviève, vous devez toujours mourir.

Cette jeune fille frêle d'apparence pouvait se montrer inflexible.

Les yeux de Viridiana s'agrandirent, et des spirales tournoyèrent dans ses pupilles. Geneviève était saisie par une force invisible. Kate se raidit, prise par une soudaine envie de se jeter entre les deux. Était-ce courageux ou stupide ? Elle l'ignorait.

Soudain, Penelope intervint :

— Et qui êtes-vous donc pour en juger, petite Miss ?

Elle ne comprenait pas à qui elle s'adressait. Ce qui la rendait à la fois courageuse et stupide. Elle avança vers Viridiana, prête à flanquer une bonne gifle à cette gamine monstrueuse mais surtout impertinente, comme si elle avait devant elle quelque vendeuse maladroite et non la maîtresse secrète de la Ville éternelle. Elle serait détruite. Kate ne pouvait la laisser se mettre dans pareil danger à son insu.

Sans réfléchir, l'Irlandaise se campa devant Penelope et Geneviève. Le mouvement lui redonna tout son calme.

— Vous devrez me passer sur le corps avant de toucher à mes amies, déclara-t-elle.

Viridiana parut réfléchir à ce nouvel élément.

— Miss Reed, dit-elle, l'amour de votre vie a choisi cette Aînée plutôt que vous, et pourtant vous êtes prête à mourir pour elle. Miss Churchward, vous n'aimez même pas cette Aînée, et pourtant vous êtes prête à tuer pour elle…

La sainte était sincèrement perplexe, mais elle n'en demeurait pas moins rusée. Son attaque alla droit au cœur de Kate.

— Nous avons vécu beaucoup d'épreuves ensemble, répondit-elle.

L'argument sonnait assez faible, présenté ainsi.

Viridiana recula dans l'ombre, et c'est Santona qui en ressortit. Ses serviteurs *'ndrangheta* apparurent en vacillant de derrière les piliers.

À l'évidence, la Mère des Larmes disposait d'une meute d'assassins au cas où sa poupée préférée échouerait.

Geneviève posa les mains sur l'épaule de Kate et sur celle de Penelope, et repoussa les deux vampires comme elle l'aurait fait des battants d'une double porte.

— Je resterai, fit-elle d'une voix enrouée. Mais mes amies partiront. Saines et sauves.

La perplexité déforma le visage de Santona.

Si Geneviève était prête à mourir pour ses amies, alors cela signifiait qu'elle était capable d'aimer, de haïr et de ressentir. Et dans ce cas la *Mater Lachrymarum* se trompait sur le compte des Aînés.

Santona contempla Geneviève sans un mot.

Kate comprit qu'elles étaient sauvées. Pas seulement pour cette nuit, mais pour toujours. Si Geneviève était sincère, alors il était possible de devenir une Aînée et de demeurer une vraie femme vivante. Kate n'avait plus à redouter cet isolement graduel du monde qu'elle avait cru inéluctable pour ses semblables.

L'aube se levait. Une lueur rose commençait à teinter le ciel.

Bien que sévèrement atteinte par le combat, Geneviève n'était pas brisée. Sa chevelure brilla au premier rayon du soleil. Son visage se reforma, parfaitement. Ses crocs se rétractèrent. Ses mains restaient posées sur les épaules de Penny et de Kate, comme celles d'une vraie mère, dans une prise ferme qui affirmait qu'elles étaient protégées et que rien ne pourrait leur arriver.

Mamma Roma était devant elles, maintenant, débraillée et lasse après une nuit passée à satisfaire les mâles vigoureux de la ville. Elle était dégoûtée de ce qu'elle venait d'apprendre.

— Vous bluffez, Aînée, dit-elle. Vous feignez l'émotion, mais vous ne ressentez rien. Vous ne pouvez pas aimer.

Il y avait du mépris dans l'accusation de la prostituée, mais elle fit bondir de joie le cœur de Kate.

— Vous mentez, exulta l'Irlandaise. Vous mentez toujours.

Enfin il n'y eut plus que la fillette, sans nom, silencieuse, cruelle, perdue. Pour la première fois depuis un millénaire, la Mère des Larmes avait été obligée de changer d'avis. Elle n'en était pas heureuse mais cela ne les empêchait pas de quitter le Colisée. Pourtant ce n'était qu'une attitude temporaire. La fillette était à moitié aveugle, et elle pouvait aussi bien prendre une position que son contraire. Une autre nuit, la *Mater Lachrymarum* risquait de décider l'inverse d'aujourd'hui, et elles seraient toutes trois taillées en pièces par des lames en argent.

Kate et Penelope soutinrent Geneviève entre elles, et elles sortirent de l'arène.

2

Exposition solennelle

Les cloches résonnaient et les corbeaux décrivaient des cercles dans le ciel nocturne. Le convoi mortuaire descendait le long de la falaise de Fregene, sur une sente étroite conduisant du palazzo Otranto à la plage. Le cercueil allait en tête du cortège, porté par le fidèle Klove et Zé do Caixao, le célèbre ordonnateur des pompes funèbres pour les gens riches et célèbres, avec ses ongles interminables et son haut-de-forme.

Geneviève se mêla à la procession. Kate et Penelope étaient un peu plus loin, devant. Ce serait sa dernière apparition en Italie, décida l'Aînée. L'avertissement au Colisée suffisait, et elle allait quitter Rome pour ne jamais y revenir. Elle ne comprenait toujours pas complètement le personnage qui avait failli la tuer pour finalement l'épargner. Sa gorge était encore douloureuse, et sa voix légèrement enrouée.

Des serviteurs brandissaient des torches enflammées pour éclairer le chemin.

Sans les ravages commis par le Bourreau Écarlate, toute la communauté des vampires aurait été présente. Pour ce que le reste du monde en savait, le géant tueur de vampires était toujours actif et traquait tout Ancien qui osait s'aventurer dans la ville pour le détruire. Un acteur nommé Travis Anderson, qui avait mystérieusement disparu depuis quelques années, avait été retrouvé mort dans le Colisée, mais on n'avait établi aucun lien avec le Bourreau.

Des brancards en bois étaient disposés sur la plage. Le cercueil fut placé dessus et Klove l'ouvrit. Geneviève contempla le cadavre. C'était bien Dracula, la tête placée sur un coussin, au-dessus du corps. Il résistait toujours à la corruption.

La princesse Asa gémissait. Penelope s'efforça de la réconforter.

Ils attendraient l'aube, et enflammeraient le cercueil. La crémation possédait l'intérêt de démontrer que Dracula était définitivement mort.

L'attente ne devrait pas durer plus de deux heures.

Geneviève dévisagea le groupe de personnes présentes. La plupart appartenaient à la Maison qui bientôt n'aurait plus de raison d'être. Le journaliste italien de Kate était venu, lui aussi ; l'Irlandaise mettait un point d'honneur à ne pas lui adresser la parole.

— C'est sans doute le commander Bond qui l'a tué, dit Geneviève. Guidé par la Mère des Larmes.

Kate acquiesça.

— Peu m'importe, tant que ce n'est pas moi.

Bond avait survécu à la nuit du Colisée, mais Geneviève pensait qu'il ne serait plus jamais le même homme. Il était en route pour le Diogene's Club.

La princesse s'agenouilla au pied des brancards et hurla à la nuit. Elle était vraiment déséquilibrée.

— Asa Vajda est une Aînée, remarqua Kate.

Geneviève la regarda sans comprendre.

— La Mère des Larmes a affirmé qu'une seule Aînée restait à Rome, expliqua l'Irlandaise. Vous, Gené. Pourquoi la princesse ne compte-t-elle pas ?

Les yeux de la Française se tournèrent vers la mer.

— Fregene est en dehors de la ville proprement dite, proposa-t-elle. Au-delà du Royaume des Larmes ?

— En ce cas, pourquoi avoir tué Dracula ? Il n'a jamais quitté le palazzo, et n'a jamais mis les pieds en ville.

Geneviève n'avait pas de réponse à cette énigme.

— Elle était là, pourtant. Je l'ai vue.

En esprit, Kate retournait le problème dans tous les sens. Elle était pareille à Charles, elle passait d'un détail à un autre, accumulait les indices, éclairait les zones d'ombre par déduction et recoupement.

Soudain elle grimpa sur les brancards, ce qui déclencha une autre crise chez Asa, et sortit du cercueil la main droite de Dracula. Elle montra à Geneviève la paume couverte d'une épaisse toison. Une entaille l'avait brûlée en travers.

— Vous vous souvenez du scalpel avec la peau de vampire brûlée dessus ? dit la journaliste. La preuve qu'un vampire avait porté le coup fatal à main nue ? Ce qui est réellement arrivé, c'est que Dracula a été frappé et a saisi lui-même le manche du scalpel, pour essayer de l'ôter. Il n'y est pas parvenu et sa main est retombée à son côté. Personne n'a examiné ses paumes.

— Mais qu'est-ce que vous faites ? interrogea Penelope.

Kate sauta sur le sable.

— Je vous prends en défaut.

Aussitôt Geneviève sut que son amie avait vu juste. L'Irlandaise saisit la main de Penelope.

— Vous portiez des gants, dit-elle. Vous aviez pris vos précautions.

Penelope ne nia pas l'accusation.

— Vous arrangez les choses, poursuivit Kate. Les réceptions, les soirées, les funérailles. La vie des autres. Et vous avez arrangé un assassinat, comme vous le faites pour tout, mais sans vouloir en retirer trop de crédit.

Geneviève se tenait auprès d'elles. Si l'Anglaise voulait agresser la journaliste, elle était prête à sauver son amie, quoi qu'elle doive à l'autre.

De longues secondes s'égrenèrent en silence.

— Très bien, dit enfin Penelope d'une voix froide. Je vais vous raconter ce qui s'est passé. Je ne prétends pas être en mesure de tout expliquer, mais…

3

Penelope soulève le voile

Je cherchais à être ce que je suis devenue. Toutes deux, vous le savez. J'ai conclu un marché avec Arthur, lord Godalming. Il m'a fait passer aux ténèbres, en échange de… enfin, je suppose que vous devinez quoi. Je ne suis pas comme vous, Katie, ni comme vous, Geneviève. On m'a inculqué que l'existence est semblable au commerce, que les faveurs doivent être gagnées en échange de quelque chose, et non reçues gratuitement. C'est une attitude très victorienne, qui a servi à faire de toutes les filles des prostituées, à ce qu'elles se plient aux exigences de tout homme. Nous parlions du « marché du mariage » et de la « valeur » d'une fille.

Vous remémorez-vous ce que c'était, à l'époque ? Dès mon plus jeune âge, j'ai su que je détenais un pouvoir. Sur mes parents, sur mes amies, sur les hommes. Ce n'était pas simplement affaire d'être séduisante. Katie, vous étiez plus intelligente que moi. Et plus honnête. C'est pourquoi Charles vous a préférée à moi. Mais vous n'auriez jamais pu le pousser à vous demander en mariage. Cela, ne l'oubliez pas, c'était quand j'étais encore sang-chaud, et adolescente. Imaginez combien je suis devenue plus forte en tant que vampire, quand j'ai pu exercer mon pouvoir de fascination. Dans les premiers temps, j'ai été étourdie par les possibilités que ce don m'ouvrait.

Lors du passage, vous le savez, je suis tombée malade.

D'autres ressuscités qui boivent du sang vicié se flétrissent et finissent par mourir. Cela ne pouvait arriver à Penelope Churchward, pensais-je. Je l'ai pourtant subi. Et c'est vous, Geneviève, vous qui m'avez sauvé la vie en empêchant ce charlatan de Dr Ravna de me poser d'autres sangsues sur le corps. Je porte encore les cicatrices. C'est pourquoi je ne mets que des chemisiers à col haut.

J'ai peut-être grandi, peut-être changé, mais au fond je suis toujours Penelope Churchward, la jolie Penny, Penny la peste. Je ne suis sans doute pas dans une position très heureuse. Je l'admets, et je vous envie toutes les deux. Vous profitez de libertés que je n'ai jamais connues. Charles vous a préférées toutes les deux, et je ne l'en blâme pas. Jadis, dans les premiers bouleversements de ma vie vampirique, j'ai cru que je vous haïssais tous les trois. J'ai essayé de me venger en faisant passer Charles aux ténèbres. Je l'aurais pu, et ensuite il aurait été mon esclave.

Je ne l'ai pas fait. Et c'est son sang qui m'a transformée, moi.

C'est un phénomène dont personne ne m'avait parlé avant mon passage. J'avais compris que le vampirisme était juste une métamorphose physique, par l'absorption de sang. Au début, j'ai été choquée par tout ce qui est arrivé en plus avec cet acte. Les sensations, les contradictions, *l'information.* J'ignorais que le fait de devenir une non-morte transformerait Penny Churchward en un réceptacle, et que l'absorption de sang pouvait m'emplir d'autres personnes. Un vampire aussi faible que je l'étais alors peut boire trop de sang d'une personne forte et voir sa personnalité se diluer, devenir une réincarnation de sa victime. Je n'ai pas saigné Charles assez pour en arriver là, mais j'ai pris assez de son sang pour me voir à travers ses yeux, et voir le visage de Pamela sur mon reflet pâlissant, et le monstre que j'étais avant même d'avoir recherché le baiser des ténèbres.

J'ai combattu le sang en moi. J'ai lutté pour me purger de Charles. Depuis lors, je ne me suis abreuvée qu'à des êtres faibles ou à des professionnels. Comme du thé léger, avec beaucoup de lait.

J'accusais le mauvais sujet. Charles Beauregard n'a pas fait de moi ce que je suis, il n'a pas coloré mon univers en rouge. Pas plus qu'Art, en réalité. Derrière tout cela, derrière la métamorphose, il y a toujours eu Dracula.

Il était alors Prince consort. Plus tard, il s'est arrogé toutes sortes de titres et de noms, de graf à prince, d'Empereur de la Nuit à Roi des Chats. Je le revois encore, quand il s'est présenté pour la première fois à Jonathan et à Mina Harker, et à ma pauvre amie Lucy Westenra, en se qualifiant de comte.

Nous portions trop d'importance aux titres, à cette époque. Non, je suis injuste. C'était moi qui me souciais trop des titres. Quand Lucy a annoncé qu'elle allait devenir lady Godalming, j'étais verte de rage et de jalousie. Je ne serais que Mrs Charles Beauregard, bien que j'aie eu alors l'espoir qu'il accepterait d'être anobli un jour, voire fait pair du royaume. Quoi qu'il en soit, Charles n'aurait pu être qu'un jeune ressuscité dans la bonne société, alors qu'Art était déjà un Aîné.

Dracula. Oui, j'en viens à lui.

Je me suis lentement remise de mes maux. Cela m'a pris une dizaine d'années. J'ai voulu créer ma propre lignée. La plupart de mes enfants-en-ténèbres ont péri pendant la Première Guerre mondiale et dans les années suivantes. J'avais choisi uniquement ceux qui ne se rebelleraient pas et m'accepteraient d'emblée comme leur maîtresse. Je ne pouvais les rendre aptes à la survie. Ce fut une grande déception pour moi. Il existe encore des rescapés de ma lignée, de la lignée de Godalming. Je me suis vantée à propos d'eux auprès de vous, Katie. C'était l'ancienne Penny, je le crains. Ils sont dégradés, irrémédiablement. Parfois ils viennent me voir, après avoir profité d'une aide en argent, ou en sang. La plupart sont des spectres, consumés par un appétit trop grand pour leur personnalité.

L'Angleterre est devenue un endroit difficile à vivre pour moi. Les femmes ont acquis le droit de vote, vous vous souvenez. Secrètement, j'avais toujours pensé que nous devrions l'avoir, bien que je n'aie jamais pu concevoir qu'une femme perde son temps avec la politique. Je savais qu'afficher des opinions de suffragette – comme vous l'avez fait, Katie, vous qui avez été une héroïne à cette époque – dévaluait la valeur de la femme dans le domaine qui comptait vraiment. Ma mère est morte, mes amies sang-chauds vieillissaient. Les modes ont changé, les robes se sont raccourcies. Tout le monde parlait tout le temps au téléphone. J'étais pareille à un papillon épinglé et mis sous verre. On m'admirait parfois, mais on ne se souciait pas vraiment de moi. Vous, Katie, vous avez toujours été au centre de l'actualité. Vous ne vous êtes pas transformée en une fleur fanée. Ce qui prouve que mon état n'était pas dû à ma qualité de vampire. Non, c'était quelque chose en moi, en Penelope. Le spleen de Penny la peste. Il est devenu d'une importance énorme que je me trouve une utilité dans la vie.

Après la guerre, je me suis mise à la recherche du comte.

J'ai obtenu une entrevue auprès de lui par l'intermédiaire de Mina. Après tout, elle était de sa lignée et était restée en contact avec sa Maison. Quand Dracula est venu s'installer ici, au palazzo Otranto, je lui ai rendu visite, et je me suis mise à sa disposition.

Il serait exagéré de dire qu'il a accepté mon offre. Disons qu'il n'a pas résisté.

Imaginez la scène. J'arrive au palazzo sur la falaise, la tête pleine d'histoires. De Jonathan Harker gravissant cette montagne en Transylvanie et arrivant au château Dracula pour y être accueilli par le Roi des Vampires et son harem assoiffé de sang. De Charles et de vous,

Geneviève, vous aventurant dans Buckingham Palace alors que le comte y tenait sa cour, pour mettre un terme à son règne de terreur.

Je pensais savoir à quoi m'attendre. Si Dracula choisissait de me tuer ou de me réduire en esclavage, je l'accepterais. Je lui devais bien ça.

Il y avait des soldats de garde, alors. C'était en 1946, et les brasiers de l'Europe fumaient encore. Après avoir parlementé avec eux, et à ma grande déception avoir dû les acheter, sur leur demande, je fus admise en la Royale Présence. Je m'étais préparée à me sentir écrasée par la puissance de sa personne. Je savais par ouï-dire que le comte était pareil à un maelström. Ceux qui l'approchaient risquaient d'être happés par le tourbillon et engloutis.

Dracula était assis dans un fauteuil, et non sur un trône. Je ne fus pas écrasée, pas engloutie. Et je ne fus ni tuée ni réduite en esclavage.

Tout d'abord, j'ai cru qu'il était mort. Vraiment mort. Puis il a ouvert un œil. Une tache écarlate dans le masque gris ridé.

J'ai eu un de ces flashbacks sanglants, une vision brouillée héritée d'un ancien amour. C'était Charles, à Buckingham Palace en 1888, le scalpel d'argent au poing. Tout autour de lui il n'y avait que du sang et des menaces, des monstres véloces.

Puis plus rien.

L'œil rouge m'a contemplée sans intérêt apparent. Toutes mes appréhensions ont disparu. C'était très déconcertant. Je m'étais presque préparée à me jeter de moi-même dans ce maelström, à abandonner ce qui restait de l'ancienne Penny. Si j'étais devenue une des femmes de Dracula, tout aurait été fini. Au lieu de quoi je me suis retrouvée maîtresse de la Maison du monstre.

C'était une position que quelqu'un devait assumer. Et j'étais là.

Ce fut une grande surprise pour moi, un choc même, de constater que le comte était aussi docile. Je ne veux pas dire par là qu'il manquait de volonté. Plutôt qu'il s'était détourné des choses de ce monde.

C'était devenu trop, même pour lui.

C'est le secret que j'ai gardé. Dracula n'était plus que l'ombre de ce qu'il avait été. Durant ses heures de veille, il se nourrissait et restait là, à rêvasser. L'histoire l'avait rattrapé, puis laissé en arrière.

Jadis il s'était montré passionné, obsédé par la nouveauté et l'énergie. Je trouvais des preuves de son enthousiasme enfui partout, de ses machines de guerre à demi construites aux rapports des scientifiques et des érudits, commandés il y a longtemps et abandonnés dans un coin sans avoir été lus. Les papiers se trouvent en dessous de ce cercueil, pour être brûlés. Je me reconnais toute la responsabilité de cette initiative. De toutes parts, on m'a pressée de donner ces documents. Mr Profumo du War Office a fait appel à mon patriotisme, Mrs Luce des États-Unis à ma paranoïa et Mr Gromyko de l'Union soviétique à mon pacifisme. J'ai résisté à tout le monde, et les secrets de Dracula disparaîtront avec lui.

Ce Dracula, le comploteur, l'attentiste sur les ailes de l'Histoire, était déjà mort depuis longtemps. Je me suis glissée dans le rôle de gouvernante pour son fantôme, pour l'enveloppe animée du Roi des Vampires. Je ne sais ce qui l'a ainsi transformé. Hiroshima et Nagasaki. Tous ses fils-en-ténèbres qui ont péri dans les camps de la mort nazis. Le gouvernement travailliste qui est arrivé au pouvoir en Angleterre. Le rideau de fer. Quelque infection venue des *morti viventi* d'Italie. Cette satanée chanson, le cha-cha-cha de Dracula…

L'homme qui avait maîtrisé le *Bradshaw's Guide* et pouvait siffler tous les airs de Gilbert et Sullivan était incapable de s'habituer aux nouveaux sons et au rock'n'roll. Katie, j'ai moi-même lu vos articles sur Kerouac et Eddie Cochran, sur les Mau Mau et Brigitte Bardot, et j'avais la tête qui tournait. J'ai essayé de rester dans le coup, honnêtement j'ai essayé. J'ai lu *Peyton Place* et *L'Attrape-cœur* et *From The Terrace.* Mais parfois j'ai simplement envie que tout cela s'arrête, pour rester en l'état. C'est l'aiguille de glace qui entame le cœur d'un vampire qui est en voie de devenir la mauvaise sorte d'Aîné, celle que le Bourreau Écarlate chassait. Je comprends très bien pourquoi le comte avait envie de monter dans son cercueil et d'en refermer le couvercle.

Vous l'avez dit, Katie, j'arrange les choses. J'ai été éduquée pour être une femme victorienne, ce qui veut dire combiner l'art de s'effacer avec tact, la connaissance de la comptabilité et la capacité à commander des employés de maison avec une poigne de fer. N'importe quelle autre personne née à mon époque pourrait diriger un pays, une armée ou un groupe de personnes donné avec beaucoup plus d'efficacité que ces vieux étudiants bardés de diplômes qui occupent les positions de pouvoir. Si l'humanité doit survivre à ce siècle, je préconise que la société suive les principes de Mrs Beeton plutôt que ceux de Karl Marx ou de Henry Ford.

Quand je suis devenue dans les faits la directrice de la Maison de Dracula, j'ai enfin trouvé une position qui me convenait. Ces dernières années, j'ai été Dracula. J'ai maintenu sa correspondance, monté les uns contre les autres les dirigeants mondiaux qui venaient le courtiser. Je lui ai procuré des sang-chauds pour qu'il puisse les saigner. Et quand il a perdu tout goût pour les sacrifiés volontaires, je l'ai nourri moi-même. Je me gorgeais du sang de jeunes gens, puis je m'ouvrais les veines et le laissais couler dans sa bouche.

La Maison de Dracula représente une des plus grandes fortunes existantes, en passe de se trouver dispersée de la manière qui me paraîtra souhaitable, c'est-à-dire pour aider des causes qui le méritent à travers le monde. La Maison de Vajda, représentée par la pauvre princesse Havisham, espérait une alliance afin de pouvoir rentrer triomphante dans son pays natal. Je ne suis pas certaine que ce que j'ai cru se serait vraiment passé, après le mariage. C'était une de mes tentatives pour tirer le comte de sa lassitude chronique. Il était clair que jamais il ne me considérerait comme un parti acceptable pour lui, mais Asa possédait la naissance, la lignée et la sauvagerie des créatures d'avant la Renaissance. J'avais nourri l'espoir que le mariage le réveillerait, et qu'il redeviendrait Dracula.

Je suppose que je l'aimais. Comme je suppose que j'ai aimé Charles.

J'ai failli tuer Charles. Alors que j'étais sous l'emprise du délire et dévorée par les sangsues, j'ai rêvé que je lui arrachais le cœur, ce cœur que vous m'aviez pris, Geneviève, et que je le pressais jusqu'à ce qu'il soit sec, sur votre visage.

En revanche, j'ai bien tué Dracula.

Je m'étais persuadée que Charles m'avait enfin laissée libre d'accomplir ce haut fait. En mourant. Il était tout ce qui restait de ma vie de sang-chaud. Je suis désolée, Katie, mais vous n'êtes pas vivante. Comme moi. Avec la mort de Charles, je n'avais plus de souvenir vivant. J'étais devenue un fantôme.

C'est ma décision de détruire le monstre qui avait changé le monde et répandu la pourriture du vampirisme dans le XXe siècle. Je sais que je vivais une contradiction. Pendant des années, j'avais pensé que j'amenais Dracula à un point où il pourrait de nouveau occuper une place de choix sur la scène internationale, mais toujours j'étais consciente qu'en fin de compte je tuerais pour éviter ce grand retour. Je suis une femme. Je suis en droit de changer d'avis, et d'avoir deux idées opposées en même temps à l'esprit. Je sais que vous me comprenez, mes sœurs.

J'ai préparé mon plan longtemps à l'avance. Je possédais l'arme introduite dans Buckingham Palace par le pantin sang-chaud qu'alors j'avais persuadé de s'accuser. J'ai utilisé l'or de Dracula pour acquérir le scalpel d'argent de Jack l'Éventreur, l'arme qui a tué Art et la vieille reine. C'était le symbole de la révolution contre Dracula dans laquelle vous, Katie, vous êtes distinguée. Il a été dérobé pour moi par un vampire cambrioleur de notre époque, un forban très victorien, et je l'ai fait apporter ici par l'Américain qui très bientôt sera accusé du meurtre du comte Dracula. Ne soyez pas désolées pour lui. C'est un tueur de vampire naturel, sans principe, et un véritable vaurien, quoique distrayant par certains aspects.

J'avais le scalpel depuis des mois. Je gardais à l'esprit l'image insufflée en moi avec le sang de Charles, quand il tenait l'arme, et maintenant c'est moi qui en disposais. Je mettais des gants et je jouais avec, en appréciant le picotement créé par l'argent à travers le coton. Une fois j'en ai touché la pointe de la langue, et je suis tombée inconsciente. Je regrette de ne plus l'avoir en ma possession. Il représente tant d'associations d'idées. Je suis heureuse d'avoir pu lui donner une signification supplémentaire.

Peut-être attendais-je que Charles meure.

Peut-être attendais-je un public.

Peut-être attendais-je d'être dissuadée de mener mon plan à exécution.

Cette histoire n'est pas entièrement à porter à mon crédit. J'admets que la princesse Asa a été pour moi une véritable nuisance. J'ai compris mon erreur et aussi qu'elle avait l'intention de m'éjecter de la Maison après le mariage. Elle était furieuse que Dracula ne sorte pas de sa crypte pour la rencontrer, et elle a même soupçonné une imposture. Elle se rappelait l'habitude du comte de se servir de sosies pour prendre sa place sur les champs de bataille – vous vous souvenez de cet acteur hongrois qui est mort lors de la Première Guerre mondiale, Katie ? –, et elle s'est demandé si je n'essayais pas de lui infliger le même genre de subterfuge.

Si j'avais été une meurtrière passionnée plutôt qu'une meurtrière scientifique, je lui aurais sans doute tranché la gorge pour qu'elle se vide de son sang. À la réflexion, ç'aurait peut-être été une faveur pour elle. Quoi qu'il arrive, je veillerai à ce qu'on prenne soin d'elle. Dans son état actuel, elle n'est plus un danger pour personne. La disparition de Dracula a été comme l'engloutissement d'un continent, et l'esprit de la princesse a été aspiré par le maelström qui s'est ensuivi.

Dracula représentait tant pour nous tous. Quand les Aînés se sont rassemblés pour le bal, vous avez vu combien s'efforçaient de l'imiter. Ils s'étaient habillés selon la mode qu'il avait promue puis abandonnée, avec ces capes noires bordées de rouge et ces smokings noirs. Ils se sont dits comtes, princes et barons, tout comme lui. Ils ont revécu des chapitres de sa biographie.

Pourquoi est-ce moi qui l'ai tué ?

Vous vous souvenez de Van Helsing, Katie ? Et vous savez comment Stoker, dans son étrange roman, a imaginé le professeur et son groupe résolu lancés à la poursuite du comte, puis l'anéantissant ? Dans le monde de Mr Stoker tel qu'il aurait dû être, tous étaient forts – Mina, Jack

Seward, Jonathan, même Art – et dans le cours ordinaire du monde tel qu'il a été, ils auraient été suffisamment forts. Mais Dracula était plus qu'un homme, plus qu'un Aîné. Il était une idée, une philosophie, une grosse réponse toute simple pour une époque qui s'épuisait à des questions complexes. Nous ne pouvons lui en vouloir. C'est nous qui l'avons élu, d'une certaine façon.

Il était temps que quelqu'un mette un terme à cela.

J'étais la mieux placée pour tenir ce rôle. D'après ce que je sais, je n'étais pas une marionnette de cette créature que nous avons rencontrée au Colisée. Pourtant elle était présente, elle aussi. Vous aviez raison sur ce point, Katie. Je pense que les idées qu'avait cette créature sur les Aînés découlaient de la présence de Dracula, juste en deça des frontières de son territoire. Tout ce qu'elle croyait de lui et qu'elle lisait dans les cœurs de ceux qui n'étaient que des imitations de Dracula, tout cela était faux en ce qui vous concerne, Geneviève, comme ce sera faux pour vous, Katie. Mais ce sera vrai pour moi.

Mon cœur est mort. Mes amours ne sont plus. Il n'y en aura plus d'autres.

Quand j'ai pénétré dans la crypte, le comte n'a pas tenté de résister. La scène n'était en rien semblable à celle décrite par Mr Stoker : les tueurs de vampires timides approchant le monstre terrible et l'affrontant en invoquant les forces du bien pour terrasser ce mal colossal. Je crois qu'il attendait ma venue. Il attendait en silence. Il ne voulait pas se rendre à sa propre soirée.

Je l'ai tué parce que je le haïssais, ainsi que tout ce qu'il a fait à mon monde. Je l'ai tué parce que je l'aimais, et que je voulais le sauver de l'humiliation qui l'aurait immanquablement frappé si sa condition avait été connue du public. Je l'ai tué parce que je le pouvais.

J'ai planté le scalpel dans son cœur. Il a saisi le manche – très bien vu de votre part, Katie – non pour le retirer mais pour le maintenir en place, comme s'il craignait que son corps ne l'éjecte de sa poitrine, par réflexe.

Vous voyez, dans mon crime, j'avais un complice. Le comte Dracula en personne.

Enfin, quand son cœur a explosé, j'ai vu la vie quitter ses prunelles. Il avait triomphé de la mort pendant tant d'années, mais sa victoire finale était sur la vie. La sienne. Il lui a fallu toute sa force, et il n'aurait pu y réussir sans moi.

Je pense que j'étais sa créature, comme le Bourreau Écarlate était celle de cette sorcière. Il m'a admise auprès de lui et, par une influence subtile, il m'a façonnée pour que je devienne l'épée sur laquelle il tomberait.

Peut-être ai-je voulu voir trop de choses en quelques secondes dans ses yeux, et que j'essaie d'ôter un peu de culpabilité de mes épaules. Ce serait assez dans mon caractère, et je suis certaine que vous pourrez en attester, Katie.

Je l'ai laissé mourir seul.

C'est la fillette, j'en suis sûre, qui l'a décapité et a fait de sa tête cette plaisanterie macabre. Comme nous le savons, elle marque une inclination très nette à la théâtralisation. Je pense que dans son esprit nous aurions dû voir ce spectacle de la tête sur le pieu comme un avertissement. Elle ne m'a pas forcée à faire ce que j'ai fait, mais elle savait ce que je faisais. Je ne puis l'expliquer, mais je pense que nous avons appris à ne pas demander d'explications à son propos. Vous vous êtes retrouvée impliquée dans tout cela, Katie. Vous étiez la seule personne présente quand la fillette a coupé la tête de Dracula et que tout ce sang a jailli. Je suis désolée. Je ne voulais pas que vous soyez blessée. C'était une question privée, entre moi et le comte. Mais la chose ne pouvait demeurer privée, car vous avez l'habitude de vous immiscer partout. Jadis cela m'a beaucoup ennuyée. À présent, je vous en suis reconnaissante. Voilà. Maintenant vous savez tout de mon histoire.

4

Sur la plage

Kate se rendit compte qu'elle avait versé quelques larmes. Seules elle et Geneviève avaient entendu la confession de Penelope.

— Nous sommes libres, maintenant, dit-elle.

Alors que le soleil se levait, Dracula se dissolvait. Les torches touchèrent les brancards. Les flammes s'élevèrent et léchèrent le pourtour du cercueil. Le corps se recroquevilla. La décomposition repoussée pendant tant d'années était à l'œuvre sur le cadavre du Prince.

On empêcha Asa Vajda de se jeter dans le bûcher à la manière d'une veuve indienne. Penelope sortit un chapeau à large bord de son sac et en coiffa la princesse pour l'abriter de la lumière de l'aube.

Kate contempla le cercueil de Dracula qui brûlait, et n'éprouva aucun sentiment de triomphe.

Au cœur du brasier se produisit une explosion et une colonne de cendres et d'étincelles monta du feu. Le corps se consuma entièrement. Bientôt il n'y eut plus que du bois pour nourrir les flammes.

Kate sentit la chaleur du feu et la fraîcheur de l'aube.

Penelope confia Asa à Klove et se détourna du bûcher. Geneviève était descendue jusqu'au bord de l'eau. Bras dessus bras dessous, Kate et Penny l'accompagnaient, en marchant à pas comptés sur le sable humide.

Un prêtre orthodoxe, qui représentait la foi originelle de Vlad, marmonna une prière.

Caché derrière les verres fumés de ses lunettes, Marcello se dirigea vers la falaise. L'amour désespéré de Kate pour lui s'était érodé, mais elle ne lui en voulait pas. Il était aussi perdu que tous les autres ici. Elle avait appris qu'il avait abandonné le journalisme et s'était établi agent de publicité pour toutes les Malenka à venir.

Charles, Dracula, Marcello. Tous partis.

Kate était libre, d'une façon étourdissante. Sauf de ses fantômes.

Les trois femmes se tenaient au bord de la mer.

— Je prends l'avion pour Londres cet après-midi, déclara Kate. Je ne suis pas mécontente de partir. Le travail se sera accumulé en mon absence, et j'ai besoin de gagner un peu d'argent. Le *Guardian* veut que je fasse mes valises pour Cuba, pour jeter un œil sur ce Castro, et que je leur dise ce que j'en pense.

— Moi, je vais en Grèce, annonça Geneviève. Ensuite, peut-être l'Australie. J'ai pensé à m'intéresser à ces histoires de fusées. Je suis restée trop en retrait du monde, ces dernières années. Il est temps que je me remette à voyager.

Elles ne parlèrent pas de ce qu'elles pensaient plus sage de laisser ici, à Rome. Si elles rencontraient des vampires, Aînés ou non, elles leur conseilleraient gentiment d'éviter la Ville éternelle. Il y avait là quelqu'un de très ancien, et de très jaloux de sa position.

L'air pensif, Penelope pataugeait dans les vagues mourantes.

— J'aimerais aller voir la tombe de Pamela, dit-elle. C'est dans la région des collines, en Inde. Ma cousine comptait beaucoup pour moi. Je comprends maintenant que j'ai hésité entre être exactement comme elle et être quelqu'un de totalement différent.

Elle parlait sur le même ton qu'elle aurait adopté pour demander la permission à ses deux amies.

Kate ne savait que faire. D'un point de vue professionnel, il était de son devoir de publier cette histoire. Pour bien des gens, Penelope serait une héroïne. Des collectes s'organisaient déjà pour payer la défense de l'homme incarcéré.

Elle venait tout juste de lui pardonner tout ce qui s'était passé entre elles. Ce dernier ajout serait difficile à accepter.

— Je n'en parlerai jamais, promit Geneviève.

L'Anglaise la remercia et lui serra la main.

La fumée qu'avait été Dracula se dissipait au-dessus de la mer.

— Moi non plus, dit Kate. Probablement.

Penelope eut un sourire froid et l'embrassa.

— J'ai seulement dit « Probablement ».

— Je comprends ce que vous sous-entendez. J'ai toujours saisi ce que vous insinuiez. Et souvenez-vous-en, malgré tout ce que je vous ai raconté et tout ce que nous avons traversé ensemble, je suis toujours Penny, et vous êtes toujours Katie.

La journaliste vit la froideur dans les yeux de son amie. Elle changeait encore, et émergeait d'une autre peau de serpent.

— Chat ! fit Penelope en lui tapotant l'épaule avant de courir vers les rochers. C'est vous le chat !

Geneviève ne comprenait rien du tout à ce comportement.

— C'est un jeu, expliqua Kate. Nous avons été enfants ensemble, vous vous souvenez ?

L'Aînée paraissait solennelle, et plus jeune que jamais.

— Chat, c'est vous le chat ?

— C'est ça, dit Kate en touchant la poitrine de Geneviève. Et maintenant c'est vous le chat !

Elle s'écarta en courant, pas très rapidement.

Geneviève la rattrapa, et quand l'Irlandaise atteignit les rochers, elle l'y attendait pour la toucher en retour. En riant, Kate esquissa une feinte vers Geneviève, qui l'évita avec l'aisance d'une Aînée et la malice d'une jeune fille de seize ans, et bondit par-dessus une flaque pour atteindre Penelope. Celle-ci trébucha et tomba à la renverse dans l'eau.

— Chat ! lui lança Kate.

Elle passa en courant à côté du bûcher encore fumant, zigzagua entre l'entrepreneur de pompes funèbres et les serviteurs, tandis que Penelope la poursuivait avec acharnement.

— Je vais vous rattraper, Katie Reed ! cria Penny sans malice. Attendez de voir…

Kate courait le long de la plage, loin du feu.

Annotations

Comme dans les nouvelles éditions d'*Anno Dracula* et d'*Anno Dracula 1918 : Le Baron rouge sang*, cette partie ne sera ni exhaustive ni définitive. Une fois de plus et avant tout, ma source d'inspiration principale reste Bram Stoker. Sans son *Dracula*, les dérivés comme cette série n'auraient pas existé. Dans ce livre, je dois aussi bien évidemment reconnaître ma dette envers les réalisateurs Federico Fellini, Mario Bava et Dario Argento, et envers les auteurs Ian Fleming et Patricia Highsmith. Pour en savoir plus sur mes sources d'inspiration, consulter les remerciements d'origine.

Première partie : Trois corps dans une fontaine

Bien avant *La Dolce Vita*, la fontaine de Trevi devint célèbre dans le monde entier grâce au film *La Fontaine des amours* (1954), basé sur le roman du même nom de John H. Secondari (1952). Gros succès commercial à l'époque, le film innocent et pourtant ennuyeux de Jean Negulesco fait partie d'une série de productions attrayantes des années 1950 ayant pour décor des sites européens, *Vacances romaines* (1953) étant la pierre angulaire de ce cycle. L'histoire portait toujours sur un(e) Américain(e) terre à terre qui, à l'étranger, tombait amoureux(se) d'un(e) Européen(ne) (souvent membre de la royauté) à une époque où le tourisme international, jusque-là réservé aux riches ou aux esprits bohèmes, était pour la première fois accessible à la classe moyenne. Il y a un lien avec Dracula : l'un des acteurs les plus populaires de la période était Louis Jourdan, connu pour avoir incarné plus tard le comte Dracula. Engager un Français pour jouer le rôle d'un prince italien était typique d'Hollywood, où l'on croyait que « du moment qu'ils sont étrangers, il n'y a pas de différence ». *La Fontaine des amours*, *Vacances romaines* et compagnie présentent les Européens comme la saga *Twilight* présente les vampires : des objets glamours, romantiques, inoffensifs, beaux et riches. Pour *Dracula Cha Cha Cha*, j'ai repris le point de départ de *La Fontaine des amours* : trois femmes étrangères se retrouvent à Rome et vivent des amours compliquées. La chanson sirupeuse du générique, de Jule Styne et Sammy Cahn, fut numéro un au hit-parade lorsqu'elle fut reprise par The Four Aces aux États-Unis et Frank Sinatra au Royaume-Uni. Elle marque aujourd'hui davantage les mémoires que le film lui-même.

La princesse Aja Vajda : la méchante vampire du film *La Maschera del demonio* (1960) de Mario Bava, également sorti sous les titres *Le Masque du démon*, *Black Sunday* et *Revenge of the Vampire*. La magnifique actrice anglaise Barbara Steele, que le critique Raymond Durgnat qualifia de « seule fille à savoir grogner des paupières au cinéma », gagna son immortalité dans les films d'horreur grâce à son double rôle de la princesse Aja et de sa descendante, Katja. Tiré en théorie du conte fantastique *Vij*, de Nicolas Gogol, le film fut écrit par Ennio de Concini et Mario Serandrei. Dans *Huit et demi*, de Fellini (1963), Steele joue le rôle de Gloria Morin, le personnage inspiré par Sophia Loren.

Il ne faut pas confondre les épouses de Dracula et les fiancées de Dracula. Ilona Szilagy, la reine Victoria et Sari Gabor (plus connue sous le nom de Zsa Zsa Gabor) ont réellement existé, bien que dans la réalité historique, seule Ilona Szilagy ait épousé Vlad Tepes. Elisabeta est peut-être la première épouse mythique de Vlad : elle est censée s'être suicidée en apprenant la nouvelle erronée de sa mort, comme au début du *Dracula* de Coppola (1992). Il y a aussi le personnage de Marguerite Chopin dans le film *Vampyr*, de Carl Dreyer (1932).

Le château d'Otrante d'Horace Walpole se trouve à Otrante, dans le Salento, « le talon de la botte italienne », bien loin de Rome.

Chapitre premier : Le cha-cha-cha de Dracula

Dracula Cha Cha Cha : composée et interprétée par Bruno Martino, cette chanson italienne apparut pour la première fois (brièvement) pendant le générique de fin de *Tempi duri per i vampiri (Les temps sont durs pour les vampires)* (1959), dans lequel Christopher Lee, un an après son rôle de Dracula, joue le rôle de l'ancêtre gênant du comédien Renato Rascel. La chanson, qui eut plus de succès que le film, est également utilisée dans *Two*

Weeks in Another Town (Quinze jours ailleurs) (1962) de Vincente Minnelli, dans lequel Barzelli (jouée par Rosanna Schiaffino), un autre personnage inspiré de Sophia Loren, danse sur cet air dans des circonstances macabres. *Dracula Cha Cha Cha* a été repris dans bien des langues, notamment par Henri Salvador, Rod McKuen, the Tango Saloon, Los Dandies et Bob Azzam. Quelques-unes de ces variantes sont disponibles sur YouTube. Martino a même enregistré une suite : *Draculino.*

Le comte Gabor Kernassy : au moment de trouver des personnages pour composer la jet-set de *Dracula Cha Cha Cha*, j'ai bien évidemment cherché l'inspiration dans les films de vampires italiens de l'époque. Le rôle de Kernassy est joué par Walter Brandi dans *L'Ultima Preda del vampiro (Des Filles pour un vampire)* (1960).

Malenka : le nom est tiré du long-métrage *Malenka* d'Amando de Ossorio (1969), également connu sous le titre *Malenka la Vampire.* Comme dans *La Maschera del demonio* et *L'Ultima Preda del vampiro*, c'est un de ces films où l'acteur principal joue le rôle de l'ancêtre vampire et de son descendant, qui lui ressemble. Le double rôle de Malenka et de Sylvia Morel est joué par Anita Ekberg. La Malenka de *Dracula Cha Cha Cha* est aussi censée rappeler Sylvia, le personnage d'Ekberg dans *La Dolce Vita.*

Les paparazzi : le mot « paparazzo » vient du nom du personnage joué par Walter Santesso dans *La Dolce Vita.* Ce Paparazzo a été principalement inspiré par les photographes Tazio Schiaroli et Marcello Geppetti. Le scénariste Ennio Flaiano a repris le nom d'un personnage du roman de George Gissing, *By the Ionian Sea* (1901).

CHAPITRE 3 : *GIALLO POLIZIA*

Giallo (qui signifie littéralement « jaune ») désigne en italien un genre de thrillers publiés à l'origine avec une couverture jaune, tout comme l'expression « film noir » est dérivée de la collection de romans noirs et policiers français Série noire. Dans le cinéma italien, le terme regroupe une série de films policiers à la fois élégants, horribles et cosmopolites.

L'inspecteur Silvestri (Thomas Reiner) apparaît dans le film *giallo* majeur *Sei donne per l'assassino (Six femmes pour l'assassin)* (1964), de Mario Bava.

Le Bourreau Écarlate (Mickey Hargitay) apparaît dans le *giallo* flamboyant *Il Boia scarlatto (Bloody Pit of Horror)* (1965).

Chapitre 4 : Les mystères d'Otranto

Richard Fountain et Chriseis sont des personnages du roman de vampire *Doctors Wear Scarlet* (1960), de Simon Raven. Patrick Mower et Imogen Hassall les incarnent dans le film *Incense for the Damned* (1972) de Robert Hartford-Davis. Accessoirement, Raven contribua à l'écriture du scénario d'*Au service secret de Sa Majesté* (1969).

Deuxième partie : *La Dolce Morte*

Chapitre premier : Journalisme

Maciste, le grand héros de Rome : l'éternel Monsieur Muscle des péplums, figure récurrente de la culture populaire italienne, fut créé par l'écrivain Gabriele d'Annunzio pour le film *Cabiria* (1914), une superproduction narrant les guerres puniques. Incarné par le robuste Bartolomeo Pagano, Maciste revient dans des aventures dont la toile de fond varie durant la période du cinéma muet, allant même jusqu'à l'époque contemporaine. On peut découvrir les différentes facettes de ce héros versatile : Maciste alpiniste, Maciste détective, Maciste médium, Maciste athlète et Maciste amoureux. Dans la série « Maciste contre », on trouve les films *Maciste contro la morte (Maciste vs Death)* (1919), *Maciste contro Maciste* (1923) et *Maciste contro lo sceicco (Maciste vs the Sheik)* (1925). *Maciste all'inferno (Maciste in Hell)* (1926), inspiré par Dante, fut le premier film que visionna le jeune Federico Fellini. Il affirma par la suite que, durant toute sa carrière, il avait cherché à recréer l'impression que cette œuvre avait produite sur lui. Dans les années 1960, après le succès des films sur Hercule, incarné par Steve Reeves, nombre de péplums furent tournés en Italie, et ce fut le retour de Maciste, joué par Mark Forest, Gordon Mitchell, Kirk Morris et d'autres encore. La plupart des intrigues se déroulent dans l'Antiquité, mais un nouveau *Maciste all'inferno* (1962) voit son héros combattre le mal dans l'Écosse du XVIIe siècle. Ainsi se retrouvent combinées action musclée et horreur gothique, créées par *La Maschera del demonio (Le Masque du démon)* (1962). Ce fut Gordon

Scott qui joua dans *Maciste contro il vampiro (Maciste contre le fantôme)* (1962). Dans les versions doublées, les films de Maciste tournés dans les années 1960 rebaptisent souvent le personnage principal pour en faire un héros plus international : Atlas, Goliath, le fils d'Hercule, ou Hercule lui-même. Le nom Maciste employé par D'Annunzio était apparemment un surnom d'Hercule, dérivé d'un temple qui lui était dédié dans la cité de Macistus, en Triphylie, et il voulait faire de son personnage un double du héros classique.

Chapitre 2 : Vivre et laisser mourir

George Brastov : le méchant vampire du roman *The Soft Whisper of the Dead*, de Charles L. Grant (1982). La trilogie des monstres de Charlie fut complétée par le roman de loup-garou *The Dark Cry of the Moon* (1986) et le roman de momie *The Long Night of the Grave* (1986). C'est en hommage à cette série que j'ai écrit la nouvelle *The Chill Clutch of the Unseen*, mettant en scène un autre démon classique.

Chapitre 3 : La nuit, tous les chats sont gris

Les Trois Mères : ces figures mythologiques, tirées de l'ouvrage *Suspiria De Profundis* de Thomas de Quincey (1845), sous-tendent la trilogie de Dario Argento, les classiques *Suspiria* (1977), *Inferno* (1980) et le tardif *La Terza Madre (La Troisième Mère)* (2007). Une autre version de la vision de De Quincey apparaît dans le roman de Fritz Leiber, *Notre-Dame des Ténèbres* (1977).

Chapitre 4 : La morte qui dansait

Anthony Aloysius St. John Hancock : le personnage joué par Tony Hancock dans *The Rebel* (1961), bien entendu. Créé par Ray Galton et Alan Simpson.

Nico Otzak : connue plus tard pour être associée à Andy Warhol et The Velvet Underground, Nico tient un petit rôle dans *La Dolce Vita*. Elle sera de retour dans *Johnny Alucard*.

Il n'est pas juste de dire que le couple d'Américains suit la mode lancée par **Clare Quilty et Vivian Darkbloom** : c'est plutôt l'inverse. Même si Charles Addams ne donna pas de nom à ses personnages jusqu'à la série télévisée *La Famille Addams* (1964), il dessinait sa femme-goule à la taille de guêpe et vêtue entièrement de noir depuis les années 1930. Il ne fait aucun doute que Morticia Addams inspira le rôle de Vampira dans les années 1950. Elle a également peut-être influencé le style de Vivian Darkbloom (une anagramme bien plus maligne que celles employées par la plupart des vampires) dans *Lolita*, de Vladimir Nabokov (1955). La Vivian campée par Marianne Stone dans le *Lolita* de Kubrick (1962) et la Morticia incarnée par Carolyn Jones se ressemblent beaucoup.

Troisième partie : *L'Eclisse*

Chapitre premier : Kate amoureuse

Le *telefono bianco* : à l'époque de Mussolini, l'industrie du cinéma, lourdement contrôlée par l'État, produisait des films insignifiants et rassurants. On appelle cette période celle des « téléphones blancs ». C'étaient le plus souvent des comédies romantiques mettant en scène la haute société – ou la couche supérieure des classes moyennes – dans des décors Art déco, le téléphone blanc étant la touche luxueuse de référence. Parmi les films les plus marquants de cette courte période, on trouve *La Dama bianca* (1938), *Inventiamo l'amore* (1938), *Centomila dollari* (1939), *Luce nelle tenebre* (1941) et *Il Fidanzato di mia moglie* (1943). On est en droit de se demander si ces films reflétaient la réalité de ce que vivaient les Italiens à cette époque, notamment face à un titre comme *La vita è bella*, sorti en 1943. Le critique Tom Milne inventa l'expression *telefono rosso* pour désigner les *gialli* des années 1960 et 1970, qui se déroulent dans un milieu social similaire (et qui privilégient les décors et les costumes), mais mettent en scène des meurtriers masqués, aux mains gantées de noir, se frayant un chemin à coups de lame chez les gens riches superficiels.

Chapitre 4 : La soirée

Dorian Gray : l'actrice italienne Maria Luisa Mangini (1936-2011) prit le nom du personnage créé par Oscar Wilde, qui dans la série

Anno Dracula fait une brève apparition dans « Vampire Romance ». Elle a joué dans *Le Notti di Cabiria (Les Nuits de Cabiria)* de Fellini (1957), *Il Grido (Le Cri)* de Michelangelo Antonioni (1957), et le rôle d'Antiope dans le péplum *La Regina delle Amazzoni (La Reine des Amazones)* (1960).

Le Dr Hichcock : le Dr Bernard Hichcock (Robert Flemyng) est le méchant d'un film phare du cinéma d'horreur italien du début des années 1960, *L'Orribile Segreto del Dr Hichcock (L'Effroyable Secret du Dr Hichcock)* de Riccardo Freda (1962). « Sa lubricité brille plus fort dans la pénombre d'une tombe ! » hurlait l'affiche du film en anglais. Mrs Cynthia Hichcock est incarnée par Barbara Steele, qui joue également le rôle de Mrs Margaret Hichcock, l'épouse du Dr John Hichcock (Elio Jotta), dans la suite, *Lo Spettro* (1963).

Lex Barker, qui a incarné plusieurs fois Tarzan au cinéma, apparaît dans la foule dans *La Dolce Vita*. En 1959, Gordon Scott était alors l'homme-singe officiel. Il a joué dans *La Plus Grande Aventure de Tarzan* et a incarné Maciste (dans *Maciste contro il vampiro*, 1961), Remus, Zorro, Coriolanus, Hercule et autres héros musclés typiques des films italiens.

Mrs Honoria Cornelius et le colonel Maxim Pyat sont des personnages récurrents chez l'écrivain Michael Moorcock. De Mike, j'ai appris que chaque roman devait comporter une scène de fête. Cette liste d'invités est un hommage que je lui rends.

Chapitre 5 : *Operazione Paura*

Le titre de ce chapitre vient du film du même nom réalisé par Mario Bava, également connu sous le titre *Opération Peur* (1966).

Chapitre 7 : L'épée enchantée

Le titre de ce chapitre est tiré du film d'aventure fantastique du même nom réalisé par Bert I. Gordon, dans lequel Maila Nurmi (Vampira) incarne le rôle de la sorcière.

Quatrième partie : Rites funéraires

Chapitre premier : *Cadaveri eccelenti*

Le titre de ce chapitre est tiré du film du même nom réalisé par Francesco Rosi, également connu sous le titre *Cadavres exquis* (1978).

Chapitre 3 : Mr West et le Dr Pretorius

Le Dr Pretorius est incarné par Ernest Thesiger dans le film de James Whale, *La Fiancée de Frankenstein* (1935), écrit par John L. Balderston et William Hurlbut. La version qui apparaît dans la série *Anno Dracula* a été créée par Paul McAuley dans ses nouvelles *The Temptation of Dr Stein*, *The True History of Dr Pretorius* et *Dr Pretorius and the Lost Temple.*

Chapitre 4 : *Profondo rosso*

Le titre de ce chapitre vient d'un film réalisé en 1975 par Dario Argento, également connu sous le titre *Les Frissons de l'angoisse.*

Chapitre 6 : Quoi de neuf, Pussy Cat ?

Les jumelles vampires sont une création de Jean Rollin pour les actrices Catherine et Marie-Pierre Castel (parfois surnommées Cathy et Pony Tricot). Elles firent leur première apparition dans *La Vampire nue* (1970) et reviennent de manière récurrente dans la filmographie de Rollin, dont le notable *Lèvres de sang* (1975). Alexandra Pic et Isabelle Teboul incarnent une variation de leurs rôles dans le plus récent *Les Deux Orphelines vampires* de Rollin (1997).

Chapitre 7 : *Cinema Inferno*

La trappe dont parle Welles dans ce chapitre (*vampire trap* en anglais, trappe d'apparition en français) est un procédé mécanique qui permet à un acteur de théâtre d'apparaître ou de disparaître instantanément de la scène.

Le système fut inventé en 1820 pour le Lyceum Theatre de Londres – non celui associé à Bram Stoker, qui fut ainsi nommé plus tard au cours du XIXe siècle. Il reçut le nom de *vampire trap* car il fut utilisé pour la première fois dans la pièce de James Planché *The Vampire, or The Bride of the Isles*, adaptée de la nouvelle *The Vampyre* du Dr John William Polidori.

CHAPITRE 10 : *LACHRYMAE*

Les quatre visages de la ***Mater Lachrymarum***, ou Mère des Larmes, sont dérivés de piliers de l'art cinématographique européen. La fillette est l'incarnation du diable (jouée par Marina Yaru) dans « Toby Dammit » de Fellini (le troisième sketch du film *Histoires extraordinaires*, 1968). À noter que Fellini fut influencé par la petite fille fantôme d'*Operazione paura* de Bava (ces deux références ont à leur tour inspiré le personnage de Satan dans *La Dernière Tentation du Christ* de Martin Scorsese, 1988). La jeune femme est Viridiana, jouée par Silvia Pinal dans le film du même nom, de Luis Buñuel (1961). La femme mûre est Mamma Roma, incarnée par Anna Magnani, dans le film du même nom de Pier Paolo Pasolini (1962), même si je pensais aussi aux prostituées bien en chair qui apparaissent souvent dans les films de Fellini (surtout dans *Fellini Roma*). La vieille bique est la Santona, jouée par Ida Bracci Dorati dans le film néoréaliste classique *Ladri di biciclette (Le Voleur de bicyclette)* de Vittorio de Sica (1948). Dans les films de Dario Argento, la *Mater Lachrymarum* apparaît sous les traits d'un mannequin à la moue boudeuse incarné par Ania Pieroni dans *Inferno* et par Moran Atias dans *La Terza Madre (La Troisième Mère)*.

Jack Palance, Francis Lederer, Alex D'Arcy et David Niven ont tous incarné Dracula, apparaissant respectivement dans *Dracula* (1974), *Le Retour de Dracula* (1958), *Blood of Dracula's Castle* (1969) et *Les temps sont durs pour Dracula* (1975).

QUATRIÈME PARTIE : REVUE DE PRESSE

CHAPITRE PREMIER : LE JUGEMENT DES LARMES

L'édition américaine originale de *Dracula Cha Cha Cha* avait été renommée *Le Jugement des larmes*. J'ai toujours préféré mon titre. Les bibliographes et bibliophiles sont frustrés par ces changements de titre :

l'édition reliée de Carroll & Graf du *Jugement des larmes* constitue la première édition du roman, bien qu'elle contienne la mention trompeuse « d'abord publiée au Royaume-Uni ». En effet, le planning fut modifié et l'édition britannique ne sortit qu'un an plus tard.

Anno Dracula 1968

L'ère du Verseau

Chapitre premier

Dimanche matin, avant 9 heures. Une heure divine, diraient les optimistes. À Greenwich et à Blackheath, les cloches des églises sonnaient à toute volée. L'impitoyable mois de juin. Un ciel sans nuage. Un soleil éclatant. Difficile de trouver de l'ombre.

Comme la plupart des vampires, Kate Reed n'aimait pas les étés précoces. Les nuits passaient en quelques secondes, les jours s'étiraient comme des semaines. Elle sentait les premiers picotements des brûlures sur ses joues et le dos de ses mains. Elle aurait dû être inconsciente dans son appartement aux rideaux soigneusement tirés, bien confortablement installée sous sa couette. Dans l'idéal, elle serait dans l'hémisphère sud.

L'herbe luisait d'un vert doré, comme recouverte d'une peinture réfléchissante. Elle avait le choix entre des lunettes trop grandes, peu chères, aux verres fumés d'un turquoise apaisant, ou celles de la sécurité sociale, qui procuraient une vision claire et si nette qu'elles provoquaient des maux de tête. Des lunettes sur ordonnance – son idée du luxe décadent – coûtaient ce qu'elle gagnait en un mois. Un mois prospère. Pendant un moment, elle avait traversé les jours avec une option faite maison : des lunettes de grand-mère teintées au feutre. Un cheval de la police les avait piétinées devant l'ambassade des États-Unis. Le *Guardian* avait rejeté son article sur la manif de Grosvenor Square. Trop orienté. Et où était le point de vue du vampire ? Les rédacteurs en chef l'embauchaient précisément pour cela.

Ce matin-là, il y avait un point de vue de vampire. Elle pourrait donc vendre son article…

… Si les journaux avaient de la place pour un petit meurtre. Lundi : Andy Warhol tué par balle à New York. Mercredi : Robert Kennedy assassiné en Californie. La veille : James Earl Ray, le meurtrier de Martin Luther King, arrêté à l'aéroport d'Heathrow. Tous les jours, des morts :

Viêtnam, Biafra, Kôr… Les tanks soviétiques massés à la frontière transylvanienne. Policiers enragés contre émeutiers à Watts, Selma et Jerusalem's Lot. La France préparant des essais aériens de bombes à neutrons à Bali Hai. Le conflit nord-irlandais reprenant à Belfast.

Sacrée semaine.

Douze mois auparavant, 1967, l'année des Monkees. L'Été de l'amour. Pour sûr, Kate avait été amoureuse. À deux reprises. Pas en même temps. Elle n'était pas ce genre de fille, ou du moins ne l'avait pas été jusque-là. À présent, 1968, l'année du Singe. L'Été de quelque chose d'autre. La Saison du feu ? Elle ne se rappelait plus le goût de ses amours de l'année passée : un Hells Angel sang-chaud, Frank Mills, et un pasteur vampire, Algernon Ford. Ni l'un ni l'autre n'était fiable. Juste des « trips », comme disaient les jeunes d'aujourd'hui. Ils disaient aussi qu'il ne fallait jamais faire confiance à quelqu'un de plus de cent trente ans. Elle n'était pas aussi âgée. Pas encore.

Elle arrivait. L'Ère du Verseau. La société permissive. Le Kali Yuga. La Révolution. Le *Flower Power.* « Helter Skelter » des Beatles. La *Génération hallucination.* La peur et le dégoût. La « chaleur blanche de la technologie » de Harold Wilson. « The Green Green Grass of Home » de Tom Jones.

La prochaine fois, ce ne sera pas de l'eau, mais du feu.

Les blagues avec Jésus.

« Commencez la journée avec un œuf ! », « Brûle, bébé, brûle ! »

Commercialisation. Radicalisation. Décimalisation.

Ceux qui étaient enthousiastes ou peureux par nature étaient désormais fous de joie ou terrifiés. Rapporter des nouvelles ne suffisait plus. Les journalistes devaient anticiper, commenter les déferlantes, nommer et empaqueter les tendances de la consommation.

Elle écrivait davantage pour la revue *New Worlds* que pour le *Guardian*. Michael Moorcock, le directeur de *NW*, l'encourageait à rédiger la chronique de la Nouvelle Terreur. Il lui rappelait Frank Harris, son père-en-ténèbres, mais il écrivait mieux. Mike avait réussi à tirer d'elle quelque chose d'à peu près correct. Avec certains passages osés de la saga d'Horatio Stubbs, *Un bec-de-lièvre au lit*, son texte prétendument sulfureux avait fait perdre à *NW* la bourse du Conseil des arts. Elle attendait toujours son paiement. Mike vendait autant d'exemplaires en format poche de *Seaton Begg* que possible pour réinvestir l'argent dans le magazine. Pour payer le loyer, elle avait besoin de commandes d'articles de mode pour *Woman* ou *Compact*. À moins que celles-ci ne tombent, elle devrait servir de nègre à des pin-up pour écrire leurs « confessions » dans *Bikini Girl* ou *Wow*

Magazine. « J'ai été groupie pour un groover assoiffé de sang ! », « Le temple des claques », « Soho après le coucher du soleil ! »

Plissant les yeux derrière ses lunettes en cul de bouteille, Kate s'accoutuma à la luminosité aveuglante. Elle était à Greenwich, juste à l'extérieur de Maryon Park. Des étudiants voulaient accéder aux courts de tennis. Des policiers casqués, en uniforme bleu, les en empêchaient.

Sitôt les poulets en vue, Kate se rendit compte qu'elle était habillée comme une cambrioleuse : pantalon noir sans poches zippé sur les côtés, tee-shirt à rayures horizontales noir et orange orné d'un dessin d'abeille sur le devant, tennis noirs, cardigan gris souris aux manches suffisamment longues pour couvrir ses mains, képi noir beaucoup trop grand surmonté d'un pompon. Il n'était pas écrit « Butin » sur sa besace, mais celle-ci était assez grande pour contenir des objets volés.

Kate montra sa carte de presse. Fred Regent, un jeune flic qu'elle connaissait, la laissa passer. Elle était attendue. Un sportif BCBG se plaignit, mais personne ne lui prêta attention.

D'abord appelé Hanging Woods[1], ce lieu était autrefois le repaire des voleurs de grand chemin. Aujourd'hui, il n'y avait plus rien à craindre. C'était l'un de ces espaces verts ouverts au public que les Anglais adoraient soigner, même s'ils préféraient que les gens n'y viennent pas. Ordures, chiens, enfants et vampires interdits. Un endroit familier et étranger à la fois, comme les banlieues désertées, les aires de jeu abandonnées et les piscines vides. J.B. Graham avait écrit à ce sujet dans *New Worlds*. C'était si calme qu'on ne se serait jamais cru en pleine ville.

Sans quitter l'allée, elle passa devant les terrains de tennis et gravit une petite colline. Le parc était constitué essentiellement de pentes herbeuses et d'arbres emprisonnés dans des grilles vert foncé. Elle aperçut des gens à la limite des arbres. Un flic lui barra le passage, sa main gantée tendue devant lui pour signifier en langage des signes : « Halte, au nom de la loi. » La visière bleue abaissée de son casque lui cachait le visage.

Étant femme, irlandaise, impertinente, gauchiste et buveuse de sang, Kate avait eu son lot de différends avec la police. Même avant la Terreur, les poulets l'avaient un peu bousculée. Kate s'était fait arrêter comme suffragette, insurgée, rebelle et agitatrice. Elle avait participé aux manifestations antinucléaires d'Aldermaston et protesté contre la guerre du Viêtnam. On l'avait gavée, arrosée, matraquée et aspergée de jus d'ail. On l'avait internée sans procès, enfermée pour sa propre protection et attachée pour avoir la paix.

---

1. Hanging Woods signifie littéralement « le bois des pendus ». (*NdT*)

Le type casqué n'était pas un policier antiémeute. La visière servait à autre chose. Il portait sur la manche l'écusson de la Division B. C'était un vampire.

— Laissez-la passer, Herrick, lança un officier en civil. Vous savez qui c'est.

Le sale type s'écarta avec la raideur d'un robot. Même sans voir sa tête, elle devinait son expression : les lèvres réduites à un trait, les yeux rouge rubis. Il la détestait.

Ce matin-là, ses références en tant que journaliste de presse ne lui permettraient pas d'entrer dans Maryon Park si elle n'était là que pour une affaire criminelle. L'appel qu'elle avait reçu tôt dans la matinée l'avait clairement précisé. Elle était invitée en tant que membre associé du Diogene's Club. Membre de l'ombre. C'était drôle comme on pouvait être à la fois ennemi d'État et fonctionnaire secret.

Elle connaissait le directeur de la police, l'inspecteur Bellaver. Il arborait une triste moustache étonnamment stylée. La plupart des agents sous ses ordres étaient des vampires, mais le Yard aimait bien avoir un vivant à la tête de la Division B. De vieilles croyances circulaient parmi les flics, comme quoi les non-morts manquaient de créativité pour les missions de haut niveau. Le mordeur de base faisait un bon policier : rien de tel pour flanquer la frousse aux pourritures que de montrer les crocs et faire preuve d'une rapidité surhumaine. Mais, quand il s'agit de résoudre un meurtre, il faut confier l'affaire à un vivant. C'étaient des conneries, mais Kate se contentait de laisser les flics vampires en débattre. Les suceurs de sang en bleu lui avaient rendu quelques services. Les criminels *nosferatus* avaient tendance à être de plus gros salopards que la police sang-chaud juste pour prouver qu'ils n'étaient pas tendres non plus avec ceux de leur espèce.

Le lieutenant Griffin, un vampire, tendit à Bellaver un thé servi dans un gobelet en plastique. Griffin portait une veste à col droit dont les motifs violets en tourbillons agressaient les yeux de Kate. Bellaver but une gorgée du liquide brun et grimaça comme si un clochard avait pissé dedans. Mais il avait presque toujours cet air-là.

La Division B était l'unité de Scotland Yard chargée d'enquêter sur les crimes impliquant la « communauté des vampires ». Kate trouvait que l'emploi du mot « communauté » était un progrès par rapport aux brassards ornés d'un symbole de chauve-souris qu'on les avait obligés à porter un moment. Après, il y avait eu les camps d'internement, puis les faux et les empalements.

Prévoyant une répression soviétique sur les réformes limitées du Premier Torgu de Transylvanie, les non-morts d'Europe centrale débarquaient en Grande-Bretagne depuis le printemps. Six semaines auparavant, le député conservateur Enoch Powell avait prononcé un discours inquiétant sur les immigrants des Karpathes. Il avait évoqué des « rivières de sang », et pas au sens figuré. Lord Ruthven l'avait mis à la porte du cabinet fantôme, ce qui n'avait fait qu'accroître sa popularité auprès d'une certaine population de sang-chauds, aigrie et mécontente. Les partisans de Powell étaient aussi motivés pour manifester que n'importe quels étudiants radicaux. Ils étaient aussi plus enclins aux explosions de violence pure. Enoch était trop aristocrate et parlementaire pour soutenir les combats de rue. D'autres que lui se faisaient une joie de brandir la torche enflammée. Des extrémistes comme Lorrimer Van Helsing – soi-disant descendant de l'ennemi juré de Dracula, bien que Kate ait connu Abraham Van Helsing et ne se souvenait pas qu'il ait eu des enfants – furent à deux doigts de prôner l'extermination. Les hooligans étaient fous de ces agressions collectives, auxquelles ils avaient donné le nom charmant de « *Drakky bashing*[1] ». Les attaques matinales menées contre des vampires isolés par des gangs de brutes aux cheveux rasés débouchaient rarement sur une enquête de police approfondie.

On avait gravé « Enoch a rézon » sur la porte d'entrée de Kate, au-dessus d'un dessin grossier représentant une chauve-souris transpercée d'un pieu. Les autres locataires de l'immeuble étaient également des vampires : Morgan Delt, un artiste qui avait pris la forme plus ou moins permanente d'un grand singe aux longs bras pour « faire passer un message », et une jeune Japonaise dont la plaque nominative était un kanji signifiant « souris ». Delt avait fait signer une pétition à Kate contre un rassemblement mené par Van Helsing et lui avait demandé de se joindre à lui pour lancer une contre-manifestation, mais elle avait eu son compte avec les chevaux de la police. Même elle préférait faire profil bas plutôt que de risquer la déportation. Dans l'Éire, la loi imposait l'emploi du terme *Dearg-Dul* pour se référer aux vampires, afin de faire vivre la langue ghaeilge. Des prêtres bardés d'argent, animés d'une juste fureur, arpentaient Dublin. À côté, Enoch pouvait passer pour un sympathisant de la cause des vampires.

— Bonjour Katie, lança Bellaver. Désolé de vous faire veiller aussi tard.

— Alors, qu'avons-nous là, Alfie ?

---

1. « *Drakky bashing* » fait référence à l'expression anglaise « *paki-bashing* » : agressions physiques et gratuites à l'égard des membres de la communauté pakistanaise, généralement par des skinheads. (*NdT*)

— Une sale affaire. Politique, peut-être bien. On a déjà renvoyé l'unité des Crimes Particuliers. Bryant et May veulent l'assimiler à celle de Leicester Square. Je ne suis pas surpris que vous autres soyez dessus aussi. Fichu Diogene's Club !

— Je ne fais pas tout à fait partie de « nous autres ».

Comme d'habitude, la situation entre le secret d'État britannique et elle était tendue.

— J'ai entendu quelque chose à ce sujet. Ils ne vous lâcheront jamais.

— Ils ne sont peut-être plus eux-mêmes. Je ne les reconnais pas. C'est le « happening » du Diogene, en ce moment. Bientôt, ça sera l'Expérience Diogene. Mycroft Holmes n'aurait pas approuvé.

Elle devrait finir par se rendre dans Pall Mall pour faire un compte-rendu à Richard Jeperson, qui siégeait à la Cabale. Il faisait la grasse matinée dans son grand lit circulaire, entouré des suppléments du dimanche tandis qu'elle, elle risquait la combustion spontanée. Comme toujours.

— Pourquoi appelait-on cet endroit Hanging Woods ? demanda soudain Bellaver.

— À votre avis ? répliqua-t-elle. Parce qu'on y pendait les gens.

— Dans une minute, vous regretterez que ce ne soit plus le cas.

— Je n'ai jamais été en faveur de la peine de mort.

— Tant mieux pour vous, Katie, dit Bellaver. Pour ma part, après vingt années de bons et loyaux services, je suis pour la peine de mort dans les écoles.

Le chef la mena vers les arbres. D'autres policiers en uniforme s'y trouvaient, tous vampires. Il n'y avait qu'une seule femme. Le képi réglementaire de l'agent Rogers était muni d'une voilette noire bien pratique. Tel un oiseau de proie, elle jetait des regards à la ronde dans le parc, ses sens surdéveloppés attirés par le moindre son, la moindre odeur, le moindre mouvement. Les premiers temps, c'était épuisant. Donna Rogers commençait à savoir se concentrer, ce qui se révélerait utile dans son travail de policier, quoique rébarbatif dans sa vie privée. Elle était capable de repérer aussi bien une épingle dans l'herbe qu'un cheveu peroxydé sur un revers de veste.

Geoff Brent, le médecin sang-chaud de la police, affichait un air grave et n'était d'aucune utilité. Il portait un imperméable d'un crème terne datant de 1961 pour protester contre les couleurs psychédéliques de cette fin de décennie. Un corps recouvert d'un drap gisait à terre. Manifestement, cette personne n'était pas en train de faire la sieste.

— En quoi cette affaire vous revient-elle ? demanda Kate à Bellaver.

— Le meurtrier est un vampire, trésor.

Une série de flash-backs défila dans son esprit. Quartier de Whitechapel, 1888. Jack l'Éventreur. France, 1918. Le Baron rouge sang. Rome, 1959. Le Bourreau Écarlate. Si des meurtriers vampires traînaient dans les parages, Kate avait tendance à tomber dessus. Elle devait reconnaître que le cas semblait suspect.

— Non, pas ce genre de meurtrier vampire, dit Bellaver, sachant à quoi elle pensait. L'autre sorte. Je vous présente Carol Thatcher…

Il hocha la tête. Griffin souleva le drap.

Une jeune femme. Ex-sang-chaud. À présent morte. Blonde, les yeux ouverts. Maquillée à la truelle. Robe Mary Quant orange et rose, déchirée à l'épaule, collants Balenciaga violet et taupe en lambeaux, une botte blanche Courrèges absente. Sur son cou, deux perforations déchiquetées. La classique « marque de Dracula ».

Kate regarda Bellaver.

— Combien de temps depuis… ?

— J'étais sûr que vous alliez me poser la question, j'ai donc jeté un coup d'œil dans *Le Grand Livre des meurtriers britanniques* d'Edgar Lustgarten. À Londres, c'est le premier de ce genre depuis le Blitz. 1944. Le suceur de sang du black-out. John George Haigh. Vous vous souvenez ? Il faisait disparaître les corps vidés de leur sang dans de l'acide sulfurique. Guillotiné en 1949. La victime de Leicester Square dont s'occupent les Crimes Particuliers a été perforée avec une brochette pour faire penser à un meurtre de vampire. Sinon, il y a des rumeurs. Mais on y met fin. La Division B tient vraiment à résoudre ces affaires.

Kate s'agenouilla auprès de Carol, la morte.

— Les vampires tuent, c'est vrai, enchaîna le chef. Pas besoin d'Edgar Lustgarten pour le savoir. Les vampires tuent comme n'importe quel connard. Vous connaissez la rengaine : « Je ne supportais plus les réflexions incessantes de ma femme, alors je l'ai fait taire. » « Il m'a traité de pédé alors je lui ai réglé son compte. » En plus de ça, certains vampires se laissent emporter et sucent le sang des jolies donzelles jusqu'à les assécher. Ce genre de crime est très spécifique, Katie. J'ai trop souvent rencontré au lever du jour de pauvres crétins au côté de leur copine refroidie, gorgés de sang et les idées embrumées.

Cela n'était jamais arrivé à Kate, mais elle redoutait cette possibilité. Les sang-chauds ne comprenaient pas ce que représentait une gorgée de sang, même rien qu'une goutte, pour un vampire. Certains *nosferatus* avaient élaboré un plan B pour se débarrasser des corps, gérer la culpabilité et reprendre le cours de leur vie. Quand la soif de sang était sur le point de la rendre folle, Kate se souciait davantage de ne pas se comporter en monstre que de s'en tirer impunément. Trop de vampires, par ailleurs corrects en d'autres circonstances, perdaient tout contrôle en se nourrissant d'innocents. Elle n'était pas à l'abri d'un tel accident. Elle n'avait que cent cinq ans, dont soixante-dix-neuf en tant que vampire. Son amie Geneviève, Aînée, lui avait confié qu'au fil des siècles elle avait tué trois personnes sans en avoir l'intention.

— Il existe aussi de méchants vampires, reprit Bellaver, lancé sur le sujet. De vrais empaleurs comme Waldo Zhernikov, d'affreuses sangsues comme Hog le Gros Buveur, et des motards dingues comme les Morts Vivants. Eux en tuent, des gens, pour sûr. Et ils n'hésitent pas à utiliser leurs crocs et leurs griffes. Mais s'ils le font, c'est parce qu'ils le veulent, ou pour prouver quelque chose, pas par besoin de se nourrir. On trouve du sang partout, Katie. On peut en acheter dans n'importe quel bar *Wimpy*. Comme ils sont sans cesse en train de se bagarrer, les méchants vampires s'en prennent le plus souvent à leurs pairs. Ils tueraient leur mère si elle s'interposait entre eux et le hold-up du siècle. Pour tout vous dire, on ne verse pas de larmes à la Division B quand des types du genre de Jack McVitie finissent avec des piquets de tente plantés entre les côtes.

Griffin récupéra le drap et le jeta en boule. L'agent Rogers le ramassa et le plia proprement en carré.

Kate avait envie de toucher les blessures du cadavre.

— C'est ce que les vampires faisaient avant, souffla-t-elle. Avant Dracula.

— Exactement, Katie. C'est nouveau et vieux à la fois. C'était ainsi qu'agissaient les vôtres à l'époque où les gens croyaient à peine à votre existence. Ils prenaient une nana dans la rue, la mordaient au cou, la pressaient comme une orange et rejetaient la peau dans les buissons.

— Il recommencera, prévint-elle.

— Ou elle, intervint l'agent Rogers.

— Bien vu, Rogers, commenta Bellaver. La femelle de l'espèce[1], en quelque sorte. Mais, si on en revient au cœur du sujet, oui, il est très probable qu'il ou elle remette ça. Qu'il y ait un nouveau meurtre. Haigh a eu le temps d'en tuer six avant d'être arrêté par l'inspecteur Hornleigh.

---

1. Référence au poème « La femelle de l'espèce » (*Female of the Species*) de Rudyard Kipling, écrit en 1911, dans lequel l'auteur évoque la férocité et la dangerosité de la femelle par rapport au mâle chez les animaux, et des femmes par rapport aux hommes chez les humains. (*NdT*)

Dégoûtée de sentir ses crocs s'aiguiser et la soif monter du fond de sa gorge, Kate avait la nausée. Elle savait que ce serait terrible. Il y aurait des conséquences.

— C'est donc reparti, poursuivit Bellaver. La chasse aux vampires. Dieu nous vienne en aide. Des conseils ?

— Prenez une retraite anticipée ?

— Impossible, j'en ai peur.

— Dans ce cas, trouvez-vous un suroît qui vous protégera de la merde. Quand la photo de Carol paraîtra dans les journaux, il va commencer à en pleuvoir.

À sa tête, Kate vit que Bellaver l'avait compris tout seul.

Chapitre 2

Le chef laissa Griffin au parc pour superviser le gros du travail. Les poubelles et les buissons devaient être passés au peigne fin. Rares étaient les assassins suffisamment prévenants pour jeter une carte de visite ou abandonner sur les lieux du crime une chevalière au sceau original, mais il y avait peut-être une chance de trouver un indice incriminant parmi les papiers de bonbons et les préservatifs usagés.

Une ambulance vint chercher le corps de Carol Thatcher pour le conduire en salle d'autopsie. Bellaver trouva Kate installée dans l'une des Austin bleues fatiguées de la Division B. Elle avait laissé sa Mini Cooper rouge âgée de quatre ans au parking de Charlton.

— Nous avons établi nos quartiers au commissariat du coin, annonça le chef. Dixon y a monté une salle des opérations. Les flics de Shooter's Hill ne sont pas ravis qu'on envahisse leur manoir, mais c'est la vie. Regan a convoqué le protecteur de Carol, un gentleman du nom de Timothy Lea. Vu l'état de la fille, je doute que Timmy ait bien fait son boulot ces derniers temps. On peut le maintenir en détention pour jouissance de revenus immoraux jusqu'à ce qu'il crache ce qu'il sait. Bon sang, mais qu'est-ce que…

La voiture s'arrêta.

— Putain d'étudiants, jura Peter Steiger, le chauffeur.

— Oh non, pas encore une manif ! se plaignit Bellaver. C'est pour quoi, cette fois ? Non à la bombe ? Stop à la guerre ? Libérez les chevaux des mines ?

Une procession funéraire solennelle, dont les participants étaient grimés, bloquait la route. Des jeunes au teint pâle, en robes et capuches noires, tiraient une charrette sur laquelle était posé un cercueil en carton de près de quatre mètres de long. Sur le côté, on avait barbouillé

« Ancienne Grande-Bretagne » à la peinture rouge. Une fanfare de mimes faisait semblant de jouer d'instruments silencieux. Certains portaient les écharpes à rayures noires et blanches de l'université de Saint-Bartolph.

— C'est la semaine de la collecte de fonds à la fac, précisa Steiger.

— Vas-y, fonce dans le tas. Tu as un Klaxon. Klaxonne !

— On est dimanche matin, chef, protesta le conducteur.

Bellaver se pencha en avant et pressa brusquement l'avertisseur sonore. Les étudiants se retournèrent et leur jetèrent un regard mauvais, grognant à travers leur maquillage d'acteurs de théâtre kabuki. Certains portaient de faux crocs sur leurs vrais. La plupart d'entre eux étaient des vampires, d'un cru plus récent que leurs costumes. Des ressuscités qui jouaient aux Anciens. Ils couraient les rues quand Kate était passée aux ténèbres. Les gargouillardins des années 1880. Que leur était-il arrivé ? La même chose qui arriverait à ces gamins qui se croyaient malins : ils mourraient ou grandiraient.

En dernier recours, le chef alluma la sirène. Quand une voiture de police passait, sirène hurlante, Kate se bouchait les oreilles, mais elle n'avait pas songé à quel point le bruit pouvait être plus insoutenable encore lorsqu'on se trouvait à l'intérieur du véhicule. Elle sentait les notes vibrer dans ses dents. Au moins, la sirène surprit les étudiants, qui s'écartèrent pour libérer le passage.

Bellaver baissa sa vitre et brailla :

— Videz vos poches, faites-vous couper les cheveux !

Le cercueil bascula et dévoila un squelette géant en papier mâché blanc. Des paquets de comprimés tombèrent dans la rue.

La foule émit des grognements et des bruits porcins.

— Ma fille fréquente l'université de Watermouth, dit Bellaver. Elle raconte à ses amis que son père nettoie les chiottes. Tout vaut mieux qu'être flic.

Les étudiants venaient de Saint-Bartolph, un établissement très éloigné du centre-ville. Sans avoir la réputation d'agitateur de la London School of Economics, c'était un petit foyer d'insurrection d'étudiants de banlieue. Le vice-président de l'université, Walter Goodrich, était l'un de ces notables de l'ordre établi, incapable de l'ouvrir sans provoquer un sit-in ou un mouvement de panique. Interdire la vente du *Vampire socialiste* à la sortie des amphis avait débouché sur des bagarres entre le personnel et les radicaux. Parmi les premières institutions à se targuer d'avoir une École du Vampirisme, Saint-Bartolph avait procédé à des nominations controversées. Kate avait été horrifiée de voir Caleb Croft, l'Ancien qu'elle détestait le plus, siéger à la chaire de sociologie. Croft, le chef de la police secrète de Dracula pendant la Terreur, avait travaillé dans les services de sécurité pendant près de soixante ans avant de prendre sa retraite comme enseignant.

Le *Mail* accusait Saint-Bartolph d'être le foyer de la révolution maoïste. *News of the World* prétendait que des étudiants nus et assoiffés de sang s'ébattaient dans les cités universitaires. *Bikini Girl* avait publié un reportage photo mettant en scène de jeunes vampires étudiantes prenant des poses théâtrales, les seins à l'air.

Ces derniers temps, les anecdotes les plus croustillantes venaient de l'ex-obscure École de Botanique. Après des années de recherches fastidieuses et infructueuses sur les champignons parasites du blé, le professeur Bowles-Ottery avait fini par découvrir une substance hallucinogène naturelle et puissante. Son dérivé d'ergot connut un succès fulgurant auprès des voyageurs astraux et des hippies qui redoutaient de louper le bus magique. L'Américain E.B. Fern, légende de la SF, avait mâchonné quelques boulettes de Bowles-Ottery, connues sous le nom de BBO, comme des bonbons à la gélatine. Fern était venu à Londres pour recevoir une avance sans précédent de *New Worlds*, mais il s'était laissé distraire par le BBO. Moorcock n'avait pas encore vu une ligne de la série de Fern, *Dr Shambleau ou les putes d'Axos*, bien que ce dernier ait envoyé sept taches sur papier de riz, comme dans les tests de Rorschach, en affirmant qu'il s'agissait du premier épisode.

Bellaver éteignit la sirène.

Un jeune vampire ôta son grand chapeau et les salua, les laissant passer d'un air magnanime. Déguisé en croque-mort, Monsieur Loyal ou prestidigitateur, il était vêtu de noir de la tête aux pieds à l'exception d'une cravate cramoisie et de lunettes de soleil écarlates. Le ressuscité ressemblait à un jeune coq : pâle mais en pleine santé, cheveux noir corbeau bien peignés, menton à la Kirk Douglas. Chacune de ses dents était un croc. Un gars aussi beau n'aurait aucun problème à se repaître de sang-chauds bien disposés. Les miroirs devaient tout de même lui manquer.

— Vous voulez un suspect ? demanda Kate à Bellaver.

Le policier regarda la vampire faussement affable. Il n'était pas impressionné.

— À quoi il joue, ce petit con ?

— Je ne crois pas qu'il joue, répondit-elle.

Steiger fit avancer la voiture dans l'espace laissé par les étudiants. Le ressuscité mâle se retourna, les yeux rivés sur elle. Il faillit se passer la langue sur les lèvres.

— Qu'on rétablisse le service national, moi je dis, marmonna Bellaver.

Ce visage – cette bouche si rouge qu'on l'aurait crue tachée – resterait longtemps gravé dans la mémoire de Kate. Qui était le meneur des étudiants ? L'alter ego de Dany le Rouge à Greenwich ?

Le commissariat de police au coin de Well Hall Road était un imposant bâtiment de briques rouges, érigé sur un ancien lieu d'exécution comme il y en avait tant à Londres. Au moins, le condamné bénéficiait d'une jolie vue avant de sentir la trappe s'ouvrir sous ses pieds. Shooter's Hill était l'un des points culminants de la capitale. On voyait à des kilomètres à la ronde. Feu le comte Dracula y avait acheté une propriété, obéissant à un instinct moyenâgeux qui l'incitait à bâtir une forteresse au sommet d'une montagne.

Steiger se gara devant le commissariat à temps pour que Kate assiste à la mise en pratique des règles du bon et du mauvais policier. Un inspecteur grognant, le teint rouge, vêtu d'un costume au large col taché, traînait sur le trottoir un jeune aux cheveux longs qui gémissait. Au niveau de l'entrée, à la manière d'un grand-père, un sergent en uniforme proposa au gamin une tasse de thé et un assortiment de biscuits.

— Entre, espèce de sale chevelu ! hurla l'inspecteur, Jack Regan. Ou on fera de tes poumons des sacs de courses !

— Fais attention en montant les marches, prévint l'homme en uniforme, George Dixon. Ce serait dommage que tu t'amoches.

Kate devina que le jeune devait être le susnommé Timothy Lea. Regan le tenait fermement par sa chemise de mousseline, celle-ci étant remontée sous ses bras et autour de son cou. Il ne portait pas de ceinture et son jean pattes d'eph lui descendait à mi-cuisses, dévoilant un slip kangourou chocolat au lait bordé de blanc. Il n'avait pas de chaussures et ses plantes de pied saignaient, tachant le trottoir. Regan et Dixon montraient les crocs.

— Trouvez des pansements pour ses petons et foutez-le-moi dans une salle d'interrogatoire, ordonna Bellaver.

— J'ai rien fait ! chouina Lea.

— Tiens-toi bien, gamin, le reprit Bellaver. Tu ferais mieux d'améliorer ton comportement maintenant que tu vas aider la police dans son enquête. T'as « rien fait » ? C'est ce qu'on va voir !

Regan tira brutalement le jeune par un bras. Dixon prit l'autre poliment pour l'assister. Ils auraient facilement pu déchirer le gamin en deux. La mine renfrognée de Regan et le sourire de Dixon indiquaient qu'ils avaient faim, l'un comme l'autre. Lea, terrifié, devint plus blanc encore qu'un drap lavé avec Omo. Bellaver et Kate les suivirent à l'intérieur. Les flics du coin – tous des sang-chauds – faisaient place à la Division B, ne voulant pas paraître agacés par une invasion de non-morts. Kate remarqua des espaces vides sur un panneau d'affichage et des affiches pro-Enoch froissées dans une corbeille à papier. Avant même de tomber sur Tom Choley, le flic de l'accueil, Kate sut que la plupart des poulets de Shooter's Hill n'étaient pas franchement bien disposés envers la « communauté des vampires ». Elle était prête à parier que, par ici, les agressions collectives étaient tenues en haute estime plutôt que considérées comme un crime.

Choley avait reçu l'ordre de laisser passer les flics vampires sans faire d'histoire, mais il s'en prit à elle. Du fait de sa coupe non réglementaire, ses cheveux trop longs sur la nuque recouvraient son col. Un grain de beauté sur sa joue accentuait son sourire suffisant. N'ayant pas de crucifix à portée de main, il barra le chemin de Kate avec un long formulaire. Bellaver était un cynique intelligent, Regan une brute rusée et Dixon un policier de proximité né. Méthodes différentes, tous bons policiers. Choley, lui, était un sale type. Le genre d'agent qui s'en tirait bien à l'époque où Caleb était responsable de la police. Un sadique content de lui, à qui sa position conférait suffisamment de pouvoir pour agir aussi monstrueusement qu'il l'oserait. Sans avoir le cran de participer à des manifestations ou de défoncer à coups de pied la porte d'un criminel, il pouvait causer des dégâts et jouir de ses malveillances, même derrière un comptoir. Il se comportait comme si les galons le rendaient intouchable. Pour ce qu'elle en savait, c'était le cas.

— Pourquoi la retenez-vous, Choley ? s'enquit Bellaver.

Kate rendit le formulaire rempli. Choley prit la feuille par un coin, comme si elle était contaminée. Il épingla un badge « visiteur » sur son tee-shirt et lui cogna le sein, prétendument par inadvertance. Il sourit. Elle songea à son cou et à son pouls puissant.

Être vampire, c'était comme avoir un pistolet chargé sur la hanche. La moindre anicroche vous rappelait que vous constituiez un danger mortel. Ce serait si facile de laisser ses canines apparaître…

Elle garda la bouche fermée.

Pendant que Choley ennuyait Kate, on avait eu le temps d'installer Timothy Lea dans une salle d'interrogatoire.

Bellaver et Kate l'observèrent à travers le miroir sans tain. Les agents vampires l'ayant laissé seul, Lea avait repris son air maussade. Comme il n'était pas en état d'arrestation, ses poches n'avaient pas été vidées. Avec un bout de crayon, il dessina sur la table une femme nue, sans tête ni membres. Pas le premier croquis sur ce thème rebattu à être couché sur cette surface.

Le chef avait en main l'épais dossier de Lea.

— Un étudiant ? demanda Kate.

Bellaver ricana.

— Pas notre Timmy, non. Il s'est fait virer de l'école parce qu'il ne fichait rien. Il a enchaîné plein de petits boulots, au noir. Pas de prélèvement d'impôt à la source pour Timmy. Laveur de vitres, moniteur d'auto-école, G.O… Ça dit là-dedans qu'il a même été chanteur pop. Pas au hit-parade à ma connaissance. Si on avait besoin de la photo d'un fainéant à cheveux longs pour une encyclopédie, Timmy Lea pourrait prendre la pose. Il s'endormirait au milieu de la séance.

— Des comportements violents ?

— Non, pas chez lui. Ça demanderait trop d'efforts. Il est doux comme un agneau. Il n'a commis que de menus larcins. Il espère charmer le monde d'un sourire. Il a essayé de vendre de la drogue, mais il est mauvais en calcul. C'est ça, l'escroquerie, de nos jours. Il faut être bon en maths, sinon vous êtes mal au moment de devoir faire les comptes. On ne peut même pas le qualifier de maquereau. Il n'avait que cette fille. Dieu seul sait comment il va s'en sortir sans Carol pour lui rapporter l'oseille.

Timothy Lea lui semblait très jeune. Son attitude ne trompait pas Kate : ce gamin était terrifié.

— Allons tailler une bavette avec cet olibrius, proposa Bellaver.

Il lui ouvrit la porte.

En voyant Kate, Timmy se ratatina comme une limace qu'on aurait saupoudrée de sel. Elle jeta un coup d'œil par-dessus son épaule, dans le miroir où n'apparaissait pas son reflet. Il n'y avait plus de doute sur ce qu'elle était.

— Détends-toi, Timothy, le rassura Bellaver. Tu n'es pas là pour te faire mordre. Je te présente Miss Katharine Reed. C'est une observatrice civile, pas un policier.

Kate essaya de paraître encore moins menaçante que d'habitude.

Le sergent Dixon entra avec une tasse de thé et une assiette de biscuits à la crème. Bellaver les confisqua aussitôt et s'assit en face de Lea.

— Si ça concerne les pilules que j'ai vendues au vieux cinglé au *Winchester*, lâcha brusquement le jeune, c'étaient des pastilles à la menthe coloriées au feutre violet, pas des BBO. C'était pour déconner.

— Une blague hilarante, je n'en doute pas, répliqua le chef en trempant un biscuit dans du thé. Mais ce n'est pas ce qui nous intéresse pour l'instant. Tu connais bien Miss Carol Thatcher, me semble-t-il ?

— Oui, et alors ?

Personne ne l'avait mis au courant. Kate eut un pincement à la conscience. Timmy Lea n'étant pas un vampire, il n'était pas suspect.

Et il ne savait même pas que la fille était morte.

— Carol et toi êtes arrivés à Londres il y a dix-huit mois, déclara Bellaver en lisant le dossier. D'une ville appelée Oakham. Son père est entrepreneur de pompes funèbres. Pratique, elle aura une remise. Entre-temps, la petite grue a été bien occupée. Elle s'est fait de nombreux amis. Des amis qui paient. Hommes d'affaires, acteurs, politiciens, cheikhs du pétrole… Des liasses de billets de cinq dans une enveloppe, fourrée dans ta petite main chaude alors qu'elle se tape tout le boulot, c'est ça ? Elle a été « mannequin » pour les agences Neville Hetherington et Sybil Waite. Des noms bien connus à la brigade des mœurs. Mais que sont quelques clichés obscènes circulant entre amis, hein ? Tu l'as fait jouer dans des films cochons, aussi. *Élèves de première enchaînées. La Science du sexe. L'Heure du bain avec Brenda*. Je ne les ai pas vus au cinéma, malheureusement, je préfère les comédies musicales. Ma femme et moi, on est plus du style *Chantons sous la pluie*. Pour un crétin fini, tu t'en sortais plutôt pas mal avec ta petite pute, pas vrai ?

Le silence de Lea était éloquent. Bellaver referma le dossier d'un claquement sec.

— Mais ça, c'est du passé, Timmy. Ce n'est pas du tout ce qui nous concerne, même si je suppose qu'on pourrait t'épingler pour publications obscènes, histoire de rigoler. Non, ce qui nous intéresse, ce sont les événements de ces dernières heures. Sais-tu ce que Miss Thatcher avait de prévu, ce week-end ?

À présent, Timmy commençait à se faire une idée de la situation. Il regarda Bellaver, Kate et le miroir.

— Où est Carol ? Qu'est-ce qui s'est passé ?

Il avait compris.

— Te souviens-tu… hum… qui Miss Thatcher a vu entre 2 heures du matin et le lever du soleil ? Allons mon garçon, tu dois bien tenir un agenda. Un petit carnet noir, avec des noms, des horaires et des lieux ? C'est un peu la base, dans ton métier.

Timmy était aussi pâle que si on l'avait vidé de son sang.

— Carol a mis les voiles après la fête d'hier soir, répondit-il. C'était une bringue. Vous pigez ?

— Je ne parle pas le fêtard. Dois-je faire venir un interprète ? Katie, avez-vous la moindre idée de ce que Mr Lea tente de nous dire ?

— Avec qui était Carol la dernière fois que tu l'as vue ? demanda-t-elle.

Bon sang. Bellaver avait fait d'elle la Gentille Flic.

Elle n'aimait pas intervenir de la sorte. Cela pouvait donner des résultats, mais la cruauté la mettait mal à l'aise.

— Avec des potes, répliqua Timmy, soulagé de parler avec quelqu'un, n'importe qui, qui ne soit pas policier et qui se rangerait peut-être de son côté. Des gens, quoi. Avec le photographe ? Les filles qu'il faisait poser ?

— Et ce photographe, il a sans doute un nom ? demanda Bellaver.

Timmy était distrait. Il ne tarderait pas à poser lui-même des questions, mais pour le moment il devait se concentrer. Il avait dû peu dormir. Et il avait bu la nuit précédente. Il avait sûrement pris de la drogue, aussi.

— Nolan, dit le jeune homme. Thomas Nolan.

Chapitre 3

Carol Thatcher continuait à marquer ses robes d'étiquettes à son nom. Lors de sa rentrée à « l'école des grands », sa maman en avait sans doute acheté un stock pour toute une vie. Griffin, moins amateur de comédies musicales que son supérieur, avait dit avoir reconnu Carol à la suite d'un remplacement qu'il avait effectué à la brigade des mœurs, mais une identification officielle était nécessaire. Les mannequins – c'était la profession de la défunte qui figurait sur les registres des impôts – avaient pour habitude d'échanger leurs affaires, il y avait donc un risque qu'une autre femme porte ses vêtements. Escorté par l'agent Rogers, Timmy Lea fut envoyé à la morgue pour identifier le corps. Bellaver lui avait dit qu'il pourrait rentrer chez lui après, à condition qu'il reste dans les parages.

Avant de partir, Timmy posa à Kate une question qu'elle avait déjà entendue.

— Est-ce qu'elle reviendra ? Comme vous ? En tant que…

Il plaça ses index devant sa bouche pour mimer des canines.

— Ce n'est pas ainsi que ça marche, Mr Lea. Il aurait fallu qu'elle boive du sang de vampire avant de… avant de mourir.

Il eut l'air profondément déçu. Tous ses espoirs s'étaient envolés. Il monta dans l'Austin avec Rogers qui, pour conduire, releva sa voilette. Les voitures de la Division B étaient équipées de vitres légèrement teintées.

— Lui a-t-on dit comment Carol est morte ? demanda Kate à Bellaver.

Ce dernier regarda Regan, qui secoua la tête.

— Alors comment est-il au courant ?

— L'intuition du proxénète ? suggéra Bellaver.

Regan serra les poings.

— Encore une chose, dit Kate, et Bellaver lui jeta un regard morose. Comment savons-nous que l'agresseur de Carol ne lui a pas fait boire de son sang avant de la vider ?

Au grand dam de la police, une loi passée depuis longtemps interdisait de pratiquer les autopsies durant les trois jours suivant le décès, pour écarter toute possibilité que le défunt se métamorphose. Cela s'était déjà produit, bien que rarement. Dans les faits, pendant trois jours, les flics se tournaient les pouces en attendant de savoir s'ils devaient ouvrir une enquête pour meurtre.

— M'étonnerait qu'on ait cette chance, répondit Bellaver, mais on la surveillera, au cas où. C'était une lèvres-blanches.

Une lèvres-blanches. Elle connaissait cette expression. Une victime vidée de son sang qui n'avait pas eu la chance de recevoir le baiser des ténèbres. Pas de traces de sang de vampire autour de la bouche. Il existait d'autres termes injurieux : les bons à jeter, les bouteilles non consignées, les Haribo…

— J'imagine que notre salopard a pu lui essuyer la bouche avec un mouchoir juste pour prendre son pied, dit Bellaver d'un air méditatif.

La plupart des ressuscités, sinon tous, passaient par un état transitoire indiscernable de la mort. Pour Kate, il n'avait duré que six heures. Trois jours semblaient constituer la date limite. Les rares qui se métamorphosaient après ce délai étaient des goules à l'intellect altéré, privées de leur personnalité et de leurs capacités de réflexion. Certains hommes d'Église utilisaient le fait que le Christ avait ressuscité le troisième jour pour désigner les vampires comme des créatures bénies ou blasphématoires. Depuis quatre-vingts ans, on se disputait sur la jurisprudence. Faire passer quelqu'un aux ténèbres contre sa volonté était considéré comme un délit, mais pas comme un meurtre. Cela menait parfois à des procès longs et coûteux. Dans les cabinets de magistrats, on les appelait « affaires de type Tepes contre Westenra ». L'aubaine que représentait une immortalité potentielle était contrebalancée par l'opprobre social et les désagréments médicaux qui allaient de pair avec la condition de vampire. Même avec la sécurité sociale, un pourcentage important de ressuscités ne passait pas la première année. Parmi les dangers mortels, il y avait l'allergie au soleil, le vieillissement accéléré, les métamorphoses incontrôlées, les obsessions autodestructrices et une maladie dégénérative dans laquelle le corps du ressuscité était littéralement dévoré de l'intérieur. Oh, et il y avait aussi les agressions collectives. Kate était d'avis que les vampires qui distribuaient généreusement le baiser des ténèbres à des êtres dont ils raccourcissaient la vie devraient être punis par la loi, ce qui ne faisait qu'augmenter la grande impopularité dont elle jouissait déjà parmi les non-morts arrogants, despotiques et obtus par tradition.

La fille pouvait revenir d'entre les morts et identifier son assaillant. Pour Kate, c'était assez improbable.

Grâce à Timmy, ils obtinrent un itinéraire approximatif des dernières heures de Carol Thatcher.

L'après-midi de la veille, elle était avec le chirurgien plasticien Sir John Rowan. Sans grande conviction, Timmy tenta de leur faire croire qu'elle le consultait pour l'ablation d'un grain de beauté avant d'avouer que c'était pour un rapport rémunéré. Sir John était un des clients réguliers de Carol. Bellaver blêmit en entendant la liste des ministres, grands pontes, entraîneurs célèbres, diplomates et escrocs égrenée par Timmy. Il imagina une autre affaire Keeler, le genre d'enquête truffée de scandales qui bénéficie d'une grande couverture médiatique, mais qui mène aussi les officiers chargés de l'affaire à une discrète mutation à la circulation automobile à Welwyn Garden City. En général, Carol rechignait devant les vampires. Timmy pensait qu'elle n'avait jamais été mordue – avant –, mais elle avait parfois orné le bras du baron Meinster, un disciple de Dracula qui se proclamait successeur du défunt comte. Le baron prenait soin d'apparaître en public avec une ribambelle de jolies filles, surtout depuis 1953, année de sa condamnation pour « harcèlement à des fins immorales » dans les toilettes pour hommes autour de Chelsea. Ces temps-ci, Meinster se trouvait à Rome, soi-disant prosterné aux pieds d'Helmut Berger. Il ne figurait donc pas sur la liste des suspects.

Après avoir quitté le penthouse de Sir John, Carol fit une virée shopping à *Biba*, à Kensington, pour acheter un tas de vêtements sur lesquels coudre ses étiquettes et qu'elle ne mettrait jamais. Elle les rapporta à son appartement de Chelsea dans un sac estampillé « Je saigne la Grande-Bretagne ». Elle retrouva Timmy au pub le *Prospect of Whitby* dans le quartier de Wapping, où elle lui fit un compte-rendu de sa semaine autour d'un *fish and chips* et d'une pinte de bière. Timmy n'était pas gêné pour parler de sexe, il était plutôt du genre à fanfaronner, mais il rougissait comme une nonne dès qu'on évoquait l'argent. Au pub situé sur la rive du fleuve, ils furent rejoints par Clive Landseer, un jeune homme aux sources de revenus opaques, et ses dernières découvertes en date : des jumeaux aux cheveux d'un blond presque blanc, un homme et une femme, « indissociables ». Timmy vouait une grande admiration à Clive, qui avait été renvoyé de plusieurs écoles chic et parlait comme un bourge. Il était aussi passé aux ténèbres depuis peu. Ils allèrent tous les cinq « faire la bringue » dans une fête organisée – même si elle n'y assista pas – par Syrie Van Epp, la millionnaire américano-perse, sur le *Riverdream*, un vapeur du Mississippi réassemblé sur la Tamise qui faisait office de palais flottant. Timmy cita d'autres noms de la musique pop, de la mode, du cinéma… Il y avait des vampires parmi les noceurs. Sebastian Newcastle, désormais magnat, gonflé et repu après avoir pris le contrôle de l'empire des tapis de Cyril Lord. Herbert von Krolock, l'amusant ex du baron Meinster. Mrs Michaela Cazaret, collectionneuse d'art et artiste. Paul Durward, le chanteur pop. Canon Copely-Syle, le Cardinal Noir de l'Église de Satan, invité combatif et récurrent de l'émission *Late Night Line-Up*. Et le professeur Caleb Croft, accompagné d'un cortège de ses étudiants préférés.

Kate aurait adoré pouvoir lui coller le meurtre de Carol sur le dos, mais, une fois de plus, il y avait peu de chance que ça arrive.

Le professeur était probablement la personnalité la plus monstrueuse de la liste. Toutefois, Kate le voyait mal faire un faux pas en commettant un meurtre maladroit motivé par la soif de sang. Au fil des siècles, il s'était tiré d'affaires bien pires que celle-ci. En tant que parfait spécimen de comportement vampirique avant Dracula, il incarnait la débauche par excellence. Né lord Charles Croydon, il était membre du Hellfire Club depuis le XVIIIe siècle. Même avant de passer aux ténèbres, il utilisait des jeunes filles dont il se débarrassait ensuite, comptant sur ses titres et ses relations pour échapper à la potence.

Oui, de la drogue avait circulé pendant la fête. La moitié des invités avait pris des boulettes de Bowles-Ottery. Bellaver déduisit que ce devait être l'une des brillantes jeunes filles venues avec Croft qui les avait apportées pour mettre les convives dans un « bon esprit ». Évidemment, il y avait eu des rapports sexuels. Kate eut pitié de Timmy, qui passait plus de temps à calculer les tarifs de Carol qu'à s'amuser. Même lui ne se rappelait pas qui avait couché avec qui, même si, selon lui, Clive avait tenté de filmer Carol avec les jumeaux pour le chroniqueur d'un journal qui « aimait mater ». Il savait que Carol s'était éclipsée vers une couchette privée avec un ou plusieurs membres du groupe Forever More, juste pour le fun. Plus sérieusement, elle avait baisé avec l'émir Abdulla Akaba, la facture étant à mettre sur le compte des pétroles Plainview. Une soirée chargée. Timmy avait eu le mal de mer, pourtant le bateau était solidement amarré. Il n'en dit rien, mais Kate soupçonna Clive Landseer d'avoir mis un « truc marrant » dans le gin-fizz de Timmy. Il avait eu de la chance de ne pas s'être réveillé tatoué de partout et couvert de morsures.

Avoir affaire à ces jet-setters était loin de réjouir Bellaver. C'était un enfer de les auditionner comme témoins, et encore plus comme suspects. Être célèbre, beau, riche et génial, dans des combinaisons variables, leur donnait l'impression à tous que les règles – y compris les lois – ne s'appliquaient pas à eux. Rien que les faire répondre à des questions serait une corvée monumentale. La plupart seraient trop défoncés pour apporter des preuves valables devant un tribunal.

Enfin, Timmy en vint au moment où il vit Carol pour la dernière fois.

Elle parlait alors avec Nolan, le photographe. Celui-ci était accompagné de deux grandes nanas effrayantes. On lisait la faim dans leurs yeux. Ce n'étaient pas des putes, mais de vrais mannequins, trop maigres pour travailler dans le domaine de Carol. Pas des vampires, puisqu'elles devaient impressionner les pellicules pour gagner leur vie. D'après Timmy, Nolan avait exprimé l'envie de faire un shooting avec Carol.

— C'est dans leur tête à tous que j'aurais bien envie de shooter, marmonna Bellaver.

Ensuite, Timmy avait perdu la trace de Carol. Rien ne permettait d'affirmer qu'elle n'avait pas pris au sérieux la proposition de Nolan, ou qu'elle ne soit pas allée avec Newcastle, Croft, Durward ou n'importe quel vampire inconnu avant d'emprunter d'un pas chancelant le chemin tragique qui la mènerait à Maryon Park. Toutefois, il fallait bien que Bellaver commence quelque part. Il jeta son dévolu sur Thomas Nolan. Ils disposaient même d'un tout petit indice : Griffin était revenu de ses fouilles avec un emballage en carton aplati trouvé non loin du corps. Celui d'un rouleau de pellicule photographique, et pas du genre bas de gamme comme on en vendait chez *Boot's*.

Le chef ordonna à Griffin de localiser le domicile de Nolan.

L'agent Rogers revint avec l'identification officielle. Timothy Lea avait confirmé que c'était bien la fille avant de prendre congé, blanc et tremblant. Le nom Carol Thatcher inscrit au crayon sur les formulaires fut gommé et réécrit au stylo-bille.

— Si on l'avait poignardée, ou si elle avait fait une overdose, tout le monde s'en ficherait, déclara Bellaver. Mais non, il fallait qu'on la morde.

Rogers, dont le visage maigre était étrangement séduisant, avait les joues roses. Kate se demanda si elle n'avait pas fait une petite saignée à Timmy dans la voiture. Il était du genre à obéir à toutes les exigences d'une femme en uniforme.

Griffin revint avec l'adresse du studio de Nolan. Pottery Lane, à Notting Hill. Manifestement, le photographe vivait à l'étage, au-dessus de la boutique.

Griffin revint aussi avec un transistor Super 7.

— Qu'est-ce qui vous prend, mon vieux ? Vous ne voulez surtout pas rater votre émission favorite ?

C'était l'heure du bulletin d'information de midi. Kate reconnut la voix.

— … s'il s'agit en effet de la première affaire de ce type depuis la guerre, et non de la première affaire à être *reconnue publiquement* comme telle, nous pouvons en tirer une maigre consolation, car c'est une conséquence inévitable du laxisme des gouvernements successifs, qui ont tous fermé les yeux devant la montée des problèmes. Une fille – une *jeune* fille – est décédée, elle a été sacrifiée… Qu'elle ne soit pas morte en vain ! Mettons une limite, et n'ayons pas peur d'affirmer : « Ça n'ira pas plus loin. »

— Enoch, souffla Bellaver. Ce connard d'Enoch.

L'extrait s'acheva. En accord avec la politique d'équilibre des temps de parole de la BBC, un homme d'Église vampire – l'ex-petit ami de Kate, Algernon Ford – intervint ensuite. Algy se répandit en platitudes et exprima sa compassion à l'égard des amis et de la famille de la victime, puis insista sur le fait que le coupable diabolique (probablement étranger) de ce crime affreux ne représentait pas les Britanniques patriotes, établis depuis longtemps, de la communauté des vampires.

— Griffin, ai-je ou non été clair concernant certains détails de cette affaire dont je ne voulais pas que la presse soit informée ?

— Vous avez été clair, chef.

— Pourtant, ces mêmes détails sont diffusés sur les ondes ?

— Oui, chef. Ce ne sont pas nos gars les responsables.

Kate savait qu'il était peu probable que la Division B soit à l'origine des fuites. Elles auraient pu provenir de Brent, le médecin de la police, ou de la personne qui avait découvert le corps… Elle n'avait pas songé à demander qui c'était. Il y avait de grandes chances que ce soit un flic du coin. Chaque commissariat avait son officier sympa désireux d'échanger des infos contre une bonne pinte. C'était ainsi que Kate agissait avec ses sources. Griffin en faisait partie, quand il était d'humeur. Dans ce cas précis, il s'agissait plutôt d'une fuite malveillante.

— Je suis sûre que c'est Choley, déclara-t-elle.

— Qui ça ? demanda Bellaver.

— L'agent posté à l'accueil, avec le grain de beauté et les doigts gras.

— Si c'est bien lui, il va regretter ce jour maudit. Griffin, tu es trop gentil pour ce que j'ai en tête. Rogers, allez chercher quelqu'un de terrifiant, comme Herrick ou Berkeley-Willoughby « Dieu nous vienne en aide », et lâchez-les dans les parages, toutes canines dehors. Je veux que les accès au studio de Nolan soient bouclés de tous les côtés. Laissez entendre que des gorges seront arrachées si j'entends encore parler de ça aux infos avant que notre meurtrier soit entravé par des chaînes d'argent et mené à la barre de l'Old Bailey.

Griffin acquiesça et emporta sa radio. Rogers partit chercher un chien d'attaque.

— Trop tard, dit Kate. Nolan s'est sûrement déjà fait la malle.

Bellaver afficha un air amer, mais ne la contredit pas.

Chapitre 4

Même un dimanche après-midi, la salle d'attente haute de plafond du studio de Thomas Nolan était bondée d'aspirants mannequins des deux sexes. Kate n'avait jamais vu autant de jambes interminables, de colonnes vertébrales et de pommettes saillantes. Les veines battaient sur les gorges, les poignets et les chevilles. Elle n'aurait pas su où mordre, de peur de tomber sur un os. De jolies créatures étaient perchées, telles des sauterelles, sur des divans bas et inconfortables. Elles étaient en costume d'astronaute, de flamant rose, de cow-girl, de boy-scout… Des tables au plateau de verre étaient ornées d'objets inutiles : magazines en langue étrangère que ces jeunes à l'apparence fragile ne pouvaient pas lire, fruits exotiques qu'ils ne pouvaient manger.

De grands posters de stars de cinéma en noir et blanc étaient accrochés sur les murs blanchis à la chaux. Bogart en smoking blanc, Rita Hayworth en Gilda, Jack Andrus en Ulysse, Bardot sur une moto, Byron Orlok en Gueule d'argile, Theda Bara en comtesse Addhema, Toby Dammit drogué et décharné. On avait rougi leurs yeux au feutre et ajouté des canines sur leurs lèvres noires. Kate ne comprenait pas pourquoi. Un juke-box américain chromé jouait du Procul Harum. Elle jeta un coup d'œil aux titres sélectionnés : *A Whiter Shade of Pale*, encore et encore.

« … *her face, at first just ghostleeeee, turned…* »

L'assistante personnelle de Nolan, une Asiatique, distribuait des ordres à ses larbins. Kate fut surprise : cette femme n'était autre que la Fille du Dragon. Autrefois désignée par des noms plus élaborés, elle se faisait à présent appeler Lin Tang. Kate n'avait pas suivi son parcours, mais elle avait entendu dire que son père, le Seigneur des Morts Étranges, était parti rejoindre ses ancêtres. Avant que le plafond ne s'effondre sur son repaire de

Limehouse, il avait prononcé la formule habituelle : « Le monde entendra de nouveau parler de moi. » Pour le moment, rien à signaler.

— Kate, la salua Lin Tang, le visage de marbre. Et un gentleman fonctionnaire.

Plus petite et même plus menue que Kate, Lin Tang portait une mini-jupe noire, des bottes en vinyle et un haut sans manches constitué d'anneaux dorés cousus ensemble. Autrefois, ses cheveux dénoués lui descendaient jusqu'aux genoux. Désormais, elle arborait une frange géométrique et sa coupe laissait voir sa nuque. Kate se souvenait de la Fille du Dragon telle qu'elle était en 1896 : un tourbillon adepte de l'hapkido, découpant en tranches les Gardes Karpathes avec des cimeterres jumeaux durant la bataille de Lamb's Conduit Street. Aucune des personnes présentes ne se rendait-elle compte que cette minuscule femme était plus dangereuse que le lutteur chauve à la peau grêlée qui barrait l'entrée de la porte intérieure ? Il était un élément du décor : les bras croisés, comme le génie d'Aladin, une boucle d'oreille unique, une fleur peinte sur le front. Le père de Lin Tang le lui avait peut-être laissé en héritage.

Dans les années 1890, à l'époque des alliances étranges, Kate et la Fille du Dragon avaient travaillé dans diverses organisations secrètes ayant pour objectif de renverser le prince Dracula. Puis Lin Tang avait fait son devoir en appliquant les ordres de son terrible père. Plus tard, elle s'était retournée contre lui – par amour, d'après ce que Kate avait compris – et avait fait son chemin dans le monde. Tant mieux pour elle. Elle n'était pas vampire et pourtant, elle semblait n'avoir pas pris une ride en quatre-vingts ans. Sa famille avait accès à des potions et des élixirs. Comme le vampirisme, cette immortalité avait un prix invisible élevé. Le Seigneur en était venu à ressembler à une momie chinoise. Le visage maquillé de Lin Tang allait peut-être finir par craquer.

Bellaver fouilla ses poches à la recherche de sa carte de police, qu'il trouva seulement une fois que Griffin eut montré la sienne à Lin Tang.

— Nous aimerions parler à Mr Nolan, Miss… ?

Lin Tang ne le tira pas d'embarras.

— Cela concerne une affaire grave, insista Bellaver.

Le lutteur bougea légèrement.

Dans cet univers à part, l'autorité de la Division B était tout juste reconnue. Pas étonnant que le chef soit méfiant. Quand Kate avait débuté en tant que journaliste spécialisée dans les affaires criminelles, il était presque impossible pour les policiers d'interroger quiconque d'un rang social supérieur. Les voyous bien nés des années 1880, comme Caleb Croft et sa génération de potes avant lui, pouvaient plus ou moins s'en tirer, quelle que soit la gravité de leur crime. En cet âge égalitaire, être célèbre – peu importait pourquoi – présentait des avantages qui allaient autrefois de pair avec les titres et les propriétés.

— Thomas ne doit pas être dérangé, finit par répondre Lin Tang.

Les portes s'ouvrirent derrière le lutteur qui, bousculé, s'écarta. Thomas Nolan apparut, plus défoncé encore que le Toby Dammit du poster, ses cheveux blonds en bataille, des traînées de poussière rouge brique maculant son jean d'un blanc aveuglant. Malgré sa taille moyenne, il déplaçait beaucoup d'air. Quelque part dans son dos, une femme sanglotait.

Lin Tang remarqua la Présence.

— Thomas n'a pas l'air bien, commenta Bellaver.

Le photographe se mit à inspecter la cuvée de mannequins présents, pinçant des mentons et plongeant les yeux dans ceux des autres. Personne ne pipait mot.

— Sans espoir, inutile, boutonneux, sous-alimenté, trop grande... Du balai ! Allez, tout le monde dehors ! Et que ça saute !

Le casque de l'astronaute se couvrit de buée. La fille à l'intérieur s'évanouit. Sa combinaison spatiale avait une ouverture qui laissait voir un ventre miraculeusement plat, ce qui était vivement déconseillé pour toute sortie extravéhiculaire.

Lin Tang frappa dans ses mains, comme son père pour indiquer qu'il fallait jeter dans le fleuve encore plus de barbares occidentaux. Les mannequins furent renvoyés, même si Kate imagina qu'interchangeables comme ils l'étaient, ils seraient remplacés dans la demi-heure. La cow-girl emmena l'astronaute.

— Vous vous foutez de moi, dit Nolan à Bellaver, puis il se planta devant Kate. Mais... toi... tu m'intéresses.

Avec ses pouces et ses index, il forma un cadre et regarda au travers.

— Clic, clic, dit-il. Dents, s'il te plaît.

— Il veut dire « souriez », précisa Lin Tang.

— Non, je veux dire « dents », rétorqua Thomas.

Kate ouvrit la bouche, comme chez le dentiste. Ses canines sortirent de leur logement.

Souvent, ses crocs sentaient que quelqu'un lui plaisait avant même que l'information n'atteigne son cerveau. Thomas Nolan. Sa curiosité fut piquée. De son côté, il ne la voyait que comme un objet. Bon sang. Elle était déjà passée par là.

— Jolies quenottes, déclara-t-il. Entre, on va faire des photos.

— Mais je suis... Je ne... Je n'ai pas de reflet. Pas de photo.

Il afficha un sourire crispé.

— Voyons si on peut y remédier, trésor. Tu corresponds vraiment à ce que je recherche.

Si c'était la seule solution, dans ce cas…

Thomas l'introduisit dans son studio photo. Le lutteur autorisa Bellaver à les suivre.

Le bâtiment était un ancien hangar à calèches. Il y régnait encore une odeur de bois et de chevaux. De grands panneaux de tissu blanc et de papier pastel étaient cloués sur les murs. Des appareils photo et des projecteurs étaient perchés sur des supports.

La femme en pleurs était une vampire. Une grande blonde squelettique, encore, en robe du soir argentée. Elle ne portait pas de chaussures et ses pieds nus étaient sales d'avoir marché sur le sol brut. Kate reconnut Barbara von Weidenborn, un mannequin professionnel qui travaillait sous le nom de Barbarushka. Une brindille de l'arbre généalogique de Dracula, qui se trouvait à présent dans un état de détresse profonde, comme une fille de harem qui aurait échoué à chauffer le lit du sultan et serait condamnée aux crocodiles.

Lin Tang fit claquer ses doigts aux ongles longs. Le lutteur escorta la brindille hors de la pièce. Kate espérait qu'il n'y avait pas de trappes cachées dans les parages pour les pauvres éplorées de ce genre. La Fille du Dragon avait dû modérer ses méthodes pour se débarrasser des gens, même si la brève rencontre de Kate avec Thomas Nolan l'incitait à croire qu'il pouvait se montrer aussi froid et cruel que le Seigneur des Morts Étranges.

Kate comprit quel était le problème de Barbarushka.

Des images apparaissaient sur des Polaroid éparpillés par terre : toutes ne montraient qu'une ombre étrange sur du papier blanc.

— Ça ne marchera pas avec moi non plus, insista Kate.

Nolan fit venir une femme séduisante aux cheveux auburn. Vêtue d'un sweat-shirt et d'un pantalon noirs, elle portait un plateau accroché au cou, comme les ouvreuses de cinéma. Celui-ci était rempli non pas de glaces, mais de produits de maquillage.

— Edwina, ordonna-t-il, sers-toi de tes pouvoirs magiques.

La femme commença à poudrer le visage de Kate.

Curieusement, elle ressentit des picotements. Ses yeux s'emplirent de larmes.

— Il y a de l'argent, là-dedans, dit-elle en saisissant le poignet d'Edwina.

— C'est pour que tu apparaisses, se justifia Nolan.

— Peut-être que je n'en ai pas envie ? répliqua Kate.

Edwina était forte, Kate s'en rendit compte. Elles allaient peut-être devoir se battre.

Bellaver restait en retrait, amusé. Kate n'avait pas donné son accord pour vivre ça, surtout si cela impliquait qu'on la défigure.

— Mr Nolan cherche le moyen de faire apparaître les vampires sur les photos, expliqua Lin Tang.

— Tu as un look d'enfer, dit le photographe. Mais, s'il n'apparaît pas sur la pellicule, c'est du gâchis.

— Cet argument ne marche qu'avec les filles qui vieillissent, rétorqua Kate.

— N'aimerais-tu pas voir à quoi tu ressembles ?

— Pas vraiment, non. On ne me trouvait pas spécialement jolie.

Nolan était perplexe.

— Ce qu'elle veut dire, c'est qu'elle est rousse, intervint Lin Tang. Quand elle était sang-chaud, les Occidentales aux cheveux roux étaient considérées comme des laiderons.

Kate devrait penser à remercier la Fille du Dragon pour sa concision.

— Vous oubliez les lunettes, ajouta Kate. Et les taches de rousseur.

Nolan la scruta intensément et ne vit aucun problème, ce qui aurait dû remonter le moral de Kate. Le photographe passait ses journées à regarder à travers un viseur des femmes comme Jean Shrimpton ou Penelope Tree. Si lui ne voyait rien à reprocher à ses lunettes, ses cheveux roux et ses taches de rousseur, ça ferait les pieds à tous ces types à casquette de cricket qui l'avaient traitée de chouette et de pivoine sans l'inviter à danser, en 1886. La plupart d'entre eux étaient morts, bien entendu.

Nolan prit un appareil photo et commença à lui tirer le portrait.

— Génial, dit-il. Montre plus les dents, s'il te plaît. Et tes yeux. C'est ça, trésor. Des canines et des sourires. Tu as tout compris, chérie. Oh, oui.

Des lumières de flash.

Kate était adossée à une feuille de papier kraft qui finit par tomber. Le photographe s'avança vers elle. « Clic ! Clic ! Clic ! »

Edwina avait elle aussi un appareil photo : le Polaroid, qui crachait instantanément des images.

Elle en montra une à Nolan, qui la prit en photo en train de lui tendre le cliché.

Kate vit le Polaroid d'Edwina. Son image y apparaissait. Un visage pâle et rond. Les lunettes à monture blanche. Les canines supérieures proéminentes, le grognement défensif. Même ses cheveux. La magie avait opéré.

Cela l'intéressait malgré elle.

L'air étonné qu'elle avait sur la photo l'ennuya. C'était aussi le cas sur tous les clichés pris de son vivant, où elle avait dû se soumettre à une séance de pose interminable, assise dans un fauteuil avec des pinces.

Bellaver ne parvint pas à étouffer un rire. Griffin aussi affichait un sourire satisfait.

Elle le leur ferait payer plus tard.

— Bon, arrêtez, maintenant, dit-elle. Mettons-nous sérieusement au travail.

Pour Thomas Nolan, cette séance était sérieuse. Il prit d'autres photos, avec divers appareils, fixés sur des trépieds ou tenus à la main.

Kate essaya de le soumettre à son pouvoir. Elle n'était pas spécialement douée en la matière, mais elle était vampire depuis suffisamment longtemps pour avoir appris certains trucs.

Rien.

À chaque cliché, elle avait la désagréable impression qu'on lui volait quelque chose. Une couche de peau ? C'était comme être mordue, comme si on buvait son sang, ce qui ne lui était arrivé qu'une seule fois, bien qu'on lui en eût pris beaucoup. Comme si elle passait aux ténèbres. Elle craignait de disparaître.

Comme la glace au soleil, je fonds…

Edwina et Lin Tang se tenaient sur le côté, telles des assistantes harpies. Pourquoi ne les prenait-il pas elles en photo ? Elles étaient jolies.

Il lui fourra un énorme objectif sous le nez, semblable à la sonde des machines de guerre martiennes du film *La Guerre des mondes*. Elle n'y voyait pas son reflet. Le volet se referma à l'intérieur de l'appareil.

« Clic ! Clic ! Clic ! »

Elle se recroquevilla, presque terrifiée. Nolan s'agenouilla, penché au-dessus d'elle, et la visa avec son objectif, sans cesser de prendre des photos. Elle posa une main derrière elle et sentit le sol.

Elle était forte. Elle pouvait le repousser.

Elle avait soif. Elle pouvait le mordre.

« Clic ! Clic ! » Ce putain de clic !

Elle ne résista pas. Les clics se transformèrent en baisers. Ses canines lui entaillaient la lèvre. Sa bouche serait plus rouge.

— Ça suffit, dit-elle fermement.

Avec ses genoux, Nolan lui coinça les cuisses. Il continuait à avancer au-dessus d'elle, tel un cyclope. La moitié supérieure de son visage, au-dessus de ses lèvres charnues, était réduite à l'appareil photo, un œil immense au bout d'une tige extensible.

Les cliquetis s'enchaînaient en rafale. Nolan prenait une photo et enroulait la pellicule, répétant ce geste à l'infini.

Kate était lessivée, vidée de toute énergie.

Elle comprit ce qui n'allait pas.

— Bellaver, dit-elle. Débarrassez-moi de lui. Ça concerne l'affaire.

Quand Bellaver s'avança, Kate tendit le bras et s'empara de l'appareil de Nolan. Le photographe continua à faire le geste de déclencher l'appareil et d'enrouler la pellicule. Il lui susurrait des mots doux pour tenter de capturer son image.

Il était dans une sorte de transe, s'imaginant prendre des photos.

— Trésor, disait-il, allez, trésor…

Griffin et Bellaver l'aidèrent à se relever. Ses mains s'agitaient toujours. Il voyait sans voir.

Ses assistantes n'en furent pas inquiètes. Elles avaient l'habitude de ne pas poser de questions face à une attitude étrange.

— Lin Tang, dit Kate. Il a été fasciné. Par Barbarushka ?

La Fille du Dragon ricana avec mépris.

— Non, pas elle.

— Par un autre vampire, alors. Récemment. Depuis combien de temps est-il comme ça ? Frénétique, à moitié ailleurs…

La question ne voulait rien dire pour Lin Tang.

— J'ai une bonne et une mauvaise nouvelle, chef, dit Kate à Bellaver. Nolan doit savoir ou a dû savoir quelque chose. Mais un vampire s'est immiscé dans son esprit pour y enfermer l'information.

Le photographe était moins agité, plus réceptif. Edwina le fit asseoir dans un fauteuil en forme d'œuf, suspendu au plafond par des chaînes. Ses pieds pendaient dans le vide, frôlant le sol. Il marmonnait, ses mains actionnant encore un appareil photo invisible.

— L'une d'entre vous était-elle avec Nolan, hier soir ? s'enquit Bellaver. Sur un bateau, et ensuite ailleurs ?

Lin Tang acquiesça. Edwina haussa les épaules.

— A-t-il pris des photos, hier soir ? demanda Kate.

— Bien sûr, répondit Lin Tang. Il en prend toujours.

— Les a-t-on développées ?

— Non, c'est lui qui s'en charge.

— Nous allons avoir besoin des pellicules, déclara Bellaver.

— Ça ne va pas être possible, répliqua l'Asiatique.

— Faites en sorte que ça le soit, Fleur de Lotus. Sans quoi, on trouvera bien à vous accuser de quelque chose. Entrave à la justice, vraisemblablement. Si la cruauté insidieuse n'est pas un délit véritable, on peut faire en sorte que ça le devienne rien que pour vous.

— Je ne m'appelle pas Fleur de Lotus, inspecteur Lourdaud. Ni Suzie Wong.

— J'ai bien été clair sur le fait qu'il s'agit d'une enquête pour meurtre, n'est-ce pas ?

Lin Tang n'en fut pas impressionnée. Étant donné qui elle était, Kate comprenait pourquoi. *Un* meurtre ? Un seul ?

— Nolan va avoir besoin d'aide, intervint Kate. Pour remettre ses idées en place. Vous feriez mieux de coopérer.

— Très bien, concéda Lin Tang. Mais je développerai moi-même les photos. L'un de vous peut se joindre à moi dans la chambre noire.

— Une proposition qu'on n'entend pas tous les jours, commenta Bellaver. Katie, j'imagine que vous êtes nyctalope.

— Comme un chat, dit-elle.

— Allez-y, dans ce cas. Je vais trouver quelqu'un pour faire le ménage dans la tête de Tommy l'Illuminé.

Chapitre 5

L'accès à la chambre noire, une ancienne écurie, se faisait par un sas. Deux couvertures noires étaient accrochées avec des pinces sur un fil à linge. Quand Kate revint avec les planches contact humides, l'hypnotiseur de Bellaver faisait briller des lumières devant les yeux aveugles de Thomas Nolan.

Marcus Monserrat était un vénérable monsieur au dos courbé, qui se déplaçait avec des béquilles et dont les jambes étaient emprisonnées dans des appareils orthopédiques. Il avait le teint très bronzé – peut-être était-il à demi indien ou pakistanais – et arborait une barbe blanche soigneusement entretenue. Spécialiste du cerveau, il rentrait d'un séjour au Tibet avec une prétendue maîtrise des techniques hypnotiques anciennes.

Kate se souvint de l'engouement pour les voyages au Tibet, dans les années 1920 et 1930, et l'acquisition de pouvoirs censés brouiller les esprits. *La Disparition d'un diplomate*, la biographie de Hugh Conway par James Hilton, avait incité toute une génération perdue de crétins à se geler les extrémités en parcourant les montagnes enneigées de l'Himalaya, à la recherche de Shangri-La, Shambhala ou K'un-L'un. Kent Allard, un pilote que Kate avait connu pendant la Première Guerre mondiale, était l'un des rares à en être revenus. Avec l'occupation du Tibet par la Chine communiste, les mystiques en puissance préféraient aller à la rencontre des Maharishis d'Inde. Elle s'était rendu compte que les amateurs sérieux de magie noire privilégiaient un nouveau continent : l'Australie. Ils allaient à Uluru solliciter les chamans aborigènes pour connaître l'art secret de tuer par un simple cri ou en pointant un os sur la victime. Comme si trouver des moyens toujours plus astucieux pour assassiner les gens était une nécessité absolue.

Pour Monserrat, posséder des pouvoirs surnaturels ne rimait pas avec richesse matérielle. Non qu'il ait emprunté la voie de l'ascétisme. Autrefois neurologue prospère sur Harley Street, il avait à présent sa carte chez les marchands de journaux de Marylebone Hight Street. Sa clientèle était composée de personnes qui voulaient arrêter de fumer ou de se ronger les ongles. Kate ignorait comment il en était venu à collaborer avec la Division B. Il avait dû les aider sur de précédentes enquêtes. Ce n'était pas la première fois que l'on fascinait le témoin d'un crime commis par un vampire pour lui faire garder le silence. Dissiper le brouillard se révélerait utile, si ce n'était pas du charlatanisme pur et simple. Ce qui était le cas, selon Kate.

Nolan était avachi dans son fauteuil en forme d'œuf, les mains sur les genoux. Monserrat avait au moins réussi à l'empêcher de faire le geste de prendre des photos. Bien que conscient, le sujet ne réagissait pas.

L'hypnose avait progressé depuis l'époque où l'on demandait aux gens de « regarder fixement le pendule ». Une série de lumières multicolores montées sur l'un des trépieds de Nolan clignotaient en une étrange séquence. Avec *A Whiter Shade of Pale* diffusé faiblement dans la salle d'attente, le studio ressemblait à une discothèque de seconde zone. Kate aurait aimé qu'on change le disque. Après des heures de Procul Harum, elle était prête à entendre *Any Old Iron* ou *I Was in Kaiser Bill's Bat-Staffel*. Ou mieux encore : *The Sound of Silence*.

Bellaver se tenait à l'écart, avec Griffin et l'agent Rogers, qui avait conduit Monserrat à Pottery Lane, ainsi qu'une femme âgée, mince, aux cheveux blancs. L'épouse de Monserrat. C'était un vampire, ce qui signifiait qu'elle avait choisi de paraître vieille, sans doute pour être assortie à son mari. Kate avait déjà rencontré ce cas et n'était pas de celles qui critiquent le choix des autres pour faire durer leurs relations. Cependant… Mrs Monserrat avait l'œil luisant et fichait un peu la frousse. La faim se lisait dans son regard et elle avait sorti les crocs devant ce jeune homme sous l'influence de son époux. Kate n'avait pas besoin de faire un voyage organisé en Inde pour savoir à quoi la femme pensait. Heureusement qu'Enoch Powell n'était pas là : l'expression de Mrs Monserrat représentait tout ce que redoutaient les détracteurs des vampires.

Monserrat n'obtenait aucune réaction de Nolan.

Gagné par l'ennui, Bellaver s'approcha pour jeter un coup d'œil sur les photos.

— Alors, qu'est-ce que ça donne ? demanda-t-il.

— Il y en a quinze rouleaux, répondit Kate. Lin Tang fait un tirage de chaque photo, mais voici les planches contact. On pourrait envoyer à *News of the Worlds* celles prises sur le *Riverdream*. Elles montrent ce à quoi on pouvait s'attendre : des gens riches, beaux, célèbres et horribles qui s'envoient en l'air.

— Alors comme ça, vous n'êtes pas invitée aux fêtes de Syrie Van Epp ?

— Je vous en prie ! S'il m'arrive un jour de tomber si bas, empalez-moi sur-le-champ. Ces gens sont les personnes les plus inutiles au monde.

— Des photos de Carol ?

— Plein. À la fête, et… après.

— Comment ça, après ?

— Dans un taxi, je pense. Et à Maryon Park.

Bellaver se souvint d'un autre ordre qu'il avait donné.

— Griffin, avons-nous retrouvé les chauffeurs de taxi en exercice la nuit dernière ?

— Oui, chef. On n'a pas encore mis la main sur le bon, mais si Carol Thatcher est allée du bateau au parc après minuit, on devrait finir par le retrouver.

— Si c'est si facile, on aurait déjà dû le retrouver.

— Oui, chef, dit Griffin en regardant ses chaussures à bout pointu.

— Elle a dû se rendre au parc juste avant l'aube, déclara Kate. Il y a des photos prises entre chien et loup. Ces temps-ci, le soleil se lève à… quoi, 4 heures, quatre heures et demie ?

Kate posa les planches contact sur une table d'architecte. La lumière au-dessus fit ressortir l'aspect brillant du papier photo. Des colonnes d'images luisantes, en noir et blanc et en couleur. Elle donna une loupe à Bellaver.

— C'est quoi, cette sale odeur ? demanda le policier.

— Produits chimiques, répondit Kate. Inutile d'appeler les stups.

Le petit moment qu'elle avait passé dans la chambre noire avec Lin Tang lui avait légèrement donné le tournis. Le manque de sang, l'exposition au soleil et son agacement général jouaient aussi. Elle ne vit rien de spécial.

Elle classa les photos par ordre chronologique, essayant d'en dégager une histoire. Elle devait aller contre son instinct qui la poussait à les regarder de droite à gauche et non de haut en bas. Même cela pouvait se révéler une erreur. La lecture des planches pouvait vous tromper, comme une BD italo-japonaise, mais Nolan n'avait pas toujours saisi les moments pertinents. Il ignorait alors qu'il enregistrait les derniers instants de la vie de Carol Thatcher. Plus de fausses pistes que de réels indices.

— Jouons à « Cherche et Trouve », proposa Bellaver en regardant à travers sa loupe. Professeur, vous voulez bien amener notre artiste ici ?

Monserrat ordonna à Nolan de se lever et de rejoindre la table. L'hypnotiseur avait plus de mal que son sujet à traverser le studio. Son épouse dut lui venir en aide. Irrité, il essaya de se libérer de son emprise d'un coup d'épaule.

Nolan se posta devant la table sans aucune expression.

— Cela vous rappelle-t-il quelque chose ? s'enquit le chef.

— Il n'entend que ma voix, l'informa Monserrat à voix basse, un léger cheveu sur la langue. Regardez les photographies, Thomas. Vos photographies.

Nolan pencha la tête et fit glisser ses doigts sur les planches humides, comme si elles contenaient un message secret en braille.

Le photographe marmonna. Des paroles de chanson. Des chansons entendues à la fête ?

Ce qui rendait les clichés de Nolan particulièrement intéressants, c'était que les vampires y apparaissaient. Edwina ne pouvait pourtant pas avoir saupoudré tout le monde de talc à l'argent. D'après Lin Tang, Nolan faisait des expériences avec des procédés chimiques et de nouvelles pellicules très sensibles. C'était une véritable obsession : trouver le moyen d'obtenir un bon rendu des vampires. Kate se souvint que, dans les années 1950, Kodak avait commercialisé une pellicule spéciale pour les non-morts. Le résultat était douteux. Nolan n'y était pas encore tout à fait, et peut-être l'objectif était-il impossible à atteindre, mais on pouvait distinguer les vampires sur ses photos. Certains étaient en négatifs, d'autres transparents, d'autres flous, sans traits, mais quand même capturés sur la pellicule. Bellaver était intéressé, lui aussi. Prendre des photos d'identité judiciaires était un vrai défi, sans parler du recours aux photographies comme preuve. Certains se moquaient d'adopter un comportement imprudent en public, puisque les photos révélatrices n'apparaîtraient pas dans les journaux à scandale. Si Nolan poursuivait son travail – et s'il retrouvait toute sa tête –, les habitudes allaient devoir changer. La mort de Carol était-elle accidentelle ? Le mobile réel du crime de Maryon Park était-il d'empêcher Nolan de développer l'art de la photographie vampirique ?

— Vous reconnaissez une de ces apparitions ? demanda Bellaver à Kate.

— Étonnamment, oui, avoua Kate. Là, en short et en tee-shirt citron vert, c'est Herbert von Krolock. Il est en train de rouler une pelle à cet acteur d'*Un genre de saignement*. Comment s'appelle-t-il, déjà ? Alan Bates ? Le joli garçon, c'est Paul Durward, un Aîné chanteur à ses heures. Je ne connais pas la blonde sang-chaud au décolleté plongeant qui le colle.

Celui-là, on le reconnaît sans problème, mais je suis incapable de nommer un seul membre de sa clique…

Elle tapota l'image d'un homme d'âge mûr. Sa coiffure était plus bouffante que la dernière fois qu'elle l'avait vu. Il portait un costume fluo à col pelle à tarte et une chemise orange aux manches souples, avec un jabot sur le devant. Mais son visage était un masque de mort. Grâce au procédé de Nolan, on voyait des plaques de pourriture sur ses joues et son front, sans doute invisibles à l'œil nu.

— Caleb Croft, dit Bellaver.

À la mention de ce nom, Kate frissonna. S'il y avait bien un vampire monstrueux…

Le professeur Croft était flanqué de vampires qui portaient tous une robe de moine dont la capuche, relevée, dissimulait leur visage. L'un arborait l'écharpe noir et blanc de Saint-Bartolph. Cette année-là, tout le monde cherchait un gourou. L'idée que Croft plante ses canines dans la chair de ces jeunes gens, ou pire, qu'il ait une emprise sur leur esprit, était horrifiante. L'écharpe retint l'attention de Kate. L'ayant remarquée une fois, elle ne cessait de la voir. Pas toujours sur la même personne.

— Ces photos n'ont pas été prises hier soir, dit Monserrat à Nolan, mais en ce moment. Racontez-nous ce qui se passe.

— Je suis sur un bateau, répliqua Nolan. C'est un voyage. Un voyage lointain.

— Y a-t-il une fille ? l'interrogea l'hypnotiseur.

Même profondément en transe, Nolan sourit.

— Une fille. Des filles.

Nolan photographiait toutes les filles croisées dans son viseur. Il avait même pris quelques clichés de Lin Tang, qui avait – on ne sait comment – changé de tenue deux ou trois fois au cours de la fête. Kate reconnut des femmes célèbres : actrices de cinéma, de télévision et mannequins de rotogravure. Julie Christie, Catherine Cornelius, Sandie Shaw, Moira Kent, Anita Pallenberg, Fontaine Khaled, Julie Ege, Ayesha Brough. L'une des photos montrait les chanteuses-mannequins-actrices Gillian Hills et Jane Birkin gloussant d'un air conspirateur, l'œil tourné vers l'objectif, semblant à la fois pleines de promesses et prédatrices. Penelope Churchward, qui évoluait dans ce milieu, était absente. Kate se dit que Penny devait être à New York, à faire des cachotteries.

— Une fille, dit Monserrat. Carol.

Sur les clichés de la fête, Carol était soit un élément du décor – coupée sur le côté de l'image –, soit le sujet de la photo. Elle avait retenu l'attention de Nolan : toute une planche de la soirée lui était consacrée.

Parfois elle discutait ou dansait avec d'autres convives, mais en général elle était seule, souriante ou l'air perplexe. Pourquoi elle, parmi toutes les filles présentes ? Nolan savait-il flairer celles qui allaient mourir ? Dans ce cas, Kate devrait se méfier puisqu'il lui avait tiré le portrait à elle aussi. Carol était-elle flattée d'avoir été élue par le cyclope? Avait-elle peur? Pour un mannequin, Kate la trouvait plutôt mal à l'aise face à l'objectif. Elle pouvait toutefois se tromper parce qu'elle connaissait sa fin tragique. Celle-ci jetait une ombre sur l'air innocent de la jeune fille. Timothy Lea figurait sur quelques clichés pris en début de soirée, se gavant de petits fours avant de se perdre dans la foule. S'était-on débarrassé de lui ? Lin Tang, Edwina et le lutteur – Milton – apparaissaient sur les photos. Avaient-ils écarté Timmy pour que Nolan ait le champ libre avec Carol ?

Nolan vit la fille au visage spectral.

— Carol, marmonna-t-il.

— Ses souvenirs lui reviennent-ils ? demanda Bellaver.

— C'est une flamme blanche, enchaîna Nolan.

Après les photos de la fête venaient celles dans le taxi que Carol avait pris à un moment donné pour aller du bateau au parc. La Fille du Dragon avait dit que Nolan était parti avec elle. Kate avait senti que Lin Tang lui en voulait encore de s'être ainsi éclipsé, et qu'il en aurait été de même si l'escapade ne s'était pas soldée par un meurtre.

Dans le taxi, Carol portait l'écharpe de Saint-Bartolph. Nolan avait utilisé une pellicule noir et blanc fortement contrastée. D'autres personnes se trouvaient à l'arrière du véhicule, mais Nolan avait fait des gros plans du visage de Carol dès que celui-ci avait été éclairé à travers la vitre. Des ombres hachaient les photos. Celles-ci seraient ratées. Peut-être que, sur l'une d'elles, une main – ornée de l'une de ces bagues légendaires distinctives – reposait sur son genou ? Ou qu'une série de formes floues finiraient par désigner un coupable identifiable ? Un tel coup de chance n'était pas à espérer.

Ce qui intéressait Nolan, c'était le visage de Carol, pas un vampire quelconque se pourléchant les babines dans la pénombre.

Même hypnotisé, il était attiré par elle. Il laissa ses empreintes sur les images collantes.

Ayant vu Carol morte, Kate fut frappée par la vie qui l'habitait auparavant. Elle comprit pourquoi ils étaient si nombreux à vouloir se rapprocher d'elle. Sans elle, Timmy Lea était perdu. Non pas qu'il ait pu continuer à faire partie de sa vie si elle s'était mise à fréquenter le milieu de Nolan. Elle était lumineuse ou du moins, elle paraissait l'être sur certains clichés. Ou peut-être Kate projetait-elle des idées sur une image vide et morte.

La dernière planche contact, en couleur, était prise à Maryon Park, dans la lumière bleue qui précédait l'aube. Une heure magique. Son écharpe traînant derrière elle, Carol remontait un sentier entre les arbres. Elle regardait par-dessus son épaule, un sourire aux lèvres adressé à Nolan, évidemment, mais aussi aux autres. Des ombres compactes apparaissaient sur le sol.

Kate ne pouvait s'empêcher d'espérer que Croft soit là. Cela faisait des décennies qu'elle attendait de pouvoir l'épingler. Carol avait probablement pris l'écharpe à un étudiant et s'était enfuie avec, comme un trophée. Pourquoi s'attacher à un vieux professeur et à ses disciples ? Il y avait tant de personnes plus excitantes, plus dangereuses, plus éblouissantes autour d'elle.

— Cette écharpe, souffla-t-elle à Bellaver. L'a-t-on trouvée près du corps ?

Le chef vérifia son carnet.

— Non. À moins que Griffin soit passé à côté.

— Il n'y avait pas d'écharpe, confirma Rogers, prenant la défense du sergent.

Voilà que Nolan tremblait, de façon alarmante.

— Que voyez-vous, Thomas ? demanda Monserrat.

— Du rouge, répondit-il. La lumière du soleil, comme du sang. Non. Du sang, comme la lumière du soleil.

Dans l'idéal, la dernière photo aurait montré Carol aux prises avec un monstre maculé d'hémoglobine, le visage parfaitement capturé dans la lumière de l'aube, les canines sorties en signe de culpabilité évidente. Au lieu de quoi, le cadre était vide, ou apparaissait comme vide : on voyait des buissons et de l'herbe flous, des ombres déchiquetées, et le cou et l'épaule déchirés de Carol.

— Qui est là ? voulut savoir Kate en désignant le cliché.

Monserrat transmit la question.

— Qui est avec Carol ?

— Des yeux, répliqua Nolan. Des yeux de soleil levant. Aveuglants.

— Il n'en sait pas plus, dit Kate à Bellaver. Si on le pousse trop loin, il va craquer.

— Qui est sur cette photo ? insista Monserrat.

— Je n'en sais rien. Des yeux, de la glace…

Les lèvres de Nolan étaient couvertes d'écume blanche. Il en goutta un peu sur les photos.

— Sortez-le de là, dit Kate à Monserrat, sinon il va se ratatiner dans sa tête. On n'arrivera jamais à le récupérer.

Monserrat n'avait pas d'ordres à recevoir de Kate, mais Bellaver lui fit un signe de tête.

— Réveillez-vous, Thomas, dit-il. Dans trois, deux, un…

Monserrat claqua des doigts. Nolan s'effondra telle une marionnette, comme dans *Les Sentinelles de l'air*, à qui l'on aurait brusquement coupé les ficelles. Malgré l'ordre de l'hypnotiseur, le photographe ne s'était pas réveillé. Il s'était endormi, ce qui n'était pas bon signe. L'agent Rogers, qui avait facilement rattrapé Nolan, hissa le corps lourd pour le remettre d'aplomb. Le photographe revint à lui, puis, se retrouvant entre les mains d'un vampire en uniforme, il prit peur.

— Quoi ?

Rogers lui tapota le dos comme s'il était un ivrogne du samedi soir et le confia à Edwina. La maquilleuse emmena Nolan, lui promettant une bonne tasse de thé et des biscuits. Il fut mis à l'écart comme un enfant. Il avait du personnel pour prendre soin de lui après ses crises de colère et le flatter quand il crânait.

Bellaver regarda les photos en désordre et haussa les épaules.

— J'ai envie de dire que « chaque petit détail compte », mais là ça ne marche pas trop, n'est-ce pas ?

Kate dut reconnaître qu'il avait raison. Elle prit la loupe et joua avec.

Elle revint aux planches contact. Un détail lui échappait forcément. Ou bien elle avait vu quelque chose qui n'aurait pas dû être là. Une idée l'effleura, exigeant d'être approfondie, mais, lorsqu'elle observa de nouveau les planches avec la loupe, et certaines photos en particulier, elle ne distingua pas de quoi il s'agissait.

La soirée était déjà avancée. Il y avait encore de la lumière, mais il faisait frais. Le soleil qui s'était levé sur la mort de Carol Thatcher se couchait. Kate, épuisée et assaillie par les migraines en journée, sentit ses sens s'affûter avec l'arrivée de la nuit. Avec ses yeux adaptés au noir, elle verrait peut-être mieux.

Edwina revint. Elle avait demandé à quelqu'un d'autre de faire le thé.

— Un appel pour le chef, annonça-t-elle.

— C'est sûrement le chef de la police qui veut me passer un savon, dit Bellaver à Kate. Il n'aime pas que vous, les journalistes, vous l'emmerdiez le dimanche, ni les autres jours, d'ailleurs. Et il aime faire partager sa joie.

Bellaver se rendit dans la salle d'attente.

Kate constata avec étonnement qu'Edwina avait une gorge saine. C'était une jeune fille très anglaise, presque guindée, à la voix légèrement rauque et attirante.

— Si vous songez à me mordre, trésor, vous pouvez aller vous faire voir, dit-elle.

Kate ferma la bouche et rougit. Elle en fut certaine. Elle ressemblait de nouveau à une pivoine. Elle ne buvait pas le sang des autres femmes, sauf dans les circonstances les moins romantiques et les plus hygiéniques possible. Cela n'arrivait que dans les moments de sécheresse. Quelque part, elle était encore une Victorienne. Non que l'époque victorienne dont elle se souvenait ait été moins aventureuse sur le plan sexuel que les *swinging sixties*, mais les gens d'alors savaient être plus discrets.

Bellaver revint. Manifestement, les nouvelles étaient mauvaises.

— C'était le chef de la police ?

— Pire. George Dixon. Il y en a eu un autre. Une fille. Encore une lèvres-blanches. Il ne va pas s'arrêter là, hein ? Le salopard. C'est un putain de tueur en série.

Chapitre 6

Les projecteurs installés à l'intérieur du périmètre de sécurité donnaient aux lieux un air de décor de film. La forte luminosité lui faisait moins mal que le soleil. À minuit, Kate se sentait plus vive, l'esprit moins embrumé qu'à l'aube.

Griffin souleva la bâche de polyéthylène comme si c'était un linceul transparent. Laura Jane Bellows était recroquevillée dans une brouette. Elle avait de longs cheveux noirs et la peau d'une blancheur extrême.

— Bon Dieu ! jura Bellaver.

Rogers observa la scène d'un œil critique, comme si elle émettait un jugement sur le sens esthétique du meurtrier dans le positionnement du corps. Du sang séché maculait la gorge de la victime. Celui ou celle qui l'avait mordue l'avait fait salement. Pour sa dernière soirée, Laura portait un bikini noir, des bottes moulantes noires et un poncho en crochet noir également. Les témoins n'auraient pas de mal à se remémorer cette tenue.

On avait rapidement identifié le cadavre. Ses empreintes figuraient dans les fichiers à la suite d'une arrestation de fumeurs d'herbe. Elle n'avait pas payé son amende. Après quelques rapides coups de fil, il s'avéra que Laura était une hippie ordinaire. Originaire de Hatfield – où était-ce donc ? –, elle partageait avec deux autres filles un appartement non loin de King's Road. Après avoir laissé tomber les études, elle avait travaillé dans un café puis dans une agence de voyages, mais n'y était pas restée longtemps. Elle réclamait de l'argent à ses parents pour le loyer et participait à des fêtes où elle n'était pas vraiment invitée. Kate la reconnut comme l'une des jolies filles qui apparaissaient sur les photos de Nolan lors de la bacchanale du *Riverdream*. Les petites nanas comme Laura Bellows étaient les bienvenues partout. Les gros bras qui bloquaient l'accès aux journalistes à lunettes s'écartaient volontiers devant un sourire aguicheur ou un poncho à franges qu'on faisait tournoyer. Les filles comme Laura Bellows et Carol Thatcher ne manquaient pas. Il n'y avait pas que leur meurtrier qui les voyait comme des objets sans valeur, à utiliser une ou deux fois puis à jeter.

Les amis de Laura avouèrent qu'elle fréquentait Clive Landseer, qui n'allait pas tarder à être questionné sur sa malheureuse faculté à connaître les victimes de ces meurtres. En tant que parasite rémunéré, son travail consistait entre autres à rechercher des filles dociles pour agrémenter les soirées mondaines. Ce samedi-là, il avait mis le grappin sur Laura pour décorer la fête donnée sur le vapeur. Elle avait dit à ses colocataires sceptiques qu'on lui avait juste demandé de danser sur le *Riverdream*. Kate connaissait la rengaine. « Tiens, bois un coup. Prends une pilule, prends-en encore, ce ne sont que des Smarties... Lui, c'est un membre du Parlement, sois gentille avec lui, ma poule... Oui, tu lui plais, qui pourrait te résister ? Va dans une cabine et éclate-toi... Tu l'as vu à la télé, dans les journaux, et il t'adore... On est tous superlibres, ma poule... Ressers-toi, vas-y, prends une autre pilule... Une partie à trois, c'est pas énorme, tu sais, c'est plus une "expérience"... Essaie ça, ça s'appelle une passion violette... T'as pas de complexe, chérie, t'es pas banale, t'es un ange, t'es une princesse... Tu verras, ça va te plaire, et puis je te revaudrai ça, mais j'apprécierais vachement... Bois encore un coup, prends encore une pilule, prends cet autre type... Lâche-toi, ma belle. »

À un moment de la nuit précédente, Laura Bellows avait été mordue et vidée de son sang. À un moment dans la journée, on l'avait jetée dans une brouette.

— On était censés la trouver demain matin, quand les ouvriers auraient repris le boulot, expliqua Bellaver. Mais des gamins « qui jouaient » l'ont découverte. Ils étaient sûrement à la recherche de trucs à piquer, ces chers petits anges.

Ils étaient à Deptford, non loin de Maryon Park.

Cinq rues de maisons mitoyennes avaient été détruites par les boules de démolition de Langly Construction, accomplissant ce que la Luftwaffe n'avait jamais réussi à faire. Trois tours devaient être érigées sur le site. Actuellement, c'était un paysage fantomatique : des maisons en ruine, une aire de jeux créée par les bulldozers, des panneaux publicitaires jetés en tas, des montagnes de gravats et détritus. Kate avait assisté à la conférence de presse où Sir Billy Langly avait fièrement montré les plans de ces immeubles de grande hauteur. Les critiques les avaient comparés à des clapiers verticaux ou aux cages empilées les unes sur les autres des élevages en batterie. Aux yeux de Kate, ils ressemblaient à des cercueils. Elle avait passé des décennies à essayer de les éviter.

On avait laissé la victime là où on l'avait trouvée jusqu'à ce que la Division B l'ait vue *in situ*. La découverte d'un cadavre sur un chantier ne retarderait pas les travaux. La police ainsi que Laura devraient avoir évacué les lieux avant que les ouvriers n'aient eu le temps de faire infuser leur première tournée de thé du lundi.

On avait fait en sorte que le corps soit découvert. Quelle que soit l'identité du tueur, celui-ci se moquait de la confidentialité. Il semblait rechercher plutôt la médiatisation. Ces dingues étaient souvent des comédiens frustrés. Ensuite, il s'inventerait un nom d'artiste comme Jack l'Éventreur, Griffe d'acier ou encore Tom le Voyeur.

Le chef ordonna à Griffin d'enlever la bâche.

L'écharpe de Saint-Bartolph était nouée autour du bras blanc de Laura Bellows.

— La voilà, Katie, fit remarquer Bellaver. Vous qui vous posiez la question.

— Bizarre de porter une écharpe au bras, chef, commenta Griffin.

— C'est le meurtrier qui a dû l'attacher là, supposa Rogers.

— Je déteste les joueurs, râla Bellaver. Ces petits cons s'imaginent rivaliser avec vous, ils envoient des messages, sèment des indices partout… Comme s'ils se croyaient intouchables.

— Ils ont parfois raison, répliqua Rogers.

Bellaver secoua la tête.

— N'importe qui peut finir au trou. Pas forcément pour ce qu'ils ont fait, mais pour autre chose.

Cela effraya Kate au lieu de lui remonter le moral. Elle se remémora d'autres policiers qui avaient ce genre d'attitude.

— Caleb Croft enseigne à Saint-Bartolph, déclara-t-elle d'un ton neutre. C'est une écharpe de Saint-Bartolph.

— Vous croyez que Croftie serait du style à siphonner deux nanas en une nuit ? s'étonna Bellaver.

— Il siphonnerait tout Londres s'il pouvait s'en tirer impunément.

— En laissant celles qu'il a vidées emballées avec un gros nœud ?

Elle haussa les épaules. Cela ne correspondait pas à l'éminent vieillard qu'elle connaissait. Mais l'écharpe avait une signification.

Agissait-elle comme une Black and Tan[1] en essayant de piéger quelqu'un qu'elle n'aimait pas, quitte à laisser en liberté le vrai coupable ?

---

1. Les Black and Tans sont des combattants engagés par le gouvernement britannique dès 1920 afin d'aider la Police royale irlandaise et l'armée britannique à lutter contre les indépendantistes de l'IRA (armée républicaine irlandaise). (*NdT*)

S'interroger de la sorte prouvait qu'elle était toujours elle-même, Kate Reed. Elle n'était pas (encore ?) uniquement le vampire Katharine. Elle se pensait supérieure à ceux qu'elle considérait comme des monstres, ce qui ne voulait pas dire que Croft n'était pas coupable. Seulement qu'il fallait plus que des impressions contre lui pour l'accuser. Elle n'arriverait pas à le piéger, même s'il était le pire vampire de Grande-Bretagne.

Peut-être Laura Bellows avait-elle été tuée avant Carol Thatcher. Une chose était sûre : les filles avaient été saignées à une heure d'intervalle maximum. Un besoin frénétique de se nourrir fut le premier mobile qui vint à l'esprit de Kate. Une bande de sangsues se gorgeant des victimes. Une orgie sanglante de base. Les Morts Vivants, le club de vampires bikers, étaient censés s'adonner régulièrement à des succions en réunion pour initier les nouveaux membres ou se débarrasser de groupies ivres. Toutefois, dans un tel scénario, les filles auraient enduré plusieurs morsures. Sur le cou de Carol et Laura n'apparaissaient que les deux trous classiques. Il faudrait que les autopsies le confirment, mais l'état des corps suggérait que le meurtrier avait agi seul. En résumé : un tueur, vidant deux victimes coup sur coup. Cela témoignait d'une soif de sang inextinguible. D'après les photos de Nolan, Carol était morte là où on l'avait trouvée. Laura avait été assassinée ailleurs que sur le chantier où l'on s'était débarrassé de son corps. À Maryon Park ? Abandonner les corps à deux endroits différents ne collait pas avec le profil d'un vampire terriblement en manque de sang. Les tueurs en série n'étaient pas si difficiles à appréhender : ils commettaient leur massacre jusqu'à ce qu'on les arrête en les couvrant d'argent ou en les empalant. Ce monstre-là ne leur faciliterait pas la tâche. Ils étaient face à un meurtrier rusé, sans pitié, et surtout expérimenté. Bellaver avait raison : cette écharpe était un message. Une carte de visite.

En journée, l'université de Saint-Bartolph était visible depuis le chantier.

Plongé dans ses réflexions, le chef mâchonnait les extrémités de sa moustache.

— Vous savez quoi, Katie ? Avec la bénédiction de la Division B, vous allez rendre visite à la bête dans sa tanière et l'affronter directement. Si vous arrivez à monter une accusation contre Croftie, vous aurez ma reconnaissance éternelle.

— Sinon, vous n'aurez pas emmerdé un membre de l'ordre établi sans raison valable ? rétorqua-t-elle. Ce ne sera pas juste cette fouille-merde de Katie Reed qui se sera trompée de cible ?

Bellaver haussa les épaules, ce qui voulait dire « c'est à prendre ou à laisser ».

— Je suis sûr que le Diogene's Club saurait endosser une part de responsabilité, dit-il.

— Pendant que je retournerai à l'école, où vous mènera votre enquête ?

— Il me semble qu'une petite visite à notre ami Clive Landseer s'impose. Il m'a l'air d'être une cible qui en vaut une autre. Le fait est qu'il connaissait les deux victimes. Le fait est que c'est un ressuscité. Le fait est que c'est une vraie petite merde.

Kate ne put le contredire. Au-delà du dôme de lumières artificielles, elle aperçut la silhouette d'un clocher. La chapelle de Saint-Bartolph. Elle se sentait comme au bout d'une ligne de canne à pêche qu'on remonterait. Comme si l'écharpe était nouée autour de son cou à elle.

Chapitre 7

Le lendemain matin, Kate fit son compte-rendu au Diogene's Club. Bien qu'il soit le seul sang-chaud du bâtiment, Richard Jeperson était toujours au lit. La commande quotidienne de l'immeuble était de quinze pintes de sang et deux de lait. Vanessa, l'une des Charmantes Dames de Jeperson, vint accueillir Kate à la réception. La magnifique chevelure de la grande fille était aussi rousse que celle de Kate, mais longue, raide et démêlée. Vanessa expliqua que le président de la Cabale dormait à la suite d'une quête onirique psychédélique. Pour Kate, cela revenait à faire une sieste après une bonne nuit de sommeil, mais elle reconnut qu'elle n'était pas au fait des mœurs de la génération branchée.

Qu'auraient fait Mycroft Holmes ou Charles Beauregard du Diogene, à l'ère du Verseau ? Danny Dravot était l'un des rares survivants de cette époque à être toujours en service. Le sergent, plus qu'antipathique, était en déplacement au Pays de Galles pour superviser des cours d'entraînements brutaux, ce qui laissait Pall Mall aux mains des Charmantes. En tant que journaliste, Kate arrivait tout juste à savoir qui était qui sur le registre international de femmes vampires en combinaison moulante, adeptes du karaté. Il y avait Whitney (américaine), Maureen (irlandaise), Louise-Espérance (barbadienne), lady Celia (anglaise), Quelou (française), Zarana (égyptienne), Nezumi (japonaise) et Lorelei (allemande). Nezumi était sa voisine du dessus, la discrète « Miss Souris ». Kate supposait que, lorsqu'elles ne circulaient pas incognito comme mannequins ou gogo danseuses (bien sûr, ces femmes ne pourraient pas se faire passer pour des dames de cantine même pour sauver leur peau), les Charmantes descendaient d'hélicoptères en rappel pour prendre d'assaut les repaires perchés dans les montagnes de milliardaires mégalomanes. Ce lundi-là, elles étaient allongées avec élégance sur des fauteuils et canapés en cuir rembourrés qui, à l'époque victorienne, accueillaient les séants de riches gentlemen asociaux. Les minettes à crocs pointus portaient une espèce de maillot une pièce et ne faisaient même pas semblant de lire *Go Girl* ou de se vernir les ongles. Elles attendaient simplement les ordres de leur maître. Le statut de membre associé de Kate ne lui permettait pas de remplir les conditions requises pour faire partie de l'entourage/harem/force de frappe de Jeperson. Cela ne l'empêchait pas de dormir.

Vanessa la confia à Corri, une autre Charmante. L'archiviste du Club – une bibliothécaire de style *Playboy* de dessin animé, en jupe fendue et chemisier trop serré – arborait un chignon bouffant maintenu par deux crayons, embaumait l'ylang-ylang et jouait avec des lunettes de vue à monture décorée de strass attachées à une longue chaîne. Corri descella le dossier de Caleb Croft, alias Charles Croydon, alias Adrian Lockwood, alias le Pire Vampire de l'Histoire. En un siècle ou deux de sa vie potentiellement très longue, plusieurs actes de cruauté avaient déjà entaché son dossier avant l'ère Dracula, et cela avait considérablement empiré après. Kate ne savait que trop bien de quelle manière il avait servi la couronne à l'époque où Dracula la portait. Conservé à son poste par lord Ruthven après la Terreur, il s'était frayé un chemin dans les secrets de l'État britannique, passant d'un acronyme à un autre : le MI5, le MI6, le CI5, le GCHQ, le WOOC(P) [1]. Plusieurs appellations pour désigner le Cirque : des fonctionnaires jouant aux cow-boys et aux Indiens avec l'argent du contribuable. Profitant du réagencement des services de renseignement qui suivit la Seconde Guerre mondiale, Croft avait même demandé sa carte de membre au Diogene's Club. Une seule boule noire – celle de Charles Beauregard, Kate l'aurait parié –, et l'accès lui avait été refusé. Dans les années 1950, on le désignait sous la lettre « C » chez *Universal Exports*, puis il était devenu « Mr Chasseur » dans la Section. Le jeu était toujours le même : donner l'ordre de tuer de jeunes brutes immatures qui se donnaient des noms de code comme l'Arnaqueur ou

---

1. Le MI5 (Military Intelligence, section 5) est un service britannique de renseignements, principalement responsable de la sécurité intérieure du Royaume-Uni et du contre-espionnage.
Le MI6 (Military Intelligence, section 6) est le service extérieur de renseignements du Royaume-Uni. Il a pour but de protéger le pays de toute attaque terroriste extérieure et de conduire des activités d'espionnage à l'extérieur du Royaume-Uni.
Le CI5 (Criminal Intelligence 5) est une agence gouvernementale fictive inventée pour la série britannique *The Professionals*.
Le GCHQ (Government Communications Headquarters) est le service de renseignements électronique du gouvernement britannique.
Le WOOC(P) est un service d'espionnage fictif créé par Len Deighton dans son premier roman, *Ipcress, danger immédiat*. (*NdT*)

Long-Couteau. Éjecté du Cirque dans la purge qui suivit la défection de Kim Philby en 1963, Croft était devenu enseignant. Il avait laissé pousser ses cheveux sur la nuque et portait des foulards. À Saint-Bartolph, c'était un professeur apprécié.

Corri dénicha un rapport datant de 1923 rédigé par Edwin Winthrop, une ancienne relation de Kate, rendant compte d'une conférence donnée au manoir de Mildiou (quel nom !), où Croft tenta de jouer les faiseurs de rois et d'imposer au monde un nouveau chef suprême des vampires. Winthrop écrivait que Croft avait au moins conscience que son attitude ne seyait pas aux lois qui régissaient le pays. Par nature, il était une éminence grise destinée à rester derrière le trône et dans les coulisses du pouvoir, un exécuteur de dictats impitoyables. « C » comme « contrôle ». Non pas roi des chats, mais maître des coups de patte assenés par les chats. Était-il également un meurtrier imprudent ? Avait-il tué deux jeunes filles au cours du week-end ? À ses débuts du côté des ténèbres, il avait été ce genre de monstre, mais, pour durer si longtemps, il avait sans aucun doute appris à se contenir. Malgré tout, au fil des ans, personne n'était à l'abri d'une rechute. Si sa bête intérieure était libérée, il devait être mis hors d'état de nuire. L'empalement ne suffirait pas. Il fallait qu'il soit supprimé d'une balle d'argent dans la tête. C'était à l'époque son moyen favori d'éliminer les vampires dissidents. Parfois, Kate en venait à oublier qu'elle était contre la peine de mort.

Avant de partir, elle transmit à Vanessa tous les renseignements glanés sur les victimes et lui fit part des progrès de l'enquête de la Division B. Le Club se tenait informé de la façon dont les meurtres étaient traités par les médias. On traquait dans la ville tout prosélytisme. Tandis qu'Enoch Powell donnait des interviews polies à la radio et à la télévision, Lorrimer Van Helsing tenait des réunions contestataires dans les caves des pubs. On parlait manifestations et actions directes. Le *Mess de Minuit*, un restaurant vampire de Richmond-upon-Thames, fut la cible d'un incendie criminel après son heure de fermeture, en milieu de matinée. Les pétroles Plainview niaient avoir jamais employé Carol Thatcher, ou plus précisément personne qui rende service au client comme le faisait la jeune femme. Les parents de Laura Bellows vendirent l'histoire de leur fille au *Mirror*. Kate avait pitié du pauvre journaliste qui allait devoir pondre un article là-dessus, et supposa qu'il parlerait à dix pour cent de sa vie et à quatre-vingt-dix pour cent de sa mort. Les gros titres mentionnant les meurtres forcèrent Harold Wilson, après des semaines de résistance, à faire une concession à une faction de son propre parti, aussi pleine de préjugés que Powell mais moins patricienne. Le Premier ministre annonça que la

Commission royale procéderait à une enquête publique sur le « problème des vampires » qui serait présidée par James Manfred, de l'Ordre de l'Empire britannique – un opportuniste qui opérait au ministère des Affaires administratives. Selon l'issue de l'enquête, Manfred pouvait s'attendre à être nommé chevalier, ou à partir en retraite anticipée.

Vanessa proposa gentiment à Kate de se servir dans leur Boîte à Accessoires. Elle fut tentée de prendre un sac à main en vinyle doté de compartiments secrets pleins de gaz soporifique, de grappins et de passe-partout, mais sa couleur rose pétant, en plus de jurer avec son ensemble, ne flattait pas son teint.

Chapitre 8

À l'époque où ce site ne s'appelait pas Greenwich mais plutôt quelque chose comme Grenewyche, le monastère de Saint-Bartolph contrôlait une partie du fleuve. L'abbé s'estimait donc en droit d'exiger une dîme des navires marchands. La réputation d'extorqueur de fonds des moines était doublée d'histoires de disparitions de jeunes filles et d'oblations souterraines offertes sur des autels obscènes. Avec la dissolution des monastères, Henri VIII transforma Saint-Bartolph en prison pendant quelque temps. Sous les Tudor et les Stuart, le bâtiment médiéval tomba en ruine. En 1710, Sir Christopher Wren et son assistant, Nicholas Dyer, le firent remettre en état en s'inspirant du Royal Naval College, connu semi-officiellement sous l'appellation « École de la Discipline ». En 1869, les cadets fouettèrent à mort le directeur-amiral Ashleigh avec son propre chat à neuf queues, au cours d'une mutinerie à terre. Après cet épisode, la Navy se débarrassa de Saint-Bartolph, qui devint un avant-poste de l'université de Londres.

Durant l'entre-deux-guerres, le professeur Elwyn Clayton et la « bande de Saint-Bartolph », une clique de ressuscités victoriens et de laissés-pour-compte karpathes, firent du bruit pour mettre au jour (ou étouffer) l'héritage vampire. Kate disposait d'un exemplaire d'*Histoire complète des non-morts* de Clayton, publié en 1938, dont elle n'avait toujours pas achevé la lecture. Pendant la guerre, Saint-Bartolph fut de nouveau réquisitionné par la Navy comme lieu d'entraînement pour saboteurs. Ayant besoin de plus de salles de classe pour perfectionner ses dispositifs infernaux, la Navy fit monter des abris dans la spacieuse cour carrée de Wren. Comme on pouvait s'y attendre, les préfabriqués étaient encore utilisés aujourd'hui. Kate n'osait penser à l'état dans lequel ils devaient se trouver. Une aile de l'université avait été détruite en 1945 par une arme de représailles. Clayton, resté dans ses appartements malgré les ordres de Winston Churchill qui lui intimait d'évacuer les lieux, fut tué par la roquette. Les disciples parlaient de son éventuel retour. L'École de Vampirisme qu'il fonda demeura la plus en vue d'Angleterre, sinon du monde. Plus tard, son statut fut cependant contesté : pour les documents importants, Saint-Bartolph était souvent doublé par Faber, une université américaine de péquenauds qui avait des dotations à attribuer et dont la politique était d'interdire aux vampires le droit d'étudier leur propre histoire. L'aile soufflée fut remplacée par une serre controversée en métal, verre et béton conçue par Santonix, architecte reconnu mais dément. D'après Jim Graham, l'annexe de Saint-Bartolph était un véritable chef-d'œuvre, mais, vivant à Shepperton, il ne l'avait jamais sous les yeux.

C'était la dernière semaine de l'année scolaire à Saint-Bartolph. Nombre d'étudiants de troisième année avaient dû quitter les lieux après les examens finaux, et seraient de retour – ou pas – pour la cérémonie de remise des diplômes, ou au moins pour l'affichage de leurs résultats. Kate arriva en milieu d'après-midi, après que les ombres commencent à s'allonger et à offrir un peu de répit. Comme toutes les institutions éducatives accueillant des étudiants sang-chauds et vampires, Saint-Bartolph proposait des cours échelonnés : une première session de cours magistraux et de travaux dirigés commençait à 9 heures. La deuxième la chevauchait à partir de 16 heures, moment où les vampires quittaient leur cercueil. Les jeunes ressuscités pouvaient avoir fini leur journée de cours vers minuit et être prêts à sortir en ville. Les groupes de TD n'étaient pas séparés au sens strict, mais le partage de l'emploi du temps incitait les vivants et les morts-vivants à ne pas se mélanger.

Une bande de gamins bronzés et aux cheveux longs sortit de l'ancienne aile. Leur cours magistral venait de finir. Parmi les chemises à motifs cachemire, les jeans pattes d'eph, les tournesols appliqués et les casquettes de marin, Kate repéra une grande fille enveloppée dans une djellaba violette, le visage à demi caché derrière des lunettes bleues d'aviateur. Une vampire mêlée à ce groupe pour éviter les accusations de discrimination ? Elle était accrochée au bras d'un garçon sang-chaud qu'elle regardait avec adoration. Il portait une chemise à franges comme celle de Shane dans *L'Homme des vallées perdues*, une guitare accrochée à son épaule. Était-elle insultée par les autres vampires dès qu'elle avait le dos tourné ? Les nanas vivantes à qui son petit ami plaisait la traitaient-elles de « vipère » en douce ? Après tout, peut-être que cette fille à la peau blanche était appréciée de tous ? Une matinée passée à contempler l'œuvre de Caleb Croft avait des effets secondaires toxiques.

— Hello, dit-elle aux étudiants.

— Une flic, lança un jeune avec un sourire méprisant. Une flic vampire.

— Non, répliqua-t-elle en omettant de mentionner qu'elle travaillait effectivement avec la police. Je suis journaliste.

— C'est pire, lâcha une fille avec des nattes indiennes et un bandeau.

Cachait-elle un couteau à scalper sous son gilet brodé ?

Kate avait un plan du campus, mais tous les noms avaient changé, et ce dans les cinq minutes précédentes, semblait-il. Pour prévenir toute contestation, le vice-président Goodrich avait jugé préférable de laisser le choix du nom des amphithéâtres aux étudiants. Les héros britanniques étaient exclus, le « chic radical » étant de rigueur. Le réfectoire Harry Paget devint le hall Che Guevara, la bibliothèque Horatio Hornblower s'appelait désormais le Collectif Jean-Luc Godard. Le laboratoire de biologie du professeur Bowles-Ottery, le George Edward Challenger, avait été transformé en Usine à Rêves Illimités. Une fresque murale fluorescente et psychédélique incitait les passants à « avaler une BBO ».

— Si ça concerne Bowles-Ottery, dit le petit ami de la jeune vampire, il est en congé sabbatique. Il est parti sur un nuage multicolore. Loooiinn, avec les fées.

Il y avait effectivement de quoi écrire un roman sur ce personnage.

— J'essaie de trouver l'amphithéâtre Sir Francis Varney, dit-elle.

Si l'accueil avait été légèrement distant, la mention de ce nom jeta un froid glacial sur le groupe. S'ils avaient su quoi que ce soit à propos de Sir Francis, cela aurait été pire encore. Toutefois, ils arrêtèrent de la taquiner.

— Varney, c'est Mamuwalde, non ? demanda l'un des gars sang-chauds. Dru ?

Les jeunes sang-chauds regardèrent la fille vampire. Elle haussa les épaules dans sa djellaba.

— Ouais, c'est ça, répliqua-t-elle à contrecœur. La Tente. Vous ne pouvez pas la louper. Passez devant le bâtiment principal et c'est dans le pré. L'amphithéâtre du Prince Mamuwalde.

— Et faites gaffe aux Moines noirs, prévint le petit ami de Dru.

La vampire frissonna et ses amis éclatèrent de rire.

Kate s'étonna de leurs connaissances historiques avant de se rendre compte qu'ils ne parlaient pas des moines pirates fantômes du Moyen Âge. Ces « Moines noirs » étaient un nouveau groupe à la noix. Un groupe pop, peut-être ? Un gang de motards, ou un parti politique ? Une variété de champignons hallucinogènes ? Les étudiants poursuivirent leur chemin avant qu'elle ait pu en savoir plus.

— Il y a Ricky Strange au *Groover's*, ce soir, dit Dru à son copain, et je ne vais pas rater le fondu du mois à cause de ce connard d'Enoch !

La jeune vampire venait de réaliser qu'elle n'était pas comme ses amis. Ce genre de scène allait souvent se reproduire, si ça continuait. Kate se remémora les émeutes sanglantes de Notting Hill en 58. À l'époque : des blousons noirs armés de crucifix aux bords coupants. Aujourd'hui : des skinheads chaussés de Doc Martens à bouts argentés. Les fachos de 68 avaient repris le tube sirupeux de Keith, *98.6*, comme hymne de ce qu'ils appelaient « la fierté humaine ». Ils chantaient d'un ton moqueur : « *Hey, ninety-eight point six, it's good to have you back again*[1] ». Une température corporelle plus basse que la norme était caractéristique de toutes les lignées de vampires.

Une fois passé le bâtiment principal, Kate trouva l'amphithéâtre du Prince Mamuwalde.

La scène extérieure était abritée par une vaste toile en forme de chauve-souris, tendue sur un cadre, comme un chapiteau de cirque se soulevant par grand vent. Des chaises blanches avaient été installées pour le public. C'était là qu'aurait lieu la cérémonie de remise des diplômes, mais c'était également une salle de concert. D'après les affiches, Reparata and the Delrons étaient venus le mois dernier. Jethro Tull devait se produire une semaine plus tard. Le vendredi suivant, le club théâtre de l'université avait prévu une lecture de *MacBird!* – si Goodrich ne l'avait pas interdite.

Le professeur Croft utilisait cette protection contre le soleil pour son séminaire.

Il se trouvait devant la scène, assis sur une canne-siège-parapluie. Il portait un blazer en velours côtelé violet foncé, une cape mod arrivant aux hanches, un chapeau de paille qui ne lui allait pas et une longue écharpe de Saint-Bartolph. Il parlait avec des gestes, les mains plus expressives que son visage.

À présent, Kate comprenait qui étaient les Moines noirs.

Ils étaient assis aux pieds de Croft, en demi-cercle, leur capuche baissée. Un petit groupe de huit ou neuf étudiants, des hommes pour la plupart, tous vampires. Leur robe noire, qui ressemblait à une tenue autant universitaire que monacale, indiquait leur appartenance au même groupe, à la même tribu. Kate se rendit compte que ce n'était pas la première fois qu'elle les voyait : ils étaient à la manifestation de la veille, et figuraient

1. « Hé, 98,6 °F, ça fait du bien de te retrouver. » 98,6 °F correspond à 37 °C. (*NdT*)

aussi sur les photos de la fête prises par Nolan. La plupart avaient la même coiffure que Croft : cheveux longs mais stylisés – une sorte de look dandy d'époque Régence –, différents de ceux des hippies qui les laissaient lâchés.

Une espèce de Jésus-Christ revisité. De tous les vampires anciens du monde, il fallait que ce soit Croft, avec sa tête de cadavre, qui devienne une icône de la mode !

Kate ravala son amertume et sortit les crocs. Elle s'assit au dernier rang et tendit l'oreille.

Croft parlait de la Déclaration de Dracula. Toute personne vivante en 1885 se souvenait où elle se trouvait au moment où elle avait entendu la nouvelle : les vampires existaient réellement, ils étaient parmi nous, ils prenaient le pouvoir ! Les gens de l'âge de Kate s'étaient battus pour apercevoir leur premier vampire, pour parler avec l'un d'eux… et, même si rares étaient ceux qui le disaient tout haut, pour être mordus, et passer aux ténèbres. Si sa famille n'avait pas été à Dublin cette année-là, Kate aurait eu son heure de gloire : elle était l'amie de Lucy Westenra et de Mina Harker, les premières conquêtes anglaises de Dracula. Étant donné ce qui était arrivé à la pauvre Lucy, Kate n'aurait peut-être pas eu le courage de passer aux ténèbres si elle avait vu son amie en vampire. Le premier que Kate avait rencontré était un Garde Karpathe appelé Kostaki. Il avait rendu visite aux Reed dans leur propriété de Chelsea, quand son père, professeur de lettres classiques à Trinity et à Londres, avait ramené sa famille à Londres. Kostaki avait interrogé Mr Reed au sujet de son cercle d'amis suspects, qui comprenait des ennemis d'État comme Bram Stoker et Abraham Van Helsing. Le vampire portait une espèce d'uniforme qu'elle associait à l'opéra-comique, mais, sur lui, l'effet n'était pas drôle. Il avait une moustache en guidon de vélo et les oreilles pointues, et se révéla être bien plus honorable que la plupart des Anciens. Le deuxième vampire de Kate, elle le comprit des années plus tard, était l'Anglais assis dans un fiacre anonyme devant la maison, pendant la visite de Kostaki. Caleb Croft, déjà membre de la police secrète à l'époque.

La Déclaration de Dracula avait une autre signification pour Croft.

Pour lui, qui était déjà un vampire, elle correspondait au moment où il avait pu cesser de vivre caché.

— Jusqu'à la Déclaration, nous ne savions même pas combien de vampires nous étions, ni comment nous étions répartis dans le monde, dit le professeur. Quelques-uns s'imaginaient un être unique, seule créature de cette espèce jamais créée. Croyez-moi, le choc fut rude ! Nombreux étaient ceux qui fuyaient les humains, en qui ils ne voyaient que des proies, et vivaient comme des ermites fous dans des châteaux, des grottes ou des mausolées. Moi, je me mêlais à la foule et me faisais passer pour un sang-chaud. Ma fortune avait disparu, dilapidée au fil des décennies. Mes relations, autrefois des plus prestigieuses, n'avaient plus aucune valeur. Mon titre et ma propriété furent transmis à mes héritiers quand je ne fus plus capable d'expliquer pourquoi j'étais encore en vie…

… ni pourquoi toutes ses femmes de chambre étaient malades ou mortes.

— Tous les dix ans environ, je changeais de nom, de profession et d'adresse. À l'arrivée de Dracula, j'étais à Londres, l'un des rares vampires à être déjà présents dans la ville dont il allait faire sa capitale. J'étais alors un attrape-voleurs. Pas un flic officiel de Scotland Yard, avec un écusson et des règles à respecter, non, mais ce qu'on appelait au Far West un chasseur de primes. À l'époque, « mort ou vif » voulait surtout dire « mort », et on ne se plaignait pas si la viande était plus blanche que sur l'affiche « Recherché ».

» J'avais traqué et tué Styles, l'Étrangleur de Haymarket. Je le saignai à blanc avant d'apporter le corps au commissariat de police d'Islington. Pendant que j'attendais mes cinq souverains, un agent nommé Thackeray me montra le *Dailygraph*. La reine Victoria allait se remarier. Thackeray était davantage ennuyé par le fait que le prince Dracula soit un étranger que par son grand âge : il avait quatre cents ans. Les gens ne prirent pas conscience de la situation en en entendant seulement parler. Il fallait qu'ils la voient de leurs propres yeux. Mais, pour moi, et pour tous les vampires, qu'on nous le dise simplement suffisait. Nous étions ressuscités, mes enfants, ressuscités ! Pour la plupart, nous connaissions Dracula, nous savions ce qui le faisait triper. Le Roi des Chats, pas vrai ? Certains l'ont même débiné pour ça. « Pour qui se prend-il, celui-là ? » pensaient certains. À cette époque, je faisais semblant de boire du thé. Dès que Thackeray avait le dos tourné, je vidais ma tasse dans une plante en pot. Je maîtrisais l'art de faire semblant de boire et de manger, un savoir-faire que vous n'avez plus besoin d'acquérir de nos jours.

» Quand Thackeray demanda : « Que signifie vampire, au juste ? », ce fut comme un afflux de sang… Une clarté soudaine, un changement profond. Je vidai ma tasse au nez et à la barbe de tous et montrai les crocs. Thackeray ne comprit pas. En voyant mon visage, une femme hurla. Certains vampires se sont lâchés. C'était trop tôt. Ils furent attrapés et exécutés. Dracula les fit empaler lui-même. Ce fut mon premier travail pour lui…

Kate se rendit compte que Croft n'avait peut-être jamais rencontré Dracula en personne. Même au sommet de sa puissance, il n'était qu'un attrape-voleurs prétentieux. Il ne trahissait le comte que lorsque ses clients le faisaient. Lord Ruthven avait réussi à vivre parmi les sang-chauds mieux que Croft : il revenait régulièrement en tant que fils factice pour hériter de son propre titre. Pendant des siècles, les Anciens vampires des nations dites « civilisées », comme la Grande-Bretagne ou la France, méprisèrent les brutes d'Europe centrale de la veine de Dracula. Aucun d'entre eux n'étant sorti de son élégante léthargie pour accomplir quoi que ce soit de l'envergure du coup de Dracula, la plupart avaient fait profil bas, reconnaissant Vlad Tepes comme Roi des Chats.

Croft s'en tenait au nom qu'il utilisait à l'époque de la Déclaration, ne réclamant pas le titre de lord Charles Croydon.

— Ceux qui sont devenus vampires après cette période ont vécu dans un monde différent, poursuivit Croft. Dans un monde qui est actuellement le vôtre, mes amis. Nombreux étaient ceux qui ne duraient pas. La majorité, d'ailleurs. Leur transformation était trop rapide, ils étaient aveuglés par un faux sentiment de puissance. Ils ne voyaient pas la réalité. Dracula était leur dieu et leur fin. Cela vous choque sûrement. Mais, souvenez-vous : Dracula n'a pas survécu, il n'a pas tenu longtemps les rênes du pouvoir. Aujourd'hui, il est vraiment mort. Crevé, clamsé, claqué, fini, foutu. En tant que vampires, nous devons le dépasser. Le transcender. Demain, je tiens à vous parler de sa longue chute, et de la leçon que l'on peut en tirer, d'accord ?

Kate s'attendait à des applaudissements.

Au lieu de quoi, un jeune homme hocha sagement la tête et répondit :

— Ouais, d'accord.

Kate reconnut le croque-mort/Monsieur Loyal de la procession du dimanche matin. La belle gueule au beau sourire. Le sadique sexy.

— Je n'en attendais pas moins, Mr DeBoys, dit Croft.

Deux vampires apparurent, s'assirent de chaque côté de Kate et se penchèrent vers elle pour lui saisir les bras. De minuscules poupées blondes françaises, aux visages identiques. L'une avec des couettes, l'autre une queue-de-cheval. L'une avec des lunettes de soleil en forme de cœur, l'autre une sucette à la bouche. Elles portaient un dos-nu, un short très court et des tongs. On leur aurait donné moins de quinze ans, mais elles étaient en réalité beaucoup plus âgées. Kate se souvint de les avoir vues à Rome, où elles travaillaient en indépendantes pour les Soviétiques. Cathy Castel et Pony Tricot, les jumelles vampires yé-yé. Ce n'étaient pas des étudiantes, elles n'avaient plus besoin qu'on leur enseigne quoi que ce soit. Le professeur Croft avait-il donc embauché des gardes du corps ?

Ce n'était pas banal, dans une université. Avait-il offert Carol et Laura aux jumelles pour qu'elles s'en repaissent ? Elles avaient elles aussi un côté méchant.

Croft daigna enfin la remarquer.

— Katharine Reed, dit-il pour la présenter. Rappelez-vous, je vous avais donné un travail sur ses articles sous le Règne…

C'était ainsi que les chouchous de Dracula appelaient la Terreur. Elle l'oubliait toujours.

— Vous pouvez beaucoup apprendre de Miss Reed.

Alors que lui n'avait rien appris d'elle quand il était déterminé à voir sa tête plantée au bout d'une pique et à détruire les presses secrètes qui imprimaient ses feuilles d'information.

DeBoys l'observa avec un sourire féroce. Une fois de plus, elle se sentit brusquement attirée. Il devait juste se donner l'air dangereux, voilà tout. Il était président des élèves, le genre à déposer sur le bureau du professeur un bébé potelé et sanguinolent.

Les jumelles la firent se lever et la menèrent vers le groupe d'étudiants.

Kate les dépassait de plusieurs centimètres, alors qu'elle-même était toute petite. Elle savait que, depuis que Cathy et Pony avaient quitté Rome et Smert Spionem, elles avaient travaillé pour l'Union corse et le Mossad, enlevant le propagandiste nazi américain Howard J. Campbell Jr pour qu'il passe en jugement en Israël. Le Diogene's Club avait été informé que les jumelles s'étaient disputées : on les avait retrouvées chacune d'un côté des barrières dans les manifestations récentes qui avaient eu lieu à Paris. Si c'était vrai, elles s'étaient rabibochées depuis mai.

— En quoi pouvons-nous vous être utiles, Miss Reed ? demanda Croft.

D'un coup d'épaules, elle se libéra de la prise des jumelles. Ou, pour être exact, les jumelles la lâchèrent.

— J'aimerais que vous m'accordiez un entretien, pour le quatre-vingtième anniversaire…

— De quoi ?

— De la chute. Vous en parliez à l'instant.

— Ah, oui, je suppose. La mort de l'ancienne Reine.

— Je suis sûre que vous avez de nombreux souvenirs que vous aimeriez partager, ou sont-ils réservés à votre cercle fermé… d'étudiants ?

— Je serais ravi de faire un brin de causette avec vous pour votre article, mais, en contrepartie, vous devez exposer votre point de vue au groupe. Mes jeunes amis auront certainement des questions à vous poser.

— Oui, Miss, nous serions vivement intéressés, dit DeBoys d'une voix soyeuse.

— Bien entendu, répliqua Kate en espérant qu'elle ne commettait pas une erreur.

Chapitre 9

Le séminaire se poursuivit dans l'aile Santonix, dans les salles attribuées à Croft. Toute une suite lui était réservée, ce qui devait rendre furieux les esprits moins connus de l'École de Vampirisme.

Le bureau extérieur était le domaine de Miss Brabazon, une secrétaire d'âge moyen. L'un des verres de ses lunettes rondes était noir. Elle tendit à Croft une liasse de messages qu'il lui rendit avec dédain. Les jumelles s'installèrent sur des fauteuils orange bas et informes. Lassées de faire des bulles de chewing-gum à travers leurs canines aiguisées, elles allumèrent une Gitane. Pony fourra un minuscule écouteur dans son oreille et brancha un petit poste de radio sur une fréquence qui, jusqu'à l'an passé, s'appelait le Light Programme (Kate savait que c'était BBC Radio 1, mais refusait de l'admettre). Elle hocha distraitement la tête en reconnaissant The Move, The Flower People ou The Small Faces. Cathy feuilleta *Cue* et tomba sur des photos de Toby Dammit en chemise à col ouvert. Kate avait écrit pour « le premier journal ado de Grande-Bretagne » jusqu'à ce que son interview de Jimi Hendrix – qui concernait surtout le Viêtnam et Malcolm X, avant que les correcteurs ne la passent en revue – ne sorte avec le sous-titre « Le type qui joue de la guitare avec les dents et qui dit que chacun de ses cheveux crépus est une revendication ».

Kate suivit Croft dans son antre.

Se souvenant du bureau encombré de son père, elle constata avec étonnement que Croft enseignait sans un seul livre visible. Aucune image n'était accrochée sur les murs noirs. Le seul objet qui pouvait être considéré comme vaguement artistique était une horloge à aiguilles éclairée au néon. Des gadgets ornaient le plateau en béton de son bureau : un pendule de Newton et un oiseau buveur. Les étudiants prirent place dans des fauteuils à ossature en acier chromé et aux assises et dossiers de cuir. Quant au professeur, il disposait d'un fauteuil pivotant comme ceux des méchants dans les films d'espionnage. L'un des accoudoirs était doté d'un panneau de commandes. Croft appuya sur un bouton. Des stores teintés s'abaissèrent pour réduire au maximum la douloureuse lumière du jour. Il était tentant de croire que les autres boutons ouvraient une trappe sur un bassin rempli de piranhas ou tiraient des rayons laser sur l'École de l'Humanité.

Kate observa les Moines noirs.

Eric DeBoys, meneur et élève star, était resté à son côté sur le chemin les menant au bâtiment puis à cette salle, dévoilant ses canines et – elle l'aurait juré – essayant d'exercer sur elle son pouvoir de fascination. Elle avait développé une résistance à l'envoûtement des vampires avant même qu'on commercialise les cols de chemise détachables. Plaisait-elle à DeBoys ? Il était plus probable qu'il teste ses pouvoirs sur toutes les femmes qui croisaient sa route. Elle se gifla intérieurement pour l'attirance instinctive qu'il éveillait en elle. La dernière chose dont elle avait besoin dans sa vie (ou dans sa culotte) était une autre bite de vampire.

S'il cherchait les ennuis, il pouvait toujours aller voir les jumelles. Cathy et Pony l'abandonneraient dans une mare de sang et en riraient à gorge déployée sur tout le chemin du retour.

Kate avait repéré quelques noms et remarqué des traits de caractère significatifs chez les autres membres du groupe.

Les garçons étaient assez hétérogènes. La plupart étaient de pâles copies de DeBoys, sans aucun intérêt. Scrawdyke, un crétin dépenaillé avec une voix stridente aux accents du Nord, dégageait une léthargie agressive. Des poils lui recouvraient pratiquement tout le visage à l'exception du menton. Withnail, un glouton élancé, avait le regard assoiffé et une vague allure d'acteur. Moïse King, un bourge brutal, avait une bouche de petit garçon entourée de cicatrices. Kate aurait parié qu'il tenait un cahier rempli de poèmes qu'il ne montrait jamais à personne. Simon Armstrong était un intello à lunettes plus que passionné. Les autres le charriaient parce qu'il cachait mal ses sentiments pour Croft.

Deux des garçons retinrent davantage son attention. James Eastman, un Américain dubitatif aux longs bras, les yeux cernés et la barbe noire naissante, qui parlait d'une voix rauque et basse. Dans ce groupe, c'était inhabituel. Il jeûnait, mettant au défi sa faim de vampire en s'abstenant de boire du sang humain. Voyage spirituel ? Autopunition ? Masochisme pur et simple ? Il ne portait pas de robe noire et, avec sa veste en jean tachée et son pantalon de cuir éraflé, ressemblait à un biker hors la loi. Keith Kenneth, un prédateur vulpin, était l'exact opposé d'Eastman : un décadent plutôt qu'un ascète, le teint rose de s'être fait récemment plaisir. Sous sa robe, il portait une large chemise en soie violette et un pantalon de velours assorti. Un collier ras-de-cou en perles de rocaille ne masquait pas tout à fait l'hématome bordeaux qu'il avait sur la gorge. Comment s'était-il fait ça ? Si le tueur de Bellaver était présent parmi eux, Keith faisait le meilleur suspect. Elle le voyait bien rôder dans les bruyantes soirées disco à la recherche de proies faciles. Avait-il fondu sur Carol et Laura après les avoir repérées ?

Il y avait deux filles. La tenue d'Anna Franklyn se rapprochait de la robe de moine : elle portait un sari et un foulard chatoyants vert et noir. C'était une femme exotique à la peau mate et aux cheveux courts. Une partie de son ventre plat était apparente. Anna n'était plus une jeune ressuscitée et avait peut-être l'âge de Kate. Un vestige de l'époque victorienne. Elle était issue d'une étrange lignée, le *rakasha* hindou ou le *nâga* malais. Ses manières sinueuses et serpentines dénotaient un totem de reptile, et non de chauve-souris ou de rat comme les *strigoi* ou *nosferatus* européens. En théorie, elle était la petite amie de Simon, uniquement parce que DeBoys n'avait pas encore jeté son dévolu sur elle. Fran, vamp de la tête aux pieds, n'appartenait qu'à elle-même. Le décolleté profond de sa robe en velours noir laissait voir son énorme poitrine. Le seul accessoire qui rappelait vaguement les moines était la ceinture de corde qui reposait sur ses hanches généreuses. Sur un coup de tête, elle passerait peut-être un après-midi au lit avec l'un des garçons célibataires (ou en couple), mais c'était un électron libre. Elle avait des perforations tout juste cicatrisées qui correspondaient aux canines de Keith. S'étaient-ils mordus l'un l'autre ? À l'époque de Kate, on déconseillait aux ressuscités de tenter le vampirisme mutuel : les amants avaient tendance à se saigner à blanc. Cette nouvelle génération était prête à tout essayer. Fran avait-elle couché avec Caleb Croft ? *Bien évidemment*, se dit Kate. L'idée la répugnait.

La plupart des Moines noirs suivaient le meneur, DeBoys, comme s'il était l'apôtre qui transmettait les préceptes du professeur. Il y avait peu d'affection entre les autres et lui, et même entre chaque membre du groupe. C'était le problème quand celui-ci était réduit et essentiellement composé de vampires mâles : il y avait trop de compétition pour obtenir de l'attention ou des faveurs, et ils n'accomplissaient jamais rien. Qui romprait l'ordre et lancerait son propre groupe ? Qui resterait et qui prendrait ses distances ? Eastman était le candidat idéal pour tracer sa route, les œuvres de Sartre, Camus et Roquentin fourrées dans les sacoches de sa Harley, ses lunettes de soleil aux verres miroirs masquant ses yeux rouges. Armstrong resterait là jusqu'à ce qu'il ne soit plus qu'une coquille vide. Dans deux cents ans, il répéterait les cours de Croft aux nouvelles générations d'étudiants sans âme.

Le professeur était assis derrière son bureau. Il mit en marche le pendule de Newton. L'oiseau se pencha pour boire dans un mouvement perpétuel. Les regards et les oreilles furent attirés par le bureau et l'homme installé derrière. Comme par les lumières disco hypnotisantes de Marcus Monserrat. Ainsi, Croft avait besoin d'outils ! Ses yeux ne suffisaient pas. Son pouvoir de fascination était faible. Il était peu probable que ce soit lui qui ait effacé la mémoire de Thomas Nolan. À moins qu'il ne cache son jeu. Il ne serait pas le premier vampire à simuler la faiblesse pour tromper sa proie, dévoilant ses crocs et sa force à la dernière minute. Kate ne faisait pas un bon détective : dès qu'elle percevait quelque chose, elle se persuadait du contraire, et considérait le problème sous tellement d'angles qu'elle n'arrivait jamais à une solution logique.

— Aimeriez-vous vous asseoir ici, près de moi ? lui demanda Croft.

Bien sûr que non. Mais elle s'exécuta, prenant place sur une chaise d'invité en bois toute simple.

— Point de règlement, lança Scrawdyke. Le groupe reconnaît-il le statut de l'intervenante comme vampire ancien ?

Kate montra les crocs, donnant satisfaction à tous sauf à Scrawdyke.

— Je ne me métamorphose pas, précisa-t-elle. Et de nos jours, il est encore grossier de demander son âge à une femme.

Scrawdyke s'apprêtait à dire quelque chose, mais DeBoys lui donna une tape derrière le crâne, ébouriffant ses cheveux sales. À contrecœur, l'autre n'insista pas. Techniquement, Kate n'était pas une Ancienne, mais elle laissa couler.

Croft se carra dans son fauteuil comme un invité de l'émission *Dee Time*, attendant la question qui déclencherait l'anecdote. Après tout, elle avait demandé un entretien. Croft donnait l'impression de se mettre en scène.

— Vous avez parlé d'un « profond changement », commença-t-elle. Vous vouliez dire que la Déclaration de Dracula nous a tous changés, je crois.

Croft acquiesça.

— Bien entendu, répondit-il.

— Je me demande comment s'est traduit ce changement chez vous, professeur Croft. Chez le vampire que vous étiez quand le monde ne croyait pas encore à notre existence.

Il se montra méfiant.

— Comme je l'ai dit, j'étais un itinérant… L'ombre de moi-même.

— Pourquoi ne pas avoir repris votre nom ? La plupart l'ont fait.

— Charles Croydon était mort. Sa vie était finie. Il appartenait au passé.

— Pardonnez-moi si je vous semble indiscrète, mais… comment se nourrissait-il ? Charles Croydon ?

— À la manière d'un prédateur. Par la fascination ou la force. Vous me comprenez, je pense. Ici, nous sommes tous vampires.

Anna Franklyn oscilla de la tête tel un cobra. James Eastman grinçait des dents.

— L'aspect pratique n'était pas le même, répliqua Kate. Durant cette période, il était impossible d'avouer ce que l'on était. Il n'y avait pas de manière socialement acceptable de boire du sang.

— Ce qui est « socialement acceptable » est une construction artificielle. Nous l'avons largement dépassé. Par notre nature.

— Notre nature en tant que vampires ?

— Notre nature en tant que prédateurs.

Le lord Charles Croydon vivant – elle ne parvenait même pas à le qualifier de « sang-chaud » – ressemblait en tous points au vampire Caleb Croft. Seuls l'argent et l'influence lui avaient épargné la potence à Hanging Woods. « Par la fascination ou la force. » Elle savait ce qu'il voulait dire. C'était un assassin et un violeur. En ce temps-là, il avait beau porter des chemises à jabot et des souliers à boucle, il n'en était pas moins une brute sanguinaire. Passer aux ténèbres lui avait permis de jouer les prédateurs sur une plus grande échelle. Des siècles plus tard, ce n'était qu'un vieil assassin et un violeur. Il avait survécu en se montrant plus prudent et en s'adaptant aux époques qu'il traversait. Mais était-ce si facile de cesser d'être un monstre acharné ? Si Croft croyait pouvoir s'en tirer impunément, peut-être avait-il utilisé Carol Thatcher et Laura Bellows et s'en était-il débarrassé en un rien de temps. Mais pensait-il réellement qu'il ne serait pas inquiété ?

— Vous êtes né avec les droits dont jouissaient les aristocrates. Pensez-vous avoir toujours ces droits aujourd'hui ?

Croft ne mordait pas à l'hameçon.

— Vous jouez sur les mots, dit-il. C'est un sophisme. Vous me décevez. Reed, d'après ce que vous dégagez, vous avez toujours voulu être à égalité. Mais l'égale de qui, au juste ?

— Je me rappelle quand les femmes n'avaient pas le droit de vote.

Scrawdyke leva la main. On fit mine de ne pas le voir. Il la baissa et bâilla pour faire croire qu'il voulait seulement s'étirer.

— Alors, vous voulez être l'égale des hommes ? Cool. Et, puisque vous êtes irlandaise, l'égale des Anglais, c'est ça ? Aux yeux de la loi…

— En Ulster, en ce moment même, les droits de la minorité catholique sont…

— Mais vous n'êtes pas catholique. Vous êtes la fille du Dr Pierce Plunkett Reed, du Trinity College et de King's College, Londres. Un protestant dublinois. Une ascendance protestante. Je me trompe ?

Elle reconnut qu'il avait raison.

— Et, ma chérie, vous êtes un vampire. Vous n'êtes pas à égalité. Vous ne pouvez l'être. Vous vous êtes élevée au-dessus des masses.

Croft fit pivoter son fauteuil et s'adressa à son auditoire :

— Mes amis, comprenez bien : Katharine Reed est toujours de ce monde, quatre-vingts ans après Dracula. Prenez les tortues des Galapagos. Elles peuvent vivre pendant des siècles. Comme nous. Mais elles éclosent dans la mer, et les nouveau-nés doivent traverser la plage pour se mettre à l'abri. Les oiseaux des mers, les prédateurs, hantent les plages, et fondent sur elles. Combien en tuent-ils ? Cinq sur dix, neuf sur dix ? C'est une sorte de frénésie nourricière. Un carnage. Le massacre d'une génération. Des plus faibles, des malchanceux, ou des imprudents. C'était la même chose pour les ressuscités dans le sillage de la Déclaration de Dracula. La plupart n'ont pas réussi à traverser la plage. Kate Reed, si. Étudiez-la. Cherchez ses secrets. Peut-être que cela vous sauvera la vie.

Kate était mal à l'aise. DeBoys la dévisageait d'un air féroce.

Anna, du même âge que Kate sinon plus âgée, regardait le sol. Manifestement, Croft ne lui avait jamais tenu le discours des tortues.

Bien entendu, dans cette histoire, le professeur était l'oiseau prédateur. Certains ressuscités des années 1880 avaient succombé à cause des maladies ou de leur négligence. Beaucoup étaient morts sous la Terreur. La pie-grièche principale de ce régime était Caleb Croft.

— Quel est votre secret ? demanda Armstrong, prêt à prendre des notes.

— Une alimentation équilibrée et beaucoup de sommeil, répliqua-t-elle.

— Ça, c'est tiré du bouquin d'Élisabeth Bathory, fit remarquer Moïse.

— Qui elle-même l'a repris de Herbert von Krolock, rétorqua Kate.

— Presque tous les traits d'esprit que l'on attribue aux vampires mondains sont des bons mots de Herbert, répétés et améliorés. La plupart d'entre nous perdent leur capacité à faire rire au bout d'un siècle d'existence. Si un Ancien fait une blague, en général il doit dire « ha, ha, ha » juste après s'il veut s'assurer que vous avez compris.

— Point de décorum, dit Scrawdyke. Les généralisations ne sont d'aucune utilité. Donnez-nous des exemples précis.

Kate sourit et haussa les épaules.

— Vous avez esquivé la question, lança Keith Kenneth. (Ou était-ce Kenneth Keith ?) Vous tenez à garder votre secret ?

— Ce ne serait plus un secret si je le racontais partout, non ?

Si Kate avait un secret, elle ignorait ce que c'était. N'appartenant pas à la lignée de Dracula, elle avait échappé à la pourriture qui avait tué nombre d'individus de sa génération, mais elle ne prenait pas de précautions particulières. Au contraire, elle s'était souvent exposée au danger. Trop souvent. Combien de fois peut-on être le seul survivant d'une catastrophe et en sortir indemne ? Partant du même principe que le funambule qui ne devrait pas regarder en bas, elle n'aimait pas repenser aux occasions où elle avait failli tomber.

Même à présent, elle était dans une fosse aux lions, interrogée par des lionceaux.

— Je ne pense pas être un exemple à suivre, fit-elle remarquer.

Armstrong nota cette déclaration.

— Et que pensez-vous de l'Avant ? s'enquit DeBoys.

— Point d'explication, intervint Scrawdyke. Ce que DeBoys veut dire…

— Je sais ce qu'il veut dire, l'interrompit-elle brusquement. Avant Dracula. J'avais peu d'expérience. Nous ignorions ce qui nous attendait. Ce n'était pas comme l'instauration du système monétaire décimal. Personne ne nous expliqua ce qui allait arriver, personne ne nous donna de date précise, il n'y avait pas de graphiques dans les journaux pour qu'on sache si nous étions prêts ou non pour ça. Quand j'étais gamine, quand j'étais sang-chaud, nous avions à peine entendu parler des vampires. Ils ne valaient même pas le coup que l'on n'y croie pas. Les anges, les fantômes, l'âme, la bonté humaine… Ça, oui, on se demandait si ça existait vraiment. Mon père a écrit *Contre-attaque de l'agnosticisme*. C'était un protestant qui prenait au sérieux la partie « protester ». Il avait des opinions bien tranchées sur les croyances irlandaises. Lors d'une réunion de la Ligue du Home Rule, il a dit à Parnell que l'Irlande ne serait jamais une nation tant que nous ne cesserions pas de croire au petit peuple. Il ne supportait pas le folklore celtique dont certains nationalistes habillaient la cause. Avant la Déclaration de Dracula, les vampires étaient comme les fées. Des personnages de contes pour enfants. Les savants qui leur attribuaient du crédit comme Calmet, Hesselius ou Abronsius passaient pour des marginaux cinglés. Avant Dracula, il y a eu un retour de toutes sortes de croyances absurdes partant du principe que, « si les vampires existent, alors pourquoi pas les… » croque-mitaines, gorgones, lapin de Pâques ou lamas à deux têtes ? Elles ont mis du temps à s'éteindre. Aujourd'hui, les équivalents modernes de ce genre d'idioties sont les soucoupes volantes ou la cabine de police qui disparaît.

Si davantage de personnes connaissaient l'existence de la sorcière *Mater Lachrymarum*, l'épidémie de crédulité aurait peut-être repris. Cela dit, ce n'était pas pour cette raison que Kate n'avait rien écrit au sujet de la créature qui gouvernait Rome en secret.

Scrawdyke tenta de lever la main, mais plusieurs élèves l'en empêchèrent.

— Vous avouez donc que vous n'êtes pas en mesure de comprendre ce que Caleb a vécu avant Dracula ?

DeBoys appelait Croft par son prénom. Celui qu'il s'était choisi. Pourquoi Caleb ? L'ex-Charles Croydon avait-il souhaité conserver ses initiales ? Les vampires le faisaient souvent afin que leur nouveau nom corresponde aux initiales marquées sur leurs bagages. Sinon, ils aimaient bien les anagrammes, comme « Carmilla » ou « Alucard ». Peut-être Caleb avait-il cherché des noms dans la Bible. Caleb de la tribu de Juda était l'un des espions que Moïse avait envoyés à Canaan, et qui revint en disant que la terre pouvait être conquise.

— Oh, mais si, je suis en mesure de comprendre, dit-elle. Je peux comprendre ce que beaucoup de gens vivaient – ou vivent – dans de nombreuses situations. Ça s'appelle l'empathie. Une qualité rarement associée aux vampires et quasiment absente chez les Anciens...

DeBoys sourit.

— ... mais qui a son utilité.

— Ce passé était assez exaltant, dit DeBoys. À l'époque où la nuit était un défi... Où nous, les vampires, n'étions pas si communs...

Les Moines noirs défendraient leur Abbé noir, bien entendu.

— Je ne m'attendais pas à entendre un tel discours à l'université. Les jeunes d'aujourd'hui n'ont-ils pas tendance à faire table rase du passé ? C'est l'ère du Verseau, la génération du « tout, tout de suite ». Ne vous inscrivez-vous pas dans cette tendance ?

— Mr DeBoys suit son propre chemin, répondit Croft (avec une certaine fierté, résignation, ou... autre chose ?).

— Et nous, nous le suivons aussi, dit Withnail. Les Moines noirs, les flammes de l'enfer à boire...

Tous les étudiants claquèrent des doigts. Une blague entre eux, sans doute. Une réponse attendue à un déclencheur.

Scrawdyke claqua si fort dans ses doigts qu'il s'en fractura des os. Il grimaça et tint son doigt blessé jusqu'à ce qu'il guérisse.

Eastman, le seul à ne pas avoir plaisanté avec les autres, affichait un air renfrogné. Kate décida qu'elle l'aimait bien.

Croft s'autorisa un sourire indulgent. Elle avait oublié à quel point il était répugnant.

— Et les Moines noirs, que sont-ils au juste ?

Les canines de DeBoys renvoyèrent un reflet.

— Des vampires parmi les vampires, répondit-il.

Chapitre 10

Le séminaire achevé, une fois dehors, Kate constata avec agacement qu'il faisait encore jour. Ces longues soirées d'été étaient vraiment ennuyeuses.

Kate ne savait pas si elle avait appris quelque chose ou non.

Le concept des Moines noirs était effrayant – les disciples de Caleb Croft aspiraient à un retour aux bons vieux massacres en toute impunité, et à boire les flammes de l'enfer (claquement de doigts) –, mais ils étaient surtout ridicules. Withnail le Las ou Armstrong le Confus auraient été incapables de faire du mal à quiconque, mais ils pouvaient tout à fait tenir le vestiaire pendant que les autres s'adonnaient ensemble à leurs atrocités. Moïse King refrénerait toute mauvaise impulsion et la transformerait en une suite de sonnets. Anna Conda et Fran Les-Gros-Seins étaient juste de passage. Ni l'une ni l'autre n'était impliquée chez les Moines noirs au point de porter la tenue officielle, même si elles faisaient attention à ne pas sortir du lot. James Eastman n'était pas intégré au groupe. Pour étouffer un élan de désir gênant, elle se dit que, finalement, le biker taciturne l'attirait beaucoup plus que DeBoys.

Sur sa liste de suspects, il restait donc Eric le Maléfique, Keith le Charnel et Scrawdyke le Débraillé. Bien entendu, DeBoys figurait en première position. Keith n'était qu'une gravure de mode sensualiste avec des poings de bagarreur. Point d'information : Scrawdyke était un sale misogyne. Pendant tout le séminaire, il l'avait observée d'un œil noir, ses vagues de haine se déversant aussi sur Anna et Fran. Quand Croft donna congé au groupe, Scrawdyke minauda avec Anna pour qu'elle lui prête ses notes d'un cours qu'il avait manqué. Un spectacle pitoyable. Quand des gens qui n'avaient que peu de pouvoir pensaient avoir le droit de blesser quelqu'un sans conséquences, ils étaient terrifiants. Malgré tout, il faudrait qu'il quitte son cercueil et fasse preuve d'un peu d'initiative pour blesser qui que ce soit.

L'espace ouvert entre l'université et le fleuve, principalement recouvert de béton, était animé. Il y avait encore des manifestations pour la semaine de collecte de fonds. Sur l'herbe jaunie, des infirmiers en blouse blanche agitaient d'imposants filets à papillons et couraient à grandes enjambées, façon Groucho, après des étudiants en médecine momifiés, dont les bandelettes volaient derrière eux. Des enceintes diffusaient *They're Coming to Take Me Away, Ha-Haaa!*[1] La chorégraphie et la chanson s'achevèrent et l'on fit passer un chapeau pour récupérer de la monnaie. Un mime au visage blanc secoua un shako sous le nez de Kate. Elle se débarrassa d'une pièce de trois pence qu'elle avait dans son sac. Quelle bonne œuvre soutenaient-ils ?

Assise autour d'une fontaine se trouvait l'image en négatif du groupe d'étudiants qu'elle avait vu plus tôt : six ou sept vampires, la plupart n'étant pas vêtus de noir, et une fille sang-chaud enveloppée d'un linceul gris. Croft n'était pas le seul professeur à diriger un séminaire à l'École de Vampirisme. Ce devait être une autre clique. Maintenant que la scène des aliénés était finie, un jeune vampire en cafetan, les yeux luisants de s'être nourri récemment, prit une guitare sèche. Ses doigts jouant plus vite qu'il l'était humainement possible, il interpréta un mélange bruyant mais intelligent de *Cross Road Blues* de Robert Johnson et de *Theme from* Crossroads de Tony Hatch.

L'écharpe nouée au bras de Laura Bellows pouvait mener à n'importe quel vampire inscrit à Saint-Bartolph. Étudiant ou professeur. Ou peut-être le meurtrier voulait-il les attirer sur une fausse piste. Clive Landseer, Syrie Van Epp, Sebastian Newcastle ou le vampire A.N. O'Nyme ?

— Kate ! aboya quelqu'un.

Elle scruta les alentours. Elle repéra d'abord son garde du corps. Nezumi, sa discrète voisine, avait dû la suivre depuis qu'elle avait quitté le Club. Vêtue d'un canotier, d'un blazer et d'une jupe bordeaux, elle jouait à la corde à sauter avec des écolières sang-chauds. Comme on pouvait s'y attendre, elle excellait à ce jeu. Même si elles habitaient le même immeuble, Kate et la jeune Japonaise n'avaient jamais beaucoup échangé. Grâce à la piètre isolation phonique de son plafond, Kate savait toutefois que Nezumi adorait écouter l'émission *Junior Choice* le samedi matin. Elle mettait souvent sur son tourne-disque portable des chansons comiques ou destinées aux enfants. *Nellie the Elephant* des Toy Dolls, *I Am a Bat*

---

1. « Ils viennent pour m'emmener » de Napoleon XIV (1966). (*NdT*)

and I Live in a Hat, *Ying-Tong Song* des Goons. En tant que Charmante, elle était potentiellement d'une dangerosité mortelle. Pour aller avec sa tenue, elle portait une crosse de hockey usée, entourée de bandages. Une arme terrifiante pour les combats de rue. Il était toutefois difficile de voir en Nezumi un samouraï sexy alors qu'elle ressemblait à une gamine de treize ans et qu'elle chantait avec un accent prononcé *A Mouse Lived in a Windmill in Old Amsterdam*.

Mais ce n'était pas Nezumi qui l'avait appelée.

Assis seul sur un banc, le sergent Griffin faisait semblant de lire le *Mirror* (« ENOCH DIT NON AUX VIPÈRES »). Chaque étudiant qui passait devant lui émettait un grognement porcin. Être en civil – il portait une chemise bleu électrique et un short cramoisi – ne servait à rien. Il aurait aussi bien pu avoir sur la tête un casque de bobby surmonté d'un gyrophare bleu. Un plaisantin affublé d'un tee-shirt « Le Manège enchanté » alluma devant lui un énorme joint et exhala un nuage de fumée. Griffin demanda au gamin de dégager et d'aller faire trempette dans la Tamise.

Kate n'eut d'autre choix que d'aller s'asseoir à côté du flic vampire.

— Ça prend dix minutes maximum de lire le *Mirror*, dit-il. Même en comptant l'horoscope et la BD d'Andy Capp. Ça fait une heure que je suis là… Je m'ennuie horriblement.

— Vous auriez dû apporter un livre. J'en ai toujours un sur moi quand je me déplace.

Elle en était à la moitié de *Meet my Maker the Mad Molecule*, de J.P. Donleavy.

— Moi, je suis coincé au premier chapitre de *La Vallée des poupées* et je ne veux pas qu'on me voie en public avec ça.

Un étudiant sang-chaud posa gentiment une pancarte écrite à la main « ATTENTION AU FLIC » sur le banc, à côté de Griffin. Le policier sortit les crocs. Le jeune esquissa un signe de paix avant de décamper.

— Est-ce que Bellaver me donne mon congé ? Landseer a-t-il avoué ?

— Loin de là. Le salopard a un alibi. Rien de moins qu'Edward Langton, membre du Parlement. Pendant que les filles se faisaient siphonner, notre honorable membre était en train de se faire sucer par ce cher Clivey. Après une partie de bras de fer, Langdon a fini par nous signer une déposition. On a vérifié ses dires. Vous saviez que Langdon siège à la Commission Manfred ? Au moins, on ne peut pas lui reprocher d'être partial…

— N'y croyez pas trop, sergent. Certains des plus fervents partisans d'Enoch camouflent leurs suçons avec du maquillage. Vous voyez le genre. Ils passent la semaine à hurler qu'il faudrait tous nous empaler, nous brûler et nous enterrer aux carrefours dans des tombes saupoudrées de sel et décorées de têtes d'ail, puis ils se rendent furtivement dans les bars vampires le samedi soir et supplient qu'on les mordille. Vous vous souvenez de ce psy, dans les années 1950, qui prétendait pouvoir « guérir » le vampirisme ? Le Dr Holstrom. Il tenait les rassemblements de Hyde Park qui ont débouché sur les émeutes sanglantes. Apparemment, Liz Bathory l'a fait passer aux ténèbres. Mais, après tous les problèmes qu'il a déclenchés, je doute que la « communauté » l'ait accueilli à bras ouverts.

Griffin replia son journal et le fourra dans une poubelle. Il jeta aussi la pancarte marrante.

— Si vous espérez trouver le meurtrier ici, je n'ai aucun nom à vous donner, reprit Kate. Tous les vampires que j'ai croisés aujourd'hui ont l'air coupable. Vous y compris.

— Moi aussi, j'ai un alibi. J'étais en service, samedi soir. Jusqu'à ce qu'on reçoive l'appel, c'était plutôt calme. On a joué au Monopoly dans les bureaux de la Division B à Holborn. Bellaver est un tricheur. Il gardait une carte « Vous êtes libéré de prison » dans sa manche. Et vous ?

— Si mes voisins étaient chez eux, ils ont dû m'entendre taper sur ma machine à écrire. Mille mots pour *Woman* sur les caleçons longs Bri-Nylon pour jeunes filles, ou celles qui veulent paraître jeunes.

Elle omit de mentionner qu'elle pouvait faire apparaître un voisin d'un sifflement sonore. Le Diogene's Club aimait bien garder son indépendance par rapport aux autorités – aux *autres* autorités.

— C'est mince. Vous pouviez très bien avoir demandé à un sous-fifre fasciné de taper n'importe quoi à votre place pendant que vous hantiez la nuit, à la recherche de votre proie.

— Si j'avais un sous-fifre fasciné à ma disposition, tout serait tellement plus facile ! Malgré tout, si j'avais vidé de leur sang deux jeunes filles environ une heure avant que je vous retrouve dans Maryon Park, j'aurais été quasiment violette.

Deux grandes filles sang-chauds en minijupe passèrent devant eux. Les yeux de Griffin faillirent lui sortir de la tête. Elles s'assirent sur le gazon et prirent la position du lotus. Le fumeur de marijuana leur proposa de tirer sur son énorme joint. Elles acceptèrent, prenant de grosses taffes. Hormis lui donner mal au crâne, les joints ne faisaient rien à Kate. Avec la révolution des drogues, un tas de substances narcotiques et hallucinogènes étaient apparues mais elles ne marchaient pas sur les vampires, à l'exception d'un ou deux produits. Griffin reluqua les jolies filles. Elles avaient le cou gracile et les jambes longues.

— Vous êtes-vous porté volontaire pour cette mission ?

— C'est le chef qui m'a envoyé vous avertir. La Division B envahira les lieux demain. Ces jeunes hippies feraient bien de ne pas fumer ostensiblement ce genre de joint monumental. La brigade des stups s'est invitée à la fête. Le sergent Pilcher cherche n'importe quelle excuse pour botter le cul des chevelus de cette université.

— Serait-ce une démonstration pour apaiser les esprits ? Pour prouver que vous ne restez pas les bras croisés ?

— Ah-ah. On aimerait bien que vous le croyiez, vous autres journalistes. Parce que vous devrez quand même nous féliciter. Mais c'est un système de rouages complexe. La vraie raison…

— Allez-vous m'obliger à essayer de vous fasciner pour vous tirer les vers du nez ?

Même si Griffin aimait bien jouer à « Quel est mon secret ? », il abandonna la partie.

— Les autopsies, trésor. Très intéressantes. Ils ont fait venir Hardy…

Le Dr John Hardy, pathologiste, travaillait avec le ministère de l'Intérieur sur les affaires très médiatisées. Il avait conclu que la mort de Stephen Ward était un suicide et celle de Joe Orton un meurtre.

— Il est tombé sur quelque chose qu'il aurait été facile de manquer. Quand il n'y a plus de sang à prélever, difficile de faire des tests d'alcoolémie, par exemple…

— Mais il en reste toujours un peu, non ? Même dans les affaires de lèvres-blanches.

— Oui, il y en a toujours un peu. Paraît-il que le cerveau est comme une éponge, avec tous ces petits capillaires. Si on les asséchait, croyez-vous qu'on aspirerait les dernières pensées de la victime ?

Kate regarda Griffin. Cela devait faire à peine un an qu'il était vampire. Impossible autrement.

— Essayez de ne pas employer de mots comme « victime », répliqua-t-elle. Ça excite les partisans d'Enoch.

Griffin haussa les épaules et reprit :

— Hardy a trouvé suffisamment de sang dans le cervelet pour procéder à des tests. Les deux filles étaient droguées quand elles ont passé l'arme à gauche. Elles avaient pris des BBO de bonne qualité, fabriquées presque à la source. Autrement dit dans ce bâtiment, là-bas. Celui avec la fresque murale où on dirait que le chien de la pub Duluxe a balancé quinze nuances de peinture mate.

— Les mortes avaient pris des Boulettes de Bowles-Ottery ?

— Plein. Non pas que ça fasse une différence : une seule suffit. Il y a des cinglés qui versent du Bowles-Ottery liquide sur leur sucre. Ils le mettent dans leur tasse de thé du petit déjeuner et se font un trip en allant au boulot. Semolina Pilchard a prononcé un discours sur les mille et une façons de planer. Il est comme votre amoureux secret des vampires. Il déblatère sur ces saloperies de drogues, mais l'idée de tabasser un chanteur pop à cheveux longs et de mettre la main sur une planque lui fout la gaule pour la semaine. Il planifie ses descentes quand ces rigolos sont avec des groupies, pour s'en mettre jusque-là.

Le sergent Pilchard collectionnait les scalps de hippies célèbres. Il avait pris en flagrant délit Mick Jagger, John Lennon et Jerry Cornelius, et avait fait renvoyer le chanteur américain Lionel St. Dubois à son arrivée à l'aéroport d'Heathrow. Doté d'un attaché de presse, le policier était à la limite de la légalité en mettant en scène ses faiseurs de gros titres. Au tribunal, l'avocat de Cornelius, Horace Rumpole, démontra que les pièces à conviction A, B et C n'étaient que des médicaments antitussifs à base de plantes. Pilcher s'y connaissait bien en drogues, mais il était incapable de repérer les bonnes. Il aurait dû le coincer avec la pièce à conviction D : du K-Priss coupé avec de la vraxoïne, de la poudre insecticide et du merdasogni. Un cocktail si dangereux que Jerry n'eut pas le courage de le tester avant la fête qu'il organisa à Derry & Tom's Roof Garden pour célébrer son acquittement, et qui dura une semaine. À ce jour, il était toujours plongé dans un coma bienheureux et semblait avoir changé de couleur.

— J'imagine que tout le monde avait pris quelque chose à la soirée de Syrie Van Epp ? demanda-t-elle.

— Ouaip, et on peut facilement deviner comment les BBO ont voyagé d'ici à là-bas. Grâce à l'un des copains de votre professeur.

— Ce n'est pas *mon* professeur.

— Bellaver n'est pas content.

— Ça a fait les gros titres ?

Griffin haussa les épaules.

— Il n'aime pas comment tout dans cette affaire nous ramène à Saint-Bartolph.

— Il a raison. C'est trop propre et net. Comme si on avait dessiné des flèches pointées par ici. Ça donne envie de prendre une autre direction.

Le soleil était enfin couché. Merveilleuse pénombre…

Griffin sortit un petit paquet de sa poche.

— Un Opal Fruit ?

— Oui, merci, répondit-elle. Au citron vert, s'il vous plaît.

— On s'y connaît, hein ?

Il sortit des bonbons du tube comme les balles d'un automatique jusqu'à en trouver un au citron vert. Lui en prit un à la fraise.

Ils les sucèrent et les mâchèrent. Les papilles de Kate fonctionnaient toujours. Elle ne tirait aucun plaisir de la cocaïne, de l'opium ou du champagne millésimé (oui, elle en avait déjà goûté), mais les Opal Fruit lui mettaient l'eau à la bouche. Et cet afflux de salive lui faisait sortir les crocs.

— Au moins, ces trucs-là ne vous déçoivent jamais, commenta Griffin en regardant les bonbons emballés individuellement dans sa paume. Pas comme…

— La drogue ?

— Le sang.

Kate savait ce que Griffin ressentait. Cela faisait bien longtemps qu'elle avait dépassé le stade de la déception. Aucun des Moines noirs n'en avait montré les signes, et la plupart d'entre eux étaient sûrement passés aux ténèbres à la même époque que Griffin.

— Vous savez pourquoi je suis devenu vampire, Kate ?

Elle l'ignorait.

— Donna…

— L'agent Rogers ?

Elle savait qu'ils sortaient ensemble, mais ils restaient discrets.

— Vous savez pourquoi elle est passée aux ténèbres ? La Division B. En tant que vipère, elle était assurée d'obtenir une promotion. Sinon, elle aurait continué à faire la circulation. Les policières sang-chauds ont la vie dure à la police métropolitaine. Au mieux, Donna pouvait espérer être promue à la brigade des mœurs. S'habiller comme une pute pour piéger les dragueurs motorisés. Mais, dans la Division B… Il y a des occasions d'obtenir une promotion. Elle était donc très motivée pour passer aux ténèbres. Et ce bon vieux Julian l'a suivie…

Kate venait d'apprendre le prénom de Griffin.

— Personne ne nous avait parlé des couples vampires. Ça ne figure pas dans la petite brochure qu'on vous donne chez le docteur.

Kate comprenait. Devenir vampire affûtait les sens, mais les modifiait aussi. Plus de bières sur la plage par une journée ensoleillée… tandis que les Opal Fruit titillaient vos centres du plaisir.

— Certains restent ensemble, hasarda Kate, bien consciente de n'être jamais sortie avec un congénère plus de quelques semaines. Certains se marient.

— Et deviennent des espèces de monstres à deux têtes, leur esprit fusionné pour l'éternité. On n'arrive plus à distinguer qui est qui.

— N'est-ce pas le propre de l'amour ?

— Peut-être, mais c'est terrifiant. Ceux dont vous parlez, ce sont des Anciens pour la plupart, n'est-ce pas ? Ils se sont mis ensemble à l'époque où les vampires n'étaient pas encore si nombreux.

Kate se souvint que Croft avait été marié. Lady Croydon avait péri sur le bûcher dans le Massachusetts, au XVIIIe siècle. Cela expliquait peut-être ce qu'il était : seulement une demi-personne. Ce n'était pas une excuse pour autant.

— Si l'un des deux partenaires a un mental plus fort, l'autre s'éteint, enchaîna Griffin. J'ai lu des choses à propos des « épouses » de Dracula…

Kate réprima un frisson.

— Je doute que l'agent Rogers soit un bourbier psychique comme l'était Dracula.

— Mais le problème n'est pas là. Il est plutôt dans le lit conjugal. Vous pouvez faire tout ce que vous faisiez avant et c'est… sympa. Comme les Opal Fruit à la fraise sont sympas. Mais ce n'est pas du sang. Et pour le sang, il faut trouver… d'autres personnes.

Kate voyait ce qu'il voulait dire. Frank Harris, le vampire qui lui avait donné le baiser des ténèbres, avait perdu tout intérêt pour elle dès l'instant où il ne pouvait plus la mordre et qu'elle était devenue une rivale. Au début, elle l'avait recherché pour qu'il lui fasse part de son expérience, mais il avait refusé de combler les blancs. De manière scandaleuse, elle avait couché avec lui. Cela lui aurait semblé du gâchis de s'en priver. Elle savait que son père serait si fou de rage qu'elle soit devenue vampire qu'il ne s'embêterait pas à éprouver une gêne supplémentaire qu'elle s'adonne aussi à la prostitution.

— Quand on était sang-chauds, on restait allongés, après coup… On fumait, à moitié endormis, tout collants. Ensemble. Maintenant, une fois qu'on l'a fait, je sais ce que ressent Donna, car je le ressens aussi. Cette soif écarlate, qui hurle dans notre tête. J'ai envie de sortir du lit, de partir seul de mon côté, et de trouver quelqu'un pour…

Elle lui prit la main.

— Je sais. Ça fait partie de la transformation. Cela fait quatre-vingts ans que je suis vampire. Parfois, je ne sais plus pourquoi je l'ai fait. Sauf que je suis toujours en vie, et que j'ai le privilège de voir comment l'histoire se poursuit…

— Quelle histoire ?

— Toutes les histoires. Voulez-vous que je parle à Donna ?

Voilà une nouvelle vocation : conseillère en cœurs brisés. Les bons tuyaux de Katie Reed pour les êtres en mal d'amour. Nombre des hommes qu'elle avait connus dans sa vie lui auraient ri au nez.

— C'est trop tard, trésor, dit-il en libérant sa main. Nous empruntons des chemins différents, à présent. Nous ne sommes plus la même sorte de vipère.

Rares étaient les vampires à employer ce mot. Griffin avait encore les préjugés qu'il nourrissait dans son ancienne vie. Titillez-le un peu, et vous le verriez sans doute épouser les idées d'Enoch Powell. Il n'avait pas encore accepté qu'il faisait désormais partie des monstres.

— Vous êtes un type bien, Julian, dit-elle, essayant de paraître sincère.

C'était un ressuscité, et il ne l'attirait pas. Qu'il lui plaise ou non n'était pas la question. Elle avait des sens hyperdéveloppés. C'était comme regarder des chevaux dans un champ et être capable de distinguer les gagnants des perdants sans même les voir courir. Chez le sergent Griffin, elle ne voyait pas la petite étincelle, l'ivoire acéré dans le sourire. En revanche, elle la voyait chez DeBoys, Eastman et même Donna Rogers. Ils feraient des vampires exceptionnels. Griffin était condamné à rester « ce bon vieux Julian ». Comme elle resterait toujours Katie la Rouquine, Reed aux Culs-de-bouteille, la Moche aux taches de son. Non pas qu'elle aspire à devenir exceptionnelle – juste quelqu'un de bien.

Une certaine agitation éclata sur le campus.

— Y en a qui conduisent vraiment comme des abrutis, déplora Griffin.

Un van Volkswagen bleu et blanc fit une embardée sur la route qui menait au parking. Il fonça sur la pelouse, creusant des ornières. Les étudiants s'écartèrent de son chemin avec empressement. Les fumeurs de joint furent pris au dépourvu par cet affolement soudain. L'une des filles avait encore les idées suffisamment claires pour faire bouger ses amis. Leur couverture fut écrasée sous les roues du gros véhicule. Les phares qui projetaient une lumière anormalement brillante brûlèrent les yeux de Kate. Des lampes à UV, développées en Allemagne pour un usage militaire. Des projecteurs supplémentaires avaient été installés sur la galerie.

Kate était en alerte maximale.

Griffin se leva. Ses canines effilées étaient sorties et ses yeux renvoyaient un éclat rouge.

— Hé, vous ! cria-t-il, la main tendue pour éviter d'être ébloui.

Le van freina brutalement. Les portières coulissèrent. Plusieurs hommes en sortirent d'un bond. Ils portaient une combinaison de travail blanche dont le devant était barré du symbole des croisés : une barre verticale allant du cou à l'entrejambe, et une horizontale allant d'une aisselle à l'autre. Chaussés de Doc Martens, ils avaient le visage caché derrière des masques en plastique de Beano et Dandy de mauvaise facture. Dennis la Malice, Plug des Bash Street Kids, Dan le Désespéré, l'ours Biffo, le chat Korky. Les étudiants riaient, mais ce n'était pas une autre mise en scène pour la semaine de collecte de fonds.

Plug et Korky avaient des arbalètes, Biffo un chalumeau. Dennis et Dan approchèrent de la flamme des bâtons entourés de chiffons, qui prirent feu. Les fauteurs de troubles s'avancèrent sur la pelouse, agitant leurs torches devant chaque créature nocturne.

L'un des gamins vampires – le garçon à la guitare – s'interposa. Ils mirent le feu à son cafetan. L'étudiant hurla et se roula dans l'herbe pour éteindre les flammes. Les personnages de bande dessinée l'enjambèrent. Korky lui assena un méchant coup de pied dans les côtes. La pointe de ses Doc était renforcée de métal, de l'acier ou de l'argent.

Kate était tous crocs et griffes dehors.

—Arrêtez ça, vous autres ! lança Griffin en montrant sa carte. Police !

Plug leva son arbalète et tira.

Le carreau transperça l'œil de Griffin, sa pointe d'argent ressortant à l'arrière du crâne.

Le policier lâcha sa carte. Ses genoux cédèrent sous lui.

Kate le rattrapa et essaya de l'allonger doucement. L'œil valide du policier jetait des éclairs de fureur. Du sang coulait de sa blessure. Son corps entier fut secoué de spasmes. Elle ignorait quoi faire, par où commencer pour l'aider. Il ouvrit la bouche et la referma.

La plupart des étudiants prirent la fuite.

Kate vit Nezumi s'élancer en brandissant sa crosse de hockey, son canotier volant derrière elle. Plug glissa un autre carreau dans son arbalète, se tourna et tira. Nezumi l'esquiva sans interrompre sa course.

D'un geste de la main, Biffo indiqua à ses complices d'accélérer.

Dennis et Korky saisirent Kate et la traînèrent vers le van. Elle lâcha Griffin, qui resta étendu sur le gazon. Elle se débattit et reçut un coup de coude au visage. Ses lunettes furent brisées. Une main gantée se plaqua sur sa bouche. Elle essaya de la mordre, mais reçut un choc à travers ses crocs. Sous la toile, il y avait des plaques d'argent. Le gang de Bash Street avait bien préparé son coup.

On approcha du feu et elle cessa de se débattre. Biffo marqua son approbation d'un signe de tête. C'était lui le chef.

Kate était presque à l'arrière du van.

Griffin gisait, immobile. Plug posa le pied sur la poitrine du policier et récupéra son carreau. Les embouts en argent valaient cher. Dan plaqua son brandon contre le flanc de Griffin. Sa chemise en polyester s'enflamma aussitôt. Le feu se propagea rapidement au reste du corps. Griffin ne réagit pas.

Le sergent était mort pour de bon.

Kate ne pouvait pas se laisser embarquer dans ce van.

Nezumi donna l'assaut, abattant sa crosse de hockey sur le genou de Plug. Biffo lâcha son chalumeau et sortit un revolver de la poche de son pantalon. La vampire japonaise serait-elle capable d'éviter les balles ?

Kate saisit Dennis par le poignet, là où la peau était nue, et lui enfonça ses ongles dans la chair. Il ôta la main de sa bouche et elle le griffa, espérant atteindre une artère.

Nezumi resta plantée sur place. Biffo la visait avec son arme.

Dennis libéra son bras des griffes de Kate. Il lâcha son brandon et sortit de sa ceinture à outils un pieu en bois à l'extrémité affûtée. Kate esquiva ses attaques à la manière d'un boxeur afin de ne pas le laisser lui transpercer le cœur. L'autre avait du mal, d'autant plus qu'il n'y voyait guère à travers les petits trous de son masque en plastique. Il finit par l'ôter. Kate ne le reconnut pas, mais il avait la coupe très courte qu'elle assimilait aux plus vils partisans d'Enoch Powell. Il se concentra sur elle. Du sang coulait abondamment sur son gantelet. Kate fut prise d'une soif tout à fait inopportune.

Korky, Dan et Plug rejoignirent Dennis, encerclant Kate. Dan lui donna de petits coups secs avec sa torche. Korky et Plug, qui boitait, tenaient des carreaux d'arbalète comme des pieux. Elle tourna sur elle-même en crachant. Elle leur en voulait de la réduire à cette caricature de proie qui se défend. Un voile de brume rouge lui brouillait la vue.

Ils la forçaient à se rapprocher du van.

Tout à coup, la torche de Dan lui fut ôtée des mains et jetée au loin : elle décrivit un arc de cercle au-dessus de la pelouse, comme une fusée de détresse. Le masque de Dan tomba, révélant un visage rond, blanc, fade et apeuré. Une seconde plus tard, celui-ci lui fut arraché. On ne distinguait dans les chairs sanguinolentes que ses yeux écarquillés.

Des silhouettes noires se mêlèrent aux personnages de bande dessinée. Se mouvant avec rapidité, elles déchirèrent, mordirent et brisèrent des os. Plug poussa un hurlement quand son arbalète lui fut enlevée et enfoncée dans le dos avant qu'il ait eu le temps de voir son agresseur. Les bras de Korky se plièrent dans le mauvais sens, il fut traîné sur plusieurs mètres, hors du halo de lumière. Ne se laissant pas impressionner, Dennis assena à Kate un coup sur la tête et plaqua un genou sur son ventre. Elle croisa les poignets sur son cœur tandis qu'il brandissait son pieu. Pendant un instant, elle recouvra la vue et distingua nettement la pointe en bois. Celle-ci signerait sa fin.

Et elle ne connaîtrait jamais la suite de l'histoire.

C'est alors que Dennis fut soulevé en l'air, soulageant Kate de son poids. Elle entendit le bruit mouillé du pieu qu'on enfonçait brutalement dans la chair et les os.

Dennis luttait contre un Moine noir.

C'était Eric DeBoys, tout sourires malgré le pieu planté dans son épaule. Il saisit à la gorge Dennis, pourtant bien plus imposant, et le souleva de terre. Il lui enfonça son pouce dans le cou, cherchant le pouls, son ongle approchant du bord de la veine jugulaire qui avait l'aspect d'un ver violacé.

Tous les vampires connaissaient l'anatomie humaine.

Dennis cracha sur DeBoys et tenta de le traiter de vipère. DeBoys le relâcha et l'autre se tint la gorge pour endiguer le saignement. DeBoys se lécha le pouce, comme il aurait léché une cuillère à dessert.

Les autres Moines noirs, capuche relevée, dominaient de leur hauteur les brutes au sol. Biffo abaissa son arme en signe de reddition. Vive comme l'éclair, Nezumi retourna dans l'ombre, laissant le mérite de la victoire aux étudiants vampires. Eastman trouva la couverture des fumeurs de joint et s'en servit pour étouffer les flammes qui entouraient Griffin.

Horrifié, Dan toucha les chairs humides de son visage et hurla. Le front couvert d'écailles vertes, dardant sa langue fourchue entre ses lèvres, Anna Franklyn se glissa auprès de lui et planta dans son cou ses canines effilées comme des aiguilles. Son venin paralysa les cordes vocales de Dan, qui s'immobilisa à la suite du choc. Il allait peut-être survivre. Sauf que, dorénavant, le masque lui serait d'une réelle utilité.

Quatre membres du gang de Bash Street gisaient à terre. Seul Biffo tenait encore debout. À présent, le cercle se refermait sur lui.

— Voyons un peu à quoi tu ressembles, monsieur l'ours, dit DeBoys en lui ôtant son masque.

Biffo était un homme d'âge moyen, au visage maigre et aux yeux luisants. Ses lèvres minces tremblaient sur des dents décolorées par la nicotine. Ses cheveux clairsemés étaient ébouriffés. Il avait l'air complètement fou.

— Je n'ai pas peur de vous, mentit-il.

Kate reconnut Lorrimer Van Helsing.

Chapitre 11

Le gang de Bash Street se faisait appeler le Cercle de Lumière. Les chevaliers du Temple de Lorrimer Van Helsing se nommaient Joseph Hawkins, Adam Cochran, Reginald Bird et Peter Craven. Ces noms n'évoquaient rien pour Kate. La plupart d'entre eux étaient connus des services de police pour antécédents violents. Elle ne serait pas surprise de voir ces raclures accéder à la célébrité en tant que martyrs de leur cause.

Ils furent tous conduits à Shooter's Hill dans des paniers à salade.

On avait dit aux journalistes d'attendre une déclaration officielle, mais rien ne venait. La foule des reporters qui patientait devant le commissariat de police s'agitait. Les pubs pour sang-chauds ayant fermé depuis longtemps, il émanait d'eux une odeur désagréable de bière et d'encre. Kate essaya de se faire toute petite et de se cacher au milieu des policiers de grande taille. Il ne faisait aucun doute que le Quatrième Pouvoir préférerait connaître l'identité de ceux qui avaient été arrêtés que de savoir quel journaliste obtiendrait un accès privilégié. Fullalove de la *Gazette*, un vétéran de Fleet Street, la reconnut et l'interpella :

— Que s'est-il passé, Kate ?

Elle fit mine de n'avoir rien entendu.

— Allons ! insista-t-il. Tu as l'ouïe aussi fine qu'une chauve-souris. Crache le morceau !

— Je suis témoin, Jamie, répliqua-t-elle en faisant le geste d'avoir les poings liés.

— Témoin de quoi ? demanda Stenning de l'*Express*.

Elle fut harcelée par des journaleux à qui elle devait un verre, un service ou de l'argent, d'autres qui lui devaient un verre, un service ou de l'argent, et d'autres encore avec qui jamais elle n'échangerait ni verre, ni service, ni argent, même si c'était la fin du monde. Ils évoquèrent une sorte de solidarité qu'aucun d'entre eux n'aurait ressentie si une exclusivité n'avait été en jeu.

— Ça suffit, déclara Bellaver.

Il extirpa Kate de la meute de loups et l'escorta le long des marches qui menaient au commissariat.

— Dois-je vous coffrer, vous aussi ?

Elle lui promit de ne rien dire. Il la relâcha. L'endroit était bondé. La colère était palpable.

Bellaver était dégoûté et ses hommes se trouvaient dans un état d'agacement tel qu'ils étaient à la limite de la dangerosité. Même le placide George Dixon montrait les crocs devant les cellules de détention, tandis que Regan et Herrick, affichant un air féroce, grognaient à travers les judas des cellules où étaient maintenus les membres du gang de Bash Street. Si avant cet épisode le Cercle de Lumière croyait que les vampires en avaient après eux, ils étaient maintenant dans le vrai.

Bellaver ordonna à ses hommes de ne pas toucher aux prisonniers et demanda sommairement à l'agent Rogers de mettre fin à son service. Il savait que, l'un des membres de la brigade partant pour la morgue, le risque d'un accident malheureux n'était pas à exclure. Le chef ne ressemblait pas à l'inspecteur en chef Charlie Barlow, dont la force opérationnelle de Newton était bien connue pour ne jamais donner lecture d'un acte d'accusation à un criminel sans que celui-ci ne souffre d'une fracture quelconque. Sous la surveillance de Bellaver, les suspects en garde à vue ne tombaient jamais dans l'escalier. Les personnes qui aidaient la police dans son enquête ne finissaient pas saignées à blanc et cachées sous la couchette d'une cellule.

Donna Rogers avait en partie ôté son uniforme. Elle portait un manteau de civil à chevrons et un foulard de mousseline sur un chemisier blanc et une jupe de serge bleu. Elle s'arrangea avec l'agent à l'accueil – non pas l'odieux Choley, mais un Nord-Irlandais digne de confiance appelé Lynch – pour qu'on prenne sa relève. Elle s'occupait des formalités comme si elle s'apprêtait à rentrer chez elle pour un problème de plomberie plutôt que pour voir le corps de son petit ami.

Kate n'arrivait pas à cerner Rogers. Cette femme vampire était-elle si avancée qu'elle n'éprouvait plus rien ? Certains ressuscités s'endurcissaient très rapidement. Griffin avait dit qu'ils s'éloignaient l'un de l'autre. Laisser la policière livrée à elle-même en cet instant délicat n'était pas une bonne idée, même si son chef et tous ses collègues avaient tant à faire qu'il était peu probable qu'elle obtienne un traitement de faveur.

Ce n'était pas comme s'il y avait un grand mystère à résoudre. La Division B savait déjà ce qui avait motivé l'attaque du campus.

Le Cercle de Lumière s'était mis en tête de remettre les compteurs à zéro après les meurtres de Carol et Laura. Deux vampires pour deux sang-chauds. Ils ne pensaient pas que leur première prise vipère serait un officier de police. Van Helsing, au moins, devait se rendre compte de l'énormité de leur erreur. Sa joyeuse bande de brutes était trop stupide ou trop maussade pour le voir. Mais c'était une question de temps.

Les services du Dr Hardy seraient inutiles pour déterminer la cause de la mort de Griffin. Le trou dans sa tête aurait tué n'importe qui. Grâce aux efforts novateurs de Jack l'Éventreur, le monde savait désormais qu'un pieu ou de l'argent transperçant n'importe quel organe vital – pas seulement le cœur – provoquait la mort réelle d'un vampire.

Kate voyait très bien ce que le gang de Bash Street lui aurait fait subir à l'arrière du van de Van Helsing.

Tom Lynn, le garçon en cafetan, était à l'hôpital. Il guérissait rapidement. Ses mains étant grièvement brûlées, il ne ferait plus profiter les autres de ses talents à la guitare avant un bon moment. Kate savait d'expérience que le renouvellement de la peau et des vaisseaux sanguins se faisait bien, mais il n'empêche que cela restait horriblement douloureux. Pendant des mois. Au bout de quatre-vingts ans, il n'existait toujours pas d'analgésiques pour les vampires. Des sens supérieurs signifiaient aussi des récepteurs de douleur plus développés. Cela faisait partie du marché. Oh, vous aviez omis de lire les petites lignes en signant le contrat ? Dommage pour vous.

Trouvant le temps d'avoir pitié de Kate, Dixon apporta un carton en provenance du bureau des objets trouvés et lui demanda de choisir parmi un assortiment de lunettes. Elle essaya des paires au hasard jusqu'à en trouver une proche de celles qu'on lui avait prescrites. La monture en corne rouge était ornée d'ailes de flamant rose. Elles auraient pu avoir appartenu à une drag-queen.

Qu'importe, elle voyait de nouveau.

Le chef Bellaver bataillait entre les appels téléphoniques des partis concernés. Il refusait qu'on lui mette la pression pour qu'il fasse une déclaration tant qu'il n'y était pas contraint. Il voulait profiter de la détention du Cercle de Lumière pour le soumettre à un interrogatoire serré.

Aucun des membres du gang de Bash Street n'avait un profil de criminel de génie. Même Lorrimer Van Helsing, professeur d'anthropologie, n'avait pas inventé l'eau chaude. Il avait été renvoyé de l'université de Saint-Bartolph après que son sit-in – dont il fut le seul participant –

avait échoué à perturber la routine matinale de Mrs Brabazon, la secrétaire de l'École de Vampirisme. Ce jour-là, Croft était à une conférence. S'il avait été présent, il aurait arraché la tête de ce chasseur de vampires en herbe. Le vice-président Goodrich n'eut d'autre choix que de virer Van Helsing. Une plainte antidiscrimination était en train de faire son chemin dans le système. Avec cette attaque de guérilleros contre un campus, la pétition se retrouverait sous la pile.

L'histoire personnelle de Van Helsing expliquait pourquoi il avait pris pour cible cette université pour son « expédition punitive ». Bellaver soupçonnait le Cercle d'avoir un informateur parmi les forces de police, et d'avoir suivi la Division B jusqu'à Saint-Bartolph. Sur une intuition soudaine, Kate suggéra au chef d'interroger le sergent Choley afin d'en savoir plus.

La fine équipe fut enregistrée, les empreintes digitales relevées, puis elle posa pour les photos. Adam Cochran, alias Dan le Désespéré, ne ressemblait pas à ses précédents portraits d'identité judiciaires. C'était incroyable ce que la chirurgie esthétique parvenait à faire de nos jours. Sir John Rowan pouvait transplanter la peau des fesses de Cochran sur son visage, si le cœur lui en disait.

Un journaliste avait téléphoné à Enoch Powell, le réveillant en pleine nuit. Le membre du Parlement déclara à la presse qu'il ne soutenait pas la violation des lois dont Van Helsing s'était rendu coupable et lut un texte expliquant que c'était exactement le genre d'acte de violence qui deviendrait courant si on laissait la population vampire s'étendre sans aucun contrôle. Cela revenait à dire qu'il ne pleuvrait pas autant en Angleterre s'il y avait moins de célébrations religieuses.

Après avoir fait sa déposition auprès d'un Jack Regan de mauvais poil, Kate fut autorisée à observer Joe Hawkins, alias Dennis la Malice, à travers un miroir sans tain. Un épais bandage couvrait la blessure de son cou. Elle identifia le gamin aux croquenots comme son agresseur. Hawkins semblait à l'aise pendant sa garde à vue. Il s'y attendait. Il l'avait même espérée. Cela le confortait dans le choix qu'il avait fait d'éprouver de la haine, de la crainte, et d'attaquer le premier. Allant à l'encontre de la procédure, Regan montra à Kate le dossier de Hawkins. C'était un adepte des agressions de vampires en bande.

Si Eric DeBoys, qui faisait sa déposition dans une autre salle, avait tué Hawkins, Kate s'en serait bien moquée – même si le combat n'était pas équilibré. Si Hawkins avait été attaqué par toute une congrégation de Moines noirs et taillé en pièces, il l'aurait bien mérité. Elle détestait d'autant plus Hawkins qu'il lui inspirait ces sentiments négatifs : elle se mettait à penser comme lui.

Hawkins gratta sa blessure. Même à travers le miroir, Kate sentait l'odeur du sang. Sa soif s'accentua. Elle aspira de l'air entre ses dents. L'autre regarda vers elle, comme si elle était dans la pièce. Il lui souffla un baiser et sourit. Avec son crâne rasé, il ressemblait à un gros bébé.

— Si ce n'étaient pas les vipères, ce serait autre chose, déclara Jack Regan. Joey déteste les étudiants, les hippies, les Noirs, les flics, tous autant qu'ils sont. Il va adorer son séjour en taule. Les merdes comme lui s'épanouissent en prison. On devrait tous les pendre.

Elle se rappela qu'elle ne croyait pas en l'efficacité de la peine de mort.

Peter Craven – Plug, l'assassin de Griffin – n'irait pas à la potence. Âgé de seize ans, il allait encore à l'école. Il lui faudrait attendre encore deux ans et un autre meurtre s'il voulait le gibet.

Kate et Regan empruntèrent le couloir faiblement éclairé qui longeait les salles d'interrogatoire. Avec leur glace sans tain, on aurait dit des aquariums.

Menotté à la table, Craven s'agitait et essayait d'entamer une conversation avec le miroir. Ses cheveux lui arrivaient aux épaules et il avait le sourire trop facile, mais il avait déjà les mêmes yeux que Hawkins. Des têtes de clou dans une planche. Il se plaignit de son genou, qui avait reçu un coup – l'œuvre de Nezumi. Il paraissait soulagé que tout soit fini. Il pensait qu'il pourrait simplement retourner finir sa scolarité à Borstal. Kate se demanda s'il avait même compris qu'il avait tué un policier. Au moins, il serait détenu à la convenance de Sa Majesté. C'est-à-dire un bout de temps.

Elle essaya de voir le garçon comme une victime, un jeune qu'on aurait séduit, manipulé, menacé, à qui l'on aurait menti. Le monstre tapi en lui avait été révélé. Kate était devenue vampire en une nuit. Il avait fallu des années pour faire de Peter Craven ce qu'il était désormais.

Sa mère, dehors, parlait aux journalistes. Elle avait déjà commencé à demander combien vaudrait son histoire sur le marché.

— Pourquoi est-il si joyeux ? demanda Kate à Regan. Il a été pris la main dans le sac.

— Il a été piqué avec ses potes. C'est pour ça qu'il a mis tant d'ardeur à tirer le premier carreau. Les autres ont des tatouages de croix sur les flancs. Hawkins en a trois. Craven aura droit au sien, maintenant. Il a tué l'un des nôtres. Il a gravi un échelon dans le « *Drakky bashing* ». Désormais, c'est un ITV : un Intrépide Tueur de Vampires.

— Ils n'en sont donc pas à leur première fois ?

— C'est du moins ce qu'ils disent. Deux d'entre eux sont des fumistes. Ils se sont sûrement pointés avec un seau à charbon rempli de cendres et d'ossements en prétendant qu'ils avaient cramé un Karpathe. Mais pour Hawkins, aucun doute. Celui-là, c'est une vraie ordure. Herrick fouille ce qu'on a sur lui pour lui coller la totale.

— Quelle est la réponse ? demanda Kate. L'éducation ?

— Je t'en foutrais de l'éducation, moi, répliqua Regan.

Durant les heures suivantes, Kate regarda à travers les miroirs des salles d'interrogatoire comme elle aurait zappé à la télévision. Bellaver s'occupa de Van Helsing, qui avait fait venir son avocat, Jasper Lakin. Ce dernier argua que l'attaque était censée n'être qu'une démonstration de guérilla pour attirer l'attention sur le « problème vampire » à Saint-Bartolph, mais que les gars de Van Helsing s'étaient laissés emporter. Van Helsing en dit le moins possible, laissant le soin à Lakin de parler pour lui.

Regan eut quartier libre avec Craven, qui voulait surtout récupérer son carreau d'arbalète pour le faire encadrer. Il reconnut librement sa participation à l'attaque et était fier d'être le seul à avoir tué un vampire cette nuit-là.

Bird fut confié à deux nouveaux venus de la Division B, Perryman et North, qui firent le tour de la ville avec lui et ne réussirent pas à lui faire retrouver ses nom, profession et adresse.

Cochran était à l'hôpital, sous surveillance, pour faire soigner son visage. Sa séance d'interrogatoire devrait attendre.

Hawkins, le plus intéressant du groupe, aurait dû être géré par Griffin. Ce dernier avait le coup pour les cas les plus difficiles. Bellaver avait dû confier à Pickering, un petit vampire fanatique chauve et geignard, la mission d'obtenir quelque chose du skinhead passif. S'ennuyant ferme, Hawkins ne cessait de regarder vers le miroir.

D'après Dixon, DeBoys et les autres Moines noirs se montrèrent exemplaires. Ils firent des dépositions claires, précises et concises qui ne se contredisaient pas. Ils feraient des témoins impressionnants au tribunal et seraient chouchoutés par les policiers. Voyant qu'il y avait un problème, ils étaient intervenus pour apaiser les esprits en attendant l'arrivée des flics. Kate se demanda si Cochran se sentait « apaisé », à présent : s'il était encore en vie, c'était parce que le venin d'Anna avait des propriétés anesthésiantes et narcotiques qui, Kate l'espérait, seraient analysées.

Les étudiants étaient polis. Dixon s'assura de les laisser à l'écart de la salle des opérations dont les murs étaient couverts de photos de Carol et Laura, vivantes et mortes. DeBoys demanda avec courtoisie s'ils pourraient prendre congé avant l'aube. Bellaver n'avait pas de raison de les retenir plus longtemps. Le chef n'aimait pas que les civils fassent eux-mêmes justice dans ce genre de situation, mais il devait les remercier pour la rapidité de leur intervention. Kate savait qu'ils lui avaient sauvé la vie. Nezumi s'était éclipsée et personne ne parla d'elle, pas même Craven qui avait le genou explosé : il ne voulait pas avouer avoir été attaqué par une écolière.

— Hormis le pauvre Julian, le pire dans cette affaire, c'est l'agitation que cela va provoquer, dit Dixon. Un dossier ouvert et sitôt refermé qui va faire couler beaucoup d'encre. Les journaux vont s'en donner à cœur joie. D'ici demain, le public va encore prendre parti pour leur cause contre nous. Pendant ce temps, celui ou celle qui a tué les filles circule en toute liberté et peut recommencer. Nous, on doit perdre notre temps avec ces singes. Ils nous empêchent de capturer l'assassin.

— Il est l'objet de leur fantasme, cela dit, fit remarquer Kate. Tant qu'il est là, dehors, à tuer des femmes sang-chauds innocentes, alors tous les vampires sont considérés comme des monstres, bons pour l'empalement. Le Cercle de Lumière n'aurait pu recruter meilleur agent.

Était-il possible qu'il existe un lien entre le tueur et Van Helsing ? Après tout, Croft et lui avaient enseigné au même endroit.

Tous les interrogatoires s'achevèrent à 5 heures du matin.

Kate regarda à travers les glaces et vit les enquêteurs se lever, rassembler leurs notes et s'en aller. Les suspects restèrent assis. Des agents en uniforme entrèrent dans chaque pièce pour prendre la commande du petit déjeuner.

Il n'y avait qu'en Angleterre que ça se passait ainsi : commettez un meurtre, et on vous offrait un choix de thé, confiture et marmelade à mettre sur vos toasts.

— Tiens, tiens, s'étonna Dixon, qu'est-ce qui se passe là-dedans ?

Il fallut un moment à Kate pour comprendre ce que l'agent avait vu. Dans la salle où se trouvait Craven, on avait placé une chaise sous la poignée de la porte. Donna Rogers. Soit elle n'était pas rentrée chez elle quand elle en avait reçu l'ordre, soit elle était discrètement revenue quand tout le monde était occupé.

Tel un mouvement de caméra, la vision de Kate fit un zoom compensé.

Rogers se retourna. Craven lui sourit d'un air suffisant. Il pensait savoir y faire avec les femmes.

Puis, remarquant que la policière était un vampire, il cessa ses mimiques aguicheuses.

La bouche de Donna Rogers s'agrandit, quatre fois plus que sa taille habituelle. Des dents de lamproie y apparurent. Elle bavait du sang. Ses yeux étaient réduits à des billes rouges.

Gagné par la panique, Craven regarda en direction du miroir. Il tira sur la chaîne qui le reliait à la table. Alors qu'il était démenotté pendant qu'il répondait aux questions, Regan l'avait de nouveau attaché après l'interrogatoire. Était-ce la procédure ? Les gens risquaient de poser la question. Rogers tira la chaise sur laquelle était assis Craven. Il tomba brusquement et se cogna le menton à la table. Cela le fit saigner. Rogers essuya son visage taché et le lécha avec sa longue langue couleur foie.

À présent, le meurtrier pleurait en appelant sa mère, si fort que Kate pensa que celle-ci risquait de l'entendre à l'extérieur du commissariat.

La porte trembla. On entendit la voix de Bellaver percer au travers.

Kate ferma le poing et fit voler le miroir en éclats. Une odeur de sang lui frappa les narines.

— Donna, non ! cria-t-elle.

Se rendant compte que le temps pressait, Rogers souleva Craven et le mordit au cou. La blessure laissa voir l'os, les artères sectionnées et les chairs arrachées. Elle mâcha, avala et laissa le sang inonder sa gueule.

Kate sentit ses crocs s'affûter malgré elle.

La chaise qui bloquait la porte fut délogée. Bellaver et Regan se précipitèrent dans la pièce et maîtrisèrent Rogers.

Craven s'effondra, mort. Kate le vit comme au ralenti. Il y avait du sang partout. Son poignet était toujours attaché à la table. Sa tête pencha mollement vers l'arrière. Il était presque décapité tant la blessure était profonde.

Au moment où le garçon fut frappé par cette mort soudaine, ses yeux avaient exprimé de la pure terreur, puis plus rien. Jusqu'à ce que Rogers le morde, Peter Craven n'avait pas vraiment cru à toutes les histoires dont Van Helsing l'avait abreuvé pour attiser sa haine des vampires. Il voulait juste ressembler à son pote Hawkins, dur de dur et craint de tous. Il voulait avoir droit à sa croix et faire partie du gang.

Finalement, Donna Rogers avait réussi à lui inculquer la peur du vampire.

— Bien joué, trésor, déclara Bellaver d'un ton sarcastique. Vous savez le mal qu'on va avoir à nettoyer ce bordel ?

Rogers avait repris son aspect normal, mais, sous ses yeux, son visage était maculé de sang.

Elle recracha un mélange de chairs et de tendons.

Chapitre 12

La presse eut vent de l'affaire. L'histoire de Mrs Craven avait encore plus de valeur maintenant que son cher enfant n'était plus seulement un tueur de vampire, mais aussi la victime d'un vampire. Fullalove introduisit clandestinement une note dans le commissariat, proposant à Kate une colonne dans la *Gazette* si elle écrivait un article sur le meurtre. Accepter, ce serait ne plus jamais avoir accès à la Division B. Cependant, à en juger par la tête de Bellaver après qu'il eut reçu un appel téléphonique du ministre de l'Intérieur, il n'existerait peut-être bientôt plus de Division B.

L'histoire avait évolué, et pas dans le bon sens.

Les vampires étaient des monstres. La mort de Julian Griffin n'aurait même pas droit à trois lignes sous les résultats des courses. En revanche, Donna Rogers et Peter Craven feraient la une des journaux pendant des semaines.

— Bellaver, appela Kate pour attirer son attention. Donnez à la presse la photo d'identité judiciaire de Craven.

— Et pourquoi ferais-je une chose pareille ?

— Les seules photos qu'on aura de lui viendront de sa mère. Il sera en uniforme d'écolier. Elles véhiculeront l'image du petit coquin assis au fond de la classe. Au moins, sur la photo que vous avez prise la nuit dernière, il ressemble à la brute épaisse et meurtrière qu'il était réellement.

— Si nos attachés de presse raisonnaient comme vous, ce seraient eux qui dirigeraient le Yard.

— Ça viendra un jour, rétorqua-t-elle.

Le chef suivit son conseil. Il ordonna aussi à Dixon de trouver des clichés de Donna Rogers et Julian Griffin en couple datant d'avant leur transformation et de les transmettre à la presse, même si la règle était de ne pas encourager les relations entre agents de police servant dans la même section et que Bellaver n'était pas censé être au courant de leur histoire. La mayonnaise montait. Griffin pour Laura et Carol. Craven pour Griffin.

Il fallait procéder à l'arrestation de Rogers, pour la forme.

Pendant la confusion, le sergent Lynch avait fini son service et le vieux copain de Kate, Tom Choley, était arrivé tôt le matin. Tout en s'occupant des formalités pour enregistrer Rogers, il ne pouvait s'empêcher de sourire. La policière ne s'était pas essuyé le visage. On aurait dit une squaw apache venant de scalper la troupe de cavaliers qui avait massacré sa tribu. Les menottes étaient trop grandes pour ses poignets menus. Jasper Lakin lui donna sa carte.

Choley avait trouvé un flic de Shooter's Hill pour escorter Rogers vers sa cellule. Son regard glacé n'échappa pas à Kate.

— À moins que les barreaux ne soient en argent, vous lui servez les restes de la bande de Van Helsing sur un plateau, prévint-elle Bellaver. Elle aura quitté sa cellule pour rejoindre la leur en un clin d'œil.

Le chef se frappa le front.

— Merde, Katie… il n'y a que vous, ici, qui êtes dotée d'un cerveau ?

Bellaver ordonna à Dixon d'éloigner Rogers du gang d'imbéciles.

— Nettoyez-la et emmenez-la à Holborn.

Dixon alla chercher une serviette mouillée et essuya le sang du visage de Rogers, comme une mère aurait nettoyé son enfant sale en humectant avec sa salive le coin d'un mouchoir. Rogers se laissa faire.

— Aucun de vous ne doit faire de déclaration aux vautours qui attendent dehors, prévint Bellaver. Rogers, je vous ordonne de taire le fait que vous avez été arrêtée. Vous n'êtes qu'une fliquette, pigé ?

Une fliquette. Une femme un peu simplette, qu'on ne prenait pas au sérieux. Certains policiers bourrés de préjugés appelaient ainsi leurs collègues féminines. Cependant, c'était la première fois qu'elle entendait ce terme dans la bouche de Bellaver.

Rogers acquiesça. Elle ne culpabilisait pas pour le meurtre, mais la désapprobation de son chef la blessait. Bellaver nourrissait une certaine ambition pour Donna Rogers – ou plutôt avait nourri.

Dixon prit la clé pour lui ôter les menottes. Elle les brisa avant qu'il n'ait pu s'en servir et lui tendit les morceaux.

— Vous vous amusez bien ? demanda Bellaver, furieux.

Cette remarque ramena Rogers à la réalité : elle prit d'un coup la mesure de la gravité des faits. Elle n'avait pas pensé aux conséquences de son acte, qui avait fait d'elle le même genre d'individu que Peter Craven.

Dixon et Rogers sortirent par les portes de devant, en dépit des protestations de Choley, qui affirmait que la capture de Rogers était celle de Shooter's Hill et non de la Division B. Le soleil étant levé, Rogers dut abaisser sa voilette.

Kate regarda Dixon et Rogers sortir par les portes ouvertes dans la lumière crue. Aussitôt, les journalistes leur aboyèrent après.

Sur les marches, Mrs Craven tira sur la manche de Rogers.

— Dites Miss, quand vais-je pouvoir voir mon fils ?

Rogers lui rit au nez.

Mrs Craven hurla et arracha la voilette. Dans la brusque luminosité, les yeux rouges de Rogers se firent plus petits et son visage se mit à fumer. C'était un monstre que l'on traînait au bûcher.

Les appareils photo la mitraillèrent. Rogers aurait dû prier pour ne pas apparaître sur les clichés : elle ne montrait pas son meilleur profil pour faire la une des journaux.

Le chaos régnait au commissariat, augmenté par les relèves diverses. Chacun avait entendu une version différente des événements de la nuit passée.

Choley se répandait en plaintes sur l'invasion de vampires. Après une telle pagaille, on l'écouterait.

Le Cercle de Van Helsing devait encore être inculpé pour perturbation de l'ordre public, coups et blessures et complicité d'assassinat. Maintenant qu'accuser Craven du meurtre d'un officier de police devenait problématique, les crimes de ses acolytes risquaient d'être considérés comme des écarts de conduite un peu fougueux. Bellaver le disait lui-même : « Qui n'a pas envie de foutre le feu à un joueur de gratte chevelu ? »

Puis Norman Pilcher des stups arriva, chaussé de ses plus beaux croquenots pointure 46, prêt à faire une descente à Saint-Bartolph. Quand on lui annonça que les circonstances avaient changé et qu'il allait falloir remettre sa petite virée à plus tard, il menaça de porter plainte, profondément dégoûté. Bellaver éclata de rire et lui dit d'aller faire la queue derrière le sergent Choley et tous les autres casse-pieds de Londres.

— Vous ne pouvez pas laisser ces drogués gagner, protesta Pilcher. Notre société part à vau-l'eau, vous pouvez me croire. Regardez-la…

Pilcher parlait de Kate. Les narines de l'homme frémirent, comme celles d'un limier.

— Vous êtes dans un commissariat et elle n'est pas clean. Allons, ma p'tite, qu'est-ce que vous avez pris ?

— Du soleil, mon ami, répondit Kate en lui adressant le signe de la paix. Du soleil.

Chapitre 13

Au bureau des objets perdus de Shooter's Hill, Kate dénicha une vieille ombrelle à fleurs grâce à laquelle elle put affronter le soleil du matin.

Sa voiture était restée à Saint-Bartolph.

Elle évita tout échange avec ses collègues journalistes et partit à pied.

Sa soif de sang était plus qu'intense, au point d'en devenir envahissante. Kate avait assisté à une telle effusion de sang – humain ou vampire – que son envie était aussi forte que ses canines étaient affûtées.

Chez un marchand de journaux, elle acheta trois demi-pintes à neuf pence conditionnées dans des emballages cartonnés. La boutique en conservait un stock pour les vampires dans sa chambre froide avec le lait et les sodas. Kate dut donc attendre, frustrée, que son petit déjeuner soit suffisamment réchauffé pour le boire. Le sang froid sur ses dents lui faisait l'effet d'un choc électrique et lui engourdissait le cerveau. Pour ne pas paraître trop en manque, elle acheta aussi une barre chocolatée et des verres à clipser sur ses lunettes de fortune.

Les journaux du jour étaient parus, mais elle se sentait trop déprimée pour lire leur récit des événements de la nuit. Tout en manipulant une brique pour en réchauffer le contenu, elle s'attarda près du présentoir, à l'extérieur du magasin, et jeta un coup d'œil aux manchettes. Les premières éditions parlaient du policier tué sur le campus et sous-entendaient qu'il avait été victime d'une révolte d'étudiants. Les journaux du milieu de matinée évoquaient l'attaque de Craven par Rogers. Un adolescent sang-chaud tué par une policière vampire pendant sa garde à vue.

D'un coup de dents, elle arracha un coin de la brique et aspira le liquide.

Le garçon employé à la boutique alimenta les piles de journaux. Il lui parut inquiet. Et aussi délicieux.

Elle pressa la cartonnette et but le liquide à grandes gorgées.

C'était du sang de vache, mais Unigate le traitait pour lui donner le goût du sang humain. Les produits bas de gamme avaient un vague arrière-goût sucré dû aux anticoagulants qu'ils y mettaient. Lorsqu'elle avait de l'argent, Kate s'offrait parfois du Gold Top à dix shillings la demi-pinte, tiré de donneurs humains (« tout frais sorti du cou »).

Le temps qu'elle retourne à Saint-Bartolph, elle s'était repue du liquide et avait l'impression de flotter.

Le policier Fred Regent montait la garde, seul, sur le champ de bataille calciné et ensanglanté de la nuit précédente. Il portait son casque, mais était en manches de chemise. Un crétin de hippie lui avait passé autour du cou un collier tressé de boutons d'or et de pâquerettes.

Kate lui annonça qu'il allait devoir attendre la relève. Bellaver avait peut-être oublié qu'il était coincé là.

— Ça ne m'étonne pas, Katie, répondit-il. Je suis au courant de ce qui s'est passé avec Donna.

Prise de pitié, elle lui donna sa barre chocolatée. Il lui signala qu'elle avait une petite tache près de la bouche.

Elle le mit en garde contre les cigarettes bizarres qu'on pouvait lui offrir, puis alla chercher sa Mini sur le parking. La préférence des étudiants allait aux Mini Cooper, aux Mini Moke et aux Mini Van. Sa voiture à la carrosserie rouge toute simple contrastait avec les peintures psychédéliques, les faux cils pour phares et les blasons de vampires inventés. Une Coccinelle était recouverte d'yeux fixes et perçants.

La rangée de scooters aurait provoqué les railleries de son ex-petit ami Hells Angel. Parmi les Vespa et les Lambretta, comme un loup dans un troupeau de moutons, il y avait une moto que Frank aurait appréciée à contrecœur : une Norton Commando, dont le réservoir était peint aux couleurs de la bannière étoilée.

Le drapeau américain sur une moto britannique ?

— J'ai dû laisser ma Harley en Californie, déclara le propriétaire en quittant l'ombre d'un arbre. *Namasté*, Lady Kate.

James Eastman. Il avait le visage et les bras enduits de lotion solaire.

— Ça vous dit d'aller faire un tour ?

Elle sourit, mais déclina la proposition. Elle avait eu son compte de vent dans la figure avec Frank. Toutefois, elle reconnut qu'il avait là une belle moto.

Eastman sortit un cigare de la poche de sa chemise, en cassa l'extrémité avec ses canines et l'alluma avec un Zippo. Il devait en fumer plusieurs paquets par jour pour entretenir cette voix grave et rauque.

— Comment allez-vous ? s'enquit-il avec inquiétude. J'ai entendu ce qui s'est passé sur la grande place après la fin du séminaire. Du lourd.

— On peut le dire, oui.

— Quand j'ai appris la nouvelle à la radio, j'ai cru que c'était vous, la nana qui avait refroidi l'ITV. Bien fait pour lui.

Kate fut un peu choquée qu'on puisse penser cela d'elle.

— Je préfère croire que j'ai davantage de self-control, mais votre professeur Croft dirait que je me fais des illusions.

— Grand Papa ? Ce n'est pas mon prof, c'est mon… Oh, rien.

L'instinct de journaliste de Kate s'éveilla aussitôt. Même si Eastman fréquentait le groupe des Moines noirs, il ne semblait pas être vraiment l'un d'eux. Faisait-il partie d'un programme d'échange universitaire ? Était-il passé aux ténèbres avant de venir au Royaume-Uni, ou avait-il reçu le baiser ici ?

En dehors de certaines communautés isolées de Nouvelle-Angleterre ou de ghettos à La Nouvelle-Orléans, Las Vegas et San Francisco, les vampires américains étaient rares. Dès que le mouvement avait été sur le point de prendre, le gouvernement avait instauré des lois toutes plus folles les unes que les autres pour le décourager, de la prohibition dans les années 1920 à la Commission contre les activités inhumaines des années 1950. Les temps changeaient, mais les pom-pom girls continuaient à manipuler le bâton lors de leurs spectacles et les Yankees récitaient encore le serment d'allégeance devant des croix aux couleurs du drapeau américain. En tant que nation, l'Amérique craignait toujours les vampires.

— Pourquoi êtes-vous là, en réalité ? demanda Eastman. Pour les meurtres ?

— Quels meurtres ?

Il ne s'en laisserait pas compter.

— Les filles mortes. C'est pour elles que vous êtes là, pas vrai ? La piste mène à Saint-Bartolph, comme des gouttes de sang. J'ai pigé que vous étiez avec les poulets, mais vous n'en êtes pas un. Je me suis renseigné sur vous. Grand Papa ne nous raconte jamais l'histoire en détail, mais je sais tout sur la Terreur. Vous croyez que le vampire tueur est sur le campus ? C'est dingue.

Elle se souvint que les indices pointant l'université avaient été disposés comme pour une chasse au trésor. Eastman portait l'écharpe de Saint-Bartolph bien serrée autour de sa gorge et rentrée dans sa veste en jean sans manches.

Les Moines noirs chassaient en meute. Eastman agissait en solitaire. Laura et Carol avaient été mordues, mais une fois seulement. Kate ne fut pas longue à tirer des conclusions.

— Prenez soin de vous, Lady Kate, dit l'Américain. Le monde a besoin de *nosferatus* tels que vous. Et de moins de Grand Papa. Pigé ?

— Oui, je crois. Merci.

Eastman s'éloigna, roulant les muscles de ses épaules. Elle se dit que le surnom « Lady Kate » lui plaisait, mais qu'il ne suffisait pas à éliminer James Eastman de sa liste de suspects.

Chapitre 14

Elle avait besoin de dormir. Toute agitation mise à part, elle avait passé trop de temps au soleil ces jours-ci. Après avoir bu une pinte et demie, elle se sentait somnolente. Elle n'était pas au mieux de sa forme pour conduire, même s'il n'existait pas d'éthylotest pour les vampires.

Elle alluma l'autoradio et tomba sur les titres du bulletin d'information de la BBC. Avec l'accent britannique standard, le présentateur cita Bellaver, qui refusait de commenter la mort de Peter Craven lors de sa garde à vue. Donna Rogers ne fut pas mentionnée, bien qu'il fût précisé qu'une femme « aidait la police dans son enquête ». Comme pour lui rappeler que c'était aussi un beau merdier dans le reste du monde, les autres nouvelles traitaient de l'incident de Mỹ Lai, au Viêtnam, que les Américains ne qualifiaient pas de « massacre », de l'arrestation des assassins de Bobby Kennedy et Martin Luther King, d'une grève des ouvrières à l'usine d'assemblage Ford de Dagenham. Kate regretta de ne pas couvrir ce dernier sujet. Elle avait écrit sur la grève des ouvrières des manufactures d'allumettes en 1888. Depuis, les conditions de travail n'avaient pas changé suffisamment.

Pour se tenir éveillée, Kate laissa la radio allumée. Après les informations, il y eut une rediffusion de l'épisode de la veille de *The Bowmans*, la série-fleuve qui racontait la vie à la campagne, et dont le générique l'agaçait. Depuis que Sœur George s'était relevée de sa tombe, et que Fenella Fielding avait repris le rôle, le feuilleton se concentrait de plus en plus sur le vampire symbolique, même si cet épisode traitait surtout de la kleptomanie du pasteur et de la brucellose qui frappait la ferme des Bowman. Les feuilletons télévisuels *The Northern Barstows*, *Cowley Mansions* et *Crossroads* plagiaient tous *The Bowmans* en faisant apparaître un personnage de femme vampire dominateur, systématiquement incarné par des actrices sang-chauds affublées de faux crocs.

De retour à Holloway Road, Kate gara sa Mini dans l'espace qu'elle avait si chèrement obtenu juste devant son immeuble. Elle ramassa son courrier, qui attendrait pour être ouvert, monta à l'étage et entra dans son appartement. Celui-ci était composé d'une grande pièce faisant office de bureau et de crypte, d'une petite cuisine séparée par un comptoir, et d'une salle de bains. De nombreux vampires utilisaient la baignoire comme cercueil, mais Kate aimait bien prendre un bain de temps en temps. Elle s'était aménagé une planche pour dormir dans la pièce principale, entourée de piles de livres. Sitôt chez elle, la brume qui régnait dans son esprit s'épaissit encore. Des points gris dansèrent devant ses yeux, signe d'une fatigue grandissante. Elle baissa les stores pour plonger les lieux dans le noir. Elle ôta ses vêtements, qu'elle portait depuis trop longtemps, et enfila un pyjama. Dans la salle de bains, elle alla aux toilettes puis se brossa les dents. Une lithographie encadrée d'Audrey Hepburn était accrochée au-dessus du lavabo, à la place du miroir.

Elle s'allongea sur la planche qui lui servait de lit et sombra aussitôt.

Techniquement, le sommeil des vampires s'apparentait à un coma profond, pas à une mort temporaire. Cela dit, ils ne rêvaient pas. Les critiques sang-chauds qui disaient que les vampires ne créeraient jamais rien se basaient sur cette absence de rêves.

Deux jours plus tard, à la nuit tombée – il était déjà bien plus de 21 heures –, elle ouvrit les yeux.

Se redressant sur sa planche, elle s'aperçut qu'elle n'était pas seule. Nezumi était assise sur un des tabourets de bar. À la lumière d'une lampe d'architecte, elle lisait la revue de bandes dessinées *Bunty*. Une personne était étendue, sans connaissance, face contre la moquette. Une jeune femme sang-chaud avec des cheveux blonds ébouriffés et une longue robe blanche. Elle était pieds nus et saignait un peu.

— Qu'est-ce que j'ai loupé ? s'enquit Kate.

Nezumi replia avec solennité le coin de sa page en cours et referma la revue.

— La jeune femme par terre s'appelle Jessica, répondit la Japonaise. J'ai dû la frapper à la tête. Elle portait ça. Pour vous.

Nezumi ramassa un pieu aiguisé.

L'inquiétude s'empara de Kate. Il faudrait qu'elle pense à remercier Richard Jeperson pour son garde du corps.

Reposée, elle quitta sa planche d'un bond et s'agenouilla auprès de Jessica.

— Vous l'avez tuée ?

— Non. Elle est juste sonnée pour un moment.

Kate se redressa et alla au comptoir. Un sac à main en cuir frangé qu'elle ne connaissait pas était posé sur le plan de travail, son contenu vidé et proprement aligné.

— Qui est-ce, m'avez-vous dit ? demanda Kate.

— Jessica Van Helsing, répondit Nezumi en montrant une carte de syndicat étudiant. Vous avez rencontré son grand-père l'autre soir.

Ainsi, la vendetta se transmettait d'une génération à l'autre.

— Ça n'aura pas de fin, n'est-ce pas ? Est-elle venue pour me tuer ?

— Pas sérieusement, je pense. Elle a fredonné, poussé des exclamations et s'est mordu la lèvre comme une idiote pendant plusieurs minutes. En plus, elle était mal préparée. Elle a oublié de prendre un marteau. Par mesure de sécurité, je l'ai frappée à la caboche pour m'assurer qu'elle ne vous blesserait pas avec son bâton pointu.

— Merci.

— C'est normal, entre amies.

Jessica Van Helsing gémit, remua et tenta de se relever. Nezumi s'empara nonchalamment de sa crosse de hockey.

— Vous aimez bien ses cheveux ? demanda Nezumi. Enfin, pas maintenant qu'ils sont tachés de sang, mais de manière générale ? Je pensais me teindre en blonde. Pour rigoler.

Kate passa une robe de chambre.

— On ferait mieux de s'occuper de cette petite dinde, dit-elle.

Kate et Nezumi retournèrent Jessica. L'odeur piquante du sang leur frappa le palais, et leurs canines poussèrent en même temps. Les deux femmes gloussèrent et installèrent la fille sang-chaud sur la planche.

Jessica battit des paupières et ouvrit les yeux. Elle avisa les deux vampires penchées sur elle. Son visage se tordit.

— S'il vous plaît, mon petit, ne criez pas, l'implora Kate. Voulez-vous une tasse de thé ? Ce sera forcément au citron. Et je n'ai pas de lait.

— Je m'en charge, lança Nezumi en retournant dans le coin cuisine.

Elle savait où chaque chose était rangée.

Kate avait oublié que la Japonaise était une Ancienne. Sa rapidité était fulgurante.

Jessica porta une main à sa tête et déclara :

— Je tuerais pour une tasse de thé.

— C'est bien ce que vous avez failli faire, répliqua Kate en agitant le pieu de Jessica. Qu'est-ce qui vous a pris ?

— Désolée. C'est Grand-père. Il est en prison… Il a laissé des consignes pour… Eh bien, pour des représailles.

— Sans vouloir vous offenser, votre grand-père n'a plus toute sa tête.

— Et il dit n'importe quoi, précisa Nezumi.

Jessica était gênée.

— Je sais, je sais… Avant, ce n'était pas aussi grave, mais, quand il a perdu son poste à cause des vampires, il a pété un plomb… Et quand j'ai commencé à fréquenter Paul, ça l'a rendu plus dingue encore.

— Paul ?

— Paul Durward. C'est un Karnstein. Au deuxième degré.

À l'évocation de son petit ami, les yeux de Jessica brillèrent et ses joues rosirent. Kate connaissait Durward. Un blond trop joli. Les hauts-de-chausse, gilets serrés et chemises à jabot étant de nouveau à la mode, il profitait d'une troisième ou quatrième jeunesse. Il avait signé un contrat avec Decca et enregistré un album aux allures folk (*Season of the Witch, House of the Rising Moon, Quinn the Eskimo*). Sa voix avait une amplitude de trois octaves, mais il manquait de charisme. Paul Durward n'était pas seulement un vampire sans reflet, c'était un vampire sans écho. Il était présent à la fête de Syrie Van Epp. Kate se rendit compte qu'elle avait aussi vu Jess sur les photos des fêtards : la blonde avec le décolleté.

La fille présentait quelques morsures anciennes et d'autres plus récentes sur le cou.

Kate trouva une trousse de premiers secours et soigna la blessure à la tête de Jessica. Elle aurait une bosse et ce serait douloureux, mais rien de définitif.

— Vous ne faites pas partie du Cercle de Lumière ? demanda Kate à la fille. Vous n'avez pas fait le serment de détruire tous les vampires ?

— Loin de là. Je les trouve magnifiques.

La bouilloire de Kate siffla. Nezumi apporta une théière en grès que Kate avait achetée chez un artisan du Somerset, et les tasses qu'elle avait pu trouver. Kate craignait que sa vaisselle ne trouve pas grâce aux yeux de la Japonaise anglophile. Nezumi versa le thé dans un mug orné de motifs Mondrian, un gobelet en plastique récupéré sur une Thermos cassée et la dernière tasse en porcelaine du service à thé du dimanche ayant appartenu à la mère de Kate.

— Alors, pourquoi être venue avec ce pieu ?

Jessica ne sut que répondre. Elle n'était pas très maligne, mais pas foncièrement méchante.

— Pourquoi tout est si compliqué ? demanda-t-elle avant d'éclater en sanglots.

Kate étreignit la jeune fille avec précaution. Jess lui présenta timidement son cou, geste que Kate ignora ostensiblement. Pour quelle horrible créature cette fille la prenait-elle ?

Ainsi, la petite-fille de Lorrimer Van Helsing sortait avec une vipère ? On devait le charrier pour ça dans le milieu des ITV, déjà qu'il tenait des discours interminables sur l'injustice commise envers son ancêtre décapité. Ceux qui haïssaient les vampires ne cessaient de reprocher à ces monstres le fait qu'ils « venaient prendre leurs femmes ». S'ils passaient moins de temps à râler, peut-être que « leurs femmes » seraient moins enclines à fréquenter les *nosferatus*. Kate soupçonnait le Cercle de Lumière d'être, au fond, une réaction névrosée à cet affront. La rancune de Van Helsing était sûrement née de petites humiliations, comme le fait que Caleb Croft se voie attribuer un bureau plus beau que le sien, ou soit invité à des fêtes avec le vice-président. Puis cette rancune avait augmenté, jusqu'à ce qu'il se persuade que les vampires étaient la cause de tous ses maux.

Chapitre 15

Pendant le profond sommeil de Kate, beaucoup de choses se produisirent. Rien de positif.

Des graffiti apparurent partout dans la ville : « 3-1 ». Autrement dit : « Vampires 3, humains 1 ». D'après les indices collectés, les responsables n'entretenaient pas de liens entre eux. Des supporters sang-chauds du Cercle de Lumière réclamant vengeance après leur tentative d'égalisation manquée… et certaines espèces de vampires mécontents, à l'esprit tordu, se réjouissant avec malveillance d'une courte victoire.

Il était peu probable que les scores restent longtemps aussi proches. Bientôt, ils ne correspondraient plus à un résultat de match de foot, mais à ceux d'un match de rugby. Une fois de plus. Kate aurait cru que tous ces gens, avec leur longue vie, auraient appris quelques leçons. Manifestement, il n'en était rien.

Le gang de Van Helsing n'était pas le seul défenseur de la cause humaine. Donna Rogers n'était pas la seule vampire prête à accueillir les coups de poing à coups de crocs.

Enoch Powell était partout, à délivrer sa bonne parole et donner des interviews. Il appelait au calme d'une manière étudiée pour enflammer les esprits des extrémistes qu'il désapprouvait officiellement. Marcus Obadiah, un prêtre défroqué, énonça clairement ce que Powell ne faisait que suggérer à demi-mot. Il déclara une guerre sainte aux monstres impurs tapis parmi les humains innocents, ajoutant qu'ils devaient être exorcisés par le feu, l'argent et l'empalement.

Le mémorial Sir Francis Varney de St. James' Park fut vandalisé par un petit rigolo : celui-ci avait taillé un trou dans la poitrine de la statue de l'ancien vice-roi de l'Inde – une référence à la deuxième mutinerie, quand Varney, personnage peu apprécié, avait été attaché à la bouche d'un canon et qu'on lui avait tiré un boulet au travers. Deux excentriques, Sean Manchester et David Farrant, furent surpris par la garde de nuit de Kingstead en train d'essayer de pénétrer dans le mausolée familial de Lucy Westenra, vide depuis longtemps. Ils prétendirent avoir voulu s'assurer que la fille était bel et bien toujours morte. Fâchés depuis, Manchester et Farrant se livraient à une querelle distrayante dans les colonnes du journal local. Pauvre Lucy. Si on l'avait laissée mourir, le monde s'en serait mieux porté.

Un camion de livraison Unigate fut détourné par des hommes portant des perruques des Beatles et des tuniques Sgt Pepper. Ils répandirent près de deux mille litres de sang dans les égouts. Il y coagulerait et deviendrait une sorte de lagon répugnant. De vieilles rumeurs circulaient sur les créatures qui vivaient sous la ville. On disait que le sang était l'alimentation de base des Porcs noirs de Hampstead, des Hommes-caoutchouc de l'Inde et du fantôme de Guy Fawkes.

Des vampires célèbres, y compris lord Ruthven, le baron Meinster et – le croiriez-vous ? – Paul Durward furent appelés à condamner le geste de Donna Rogers. Tous se débrouillèrent pour ne pas dire grand-chose. Le vampire tueur boudait peut-être en voyant que ses massacres silencieux ne faisaient plus la une des journaux, remplacés par ces effusions publiques de sang. En son absence, Rogers devint le monstre assoiffé de 1968.

Les journaux diffusèrent une photo de la policière donnée par Bellaver à l'époque où elle était sang-chaud : un portrait d'elle obtenant son diplôme à Hendon avec le sourire, assombri et retouché pour la faire ressembler à un mélange de Myra Hindley, Cruella d'Enfer et Graf von Orlok.

Kate aurait pensé que les commentateurs de droite seraient partagés entre le fait de qualifier Craven de casse-cou tueur de flic qui méritait son sort et le traiter de tueur de vampire héroïque sauvant la gent féminine d'affronts monstrueux. Le fait que la victime de Craven soit un policier en service, dont le rôle était de protéger le public, fut si peu mentionné que Kate soupçonnait les rédacteurs en chef d'avoir donné la consigne de supprimer cette information. Les événements furent déformés, saupoudrés des préjugés de ceux qui les racontaient à leur sauce.

La Commission Manfred se réunit plus tôt que prévu, enregistrant toutes les dépositions qu'elle put obtenir, en commençant évidemment par celle de ce maudit Enoch Powell. Les actions concrètes seraient menées dans la rue plutôt que dans les salles du comité de Whitehall. Le magazine satirique *Private Eye* faisait déjà des blagues sur la « Commission sang-froid », dont le président trouvait des excuses pour tenir ses réunions dans les sous-sols de Soho afin d'examiner les témoignages de danseuses exotiques. Kate avait entendu dire que James Manfred était un connaisseur, mais qu'il s'en cachait.

Le grand-père de Jessica était en prison, mais des manifestants demandaient que « les héros de l'humanité » soient libérés. Si le Cercle de Lumière avait tué Kate et non Griffin, ils seraient sortis de prison après le paiement de leur caution. Malgré les journaux, la police métropolitaine ne pouvait se contenter d'assener un coup de règle sur les doigts de ceux qui assassinaient leurs officiers, les sermonnant d'un « Ne t'avise pas de recommencer, fiston ». Peter Craven étant mineur, son nom ne pouvait être associé dans la presse au meurtre dont il était l'auteur, mais il pouvait l'être à sa propre mort – ce qui généra une circonlocution gênée, engendrant la confusion chez le citoyen ordinaire. Une délégation du *Vampire socialiste* se rendit à Holborn pour protester contre l'arrestation de Donna Rogers, même s'ils ne devaient pas être très chauds pour soutenir la fliquette qui était aussi une de leurs sœurs *nosferatus*. La présence de manifestants d'opinion opposée indiquait que des batailles de rue imminentes étaient à craindre, à côté desquelles les émeutes sanglantes sembleraient bien insignifiantes.

Jessica Van Helsing, la nouvelle meilleure amie de Kate, affirma qu'elle persuaderait son Paul d'organiser un rassemblement pour la paix entre les sang-chauds et les non-morts. Elle pensait qu'il arriverait à convaincre John Lennon et John Blaylock d'y faire une apparition et d'être têtes d'affiche d'un concert gratuit donné dans Hyde Park. Kate devait reconnaître que Jess et Paul formaient un joli couple publicitaire promouvant l'amour entre humains et vampires, mais se dit que la paix avait déjà eu sa chance. Chacun prenait parti. De plus, elle ne voulait plus jamais entendre Blaylock chanter *The Laughing Gnome*.

Le pire, c'était que Bellaver avait été relevé de ses fonctions. Il fallait bien désigner un responsable pour avoir laissé Rogers s'en prendre à Craven. Il faisait le candidat idéal. Plus de la moitié de son personnel – en gros, les seuls inspecteurs vampires de la police métropolitaine – fut suspendue ou réaffectée. La nomination temporaire de Norman Pilcher à la tête de la Division B stupéfia tout le monde. Il savait comment faire une descente chez les trafiquants de BBO ou leurs consommateurs, mais il ignorait comment mener une enquête pour homicide. L'affaire des meurtres de Carol Thatcher et de Laura Bellows n'avançait pas d'un pouce. Parmi les flics pressentis pour remplacer Bellaver, il y avait eu Charlie Barlow de la force de frappe de Newton, et James Anderton de la police du Cheshire, deux sang-chauds réputés pour leurs méthodes brutales. Désormais, les vampires n'enquêteraient plus sur les crimes impliquant leurs congénères.

Il s'en fallait de peu que la police métropolitaine ne déploie des unités de tueurs de vampires plus efficaces qu'une bande de crétins masqués agitant leurs arbalètes.

Durant les heures du jour, et même lorsque la soirée était bien avancée, le nombre d'attaques commises contre les vampires par les sang-chauds s'envola. Une fois le Cercle de Lumière hors d'état de nuire, un autre groupe appelé les « 98.6 », en référence à la chanson, prit le relais. Ils firent attention à ne pas se laisser prendre, rendant partiellement amnésiques des témoins que Marcus Monserrat ne parvenait pas à guérir. Le détournement du camion de livraison Unigate était un de leurs coups. Il y aurait une réponse égale ou disproportionnée de la part de la communauté vampire. Des ressuscités portant des symboles « Peace and love » et qui, le mois précédent, étaient en quête de la paix intérieure, se rassemblèrent en petits groupes autour des laissés-pour-compte de la Garde Karpathe, dont l'expérience de résistants lors de guérillas se révéla un atout précieux. Les Morts Vivants, le gang de motards vampires, patrouillaient dans les rues des banlieues, affirmant qu'ils protégeraient toute vipère se faisant agresser par les 98.6. L'entrepreneur véreux Hogarth – Hog le Gros Buveur – posta davantage de videurs non-morts dans ses boîtes de nuit. Des corps imposants se dressaient à tous les coins de la jungle du West End.

D'après Nezumi, les hautes sphères de la politique se rapprochèrent du Diogene's Club. Richard Jeperson dut quitter son lit, tandis que les Charmantes infiltrèrent les coulisses du pouvoir afin de dissuader les politicards de droite de commettre des idioties. Même leur pouvoir de fascination perdait de son efficacité. Ravi de l'opportunité, le Premier ministre Harold Wilson, en vacances sur les îles Scilly, agitait sa pipe face aux journalistes, vêtu d'un imperméable qui ne convenait pas au climat local. Le ministre de l'Intérieur Jim Callaghan, figure peu inspirante, fut donc chargé d'attraper la patate chaude en tant que chef du gouvernement. Tous les congés des policiers furent annulés. Le ministère de l'Intérieur passa une commande en gros de gaz lacrymogènes et de pulvérisateurs d'ail. La presse fut informée de ces mesures préventives. Sentant le vent tourner, lord Ruthven fit des pieds et des mains pour l'organisation d'élections anticipées. Lui-même fit l'effort d'écourter ses vacances en Écosse pour ternir l'image du Premier ministre.

Carol et Laura étaient toujours mortes. Leur meurtrier circulait toujours librement. Pour le moment, seule Kate semblait se soucier de vouloir le mettre derrière les barreaux.

Chapitre 16

— J'ai été surprise par votre appel, dit Kate à Eric DeBoys. Je ne pensais pas qu'un jeune ressuscité comme vous se serait intéressé à une vieille branche comme moi.

DeBoys sourit, dévoilant ses dents et sa fossette au menton.

— Si je suis à Saint-Bartolph, c'est pour apprendre des Aînés.

— Je ne suis pas un professeur. Et je ne suis pas une Ancienne.

— Non, mais vous êtes un exemple.

L'École de Vampirisme avait son propre bar, *La Chapelle déconsacrée*, ouvert du crépuscule à l'aube. Des cages abritant des bestioles sur un lit de paille étaient suspendues au plafond voûté. Des souris, des rats, des porcelets. Dans les alcôves, des affiches de film avaient remplacé les images sacrées. On avait dessiné au marqueur rouge des yeux et des canines à Rudolf Valentino dans *The Count*, à W.C. Fields dans *Passez muscade* et à Orlon Kronsteen dans *London Screams*. Jean Harlow dans *La Belle de Saigon*, Jane Fonda dans *Cat Garou* et Mavis Weld dans *Clara Croft* portaient toutes au cou des morsures en forme de cœur faites avec une bouche enduite de rouge à lèvres. Kate avait déjà vu ces détournements d'affiches au studio de Thomas Nolan. Était-ce là l'œuvre du même artiste, ou juste une mode qu'elle venait seulement de remarquer ?

Au cas où ce rendez-vous aurait plus qu'une dimension sociale ou romantique – loin de Kate cette idée ! –, elle avait autorisé Nezumi à l'accompagner. Celle-ci était assise dans un coin. Non pas que Kate ait pu empêcher son garde du corps d'agir à sa guise. L'Aînée mineure buvait du sang sucré avec une paille. La richesse en glucose du breuvage s'expliquait par un ajout artificiel, et non parce que les donneurs souffraient de diabète. Nezumi chassa deux jeunes sang-chauds qui tentaient de la draguer.

La plupart des Moines noirs étaient présents dans le bar. Armstrong et Anna débattaient discrètement tandis que Keith et Withnail posaient dans la pénombre, au bord de la piste de danse.

Dru, l'étudiante vampire que Kate avait rencontrée en compagnie de sang-chauds quelques jours auparavant, était également là, seule. Elle avait un œil au beurre noir et semblait bouillir intérieurement. Elle attrapa l'un des garçons éconduits par Nezumi et blottit son nez dans son cou de manière un peu trop agressive.

L'atmosphère changeait sur le campus à mesure que les gens découvraient qui étaient leurs vrais amis – ou leurs vrais ennemis. À la chaire, Moïse King faisait le DJ. Il passa *Time of the Season* des Zombies, *Blood* de The Crazy World of Arthur Brown, *'96 Tears* de Question Mark and the Mysterians. Cathy et Pony dansaient, parfaitement synchronisées, sur un sol en damier dont les carreaux blancs s'illuminaient. Des types dépenaillés observaient les jumelles, fascinés.

Aucun signe de James Eastman. Ça ne devait pas être le genre d'endroit qu'il aimait fréquenter.

King mit ensuite *Snoop vs the Red Baron* des Royal Gardsmen, qui ne faisait pas partie des airs pop préférés de Kate. Entendant la chanson, Nezumi termina sa boisson et alla rejoindre les Françaises sur la piste de danse, qui réagirent de manière agressive, telles des joueuses de basket marquant une tireuse célèbre. Remarquant Nezumi, King se lança dans un thème japonais et lui mit *Sukiyaki* de Biff Bailey and his Jazzmen. Elle chantait sur la partie instrumentale d'une voix claire de soprane. « *Ue o muite arukō.* » « Je garde la tête haute. » Si King avait connu les goûts de Nezumi, il lui aurait dégotté *Three Wheels on My Wagon* ou *Nellie the Elephant.*

Kate et DeBoys buvaient du Gold Top. Eric n'étant pas un étudiant boursier, elle supposa qu'il devait venir d'un milieu aisé. Tout en lui respirait l'argent. Il avait un patronyme normand. DeBoys. DeBois. Du bois. Cela lui paraissait logique : il avait une allure de grand méchant loup, comme quelqu'un qui traque ses proies, mais préfère un gibier plus dangereux que le renard.

Cela faisait longtemps qu'elle n'avait pas bu de Gold Top. Elle essaya de ne pas penser à la personne dont le liquide provenait. C'était délicieux. Si elle se levait à cet instant, la tête lui tournerait sans doute.

— Qu'est-ce que vous voulez faire, quand vous serez grand ? s'enquit Kate.

— Parce qu'on grandit ?

— Parfois, je me le demande, reconnut-elle.

— Je passe un diplôme de droit… mais ce n'est pas impossible que je me tourne vers la politique.

— Quel parti ?

— C'est là le problème. Aucun ne me tente.

— Traditionnellement, grâce à lord Ruthven, les vampires se rallient aux conservateurs. Mais depuis Enoch Powell, ce n'est sûrement plus le cas. Un jeune homme cultivé comme vous serait bien accueilli au comité de rédaction du *Vampire socialiste.*

— Ils sont tous comme Scrawdyke, railla DeBoys. Trop de théorie, pas assez d'action.

— Vous voulez de l'action ?

Les yeux du garçon luisirent.

— Oui. Les Aînés ont tendance à s'encroûter, vous savez…

— Je le répète, je ne suis pas…

— Je n'ai jamais dit que vous l'étiez. Je parlais du professeur Croft. Il ressemble à un lézard. Toujours immobile. Il a trouvé sa faille – son cercueil – et s'y sent à l'aise.

Ainsi, le disciple de Croft aurait-il dépassé le maître ? Ou bien voulait-il le lui faire croire ?

— Ne le sous-estimez pas, prévint-elle.

— Je m'en garde bien. Il a survécu des siècles. Mais il est coincé. Quand je suis passé aux ténèbres, les choses se sont accélérées. C'est pareil pour les autres.

— Les Moines noirs ?

— Vous pouvez nous appeler ainsi.

Ce soir-là, il ne portait pas de robe, mais un costume en velours noir de Carnaby Street. Sa chemise à jabot couleur crème était déboutonnée. Des médaillons – des croix renversées, une tête de sanglier, un badge *Blue Peter*, un crâne aztèque aux yeux de rubis – étaient nichés dans la toison de sa poitrine.

Kate se félicitait d'avoir fait un effort. Elle portait un ensemble Jean Varon – une minijupe violette avec un haut en résille – et des bottes lacées assorties. Ce n'était pas le genre de vêtements qu'elle s'achetait. Elle avait demandé à Richard Jeperson de les lui offrir après avoir eu un problème sur une mission censée être simple à bord d'un ferry traversant la Manche.

— Nous sommes rapides dans nos mouvements, Kate. Rapides en pensées. Nous devrions nous appeler « les Vifs ».

— Avez-vous une moto ?

DeBoys éclata de rire.

— Comme Jimmy l'Amerloque ? Oh, non. Moi, je conduis une Jaguar.

— Et moi une Mini.

— Mais vous êtes Vive. Je le vois.

— Je l'étais peut-être avant. Puis je… Eh bien, j'ai grandi. J'étais toujours la Raisonnable. C'est ainsi qu'on me surnommait quand j'étais vivante. Une sorte d'insulte polie. Par « raisonnable », il fallait comprendre « vieille fille ».

Pourquoi racontait-elle sa vie à ce jeune loup ? L'avait-il fascinée ? Ou était-ce le Gold Top ? Elle avait l'esprit embrumé.

— Et où sont ces gens qui vous appelaient ainsi, aujourd'hui ?

— Mon amie Penelope – c'est principalement d'elle que je parle quand je dis « on » – est toujours de ce monde. Pourtant, elle ne s'est pas mariée non plus. Un ratage, si l'on peut dire. Ça prouve qu'on ferait mieux de se taire, parfois.

— Vous avez un côté incisif, Miss Reed.

— Je ne devrais pas dire du mal de Penny. Elle a eu des moments difficiles. Et rien ne s'est passé comme elle l'attendait.

L'homme qui n'avait finalement pas épousé Penny n'avait pas non plus épousé Kate. Ni Geneviève, d'ailleurs. À présent, il était mort. Parfois, quand le vent soufflait d'une certaine direction, elle avait l'impression de déceler une petite trace de Charles Beauregard chez Richard Jeperson, qui aujourd'hui siégeait comme président de la Cabale, le poste occupé autrefois par Charles. Mais, le plus souvent, Richard lui rappelait malheureusement Edwin Winthrop, un autre membre honorable du Diogene's Club. Elle n'aimait pas trop repenser à Edwin, encore vivant, les sens toujours affûtés, et ayant en lui un peu du sang de Kate. Eric DeBoys avait un peu d'Edwin en lui : s'il voulait quelque chose, il était été prêt à vous l'arracher avec un sourire et des fleurs. Une promenade dans les bois en compagnie de DeBoys se terminerait par une course-poursuite et un combat à mains nues. Elle se demanda si elle devait soumettre sa candidature au Club pour qu'il en devienne membre. Il donnerait aux Charmantes une occasion de se quereller.

Une dispute éclata à l'autre bout du bar. Simon Armstrong, le visage écarlate, criait quelque chose que Kate ne pouvait entendre à cause de *The Legend of Xanadu*. Anna Franklyn croisa les bras et s'écarta de lui. Armstrong tressaillit au rythme des coups de fouet qui émaillaient la chanson et, essayant de jouer les vampires effrayants, se donna en spectacle en partant avec moult soupirs et grognements adressés aux garçons sang-chauds. Il sortit, mais dut revenir chercher son duffel-coat, ce qui gâcha l'effet dramatique. Armstrong quitta ensuite les lieux pour de bon. Les jeunes sang-chauds se réjouirent en poussant des acclamations.

— Oh, oh, dit Kate, Anna s'est volatilisée.

La femme-reptile avait rejoint la piste de danse. Elle ondulait des hanches en faisant de tout petits pas à cause de son sari. Sa tête oscillait comme celle d'un serpent. Cathy et Pony s'écartèrent pour la laisser passer. Elles étaient toujours en plein duel chorégraphique avec Nezumi, qui les imitait très fidèlement. Kate comprit que les coups qui résonnaient sur son plafond étaient en grande partie dus aux répétitions de Nezumi qui s'entraînait à danser le frug, le batusi et le yosakoi.

Sans y avoir été invitée, Anna s'assit à leur table. Une bougie allumée était coincée dans une bouteille de vin vide et couverte de cire. Dans la lumière vacillante, la jeune femme avait le teint vert olive. Elle regarda sur le côté, battant des paupières.

— Simon me tape une crise, dit-elle.

— Simon tape toujours des crises, répliqua DeBoys. C'est une chiffe molle.

— Je ne vais pas dire le contraire, soupira Anna.

Elle ignora Kate. Elle commença à tripoter la manche de DeBoys et caressa le tissu de velours comme si c'était un chat, le prenant à rebrousse-poil puis de nouveau dans le bon sens.

Sans complexe, DeBoys adressa un sourire à Kate.

Anna se mit à lui caresser le bras de sa joue. Voilà qu'elle regardait Kate aussi, avec son regard indéchiffrable de serpent.

Kate songea à trouver une excuse pour prendre congé, mais se dit que DeBoys ne voulait pas qu'elle s'en aille. Loin de là. Des idées lui passaient par la tête. Il s'amusait. Elle pensait qu'il était même sur le point de se confier. S'il avait quelque chose à dire, alors il ne cracherait le morceau que s'il se sentait en position de force.

C'était peut-être ce qu'Eric DeBoys attendait le plus, de la loi, de la politique, de la vie en général : le pouvoir sur les autres. Et le contrôle. Kate était donc en présence d'un vampire dandy, sexy et fasciste. C'était le Prince de Machiavel version 68.

— C'est mort ici, ce soir, Eric, se plaignit Anna. Mettons les voiles.

— Mesdames ? demanda DeBoys.

— Pas de problème, répondit Kate. À moi, tout me va.

— Ça ne m'étonne pas.

Kate trouva ce commentaire indigne de lui. Une fêlure dans son armure de coolitude.

Ils se levèrent. Anna passa un châle safran sur son sari. DeBoys enveloppa ses épaules d'une cape d'opéra bordée d'écarlate, dont le fermoir était composé de deux têtes de serpent imbriquées – en platine, bien entendu, pas en argent. Une cape mi-longue avait été fournie avec l'ensemble de Kate, mais elle ne la mettait jamais. À ses yeux, la cape était le symbole des vampires par excellence, trop stéréotypé. Manifestement, DeBoys n'était pas de cet avis, ou plutôt les stéréotypes ne le dérangeaient pas. Comme souvent, Kate se demanda qui était réellement ce jeune homme, avant de conclure que, peut-être, il n'y avait rien de plus que ce qu'il laissait paraître : le sourire, le menton à fossette, la cape, la coiffure élaborée et la rapidité.

Jetant un coup d'œil en arrière tandis qu'elle se dirigeait vers la sortie de *La Chapelle*, Kate vit Nezumi quitter la piste et lui emboîter le pas. Adoptant un mouvement de danse hostile, Cathy et Pony lui barrèrent le passage. Nezumi brandit sa crosse de hockey comme une épée de samouraï. Les autres clients s'éloignèrent du sol en damier.

— On dirait qu'on a choisi le bon moment pour aller voir ailleurs, commenta DeBoys, le bras fermement passé autour des épaules de Kate.

— Ça pourrait être distrayant, hasarda-t-elle.

— Vous avez déjà vu des chats se battre…

Il fit un signe de tête aux jumelles, qui se lancèrent aussitôt dans une démonstration de *rapidité*. Nezumi para les premiers coups avec sa crosse et sa jambe. Kate aurait parié sur son garde du corps, même si elle savait que l'unique objectif de ce combat était d'occuper l'Aînée, et non de la mettre hors d'état de nuire.

Cathy et Pony étaient des mercenaires. DeBoys les payait-il pour obtenir ce qu'elles savaient de Croft ? Ou le professeur les avait-il engagées pour protéger ses disciples quand elles ne l'escortaient pas ?

King mit *Scream and Scream Again* d'Amen Corner puis rangea tous ses autres précieux disques dans une robuste boîte en carton. Apparemment, il allait y avoir de la casse. Si *Hey, 98.6* était l'hymne des militants sang-chauds, alors *Scream and Scream Again* (« Hurlez et hurlez encore ») était l'hymne violent des vampires. La chanson était suffisamment bruyante pour couvrir les bruits de bagarre.

Nezumi assena un coup sur la tête de Pony et esquiva un coup de pied digne de l'art de la savate donné par Cathy.

Kate fut doucement, mais fermement conduite hors du bar.

Keith Kenneth était là également. Il avait abandonné Withnail pour se poster derrière DeBoys.

Derrière Keith, Kate vit Nezumi faire tomber Cathy d'un balayage de pied, mais Pony lui griffa la joue.

Puis Kate sortit de *La Chapelle déconsacrée*.

La bagarre se poursuivit, les bruits étouffés par les murs épais du vieux bâtiment. On entendait les basses de la chanson d'Amen Corner.

En dehors de ça, il était plus de minuit et le calme régnait sur le campus, même si, grâce à l'École de Vampirisme, celui-ci était loin d'être désert.

L'agent Regent avait fini par rentrer chez lui, mais la zone d'herbe calcinée était toujours entourée de ruban.

— Si les personnages de BD de Van Helsing reviennent, on sera prêts à les accueillir, déclara DeBoys. Cette bande de dégénérés.

— Je ne les aime pas trop non plus, répliqua Kate.

— Le vampire qui s'est fait tuer…

— Griffin.

— Vous le connaissiez ?

— Je l'avais déjà rencontré, dit-elle en espérant que la nuit cacherait la rougeur qui avait empourpré son visage.

Ce n'était pas qu'elle reniait Griffin, mais elle voulait que ses relations avec la police restent discrètes. Comme si tout le monde n'était pas déjà au courant ! Si les Moines noirs avaient repéré Nezumi, ils devaient connaître le titre officiel de Kate.

— Nous nous sommes toujours attendus à être attaqués, dit DeBoys.

— … un jour ou l'autre, ajouta Keith.

— Vous avez réagi promptement, fit remarquer Kate. Je vous en suis reconnaissante.

Ils s'y « attendaient » ? Ou le savaient-ils à l'avance ?

— Ce n'est plus un secret, maintenant, dit DeBoys. C'est mieux ainsi. Dans un combat à mains nues, nous l'emporterons. Et tout le monde nous verra gagner.

Ils traversaient le campus. Kate ignorait quelle était leur destination.

— Si c'est une guerre totale, nous perdrons, rétorqua Kate. Croyez-moi. Nous perdrons tous. Je l'ai vu trop de fois.

DeBoys se tourna vers elle en souriant. Sa cape s'enroula autour de lui.

— Après tout, vous êtes peut-être une Ancienne, Miss Reed.

— Je dis juste que vous ne devriez peut-être pas éprouver autant d'impatience à en découdre, se justifia-t-elle en sachant que son discours semblerait faible.

Anna était à présent contre DeBoys, glissée sous sa cape, ses ongles vernis tapotant ses médaillons.

— Ce que nous avons en tête ne se résume pas à une simple bagarre, ma chérie, dit DeBoys. C'est beaucoup plus que ça.

— Les Moines noirs, et les flammes de l'enfer à boire, lança Keith.

DeBoys, Anna et Keith firent claquer leurs doigts. En direction de Kate.

Anna se décolla de DeBoys. Keith s'éloigna. Kate était cernée.

Ils se trouvaient dans une cour carrée, entre le laboratoire de sciences et l'École de Vampirisme. Au milieu du gazon trônait un buste d'Edwyn Clayton par Marcel DeLange, aussi gros qu'une statue de l'île de Pâques. Un objet effrayant. Ses yeux formaient des spirales, comme de petits moulins à vent. De la bave lui coulait le long de la mâchoire.

Kate sentit ses ongles pousser. Elle ne savait pas si on la menaçait ou si on flirtait avec elle. Les deux, peut-être.

Les trois étudiants marchèrent autour d'elle, d'abord d'un pas exagérément lent, puis très rapide. Elle se retourna, essayant de ne pas perdre DeBoys de vue. C'était lui qui menait le jeu. Tandis qu'ils se déplaçaient, leurs visages se transformèrent. Des écailles apparurent sur celui d'Anna, sa langue fourchue dardée hors de sa bouche dépourvue de lèvres. Celui de Keith se durcit, déformé par l'apparition de grosses canines. DeBoys affichait un masque léonin, une crinière à la fois magnifique et pantomimique ayant désormais poussé sur ses joues et son cou.

Elle savait quelque chose à propos d'elle-même qu'eux ignoraient.

Elle les surpassait en rapidité. Lorsqu'elle se concentrait, ils paraissaient ralentir alors même qu'ils se mouvaient avec toute la vélocité dont ils étaient capables. Si elle le voulait, elle pouvait facilement sortir de leur cercle et escalader les murs de l'Usine à Rêves Illimités. Elle pouvait se fondre dans des ombres que leurs yeux ne parviendraient pas à pénétrer.

D'où lui venait cette si grande assurance ?

DeBoys avait-il versé quelque chose dans sa boisson ? Elle ne se serait pas laissée berner.

Elle cessa de tourner sur elle-même et resta immobile, sereine. Ils ne la retenaient pas prisonnière. Ils lui rendaient hommage en dansant.

Seigneur, elle était bel et bien en train de devenir une Ancienne !

Elle frappa dans ses mains, une fois. Le claquement résonna aussi fort qu'un tir de fusil. Les danseurs se figèrent.

Il fallut quelques secondes pour que la cape de DeBoys s'immobilise, mais lui se pétrifia aussitôt. Il se trouvait devant Kate, les yeux rivés sur les siens.

— Très joli, dit-elle. Est-ce une initiation ?

DeBoys émit un rire charmant. Il était même peut-être un peu gêné par ce jeu. Anna et Keith, eux, étaient trop sérieux.

— Ou alors ce sont des préliminaires ?

— Ou une partie à quatre ? intervint Keith en lui touchant le visage.

Ce geste lui inspira du dégoût. Keith était un DeBoys à qui on aurait ôté toutes ses qualités. DeBoys aurait recours aux fleurs avant la force, et donnerait de légers coups d'éperon. Keith, lui, la plaquerait sur une poubelle et la prendrait par-derrière comme un cerf en rut.

Elle plaqua brusquement sa main contre la poitrine de Keith et le projeta à l'autre bout de la cour carrée. Anna le rattrapa, mais Keith était aussi furieux que choqué.

— Vous ne vous y attendiez pas, hein ?

Elle eut une soudaine envie de lui bourrer le visage de coups de poing jusqu'à ce qu'il soit méconnaissable. Elle s'en savait capable.

Ses canines sortirent de leur logement. Sa bouche était un petit miracle. Ses dents, pourtant effilées comme des rasoirs, sortaient de ses gencives comme du velours. Jamais elle ne se mordait la langue.

— Montez, Kate, lança DeBoys. Nous avons un cadeau pour vous.

Chapitre 17

Quelqu'un – ce ne pouvait être qu'Eric – avait forcément mis un produit dans son verre. Et ce produit lui était monté au cerveau. Pas une BBO, qui n'avait aucune action sur les vampires. Ni de l'aspirine, car Kate sentait poindre un début de migraine. Elle regretta de ne pas avoir écouté plus attentivement les spécialistes des drogues qu'elle avait rencontrés ces derniers temps : E.B. Fern, Jerry Cornelius, Semolina Pilchard. Mais ils étaient tous si ennuyeux, comme ces gens qui vous racontent leurs rêves géniaux ou veulent partager leur enthousiasme pour de nouveaux mouvements de gymnastique. Elle se souvint tout à coup de Frank et d'Oscar, dans les années 1890, plaisantant au sujet de l'absinthe qui rendait leur art meilleur… Des fumeurs obsessionnels qui fréquentaient les opiumeries tenues par le Seigneur des Morts Étranges… Et de la découverte, en devenant vampire, qu'il suffisait d'un peu de sang humain pour planer. Mmm, 37 °C !

Le repaire des Moines noirs était un foyer pour étudiants. Les murs étaient tendus de crêpe, un portrait de Dracula était calé contre la cheminée inutilisée. Des bâtons d'encens brûlaient dans des pots. Le comte avait l'air fâché, comme incommodé par l'odeur. Il semblait grogner au ralenti, sa cape soulevée par le vent des Karpathes. Les replis de crêpe ondulaient, eux aussi.

Kate ferma les yeux et vit une forme grouillante et rouge. Des rats.

Quelqu'un gloussa dans la pièce. Cela l'effraya.

Elle rouvrit les yeux. Des choses rampaient en périphérie de son champ de vision, comme si le monde fondait juste là où elle ne voyait plus.

DeBoys l'aida à éviter les meubles. Des fauteuils gonflables transparents, une table basse en plastique, un canapé en forme de bouche géante. Quatre lampes à lave étaient disposées autour de la salle, comme marquant les points cardinaux. Des taches liquides multicolores glissaient en tournoyant sur le plafond, les murs, les visages…

Sur un gros objet rond et mou ressemblant à une piscine gonflable retournée, une femme en maintenait une autre allongée et la rassurait et/ou la pelotait. Celle qui dominait était Fran, des Moines noirs. La Nonne noire ? Sa robe remontée sur ses cuisses dévoilait sa peau écailleuse à la lumière des lampes. De sa capuche baissée s'échappait une chevelure en cascade. La femme qui se trouvait sous elle était Jessica Van Helsing. La petite idiote était complètement stone. C'était elle qui gloussait. Sa robe blanche, très échancrée sur le devant, laissait forcément échapper un nichon. Toutes les gamines de cette époque avaient-elles une robe de victime sacrificielle dans leurs placards ? Kate vit le sang battre au cou de Jess. Sous sa peau transparaissaient des veines bleu et rouge.

Un autre vampire, assis dans un fauteuil gonflable, les observait d'un regard très expressif. Un beau garçon vêtu d'un manteau de fourrure blanche et d'un pantalon écossais turquoise. Paul Durward, bien entendu. Ses cheveux blonds étaient coupés à la Jeanne d'Arc et sa bouche aux lèvres pleines s'ouvrait sur ses canines totalement sorties. Cela donnait toujours un air idiot aux vampires. Durward bavait légèrement. Lorsqu'ils s'apprêtaient à se nourrir, ils ressemblaient tous à des imbéciles, supposa Kate. L'instinct prenait le dessus. Elle n'était pas différente des autres, surtout à cet instant. Elle aussi salivait. Elle n'aurait pas dit non à une gorgée de sang.

Fran tenait un coupe-chou devant le visage de Jess. Renvoyant des reflets chatoyants, l'instrument attira son regard. Manche en nacre, lame d'acier. Fran agita lentement le coupe-chou, le poignet souple, la main décrivant des cercles comme la tête d'une chouette.

Même si Jess n'avait pris aucune drogue, elle avait certainement été fascinée. Kate ne pouvait détacher son regard du tranchant, elle non plus. Une goutte de sang coula le long de la lame, tournant chaque fois qu'elle était sur le point de tomber.

— Nous ne sommes pas tous étudiants dans notre petit groupe, expliqua DeBoys. Paul est un Moine noir comme nous. Il a fait preuve d'une grande générosité pour la Cause…

— Les flammes de l'enfer à boire, lança Durward, totalement impassible, ce qui déclencha automatiquement des claquements de doigts.

Même Fran le fit de sa main libre.

Kate ignorait comment claquer des doigts. Elle n'avait jamais saisi le truc. Elle ne savait pas non plus remuer les oreilles. Mais elle arrivait à toucher le bout de son nez retroussé de la pointe de sa langue de vampire. Na !

Ce qu'elle fit d'ailleurs aussitôt pour se prouver qu'elle avait toujours le contrôle d'elle-même. Son corps ferait ce qu'elle lui ordonnerait de faire. Sauf qu'elle ne démontra rien de la sorte. Elle faisait l'idiote, voilà tout. Elle tenait peut-être encore sur ses jambes, mais sa stabilité émotionnelle, elle, fichait le camp.

Les Moines noirs avaient déjà assisté à ce spectacle.

Elle planait.

Des coupures récentes sur les bras et les seins de Jess étaient scellées par des bandes d'Elastoplast. Kate sentit l'odeur du sang.

Du Gold Top.

Elle comprit ce que DeBoys avait fait. À Jess. À elle. Et aussi à Carol et à Laura.

Elle s'était légèrement trompée en se croyant insensible aux effets de l'ergot hallucinogène de Bowles-Ottery. Avalé simplement, il ne faisait rien aux vampires. Morgan Delt, par exemple, l'avait essayé et avait été déçu. Mais, si un sang-chaud en prenait, le produit se répandait dans ses veines. Si un vampire buvait ce sang contaminé, alors…

« POW ! BLOP ! WIZZZ ! »

Kate avait peu bu à *La Chapelle*. Quelques centilitres. Très frais. DeBoys avait dû laisser le produit décanter dans son verre quand il s'était rendu au bar, prétendument pour lui offrir à boire.

Quel gentleman. Quel connard.

Peut-être les camés avaient-ils raison. Ses pensées redevenues claires, ses neurones se connectant d'une manière différente, elle assembla les pièces du puzzle. La BBO retrouvée dans le sang de Carol et Laura. Les marques de morsures sur le cou de Fran et de Keith.

Elle comprit le mode opératoire de DeBoys. Les filles se droguaient, les meurtriers désignés buvaient leur sang plein de BBO, puis DeBoys les mordait. Les effets passaient d'un maillon à l'autre de la chaîne jusqu'au Grand Maître des Moines noirs. À la manière de Renfield, le premier disciple britannique de Dracula, DeBoys se voyait au sommet de la pyramide de la prédation, absorbant les formes de vie inférieures. Mais ce n'était pas ainsi que le syndrome des siphonaptères fonctionnait…

Les grosses puces en ont des petites sur le dos qui les mordent,

Et les petites puces en ont des encore plus petites, et ainsi de suite, à l'infini…

Eric DeBoys n'était pas le Grand Maître. Il était la plus petite puce. S'il lui fallait un surnom d'assassin, celui-ci n'exalterait pas son statut. Il n'était ni Jack l'Éventreur, ni le Gorille de Soho, ni l'Exsanguinateur de

Boston. Il était la Petite Bête. La Minuscule Tique. Le Trou d'une Tête d'Épingle. Il n'existait pas de forme de vie plus inférieure.

Il n'avait pas directement touché aux filles. Mais c'était lui, l'assassin. Son absence sur les clichés pris par Thomas Nolan… Le vampire qui avait altéré la mémoire du photographe… Le coupable recherché par la Division B. Affaire classée. Il ne restait plus à Kate qu'à survivre à cette nuit pour balancer son nom.

Déterminée et furieuse, elle se rapprocha brusquement de DeBoys. Elle était plus âgée et plus forte que lui. De ses serres, elle traça les lignes de son visage. Elle toucha sa fossette au menton. Elle passa sa langue sur sa gorge couverte de poils naissants. Elle sentit le goût de l'eau de toilette Brut. Elle songea à lui arracher le visage. Elle songea à l'embrasser jusqu'à ce qu'il s'évanouisse, au sommet de l'orgasme.

Il la repoussa fermement et saisit sa nuque, comme si elle était un chat qui allait griffer. Il la guida à travers la pièce, vers Fran et Jess. Elle se raidit, mais Anna et Keith la prirent par les bras. Elle n'était pas suffisamment forte pour eux tous réunis.

On la menait s'abreuver. On allait la forcer à boire.

Anna siffla dans son oreille, dans une langue qui lui était inconnue.

—Autrefois, nous étions des chasseurs, Kate, dit DeBoys sur un ton de conférencier. Aujourd'hui, nous sommes des animaux de compagnie. C'est contre nature. Croft s'est perdu en chemin. Il s'est effacé, nous a laissé le champ libre. Nous respectons l'exemple qu'il a donné, avant Dracula, quand nous pouvions vivre grâce à notre intelligence et à nos canines. Avant que l'on soit gâtés, enregistrés, tamponnés, classés, chiffrés, briefés, débriefés, et enfermés dans des cercueils. Nous sommes des vipères, ma chérie. Nous devrions en être fiers. Ce n'est pas la guerre, c'est la nature sauvage. Les choses telles qu'elles devraient l'être. Cette jolie nana est là pour notre plaisir, notre subsistance. Jessica est un cadeau que je vous fais, Kate. Elle n'est rien. Juste une circulation sanguine avec une carte d'assurée sociale. Son grand-père comprendrait. Nous respectons Van Helsing. Ce meurtre est un hommage à ce nom.

Ce meurtre ?

Kate était-elle l'arme ou la coupable ?

Elle essaya de résister. Cette maudite écharpe de Saint-Bartolph n'était qu'un leurre par lequel on l'avait attirée ici.

—Vous devez comprendre qu'on ne vous fait rien de méchant, sœur Kate, se justifia DeBoys.

Anna approuva dans un murmure et Keith afficha un sourire méchant et suffisant.

— Nous vous aidons à trouver qui vous êtes. Sincèrement, nous vous vouons une grande admiration. Plus qu'à Croft. Plus qu'à *Dracula*. Nous souhaitons vous aider à libérer votre potentiel, comme votre exemple nous l'a montré. Vous pouvez devenir un Moine noir. Une Abbesse noire, même. Contentez-vous de boire, ma jolie. Tuer l'un d'entre eux est un geste insignifiant, mais c'est une libération. Les copains de cette fille le savent. Ils se tatouent des crucifix chaque fois qu'ils éliminent l'un des nôtres. Inutile de garder un registre de comptes pour nous impressionner les uns les autres, ou pour faire peur à nos ennemis. Ce n'est pas là notre trophée, trésor. Notre tableau de chasse à nous se trouve sous notre peau, dans notre sang, notre tête… Une fois que vous serez libérée, vous verrez…

Sa soif d'hémoglobine devenait insupportable. Ses canines lui déchiraient l'intérieur de la bouche. Elle avait un goût de sang sur la langue et en voulait plus. Elle était en colère contre les Moines noirs, et furieuse contre DeBoys, mais cette rage ne faisait que renforcer son besoin de sang. Elle ne pouvait ni résister, ni attaquer, ni blesser ceux qui lui faisaient subir ce sort – et, malgré son état, elle était sûre et certaine qu'on était en train de lui faire quelque chose de mal. Cependant, Jess Van Helsing gisait là, offerte, sans résistance, mûre, délicieuse, et elle *saignait*…

De son coupe-chou, Fran effleura les blessures de Jess. Elle taquina l'Elastoplast sur la poitrine de la jeune fille, égratignant la croûte qui venait tout juste de se former… mais n'incisa pas la peau ailleurs.

Du sang perla à la coupure.

Comme au microscope, Kate vit tous les pores. Elle volait avec ses ailes de cuir au-dessus d'un vaste paysage composé d'humains : le sein d'une colline, les veines des rivières souterraines, la blessure d'une crevasse, le sang d'un geyser.

— Allez, insista Keith. Faites-vous plaisir.

Kate se pétrifia. La carte de chair qu'elle avait sous les yeux était une personne. On attendait d'elle qu'elle morde, qu'elle suce le sang à la BBO. Qu'elle abandonne toute trace d'humanité en elle. Qu'elle libère son vampire intérieur. Qu'elle plane.

Planer, c'était embarquer pour un voyage plein de découvertes. Mais c'était aussi trébucher et tomber.

La vie était un trip. L'amour aussi. Tout comme le meurtre.

Jess avait les yeux ouverts, mais inexpressifs. Même avec le peu de sang de Jess que Kate avait en elle, un lien s'était créé entre les deux femmes. Le trip que vivait Jess – différent de celui de Kate, entourée d'une réalité chancelante et confuse – la frappa de plein fouet. Les barrières qui séparaient leurs esprits s'amincirent. Jess entendait Paul chanter « la, la, la» au milieu d'une plaine couverte de hautes herbes, couronnée par une ronde de papillons de dessin animé. Kate se sentit submergée par les émotions de la jeune fille. Son cœur saisit la dimension tragique de la situation.

DeBoys voulait qu'elle ne voie en Jess qu'un objet, un symbole, une commodité, un en-cas. Une pin-up remplie à ras bord de milk-shake à la fraise. Voilà ce qu'était boire du sang, pour lui. Voilà ce qu'était un meurtre, pour lui. Un échange de coups, une domination inévitable, puis un vaisseau vide auquel s'abreuver à petites gorgées. Il ne connaissait pas la *communion*…

… Kate avait la nausée tant elle compatissait au sort de Jess, une fille qu'elle connaissait à peine. Ce lien était facile à confondre avec l'amour. Cela lui était déjà arrivé. Trop souvent.

Dans l'esprit de Jess, il se passait quelque chose d'impossible. Paul, son Paul, chantait «*Hey, ninety-eight point six, it's good to have you back again…*» Pas: «*Scream and scream again, oh baby, scream and scream again…*»

Perdant patience, DeBoys plaqua le visage de Kate sur les seins de Jess. Comme toujours, le contact intime avec une personne sang-chaud provoqua en elle un choc agréable. Chaud signifiait 37 °C. Plus chaud que Kate, et que n'importe quel vampire. Les vampires le disaient rarement à leurs amis sang-chauds, mais les embrasser, c'était comme embrasser une bouilloire remplie d'eau brûlante.

Kate frotta son visage contre la poitrine de Jess. Cela lui rappelait-il sa mère? Ou une nourrice oubliée depuis longtemps? Un liquide rouge s'infiltra entre la peau de la jeune fille et la joue de Kate. Avec sa bouche, elle trouva la blessure ouverte. Le sang lui piqua la langue.

Les Moines noirs répétèrent «Les flammes de l'enfer à boire» comme un disque qu'on passerait à la mauvaise vitesse: les mots, étirés, perdaient leur sens.

Kate était en mode rapide.

Fran lui souffla:

—Mordez-la.

Les autres l'imitèrent.

Mordez-la, mordez-la, mordez-la…

Mordre. Morfale. Morfler. Morfondre.

Le sang de Jessica était aussi sucré qu'une tarte à la cerise.

La BBO et le Gold Top la ramenèrent à l'enfance. Son trip à elle était-il un voyage à la nursery? Un retour à la vie utérine?

Kate avait mal aux canines. Tous ses os n'étaient plus que des canines. Elle en avait autour des yeux, au bout des doigts, dans le ventre, dans la vulve, au creux des coudes. Elle avait plus de bouches que de peau.

— Elle se retient, dit Keith à Fran. Elle tient plus longtemps que toi…

— C'est une sœur bornée, commenta DeBoys.

Kate avait les lèvres collées à la poitrine de Jess, comme sur un objet gelé. Elle ne pourrait les ôter sans y laisser de la peau. Elle n'aspirait que le sang de la coupure superficielle.

Des chemins d'arc-en-ciel. Des visages dans les nuages. Des yeux en kaléidoscopes. Des tartes à la limonade.

Même les hallucinations de Jessica Van Helsing étaient superficielles. C'était étonnant qu'elle n'entende pas de sitar ni ne voie la chenille fumant le narguilé d'*Alice au pays des merveilles*.

Elle voyait et entendait Paul, rien de plus, qui lui ululait son amour en retour. Tant qu'il avait Jessica, il n'avait pas besoin de reflet.

Kate avait les yeux pleins de larmes de sang.

Cette pauvre idiote allait mourir à cause d'elle, et elle ne pouvait pas s'en empêcher. Jessica Van Helsing serait la prochaine victime. Kate Reed serait le prochain assassin.

Vous parlez d'une enquêtrice ! Elle s'était piégée elle-même.

— Mordez-la, insista DeBoys.

C'était un ordre plus qu'une suggestion. Son impatience croissait. Cela allait de pair avec son statut de privilégié. Être le cavalier perché sur son cheval, regardant de haut les paysans dans le champ. Et être un junkie. Ça, c'était l'autre facette. Celle qu'il avait cachée. Il avait besoin de son fix. Des BBO, du sang humain, du sang de vampire. Son cocktail de drogues. Eric DeBoys suait du sang. De grosses gouttes perlaient à son front, coulaient dans la toison de sa poitrine et formaient des taches poisseuses sur sa chemise. Il commençait à trembler.

Ôtez la robe noire, les saluts aux flammes de l'enfer et la pseudo-philosophie, et il vous restait seulement les shoots. Kate en éprouvait presque de la déception.

Mais bon, elle pinaillait.

Les battements cardiaques de Jess ressemblaient à un bruit de tambour de galérien. Rythme régulier. Rythme de bélier. Rythme de morsure.

Kate ne pouvait refréner sa soif plus longtemps…

Ses mâchoires se refermèrent comme un piège à loups. Ses canines s'enfoncèrent dans les chairs. Des vaisseaux sanguins perforés se vidèrent dans sa bouche. Elle fourra son nez contre les flancs de la jeune fille, à la recherche d'une veine et d'un pouls régulier. Le cœur de Jessica battait contre son crâne.

Si elle ne se maîtrisait pas, elle briserait le sternum de Jess et lui écarterait les côtes. Elle se fraierait un chemin à coups de dents vers le cœur et déchirerait l'aorte, le filon mère du corps, le grand fleuve qui coulait le long du tronc…

Elle s'y baignerait, arracherait les chairs et les os, enivrée par sa tuerie sans en ressentir la moindre honte.

Sauf que…

Elle s'arrêta.

— Que se passe-t-il ? demanda quelqu'un. Pourquoi est-ce qu'elle ne… ?

Sauf qu'elle n'était pas ce genre de fille.

Elle était la Raisonnable. Elle savait – elle l'avait toujours su, malgré les piques et les quolibets de Penelope – qu'elle pouvait être aussi voluptueuse que raisonnable. Elle n'était pas guindée. Ce n'était pas une vieille fille. Elle n'était pas ce qu'ils attendaient qu'elle soit.

Malgré tout, elle avait ses limites. C'en était une.

Merde.

Voilà qu'elle était sobre. Jess tripait assez pour elles deux.

DeBoys émit un grognement de frustration et de colère.

Kate écarta sa bouche de la poitrine de sa victime. Elle y avait creusé un trou assez grand. Prise de spasmes, la fille saignait abondamment. Au moins, elle avait peur. Son arc-en-ciel avait perdu ses couleurs et ses papillons s'étaient transformés en guêpes géantes.

Fran se pencha pour s'abreuver à la blessure de Jess, mais Kate la repoussa fermement du plat de la paume. Elle sentit le nez du vampire se briser. Projetée à l'autre bout de la salle, Fran renversa une lampe à lave et poussa un petit cri quand l'objet brûlant se colla à son visage ensanglanté. Elle s'agita, son coupe-chou à la main, et perça au passage un pouf gonflable. L'objet se vida de son air dans un sifflement et s'effondra tel un soufflé crevé.

Kate pressa les doigts sur la morsure de Jess pour endiguer l'hémorragie.

— Je t'avais prévenu, Eric, dit Anna. Elle est faible.

— Non, répliqua-t-il. Elle est forte. C'est bien ça, son problème.

Kate se concentra sur la jeune sang-chaud. La petite grue n'était pas encore tirée d'affaire. Elle battit des paupières, les yeux révulsés vers le jeune homme qui avait observé toute la scène, impassible.

— Paul, l'implora-t-elle, Paul…

— Regardez-moi, Jess, dit Kate. Moi. Je suis Kate Reed. Rappelez-vous.

Bien sûr, elle devait avoir le visage maculé du sang de Jess, ce qui n'avait rien de rassurant.

Elle n'avait rien mordu de vital. Jess saignerait pendant un moment. Il faudrait faire attention aux infections et elle aurait une vilaine cicatrice qui nécessiterait peut-être l'achat de chemisiers à col haut, mais elle vivrait – ou, du moins, elle ne succomberait pas aux blessures que Kate lui aurait infligées. Un demi-litre de Viandox, un cataplasme à la moutarde, et elle serait repartie pour un tour. À condition qu'on lui fiche la paix.

Kate sentit qu'on plaquait du métal froid contre sa tempe.

Eric DeBoys la tenait en joue avec un pistolet.

— Elle ou vous. À vous de choisir.

Chapitre 18

« Clic. » Le chien était armé.

Kate n'esquissa pas le moindre geste.

Elle tenait Jess, évanouie, dans ses bras. La sang-chaud pesait lourd. Sur l'instant, Kate entendit battre le cœur de la jeune fille.

Keith aida Fran à se relever, à remettre sa robe en place et à étancher avec des mouchoirs en papier le sang qui coulait à gros bouillons de son nez. Kate eut une nouvelle perception : Keith, le prédateur insensible, éprouvait des sentiments plus profonds pour Fran que ceux qu'elle avait pour lui.

DeBoys ôta l'arme de la tête de Kate et la lui montra. Un revolver. Le barillet était plein. Rempli de balles à pointe d'argent. Ce genre de munition la mettrait hors circuit, pour sûr. Il la visa de nouveau. Ses manchettes souples étaient humides et tachées du sang qui sortait de ses pores.

Kate ne pouvait compter que sur elle-même.

Dire quoi que ce soit agacerait sûrement assez DeBoys pour qu'il en finisse rapidement avec elle. Il pouvait demander à Anna de mordre Jess, puis il se repaîtrait de la femme-serpent pour ne pas manquer son fix.

La porte s'ouvrit. Une silhouette se dessina dans l'encadrement.

James Eastman. Pas un Moine noir. Elle était sauvée !

Le nouveau venu entra. La lumière des lampes à lave éclaira son visage. Ce n'était pas James Eastman, mais Caleb Croft.

La dernière personne au monde qui voudrait la tirer de là. Et même celle qui se réjouirait le plus de la voir exécutée. On l'avait privé de ce plaisir pendant la Terreur.

Si DeBoys explosait le crâne de Kate avec de l'argent devant Croft, ce serait comme poser une pomme bien mûre sur le bureau du professeur. Il obtiendrait un diplôme avec mention sans même passer les examens.

Kate se détendit et libéra Jess de son étreinte. La jeune fille inconsciente roula sur la moquette et finit face contre terre. Sa robe sacrificielle avait un dos nu. Elle avait des moutons et de la poussière collés sur la peau, et les fesses couvertes de soie blanche.

Ce serait peut-être la dernière image que verrait Kate. Un cul de Van Helsing. Elle en toucherait un mot à Dieu, s'Il existait. Peut-être que l'Autre lui fournirait une meilleure réponse.

— Elle est indigne, monsieur, dit DeBoys. Elle refuse de la tuer.

Croft sourit, ou plutôt sa lèvre morte remonta légèrement sur ses canines irrégulières. Sur son visage luttaient des taches de lumière bleue et verte. Combat éternel entre le yin et le yang.

— Ah oui ?

— Ce n'est pas un vrai vampire, monsieur.

Croft émit un petit rire qui ressemblait à une pluie de lames de rasoir.

Entre les battements du cœur de Jessica et les « tic-tac » de la montre coûteuse que Croft avait au poignet, Kate se redressa, envoya DeBoys heurter le mur d'un coup d'épaule, lui arracha son arme, lui fourra le canon sous les côtes et tira vers le haut, faisant voler son cœur en éclats.

Il s'écarta du mur d'un pas et se retourna. Des projections écarlates en cercle maculaient l'arrière de sa cape, comme si la doublure était visible au travers. Puis il s'effondra.

Anna siffla. Kate la visa avec le pistolet.

— Vous n'êtes pas une tueuse, dit l'autre en dardant sa langue fourchue.

— Non, je ne suis pas une meurtrière, expliqua Kate. Je ne crois pas à la peine de mort. Je ne suis pas sadique. Je n'aime pas tuer, mais…

— Kate Reed était – est, devrais-je dire – une terroriste, mes chers enfants, annonça Croft au reste de ses étudiants. Si Mr DeBoys avait été un peu plus attentif en cours, il l'aurait compris.

— Je n'ai eu à tuer personne depuis…

Elle n'avait pas besoin de se justifier auprès de ces gens. Elle ne ressentait aucune nostalgie pour la Terreur ou la guerre civile irlandaise.

DeBoys avait l'air de ne pas croire qu'il allait mourir.

Elle avait envie de décocher un coup de pied au cadavre de ce salopard. Après tout, il l'avait obligée à aller à l'encontre de ses principes. Il avait fait d'elle une tueuse. Avec cette clarté d'esprit qui, elle l'espérait, cesserait bientôt, elle comprit qu'elle avait aussi servi la cause de Croft. Les bouffonneries des Moines noirs reportaient sur Croft une attention qu'il ne recherchait pas. Elle y avait mis fin. Si quelqu'un était le Grand Maître des Moines noirs, à présent, c'était bien lui.

Évidemment, elle pourrait l'abattre et on n'entendrait plus parler de lui.

Elle se présenterait au tribunal juste après Donna Rogers. Avec quelques témoins et une déposition équivoque de la part des autres Moines noirs – qui sans doute, d'ici là, en seraient revenus de leurs maîtres et mentors –, elle s'en tirerait peut-être impunément. Penny, par exemple, avait échappé à toute sanction après avoir commis des actes bien pires. Geneviève aussi. Seigneur, ce que d'autres vampires avaient fait…

Toutefois, elle constata avec agacement qu'elle n'avait pas changé. Elle n'était pas ce genre de fille.

Un monde fou se tenait dans l'encadrement de la porte. Les coups de feu attirent toujours l'attention. Chacun voulait savoir ce qui s'était passé. James Eastman était là, juste derrière Croft.

Encore une intuition malvenue. Elle avait confondu Eastman avec Croft car leur silhouette était semblable. C'était rare, mais il arrivait que des vampires engendrent des enfants avec des femmes sang-chauds. Eastman appelait Croft « Grand Papa ». Et il le détestait. Kate ne put que supposer ce que l'ex-lord Charles Croydon, spoliateur de jeunes filles sang-chauds, avait pu faire à une pauvre Californienne aux alentours de 1940. Elle donna le pistolet à Eastman. Il déciderait lui-même de ce qu'il en ferait.

Dans l'assemblée se trouvait également Nezumi, une chaussette en tire-bouchon autour de la cheville, le visage égratigné, sa crosse de hockey sur une épaule. Les jumelles n'étaient pas là. Nezumi souffla en l'air pour repousser la frange qui lui cachait les yeux. Elle avisa le corps par terre et hocha la tête en signe d'approbation.

Kate reconnut qu'elle s'était sauvée elle-même, sans attendre que quelqu'un fasse le sale boulot à sa place. Elle arriverait à vivre avec cette culpabilité. Les cinq ou six autres personnes qu'elle avait tuées avaient toutes essayé de l'assassiner aussi. Elle n'avait jamais bu leur sang. Elle n'accepterait jamais que son statut de vampire la définisse ainsi.

À présent, avec un public, elle devait faire un geste.

Elle s'agenouilla auprès de DeBoys, planta ses doigts dans la bouillie qu'était son dos, et les lécha.

Aussitôt, des images et des impressions l'assaillirent. Une grande maison, une chasse au renard avec des chiens, des coups de fouet donnés et reçus, beaucoup de femmes, des bougies noires et des têtes de bouc, un verre à bière explosé sur la figure d'un vieil homme, de la douleur, encore et encore, du sang, des litres de sang… puis plus rien.

Elle se leva.

Anna Franklyn se rua sur elle, crachant son venin. Nezumi saisit le manche de sa crosse et tira une épée courte. Elle posa la pointe de la lame sur la gorge de la femme-serpent. Anna referma la bouche et fit disparaître ses écailles, dévoilant un nouveau visage. Nezumi acquiesça d'un air sérieux. Anna s'écarta de l'épée.

Quelqu'un avait sûrement appelé la police, à cette heure.

Chapitre 19

Kate avait de la chance. Pilcher était au lit. Il rêvait de hippies sautant d'une falaise. L'appel fut reçu par le sergent Lynch, au commissariat de Shooter's Hill. Il demanda à Dixon et Regan, suspendus ou pas, de se rendre à Saint-Bartolph.

Si le sergent Choley avait été de service, Kate aurait été bonne pour la benne à ordures.

Les effets de la drogue se dissipaient. Elle ignorait quel degré de perspicacité ou de monstruosité elle aurait atteint si elle avait vidé Jess de son sang. Malgré tout, elle était en état d'expliquer comment elle avait résolu l'affaire.

Keith, Fran et Anna étaient répartis dans différentes salles d'interrogatoire. Deux d'entre eux étaient des meurtriers, la troisième une complice, mais le responsable était Eric DeBoys. Il voulait que tous les membres des Moines noirs participent à ce rituel mêlant sang et BBO, les liant à lui comme des outils pour accomplir ses meurtres, comme amalgame mystique de drogues et de sacrifices humains.

De manière implicite, Croft était impliqué lui aussi, mais, comme d'habitude, il échapperait à toute sanction. DeBoys avait essayé de retenir l'attention de son mentor, qu'il adorait et détestait à la fois, mais il avait espéré également que Croft redeviendrait le vampire qu'il était : le meurtrier et violeur sans complexes qui avait inspiré les Moines noirs. James Eastman n'était pas le seul membre du séminaire à voir en Croft le père qui devait être apaisé, satisfait, révéré, remplacé puis détruit.

DeBoys avait laissé Nolan les suivre pour prendre des photos sur lesquelles Croft apparaîtrait. Abandonner l'écharpe derrière lui comme indice évident était un moyen de faire pression sur le professeur. Bellaver disait souvent que certains crétins semblaient vouloir se faire prendre.

Les injections de BBO mêlées au sang – infusées deux fois seulement, mais qui avaient désormais un nom : le Cramoisi – alimentèrent le sentiment du débauché d'être au-dessus des lois.

Anna, celle pour qui il était possible de trouver un arrangement, resta muette. Elle était fâchée que Kate ait pris son tour. La prochaine victime aurait dû être la sienne, même si, après l'autopsie, le venin retrouvé dans les blessures de Jess avait mis le Dr John Hardy sur la voie. Keith et Fran étaient en proie au classique débat cornélien des inculpés, chacun ignorant si l'autre l'avait balancé. Fran serait la première à tenter de négocier. En insistant sur le pouvoir de fascination de DeBoys, elle parviendrait peut-être à plaider l'irresponsabilité.

La vérité sortirait, du moins autant que ces crétins accepteraient de la dévoiler.

DeBoys s'était mis en tête de marquer l'histoire. Utilisant Carol comme appât, il avait fasciné Nolan pour qu'il lui fournisse des illustrations pour sa biographie non encore écrite. Sur ce point, il serait content : quelqu'un – surtout pas Kate ! – écrirait un bouquin sur ces événements. Personne ne savait si Nolan avait retrouvé toutes ses capacités mentales, même si Monserrat prétendait avoir obtenu des résultats grâce à ses séances d'hypnose. Le photographe participa de nouveau aux fêtes, avec un intérêt tout neuf pour les voitures de course et un enthousiasme renouvelé pour les jolies filles.

Kate et Nezumi durent faire une déposition. La Japonaise se fit un plaisir de préciser à quel hôpital – St. Swithin – elle avait envoyé Cathy et Pony. En tant qu'adepte du shintoïsme, elle jura, à la manière d'une jeannette, de dire toute la vérité et rien que la vérité.

Jessica Van Helsing était hospitalisée dans le même établissement. Michael Upton, un étudiant en médecine venu avec l'ambulance, avoua que la prise de drogue l'inquiétait plus que les coupures et hématomes occasionnés par les démons suceurs de sang. Les effets secondaires des BBO occasionnaient des élancements aigus dans l'estomac, dont les prosélytes disaient rarement qu'ils pouvaient causer une mort atrocement douloureuse. Upton n'avait pas hésité à parler de « démons suceurs de sang » devant Kate. Le petit con ne manquait pas d'air.

Jess retrouva suffisamment de forces pour demander que Paul Durward l'accompagne dans l'ambulance, ce qu'il fit. Kate n'avait pas besoin de la clairvoyance provoquée par la drogue pour comprendre que la petite andouille allait rester avec celui qui aurait été ravi de la voir mourir. Elle espérait que Jess parviendrait au moins à convaincre cet incapable de l'épouser afin de le vider *lui* de sa faible essence vitale avec sa stupidité et sa capacité à rebondir face aux épreuves.

De manière tout à fait inappropriée, avant de quitter la scène de crime, Upton avait demandé à Kate son numéro de téléphone. Le pire, c'est qu'elle le lui avait donné. Si elle n'était pas poursuivie en justice pour meurtre, elle pourrait attendre avec impatience un prochain rendez-vous galant dans un bar d'étudiants. Cette fois, elle irait chercher ses consommations elle-même. Les étudiants en médecine avaient accès à des drogues à côté desquelles les BBO pouvaient passer pour des M&M's.

Au commissariat, Kate raconta tout à George Dixon, excepté ce qu'elle avait deviné au sujet de James Eastman. S'il prenait l'envie au biker d'assassiner son père, elle espérait qu'il aurait quitté le pays avant que la Division B ne remonte sa piste.

Quand ils eurent fini, Jack Regan passa la tête dans la pièce et dit :

— Alors comme ça, on a marqué un but contre son camp ? Voilà qui va foutre les scores en l'air.

Elle n'y avait pas songé. En rapportant les faits, l'idée lui était venue que le grand-père de Jessica ne témoignerait pas sa reconnaissance pour avoir sauvé la vie de la jeune sang-chaud… et encore moins pour avoir épinglé les meurtriers de Carol et Laura. Pour le Cercle de Lumière, Enoch Powell et les 98.6, elle serait toujours un monstre. Elle ne ferait pas non plus l'unanimité au sein de la communauté vampire. En tant qu'ITV, elle pourrait se faire tatouer une croix sur le flanc.

Dixon lui souhaita une bonne journée, ajoutant qu'il informerait Bellaver de l'issue de l'affaire. Kate promit d'aller rendre visite au chef, qui taillait ses rosiers et potassait les règles de stationnement ainsi que le *Guide de A à Z de Welwyn Garden City*. C'était injuste qu'il ne soit pas là pour assister à la fin de l'enquête. Elle ferait son rapport au Diogene's Club dès qu'elle s'en sentirait capable. Si résoudre des meurtres servait leurs mystérieux objectifs à long terme, elle devait sûrement s'en réjouir.

Juste avant l'aube, à l'heure où vampires et sang-chauds sont les plus vulnérables, les appels téléphoniques commencèrent à pleuvoir. L'École de Vampirisme était en feu. L'incendie fut revendiqué par les 98.6. Une manifestation étudiante à grande échelle, organisée par le *Vampire socialiste*, en barra l'accès aux pompiers. Les pauvres avaient déjà travaillé toute la nuit pour éteindre des incendies criminels de moindre importance destinés à faire diversion et à les épuiser avant le grand feu de 1968. Les journalistes se déplacèrent en nombre, ainsi que les membres de la Commission Manfred. La bataille de Saint-Bartolph ne faisait que commencer.

Les oreilles de Kate bourdonnaient encore. C'est ce qui arrive quand on tire un coup de feu dans un espace clos tel qu'un foyer d'étudiants.

Elle entendait aussi le hurlement des sirènes et des alarmes incendie, les sonneries de téléphone, les sifflets des policiers, le sifflement des bouilloires, la friture des stations de radio, les cris.

À mesure que le soleil se levait, le vacarme s'intensifiait.

Remerciements

Pour des raisons diverses, je me dois de remercier Dario Argento, Mark Ashworth, Dana et Pete Atkins, James Bacon, Nicolas Barbano, Suzanne et Richard Barbieri, Martine Bellen, Sarah Biggs, Anne Billson, Sebastian Born, Faith Brooker, Jennifer Brehl, Monique Brocklesby, Sara et Randy Broecker, John Brosnan, Molly Brown, Gian-Piero Brunetta, Eugene Byrne, Susan Byrne, Mark Burman, Pat Cadigan, Jenny et Ramsey Campbell, Kent Carroll, Daniela Catelli, Valeria Cavalli, Jackie Clare, Jeremy Clarke, Lorenzo Codelli, David Cross, Darryl Cunningham, Les Daniels, Ellen Datlow, Julie Davies, Meg Davis, Martina Drnkova, Alex Dunn, Val et Les Edwards, Kris et Dennis Etchison, l'équipe de Fanfestival 1990, Martin Feeney, Leslie Felperin, Jo Fletcher, Martin Fletcher, Barry Forshaw, Chris Fowler, Christopher Frayling, Neil Gaiman, Tony Gardner, Lisa Gaye, Pandora Gorey, Paula Grainger, Charlie Grant (à qui j'ai emprunté son chat), la distribution de *Gypsy Angel*, Carlos et Pia Hansen, Mike Harrison, Antony Harwood, Rob Holdstock, Andre Jacquemetton, Alan Jones, Rodney Jones, Stephen Jones, Laragh Kedwell, Mike King, Karen Krizanovich, John Phillip Law, Cathy Leamy, Christopher et Gitte Lee, Pat LoBrutto, Tim Lucas, Chris Manby, Paul McAuley, Maitland McDonagh, Lisa McGuire, Maura McHugh, Marie-Hélène Méliès, Cindy Moul, Julia et Bryan Newman, Jerome Newman, Sasha Newman, David Newton, Quelou Parente, Katya Pendill, Marcelle Perks, Adriano Pintaldi, Stuart Pollok, Ann et David Pringle, Lorenzo Quinn, Alberto Ravaglioli, Andy Richards, Lisa Rogers, Kate et Nick Royle, Geoff Ryman, Jane et Russell Schechter, Dave Schow, Adam Simon, Helen Simpson, Millie Simpson, Sally et Dean Skilton, Robert Sklar, Mandy Slater, Brian Smedley, Michael Marshall Smith, Jane et Brian Stableford, Frank Stallone, Steve Thrower, Jean-Marc Toussaint, Tom Tunney, Caroline Vié, Nick Webb, Connie Williams, Doug Winter, Jack Womack, Kate Worthington et Mark V. Ziesing.

Livres, films, CD : *Nostalgia : Spotlight on the Fifties*, de Michael Anglo ; *L'Avventura* et *L'Eclisse*, de Michelangelo Antonioni ; *Profondo Rosso, Suspiria* et *Inferno* de Dario Argento ; *La Maschara del demonio*, *Sei Donne per l'assassino*, *Operazione Paura* et *Diabolik*, de Mario Bava ; *Fellini* et *Beat at Cinecittà* (Crippled Dick Hot Wax) de John Baxter ; *The Cinema of Federico Fellini* et *Italian Cinema : from Neorealism to the Present*, de Peter Bonadella ; *Bizarre Sinema ! : Horror all'italiana 1957-1979*, d'Antonio Bruschini ; *Malizie perverse : il cinema erotico italiano*, *Mondi-incredibili : il cinema fatastico-avventuroso italiano*, *Profonde tenebre : il cinema thrilling italiano 1962-1982*, et *Operazione paura : i registi del Gotico italiano* d'Antonio Bruschini et Antonio Tentori ; *Made in Hell : a Pictorial Voyage Through the Italian Horror*, d'Antonio Bruschini et Igor Molino ; *Orson Welles : The Road to Xanadu*, de Simon Callow ; *I, Fellini*, de Charlotte Chandler ; *Fellini on Fellini*, de Costanzo Constantini ; *Eyewitness Travel Guide : Rome* ; *A Bucket of Blood*, de Roger Corman ; *Fellini's Road*, de Donald P. Costello ; *The Rebel*, de Robert Day ; *Le Notti di Cabiria*, *La Dolce Vita*, *8½*, *Giulietta degli spiriti*, *Toby Dammit*, *Roma* et *Intervista* de Federico Fellini ; *Le catalogue de l'exposition Fellini : "Costumes and fashion"* ; *Casino Royale*, *You Only Live Twice* et *On Her Majesty's Secret Service* de Ian Fleming ; *A History of Contemporary Italy*, de Paul Ginsborg ; *Le Mépris*, de Jean-Luc Godard ; *Blood Read : The Vampir as Metaphor in Contemporary Culture*, de Joan Gordon et Veronica Hollinger ; *The Dread of Difference : Gender and the Horror Film* (qui contient l'essai de Robin Wood intitulé "Burying the Undead : The Use and Obsolescence of Count Dracula") de Barry Keith Grant ; *The Un-Dead : The Legend of Bram Stoker and Dracula*, de Peter Haining et Peter Tremayne ; *The Talented Mr Ripley*, de Patricia Highsmith ; *Italia Nostalgica* (en particulier la chanson de Romina Power *Que sera sera*) ; *The Fulcanelli Phenomenon*, de Kenneth Rayner Johnson ; *Italian Movie Goddesses*, de S. Masi et E. Lancia ; *Dracula, The Novel & the Legend*, de Clive Leatherdale ; *Dracula : The First Hundred Years*, de Bob Madison ; *Mario Bava*, de Pascal Martinet ; *Broken Mirrors/Broken Minds : The Dark Dreams of Dario Argento*, de Maitland McDonagh ; *Two Weeks in Another Town*, de Vincente Minnelli (dans lequel Rosanna Schiaffino danse le cha-cha-cha de Dracula) ; *Women of Rome*, d'Alberto Moravia et Sam Wagenaar (Patrizia Nappi, la fille sur la première photographie, est ce à quoi ressemble Geneviève, d'après moi) ; *Murder for Pleasure : Giallo & Thriller Original Soundtrack Themes* (Gatto Nero Records) ; *Malenka, la nipote del vampiro*, d'Amando de Ossorio (avec Anita Ekberg) ; *Spaghetti Nightmares*, de Luca M. Palmerini et Gaetano Mistretta ; *Mamma Roma*, de Pier Paolo Pasolini ; *The Pilgrim's Companion in Rome*, de Stewart Perowne ; *The Litterature of Terror*, de David Punter ; *Il Boia Scarlatto* (aussi connu sous le titre *Bloody Pit of Horror*, avec

Mickey Hargitay dans le rôle du Bourreau Écarlate) de Massimo Pupillo ; *Doctors Wear Scarlet*, de Simon Raven ; *L'Ultima Preda del vampiro* (aussi connu sous le titre *Playgirls and the Vampire*) de Piero Regnoli ; *The New Italians*, de Charles Richards ; *Greatest Hits*, de Nino Rota ; *Two Weeks in Another Town*, d'Irwin Shaw ; *Saturday Night and Sunday Morning*, d'Alan Sillitoe (où Arthur Seaton divague vraiment sur les vampires) ; *V is for Vampire*, de David J. Skal ; *James Bond : A Report, de* O.F. Snelling ; *Rosebud : The Story of Orson Welles*, de David Thomson ; *Tutto Fellini* (Cam's Soundtrack Encyclopedia) ; *Dracula : The Connoisseur's Guide*, de Leonard Wolf.

Aubin
IMPRIMEUR

IMPRIM'VERT
Votre imprimeur agit pour l'environnement

Achevé d'imprimer en mai 2015
N° d'impression 1504.0124
Dépôt légal, juin 2015
Imprimé en France
35294857-1